KB161423

지금이 아니면 언제?

Se non ora quando?

by Primo Levi

지금이 아니면 언제?

프리모 레비 지음 이현경 옮김
2017년 4월 24일 초판 1쇄 발행

펴낸이 한철희 펴낸곳 돌베개 등록 1979년 8월 25일 제406-2003-000018호
주소 10881 경기도 파주시 회동길 77-20 (문발동)
전화 031-955-5020 팩스 031-955-5050
홈페이지 www.dolbegae.co.kr 전자우편 book@dolbegae.co.kr
블로그 imdol79.blog.me 트위터 @Dolbegae79

주간 김수한
책임편집 윤현아·장미향
표지디자인 김동신 본문디자인 김동신·이연경
마케팅 심찬식·고운성·조원형 제작·관리 윤국중·이수민
인쇄·제본 영신사

이 도서의
국립중앙도서관 출판시도서목록(CIP)은   CIP제어번호: CIP2017009272
서지정보유통지원시스템과   http://seoji.nl.go.kr
국가자료공동목록시스템에서   http://www.nl.go.kr/kolisent
이용하실 수 있습니다

ISBN 978-89-7199-813-7 03880

책값은 뒤표지에 있습니다.

지금이 아니면 언제?

프리모 레비 장편소설
이현경 옮김

돌베개

차례

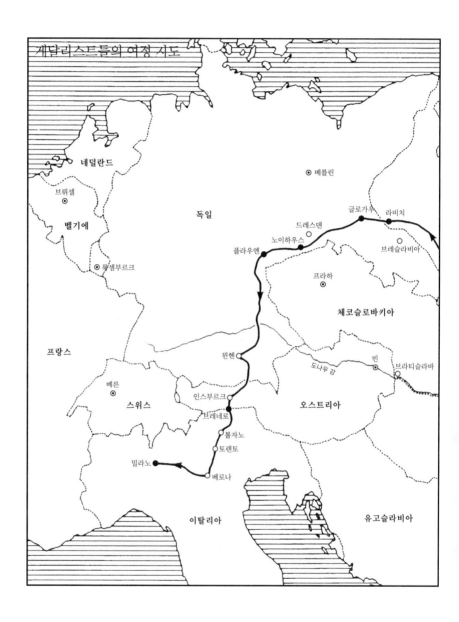

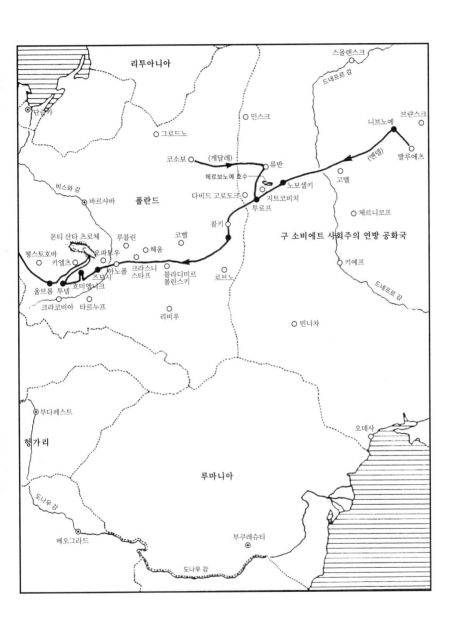

제1장
1943년 7월

"내 고향 마을에는 시계가 몇 개 없었어. 그중 하나는 교회의 종탑에 있었는데 언제부터인지 시곗바늘이 멈춰 있었어. 아마 혁명 때부터였을 거야. 난 시곗바늘이 움직이는 걸 한 번도 본 적이 없고 아버지도 보신 적이 없다고 했으니까. 종지기도 시계가 없었어."

"그럼 어떻게 시간을 정확히 맞춰서 종을 칠 수 있었죠?"

"라디오 시보를 들었지. 그리고 태양과 달을 보고 가늠을 한 거야. 게다가 매시간 종을 친 게 아니라 중요한 시간에만 종을 쳤지. 전쟁이 터지기 2년 전에 종탑의 밧줄이 끊어져버렸어. 윗부분이 끊어져버린 거야. 종탑으로 올라가는 작은 계단은 미끄러웠고 종지기는 노인네여서 새 밧줄을 달러 계단을 기어 올라가길 겁냈지. 그 뒤부터는 종지기 노인이 엽총을 허공에 쏴서 시간을 알려주었어. 한 발, 두 발, 세 발, 네 발, 이렇게 쐈지. 독일군이 들이닥쳤을 때까지 그런 식으로 시간을 알렸어. 독일군이 종지기의 총을 빼앗아버려서 마을 사람들은 그 뒤로 시간을 알지 못하게 돼버렸지."

"종지기가 밤에도 총을 쐈나요?"

"아니야. 그렇지만 밤에는 원래 종도 치지 않았어. 밤이면 사람들이 다 자니까 시간을 알 필요가 없었던 거야. 정말 시간을 중요하게 생각한 사람은 랍비 한 사람밖에 없었거든. 랍비는 안식일이 언제 시작되고 끝나는지 알아야만 해서 정확한 시간을 알아야 했지. 사실 랍비는 종소리가 필요 없었어. 괘종시계와 자명종을 가지고 있었으니까. 시계가 잘 맞으면 랍비는 상냥했어. 잘 맞지 않을 때는 금방 알 수 있었지. 랍비가 아무에게나 시비를 걸고 아이들 손을 막대자로 때렸거든. 내가 좀 더 크자 시계가 잘 가지 않으면 나를 불렀지. 그래, 난 자격증을 가진 시계 수리공이었어. 이 때문에 징모관들이 나를 포병대에 배치시켰지. 내 가슴이 포를 쏘는 데 딱 맞았지. 1센티미터도 더 크지도 작지도 않고. 난 작업장을 하나 가지고 있었는데 작긴 해도 없는 게 없었어. 시계만 수리한 건 아니야. 너무 심하게 고장 난 게 아니면 뭐든 조금씩은 다 고칠 줄 알았으니까. 라디오나 트랙터까지 말이지. 난 콜호즈*의 기계공이었는데 그 일이 좋았어. 시간이 있을 때 틈틈이 개인적으로 시계를 고쳐주곤 했지. 시계를 가진 사람은 몇 명 안 됐지만 총은 모두들 가지고 있었어. 그래서 총도 수리했지. 자네가 마을 이름을 궁금해할지 몰라서 말하자면 스트렐카야. 같은 이름의 마을이 얼마나 많은지 누가 알겠어. 어디 있는지도 알고 싶다면 여기서 그리 멀지 않은 곳이라고 알고 있으면 돼. 아니 멀지 않았었다고 해야겠네. 이제 스트렐카는 없으니까. 마을 사람들 절반이 들판으로 숲으로 뿔뿔이 흩어져 사라졌고 나머지

* 소련의 집단농장.

반은 구덩이에 들어가 있어. 서로 딱 붙어 나란히 누워 있는 건
아니야. 거기 들어가기 전에 이미 죽은 사람들이 대다수였으니
까. 한 구덩이에, 그래. 스트렐카의 유대인들이 그 구덩이를 직접
파야 했어. 하지만 그 구덩이 안에는 기독교인들도 들어가 있어.
그러니 이제 그들 사이에 별 다른 차이가 없게 된 거지. 알아둬,
지금 자네에게 말하고 있는 나는 콜호즈에서 트랙터를 수리하던
시계 수리공 멘델이야. 아내가 있었는데 그 사람도 구덩이에 누
워 있어. 자식이 없었던 게 그나마 다행이라고 할까. 그리고 또
알아둘 게 있는데 이제 이 세상에 없는 그 마을에 욕을 퍼부어댄
적이 한두 번이 아니었다는 거야. 오리와 염소들의 마을이어서,
교회와 시나고그*는 있었어도 영화관이 없어서 말이야. 이제 와
생각해보면 그 마을은 에덴동산이었어. 시간을 되돌려 그 시절
로 돌아갈 수만 있다면 내 손이라도 자를 수 있을 것 같아."

　레오니드는 감히 끼어들 생각도 하지 못하고 이야기를 들었
다. 그는 군화를 벗고 발에 감은 천을 풀었다. 천을 햇볕에 말리
려고 밖에 꺼내놓았다. 하나는 자기가 피우고 하나는 멘델을 주
려고 담배 두 개를 말고서 주머니에서 밀랍성냥을 꺼냈지만 성
냥은 축축했다. 그래서 세 번을 긋고 네 번째가 돼서야 불이 붙었
다. 멘델은 차분히 그를 지켜보았다. 중간 정도 되는 키에 팔다리
가 튼튼해 보이지는 않았지만 군살이 없이 꽤 단단했다. 윤기 나
는 검은 머리에 검게 그은 계란형 얼굴, 거칠거칠 수염이 나고 짧
고 곧은 콧날에다 검고 강렬한 두 눈이 약간 돌출되기는 했지만

* 유대교 회당.

호감이 가는 인상이어서 멘델은 그 얼굴에서 눈을 떼지 못했다. 한곳을 뚫어지게 보기도 하고 시선을 피하기도 하는 불안한 두 눈은 뭔가를 간절히 요청하는 듯했다. 빚쟁이의 눈이야, 멘델은 생각했다. 아니면 빚을 갚아야 한다고 생각하는 사람의 눈빛이랄까. 하지만 자신이 빚을 지고 있다고 생각하지 않는 사람이 과연 있기나 할까?

멘델이 그에게 물었다. "왜 하필 여기서 걸음을 멈춘 거지?"

"우연히 그렇게 됐어요. 헛간을 봤거든요. 그리고 아저씨 얼굴 때문이었어요."

"내 얼굴이 다른 사람들 얼굴과 어떻게 다른데?"

"사실, 전혀 다르지 않아요." 청년이 어색하게 웃어보려 애썼다. "다른 사람들하고 똑같아요. 신뢰를 주는 얼굴이죠. 아저씨가 모스크바 사람이 아닌데도 모스크바 거리를 걸으면 외국인들이 아저씨를 붙잡고 길을 물어볼 것 같은 그런 인상이에요."

"……그렇다면 그 사람들이 운이 없는 걸 텐데. 내가 길을 그렇게 잘 찾을 줄 알았다면 지금 여기 있지도 않을 테니 말이야. 그리고 보다시피 난 자네의 배에도, 정신에게도 별로 줄 게 없거든. 내 이름은 멘델이야. 멘델은 '위로하는 사람'이라는 뜻을 가진 Menachém를 줄인 말이지만 난 여태 누구에게도 위로가 되어본 적이 없어."

두 사람은 잠시 아무 말도 하지 않았다. 멘델이 주머니에서 작은 칼을 꺼내고 바닥에서 돌멩이를 하나 골라 몇 차례 간격을 두고 침을 뱉더니 거기에 대고 칼을 갈았다. 이따금 엄지손톱에 칼날을 대보고 잘 갈렸는지 확인했다. 만족스럽게 갈리자 톱질을 하듯 칼을 움직여서 다른 손톱을 깎기 시작했다. 그가 손톱 열 개를 다 깎자 레오니드가 그에게 다시 담배를 한 대 더 권했다. 멘델은 거절했다.

"고맙지만 됐어. 난 원래 담배를 피우면 안 돼. 그런데 담배를 보면 피우게 된다니까. 한 남자가 늑대처럼 살아가야 할 때 할 수 있는 일이 뭐가 있겠나?"

"왜 담배를 피우면 안 되는 거죠?"

"폐 때문이야. 아니 기관지 때문인지도 몰라. 정확히 말해줄 수가 없네. 그게 뭐 중요하겠어. 자네 주변 세상이 다 무너져 내린다면 담배를 피우든 피우지 않든 아무 상관 없듯이 말이야. 자, 그 담배 줘봐. 난 가을부터 여기 있었는데 아마 이게 내가 세 번째 피우는 담배일 거야. 4킬로미터 정도 떨어진 곳에 마을이 하나 있어. 발루에츠라는 마을인데 주위가 온통 숲이야. 농부들은 다 선량한 사람들인데 담배는 가지고 있지 않아. 소금도 없더라고. 소금 백 그램하고 달걀 열두 개, 아니면 닭 한 마리하고도 바꿀 수 있어."

레오니드는 마치 뭔가를 망설이듯 잠시 아무 말도 하지 않다가 일어섰다. 헛간에 들어올 때처럼 맨발로 배낭을 가지고 밖으로 나가더니 배낭을 뒤적여 뭔가를 찾기 시작했다. "여기 있어요." 그가 짧게 말하며 멘델에게 정제되지 않은 소금 꾸러미 두 개를 보여주었다. "아저씨가 계산한 물물교환 가격이 맞는다면 닭 스무 마리는 될 거예요."

멘델이 팔을 뻗어 꾸러미를 받아 들고 무게를 저울질해보더니 동의하는 것 같았다. "어디서 난 거야?"

"멀리서. 여름이 돼서 군장벨트가 더 이상 필요 없게 됐죠. 소금은 그걸로 만든 거예요. 물물교환은 절대 사라지지 않아요. 풀과 사람이 다 죽어간 곳에서조차. 소금이 있는 마을이 있는가 하면 담배가 있는 곳도 있고 아무것도 없는 마을도 있어요. 난 아주 멀리서 왔어요. 하루하루 버텨낸 게 여섯 달 됐어요. 어디로 가고 싶은지도 모르는 채 걷고 있어요. 걷기 위해 걸었어요. 걸어야 하니까 걸었죠."

"그러니까 자넨 모스크바에 있다가 온 거지?" 멘델이 물었다.

"모스크바에도 있었고 다른 여러 곳에서도 있었죠. 학교도 다녔어요. 나중엔 다 잊어버렸지만 학교에서 회계를 배웠어요. 열여섯 살 때 도둑질을 해서 루비안카에 여덟 달 동안 갇혀 있기도 했죠. 아, 시계를 훔쳤거든요. 어찌 보면 아저씨와 난 동지라고 할 만한데요. 블라디미르에서는 낙하산부대에서 훈련을 받기도 했어요. 회계원은 낙하산부대에 보내거든요. 스몰렌스크 근처 랍테보에서 독일군 속으로 낙하를 했었으니, 거기서 왔다고도 할 수 있겠죠. 스몰렌스크 라거*에도 있다가 탈출했어요. 1월에요. 그때부터 걷기만 한 겁니다. 미안해요, 동지, 너무 피곤하

---

* '캠프, 수용소'를 뜻하는 독일어.

고 발이 아파요. 이제 몸이 따뜻해졌으니 좀 잤으면 좋겠어요. 그
런데 먼저 여기가 어딘지 알고 싶은데."

"아까 말해줬는데, 발루에츠 근처라고. 브랸스크에서 걸어
서 사흘 거리에 있는 마을이지. 평화로운 곳이야. 철도는 30킬로
미터 떨어진 곳에 있고 숲이 울창해. 길은 계절에 따라 진흙이나
흙먼지, 눈에 뒤덮여 있지. 독일군은 이런 곳을 좋아하지 않아서
가축을 수탈할 때에나 와. 그런데 그것도 그리 잦지는 않더라고.
자, 목욕을 하러 가지."

레오니드가 일어서서 벗어뒀던 군화를 다시 신을 준비를 했
다. 하지만 멘델이 그를 말렸다. "아니, 강에 가려는 게 아냐. 주
변 상황이 어떤지 아무도 모르잖아. 게다가 강이 멀기도 하고. 여
기 뒤로, 헛간 뒤로." 멘델이 그에게 목욕 시설을 보여주었다. 판
자로 지은 작은 오두막이었는데 지붕 위에는 태양열로 물을 덥
힐 수 있게 양철물통이 설치되어 있었고 겨울에 사용하는, 찰흙
을 불에 구워 만든 작은 난로가 하나 있었다. 빈 깡통 바닥에 구
멍을 내고 금속관을 통해 물통과 연결해서 만든 샤워기까지 있
었다. "전부 다 내 손으로 만든 거라네. 단돈 1루블도 쓰지 않고
누구의 도움도 받지 않고."

"마을 사람들이 아저씨가 여기서 지내는 걸 아나요?"

"알기도 하고 모르기도 해. 난 되도록 마을에 안 가는데 가
게 되면 매번 다른 방향에서 가지. 마을 사람들 기계를 수리해주
고 가능한 한 말을 섞지 않으려고 애써. 빵과 계란을 수리비로 받

고 마을을 떠나. 깜깜할 때 떠나니 아무도 내 뒤를 밟지 못했을 거라고 생각하네. 자, 옷을 벗게. 내겐 비누가 없어, 적어도 지금은. 재를 이용하고 있어. 저기 저 깡통에 강모래와 섞어놨어. 물만 끼얹는 것보다는 나을 거야. 군대에서 배급하는 약용비누보다 재가 이를 잡는 데 훨씬 낫다고 하더라고. 그건 그렇고……."

"아니, 난 이가 없어요, 걱정하지 마요. 몇 달 동안 혼자 걸었으니까."

"좋아, 옷을 벗고 셔츠를 날 줘. 기분 나빠 할 때가 아니야. 어쨌든 건초 더미나 헛간 같은 데서도 잤을 거 아냐. 이란 놈들은 끈기 있는 족속이어서 기다릴 줄 안다니까. 간단히 말하면 우리 같은 거지. 인간과 이가 제대로 구별이 돼야 할 텐데."

멘델이 감정가처럼 셔츠의 솔기를 하나하나 조사했다. "좋아, kòscher*, 말이 필요 없군그래. 이가 있었어도 자네를 환영했겠지만 이가 한 마리도 없으니 더 환영하네. 어쨌든 자네가 먼저 샤워해. 난 아침에 벌써 했거든."

멘델이 손님의 마른 몸을 가까이에서 관찰했다. "왜 할례는 안 받았지?"

레오니드가 대답을 피했다. "내가 유대인이라는 걸 어떻게 눈치챘죠?"

"이디시 억양은 물로 열 번을 씻어내도 없어지지 않는 법." 멘델이 속담을 인용했다. "어쨌든 반갑군그래. 나 혼자 지내는 데 지쳐 있었거든. 원한다면 여기서 지내도 돼. 자네가 모스크바

* '깨끗해' 이디시어.

출신이어도 괜찮고, 회계 공부를 했어도, 어디선가 도망을 쳤어
도 시계를 훔친 적이 있어도, 자네 얘기를 다 들려주고 싶지 않아
도 상관없어. 자넨 내 손님이야. 날 만난 게 자네에겐 행운이야.
나도 우리 집에 문 네 개를 만들었어야 했어. 아브라함처럼 벽마
다 문을 하나씩 다는 거지."

"왜 네 개인가요?"

"나그네가 문을 쉽게 찾을 수 있게."

"그런데 아저씨는 이런 이야기를 다 어디서 배웠어요?"

"『탈무드』에, 미슈나* 어딘가에 있는 이야기야."

"그러니까 당신도 공부를 했군요!"

"어릴 때 아까 말했던 그 랍비 선생님의 학생이었어. 그렇지
만 지금은 그 선생님도 구덩이 안에 누워 계시고 난 배운 걸 거
의 다 잊어버렸어. 고작 속담 몇 개하고 우화 몇 개 기억하고 있
는 정도야."

레오니드가 잠시 입을 다물었다가 말했다.

"내 이야기를 하고 싶지 않다고는 안 했어요. 그냥 피곤하고
졸리다고 했지." 그가 하품을 하더니 오두막 샤워장으로 갔다.

새벽 4시에 벌써 날이 밝았지만 두 사람은 두세 시간 뒤에야 잠
에서 깼다. 밤사이 구름이 하늘을 뒤덮었다가 이제 가랑비가 내
리고 있었다. 그리고 서쪽에서 바다의 파도처럼 돌풍이 한참 몰
아쳤는데 나뭇잎이 거세게 흔들리는 소리와 나뭇가지 부러지는

---

* 유대교 랍비들의 구전口傳을 집대성한 책. 『탈무드』의 제1부를 구성한다.

소리가 멀리서 그 바람을 예고했다. 두 사람은 피로가 풀려 개운하게 일어났다. 멘델은 이제 숨길 게 별로 없었다.

"맞아. 나 역시 낙오병이지만 탈영병은 아니야. 1942년 7월부터 떠돌았지. 행방불명된 십만 명, 이십만 명 병사 중의 하나야. 낙오됐다고 뭐 부끄러워해야 하나? 아마 행방불명 병사가 몇 명이나 되는지 파악도 못할걸? 파악할 수 있다면 행방불명될 수 없겠지. 산 사람 죽은 사람 숫자는 계산이 되지. 낙오병은 산 것도 죽은 것도 아니니 셀 수가 없는 거야. 그들은 유령 같은 존재라고나 할까.

난 자네들 낙하산병들이 아래로 뛰어내리는 법을 배웠는지 어떤지 잘 모르네. 우리는 전부 다 배웠어. 붉은 군대의 크고 작은 대포 전부를. 처음에는 도면과 사진으로 배웠는데 꼭 다시 학생이 된 기분이더라고. 그러고 나서는 심장이 떨릴 정도로 무서운 거대한 짐승 같은 실제 대포로 옮겨가는 거지. 그래, 동료들과 함께 전선으로 이동했는데 상황이 완전히 달라서 아무것도 모르겠더라고. 무기가 다 달랐어. 제1차 세계대전 때 러시아, 독일, 오스트리아에서 쓰던 무기들이었어. 심지어 터키에서 온 것도 있었지. 포탄 보급 때문에 어떤 혼란이 벌어졌는지 상상할 수 있겠지. 꼭 일 년 전이었어. 난 쿠르스크와 하리코프 중간쯤에 있는 언덕에 배치되어 있었다네. 포대장이 바로 나였어. 유대인이고 시계 수리공인데도 말이야. 대포는 제1차 세계대전이 아니라 제2차 세계대전 때 만들어진 것이었는데 러시아제가 아니라 독일제였어. 그래, 어찌 된 영문인지 모르지만 나치의 대포 150/27이 거기 떡하니 자리 잡고 있더라고. 아마 고장이 나서 독일군이 진격하던 1941년 10월부터 그 자리에 있었을 거야. 알잖나, 그런 무기는 한번 배치되면 옮기기가 쉽지 않은 거. 최후의 순간에 내가 그 대포를 맡게 되었는데 그때 벌써 주위의 땅이 흔들리기 시작하고 대포 연기가 태양을 가려버렸지. 그러니까 말하자면 대포를 제대로 쏘는 게 아니라 그 자리에 가만히 있기만 하려고 해도 용기가 필요했던 거야. 아무도 조준 지점을 알려주지 않는데 자네라면 어떻게 제대로 발포를 할 수 있겠나? 무전기도 부서져버려 물어볼 수도 없었고. 게다가 어찌어찌해서 물어봤다 해도 눈앞에서는 혼란스러운 광경만 펼쳐졌을 거야. 하늘은 낮인지 밤인지 분간도 되지 않을 정도로 컴컴했고 주위의 땅이 폭발을 하고, 그래서 산사태가 일어나 흙더미에 깔려 죽기 직전인데 아무도 자네에게 어디로 가라고 말해주지 않을 때 같은 기분을 느끼는 거지. 그리고 자네 역시 어디로 달아나야 할지 모르고.

포병 세 명이 달아났어. 잘한 일일 수도 있겠지. 그 세 사람에 대한 소식은 전혀 모르기 때문에 꼭 그렇다고 말할 수도 없지만. 나는 아니야. 난 포로가 되고 싶지 않았지만 포병은 절대 자기 무기를 적에게 넘겨주지 않는다는 게 우리 규정이었어. 그래서 달아나는 대신 그 자리에 남아서 대포를 일부러 못쓰게 만들 가장 좋은 방법을 궁리했지. 물론 기계를 망가뜨리는 게 고치는 것보다 훨씬 쉽지만 다시 수리할 수 없게 대포를 부수기 위해서는 머리를 쓸 필요가 있었지. 모든 대포마다 약점이 있으니까. 간단히 말하면 난 도망가고 싶지는 않았어. 난 영웅은 아니야. 영웅이 되겠다는 생각은 꿈에도 해본 적이 없었어. 그렇지만 자네가 알다시피 러시아인들 속의 유대인은 러시아인들보다 두 배는 용감해야 하잖아. 그렇지 않으면 러시아인들이 당장 유대인을 겁쟁이라고 할 테니까. 내가 대포를 파괴하지 못하면 독일인들이 다시 한번 이 포구를 돌려 우리에게 발사할 거라는 생각도 했지.

다행히 독일군들이 그 일을 알아서 맡아줬어. 대포를 이리저리 만져보는 동안, 머릿속에서는 대포를 부숴야겠다는 생각이 떠나지 않았지만 다리는 자꾸 그곳을 벗어나고 싶어 했지. 바로 그때 독일군 수류탄이 날아오더니 포가砲架 밑의 무른 땅에 박히자마자 폭발을 했지 뭐야. 대포가 공중으로 날아갔다가 옆으로 비스듬히 떨어졌어. 내 생각에는 아무도 그 대포를 다시 바르게 세울 수 없을 것 같더라고. 또 이 대포 덕에 내가 아슬아슬하게 목숨을 구했다는 생각도 들어. 수류탄 파편을 대포가 다 막아줬으니까. 다만 어찌 된 일인지 모르지만 여기 이마에, 그리고 머리카락 속으로 살짝 상처가 났더라고, 보이지? 피를 많이 흘렸지만 기절하지는 않았어. 상처는 저절로 아물었고.

그래서 난 걷기 시작했어……."

"어느 쪽으로?" 레오니드가 끼어들었다. 멘델이 화를 내며 대답했다. "어느 쪽은 무슨 어느 쪽! 난 우리 부대원들과 합류하려고 애썼어. 그런데 자네가 군사 재판관도 아니잖아. 아까 말했

듯이 하늘은 온통 시커먼 연기에 뒤덮여 있었지. 방향을 짐작할
수가 없었어. 전쟁터에서뿐만 아니라 사람들 머릿속에서도 전쟁
은 특히 크나큰 혼돈이야. 대부분의 경우 누가 승리하고 누가 패
배했는지도 모른다니까. 나중에 장군들과 역사책을 쓰는 사람들
이 그걸 결정하지. 그때는 그랬어. 모든 게 혼란스러웠고 나 역시
혼란스러웠지. 폭격이 계속되었고 밤이 찾아왔어. 나는 거의 귀
가 안 들릴 지경이었고 피투성이가 되었지. 내 상처가 보기보다
훨씬 깊을지도 모른다는 생각이 들더라고.

　　나는 걷기 시작했어. 제대로 된 방향으로, 그러니까 전선에
서 멀어져 우리 진지 쪽으로 가고 있다고 믿었지. 실제로 걸음을
옮길수록 귀청을 찢는 소음이 줄더군. 난 밤새 걸었어. 처음에는
걷고 있는 다른 병사들이 보이더니 나중에는 한 사람도 눈에 띄
지 않았어. 이따금 쉬잇 하며 날아가는 수류탄 소리가 들려와서
땅에, 밭고랑이나 바위 뒤에 납작 엎드렸지. 전선에서는 뭐든 금
방 배우는 법이야. 민간인의 눈에는 얼어붙은 호수처럼 평평한
밭밖에 보이지 않는 곳에 움푹 들어간 구덩이가 있다는 걸 알아
차릴 수 있거든. 날이 밝기 시작했어. 그러자 다시 점점 포성이
커지고 땅이 흔들리기 시작했지. 숨을 곳을 찾으려고 주위를 둘
러보았지만 추수한 밭과 경작하지 않은 땅밖에 없더군. 관목 한
그루, 담벼락 하나 보이지 않았어. 숨을 곳 대신, 전쟁터에서 일
년을 보냈지만, 그때까지 한 번도 보지 못했던 어떤 물체가 눈에
띄었어. 그때까지는 몰랐는데, 내가 걸어가는 방향과 나란히 철

로가 깔려 있었던 거야. 철로 위로 달리는 그것을 처음 봤을 때는 바지선이 한 줄로 길게 움직이는 것 같더라고. 강에 있는 그 배들 말이야. 그러다가 알게 되었어. 내가 방향을 잘못 잡았다는 걸. 난 독일군 진지 쪽으로 가고 있었던 거지. 그리고 내가 본 건 독일군 장갑열차였어. 전선 쪽으로 가는 중이었는데 객차끼리 연결된 기차가 아니라 산과 산을 연결한 것 같더라고. 자네가 보기에는 이상할 거야. 바보 같아 보이거나 터무니없게 생각될지도 몰라. 자네가 이런 일들을 어떻게 생각하는지 나야 아직 모르니까. 그렇지만 난 천둥소리가 들릴 때마다 천둥에게 축복을 내리던 할아버지 말씀이 떠올랐어. '네 힘과 능력으로 온 세상을 가득 채워라.' 아, 이해할 수 없는 일이지. 장갑열차는 독일인들이 만들었지만 독일인들은 하느님이 만들었으니까. 왜 그들을 만들었을까? 아니면 사탄이 그들을 만들게 가만 놔두었을까? 우리들의 죄 때문에? 만일 한 남자가 죄를 짓지 않았다면? 아니 여자가? 내 아내는 무슨 죄를 지었을까? 혹시 다른 누군가의 죄 때문에, 혹시 구덩이 가장자리에 서서 기관총을 난사하던 바로 그 독일인들이 저지른 죄 때문에 내 아내 같은 여자가 죽어야만 하고 수많은 다른 여자들과 아이들과 함께 구덩이에 누워 있어야 하는 건 아닐까?

　이런, 미안해. 내가 너무 흥분했군그래. 그렇지만 들어줘, 거의 일 년 동안 곱씹었지만 결론을 내지 못하는 생각들이야. 거의 일 년 동안 사람하고 대화를 나눠보지 못했어, 낙오병은 말을 하지 않는 게 좋으니까. 다른 낙오병하고만 말할 수 있으니까."

이제 비는 그쳤다. 씨를 뿌리지 않은 땅에서 버섯과 이끼 냄새가 희미하게 올라왔다. 나뭇잎에서 나뭇잎으로, 나뭇잎에서 바닥으로 떨어지는 빗방울 소리가 평화로운 음악소리처럼 들렸다. 지금이 전시가 아닌 것만 같았고 지금까지 전쟁이란 게 일어나본 적도 없는 듯했다. 갑자기 빗방울 음악에 다른 소리가 겹쳐졌다. 사람 목소리, 부드럽고 어린 목소리, 노래하는 소녀의 목소리였다. 두 사람은 관목 뒤에 숨어서 소녀를 보았다. 소녀는 염소떼를 천천히 자기 앞으로 몰았다. 맨발에 야윈 소녀로 무릎까지 닿는 야상 점퍼로 온몸을 감쌌다. 목에 수건을 둘렀는데 핏기가 없는 부드러운 얼굴은 햇빛에 까맣게 그을었다. 농부들처럼 기교를 섞어 콧소리가 담긴 어조로 구슬프게 노래를 불렀다. 그리고 염소를 몰고 간다기보다는 그 뒤를 쫓으며 그들 쪽으로 느릿느릿 걸어 나왔다.

두 병사가 시선을 주고받았다. 방법이 없었다. 이 소녀가 그들을 보지 않았다면 그들의 은신처를 버리기가 쉽지 않았을 것이다. 어쨌든 소녀가 그들을 향해 곧장 오고 있으니 그들을 볼 게 분명했다. 멘델이 일어섰고 레오니드도 그를 따라 했다. 소녀는 겁에 질려서라기보다 깜짝 놀라서 순간 걸음을 멈췄다. 그러다가 달리기 시작해서 자기 염소들을 추월하더니 염소들을 모아 마을 쪽으로 밀어댔다. 한마디도 하지 않았다.

멘델이 조용히 생각에 잠겼다 말했다. "끝났어. 방법이 전혀 없어. 이제 늑대처럼 살아야 한다는 뜻이야. 몇 달 동안 아무 일 없었는데. 여자아이라, 다 끝났어. 아마 우리를 보고 겁에 질렸을 거야. 그래도 우리가 그 애한데 위험스럽지는 않은데. 오히려 그 애가 우리에게 위험하면 했지. 여자아이니까 틀림없이 오늘 일을 말할 거야. 입 다물고 있으라고 위협했으면 아마 더 크게 떠벌릴걸. 우리를 봤다고 수다를 떨고 여기저기 말하겠지. 독일군 수비대가 우리를 찾으러 올 거야. 한 시간 뒤가 될지, 하루 뒤가 될지, 열흘 뒤가 될지 모르지만 오긴 온다고. 독일군이 오지 않으면, 아니 독일군이 오기 전에 농부들이 오거나 도적이 올걸. 안타깝군, 동지. 자네가 때를 잘못 맞춰 왔어. 자, 날 도와주게. 짐을 싸서 여기를 떠나야 해. 샤워 시설을 두고 가는 게 유감이군그래, 전부 다 처음부터 시작해야 할 테니. 여름이어서 다행이야."

꾸릴 짐은 크게 없었다. 비상식량을 비롯해서 멘델의 재산은 전부 그의 군용 배낭에 수월하게 들어갔다. 하지만 짐을 다 싸고 나자 레오니드는 멘델이 망설이며 걸음을 떼어놓지 못하는 걸 알아차렸다. 멘델은 둘 중 어떤 걸 택해야 할지 확신이 안 서는 사람처럼 머뭇거렸다.

"왜 그래요? 뭐 잊어버리고 안 챙겼어요?"

멘델은 대답하지 않았다. 나무 그루터기에 다시 앉더니 머리를 긁적였다. 그러다가 단호하게 일어서서 배낭에서 작은 삽을 꺼내더니 레오니드에게 말했다. "자, 나하고 가지. 아니, 배낭은 여기 그냥 놔둬. 무겁잖아. 조금 있다 가져가자고."

그들은 숲으로 향했다. 오솔길은 처음에는 선명하게 모습을 드러냈지만 곧 무성한 풀에 뒤덮여버렸다. 멘델은 자기만 아는 표시를 해둔 어떤 곳으로 가는 듯했다. 걸어가면서 혼잣말을 했는데 뒤를 돌아보는 법도 없었고 레오니드가 잘 따라오는지, 자기 말을 듣는지 확인도 하지 않았다.

"봐, 대안이 없는 게 좋아. 내겐 대안이 없어. 어쩔 수 없이 자네를 믿어야만 하지. 게다가 난 혼자 사는 게 지겹거든. 난 내 이야기를 다 해줬는데 자넨 자네 이야기를 하고 싶어 하지 않아. 상관없어, 자네 나름대로 이유가 있을 테니. 자네는 라거를 탈출했다고 했지. 말하고 싶지 않은 이유를 충분히 이해할 수 있어. 독일군들 눈에 자네는 러시아인인 것도 모자라 유대인이고, 거기다 탈영병이야. 러시아인들 눈에는 탈영병이어서 스파이로 비칠 수도 있지. 어쩌면 정말 스파이일지도 모르고. 얼굴만 보면 스파이는 아니야. 그렇기는 해도 스파이들이 다 스파이 얼굴을 갖고 있다면 스파이 노릇을 할 수가 없겠지. 난 대안이 없어. 믿는 방법밖에 없어. 그러니 잘 알아두라고. 저 아래 왼쪽에 커다란 떡갈나무가 한 그루 있어. 여기보다 더 멀리서도 잘 보이는 나무. 그 떡갈나무 옆에 번개를 맞아 속이 비어버린 자작나무가 있거든. 자작나무 뿌리 한가운데에 기관총 한 대랑 권총 한 자루가 있어. 기적이 아니야. 내가 숨겨놓은 거니까. 무장해제된 군인은 겁쟁이지만 독일군 전선에서 무기를 가지고 다니는 군인은 바보천치지. 자, 다 왔어, 자네가 훨씬 젊으니 땅을 파봐. '겁쟁이'라고 해서 미안해. 자네에게 한 말이 아니야. 적의 진영에 낙하산을 타고 떨어진다는 게 무슨 의미인지 나도 잘 알고 있으니까.”

레오니드가 몇 분 동안 말없이 땅을 팠다. 기름을 잔뜩 먹인 텐트 천에 둘둘 만 무기들이 드러났다.

“어두워질 때까지 여기서 기다리나요?” 레오니드가 물었다.

“그러는 게 좋을 거야. 안 그랬다가는 누군가 우릴 덮쳐서 우리 배낭을 빼앗아가 버릴 위험이 있어.”

그들은 헛간으로 돌아왔다. 멘델은 배낭에 넣을 수 있게 기관총을 분해했다. 밤이 되길 기다리며 잠을 잤다. 그러고 나서 서쪽을 향해 걷기 시작했다.

세 시간을 걷고 나서 쉬기 위해 걸음을 멈췄다.

“이봐, 모스크바 친구, 피곤하지?” 멘델이 물었다. 레오니드는 아니라고 말했지만 자신 있는 대답은 아니었다. “피곤하지는 않아요. 아저씨 걷는 속도에 익숙하지 않아서 그렇지. 신병 훈련 중에 행군을 했는데 숲에서 어떻게 살아야 하는지, 나무 몸통 위의 이끼와 북극성을 보고 어떻게 길을 찾아야 하는지, 어떻게 참호를 파야 하는지도 배웠어요. 그렇지만 다 이론에 불과했지요. 교관들도 모스크바 출신이었어요. 교관들조차 도로를 벗어나 행군하는 데 익숙하지 않았다니까요.”

“좋아, 여기서 배우게 될 거야. 나도 산속에서 태어난 건 아니지만 나중에 배웠거든. 이스라엘 역사에 등장하는 숲은 에덴

동산밖에 없어. 자네도 그 끝이 어떤지 잘 알지 않나. 6천 년 동
안 그게 전부였어. 아 그래, 전쟁이 일어나면 모든 게 달라지지.
우리 자신의 변화도 어쩔 수 없이 받아들여야 하고. 그렇게 하는
게 우리에게 해가 되지는 않을 거야. 그리고 여름 숲은 친구나 마
찬가지야. 우리를 숨겨줄 무성한 나뭇잎이 있어. 심지어 우리에
게 먹을 것까지 주잖아."

그들은 다시 서쪽으로 걸음을 재촉했다. 적진에 남겨진 낙
오병들은 체포가 되어서는 안 되며 독일군 점령 지역으로 들어
가서 몸을 숨기라는 게 모스크바의 명령이었고 두 사람 다 그걸
잘 알고 있었다. 처음에는 희미한 별빛을 받으며, 그러다가 자정
이 지나고 나서는 달빛 아래서 오랜 시간 걸었다. 흙은 단단하면
서도 부드러워서 그들의 발소리는 울리지 않았고 그들이 가는
길을 가로막는 건 아무것도 없었다. 바람이 잦아들어 나뭇잎 하
나 움직이지 않았다. 주위는 고요했고 이따금 날아가는 새들의
날갯짓 소리나 조금 멀리서 들려오는 밤새들의 구슬픈 노랫소리
가 그 침묵을 깰 뿐이었다. 새벽녘이 되자 공기가 서늘해졌고 잠
든 숲속의 축축한 숨결이 거기에 듬뿍 배어들었다. 그들은 개울
두 개를 물속을 걸어서 건넜고 세 번째 개울은 임시로 만들어놓
은 설명하기 힘든 이상한 다리를 통해 건넜다. 밤새도록 사람의
흔적은 하나도 눈에 띄지 않았다.

날이 밝자마자 그 흔적을 하나 발견했다. 끈적끈적할 것 같
은 우윳빛 안개가 낮게 드리워져 있었다. 어떤 곳에서는 겨우 무

릎 높이까지밖에 안 닿을 정도의 안개가 깔려 있었지만 바닥이 보이지 않을 만큼 짙었다. 두 남자는 늪지를 건너고 있는 기분이었다. 다른 곳에서는 머리보다 훨씬 위까지 안개가 자욱해서 방향감각을 잃게 만들었다. 레오니드가 부러진 나뭇가지에 발이 걸려 넘어졌다. 그는 그것을 주워 들었다가 마치 도끼로 자른 것처럼 깨끗하게 잘린 나뭇가지를 보고 깜짝 놀랐다. 잠시 후 두 사람은 바닥이 온통 나무껍질과 나뭇잎 조각들, 그리고 나뭇가지들에 뒤덮여 있는 것을 알아차렸다. 그들 머리 위쪽으로는 인정사정없이 나무들이 잘려나간 것 같았다. 거대한 낫이 훑고 지나간 것처럼 나무의 윗부분과 가지들이 다 잘려나간 상태였다. 앞으로 걸어나가면 나갈수록 나무의 잘린 면이 바닥에 가까워졌다. 그들 눈앞에 반쯤 잘려나간 어린 나무들과 철판과 금속 잔해들이 나타났고 그 뒤로 그것이, 하늘에서 떨어진 괴물이 보였다. 독일제 폭격기, 하인켈의 제트전투기가 잘려나간 나무들 한가운데에 비스듬하게 누워 있었다. 날개는 사라져버리고 없었지만 이착륙 장치는 그대로였다. 두 개의 프로펠러 날개는 밀랍으로 만든 것처럼 구부러지고 휘어져 있었다. 방향타에는 검은색의 만卍자가 오만하게, 소름끼치게 그려져 있었다. 그 옆으로는 여덟 개의 형체가 수직으로 그려져 있었는데 레오니드는 그게 뭔지 어렵지 않게 알 수 있었다. 프랑스 전투기 세 대, 영국 정찰기 한 대, 소련 수송기 네 대를 그린 것으로 이 전투기가 추락하기 전에 격퇴했던 적군의 비행기들이었다. 전투기가 추락할 때 땅이 패어 생긴 고랑들에서 벌써 잡초와 관목들이 자라고 있는 것으로 보아 여러 달 전에 추락한 게 틀림없었다.

　"우리에겐 행운의 별인데." 멘델이 말했다. "야영하는 데 이보다 더 좋은 걸 바랄 수 있겠어? 적어도 며칠은 이용할 수 있겠지? 예전에는 이 녀석이 하늘의 주인이었다면 지금은 우리가 이 녀석의 주인이지." 조종석 문을 여는 건 그리 힘들지 않았다. 두 사람은 안으로 들어가서 즐거운 호기심에 사로잡혀 그 안의 물건들을 차례로 확인하는 일에 정신을 빼앗겼다. 먼저 기름 범벅이 되어 흐늘흐늘해진 헝겊 강아지 인형이 보였다. 누군가 그 인형 목에 자그마한 짙은 갈색 털목도리를 감아놓았다. 행운의 마스코트였는데 제 역할을 하지 못했던 게 분명했다. 조화로 만든 작은 꽃다발도 있었다. 스냅사진도 서너 장 있었다. 세계 각국의 군인들이 몸에 지니고 다니는 평범한 사진들로 공원에서 찍은 남녀 사진, 마을 축제에서 찍은 남녀 사진 등이었다. 얇은 독일어-러시아어 사전도 한 권 보였다. "전투 비행을 하는데 왜 이런 걸 가지고 다녔는지 모르겠네." 멘델이 혼잣말을 했다. "자신에게 일어날 일을 대비했는지도 모르죠." 레오니드가 대답했다. "낙하산이 없어요. 어쩌면 비행기에서 뛰어내려서 우리처럼 낙오되어 이 주위를 돌아다니고 있는지도 몰라요. 아마 그렇다면 사전이 유용했겠죠." 그런데 자세히 살펴보니 그 소사전은 독일에서 출판된 게 아니라 레닌그라드에서 나온 것이었다. 이상한 일이었다.

물건을 뒤지다 보니 비행기가 점점 더 이상했다. 사진 다섯 장 중 두 장은 독일 공군 군복을 입은 날씬한 젊은이가 검은 머리를 땋은 조그맣고 통통한 여자와 찍은 사진이었다. 다른 세 장은 근육질의 다부진 체격에 광대뼈가 툭 튀어나온 넓적한 얼굴의 젊은 민간인 청년 사진이었다. 그의 애인 역시 검은 머리였지만 이 여자는 짧은 머리였고 코가 납작했다. 사진 세 장 중 한 장에서 젊은이는 기하학적인 무늬가 수놓인 셔츠를 입었는데 배경으로 광장과 건물 하나가 보였다. 건물에는 로지아*가 있었고 끝이 뾰족하고 아라베스크 무늬로 정교하게 장식한 아치형 창문들이 보였다. 절대 독일 같지는 않았다.

조종석의 무전기는 누군가가 떼어갔고 폭탄 투하실에는 폭탄이 없었다. 그 대신 오래된 호밀 빵 세 덩어리와 아직 따지 않은 병 몇 개, 그리고 백러시아의 남자 시민들에게는 독일군이 조직한 경찰국에 자원하라고 권하고 여자들에게는 토트 조직** 사무실에 등록하라고 권하는 벨로루시어로 된 전단지들도 있었다. 볼셰비즘의 적이자 모든 러시아인들의 진정한 친구인 위대한 독일을 위해 일하면서 많은 보수를 받을 수 있으리라는 내용이었다. 독일인들이 민스크에서 벨로루시어로 출간하는 신문으로, 상당히 최근에 발행한 『새로운 벨로루시』도 있었다. 1943년 6월 26일 토요일 자 신문이었는데 성당 미사 시간표도 실려 있었고 콜호즈의 분할과 농민들에게 토지를 재분배하는 문제와 관련된 일련의 법령도 읽을 수 있었다. 끈기는 있지만 서툰 손놀림으로,

---

* 한쪽 벽이 없이 트인 방이나 홀.
** 독일의 기술자로 나치 독일에서 중요 임무를 맡았던 프리츠 토트가 창립한 조직. 제3제국의 전쟁에 필요한 통신설비와 방어 시설들과 군수공장 등의 건설을 위해 만든 조직으로 점령지 주민의 강제노동 동원 기관으로도 이용되었다고 한다.

자작나무 껍질을 다듬어서 만든 체스 판도 눈에 띄었다. 하얀 껍질을 벗겨내서 검은 칸을 만들었다. 장화도 한 켤레 있었는데 그역시 조잡하게 만들어졌다. 레오니드와 멘델은 한참 동안 장화를 이리저리 살펴봤지만 뭐로 만든 것인지 알 수가 없었다. 가죽은 아니었다. 이 비행기에 사는 사람이 조종석의 인조가죽 커버를 잘라내고 잔해에서 찾아낸 전선으로 듬성듬성 꿰맨 것이었다. 잘 만들었는걸, 멘델이 평가했다. 하지만 이 거처를 벌써 차지한 사람이 있으니 이제 어쩐다? "숨어서 기다려보자고. 어떤 사람인지 본 다음에 결정하는 거야."

　　저녁 무렵에 거주자가 도착했는데 걸음걸이가 조심스러웠다. 사진에 있던 근육질의 자그마한 남자였다. 그는 군복 바지에양가죽 재킷을 입었고 우즈베크 사람들이 쓰는 흰색과 검은색체크무늬 베레모를 썼다. 다부진 어깨에 가방이 매달려 있었는데 거기서 살아 있는 토끼를 꺼냈다. 손을 수직으로 세워 토끼 목을 내리쳐 죽이더니 휘파람을 불며 내장을 꺼내고 가죽을 벗겼다. 멘델과 레오니드는 사내와 너무 가까이 있어서 혹시 말소리가 들릴까 봐 입도 뻥긋하지 못했다. 레오니드가 배낭을 벗어그것을 조금 열어놓으면서 멘델에게 소금 꾸러미를 가리켰다. 멘델은 즉시 알아차렸고 이번에는 그가 기관총을 가리켰다. 그들은 남자 앞에 자신들의 모습을 드러낼 수 있었다.

　　우즈베크인은 관목들 속에서 나타난 두 사람을 보았지만 전혀 놀라는 기색이 아니었다. 남자는 토끼와 칼을 내려놓더니 의례적인 경계심을 보이며 두 사람을 맞았다. 사진에서 본 것처럼 그리 젊지는 않았다. 마흔 살은 돼 보였다. 저음의 목소리는 멋지고 정중하고 부드러웠지만, 정확하지 않고 실수투성이인 러시아어로 화가 날 정도로 느리게 말했다. 단어를 선택할 때 망설이지는 않았다. 그런데 한 문장이 끝날 때마다 혹은 반쯤 말하다가 대화를 멈췄는데 긴장을 하거나 불안해하지는 않았다. 마치 대화 그 자체에 흥미를 잃은 듯이, 결론에 이르는 게 무의미하기라도 한 것 같았다. 그러다가 예기치 못한 순간에 다시 이야기를 시작했다. 그의 이름은 페이아미였다. 페이아미 나시모비치. 멈춤. 이상한 이름이다, 물론. 하지만 그의 고향도 이상했다. 멈춤. 러시아인들이 보기에 이상하다. 러시아인들은 우즈베크인들이 보기에 이상했다. 긴 침묵. 대화가 끝난 것 같지는 않았다. 낙오병인가? 확실하다. 그 역시 낙오병으로 원래 붉은 군대 병사였다. 낙오된 지 일 년이 훨씬 넘었다. 거의 2년이 다 됐다. 아니, 계속 비행기에서 산 것은 아니다. 농부들의 이즈바*를 돌아다녔다. 콜호즈에서 일하기도 하고 탈영병 무리와 어울리기도 하고 아가씨들과도 어울렸다. 저 사진의 여자? 아니다. 그 여자는 아내였는데 멀리, 끝도 없이 먼 곳에, 3천 킬로미터 떨어진 곳에, 전선 저 너머에, 카스피 해 너머에, 아랄 해 너머에 있다.

　　비행기에 자리가 있을까? 그들 스스로 판단해보건대 그리 많지 않았다. 하룻밤 정도는 약간 좁더라도 어떻게 잘 수 있었다. 예의상, 손님 접대상 이틀 정도도 가능할지 모른다. 하지만 사흘

---

*　러시아 시골의 전통가옥.

을 머무는 건 좋지 않을 터였다. 레오니드가 멘델에게 이디시어로 재빨리 말했다. 이 문제의 결론을 신속하게 낼 수 있다고. 안돼, 멘델이 고개도 까딱하지 않은 채, 얼굴 표정도 그대로인 채로 대답했다. 이 남자를 죽일 생각은 추호도 없었다. 그런데 이 남자를 쫓아버리면 멘델과 레오니드를 고발할 수 있었다. 게다가 추락한 전투기가 그리 이상적이거나 계속 머물 거처는 아니었다. "난 이미 사람을 너무 많이 죽였어. 날지도 못하는 비행기 자리를 차지하려고 사람을 죽이지는 않을 걸세."

"비행기가 난다면 죽였을까요? 비행기가 집으로 아저씨를 데려다줄 수 있다면?"

"어떤 집?" 멘델이 물었다. 레오니드는 대답을 하지 않았다.

우즈베크인은 그들의 대화를 알아듣지 못했지만 이디시어의 귀에 거슬리는 리듬은 알아들었다.

"유대인들이군, 맞죠? 유대인이든, 러시아인이든, 터키인이든 독일인이든 나한테는 똑같아요." 멈춤. "살아 있을 때 어떤 인종이 특히 더 많이 먹는 것도 아니고 죽었을 때 더 악취가 나는 것도 아니죠. 우리 고향 마을에도 유대인들이 있었는데 장사는 아주 잘했지만 전쟁에서는 좀 별로였어요. 나도 그래요. 그런데 우리끼리 전쟁을 하는 이유가 뭘까요?"

이제 토끼 가죽을 다 벗겼다. 우즈베크인은 가죽을 옆에 놔두고 총검으로 토끼를 먹기 좋게 잘라서 나무 그루터기 위에 올려놓고는 기체에서 떨어져 나온 금속을 최대한 구부려 만든 프라이팬 같은 판 위에 고기를 굽기 시작했다. 기름도 소금도 첨가하지 않았다.

　"그걸 다 먹을 건가요?" 레오니드가 물었다.

　"말라빠진 토끼인데요, 뭐."

　"소금 필요하지 않아요?"

　"있으면 좋겠죠."

　"소금 여기 있어요." 레오니드가 가방에서 꾸러미를 꺼내며 말했다. "소금과 토끼의 물물교환. 우리 모두에게 괜찮은 거래 같은데."

　토끼 반 마리에 소금을 얼마나 줘야 하는지 한참 동안 흥정을 했다. 페이아미는 절대 흥분하지 않는, 지칠 줄 모르는 장사꾼이었고 항상 새로운 주장을 내세울 준비가 되어 있었다. 게임을 하듯 흥정을 즐겼고 마상 시합 훈련을 하듯 흥분했다. 그는 토끼는 소금 없이도 먹을 수 있지만 토끼 없이 소금만 먹을 수는 없다는 점을 지적했다. 그의 토끼는 살이 별로 없어서 이 때문에 더욱 값이 나갔다. 토끼의 지방은 간에 해롭기 때문이다. 그한테는 지금 일시적으로 소금이 없지만 이 지역에서 소금 값은 비싸지 않았다. 소금이 풍부해서 러시아인들은 낙하산을 타고 몰려다니는 무리에게 소금을 뿌렸다. 두 사람은 우연히 그가 처하게 된, 소금이 없는 지금 상황을 이용해야만 했다. 고멜 쪽으로 가게 되면 어느 집에서건 놀랄 만큼 싼 가격으로 소금을 구할 수 있을 것이다. 마지막으로 순전히 문화적인 관심과 다른 사람들의 습관에 대한 호기심 때문에 그가 물었다.

"두 분은 토끼고기를 먹나요? 사마르칸트의 유대인들은 안 먹던데. 그 사람들에게는 토끼고기가 돼지고기하고 똑같더라고요."

"우리는 특별한 유대인이죠. 굶주린 유대인." 레오니드가 말했다.

"나 역시 특별한 우즈베크인이구요."

거래를 마치자 숨겨둔 사과, 얇게 썰어서 구운 순무와 치즈, 산딸기를 내왔다. 세 사람은 흥정에서 생겨난 얄팍한 우정으로 결속되어 저녁 식사를 했다. 마침내 페이아미가 비행기 안으로 들어가서 보드카를 가져왔다. 사모곤이라고 그가 설명했다. 농부들이 집에서 직접 증류해서 만드는 보드카였다. 국가에서 만드는 사모곤보다 훨씬 도수가 높았다. 페이아미는 자신은 이슬람교도이지만 보드카를 굉장히 좋아하기 때문에 특별한 우즈베크인이라고 설명했다. 그리고 우즈베크인들은 호전적인 민족인 반면 자신은 전쟁을 하고 싶지 않기 때문이라고도 말했다.

"아무도 나를 찾아오지 않으면 난 여기 남아서 전쟁이 끝날 때까지 토끼 덫을 놓을 거요. 독일인이 오면 독일인하고 갈 거요. 러시아인이 오면 러시아인하고 갈 거요. 유격대가 오면 유격대하고 갈 거요."

멘델은 유격대와 러시아인들이 소금을 뿌려주었다던 무리에 대해 뭔가 좀 더 알고 싶었다. 그는 우즈베크인에게서 다른 정보를 좀 더 얻어보려 했으나 별 소용이 없었다. 벌써 그는 술을 너무 많이 마셨고 그 문제를 이야기하는 게 신중하지 못하다고 생각하거나 정말 더 이상 아는 게 없는지도 몰랐다. 게다가 사모곤은 그 효과가 진짜 강력해서 거의 수면제에 가까웠다. 멘델과 레오니드는 술을 그리 즐겨 마시지 않는 데다가 오랫동안 알코올을 접하지 않았기 때문에 비행기 조종석에 누워 해가 지기도 전에 잠이 들어버렸다. 우즈베크인은 한참 동안 밖에 있었다. 그릇(그리고 정식 프라이팬이 아닌 그의 프라이팬)을 설거지했는데 먼저 모래로 닦은 뒤 물로 씻었다. 파이프 담배를 피우고 다시 술을 마시더니 마지막에는 두 유대인을 한쪽으로 밀어버리고 그도 자리에 누웠다. 그래도 유대인들은 깨지 않았다. 11시인데도 서쪽 하늘에는 아직 희미한 빛이 남아 있었다.

　　새벽 3시에 벌써 날이 밝았다. 햇빛이 조그만 창문만이 아니라 비행기의 금속 몸체가 나무와 땅과 충돌할 때 일그러져 갈라진 틈새로도 폭포처럼 쏟아져 들어왔다. 멘델은 고통스럽게 잠에서 깼다. 머리가 아프고 목이 탔다. '사모곤 때문이야.' 하고 생각했지만 사모곤 탓만은 아니었다. 그는 우즈베크인이 넌지시 말한, 숲속에 숨어 있다던 무리를 생각에서 지울 수가 없었다. 생판 처음 듣는 이야기는 아니었다. 이미 들어본 적이 있고 자주 듣기도 했었다. 그리고 마을 오두막에 붙은, 2개 국어로 쓴 독일군의 포스터를 본 적도 있었다. 범죄자를 신고하는 사람에게는 현상금을 주지만 그들을 돕는 사람은 처벌받을 것이라는 협박이 담긴 포스터였다. 그는 또 교수형을 당한 젊은 남녀를 여러 번 보았다. 무표정한 눈에 손이 등 뒤로 묶인 채 갑자기 잡아당긴 밧줄에 목이 졸려 축 늘어진 무시무시한 모습이었다. 러시아어로 "나는 드디어 고향에 돌아왔다"라거나 장난스러운 다른 말들을 쓴 팻말이 가슴에 매달려 있었다. 멘델은 그런 일을 다 알고 있었다. 그가 속해 있었던, 그리고 그걸 자랑스러워했던 붉은 군대의 병사는 만일 낙오되면 몸을 숨기고 계속 싸워야 한다는 것도 알고 있었다. 그리고 그와 동시에 자신이 이제 싸우는 데 지쳤다는 것도 알았다. 그는 지치고 속이 텅 비었으며 아내도 고향도 친구도 다 잃었다. 그는 이제 가슴속에서 젊은이와 군인의 활력이 아닌 피로와 공허함을 느꼈고 겨울의 눈처럼 새하얗고 평온한 무無의 상태만을 갈망했다. 그는 복수의 갈증을 느꼈지만 갈증을 채우지 못했고 그 갈증은 서서히 가라앉아 자취를 감추고 말았다. 그는 전쟁과 삶에 지칠 대로 지쳤다. 그리고 그의 혈관 속에 군인의 붉은 피 대신 그가 알고 있는 집안, 그러니까 재단사나 상점 주인, 여관 주인, 마을의 바이올린 연주자, 자식을 많이 둔 온화한 가장과 예지력 있는 랍비들이 태어난 집안의 허연 피가 흐르는 기분이었다. 그는 걷는 데도 지쳤고 숨는 데도 지쳤고 멘델로 존재하는 데도 지쳤다. 어떤 멘델? 나흐만의 아들 멘델은 누구인가? 소대 기록부에 적힌 러시아식 이름 멘델 나흐마노비치인가 아니면 1915년 그가 태어났을 때 시계를 두 개 가지고 있던 랍비가 스트렐카의 기록부에 적었던 멘델 벤 나흐만인가?

　어쨌든 계속 이렇게 살 수는 없다는 생각이 들었다. 우즈베크인의 말과 행동을 보며 멘델이 직감하기로는 그는 숲속 유격대에 대해 뭔가 알고 있으며, 겉으로 보여주고 싶어 하는 것보다 훨씬 더 많이 알고 있었다. 뭔가 알고 있었다. 그리고 멘델은 마음 깊은 곳에서, 잘 탐색할 수 없는 그 마음 한 귀퉁이에서 압축 스프링처럼 튕겨져 나오려는 충동과 자극을 느꼈다. 뭔가를 해야 한다고, 햇살 때문에 사모곤에 취한 잠이 다 달아나버린 바로 오늘 당장 해야 한다고 생각했다. 그 무리가 어디 있고 어떤 사람들인지를 우즈베크인에게 알아내야 하고 결정을 해야만 했다. 선택을 해야만 했다. 그런데 선택은 힘들었다. 천년은 묵은 것 같은 그의 오래된 피로, 두려움, 땅에 묻었다가 다시 가지고 다니는 무기에 대한 혐오가 한쪽에 자리 잡고 있었다. 다른 쪽에는 별게 없었다. 그 조그만 압축 스프링이 있었는데, 어쩌면 『프라우다』*에서 "명예감과 의무감"이라고 지칭했던 그것일 수도 있지만 품위에 대한 소리 없는 필요 같은 것으로 묘사하는 게 더 적절할 수도 있었다. 그사이 일어난 레오니드에게는 이런 이야기를 전혀 하지 않았다. 멘델은 우즈베크인이 일어나길 기다렸고 그에게 몇 가지 궁금한 점을 정확하게 물어보았다.

　우즈베크인의 대답은 그다지 정확하지 않았다. 무리는 물론 있다. 아니 있었다. 유격대인지 도적 떼인지 말할 수는 없는데 아마 다른 사람들도 말할 수 없으리라. 당연히 무장을 하고 있긴 한데 누구와 싸우려고 무장한 걸까? 유령들이나 무리 지어 떠다니

---

* 소련 공산당 기관지.

는 구름 같아서 오늘은 여기 나타나서 철도를 폭파하고 내일은 40킬로미터나 떨어진 곳에서 콜호즈의 사일로*를 약탈한다. 절대 같은 얼굴들이 아니다. 러시아인, 우크라이나인, 폴란드인, 어디 출신인지 모를 몽골인들, 그리고 유대인도 물론 몇 명 있었다. 여자들도 있었다. 모두 현기증이 날 정도로 다양한 군복을 입고 있었다. 경찰 복장에 독일 군복을 껴입은 소비에트인들이며 붉은 군대 군복이지만 누더기가 된 옷을 입은 소비에트인들, 심지어 부대에서 탈영한 독일 병사도 몇 명 있고…… 몇 명이냐고? 알 게 뭔가! 이쪽에서는 50명, 저쪽에서는 3백 명이 무리를 이루었다가 흩어지고 연합을 했다가 다투고 총도 몇 발 쐈다.

　　멘델이 고집스레 물었다. 그러니까 그, 페이아미는 뭔가를 알고 있었다. 알 수도 있고 모를 수도 있다고 페이아미가 대답했다. 지금 말한 것들은 모두 다 아는 사실이었다. 그는 몇 달 전 딱 한 번 그런 무리와 접촉했는데 상당히 괜찮은 사람들이었다. 늪지로 둘러싸여 있는, 백러시아 국경에 있는 니브노예에서였다. 거래 때문이었다. 그는 전투기의 무전기 장비를 팔았다. 그의 생각에는 괜찮은 거래이기도 했다. 장비가 다 부서져버려 그 사람들이 다시 제대로 수리할 수 있으리라는 생각은 전혀 들지 않기 때문이다. 치즈 두 덩이와 아스피린 네 상자로 후하게 값을 쳐주었다. 그때는 아직 겨울이었고 그가 류머티즘으로 고생하고 있어서 아스피린이 필요했다. 그 후 4월에 두 번째로 길을 떠났다. 죽은 독일인의 낙하산을 가지고 갔다. 그렇다, 그가 이곳에

---

*　큰 탑 모양의 곡식 저장 창고.

도착했을 때 조종사가 아직 있었는데 죽은 지 얼마나 됐는지는 짐작도 할 수 없었다. 시체는 벌써 까마귀와 쥐들이 다 파먹은 뒤였다. 조종석 청소를 좀 하고 정리를 하기 위한 끔찍한 노동을 해야만 했다. 그는 낙하산을 가지고 갔지만 니브노예에서 다른 사람들, 다른 얼굴들, 다른 대장들을 만났는데 그들은 예의를 거의 차리지 않았고 그의 낙하산을 가져가고 그 대가를 루블로 지불했다. 진짜 장난하는 건지. 그가 루블로 뭘 할 수 있겠는가? 그 낙하산으로는 적어도 셔츠 스무 벌은 만들 수 있는데 말이다. 간단히 말해, 니브노예까지는 걸어서 사나흘이 걸리니, 거기까지 움직인 건 둘째치고라도 손해가 막심한 거래였다. 아니, 그는 다시는 니브노예로 가지 않았다. 그들이 다른 곳으로 이동 중이라고 그에게 말했기 때문이기도 했다. 그곳이 어디인지 아무도 몰랐다. 그들도 아직 모르고 있거나 그에게 말해주고 싶지 않았을 수도 있다. 독일어 사전을 그에게 선물해준 건 바로 그 사람들이었다. 그들은 사전을 한 상자 가지고 있었는데 모스크바에서 대량으로 인쇄한 게 분명했다.

자, 그가 무리에 대해 아는 건 이게 전부였다. 물론 소금 건은 별도이고. 그들은 소금을 많이 가지고 있었는데 낙하산으로 그들에게 투하된 것이었다. 소금만이 아니었다. 바로 이 때문에 낙하산 재질이 아주 좋은데도 독일군의 낙하산을 그렇게 대수롭지 않게 평가했다. 그러니까 거래에 뛰어드는 건 언제고 위험하다. 시장 상황을 잘 모를 때 그 위험은 더욱 심각해진다. 가까이에 사람이 있는지조차도 모르는 숲은 어떤 시장일까? 그리고 만일 이웃이 있다면 그 사람들은 어떤 사람들이고 뭘 필요로 할까?

"어쨌든 당신들은 내 손님이오. 내가 보니 당신들은 당장 길을 떠나고 싶어 하지 않는 것 같은데. 여기 머물러요. 계획을 세우고 내일 좀 더 편안하게 떠나도록 해요. 서둘러야 할 이유가 없다면. 나하고 하루를 같이 지내요. 당신들은 쉴 수 있고 난 하루나마 혼자 지내지 않아도 되고."

페이아미가 두 사람을 데리고 겨우 사람이 지나다닐 수 있을 정도의 오솔길을 따라 숲에 놓은 덫을 확인하러 돌아다녔지만 덫에 걸린 토끼는 없었다. 족제비 한 마리가 덫에 걸려 반쯤 목이 졸려 있었지만 아직 살아 있기는 했다. 아니 물어뜯으려는 발작적인 동작을 피하기 어려울 정도로 그렇게 쌩쌩했다. 우즈베크인이 바지를 벗어 둘둘 말아서 두껍게 만들더니 장갑을 끼듯 그 안에 손을 집어넣은 뒤 족제비를 풀어주었다. 족제비는 뱀처럼 유연하게 잡목들 속으로 재빨리 자취를 감추었다. "배가 정말 고프면 저런 녀석들도 잡아먹지요." 페이아미가 우울하게 말했다. "우리 고향 마을에서는 먹고사는 문제는 없었소. 아무리 가난한 사람이라도 일주일 내내 치즈로라도 배를 채울 수 있었으니까. 흉년이 든 해에도, 도시 사람들이 쥐를 잡아먹을 때에도 우린 배를 곯는다는 게 뭔지 몰랐다오. 그러나 여기서는 다르지. 배고픔을 달래기가 쉽지 않소. 계절에 따라 버섯과 개구리와 달팽이, 철새들이 있지만 모든 계절이 다 좋은 건 아니오. 물론 마을에 갈 수도 있지만 빈손으로 가봐야 소용없어요. 쉽게 총에 맞을 수도 있으니 주의력도 필요하고."

전투기에서 백여 미터 떨어진 곳에 이르자 페이아미는 두 사람에게 독일인의 무덤을 보여주었다. 1미터가 넘게 구덩이를 깊게 파서 훌륭하게 묘지를 만들었는데 그 근방에는 돌이 없어서 돌을 하나도 사용하지 않았지만 통나무로 지붕을 만들고 잘 다져진 흙으로 봉분을 만들었다. 심지어 Baptist Kipp라고 독일군 이름이 새겨진 십자가까지 있었다. 독일군의 인식표를 보고 만든 것이었다.

"왜 그렇게 고생해가며 이교도를 묻어준 겁니까? 그것도 독일인을?" 레오니드가 물었다.

"다시 돌아오지 못하게 하려고요." 우즈베크인이 대답했다. "그리고 하루가 길어서 어떤 식으로든 할 일이 있어야 하니까요. 나는 체스 두는 걸 좋아하고 아주 잘 두기도 해요. 우리 마을에서는 나를 상대할 사람이 아무도 없었지. 그래요, 여기서 나무를 깎아서 폰을 만들었소. 자작나무 껍질로 체스 판도 만들고. 그렇지만 혼자 체스를 두면 아무 재미도 없어요. 난관을 만들어내지만 뭐 꼭 자위를 하는 것과 같다니까."

멘델이 자기도 체스 게임을 좋아한다고 말했다. 아직 해가 지려면 멀었는데 한판 하는 게 어떨까? 우즈베크인은 그 제안을 받아들였지만 비행기가 있는 곳에 오자 첫 번째 게임은 멘델과 레오니드 둘이 했으면 좋겠다고 제안했다. 무슨 이유로? 손님 접대 차원이라고 페이아미가 말했지만 이 장래의 두 적수가 어떻게 체스를 두는지를 파악하고 싶은 게 분명했다. 그는 게임을 하면 꼭 이겨야 하는 그런 부류의 사람이었다.

　레오니드가 흰 폰을 잡았다. 정말 하얀색이었고 아직도 싱싱한 나무 냄새가 났다. 반면 검은 폰은 다양한 색조의 갈색으로, 연기에 그을어 시커멓기도 했고 불에 탄 것도 있었다. 판이 평평하지 않아 두 폰 모두 체스 판 위에서 불안하게 흔들렸다. 판은 높낮이가 고르지 않고 표면이 거칠고 불룩 튀어나온 곳도 있었다. 레오니드가 퀸으로 시작했지만 그렇게 첫 수를 두고 나서 그걸 어떻게 진행시켜야 할지 몰라 망설이는 게 분명했다. 그래서 폰 하나가 잡혀 다른 폰들은 제대로 전진하지 못했다. 그가 게임에 대해 뭐라고 투덜거리자 멘델이 나지막하게, 이디시어로 대답을 했다. "저자에게서 눈을 떼지 마, 누가 알겠나. 기관총과 권총이 조종실에 있어. 체크.*" 속임수가 있는 체크로, 흰색 킹이 폰들 뒤로 잘못 들어갔다. 레오니드가 방어를 해보려고 비숍을 희생했으나 소용이 없어서 멘델이 딱 세 수 만에 체크메이트**를 알렸다. 레오니드가 항복의 표시와 승리자에 대한 경의의 표시로 자신의 킹을 내려놓으려고 하자 멘델이 말했다. "아니야, 끝까지 가자고." 레오니드는 그 말뜻을 알아들었다. 페이아미를 만족시켜야 했다. 그가 자리를 뜰 위험은 전혀 없었다. 그는 투우에 열광하는 구경꾼처럼 잔인하면서도 전문가다운 관심을 가지고 게임을 지켜보는 중이었다. 치명타를 가하는 장면을 빼앗지 않

---

　* 상대방이 킹을 직접 공격할 수 있는 자리.
　** 킹이 붙잡힌 상황.

는 게 좋았다. 치명적인 공격이 가해졌다. 그러자 우즈베크인이
레오니드에게 도전을 했고 레오니드는 마지못해 그것을 받아들
였다.

우즈베크인이 퀸과 비숍 폰으로 도발적인 첫 수를 두었다.
하늘색 눈동자까지 흐릿하게 보일 정도로 흰자위가 새하얀 그의
눈은 점점 더 도발적으로 변했다. 현란하고 그로테스크한 동작
으로 체스를 두었는데 한 번 움직일 때마다, 마치 이동하고 있는
폰의 무게가 10킬로그램은 되는 양, 어깨와 팔을 앞으로 내밀었
다. 그리고 폰을 체스 판에 박기라도 하려는 듯 힘껏 내려놓거나
나사를 돌려 끼우듯 그것을 꽉 눌러서 돌렸다. 이게 위협이든 상
대의 우월성에 대한 증명이든 레오니드는 곧 불편함을 느꼈다.
페이아미는 멘델과 겨루기 위해 가능한 한 빨리 레오니드를 제
거해버리기만 바랄 뿐이라는 것을 한눈에 알 수 있었다. 폰의 전
진을 생각하느라 머뭇거리는 법도 없이, 망설이는 레오니드 앞
에서 무례하게 조바심을 내면서 오만할 정도로 빠르게 폰을 움
직였다. 10분도 안 돼서 레오니드의 킹을 잡아버렸다.

"이제 우리 둘 차례요." 그가 그 당장 멘델에게 말했다. 멘델
이 재미와 불안을 동시에 느낄 정도로 단호한 분위기였다. 황금
산이나 안전한 삶, 혹은 영원한 행복을 내기로 걸기라도 한 것처
럼 이번에는 멘델 역시 이기기 위해 게임을 했다. 자기 자신만을
위해 게임하는 게 아니라 뭔가의 혹은 누군가를 위해 싸우는 듯
한 막연한 느낌이 들었다. 상대의 태도 때문에 초조해하지 말자

고 자기 암시를 하며 주의 깊고 신중하게 게임을 시작했다. 게다가 상대 역시 짜증 나는 손동작을 곧 멈추고 체스 판에 집중했다. 멘델은 깊이 생각하며 게임을 하는 반면 페이아미는 무모하고 번개처럼 빠르게 게임을 하는 경향이 있었다. 멘델은 우즈베크인이 전진할 때 그 뒤에 세심하게 궁리한 계획이나 놀라게 하려는 욕망 혹은 모험심 많은 남자의 기상천외한 대담함이 숨겨져 있는 건 아닌지를 파악하기가 쉽지 않았다. 스무 번 넘게 전진을 했지만 두 사람 다 폰을 잃지 않았다. 상황은 팽팽했고 체스 판은 놀랄 만큼 복잡해졌다. 멘델은 자신이 게임을 즐기는 중이라는 것을 알아차렸다. 우즈베크인이 숨은 의도를 드러내게 할 목적 하나만을 위해 멘델은 일부러 시간을 허비하고 있었다. 그리고 차츰 초조해하는 상대를 지켜보았다. 이제 그는 폰을 움직일 때마다 멘델의 눈 속에 숨겨진 비밀이라도 읽으려는 듯 눈을 똑바로 보면서 한참을 망설였다. 우즈베크인이 전진을 했는데 처참한 결과를 초래했다는 게 금방 드러났다. 다시 두게 해달라고 부탁을 해서 멘델이 허락했다. 우즈베크인이 잠시 후 벌떡 일어서더니 물에서 나온 개처럼 온몸을 부르르 떨었다. 그리고 아무 말 없이 비행기 쪽으로 갔다. 멘델이 레오니드에게 눈짓을 하자 금방 눈치를 챈 레오니드가 우즈베크인을 바짝 뒤따라가서 조종실 안으로 따라 들어갔다. 하지만 우즈베크인은 무기를 가져올 생각이 아니었다. 사모곤을 가지러 갔던 것뿐이다.

세 사람이 모두 술을 마셨다. 그사이 하늘이 벌써 어두워지기 시작했고 석양 녘의 시원한 바람이 불었다. 멘델은 시간과 공간을 초월한 것 같은 이상한 기분이었다. 정신을 집중해서 진지하게 진행했던 체스 게임은 기억 속에서 전혀 다른 시간과 장소, 여러 사람들과 연결이 되었다. 체스 게임의 규칙을 가르쳐주었던 아버지가 떠올랐다. 아버지는 규칙을 가르쳐주고 나서 처음 2년 동안은 식은 죽 먹기로 그를 이겼고 그 뒤 2년 동안은 상당히 힘들어하시다가 결국은 패배를 받아들이셨다. 체스 판 앞에서 그와 함께 민첩함과 끈기를 배웠던 유대인과 러시아인 친구들도 생각났다. 그리고 이제는 사라진, 따스하고 평화롭던 고향집도 되살아났다.

　우즈베크인이 술을 지나치게 많이 마셨나 보다. 다시 체스 판 앞에 앉았을 때 끝도 없이 연속해서 폰의 위치를 바꿔서 가볍고도 흥분된 상황으로 이어졌다. 그는 하나 적은 폰으로 게임을 했고 멘델은 대각선으로 움직였는데 확실하게 킹과 탑을 동시에 방어했다. 우즈베크인이 다시 술을 마시더니 무모한 반격을 시도해 결국 파국에 이르렀다. 그는 설욕전을 하겠다고 선언했다. 그는 약한 남자였다. 게임을 할 때에는 술을 마시면 안 된다는 것을 알면서도 어린아이처럼 나쁜 습관 앞에서 무너져버렸다. 이미 사방이 깜깜했지만 설욕전을 원했다. 내일 아침 당장, 해가 뜨자마자. 그가 인사를 하더니 조종실로 이어지는 다 망가진 사다리에 발이 걸려가며 올라갔다. 5분 정도 지나자 벌써 코를 골았다.

멘델과 레오니드는 잠시 아무 말도 하지 않았다. 산들바람에 나뭇잎이 살랑살랑 흔들리는 소리가 들렸고 거기에 별로 친숙하지 않은 소리가 더해졌다. 벌레나 조그만 동물들이 가볍게 움직이는 소리, 바스락거리는 소리, 멀리서 들리는 개구리 합창 소리 같은 것들이었다. 멘델이 말했다.

"이 사람은 우리한테 필요한 길동무가 아니야, 그렇지?"

"우리한텐 길동무가 필요 없어요." 체스에서 져서 아직도 뿌루퉁한 레오니드가 말했다.

"두고 봐야지. 어쨌든 밤이 더 깊기 전에, 지금 다시 걸어야 해."

두 사람은 우즈베크인이 규칙적으로 코를 골기를 기다렸다가 조종실에서 배낭을 꺼내와서 길을 떠났다. 신중을 기하고자 처음에는 남쪽으로 향했다. 그러다가 돌연 방향을 바꿔 북서쪽으로 걸었다. 하지만 땅이 메말라 있어서 발자국은 남지 않았다.

제2장
1943년 7월~8월

멘델은 우즈베크인에게 들은 막연한 정보를 따라 니브노예로 가
고 싶었다. 레오니드는 어떤 곳으로도 가고 싶지 않았다. 아니 정
확히 말하자면 가고 싶은 곳이 어딘지 몰랐다. 심지어 자신이 어
느 곳으로 가거나 뭔가를 하고 싶은지조차도 잘 몰랐다. 멘델의
제안을 거절하거나 결정을 반대하지는 않았지만 적극적으로 밀
어붙일 때마다 미묘하게 소극적으로 저항했다. 시계에 낀 먼지
같다고 멘델은 속으로 생각했다. 젊은데도 먼지가 낀 게 분명했
다. 젊은이들이 강하다는 것은 어리석은 말이다. 스무 살 때보다
는 서른 살에 이해할 수 있는 일들이 훨씬 많다. 그러니 참는 게
더 낫기도 하다. 게다가 그, 멘델은 누가 몇 살이냐고 물어보면,
그리고 정말 솔직하게 대답하고 싶다면 뭐라고 대답해야 하는
걸까? 서류상으로는 스물여덟 살이고 관절과 폐와 심장 나이로
는 그보다 조금 더 많지만 등에는 태산 같은 시간을 지고 있어서
노아보다, 므두셀라*보다 더 나이가 많았다. 그렇다, 므두셀라가
187세에 라멕을 낳았고 노아가 500세에 아들 셈, 함, 야벳을 낳
았고 600세에 방주를 만들었으며 그보다 몇 년 뒤에 처음으로
포도주를 마시고 취했으니 그들보다 나이가 더 많았다. 시계 두

---

* 노아의 할아버지로 성경에서 가장 오래 산 인물이다. 969세에 죽었다.

개를 가지고 있던 랍비의 주장에 따르면 술에 취했던 그때 함의 불경한 사건이 벌어지지 않았다면 넷째 아들을 낳았을 것이다.[**] 그렇다, 숲속을 떠돌고 있는 시계 수리공인 그, 멘델은 그들보다 훨씬 더 늙었다. 그는 자식을 낳고 싶지도 않고 포도나무를 심고 싶지도, 방주를 만들고 싶지도 않았다. 신이 그렇게 하라고 명령했다 해도 마찬가지였다. 그런데 지금까지 신은 그와 그의 가족들을 구하는 일에 별 신경을 쓰지도 않았던 것 같다. 어쩌면 그가 노아만큼 선량한 사람이 아니어서일지도 모른다.

레오니드의 침묵이 차츰 무겁게 느껴졌다. 그는 본능적으로 레오니드가 좋았다. 믿을 수 있는 사람 같았다. 하지만 그의 수동적인 태도가 짜증스러웠다. 시계에 먼지가 앉은 건 굉장히 낡았거나 케이스가 꽉 닫혀 있지 않다는 표시였다. 그럴 때는 다 분해해서 기름을 살짝 묻혀 부품을 모두 닦아야 한다. 레오니드는 낡지 않았다. 그러니까 케이스에 균열이 있는 게 분명하다. 레오니드의 부품들을 닦아내려면 어떤 기름이 필요할까?

여러 차례 레오니드에게 말을 시켜보려 애썼다. 그러면서 작은 단편들, 모자이크 조각들을 겨우 얻어내서 어린아이들이 놀이를 하듯, 나중에 인내심을 가지고 맞춰보게 되었다. 먼저 독일군의 라거. 좋다, 그곳에 있었다는 게 유쾌한 일은 당연히 아니었겠지만 오래 있었던 것도 아니고 건강을 잃지도 않았다. 뿐만 아니라 운이 좋았는데 왜 그걸 인정하지 않으려는 걸까? 만일 독일군이 유대인 낙하산병이 자신들 수중에 있다는 걸 알아차렸다

[**] 포도주에 취해 벌거벗은 채 천막 안에 잠들어 있는 아버지 노아를 본 함은 재미 삼아 두 형에게 그 이야기를 했고, 두 형은 아버지를 존경하는 마음이 커서 뒷걸음쳐 천막 안으로 들어가 옷으로 가려주었다고 한다.

면 그의 운명은 전혀 달라졌을 테니 말이다. 행운이 있다는 건 좋은 일이고 미래를 보장받은 것과 같다. 자신의 행운을 부정하는 일은 불경스럽다. 시계 절도와 교도소. 신이시여, 그는 죄를 저질렀고 벌을 받았다. 모든 죄인들이 다 벌을 받고 죗값을 치를 행운을 가질 수만 있다면 얼마나 좋겠는가. 레오니드의 몸에 다른 뭔가가, 내면의 상처, 멍이 있는 게 틀림없었다. 어쩌면 인간의 얼굴 주위나 초상화에 어린 고통의 후광 같은 것일지도 모른다. 흐릿한 회색의 원 한가운데에 선조들의 엄숙한 얼굴이 담겨 있던, 지난 세기에 찍은 커다란 타원형 사진들이 멘델의 머리에 떠올랐다. 가족 문제가 틀림없다고 멘델은 확신했는데 짜증스레 짧게 대답하는 레오니드의 말이 아니라 그의 침묵에서 그런 확신을 얻었다. 그렇다, 맞춰야 할 모자이크의 대부분은 검은 조각으로 이루어졌다. 애매하거나 아예 없거나 무례한 대답들로 말이다. 인내심이 필요했다. 그림이 서서히 완성될 테니. 지금 멘델은 인내심이 많은 남자였다. 여러 날 밤을 걸으면서 대답을 거부하거나 발작적으로 불같이 화를 내며 방어하는 길동무에게 좌절감을 느끼며 곰곰이 연구를 했다. 의심의 여지가 없었다. 그, 멘델은 장점이 많은 남자는 아니었지만 인내심은 있었다. 좋다, 인내심이 있는 사람은 그걸 사용하면 된다.

니브노예의 늪지까지 가는 데에는 우즈베크인의 말처럼 사흘 만으로는 충분하지 않았다. 멘델과 레오니드는 엿새가 걸렸다. 아니 정확히 말하자면 낮에는 휴식하는 편을 택했기 때문에 엿새 밤이었다. 사람이 없는 도로와 오솔길을 지나고 철로(고멜과 브랸스크를 잇는 지선이 틀림없다고 멘델은 추정했다)와 공터를 가로지르고 맑은 물이 얕게 흐르는 개울을 여러 차례 건넜다. 개울에서는 목을 축이고 지친 발을 담갔다. 마을과 농장은 피했다. 이 때문에 어쩔 수 없이 멀리 길을 돌아가야 했다. 그런데 뭐 급히 서두를 필요가 있나?

이런 식으로 해서 어두울 때만 이동을 했고 사람들이 사는 지역을 우회했기 때문에 사람들을 거의 만나지 않았다. 가끔 만나는 사람들은 목동들과 밭에서 일하는 농부들, 갈 길이 늦은 여행자들이었는데 아무도 두 사람에게 신경을 쓰지 않았다. 그렇지만 한 사람과의 만남은 피할 수가 없었다. 나흘째 되던 날 새벽녘이었는데 짐마차 길을 따라 걸어가던 그들은 기복이 심한 땅을 가로지르는 참호 안으로 들어가게 되었다. 참호 다른 쪽 끝에서 중년의 남자가 늙고 지친 말이 끄는 수레를 몰고 오는 중이었다. 멘델이 권총을 잡았다. 마차를 탄 남자는 우크라이나 민간경찰임을 나타내는 파란 완장을 팔에 차고 있었다. 멘델이 그에게 물었다.

"지금 싣고 가는 게 뭐요?"

"밀가루요, 봐요."

"어디로 가는 거요?"

"독일인들에게요. 므글린의 창고로 갑니다."

"내려서 꺼져버려요. 그래요, 꺼져. 걸어서 가라고."

우크라이나인이 어깨를 으쓱했다. 이런 일이 처음은 아닌
게 틀림없었다. "뭐라고 하죠?"

"말하고 싶은 대로. 도적 떼가 수레를 덮쳤다고 해요."

우크라이나인이 떠났다. 수레에는 밀가루 여섯 포대와 갓
베어온 신선한 목초 한 묶음이 있었다. 멘델이 권총을 내려놓았
다. 당황한 얼굴이었다.

"이제 어떻게 할 생각이죠?" 레오니드가 물었다.

"몰라. 어떻게 해야 할지 모르지만 내가 하고 싶었던 일은
옳았어. 난 결정을 하고 싶었어. 어떤 사람이 다리를 건너고 나서
그걸 부숴버려서, 그게 옳은지 그른지 모르지만, 결정을 하고 나
서 보니 더 이상 다리가 없어서 선택의 여지가 없게 되고 다시
돌아갈 수도 없게 된 것과 같아. 자, 말을 수레에서 떼어내고 말
이 포대를 몇 개나 싣고 갈 수 있는지 보자고."

"수레는 왜 안 가져가는 건가요?"

"조만간 독일군이 우리를 수색할 테니까 우리는 도로를 피
해야 해."

말은 별로 도움이 될 것 같지 않았다. 고개를 푹 숙여 귀가
축 늘어졌고 여기저기 상처가 난 등에 파리와 쇠파리가 들끓었
다. 수레에서 찾아낸 짧은 밧줄 몇 개로 밀가루 포대 두 개를 겨
우 말에 묶을 수 있었다. 그 이상을 묶는 건 경솔했다. 비쩍 마른
말의 등에 겨우겨우 포대 두 개를 매달고 그 위에 목초를 올려놓
았다.

"그럼 수레는요? 다른 밀가루 포대는?"

"숨겨두고 가자고. 그게 우리가 할 수 있는 최선이야."

쉬운 일은 아니었지만 날이 완전히 밝기 전에 마침내 성공했다. 수레는 가시덤불에 뒤덮인 골짜기에 포대는 수레 밑에 숨겨두었다. 그러고 나서 도로를 벗어나서, 게으른 데다가 말도 잘 안 듣고, 게다가 아무렇게나 묶어놓은 짐이 거추장스러워 제대로 걷지도 못하는 말을 끌고 다시 걷기 시작했다. 말은 낮게 처진 나뭇가지들에 자꾸 걸렸다. 그들은 한참 동안 아무 말 없이 걸었다. 그러다가 레오니드가 말했다.

"난 내가 뭘 원하는지 몰라요. 그렇지만 그걸 모른다는 사실은 알고 있죠. 아저씨도 자신이 뭘 원하는지 몰라요. 그렇지만 알고 있다고 생각해요."

앞서 가면서 말고삐를 잡아당기던 멘델은 돌아보지도 대답을 하지도 않았다. 하지만 잠시 후 레오니드가 다시 그를 공격했다.

"당신네 마을엔 영화관이 없었다고 했죠. 말도 없었던 것 아닌가?"

"있었어. 하지만 말을 돌보는 게 내 일은 아니었지. 난 다른 일을 했으니까."

"나도 다른 일을 했었지만 저런 말은 이렇게 짐을 싣고 가지 못한다는 거, 아니 오래 걷지 못한다는 건 알아요. 누구든 보면 알 텐데."

반박할 말이 별로 없었다. 게다가 계속 걸어가기에는 날이 너무 훤히 밝아버렸다. 두 사람은 나무가 울창하고 개울이 흐르는 곳에서 걸음을 멈추고 말에게 물을 먹인 뒤 말을 나무에 묶어두었다. 그리고 목초를 먹이로 주고 잠을 잤다. 늦은 오후에 잠이 깨고 보니 말은 목초를 다 먹어치우고 근처에 몇 그루 없는 관목들을 뜯어 먹었고, 좀 더 멀리 가보려고 했는지 밧줄이 팽팽했다. 배가 몹시 고팠던 게 틀림없었다. 포대에 목초가 아니라 밀가루가 들어 있는 게 안타까웠다. 그들은 밀가루를 말 주둥이 앞에 갖다 놓아보았지만 주둥이만이 아니라 눈까지 밀가루 범벅이 되어 숨이 넘어가게 기침을 하기 시작했다. 개울에서 말 주둥이와 콧구멍을 씻어줘야 했다. 그러고 나서 다시 길을 떠났다. 공기 중에서 새로운 냄새, 신선하고도 달짝지근한 냄새가 났다. 늪지가 멀지 않은 게 분명했다.

니브노예까지 걸어서 반나절쯤 걸릴 만한 곳에 도착했을 때 나이가 꽤 든 농사꾼 아낙을 만나서 말을 걸어보기로 결정했다. 말은 어떤지? 여자가 노련한 눈으로 말을 자세히 보았다.

"아이고, 가여워라. 값은 별로 안 나갈 거예요. 늙고 지쳐 있구려. 굶주려 있고. 내가 보기엔 병든 것 같기도 해요. 밀가루는 다른 문제지요. 그렇지만 난 바꿀 만한 게 아무것도 없어서 바꿀 수가 없어요."

멍청한 여자가 아닌 게 틀림없다. 그녀가 역시 노련한 눈으로 두 사람을 보았다. 그러더니 숨겨진 질문에 대답하듯 덧붙였다.

　"겁낼 것 없어요. 이쪽엔 당신들 같은 사람이 많아요. 어쩌면 너무 많을지도 모르지. 그렇지만 독일군은 얼마 되지 않고 별로 위험하지도 않아요. 말과 밀가루 문제라면, 방금 말했지만 난 줄 게 아무것도 없다오. 그래도 연세가 많은 마을 어른과 의논해볼 수는 있어요. 두 사람이 좋다면 말이죠."

　멘델은 서둘러 이 말한테서 자유로워지고 싶었다. 그들에게 별, 아니 전혀 필요도 없었고 뿐만 아니라 말이 있다는 사실만으로도 레오니드는 자극을 받아 불쾌해지고 까다로운 성미가 살아나고 말다툼을 하고 싶어지는 것만 같았다. 멘델이 간단히 그의 의견을 물었다. 아니, 중개인은 전혀 필요치 않았다. 이 여자가 크든 작든 어떤 거래에서든 이익을 챙기려고 하는 게 분명했다. 하지만 두 사람 다 마을로 들어가는 건 꺼렸다.

　"좋습니다." 멘델이 말했다. "그 양반과 중간쯤 되는 곳, 약간 외진 곳에서 만날 수 있게 약속을 잡아주십시오. 가능할까요?" 가능하다고 여자가 대답했다.

　마을 어른이 여자가 일러준 오두막에 해 질 녘 약속 시간에 딱 맞춰서 도착했다. 백발이 성성하고 튼튼한 60세가량의 노인으로 말이 별로 없었다. 그렇다, 그가, 아니 정확히 말하면 마을에서 말과 밀가루의 값을 지불할 수 있었다. 그들은 계란과 돼지기름, 소금과 꿀을 가지고 있었지만 말은 값을 많이 쳐줄 수 없었다.

"말만 있는 게 아닙니다." 멘델이 말했다. "작은 수레하고 밀가루 여섯 포대가 있어요. 여기 두 포대하고 나머지 네 포대는 여기서 많이 떨어지지 않은 곳에 수레와 함께 숨겨두었습니다."

"거래가 분명치 않구려." 장로가 말했다. "말하고 밀가루 두 포대는 여기 있어서 우리에게 보이지만, 숲속에 숨겨둔 수레와 밀가루 네 포대는 값이 얼마나 나가겠소? 게다가 당신은 그곳이 어딘지 정확히 모르는 것 같고, 혹시 그런 게 진짜 있는지 어떤지도 모르는 거 아니오? 달에 있는 보물의 값이 얼마겠소?"

레오니드가 한발 앞으로 나가더니 거칠게 말했다.

"우리의 말과 우리 얼굴만큼 값이 나가요. 그런 식으로 말하면……."

장로가 침착함을 잃지 않고 레오니드를 보았다. 멘델이 레오니드의 어깨에 한 손을 올려놓고 끼어들었다.

"합리적인 사람들끼리는 항상 결국에는 서로를 이해하게 되지요. 보십시오, 물건은 길에서 멀리 떨어지지 않은 곳에 있어서 조만간 누군가 그걸 찾아내서 공짜로 가져가버릴 수도 있어요. 그러면 우리와 당신들 모두에게 손해지요. 다시 비가 오기라도 하면 밀가루는 그리 오래 버티지 못할 겁니다. 우리는 잠깐 이곳에 들른 거요. 서둘러 다시 길을 떠나야 해요."

노인의 눈은 작고 교활해 보였다. 그 눈으로 말과 밀가루 포대와 멘델을 차례로 응시했다. 그러더니 말했다.

"서두르는 건 좋지 않아요. 천천히 가야만 하지. 말을 데리

고 가면 말처럼 천천히 가게 될 거요. 말을 팔고 밀가루 두 포대
를 팔지 않으면 50킬로짜리 포대를 등에 지고 가야 할 테니 빨리
도 멀리도 갈 수 없을 거고. 가능한 한 빨리 다른 누군가와 거래
를 하러 가겠지. 다른 선택의 여지가 없어요."

　멘델은 레오니드의 시선을 느꼈다. 금방 시선을 돌렸지만
사악한 즐거움이 넘치는 눈길이었다. 체스 게임의 패배를 설욕
한 것이었다. 노인은 강하게 주장했다. 멘델이 서둘러야 한다는
말을 하지 않았더라면 훨씬 좋았을 뻔했다. 한발 물러서는 도리
밖에 없었다.

　"좋습니다, 노인장. 구체적으로 말해보죠. 지금 눈앞에 있는
것에 얼마를 줄 수 있습니까? 밀가루 백 킬로와 말에?"

　노인이 베레모를 눈앞으로 잡아당기며 머리를 긁적였다.

　"으흠, 말은 언급하지 않는 게 좋겠소. 아무런 값어치가 없
으니까. 도축용 고기로도 말이오. 혹시 적당히 무두질을 하면 가
죽만은 쓸 수 있을지 모르겠소. 밀가루로 말하자면 이게 어디서
온 건지 누가 알겠소. 당신들이 내게 말을 안 했으니. 당신들이
말해줄 수도 있는데 난 그 말을 믿을 수도 있고 믿지 않을 수도
있소. 거래를 하는 사람은 거짓말을 할 권리가 있으니까. 러시아
나 독일 밀가루일 수도 있고 당신들이 샀거나 훔쳤을 수도 있겠
지요. 난 아무것도 알고 싶지 않아요. 그래서 당신들에게 밀가루
값으로 돼지기름 8킬로와 엮은 담배를 조금 주겠소. 받아도 되고
그냥 가도 상관없소. 별로 무겁지 않으니 가지고 가기도 좋을 거

요.”

“10킬로로 합시다.” 멘델이 말했다.

“10킬로로 하면 담배는 빼는 거요.”

“10킬로로 하고 말가죽 값으로 담배.”

“9킬로에 담배.” 노인이 말했다.

“좋소. 보이지 않는 물건 값으로는 얼마를 줄 수 있습니까? 밀가루 2백 킬로와 수레 값으로?”

노인이 베레모를 더 앞으로 잡아당겼다.

“아무것도 줄 수 없소이다. 보이지 않는 물건은 없는 것과 마찬가지요. 만일 있다면 당신들이 어디라고 말을 하지 않아도 우리가 찾을 수 있소. 그리고 당신이 그곳을 말해도, 그리고 그 말이 진실이라 해도, 우리가 찾으러 갔을 때 아무것도 발견하지 못할 수도 있는 거요. 숲속에 떠돌아다니는 사람이 너무 많아서 말이야. 사람만이 아니라 여우나 쥐, 까마귀도 있소. 당신 입으로 말했듯이 다른 누군가가 그걸 찾아낼 수도 있고. 내가 당신에게 값을 치르면 마을 사람들이 뒤에서 나를 비웃을 거요.”

멘델이 좋은 수를 생각해냈다.

“한 가지 제안을 하지요. 한 가지 정보와 다른 정보, 보이지 않는 물건과 보이지 않는 또 다른 물건을 교환하는 겁니다. 우리가 당신에게 수레가 있는 곳을 말하고 노인장이 한 가지를 우리에게 말해주는 겁니다……. 그러니까 길에서 어떤 소문을 들었는데 니브노예인가 그 근처인가, 아니면 늪지인가에 어떤 사람들이 있다고, 아니 있었다고……."

노인이 베레모의 창을 다시 들어 올리더니 멘델의 눈을 뚫어지게 보았다. 그와 만나고 처음 있는 일이었다. 멘델이 계속 말했다.

"좋은 거래 아닙니까? 당신은 값을 치르지 않아도 돼요. 수레와 밀가루를 당신에게 선물하는 것이나 마찬가지라니까요. 그것들이 정말 있으니까요. 지금 우리가 당신을 속이는 게 아니라. 군인으로서의 맹세요."

노인이 훨씬 긴장을 푼 모습이었고 거의 수다스러울 정도로 말이 많아져서 멘델과 레오니드는 깜짝 놀랐다. 그렇다, 한 그룹이 있었다. 아니 한 무리가 있었다. 50명 정도 되었는데 아니 어쩌면 백 명 정도일 수도 있는데 이 지역 사람도 있고 아닌 사람들도 있었다. 몇몇은, 대여섯 명은 노인이 사는 마을의 청년들이었다. 독일로 가는 것보다야 숨어버리는 게 더 낫다, 안 그런가? 무기를 가지고 있었다, 그렇다. 그리고 아주 똑똑했는데 어떨 때는 지나칠 정도였다. 그렇지만 며칠 전 무기와 짐을 꾸려서, 그리고 가축도 몇 마리 데리고 떠나버렸다. 떠나는 게 아마 모두에게 잘된 일일 것이다. 어느 쪽으로 갔느냐고? 모른다, 그건 그도 정확히 알 수 없었다. 그는 아무것도 보지 못했다. 그렇지만 행군하는 그들을 본 사람이 몇 명 있다. 고멜인지 즈로빈Zhlobin인지 쪽으로 가는 것 같았다. 만일 두 사람이 주르빈Zurbin의 오솔길로 간다면 지름길이 될 것이다. 어쩌면 그들을 따라잡을 수 있을지도 모른다. 노인이 오두막을 떠났다가 30분 뒤에 돼지기름과 담배, 그리고 무게가 정확한지 두 사람에게 확인시키려고 큰 저울을 가지고 돌아왔다. 확인을 마치자 멘델이 수레를 숨겨놓은 지점을 정확하게 설명했다. 노인이 뜻밖에도 배낭에서 삶은 달걀한 줄을 꺼냈다. 두 사람이 호감이 가는 사람들이어서 덤으로, 선물로 준다고 말했다. 두 사람을 재워주는 게 그의 의무인데 마을 회의에서 반대를 했기 때문에 재워주지 못한 데에 대한 보상이기도 하다고 했다. 노인은 두 사람을 오솔길까지 안내하고 나서 그들과 헤어져 밀가루 포대 두 개를 실은 말을 끌고 갔다.

"우리가 유대인이라는 걸 저 노인이 몰라봤으면 오늘 밤 침대에서 자는 거였는데." 레오니드가 투덜거렸다.

"그럴 수도 있겠지. 그렇지만 만약 그런 제안을 했더라도 우리가 받아들이는 게 좋은 건지 어떤지는 두고 봐야 할 일이지. 이 마을에 대해 아는 게 하나도 없잖아. 어떤 사람들이 사는지 어떤 생각을 하는지 말이야. 그냥 독일인을 두려워하는지 아니면 독일인을 위해 일하는지도. 모르겠어. 그냥 느낌인데 저 노인네보다 먼저 만난 할머니가 더 믿을 만한 것 같아. 저 노인네는 진짜 친구가 아니라 절반 정도만 친구 같아. 빨리 우리에게서 벗어나려고 했어. 그래서 우리에게 계란을 주고 길을 알려준 거지. 그건 그렇고 이미 우린 결정을 한 거네, 안 그래?"

"무슨 결정요?" 레오니드가 적대감을 드러내며 물었다.

"무리를 따라잡기로. 아냐?"

"그건 당신이 내린 결정이죠. 나한테는 물어보지 않았잖아요."

"물어볼 필요가 없으니까. 벌써 며칠째 그 문제를 얘기했는데 자넨 계속 입을 다물고 있었잖아."

"그럼 이제 앞으론 입을 다물고 있지 않을게요. 아저씨가 무리와 같이 가고 싶다면 혼자 가요. 난 전쟁이라면 신물 나요. 당신은 무기를 가지고 있고 난 돼지기름을 가지고 있어요. 난 이게 좋아요. 난 마을로 돌아가서 침대를 찾을 거예요. 하룻밤만을 위한 게 아니라."

멘델이 돌아서더니 갑자기 걸음을 멈췄다. 그는 분노와 마주할 준비가 되어 있지 않았다. 나약한 자의 분노도 마찬가지다. 그는 레오니드가 나약하다고 생각했다. 지금까지 그렇게 조용하던 레오니드가 그의 면전에 대고 퍼붓는 폭풍 같은 말에 응대할 준비도 되어 있지 않았다.

"이제 충분해요, 충분하다고. 내가 숲에서 당신을 만났지만 당신과 결혼한 게 아니야. 당신이 나처럼 전쟁에 신물이 나 있다고 생각했어. 내가 잘못 생각한 거지, 제길. 그렇지만 이제 됐네. 그래, 난 한 발짝도 더 안 갈 거니까. 당신이나 늪지로 가라고. 마을에서 자는 것도 두려워했으니까. 그러더니 이제 어떤 언어를 사용하는지도 모르는 사람들한테 나를 데려가려는 거잖아. 우리가 합류하는 걸 좋아하는지, 어디서 와서 어디로 가는지도 모르는 사람들한테 말이야. 나는 모스크바 출신이지만 내 팔은 튼튼해. 머리도 좋고. 그러니 굶어 죽지는 않을 거야. 차라리 콜호즈나 독일인들 공장에 일하러 갈 거라고. 한 발짝도 더 안 갈 거고 더 이상은 총을 쏘지 않을 거야. 절대. 옳지 않아, 누군가에게 총을 쏘는 건 옳지 않다고…… 그리고 당신도 당신이 원하는 게 뭔지 몰라. 이미 말했잖아. 당신은 모른다고 생각하지 않지만 모르고 있어. 당신은 영웅인 양 행동하지만 당신도 나하고 똑같은 걸 원하잖아. 집, 침대, 여자, 의미 있는 삶, 가족, 당신 고향 같은 마을. 당신은 유격대와 같이 행동하려고 하고 그걸 원한다고 생각하지만 당신은 자신이 원하는 게 뭔지, 해야 할 일이 뭔지 모른다니까. 아까 말한테 하는 걸 보고 그걸 알아차렸어. 당신은 스스로에게 거짓말을 하는 사람이야. 나하고 똑같은 사람이라고. nebech이고 변변찮은 인간이고 meschugg라고요." 레오니드가 천천히 다리를 구부리더니 바닥에 앉았다. 영혼을 다 토해내 버려 더 이상 버티고 서 있을 힘이 없는 사람처럼.

멘델은 그냥 서 있었는데 화가 난다기보다 깜짝 놀랐고 호기심이 커졌다. 그는 자신이 얼마 전부터 레오니드가 이렇게 자신의 감정을 토로하길 기다려왔다는 걸 깨달았다. 그는 레오니드가 진정하게 잠시 시간을 주었다가 그의 옆에 앉았다. 레오니드의 어깨에 한 손을 올려놓았지만 레오니드는 달구어진 쇠에 닿기라도 한 듯 즉시 몸을 피했다. nebech는 하찮은 남자, 무기력하고 아무 쓸모도 없는 동정받을 만한 남자, 거의 인간이라고 하기 어려운 남자라는 뜻이고 meschugg는 미치광이를 뜻했다.

하지만 멘델은 불쾌하지 않았고 이 모욕을 되돌려주어야겠다는 생각도 하지 않았다. 하지만 러시아어를 모국어로 쓰는 레오니드가 왜 구태여 이럴 때 유창하지 않은 이디시어를 사용했는지 자문해보는 중이었다. 물론 모두 알다시피 이디시어는 생생하고 우스꽝스러운, 혹은 잔인한 욕설들을 보관하는 거대한 창고로 그 욕설 한마디 한마디마다 특별한 느낌을 가지고 있다. 그래서 설명이 필요할 수 있었다. '한 유대인이 내 코를 주먹으로 치고는 자신이 오히려 도와달라고 고함을 치고 있군그래.' 멘델은 생각했지만 이 속담을 실제 입 밖에 내지는 않았다. 대신 자신도 놀랄 정도로 차분한 목소리로 말했다. "물론 그렇지. 내게도 쉬운 선택은 아니야. 그렇지만 최선이라고 생각해. 남자는 선택을 할 때 신중하게 생각해봐야 해." 그가 의미심장하게 덧붙였다. "……말을 할 때도 그렇고." 레오니드는 대답하지 않았다.

어느새 어둠이 내렸다. 멘델은 밤에 움직이는 것을 좋아하지만 그 오솔길은 걷기가 쉽지 않고 잘 보이지도 않았다. 날이 따뜻하고 밤도 길지 않으니 그곳에서 야영을 하자고 제안했다. 레오니드가 고개를 끄덕였다. 두 사람은 담요로 몸을 감쌌다. 멘델이 얼핏 잠이 들려고 할 때 레오니드가 한참 전에 시작했던 대화를 계속하듯 갑자기 말했다.

"아버지는 유대인이었지만 유대교인은 아니었어요. 철도청에 근무하다가 당에 가입했지요. 1920년 백러시아와의 전쟁에 참가하셨어요. 그리고 내가 태어났지요. 그러다가 아버지가 투

옥되었다가 솔로베츠키 섬으로 이송되었는데 돌아오지 않았어
요. 일이 그렇게 된 거예요. 아버지는 내가 태어나기 전 차르 시
대에도 이미 감옥에 갇힌 적이 있는데 그때는 돌아오셨죠. 아버
지가 철도 파업을 주도해서 솔로베츠키 섬으로 보냈다고 하더군
요. 기차가 출발하지 않은 게 아버지 때문이라고요. 이게 전부예
요."

　　레오니드는 이렇게 말한 뒤, 중요한 이야기를 다 끝낸 듯이,
멘델에게 등을 돌리고 다른 쪽으로 돌아누웠다. 멘델은 이상한
사과 방식이라고 생각했다. 그러나 어쨌든 사과의 한 방식이라
고 스스로 인정했다. 몇 분이 흐르고 나서 조심스럽게 레오니드
에게 물었다. "그럼 어머니는?" 레오니드가 투덜거렸다. "이제
그만 좀 놔둬요. 제발 날 좀 가만히 놔두라고. 오늘은 이 정도로
충분하니까." 그가 입을 다물었고 더 이상 움직이지 않았다. 하
지만 멘델은 그가 잠들지 않았다는 걸 금방 알아차렸다. 자는 척
하는 것뿐이었다. 이야기를 계속하라고 고집 부려봤자 부질없
다. 오히려 해롭기만 하다. 마치 방금 솟아오른 버섯을 따버리듯
이. 버섯이 더 이상 자라지 못하게 막아버리고 집에는 빈손으로
돌아가게 되는 것이다.

　　그들은 2주 동안 걸었다. 어떤 날은 낮에 걷기도 했고 어떤
때는 밤에 걸었다. 비가 오기도 하고 해가 떠 있기도 했다. 레오
니드는 이제 아무 말도 하지 않았다. 자기 이야기도 하지 않고 반
박도 하지 않았다. 어두운 얼굴로, 마지못해 주인의 말을 따르는

노예처럼 멘델의 결정을 받아들였다. 몇몇 사람을 만나기도 했고 불에 탄 마을을 보기도 했다. 그들보다 앞서 간 무리가 남긴 흔적들이 점점 더 많아졌다. 길가에 야영하며 피운 모닥불의 재와 말라붙은 진흙에 남은 발자국, 음식물 찌꺼기와 깨진 그릇이나 누더기가 보일 때도 있었다. 무리는 사람들 눈에 띄지 않게 조심하려 애쓰지 않았다. 그들이 머물렀던 어떤 곳에서는 총탄으로 벌집이 되어버린 나무 한 그루가 눈에 띄기도 했다. 누군가 사격 연습을 한 게 틀림없었다. 어쩌면 시합을 했는지도 모른다. 가끔씩은 어쩔 수 없이 그 지역 사람들에게 어느 쪽으로 갔는지 물어볼 수밖에 없었다. 그 사람들은 보기에 따라서는 낙오병이라고 할 수도 있고 탈영병이나 유격대, 도적 떼로 보였다. 어쨌든 모든 이들의 공통된 의견에 따르면 그들은 농부들을 지나치게 성가시게 하지도 않았고 터무니없이 많은 것을 요구하지도 않은 채 제 갈 길을 가는 사람들이었다.

　어느 날 저녁 그들이 있는 곳에 도착했다. 그들의 모습이 보였고 그와 거의 동시에 소리도 들렸다. 멘델과 레오니드는 언덕 위에 있었다. 완만하게 굽이지는 넓은 강이 보였는데 드네프르 강이 틀림없었다. 강가에서 그리 멀지 않은 곳에서, 그들이 서 있는 언덕에서는 3, 4킬로미터 거리에서 모닥불이 환히 타올랐다. 그들이 내려가기 시작했다. 어지럽게 쏘아대는 라이플총과 권총 소리가 들렸다. 귀청이 찢어질 듯 요란하게 수류탄들이 터지고 곧이어 붉은 섬광들이 번득이는 게 보였다. 전투인가? 그런데 모닥불은 뭘까? 그냥 단순한 소동인가, 아니면 편이 갈려 싸우는 건가? 하지만 총성이 잠시 멈춘 사이에 아코디언 소리와 유쾌한 함성과 떠들썩한 소리가 또렷이 들려왔다. 전투가 아니라 축제를 즐기는 중이었다.

두 사람은 조심스레 다가갔다. 보초가 없어서 아무도 두 사람을 제지하지 않았다. 수염이 덥수룩한 서른 명 정도의 남자들이 모닥불 가에 모여 있었다. 젊은 사람도 있고 나이 든 사람도 있었는데 차림새가 각양각색이었지만 모두 무장을 하고 있다는 걸 단번에 알 수 있었다. 아코디언 연주자가 흥겨운 곡을 연주했는데 박수로 박자를 맞추는 사람도 있었고 무기를 몸에 지닌 채, 발뒤꿈치로 빙그르르 돌거나 선 채로 혹은 웅크리고 앉아 신나게 몸을 흔드는 사람도 있었다. 누군가 그들을 발견했나 보다. 누군가 발음이 분명치 않지만 우렁찬 목소리로 바보같이 소리쳤다. "독일인이오?"

"러시아인이오." 두 사람이 대답했다.

"그러면 이리 오시오. 먹고 마시고 춤춰요! 전쟁이 끝났다오!" 곧이어 감탄의 표시처럼 대구경 자동권총에서, 모닥불과 연기로 벌건 하늘을 향해 연속적으로 총알이 발사되었다. 방금 전의 우렁찬 목소리가 갑자기 화를 내며 반대쪽을 향해 말했다. "스티오프카, 이 멍텅구리, 까마귀 새끼야. 술하고 반합 가져와. 손님 오신 거 안 보여?"

이미 주위가 어두웠지만 시늉만 낸 병영이 세 개의 중요한

지점을 중심으로 이루어졌다는 걸 짐작할 수 있었다. 그중 하나
는 모닥불인데 남자들이 떠들썩하게 그 주위에서 오고 가면서
파티를 했다. 그다음은 큰 텐트였는데 그 앞의 말뚝 두 개에 묶인
말 두 마리가 끄덕끄덕 졸고 있었다. 마지막으로 거기서 조금 더
떨어진 곳에서는 젊은이 서너 명이 말없이 무엇인가를 바삐 고
치고 있었다.

　　우렁찬 목소리의 주인공이 보드카 한 병을 들고 그들에게
왔다. 거인같이 체구가 큰 젊은이로 짧게 자른 금발에 구불구불
한 수염이 가슴 중간 부근까지 닿았다. 계란형의 잘생긴 얼굴에
이목구비가 반듯하게 균형 잡혔지만 선이 너무 굵었다. 그는 제
대로 서 있기도 힘들 정도로 취해 있었다. 입고 있는 붉은 군대
군복에는 계급장이 없었다.

　　"당신들의 건강을 위하여!" 이렇게 말하고 술병의 술을 한
모금 마셨다. "당신들이 누구든지 건배!" 그러더니 멘델과 레오
니드에게 보드카 병을 내밀어서 두 사람은 술을 마시고 답례로
그의 건강을 빌어주었다. "스티오프카, 멍텅구리, 느림보야. 죽
은 언제 가져올 작정이야?" 그러더니 멘델과 레오니드에게 솔직
하고도 환한 미소를 지으며 계속 말했다. "스티오프카를 용서해
줘요. 아마 술을 너무 많이 마셨나 봅니다. 그렇지만 훌륭한 친구
죠. 요리사라는 걸 고려하면 용감하기도 하고요. 그런데 빠릿빠
릿하지가 않아요. 아, 맞아요, 별로 빠르지 않다니까요. 오, 이제
드디어 도착했군요. 오는 동안 죽이 식지 않았길 바라자고요. 자,

들어요. 다 먹고 나서 새로운 소식이 있는지 들어보러 갑시다.”

거인의 생각과는 달리 스티오프카는 그리 느려 보이지도 멍청해 보이지도 않았다. “아니오, 베냐민 이바노비치, 수리하지 못했어요. 모두 돌아가면서 조금씩 고쳐봤지만 목소리가 점점 더 약해지더라고요. 무슨 말인지 하나도 알아들을 수가 없어요. 잡음만 들리더군요.”

“아무짝에도 쓸모없는 녀석들 같으니라고. 악마가 데려가버려라! 오늘 당장 고쳐야 한다고! 당신들이 한번 생각해봐요. 전쟁이 끝났으니 조만간 스탈린이 튀어나와서 우리 모두 집으로 돌아가라고 말할 게 틀림없소. 그런데 이 후레자식들이 무전기를 망가뜨려버려서…… 그런데 당신들은 어떻게 아무것도 모르고 있소? 미국인이 이탈리아에 상륙했고 우리는 쿠르스크를 재탈환했소. 무솔리니는 감옥에 있고. 그래요, 새장의 새처럼 감옥에 갇힌 거요. 국왕이 투옥시켰지요. 자, 친구들, 더 마셔요, 평화를 위하여!”

레오니드는 보드카를 마셨고 멘델은 마시는 시늉만 했다. 그리고 베냐민을 따라 무전기가 있는 곳으로 갔다. “저건 우즈베크인이 말한 무전기네!” 멘델이 손전등 불빛에 드러난 무전기의 상표를 보고는 레오니드에게 말했다. “그런데 이런 건전지는 오래 쓸 수가 없습니다. 지금까지 쓴 게 기적이지요.” 멘델은 소나기 퍼붓듯 욕을 하고 쓸데없이 위협하는 베냐민과 무전기를 수리하는 세 젊은이 사이에 끼어들어서 말을 할 수 있었다. 그러자 열띤 기술적 논쟁이 펼쳐져서 몇 분간 계속되었다. 베냐민과 호기심에 다가와서 이러쿵저러쿵하는 수염 덥수룩한 다른 남자들의 과격한 언동 때문에 토론이 중단되곤 했다. "나도 무전기에 대해서는 아는 게 별로 없지만 여기 이 사람들은 정말 아무것도 모른다니까." 멘델이 레오니드에게 투덜거렸다. 마침내 물과 소금으로 건전지의 전해액을 대체해보자는 제안이 구체화되었다. 베냐민이 즉시 그 제안을 자기가 한 것으로 만들어버렸고 스티오프카를 불러 어수선하게 명령을 내렸다. 물과 소금이 도착했고 완전히 몰입한 얼굴들과 신성한 기대감이 담긴 분위기에서 작업이 이루어졌다. 건전지들을 다시 집어넣었지만 무전기에서는 우스꽝스러운 노래만 몇 초 동안 흘러나오더니 곧 완전히 벙어리가 되어버렸다. 베냐민은 기분이 나빠서 모두에게 화를 냈다. 레오니드를 돌아보더니 그때 처음 본 것처럼 말했다.

"당신들 둘, 어디서 튀어나온 거요? 러시아인이라고 했나? 절대 러시아인으로는 안 보이는데. 어쨌든 오늘은 그 문제는 그냥 넘어가지. 무전기가 부서지기는 했지만 말이야. 오늘은 축제날이니까." 멘델이 레오니드에게 말했다. "내일 저자가 술이 깨면 어떻게 되는지 보자고. 그렇지만 그렇게 좋을 것 같지는 않아."

다음 날 두 사람은 들판의 평화로운 소리에 잠이 깼다. 말들은 강가에서 풀을 뜯었고 알몸의 남자들은 몸을 씻거나 얕은 물에서 텀벙텀벙 물장구를 치기도 했다. 옷을 꿰매거나 빨래를 하는 사람도 있었고 누워서 일광욕을 하는 사람도 있었다. 아무도 두 사람에게 신경을 쓰지 않았다. 대부분이 러시아인들이었지만 멘델이 알아들을 수 없는 언어로 노래하고 고함치는 소리도 들렸다. 늦은 아침에 스티오프카가 그들을 찾아왔다.

"날 좀 도와주시겠소? 저 텐트 안에 환자가 있어요. 열이 있고 신음을 하는데 어떻게 해야 할지 몰라서 그래요. 나하고 같이 가줄래요?"

"우리도 의사가 아닌데……." 레오니드가 반대했다.

"나 역시 의사도 간호사도 아니지만 이 부대에서 제일 나이가 많아요. 그리고 클린치 역을 기습 공격했을 때 무기를 잃었소. 그래서 지금은 온갖 일을 다 하고 있지만 전투에는 나가지 못해요. 이 지역을 그 누구보다도, 베냐민보다도 잘 알고 있어서 안내인 역할도 하고 있소. 1918년에 벌써 바로 이 지역에서 붉은 유격대의 안내를 맡았지요. 오솔길이며 개울이며 길이며 내가 수십 번 다니지 않은 데가 없어요. 어쨌든 환자를 돌보는 일까지 내게 맡겼다오. 그러니 당신들이 날 도와줘야 해요. 열이 나고 배가 나무판자처럼 딱딱해요."

멘델이 말했다. "왜 우리와 같이 가려고 고집을 피우는지 모르겠습니다. 난 다른 사람보다 더 많이 아는 것도 없는데."

스티오프카가 당황스러운 표정을 지었다.

"왜 그러냐 하면…… 수백 년 전부터 당신들이 이런 방면에 뛰어나다는 말이 있어서……."

"우리도 당신들과 다르지 않아요. 우리 의사들은 당신네 의사들처럼 뛰어나답니다. 더도 덜도 아니고 똑같이. 그리고 의사가 아닌 유대인이 환자를 치료하다가는 환자를 죽일 수도 있어요. 이건 기독교인들과 마찬가지예요. 내가 말해줄 수 있는 건 내가 포병이었고 포격이 있은 뒤에 복부가 파열된 사람들을 숱하게 본 게 전부라는 겁니다. 복부가 파열된 사람은 물을 마시면 안돼요. 어쨌든 이건 다른 문제지요."

레오니드가 끼어들었다.

"제가 보기에는 당신네 대장이 아주 유능한 사람 같던데요. 왜 대장에게 맡기지 않습니까? 가까운 곳에 도시나 마을이 있을 수도 있어요. 그리로 환자를 데려가면 분명 여기 야영장에 있는 것보다 훨씬 나을 텐데요. 의사를 찾을 수 있을 겁니다."

스티오프카가 어깨를 으쓱했다.

"베냐민 이바노비치는 다른 일에는 유능해요. 귀신처럼 겁이 없고 속임수를 잘 알아내고 또 직접 함정을 만들기도 하지요. 어떻게 해야 존경을 받고 두려움의 대상이 되는지도 알고 있어요. 절대 낙담하는 법이 없어요. 곰처럼 튼튼하답니다. 그렇지만 전투에서만 뛰어나요. 그리고 술을 좋아하고. 술을 마시면 시시각각 기분이 달라진다니까요."

두 사람은 스티오프카를 실망시키지 않으려고 그를 따라 환자가 누워 있는 텐트로 갔다. 독일 경찰에서 도망친 타타르인으로 아직도 그 제복을 입고 있었다. 멘델이 보기에 그리 심한 상태는 아니었다. 복부가 약간 팽팽하기는 했지만 촉진을 할 때에도 고통스러워하지 않았다. 그리고 열도 별로 높지 않았다. 환자의 영양 상태는 좋았다. 멘델은 스티오프카를 안심시켜보려 했다. 하루 금식을 시키고 약을 주지 말라고 조언했다. "그거라면 걱정 없어요." 스티오프카가 말했다. "약이 없으니까. 아스피린을 조금 가지고 있었는데 지금은 다 떨어져버렸어요."

텐트에서 나오다가 베냐민과 부딪쳤다. 그는 딴사람이 되어 있었다. 보드카와 승리에 취해 비틀거리던 주인도, 부서진 무전기 때문에 실망하던 덩치 큰 아이도 아니었다. 그는 무시무시한 인간의 표본, 기민하고 정확하게 행동하는 젊은 전사였다. 지적인 얼굴이었고 눈빛이 강렬했으나 그 속을 읽을 수는 없었다. '독수리야.' 멘델은 속으로 생각했다. '조심해야 해.'

"나하고 갑시다." 베냐민이 차분하고 위엄 있는 목소리로 말했다. 그는 두 사람과 함께 텐트의 한쪽 귀퉁이로 갔다. 그리고 두 사람에게 정체가 뭔지, 어디서 와서 어디로 가는지 물었다. 나지막하면서도 사람을 복종시킬 줄 아는 사람에게서 흔히 들을 수 있는 자신 있는 목소리였다.

"나는 포병이었고 여기 이 친구는 낙하산병이었습니다. 우리는 낙오되었지요. 우연히 브랸스크 숲에서 만났습니다. 이 부대에 대한 정보를 얻게 돼서 당신들을 찾았고 여기 오게 된 겁니다."

"그 정보는 누구에게 들었소?"

"당신에게 무전기를 판 우즈베크인입니다."

"왜 우리를 따라왔소?"

멘델이 잠시 머뭇거렸다.

"부대에 들어가고 싶어서요."

"무기 있소?"

"있어요. 기관총 한 정과 독일제 권총, 그리고 탄약이 조금 있습니다."

베냐민이 어조를 바꾸지 않은 채 레오니드에게 물었다.

"당신은 왜 말을 하지 않는 거요?"

레오니드는 당황스러워하며 멘델이 자기보다 나이가 많고 무기도 그의 것이므로 멘델이 말하게 놔두었다고 말했다.

"무기는 저 사람 것이 아니오." 베냐민이 말했다. "무기는 모두의 것이오. 무기는 사용하는 사람의 것이오." 그가 반응을 기다리기라도 하듯 잠시 입을 다물었다. 하지만 레오니드와 멘델 역시 아무 말도 하지 않았다. 그러자 그가 다시 입을 열었다.

"왜 부대에 들어오고 싶은 거요? 각자 대답해요. 당신은?"

레오니드는 불시에 질문을 받자 혀가 굳어버린 기분이었다. 학창 시절로 돌아가 구술시험을 보는 기분이었다. 아니 더 최악으로 루비안카에서 체포되어 투옥되었을 때 당했던 굴욕적인 심문을 다시 받는 것만 같았다. 그는 군인의 의무와 낙오된 상태에서 다시 명예를 회복하고 싶다는 바람을 우물우물 몇 마디 했다.

"당신은 독일군 포로였군." 베냐민이 말했다.

"그걸 어떻게 아셨죠?" 멘델이 깜짝 놀라 끼어들었다.

"질문은 내가 하는 거요. 어쨌든 얼굴에 쓰여 있으니까. 그리고 당신, 포병, 왜 우리와 합류하려는 거요?"

멘델은 자신이 저울에 올려져 무게를 재고 있는 기분이 들었고 그렇게 무게를 재고 있다는 데 화가 났다. 그가 대답했다.

"일 년 전에 낙오되어서요. 늑대처럼 사는 데 지쳐서요. 복수를 하고 싶어서요. 우리 전쟁이 옳다고 믿어서요."

베냐민이 목소리를 더 깔았다.

"당신들은 어제, 이상한 날에 우리를 찾아왔소. 기쁜 날이기도 하고 끔찍한 날이기도 했지. 기쁜 날이라는 건 당신들이 들은 소식이 진짜이기 때문이오. 무전기에서 두 번 반복해서 말했지. 무솔리니가 패망했소. 그렇다고 전쟁이 금방 끝날 거라는 말은 아니오. 어제저녁에 우린 서로의 귀에 대고 고래고래 소리를 질렀소. 각자 다른 사람들을 설득했고 각자는 설득당할 준비가 되어 있었소. 희망이란 콜레라처럼 전염되는 거니까. 어제저녁 우리는 축제를 즐겼지만 우린 독일군을 잘 알아요. 지난밤 나는 곰곰이 생각해봤지. 전쟁은 앞으로도 한참 계속될 거라고 생각하오. 어제는 무전기가 부서져버렸기 때문에 끔찍한 날이기도 했소. 이건 당신들이 생각하는 것보다 훨씬 더 심각한 일이오. 무전기가 없는 부대는 고아나 귀머거리, 벙어리 신세요. 무전기가 없으면 우린 전선이 어디인지 알 수 없소. 모스크바에서도 우리가 어디 있는지 몰라요. 수송기를 불러 보급품을 투하해달라고 할 수도 없소. 의약품, 곡물, 무기, 심지어 보드카까지 무전기를 통해 보급되는 거요. 무전기에서 전하는 소식을 들으면 용기도 생기지. 곡물이 없으면 살 수 없으니 곡물이 부족하면 우리는 농부들에게서 약탈해와야 하오. 그러니 무전기가 없는 부대는 도적떼가 되어버리는 거요. 이 점을 당신들이 잘 알아야 하오. 그리고 결정을 하기 전에 잘 생각해보시오. 또 명심해야 할 게 몇 가지 있소. 우리는 여덟 달 전에 백 명이었는데 지금은 40명이 채 안 되오. 전쟁을 하는 동안은 단 하루도 다른 날과 똑같은 날이 없소. 풍요로운 날도 있고 빈곤한 날도 있고 배부르게 먹는 날이 있는가 하면 굶주리는 날도 있소. 신경이 약한 사람이 견딜 수 있는 전쟁이 아니오. 우린 멀리서 왔고 멀리 갈 거요. 약한 사람들은 죽거나 달아나버렸소. 잘 생각해요. 나도 당신들에게 답을 주기 전에 생각해볼 테니."

날카로운 금속음이 들렸다. 점심 죽이 준비되어서 스티오프카가 나뭇가지에 걸어둔 선로의 일부를 돌멩이로 쳐서 남자들을 집합시켰다. 베냐민을 비롯해 멘델과 레오니드까지 모두 큰 통 앞에 한 줄로 서자 스티오프카가 배급을 했다. 거의 모두가 식사를 마치고 나서 대부분의 사람들이 양지에 팔다리를 쭉 펴고 앉아 담배를 피우고 있을 때 강가에서 큰 고함 소리가 들렸다. "통나무가 떠내려온다!" 정말 통나무들이 강 한가운데로 천천히 떠내려오고 있었다. 가지가 없는 굵은 통나무가 한 번에 몇 개씩 여기저기 흩어져 떠내려왔다. 베냐민이 강가로 가서 주의 깊게 살펴보았다. 그가 스티오프카에게 물었다.

"어디서 오는 건가?"

"대개 산에서 3백 킬로미터 떨어진 스몰렌스크 항구에서 오는 겁니다. 늘 그래왔어요. 기차로 수송하는 것보다 싸게 먹히니까. 저 아래 우크라이나로 가서 광산 갱도 받침목으로 쓰일걸요."

"늘 그래왔지만, 지금 광산은 독일군을 위해 일하고 있지." 베냐민이 자기 턱을 쓰다듬었다. 그때 강의 굽이진 부분에서 지금까지 본 것보다 훨씬 큰 뭔가가 나타났다. 통나무를 한 줄로 묶어서 만든 뗏목이었는데 열 개는 되어 보였다. 뗏목은 강 쪽으로 길게 뻗은 숲 뒤에서 하나씩 차례로 나타났다. "저것들을 잡아야 해." 베냐민이 말했다.

"한 번도 해본 적은 없지만 구경은 해봤습니다." 스티오프카가 말했다. "1킬로미터쯤 아래로 가면 물줄기 하나가 막히는 곳이 있어요. 서두르면 제시간에 도착할 수 있어요. 그런데 장대가 필요해요."

베냐민이 순식간에 상황을 파악하고 명령을 내렸다. 병영에 보초 열 명을 남겨두고 다른 열 명은 도끼를 가지고 가서 어린 나무들을 베서 가지를 쳐 오게 했다. 그리고 자신은 남은 사람들과 함께 강가로 급히 내려갔다. 그들 중에 레오니드와 멘델도 끼었다. 그들이 막힌 지류에 도착하고 나서 얼마 되지 않아 남자들 열 명이 장대를 가지고 합류했다. 하지만 뗏목이 이미 눈앞에 떠내려오고 있었다. "빨리, 누가 수영 제일 잘하지? 너, 볼로디아!"
하지만 볼로디아는 정말 문제가 있어서 그랬는지 하기 싫어서
그랬는지 모르지만 군화를 제때 벗지 못했다. 그는 땅에 웅크리
고 앉아 군화를 벗어보려 안간힘을 쓰느라 얼굴이 일그러지고
온통 시뻘게졌다. 그러자 베냐민이 짜증을 냈다. "아무짝에도 쓸
모없는 놈, 게을러빠진 놈!" 그가 금방 군화를 벗고 알몸이 되었
다. 걸어가기도 하고 한 손만 저어 수영을 하기도 하면서 흐르지
않고 고여 있는 물에 도착했지만 그가 강을 두 개로 나눠놓는 풀
이 무성한 땅에 도착했을 때 뗏목이 벌써 그의 옆으로 지나가는
중이었다. 욕설을 퍼붓는 그의 목소리가 들렸고 강물로 다시 뛰
어드는 게 보였다. 다른 남자들이 장대를 가지고 그의 뒤를 따랐
다. 베냐민은 뗏목들 쪽으로 급히 헤엄을 쳤다. 처음 뗏목들은 놓
쳤지만 마지막 뗏목에 올라가는 데 성공했다. 곧 장대를 움직여
서 풀에 덮인 지점으로 뗏목을 옮겼다. 거기서 장대가 진흙에 박
혀 움직이지 않았다. 그런 상태로 오래 있을 수 없다는 것은 분명
했다. 강물을 따라 힘없이 떠내려가는 다른 뗏목들을 밧줄로 끌
어당겼다. 한 사람만으로는 잡을 수가 없었다. 베냐민이 숨이 넘
어가게, 남자들에게 각자 뗏목에 한 사람씩 올라가라고 소리쳤
다. 모두 장대를 진흙 바닥에서 힘차게 움직여서 뗏목을 거기서
떼어냈고 강물을 거슬러서 풀에 덮인 지점을 빙 돌아가, 의기양
양하게 통나무를 고여 있는 물속으로 밀어 넣을 수 있었다. "잘
했어." 베냐민이 다시 옷을 입으면서 말했다. "두고 보자고. 강가

로 끌어내서 불을 피워도 되고. 광산으로만 안 가면 되니까. 병영으로 돌아갑시다."

병영으로 돌아가기 위해 짧게 행군하는 동안 멘델이 베냐민 옆에서 걸으며 칭찬했다. "잘 알고 있소, 이런 일이 독일군에게 큰 타격이 되지 않는다는 걸." 베냐민이 대답했다. "하지만 여기 있는 이런 사람들에게는 아무 활동도 하지 않는 게 제일 나빠요. 좋은 본보기를 보여주는 것보다 더 좋은 건 없지. 두 사람 다 몸을 말리고 내 텐트로 오시오."

텐트에서 베냐민은 곧장 요점으로 들어갔다.

"내가 생각을 해봤는데 쉽지 않은 일이오. 당신들이 보다시피 우리는 우리 식으로 전문가들이오. 이 지역을 잘 알고 있고 훈련을 받았고. 당신들을 받아주는 건 책임을 의미해요. 두 사람이 훌륭한 전투병인 건 인정하오. 우리는 보다시피 전투병이라기보다 후위에서 작전을 하는 사람들이오. 우리는 파괴와 우회 작전을 펼치는 사람들이오. 우리들 각자는 다 임무를 맡고 있는데 단기간에 배울 수 있는 일이 아니오. 그래서……."

"오늘 오전에 했던 말하고는 다른 것 같군요." 멘델이 말했다. 베냐민이 눈을 내리깔았다.

"그렇소, 오전에는 이렇게 말하지 않았지. 들어봐요, 난 당신들에게 반감이 전혀 없어요. 어릴 때부터 유대인 친구들이 있었으니까. 또 보로네츠에서, 훈련소에서 유대인 동료들과 함께 지냈소. 당신들이 다른 사람들과 똑같다는 거, 더 훌륭하지도 더 나쁘지도 않다는 것도 알아요. 아니 어쩌면 조금 더…….”

“그 정도면 됐어요.” 레오니드가 말했다. “우리를 원치 않으면 가겠습니다. 그게 모두에게 더 좋을 수도 있어요. 우리는 무릎을 꿇고…….”

멘델이 그의 말을 가로막았다.

“그렇긴 해도 난 오늘 아침부터 지금까지 당신에게 무슨 일이 있었는지 알고 싶군요.”

“아무 일도 없었소. 아무 일도 일어나지 않았어요. 아무 사건도. 다만 사람들이 하는 얘기를 들었을 뿐이오. 그러니까…….”

“당신과 난 군인이오. 같은 군복을 입고 있소. 나는 어떤 사람이 무슨 말을 했는지 당신을 통해 알고 싶소이다.”

“누가 무슨 말을 했는지 말해줄 수 없소. 한 사람만 말한 것도 아니고. 나는 당신들을 받아주고 싶지만 내 부하들이 하는 말을 막을 수가 없어요. 그리고 당신들이 불시에 공격을 당하지 않으리란 자신도 없소. 이곳 사람들은 다 각기 다른 이상을 가지고 있어요. 그리고 행동은 민첩해요.”

멘델은 고집을 꺾지 않았다. 그는 베냐민이 들었다는 말을 하나도 빼놓지 않고 다 알고 싶어 했다. 그러자 베냐민이 입안에 든 상한 음식을 뱉어버리는 얼굴로 말했다.

“유대인을 별로 좋아하지 않는다고 하더군요. 게다가 무기를 가진 유대인은 더욱.”

레오니드가 끼어들었다.

"우린 떠날 겁니다. 당신네 부하들에게 말해요. 올 4월에 바르샤바에서 무장한 유대인들이 1941년 붉은 군대보다 더 오래 독일군에게 저항했다고 말이오. 제대로 된 무기도 별로 없었고 먹을 것도 없었소. 그런데도 죽은 사람들 속에서 전투를 했지요. 연합군의 지원도 없이 말입니다."

"그걸 어떻게 아는 거요?" 베냐민이 물었다.

"바르샤바는 여기서 그리 멀지 않아요. 그리고 소식이라는 건 무전기 없이도 전해지는 거요."

베냐민이 텐트에서 나가서 스티오프카와 볼로디아에게 소곤소곤 무슨 말인가 하고 나서 다시 들어와 말했다.

"나는 당신들 무기를 압수할 수 있었지만 압수하지 않았소. 당신들이 우리가 누구인지 어디 있는지 봤으니 보내줘서는 안 되지만 그냥 보내주겠소. 우리와 보낸 하루가 길지는 않았지만 어쩌면 당신들이 본 게 도움이 될지도 모르오. 떠나시오. 주의를 집중하고 노보셸키로 가시오."

"왜 노보셸키로 가라는 거요? 노보셸키가 어디요?"

"프티츠 강 하구에, 서쪽으로 120킬로미터 떨어진 폴레시아 늪지대에 있소. 거기에 무장한 유대인 마을이 있는 것 같더군요. 남자, 여자 모두 다 있다고 하오. 산림감시원들에게 들었소. 그 사람들은 사방을 돌아다니기 때문에 모르는 게 없어요. 우리의 전신기이고 신문이지. 그곳에 가면 당신들의 무기가 유용하게 쓰일 거요. 하지만 우리와 함께 지낼 수는 없소."

멘델과 레오니드는 그곳을 떠나 통나무 네 개를 묶어서 만든 뗏목을 타고 드네프르 강을 건넌 다음 다시 길을 갔다.

열흘 동안 걸었다. 날씨가 몹시 좋지 않았다. 자주 비가 내렸다. 갑자기 억수 같은 비가 쏟아지는가 하면 어느 때는 거의 안개 같은 미세한 먼지구름이 뿌옇게 끼기도 했다. 오솔길은 진흙탕이었고 숲에서는 벌써 가을을 알리는 진한 버섯 냄새가 풍겨져 나왔다. 식량이 서서히 줄어들기 시작했다. 밤이면 드문드문 나타나는 농가에 들러 감자와 비트를 몰래 캐야만 했다. 숲에는 블루베리와 산딸기가 지천이었지만 한두 시간 정도 따 먹고 나면 배고픔이 가라앉는 게 아니라 더 허기가 졌다. 배고픔과 레오니드의 분노가 점점 커갔다.

"이건 방학 맞은 아이들한테나 맛있는 거지. 배를 채워주는 게 아니라 자극한다니까."

멘델은 베냐민의 병영에서 알게 된 소식들을 혼자 골똘히 생각해보았다. 그런 소식이 무슨 중요성을 가질까? 의견도 덧붙이지 않고 전반적인 평가도 없이 그렇게 들려준 그 소식들은 블루베리처럼 자극적이었고 블루베리처럼 마음을 허기지게 했다. 무솔리니는 투옥되었고 왕이 다시 권력을 잡았다. 왕이 뭔가? 편협하고 타락한 일종의 차르, 구시대의 유물, 장식 단추 달린 옷에 깃털 달린 모자를 쓰고 단검을 든 거만하고 겁 많은 동화 속 인물이다. 하지만 이탈리아의 왕은 무솔리니를 체포하게 했으니 동맹군이고 친구가 틀림없었다. 독일에 이제 카이저가 없다는 게 유감스러웠다. 그렇지 않았더라면 베냐민이 술에 취해 말했듯이 정말 전쟁이 끝났을 수도 있었을 텐데 말이다. 이탈리아에서 파시즘이 붕괴했다는 건 분명 좋은 소식이었지만 그게 뭐 중요하다고 할 수 있을까? 분명히 이해하기가 어려웠다. 『프라우다』 기사에서 이따금 파시즘 치하의 이탈리아를 위험하고 믿기 어려운 적으로, 혹은 독일이라는 야수의 그늘에 숨어 있는 비열한 자칼로 묘사하곤 했었다. 물론 돈Don에서 이탈리아 군인들은 제대로 저항을 하지 못했고 장비도 신통치 않았으며 무기도 다 갖고 있지 않았다. 게다가 전투에 대한 의지도 없었다. 이걸 모르는 사람이 없었다. 아마 그들도 무솔리니에게 질렸는지도 몰랐다. 그래서 왕이 국민들의 의지를 따랐다. 하지만 독일에는 왕이 없었다. 히틀러만 있었다. 환상을 갖지 않는 게 더 좋았다.

만일 왕이 동화 속 인물이라면 이탈리아의 왕은 두 번이나 동화에 등장하는 인물이 된다. 이탈리아 자체가 동화니까. 구체적으로 그 모습을 상상하기가 불가능했다. 베수비오 화산과 곤돌라, 폼페이와 피아트 자동차 회사, 스칼라 극장과 『크로코딜』에 실렸던 무솔리니 캐리커처, 하이에나 같은 턱에 장식 술 달린 터키모자를 쓰고 자본가 같은 배불뚝이에 손에 칼을 든 노상강도와 다름없는 무솔리니를 어떻게 같은 이미지로 압축할 수 있겠는가? 하지만 정말 그 왕이 있었다면…… 아, 이해가 불가능했다. 멘델은 무전기를 가질 수만 있다면 전 재산이라도 줬을 것이다. 하지만 이건 그냥 하는 말이었다. 이제 그들에게는 기관총과 권총 말고는 물물거래를 할 게 아무것도 남아 있지 않았다. 무기는 그냥 가지고 있는 게 좋았다.

이탈리아에도 유대인이 있는지 누가 알 수 있겠는가. 만일 있다면 그들은 이상한 유대인들일 게 틀림없었다. 곤돌라를 탄 유대인 혹은 베수비오 화산 위에 있는 유대인을 어떻게 상상할 수 있단 말인가? 하지만 유대인은 어디에든 있는 게 분명했다. 심지어 인도와 중국에도 살았다. 그런 곳에서 그들이 불행하다고는 말할 수 없다. 유대인들은 이스라엘 땅에서만 평온하게 살 수 있으니 이탈리아를, 러시아를, 인도를, 중국을 떠나서 모두 이스라엘에 모여서 오렌지를 키우고 히브리어를 배우고 모두 빙빙 둥글게 돌며 호라 춤을 추라고 설교하는 키예프와 하리코프의 시오니스트들이 옳은지는 두고 봐야 할 것이다.

너무 피곤해서였는지 습기가 많아서였는지 멘델의 머릿속 상처가 가려웠다. 레오니드의 군화는 실밥이 다 터져버려서 그의 발은 물과 진흙 속에서 텀벙거렸다. 멘델은 레오니드라는 부정적인 존재를 업고 가는 기분이었고 그의 침묵이 무겁게 느껴졌다. 바로 이런 것들이 진흙보다 더 걸음을 떼어놓기 힘들게 만들었다. 비가 와서 땅이 진흙으로 변하는 것만이 아니라 하늘에서도 진흙이 뚝뚝 떨어지는 것 같았다. 이 계절에는 받아들여야 했다. 서쪽을 향해 서서히 앞으로 나아가는 동안 모두 다른 종류의 진흙이, 그 지역을 다 차지해버린 영구적인 진흙이 점점 더 자

주 나타났다. 이 진흙은 하늘에서 쏟아지는 게 아니라 땅에서 생
겼다. 숲의 나무들이 점점 드물어졌고 드넓은 공터들이 눈앞에
나타나기도 했지만 사람의 흔적은 전혀 없었다. 땅은 검거나 점
토질이 아니라 시체처럼 잿빛이었다. 흙이 축축하기는 했지만
푸석푸석하고 모래 같았다. 꼭 대지의 자궁에서 물이 방울방울
스며 나오는 것 같았다. 그래도 불모의 땅은 아니었다. 갈대가 숲
을 이루었고 멘델이 한번도 본 적 없는 다육식물들도 자랐다. 잎
이 끈적끈적한 관목들로 뒤덮인 넓은 관목지대도 나타났다. 관
목들은 하늘을 바라보고 있기가 지겨운 듯 땅으로 가지가 축 늘
어져 있었다. 흙이나 썩은 나뭇잎들 속으로 복숭아뼈까지 발이
푹푹 빠지자 레오니드가 이미 쓸모없게 된 군화를 벗었다. 멘델
도 곧 그를 따라 했다. 멘델의 군화는 아직은 쌩쌩했지만 닳게 만
들기는 싫었다.

　걷기 시작한 지 이레째 되던 날은 비가 계속 왔기 때문에 밤
을 보낼 마른 곳을 찾는 게 문제였다. 여드레째 되던 날은 제대로
방향을 찾기가 힘들었다. 그들은 나침반이 없었는데 하늘도 계
속 컴컴하고 밝을 때가 거의 드물었다. 오솔길은 별로 깊지 않은
물웅덩이가 생겨서 자주 끊어져버렸다. 물이 얕아도 어쩔 수 없
이 짜증스럽게 돌아가야만 했다. 맑은 물은 고요히 고여 있었고
토탄 냄새가 났다. 그 위에 둥글고 두터운 이파리들과 잎이 통통
한 꽃과 새집 몇 개가 떠 있었다. 새집에서 알을 찾아봤으나 허탕
이었다. 알은 없고 알껍데기와 썩은 깃털 몇 개가 전부였다. 대신

개구리는 아주 많았다. 손바닥만큼 큰 개구리들과 올챙이들, 그리고 둥글게 뭉쳐진 끈적끈적한 개구리 알 덩어리들이었다. 별로 힘들이지 않고 몇 마리 잡아서 잔가지에 꿰어 구워 먹었다. 레오니드는 배를 곯은 스무 살 청년답게 허겁지겁 맛있게 먹었다. 멘델은 금지된 고기를 선천적으로 거부하는 자신을 발견하고는 깜짝 놀랐다.

"모세 시대의 이집트 같은데." 멘델이 이런 말로 이야기를 시작했다. "그렇지만 개구리가 어떻게 재앙이 되었는지 모르겠어. 이집트인들도 우리처럼 개구리를 먹을 수 있었을 텐데 말이야."

"개구리가 재앙이었어요?" 레오니드가 개구리를 씹으며 말했다.

"두 번째 재앙이었지. Dàm, Tzefardéa'. Tzefardéa'가 개구리야."

"그럼 첫 번째 재앙은 뭐예요?"

"Dàm, 그러니까 피지." 멘델이 대답했다.

"피야 우리 몸에도 있잖아요." 레오니드가 생각에 잠겨 말했다. "그럼 다른 재앙은? 그다음 재앙은 뭐예요?"

기억을 되살리기 위해 멘델이 동요를 흥얼거렸다. 유월절에 아이들을 재미있게 해주려고 부르는 노래였다. "dàm, tzefardéa', kiním, 'arov……." 그리고 나서 러시아어로 해석을 해주었다. 피, 개구리, 이, 맹수, 옴, 페스트, 우박, 메뚜기…… 그러다가 목록을 다 나열하다 말고 레오니드에게 물었다. "넌 어릴 때 유월절 안 쉤어?"

곧 이런 질문을 한 걸 후회했다. 레오니드는 먹는 걸 멈추지 않고 멘델의 얼굴에서 눈을 돌렸다. 딱딱하게 굳고 불쾌함이 묻어나는 눈길이었다. 몇 분 뒤 레오니드는 얼핏 두서없어 보이는 이야기를 시작했다.

"아버지가 솔로베츠키 수용소로 가게 되자 어머니는 아버지를 기다리지 않았어요. 오래 기다리지 않았지요. 나를 고아원에 넣고 다른 남자와 살았어요. 나에게는 더 이상 신경을 쓰지 않았고. 그 남자와 일 년에 두어 차례 찾아오는 게 다였죠. 그 남자도 철도원이었는데 항상 조그맣게 말했죠. 아마 자기도 그 섬으로 보내질까 봐 겁을 먹고 있었을 거예요. 온갖 걸 다 겁내는 남자였으니까. 내가 알기로는 어머니는 아직도 그 남자와 살아요. 난 이제 충분해요, 어딘지도 모를 곳으로 걸을 만큼 걸었다고요. 피도 개구리도 이제 충분해. 난 그만 가고 싶어. 죽어버리고 싶어."

멘델은 대답을 하지 않았다. 그의 길동무는 말로 상처를 치료받을 수 있는 사람이 아니라는 것을 알고 있었다. 그와 같은 인생사를 등에 지고 다니는 사람이라면 그 누구도 말에서 위안을 얻을 수 없을지 모른다. 하지만 멘델은 그에게 부채감을, 죄책감과 좌절감을 느꼈다. 별로 깊지 않은 물에 빠져 죽어가는데 살려달라고 도움을 청하지 않는 사람을 보고 있는 기분이었다. 도움을 청하지 않아서 그냥 빠져 죽게 놔둔 것 같은 기분. 레오니드를 도와주려면 그를 이해해야 한다. 그를 이해하려면 그가 말을 해야 하는데 레오니드는 이렇게 몇 마디 하는 게 전부였고 그 뒤로는 입을 꽉 다문 채 그의 시선을 피했다. 그는 상처를 주고 상처를 받을 준비가 되어 있었다. 만일 그, 멘델이 강제로 시도해보려 한다면? 위험할 수 있었다. 볼트에 잘 맞지 않는 나사를 끼우면 저항을 느끼게 된다. 드라이버로 강제로 끼워보려 하면 나사의 가장자리가 마모되어 나사는 못 쓰게 된다. 하지만 인내심을 가지고 처음부터 다시 시작하면 힘들이지 않고 나사를 다 끼우게 되고 단단하게 고정된다. 인내심이 필요하다. 인내심이 없는 사람에게도. 특히 인내심이 없는 사람에게 더. 인내심을 잃은 사람에게도. 인내심을 한 번도 가져본 적 없는 사람에게도. 인내심을 만들어낼 시간과 재료가 없었던 사람에게도. 그는 레오니드에게 대답을 할 뻔했다. '정말 죽고 싶다면 기회는 언제든지 있을걸.' 대신 이렇게 말했다. "자자. 오늘 밤은 그래도 배가 부르잖아."

아흐레째 되는 날 오솔길이 사실상 사라져버렸다. 웅덩이 사이로 구불구불 길게 뻗은 모래톱 위에서 이따금 다시 나타나는 게 보였다. 웅덩이들은 점점 더 넓어지다가 서로 합쳐졌다. 숲은 고립된 조그만 섬으로 변해버렸다. 그들을 둘러싼 지평선은 지금까지 여행 중에 한 번도 본 적이 없을 정도로 그렇게 넓었다. 넓고 쓸쓸했으며 갈대밭에서 나는 음울하고 강렬한 냄새에 젖어 있었다. 하늘에 가만히 떠 있는 둥그런 흰 구름들이 고요한 물 위로 선명하게 비쳤다. 두 남자가 물을 튀기며 걷는 소리에 갈대밭에서 오리 몇 마리가 날개를 퍼덕이며 날아올랐지만 멘델은 총을 쏘고 싶지 않았다. 총알을 낭비하고 싶지도 않았고 자신들의 존재를 알리기도 싫었다. 목조건물이 모습을 드러냈다. 그곳에 도착한 그들의 눈앞에 반쯤 부서지고 버려진 물레방앗간이 나타났다. 녹슨 물레방아가 흙탕물에 처박혀 있었고 물은 늪지로 구불구불 흘러갔다. 프티츠가 틀림없었다. 노보셀키가 그리 멀지 않을 수도 있었다.

강 건너에 있는 땅은 단단했다. 멀리 떡갈나무인지 오리나무인지 모를 시커먼 나무에 뒤덮인 야트막한 언덕이 보였다. 두 사람은 가시덤불과 낙엽에 뒤덮인, 나무꾼들이 다니던 오래된 길을 찾아냈다. 멘델이 다시 군화를 신었고 레오니드는 맨발인 채로 가시에 찔리지 않으려 천으로 발을 감쌌다. 30분 정도 걷고 났을 때 레오니드가 소리쳤다. "여기요! 여기 좀 와서 봐요!" 멘델이 돌아서니 인형을 들고 서 있는 레오니드가 눈에 들어왔다. 옷을 입지 않은 분홍색의 초라한 인형으로 다리가 하나 없었다. 멘델이 인형을 코에 대보자 어린 시절의 냄새, 마음을 아릿하게 하는 나프탈렌과 셀룰로이드 냄새가 났다. 잠시 여동생들이, 자신의 아내가 되었던 여동생들 친구가, 스트렐카가, 구덩이가 잔인하게 떠올랐다. 그는 아무 말 없이 침을 삼켰다. 그리고 레오니드에게 느릿느릿 말했다. "숲에 있을 물건이 아닌데."

길 오른쪽 공터에서 한 남자가 보였다. 키가 크고 어깨가 좁고 마른 남자로 얼굴이 창백했다. 두 사람을 보자 어리바리하게 도망치거나 숨어보려고 했다. 두 사람이 그를 부르자 두 사람이 다가오게 내버려두었다. 남자는 누더기 같은 옷을 입고 있었고 자동차 타이어로 만든 샌들을 신었다. 손에는 약초 한 다발이 들려 있었다. 농부 같아 보이지는 않았다. 멘델과 레오니드가 그에게 물었다.

"여기가 유대인들 마을입니까?"

"이곳엔 마을이 없소." 남자가 대답했다.

"그럼 당신은 유대인이 아닙니까?"

"난 피난민이오." 그가 말했지만 그 억양이 거짓말이라는 것을 드러냈다.

레오니드가 인형을 보여주었다. "그럼 이건 어디서 나온 겁니까?"

남자의 시선이 옆으로 살짝 움직였다. 레오니드 등 뒤로 누군가 다가왔다. 검은 머리의 조그만 여자아이였다. 레오니드의 손에서 인형을 빼앗아가며 아주 진지하게 말했다. "제 거예요. 찾아줘서 정말 고맙습니다."

제3장
1943년 8월~11월

정말 마을이 아니었다. "늪지 공화국"이라고 남자가 멘델에게 자랑스레 설명했다. 차라리 병영이나 대피소나 요새에 더 가까웠다. 두 사람은 환영받을 수밖에 없을 텐데 일할 만한 사람이 별로 없고 무기를 다룰 사람은 더 없기 때문이었다. 남자의 이름은 아담이었다. 날이 어두워지고 있어서 그가 공터 가장자리에서 풀을 뜯고 있는 아이들을 불렀다. 그리고 멘델과 레오니드에게 자기를 따라오라고 권했다. 다섯 살에서 열두 살까지 섞여 있는 아이들은 남자, 여자 합쳐서 열두 명이었다. 아이들은 각자 뜯은 풀을 작은 다발로 나누어 들고 있었다. "우리가 사는 곳에서는 아이들도 모두 제 할 일을 해야만 한다오. 병을 치료해줄 약초도 있고 날것으로든 요리를 해서든 먹을 만한 나물들도 있지. 풀과 베리, 뿌리를 채취하는 거요."

그들은 걸었다. 아이들은 수줍게 호기심을 드러내며 두 군인을 보았다. 그들에게 아무것도 묻지 않았고 심지어 자기들끼리도 이야기를 나누지 않았다. 아이들은 소심한 야생의 어린 동물들 같았고 눈빛은 불안하게 떨렸다. 아담이 명령하지도 않았는데 자연스레 둘씩 줄을 지어 야트막한 언덕을 향해 걸었다. 거기까지 가는 길을 다 잘 아는 듯했다. 아이들도 타이어로 만든 샌들을 신었고 낡고 여기저기 해지고 몸에 맞지도 않은 군복을 입었다. 인형을 찾은 여자아이는 그것을 지키려는 듯 가슴에 꼭 껴안고 갔지만 인형에게 말을 걸거나 쳐다보지는 않았다. 새들이 불안하게 후드득 날아오르는 길 옆쪽만 보았다.

아담은 반대로 몹시 말을 하고 싶어 했고 이야기를 듣고 싶어 했다. 그는 쉰다섯 살로 병영에서 제일 나이가 많았다. 그래서 아이들 돌보는 일을 맡았다. 물론 여자들도 있지만 얼마 되지 않았다. 여자들은 더 중요한 일을 하는 게 좋았다. 그 여자들 중에 그의 딸도 있었다. 질문에 대답을 하기 전에 먼저 그는 새로 도착한 두 사람의 사연을 알고 싶어 했다. 멘델은 간략하게 자기 이야기를 해서 그의 호기심을 기꺼이 만족시켜주었지만 레오니드는 몇 마디만 겨우 했다. 아담은 먼 곳에서 왔다. 민스크에서 방적공으로 일했는데 열여섯 살 때부터 유대인 노동조합인 Bund에서 활동했다. 차르의 감옥도 일찌감치 구경했지만 그렇다고 제1차 세계대전에 징집되지 않은 것도 아니었다. 하지만 조합원은 멘셰비키이고 그는 멘셰비키로 기소되어 1930년 다시 수감되었다. 별로 좋지 않았다. 그는 겨울이면 꽁꽁 얼어붙고 여름이면 바람 한 점 없이 찜통 같은 감방에 갇혔다. 그에게서 외국인들에게 매수되었다는 자백을 받고 싶어 했다. 그는 두 번의 심문을 버텼고 손목을 그었다. 그의 자백을 받아야 했기 때문에 그자들이 수술을 해주었다. 2주 동안 한 시간도 재우지 않았기 때문에 그는 재판관들이 원하는 대로 다 자백을 하고 말았다. 2년을 더 감옥에서 보내고 나서 모스크바와 아르한겔스크 중간에 있는 볼로그다에서 다시 3년간 유배 생활을 했다. 콜호즈에서 일했기 때문에 감옥에 있는 것보다 훨씬 나았다. 바로 거기서 그는 식용에 좋은 식물을 구별하는 법을 알게 되었다. 식용식물은 도시 사람들이 알고 있는 것보다 그 종류가 훨씬 많았다. 그러니까 유배 생활에서도 뭔가 좋은 점이 있을 수 있는 것이다. 여름에는 풀이 아주 중요했는데 양념을 하지 않고 먹기는 해도 풀에 약간의 영양분이 담겨 있었다. 물론 겨울에는 문제가 달랐다. 겨울은 생각하지 않는 게 좋았다.

유배 생활을 마친 뒤 그는 집으로 돌아갔지만 전쟁이 터졌고 독일군이 불과 며칠 만에 민스크에 들어왔다. 자, 이때 아담은 양심에 뭔가 거리꼈다. 제1차 세계대전 때 독일군을 경험했던 그, 그리고 그와 같은 연장자들은 사람들을 진정시키려 애써야 했기 때문이다. 독일인들은 훌륭한 군인이면서 동시에 교양 있는 사람들이다. 숨거나 도망칠 이유가 어디 있겠는가? 기껏 해봐야 땅을 농부들에게 되돌려주기밖에 더 하겠는가. 하지만 민스크에서 그 독일인들이 그가 차마 말할 수 없는 짓을 저질렀다. 말을 할 수도 없고 하고 싶지도 않고 해서도 안 되었다. "우리 공화국의 첫 번째 규칙이라네. 우리가 봤던 것을 우리끼리 계속 이야기하다가는 모두 미치광이가 될 테니까. 그보다 우리는 억지로라도 모두 똑똑해져야 해, 아이들도. 풀을 구별하는 법만이 아니라 거짓말을 하는 법도 아이들에게 가르치고 있어. 사방에 적들이 있으니까, 독일군들만이 아니야."

　이런 말을 하는 동안 그들은 병영에 도착했다. 사실 그곳은 단 한마디로 어떻게 정의하기가 힘들었다. 멘델이 지금까지 한 번도 본 적이 없고, 그런 게 있을 수 있다고 상상하기도 힘든 뭔가였다. 어쨌든 요새라기보다는 요양원에 가까웠다. 그들이 멀리서 보았던 언덕, 평지에서 20여 미터가 넘지 않을 정도의 높이에 있는 언덕의 울창한 나무들 속에 숨어 있는 낡은 수도원이었다. 2층짜리 정사각형 건물로, 벽돌 벽은 세 면만 남아 있었다. 건물의 양쪽 귀퉁이에는 땅딸막한 탑이 서 있었는데 그중 하나는 무너진 종탑의 잔해들을 지탱하고 있었다. 파괴되어 목재로 재건축한 다른 탑은 감시탑으로 사용되는 게 분명했다. 건물에서 그리 멀리 떨어지지 않은 곳 벽 한 면이 없는 앞쪽에 수도원의 헛간이 있었다. 통나무를 대충 깎아서 만든 건물로 마차가 드나들 수 있을 정도로 넓은 출입문과 작은 창문들이 달려 있었다.

　수도원은 나무들 속에 숨어 있는 게 아니라 나무에 포위된 것만 같았다. 건물의 곁채 세 개 중 한 개만 원래의 상태를 그대로 유지하고 있었다. 다른 두 개는 오래전에 파괴되고 최근에도 피해를 입은 흔적들이 보였다. 원래 기와였던 지붕은 여기저기 내려앉아서 짚과 갈대로 아무렇게나 가려놓았다. 외벽에도 큰 구멍이 여기저기 뚫려 있어서 그곳으로 폐허 더미들로 꽉 찬 실내가 보였다. 모든 게 10여 년 전에, 아마도 내전이 일어났을 때부터 버려져 있었던 게 분명했다. 오리나무와 떡갈나무, 버드나무가 벽에 기대어 자라고 있었고 어떤 것은 아예 건물 안에서, 무너져버린 벽돌 더미 속으로 뿌리를 뻗어 무너져 내린 지붕을 통해 햇빛을 받으며 자라고 있었기 때문이다.

어느새 주위가 어둑어둑해졌다. 아담은 두 사람을 밖에서, 사람들에게 밟힌 풀들로 뒤덮인 안뜰에서 기다리게 했다. 잠시 후 아담이 돌아와서 두 사람을 짚과 해바라기 대를 바닥에 깔아놓은 공동 숙소로 안내했다. 벌써 많은 사람들이 바닥에 앉아 있거나 누워서 기다리고 있었다. 아이들도 들어왔다. 어슴푸레한 방 안에서 모두에게 채소 죽이 배급되었다. 아담도 들어와서 새로 온 두 사람에게 성냥불을 켜지 말라고 부탁했다. 멘델과 레오니드는 보살핌과 보호를 받는 기분이었다. 두 사람은 피곤했다. 몇 분 동안은 옆 사람들이 소곤거리는 소리를 들었으나 곧 세상 모르고 잠에 빠져들어 버렸다.

아침에 눈을 뜬 멘델은 다른 세상 다른 시대에 있는 듯, 즐거우면서도 불안한 기분이었다. 약속의 땅을 향해 40여 년간 걸어가다가 사막 한가운데에 있는 것일 수도 있고, 로마인들에게 포위된 예루살렘 성벽 안이거나 노아의 방주 안일 수도 있었다. 공동 숙소에는 두 사람 이외에 모두 중년으로 보이는 남자 두 명과 여자 한 명이 남아 있었는데 아픈 사람들 같았다. 러시아어나 이디시어가 아니라 폴란드 사투리를 썼다. 아이들이 호기심을 보이며 그러나 조용히 문가에 나타났다. 어제저녁에 만난 아이들인 것 같았다. 작고 마른 여자가 기관총을 메고 안으로 들어왔다.
그녀는 이방인 둘을 보자 아무것도 묻지 않고 곧 나가버렸다. 다
락방에서 바스락거리는 쥐들 소리처럼 주위에서 나지막한 소음
이 들렸다. 짧게 부르는 소리, 망치 소리, 우물의 쇠줄이 삐거덕
거리는 소리, 귀에 거슬리는 수탉 울음소리 같은 것이었다. 열어
놓은 창문으로 들어오는 바람에는 늪지와 숲의 축축한 기운과
함께 잡화점 냄새, 타는 냄새, 상점 뒷방 냄새, 그리고 가난의 냄
새 같은, 불쾌하고 낯선 다른 냄새들이 실려왔다.

　　잠시 후 아담이 와서 자기를 따라오라고 했다. 대장인 도프
가 그들을 기다리고 있었다. 지휘부에서, 그러니까 전나무 판자
로 네 벽을 댄 예전 수도원 헛간이었던 넓은 방에서 기다리고 있
다고 자랑스레 말했다. 방의 반을 차지하는 벽돌 난로도 있다고
했다. 벽돌 난로 뒤쪽과 옆에 누추한 침대 세 개가 있었고 문 옆
에는 대패로 깔끔하게 밀지 않은 나무판자에 못을 박아 만든 탁
자가 있었다. 그 외에는 아무것도 없었다. 도프가 앉아 있는 의자
도 튼튼하지만 투박했다. 의자를 많이 만들어본 사람의 솜씨였
으나 연장의 도움을 별로 받지 못한 게 분명했다. 도프는 중년의
남자로 키가 작았지만 골격이 튼튼하고 어깨가 넓었다. 곱사등
이가 아닌데도 등을 구부리고 있었고 머리에 뭔가를 이고 있는
사람처럼 목을 숙였다. 그리고 마치 안경을 낀 사람이 안경테 위
로 사람을 보듯이 눈을 위로 치켜뜨고 대화 상대를 밑에서 위로
올려다보았다. 금발이었던 게 분명한 그의 머리는 거의 백발이

었지만 숱은 여전히 많았다. 정성스레 머리를 빗고 가르마를 반 듯하게 탔다. 손은 크고 힘이 있었다. 말을 할 때는 팔뚝에 매달 린 그 손을 전혀 움직이지 않으며, 그게 자기 손이 맞는지 확인하 는 사람처럼 가끔 손을 보았다. 얼굴은 사각형이었고 두 눈은 흔 들림이 없었으며 정직한 인상이었고 지쳐 보였지만 그래도 에너 지가 넘쳤다. 말이 느렸다. 그가 난로 옆의 침대에 두 사람을 앉 히고 이렇게 말했다.

"어쨌든 자네들을 환영했을 테지만 자네들이 군인이어서 다 행이네. 보호를 원해서 이곳에 오는 사람들이 이제 너무 많아. 안 전을 찾아서 멀리서도 오고 있어. 그 사람들이 잘못 안 건 아니 야. 여긴 반경 천 킬로미터 내에서 유대인이 찾을 수 있는 제일 안전한 장소니까. 그렇다고 이곳이 완벽하게 안전한 장소라는 뜻은 아니라네. 전혀 그렇지 않아. 우리는 약하고 무기도 별로 없 어. 진짜 공격을 받으면 방어를 할 수 있는 상황이 아닌 거지. 우 리 수가 너무 많기도 해. 아니 어떤 때는 우리가 몇 명인지도 정 확히 모른다네. 매일 사람들이 오고 가니까. 오늘은 50여 명 정 도야. 모두가 유대인은 아니야. 폴란드 농민들 가족이 두서넛 되 기도 하네. 우크라이나 민족주의자들이 그 가족들의 식량과 가 축을 약탈하고 집에 불을 질렀지. 그들은 겁에 질려서 이곳으로 왔어. 유대인들은 게토에서 오거나 독일군 강제수용소에서 탈출 한 사람들이지. 그들은 각자 다 무시무시한 사연들을 가지고 있 어. 노인, 부녀자, 아이와 병자들도 있네. 열두어 명의 젊은이만 무기를 다룰 줄 알아.”

"어떤 무기를 가지고 계십니까?”

"얼마 안 돼. 수류탄 열두 개, 권총과 기관단총 몇 개뿐이야. 기관총 한 대하고 5분 정도 발사할 수 있는 총알이 있고. 다행히 지금까지는 독일군들이 이곳에 거의 나타나지 않았어. 그들의 정예 부대가 여기서 백여 킬로미터 떨어진 전선으로 다 소집되었거든. 이쪽 지역에는 주둔부대 몇 개가 여기저기 남아서 보급품과 일손을 징발하고 도로와 철도를 감시만 하고 있지. 우크라이나인들이 더 위험해. 독일군들이 우크라이나인들을 조직화하고 무기를 준 뒤 교육시켰지. 교육이 필요한 것처럼 말이야! 우크라이나인들은 폴라드인과 유대인을 자기들의 천적으로 생각했으니까. 우리 병영이 가진 최고의 방어물은 늪지라네. 사방으로 10여 킬로미터 뻗어 있지. 늪지를 건너려면 지리를 잘 알아야 해. 어떤 곳은 물이 무릎까지 닿지만, 사람 키보다 더 깊은 곳도 있거든. 건널 수 있는 지점은 몇 개 안 되고 그걸 찾기가 쉽지 않아. 독일군들은 이곳을 싫어해. 늪지에서는 기습 공격을 할 수 없으니까. 전차까지 늪지에 가라앉아 버린다네. 무거우면 무거울수록 더 나쁘지.”

"……그렇지만 겨울이면 얼어붙잖습니까!”

"겨울은 공포 그 자체야. 겨울에는 숲과 늪지가 우리의 적으로 변하거든. 잠복한 적군보다 더 나쁜 적이지. 나뭇잎이 다 떨어져버려 나무는 알몸처럼 돼. 정찰기들이 여기서 일어나는 일을 속속들이 다 볼 수 있지. 늪지는 얼어붙어서 더 이상 방어벽이 되지 못해. 눈 위의 발자국은 훤히 보이고. 추우면 불을 피워야만 추위를 견딜 수 있는데 불을 피우면 연기가 나고 연기는 멀리서도 보이지.

　식량 얘기를 아직 안 했군. 우린 식량 문제도 확실하지 않아. 좋은 식으로든 나쁜 식으로든 농부들에게 뭐든 나오게 되어 있지만 마을들은 다 가난하고 멀리 있다네. 그리고 독일군들과 강도들도 강탈을 하려고 해. 유격대에게 지원을 받기도 해. 하지만 겨울에는 그들도 우리와 사정이 똑같아. 그 사람들은 가끔 낙하산에서 보급품을 받기도 하는데 그러면 뭔가가 우리에게까지 오게 되지. 마지막으로 뭔가는 숲에서 구할 수도 있어. 풀, 개구리, 염소, 버섯, 베리. 그렇지만 이것도 여름뿐이지. 겨울에는 아무것도 없어.”

　“좀 더 긴밀하게 유격대와 연락할 방법이 없습니까?”

　“지금까지는 불규칙적으로만 연락을 했었지. 게다가 유격대보다 더 예측 불가능한 사람들이 어디 있겠나? 나도 지난겨울까지 그들과 함께 싸웠다네. 그러다가 내가 나이가 너무 많은 데다가 부상을 입고 더 이상 달릴 수가 없게 되자 퇴역을 시켰어. 이 지역의 유격부대들은 수은 방울들 같아. 모였다가 흩어지고 그러다가 다시 합쳐지지. 그리고 다시 흩어져서 새로운 부대를 만들어. 제일 규모가 크고 안정적인 부대들은 무전기가 있다네. 그래서 위대한 땅과 계속 연락하고…….”

"위대한 땅이 어딥니까?"

"그냥 우리가 그렇게 부른다네. 전선 너머, 나치가 점령하지 않은 지역을 가리켜. 무전기는 피와 같아. 무전기를 통해 명령을 받고 증원군과 교관과 무기와 식량을 받으니까. 낙하산을 통해서만이 아니야. 위대한 땅의 전투기들이 유격대 지역에 착륙해서 병사와 물품을 내려놓고 환자와 부상자를 싣고 떠난다네. 겨울에 그런 일을 하기에는 여기가 딱이야. 비행기는 공항이나 하다못해 평평하고 텅 빈 땅이라도 있어야 하잖나. 하지만 그런 땅은 하늘에서 보면 금방 눈에 뜨이지. 독일군은 그것을 보자마자 즉시 폭탄을 투하해서 사용할 수 없게 만들어버린다네. 하지만 겨울에는 호수나 강이나 늪지를 어디든 이용할 수 있어. 얼음이 아주 두껍게 어니까.

그렇다고 정기적으로 보급을 받는다고는 생각하지 말게. 보급품 투하와 착륙이 다 성공적인 건 아니니까. 그리고 유격부대라고 다 자기들 물품을 우리와 나누려고 하지는 않으니까. 유격대장들 대부분은 우리가 전투를 하지 않기 때문에 먹여 살릴 필요가 없는 입들이라고 생각하지. 바로 이런 이유 때문에 우리가 유용하다는 걸 증명해야 해. 여러 가지 방법으로 증명할 수 있어. 우선 여기서는 누구든 행군할 수 있고 총을 쏠 수 있으면 스스로를 유격대원으로 생각해야 하고 방어에 힘을 합쳐야 한다네. 그리고 유격대가 요구하면 그들에게 합류해야 하고. 실제로 부대와 수도원 간에 계속 교류가 있지. 독일군에게 발각되지 않는 한 수도원 자체가 부상당하거나 지친 유격대원에게 더할 나위 없는 은신처가 될 수 있지. 그렇지만 그 이외의 일도 할 수 있고 우리는 그걸 하고 있어. 유격대원들의 옷을 기워주고 속옷을 빨고 떡갈나무 껍질로 가죽을 무두질해서 그 가죽으로 장화를 만들지. 그래, 지금 자네들이 맡는 냄새가 바로 무두질하는 가죽 통에서 나는 냄새일세. 그리고 자작나무 껍질로 타르를 만든다네. 그걸로 장화를 부드럽게, 계속 방수가 되게 할 수 있거든. 자네는 직업이 뭔가?" 그가 멘델에게 물었다.

"직업은 시계 수리공이지만 콜호즈에서 기계공으로 일했습니다."

"좋아, 자네가 할 만한 일을 금방 찾을 수 있겠는걸. 자네, 모스크바 젊은이는?"

"회계 공부를 했습니다."

"그건 별로 소용이 없겠어." 도프가 웃었다. "난 계산을 맞추는 걸 좋아하지만 여기서는 할 수가 없어. 오고 가는 사람들 숫자도 세지 못할 정도니까. SS*의 대학살에서 기적적으로 살아남아 도망친 유대인들이 이곳에 온다네. 농민들도 안전한 곳을 찾아오지. 주의를 필요로 하는 수상한 사람들도 가끔 찾아와. 첩자일 수도 있지만 우리가 어떻게 하겠나? 지금 내가 자네들 인상을 보고 자네들을 믿듯이 그 사람들 인상을 믿을 방법밖에 없어. 많은 사람들이 오고 가고 죽기도 한다네. 젊은이들은 내 허락을 받거나, 자기 마음대로 떠나버려. 젊은 사람들은 굶주림과 공포에 싸

* 나치 친위대.

여 있는 이런 공화국에서 별 하는 일 없이 시간을 보내느니 차라리 유격부대에 안정적으로 속해 있는 편을 택하지. 나이 든 사람과 병자들은 죽고. 그렇지만 젊고 건강한 사람들도 절망으로 죽기도 해. 절망은 병보다 더 나빠. 기다림의 나날을 보내고 있는데 새로운 소식이나 접촉이 끊어지고 독일군 부대나 우크라이나와 헝가리 용병들이 움직인다는 게 알려지면 죽고 싶은 생각이 드는 거지. 절망을 방어하는 방법은 두 가지뿐이야. 일하고 전투하는 것인데 이것만으로 항상 충분하지는 않아. 세 번째 방어책이 있는데 서로 거짓말을 하는 거라네. 그리고 우리 모두 그 거짓말을 믿게 돼. 좋아, 내 말은 이쯤 해두지. 자네들이 무기를 가지고 와줘서 고마운데 무전기가 있었더라면 더 좋았을 뻔했어. 상관없네, 모든 걸 다 가질 수는 없는 노릇이니까. 노보셀키에서도 말이야."

두 사람은 곧 보초 교대 근무를 맡게 되었다. 공동체에서 가장 중요한 임무였다. 수도원의 낡은 탑 두 개가 이 목적에 훌륭하게 이용되었다. 건강한 거주자는 하루 열두 시간씩 일하고 여덟 시간 휴식, 두 시간씩 교대로 두 번, 네 시간의 보초를 서도록 규정되어 있었다. 복잡했지만 도프는 정확한 일과표를 정해서 모두가 그것을 준수하길 강력하게 요구했다. 그날 밤 멘델은 숙소에서 얼핏 보았던 마른 여자와 각자 맡은 탑에서 보초를 섰다. 그녀는 자기 이름이 라인이라고 말했는데 그 이외의 말은 거의 하지 않았다. 탑에서 내려오면서 그녀에게 물었다. "내 바지가 찢

어졌어요. 바지 좀 꿰매줄 수 있을까요?" 라인이 냉랭하게 대답
했다. "바늘하고 실 줄 테니 직접 꿰매요. 난 시간 없어요." 그녀
가 손전등을 들어 올려 멘델의 얼굴을 유심히 보았는데 거의 무
례할 정도였다. "그 상처는 어디서 생긴 거예요?" 멘델이 대답했
다. "전선에서." 그러자 라인이 더 묻지 않고 자리 가버렸다. 한
편 레오니드는 안경을 쓴 거의 어린아이 같은 베르와 짝이 되었
는데 베르 역시 말이 별로 없었다.

　멘델과 레오니드 둘 다 무두질 작업장으로 배치되었다. 사
람들은 모두 다 구역질 나는 연기 속에서 조용히 일했다. 통의 물
이 철렁이는 소리와 간간이 들리는 속삭임만이 침묵을 깰 뿐이
었다. 우울한 얼굴의 남자와 여자들이 살점과 털을 가죽에서 긁
어냈다. 토끼와 개, 고양이와 염소 가죽들이었다. 버리는 게 하나
도 없었다. 가장 최근에 가죽에서 떼어낸 살점들은 나중에 기름
으로 사용하려고 한쪽에 잘 보관해두었다. 다른 사람들은 나무
껍질을 물에 끓이거나 나무틀에 가죽을 펼쳐놓았다.

　두 사람은 곧 그런 생활과 집요하면서도 모순된 명령에 적
응했다. 모두가 매 순간 온 힘을 다해서 그리고 고집스레 그런 명
령을 따르는 듯했다. 공동체가 함께 식사를 하는 일은 없었다. 정
오와 저녁이면 부엌의 큰 통 앞에 줄을 서서 배급을 받고 각자
구석에 가서 조용히 받아온 음식을 먹었다. 대개 식사는 감자 몇
조각, 아주 드물게 고기와 치즈를 넣은 빈약한 채소 죽 한 그릇과
베리 한 스푼, 우유 한 잔이 다였다.

아담은 아마 나이가 제일 많아서 그럴지도 모르는데 유일하게 이야기하는 재미를 잊지 않은 사람이었다.

"도프? 뒤로 물러서지 않는 사람이지. 말다툼을 하는데 도프가 있으면 정말 큰일 난다니까. 도프는 자기가 할 일이 뭔지 아는 사람이야. 먼 곳에서 왔어. 중앙 시베리아 고원, 이름이 생각 안 나는데 거기 외딴 마을 출신이지. 차르 시대에 무정부주의자였던 조부가 그곳으로 유배 왔었고 거기서 아버지가 태어났고 도프도 태어났다고 해. 전쟁이 발발했을 때 공군에 징집되었고. 1941년 7월에 포로가 됐다더라고. 독일군들이 만 제곱미터밖에 안 되는 땅에 철조망을 쳐서 만든 라거에 포로들을 수용했다네. 철조망 안에는 막사도 지붕도 없고 굶주리고 부상당한 만 명의 병사들, 배를 곯고 갈증에 시달려 정신이 나간 병사들밖에 없었다네. 워낙 어수선했기 때문에 독일군이 그가 유대인이라는 걸 알아차리지 못했고 그래서 죽이지 않았던 거야. 며칠 뒤 천여 명의 다른 포로들과 함께 기차에 태웠지. 그는 판자로 된 객차의 바닥이 물에 젖어 썩어가고 있다는 것을 알아차렸고 발로 차서 구멍을 뚫었다고 해. 그리고 달리는 기차에서 뛰어내렸던 거야. 도프만 탈출을 했어. 그 칸에 있던 80여 명의 포로들은 용기가 없어서 뛰어내리지 못했던 거지. 그는 다리가 부러졌지만 그래도 철로에서 멀어져서 농가를 찾아갈 수 있었지. 그 집의 농부가 그를 고발하지 않고 여러 달 집에 묵게 해줬어. 심지어 다친 다리를 치료해주기까지 했지. 걸을 수 있게 되자마자 유격대와 함께 떠

낳는데 지난겨울 무릎을 다쳐서 그때부터 다리를 절게 되었지. 유격대원들이 그를 도와주었고 유대인 몇 명과 여기 정착하게 된 거야. 그는 고집스러운 시베리아인이어서 채 몇 달도 지나지 않아 다른 유대인들과 함께 폐허 더미였던 이 수도원을 사람이 살 만한 곳으로 만들었지."

8월에 늪지 공화국에서는 특별히 주목할 만한 일은 일어나지 않았다. 자발적으로 독일군 군수 창고를 불 지르고 약탈했던 붉은 군대 낙오병 아홉 명이 오자리치에서 도착했다. 그들은 노새 두 마리에 감자 포대와 이탈리아 라이플 소총 네 정, 수류탄 스무 개를 잔뜩 싣고 이 모든 것을 다 합친 것만큼 값진 소식을 가지고 왔다. 러시아군이 하리코프를 재탈환했다는 소식이었다. 하리코프가 여기서 얼마나 떨어졌느냐를 두고 노보셸키 시민들 사이에 곧 열띤 토론이 벌어졌다. 누구는 5백 킬로미터라고 했고, 6백 킬로미터라고 하는 사람, 8백 킬로미터 떨어졌다고 주장하는 사람도 있었다. 8백 킬로미터 떨어졌다고 주장하는 사람은 5백 킬로미터 떨어졌다고 주장하는 사람들을 몽상가라고 비난했고 5백 킬로미터 떨어졌다고 주장하는 사람들은 그들을 패배주의자, 아니 배신자 취급을 했다.

오자리치 사람들은 의사도 한 사람 데리고 왔다. 노보셸키에서 의사는 아주 소중한 존재가 틀림없었다. 하지만 40대 유대인 대위인 이 의사는 몹시 상태가 좋지 않았다. 고열에 시달려서 노보셸키에 도착하기 얼마 전부터는 겨우 걸음을 떼어놓았고 이따금 노새에 실리기도 했다. 수도원에 도착하자마자 더 이상 서 있기도 힘들어서 바닥에 누워야만 했다. 얼굴에 보라색 반점이 나타났다. 그가 혀가 마비된 듯 입술만 움직여 힘들게 말을 했다. 그는 자가 진단을 했다. 자기는 장티푸스에 걸렸고 죽어가고 있으니 다른 사람에게 전염을 시키지 않고 조용히 죽고 싶을 뿐이라고 말했다. 도프는 어떻게 치료해주면 되는지 그에게 물었다. 그는 치료할 방법이 없다고 대답했다. 물을 조금 달라고 하더니 더 이상 아무 말도 하지 않았다. 그를 건물 밖에 눕혀놓고 담요를 덮어주었다. 그는 다음 날 아침 죽었다. 전염을 피하기 위해 조심스레 매장을 했다. 율법 학교 학생이었던 안경을 낀 청년 베르가 그의 무덤에 가서 카디시*를 외웠다. 전염을 피하려면 어떻게 해야 할까? 혹시 머릿니로도 전염이 되는 게 아닐까? 아는 사람이 아무도 없었다. 어찌 되었든 도프는 귀한 담요를 비롯해서 병자의 손이 닿았던 물건들을 전부 다 불태우게 했다.

9월이 되자 비가 내렸다. 나뭇잎이 노랗게 물들기 시작했다. 멘델은 레오니드에게 뭔가 변화가 있음을 알아차렸다. 노보셀키에 머물기 시작했을 초기에는 그의 습관적인 태도에 변함이 없었다. 화가 나서 한동안 아무 말도 하지 않다가 특히 멘델에게만 분노를 폭발하곤 했던 것이다. 독일군과 협정을 맺고 전쟁을 터뜨리고 온 나라를 공포에 떨게 한 사람이 멘델이라도 된다는 듯이 말이다. 그를 낙하산부대에 집어넣고 늪지 한가운데에 떨어뜨린 게 멘델이라도 된다는 듯이. 하지만 이제 레오니드가 멘델

* 사망한 부모 형제를 위해 가족이 상중에 매일 교회 예배에서 외우는 기도.

을 찾는 일이 점점 드물어졌다. 아니 그와의 만남을 피하려는 듯
했고 만남을 피할 수 없을 때는 시선을 마주치지 않을 궁리를 했
다. 어느 날 무두질 통 주위에서 레오니드가 보이지 않았다. 레오
니드가 더 이상 악취를 견딜 수가 없어서 라인과 다른 두 여자가
자작나무를 증류해서 타르를 만드는 곳으로 옮겨달라고 도프에
게 부탁했다는 말을 들었다. 어느 날 도프가 멘델에게 레오니드
가 작업장에 나타나지 않았다고 불평을 했다. 이건 도프로서는
이해가 안 되는 심각한 규정 위반이었다. 멘델은 레오니드가 일
을 하든 안 하든 자신은 레오니드를 지키는 사람이 아니라고 말
했다. 그러나 그렇게 말하는 동안 마치 심장 주위가 간질간질한
기분이 들었다. 하느님이 아벨에 대해 물었을 때 카인이 했던 말
이 그의 입에서 나왔기 때문이라는 것을 깨달았다. 바보 같으니!
레오니드가 혹시 그의 동생이었나? 레오니드는 멘델처럼 그리
고 다른 사람들처럼 불운한 청년이고 우연히 길에서 주운 아이
일 뿐이다. 물론 멘델은 그의 보호자가 아니었고 그의 피를 뿌리
지도 않았다. 자신의 밭에서 그를 죽이지 않았다. 하지만 간지러
움은 사라지지 않았다. 어쩌면 정말 그를 죽였는지도 모른다. 어
쩌면 우리 모두는 아벨을 죽인 카인일지도 모른다. 아벨이 한 행
동 때문에, 아벨이 한 말 때문에, 말했어야 하는데 하지 않은 말
때문에 자신도 모르는 사이 밭에서 아벨을 죽였는지도 모른다.

     멘델은 도프에게 레오니드가 힘든 삶을 살았다고 말했다.
하지만 도프는 그의 눈을 뚫어지게 보면서 단 한마디로 대답했

다. "Nu*?" 노보셀키에서 그런 변명은 통하지 않았다. 힘든 삶을 살지 않은 사람이 누가 있겠는가? 유격대원은 변명을 해서는 안 된다고 도프가 준엄하게 말했다. 유격대원이 뭔가? 무정부주의 유격대원은 규율이 없다고, 도프가 그에게 설명했다. 이건 심각하게 위험했다. 법의 테두리 밖에 있다는 게 법이 없다는 것을 의미하지는 않는다. 파시스트로부터 목숨을 지키려면 파시스트들의 것보다 훨씬 엄격한 규율을 받아들일 필요가 있다. 훨씬 엄격하지만 자발적이기 때문에 그만큼 정의롭다. 규율을 받아들이고 싶지 않은 사람은 이곳에서 자유롭게 떠나도 된다. 멘델과 레오니드는 그 문제에 대해 생각해보는 게 좋을 것이다. 아니, 두 사람이 해야 할 일이 있으니까 당장 생각해봐야만 할 것이다. 긴급하고 중요하지만 그렇다고 위험한 일은 아니었다. 철로를 파괴하라는 명령이 내려졌다. 좋다, 정말 그들을 위한 일로 공화국 시민권을 얻을 수 있는 일이었다. 게다가 공장에 처음 입사한 사람에게 하듯이, 신입에게 시험 작업을 요구하는 건 유격대의 관습이었다.

다음 날 도프가 레오니드도 불러서 세부적인 문제로 들어갔다.

"브레스트-로브노-키예프를 잇는 철로가 폭파됐어. 남부 우크라이나의 독일군 전선에 보급품을 실어 나르던 철로지. 앞으로 모든 군수품 수송 열차가 브레스트-고멜 철로로 지나가게 될 걸세. 자, 그러니까 이 철로가 노보셀키에서 30여 킬로미터

* '자, 그래서' 등을 나타내는 감탄사. 러시아어.

떨어진 남쪽으로 지나가게 되는 거야. 단선철로지. 가능한 한 빨리 그 철로를 끊어놓아야 해.”

“폭약 있습니까?” 멘델이 물었다.

“있기는 하지만 조금이야. 조금밖에 없고 그것도 별로 성능이 안 좋아. 늪지에 처박혀 폭발하지 않은 박격포에서 적출한 거야.”

레오니드가 거만하게 멘델을 흘깃 한 번 보면서 도프의 말을 가로막았다.

“잠깐만요, 대장님. 이런 작업에서 폭약은 도움보다는 해가 됩니다. 철로 파괴는 제가 잘 압니다. 낙하산 훈련 받을 때 시스템을 전부 설명해줬어요. 멍키스패너를 이용하는 게 훨씬 더 좋아요. 더 확실하고요. 소음도 안 나고 흔적도 안 남죠.”

“훈련 중에 실제로 해봤어, 혹시 이론만 배운 거 아냐?” 멘델이 발끈해서 물었다.

“이 일은 내가 책임질 거예요. 이번에는 당신 일이나 신경 쓰라고.”

“좋아.” 멘델이 한마디 한마디 힘주어 대답했다. “난 절대 반대하지 않아. 난 공중에 폭파시키는 것보다야 수리하는 걸 더 잘하니까.”

도프는 이런 언쟁이 재미있다는 듯 가만히 듣고만 있었다.

“잠깐만.” 그가 말했다. “철로 파괴와 기차 탈선을 함께 하는 게 좋을 걸세. 철로를 몇 시간 만에 고쳐버리면 큰일이니까. 반면 기차가 전복되면 물품을 완전히 못 쓰게 될 뿐만 아니라 며칠 동안 철로를 차지하고 있게 돼. 그렇지만 독일인들도 이런 사실을 잘 알고 있지. 그래서 얼마 전부터 중요한 화물차의 경우 선도기관차를 앞에 연결해서 운행을 해."

도프와 레오니드가 잠깐 기술적인 문제로 토론을 했고 그 결과 완성된 작전이 탄생했다. 콥체비키, 그러니까 노보셸키 남쪽으로 곧장 이어지는 구간에서 철로를 파괴하는 건 신중하지 못한 듯했다. 게슈타포들이 피난처로 오는 단서를 찾을지도 몰랐다. 더 멀리 가는 게 나았다. 서쪽으로 50킬로미터 거리에 있는 지트코비치 근처에 운하 위로 철교가 놓여 있다. 바로 여기가 가장 유리한 곳이다.

"준비하게." 도프가 말했다. "두 시간 뒤에 출발해. 그곳을 잘 아는 안내인이 같이 갈 거야. 무기는 가져가지 말게. 철로를 끊어놓는 방법은 두 사람이 상의해서 하도록 해. 자네 레오니드가 약간의 속임수를 배웠다면 더 좋고. 부탁인데 임무를 수행하는 동안은 절대 싸우지 말게. 멍키스패너는 대장간에서 준비 중이야. 적당한 크기로 두 개."

멘델은 이런 안내인이 없이 행동하는 게 좋을 것 같았지만 실제로 안내인은 그 지역에 밝았다. 특히 물이 얕은 곳을 알아내는 문제에서는 두말할 필요가 없었다. 안내인 이름은 카를리스였고 라트비아인이었다. 스물두 살의 금발 머리 청년으로 키가 크고 말랐다. 그리고 소리 없이 민첩하게 움직였다. 여기서 멀리 떨어진 곳에서 태어났는데 대체 어떻게 폴레시아의 늪지를 이렇게 잘 알고 있는 걸까? 독일인들에게서 배웠다고 카를리스가 말했다. 그는 러시아어가 상당히 서툴렀다. 그의 고향에서는 러시아군보다 독일군을 더 좋아했다. 그 역시 적어도 처음에는 독일군을 좋아했다. 독일군 편이 되었다. 그리고 독일인들이 유격대원 소탕 법을 그에게 가르쳤다. 그렇다, 바로 이 지역에서. 거의 일년 동안 그 일을 했기 때문에 이곳을 손바닥 보듯 훤히 알고 있다. 하지만 그는 바보가 아니었다. 스탈린그라드 전투 이후에 독일군의 패전을 예감했다. 그래서 다시 한번 탈영을 했다. 그가 두 사람의 동의를 구하며 빙긋 웃었다. 승리하는 편에 서는 게 좋으니까, 그렇지 않은가? 하지만 지금은 히틀러의 수중에도 스탈린의 수중에도 들어가지 않도록 주의해야만 한다. 그래서 노보셀키에 피해 있는 건가? 레오니드가 그에게 물었다. 당연히 그렇다. 그는 개인적으로 유대인에게 아무런 적대감이 없었다.

　"우리도 주의해야겠어." 멘델이 레오니드에게 소곤거렸다. "이자가 Dàm Israél, 이스라엘의 피를 손에 묻힐지도 몰라."

　카를리스가 다시 삐딱하게 웃었다. "이디시어로 말해도 소용없어요. 난 다 알아들으니까. 독일어도 알아요."

　"그러니까 넌 노보셀키의 유대인들이 승자가 될 거라고 생각하는 거야?" 멘델이 물었다.

　"그런 말은 안 했는데요." 라트비아인이 말했다. "조심해요.

여기서부터 물이 깊어져요. 좀 더 오른쪽으로 가야 해요.”

　그들은 새벽녘에 늪을 벗어났다. 그리고 목초지와 농작물을 키울 수 없는 불모지를 몇 시간 더 걸었다. 오후가 시작될 때까지 휴식을 취했고 한밤에 철로에 도착했다. 카를리스 생각으로는 운하가 나타나려면 앞으로 8에서 10킬로미터 정도 서쪽으로 철로를 따라 더 걸어가야 했다. 신중을 기해 철로 옆의 자갈 위로 걷지 않는 게 좋았다. 그보다는 철로를 시야에서 놓치지 않으며 몇 백 미터 정도 떨어져서 철로와 나란히 걷는 게 나았다. 달이 환히 밝았다. 걷는 데는 도움이 되었지만 달이 없었다면 세 사람은 덜 불안했을 것이다. 그들은 이미 지칠 대로 지쳤다. 그렇지만 레오니드는 힘차게 걸음을 내디뎠고 선두에 서려고 했다. 반대로 라트비아인은 맨 뒤에 서려고 꼼수를 부리곤 했다. 이 때문에 멘델은 화가 나서 갑자기 그에게 거칠게 말했다. “앞에서 걸어. 내가 후위에 설 테니.”

　해가 뜰 무렵 레오니드가 다리를 발견했다. 작업을 시작하기에 적절한 시간이 아니었지만 사람은 그림자도 보이지 않았다. 그리고 다리는, 불과 몇 미터밖에 되지 않는 데다가 지키는 사람도 없었다. 레오니드가 이 일을 지휘하고 싶어 하는 걸 금방 알 수 있었다. 그가 조그맣지만 신경질적이고 흥분한 목소리로 명령을 내렸다. 거의 다리 초입에서 멘델의 도움을 받아 양쪽의 선로를 연결하는 이음 판들의 볼트를 풀었다. 그리고 침목과 레일을 연결하는 나사들도 모두 풀었다. 침목들이 썩어서 나사를 쉽게 빼낼 수 있었다. 카를리스가 상냥하게 자기도 같이 하겠다고 나섰으나 곧 접근하는 사람이 없는지 감시하는 일로 만족했다. 두 개의 선로에서 나사를 다 풀고 나서 레오니드는 선로를 이동하는 게 아니라 옆에 놓아두었던 30미터 정도 되는 밧줄로 선로를 연결했다. 안타깝게도 노보셸키에는 더 긴 밧줄이 없었다. 밧줄의 끝부분은 흙과 덤불로 덮었다. 끝났다고 레오니드가 자랑스레 말했다. 이제 기차를 기다리기만 하면 끝이었다. 선도기관차가 지나가게 한 다음 기관차 바로 앞에서 밧줄을 끌어당겨 선로를 이탈시키면 된다. 너무 일찍 밧줄을 잡아당기면 안 된다. 그랬다가는 기관사가 낌새를 알아차릴 수 있으니까.

교대로 잠을 자며 하루를 보냈다. 저녁 무렵 고요한 들판에서 기차 소리가 들렸다. 세 사람 모두 밧줄 끝을 잡고서 눈에 띄지 않게 관목 속에 누웠다. 선도기관차는 없었다. 기차는 서른 개 정도의 화물칸으로 이어져 있었다. 기차는 쏜살같이 앞으로 달려 나왔지만 다리가 보이자 속도를 늦추기 시작했다. 멘델은 갑자기 간절히 기도를 하고 싶어졌다. 하지만 그런 바람을 눌러버렸다. 그가 어린 시절 했던 기도 중 지금 상황에 맞는 게 하나도 없을 뿐만 아니라 영원하신 분, 하느님께서 철도에 어떤 권한이 있는지도 확실하지 않았다. 기차가 천천히 달리다가 해체해놓은 선로 앞에 도착했다. "지금이다!" 레오니드가 명령했다. 세 사람이 벌떡 일어나서 밧줄을 확 잡아당겼다. 예상치 못했던 저항에 부딪쳤다. 잠시 후 밧줄이 살짝 움직이더니 곧 미친 듯이 잡아당기는 그들의 힘에 굴복했다. 하지만 그리 많이 움직이지는 않았다. 한 뼘도 채 안 되었다.

기관차가 끼익 소리를 내며 급정거를 했고 바퀴에서 불꽃이 튀었다. 기관사가 뭔가를 보고 기차를 세웠지만 너무 늦었다. 앞쪽 대차臺車에서 바퀴가 빠져나가 자갈들 위로 쓰러졌다. 기관차와 객차가 관성 때문에 귀청을 찢을 듯한 소음과 먼지구름을 일으키며 10여 미터를 더 미끄러져 나가다가 완전히 멈춰 섰다. 기관차는 앞부분이 살짝 다리로 진입했다가 옆으로 약간 기울었다. 다리 난간에 닿은 게 분명했다. 파이프 몇 개가 파열되어서 귀가 먹먹할 정도로 쉬잇 소리를 내며 증기가 뿜어져 나와서 세 사람은 아무 말도 주고받을 수가 없었다. 백짓장처럼 하얗게 질린 레오니드가 두 사람에게 첫 번째 객차를 향해 자신을 따라오라는 신호를 보냈다. 전리품을 찾으러 갈 모양이었다. 제정신이 아니었다! 객차 주변을 정신없이 뛰어다니는 독일군들이 보였다. 멘델이 제지를 했고 카를리스의 도움을 받아 강제로 레오니드를 끌고 근처의 작은 숲으로 갔다. 세 사람은 숨을 가쁘게 내쉬며 서로의 얼굴을 보았다. 기차가 반쯤 탈선을 했으니 절반의 성공인 셈이다. 기관차는 고장이 났지만 완전히 파괴되지는 않았다. 선로는 끊어졌지만 며칠이면 수리가 가능했다. 다리와 객차들은 거의 피해를 입지 않았다. 레오니드는 스스로에게 욕을 퍼부었다. 다리에서 기차가 속도를 늦춘다는 걸 예측했어야만 했던 것이다. 1킬로미터만 더 앞쪽에서 선로를 파괴했다면 피해가 열 배는 더 컸을 터였다. 여섯 명이 채 안 되어 보이는 호송 병사들은 선로를 파괴한 사람들을 찾는 데는 신경을 쓰지 않으며 기관차 주위에서 분주히 움직였다. 세 사람은 몸을 숨긴 채 어두워지기를 기다렸다가 서두르지 않고 수도원으로 돌아갔다. 레오니드가 의기소침한 듯해서 멘델이 그의 기를 살려주려 애썼다. 그의 잘못이 아니라 장비가 부족했다. 어쨌든 기차가 멈춘 것만은 사실이다. 레오니드는 멘델에게 등을 돌린 채 한참 동안 말이 없었다. 그러다가 입을 열었다.

"당신이 뭘 알겠어. 그건 선물이었는데."

"선물? 누구에게?"

"라인요. 맞아요, 아저씨하고 같이 보초를 서는 기관총 멘 그 여자. 내 여자예요. 그저께 밤부터. 기차는 라인에게 줄 선물이었어요."

멘델은 웃고 싶기도 하고 울고 싶기도 했다. 노보셀키는 연애를 하는 곳이 아니라고 레오니드에게 말할 뻔했지만 참았다. 그들은 말없이 계속 걸었다. 한밤중에 두 사람은 카를리스가 뒤에 처져 있는 것을 알아차려서 걸음을 멈추고 그를 기다렸다. 한 시간이 지났지만 카를리스는 나타나지 않았다. 가버린 것이었다. 두 사람은 점점 짙어지는 어둠 속으로 다시 길을 떠났다.

병영에 도착해서 보고를 했다. 도프는 자신의 의견을 말하지도 평가를 내리지도 않고 가만히 듣기만 했다. 그는 이번 작전이 어떻게 진행되었는지 다 알고 있었다. 카를리스가 달아나버린 건 큰일이었다. 하지만 예측할 수도 막을 수도 없는 일이었고 처음 있는 일도 아니었다. 노보셀키는 라거가 아니니 떠나고 싶은 사람은 떠날밖에. 카를리스가 고발하지 않을까? 경찰의 현상금은 매력적이었다. 유대인 한 명을 고발하면 10루블이었다. 독일인들은 인색하지 않은 사람들이었다. 다른 한편으로 생각하면 카를리스는 독일군들과 정산해야 할 게 있었다. 수도원에서는 늘 좋은 대접을 받았다. 그리고 그에게는 고발 말고도 먹고 살아갈 다른 방법들이 있었다. 어쨌든 어떻게 해볼 도리가 없었다. 무엇보다 처음 며칠 동안 경계를 게을리하지 않을 수밖에는. 만일 공격을 받으면 방어를 해야 했다.

아무 공격도 없었다. 반대로 9월 중순경 미스터리한 도프의 정보원들이 가져온 소식에 따르면 이탈리아가 항복을 했다. 그래서 병영이 떠들썩했다. 전쟁 소식은 으레 승전 소식이 전해지는 게 노보셀키의 기본적인 특징이었다. 연합군이 그리스에 상륙하거나 히틀러가 암살당하거나 미국인들이 강력한 신무기로 일본인을 패망시키는 데 일주일도 안 걸릴 것이다. 그 후 모든 소식은 과열되어 사방으로 돌아다니며 세부적인 사항들로 장식되고 풍성해졌다. 그리고 며칠 동안 불안을 차단하는 보루가 되어주었다. 그런 소식을 믿지 않는 소수의 사람들은 경멸의 눈초리를 받았다. 그러다가 그런 소식은 사라지고 흔적도 없이 잊혀져버려서 다음 소식을 무조건적으로 받아들일 수 있게 되었다.

하지만 이번에는 달랐다. 이탈리아의 항복 소식은 두 전선에서 확인되었고 〈라디오 모스크바〉에서 보도했다. 대개는 그런 소식에 회의적이었던 도프가 직접 확인을 해주었다. 의견이 분분했고 모두들 그 소식 이외의 다른 이야기들은 입에 올리지 않았다. 그러니까 추축국의 군대가 반으로 줄어든 거였다. 전쟁은 한 달 안에, 기껏해야 두 달이면 끝날 게 분명했다. 연합군이 이런 상황을 이용하지 않는 건 불가능했다. 연합군은 벌써 이탈리아에 상륙하지 않았나? 연합군에게 이탈리아는 한 걸음이면 지나가는 곳이니 사흘이면 국경에 도착해서 독일 심장부로 침투할 수 있을 거야. 어떤 국경? 학교 때 배운 기억과 민간에 전해지는 단편적인 지식들이 동원되어 설왕설래하며 유럽 지도가 재구성되었다. 실제로 이탈리아에 가본 적이 있는 늪지의 유일한 주민인 파벨이 계속 바뀌는 청중들 한가운데에 신탁을 내리듯 앉아 있었다. 파벨 유레비치 레빈스키는 아버지 이름을 딴 자신의 이름은 매우 자랑스러워했지만 너무 많은 것을 말해주는 성은 그렇지 않았다. 그는 유대계 러시아인이지 러시아계 유대인이 아니었다. 서른다섯 살인데 벌써 다양한 경력을 가지고 있었다. 그는 역도선수였고 아마추어 연극배우였다가 직업 배우로 활동하기도 했으며 심지어 몇 달 동안은 〈레닌그라드 라디오〉에서 아나운서 일도 했다. 카드와 주사위 게임을 좋아했고 포도주를 즐겨 마셨으며 필요할 때는 카자흐스탄 사람처럼 욕설을 퍼부었다. 활기 없는 노보셸키 공동체에서는 운동선수 같은 그의 외모가 금방 눈에 띄었다. 굶어 죽기 딱 좋을 정도의 배급에서 파벨이 어떻게 영양분을 섭취해서 그런 근육질의 몸을 유지하는지 불가사의했다. 키는 중간 정도 되고 다부진 체형에 혈색이 좋았다. 매끈하게 면도한 구레나룻가 거의 눈 밑까지 이어졌다. 수염이 어찌나 빠르게 자라는지 면도를 하고 몇 시간이 지나면 벌써 푸르스름하고 거뭇거뭇한 흔적이 얼굴에 퍼졌다. 머리숱은 많았고, 눈썹은 검은색이었다. 묵직하고 부드러우며 낭랑한 목소리는 진짜 러시아인의 목소리였지만 말을 마치거나 노래가 끝나면 꽉 닫힌 강철 올가미처럼 입을 꾹 다물어버렸다. 얼굴은 산과 계곡처럼 나오고 들어간 부분이 선명했다. 광대가 툭 튀어나왔고 코에서 윗입술로 이어지는 인중은 푹 들어갔다. 인중 양쪽의 볼록한 살 때문에 입술과 연결되는 골이 더 선명했다. 엉성하게 난 이는 튼튼했고 두 눈은 마법사의 눈 같았다. 그 눈과 짧고 두툼한 두 손으로 그는 사람들의 관절통과 등의 통증을 사라지게 해주었고 가끔은 몇 시간뿐이지만 배고픔과 두려움까지도 잊게 해주었다. 그는 규율을 잘 지키지 않았지만 수도원에서는 암묵적으로 용인되었다. 그의 이야기를 듣는 사람들은 이탈리아에 대한 질문을 퍼부었다.

　"물론이지, 갔었다니까. 여러 해 전이었는데 모스크바 유대인 극장의 유명한 순회공연 때문이었어. 난 불행을 예언한 선지자 예레미아 역을 맡았지. 무거운 멍에를 짊어지고 무대에 등장해 유대인들이 바빌로니아로 추방될 거라고 예언했어. 황소처럼 울부짖었지. 보라색 가발을 쓰고 몸집이 더 커 보이게 하려고 옷

속에 솜을 채웠다니까. 선지자가 키가 컸기 때문에 굽 높이가 한 뼘은 되는 신발을 신었고. 히브리어와 이디시어로 공연을 했지. 밀라노, 베네치아, 로마와 나폴리 공연에서 이탈리아인들은 한마디도 알아듣지 못했지만 미친 듯이 열광하며 박수갈채를 보냈어."

"그러니까 두 눈으로 직접 이탈리아를 봤다는 거예요?" 율법 학교 학생 베르가 물었다.

"그럼. 기차에서 봤어. 이탈리아 전 국토의 길이는 레닌그라드에서 키예프까지의 길이와 같아. 알프스에서 시칠리아까지 하루면 간다니까. 지금 이탈리아 군대가 항복했으니 연합군이 눈 깜짝할 사이에 독일군 전선에 도착할걸. 게다가 항복하기 전에도 이탈리아인들은 절대 진짜 파시스트들이 아니었어. 무솔리니가 모스크바 극단이 로마에서 공연을 하게 한 것만 봐도 그게 사실이라는 걸 알 수 있잖아. 우크라이나에서 이탈리아 군인들은 저항을 하지 않았다고. 이탈리아는 바다와 호수와 산이 있고 사방이 푸르고 꽃이 피어 있는 너무나 아름다운 나라야. 사람들은 예의 바르고 호의적이었어. 옷도 잘 입지만 도둑들도 좀 있긴 해. 어쨌든 이상한 나라이고 러시아와 아주 다르더라고."

그럼 국경은? 연합군은 어디까지 가야 하는 걸까? 이 문제에 대해서는 파벨 유레비치가 자신 없어 하는 게 확연하게 드러났다. 그는 타르비시오가 국경이라고 막연하게 기억했지만 그 너머에 있는 게 독일인지 유고슬라비아인지 헝가리인지 정확히 알지 못했다. 대신 밀라노에서 하룻밤을 보낸 검은 눈의 여자 이야기를 떠올렸는데 청중들은 그 일화에는 관심을 보이지 않았다.

10월이 되자 추위를 피부로 느끼기 시작했다. 그리고 전체적인 사기가 저하되었다. 모순되는 소식들이 들려왔다. 러시아군이 스몰렌스크를 재탈환했지만 독일군은 무너지지 않았다는 것이다. 이탈리아에서 전투가 벌어졌지만 국경에서도 알프스에서도 아니었다. 그들이 한 번도 들어보지 못한 지방에 연합군이 상륙했다고 했다. 그 많은 석유와 황금을 가진 영국인과 미국인들이 독일군에게 결정타를 날릴 수 없는 걸까? 그리고 영원하신 분, 하느님은 왜 자신의 백성을 구하지 않고 폴레시아의 회색 구름 뒤에 숨어 계시는 걸까? "여러 민족 중 당신이 우리를 선택하셨다." 왜 하필 우리지? 왜 불경한 자들이 번창하는 거지? 무방비 상태의 사람들이 왜 학살을 당하는 거지? 굶주림과 공동무덤이 된 구덩이들, 티푸스, 공포에 떠는 아이들이 빼곡한 은신처에서 화염방사기를 사용하는 SS는 뭐란 말인가? 왜 헝가리인과 폴란드인, 우크라이나인, 리투아니아인, 타타르인들은 공동의 적을 향해 유대인과 협력하지 않고 오히려 유대인들의 것을 강탈하고 학살하고 유대인들이 손에 들려 있는 마지막 무기를 빼앗아가 버린단 말인가?

러시아 군대의 친구이자 동맹군이며 노보셸키에서 꼼짝할 수 없는 사람들의 잔인한 적인 겨울이 왔다. 시베리아의 바람에 벌써 검은 늪지의 표면에 투명한 얼음막이 펼쳐졌다. 곧 꽝꽝 얼어붙어서 인간사냥꾼들의 무게를 지탱할 수 있게 되리라. 눈 위의 발자국들은 두루마리 성서를 읽듯이 하늘에서, 혹은 땅에서도 읽을 수 있을 수 있겠지. 장작도 없지만 난로는 모두 첩자였다. 수도원의 굴뚝에서 하늘로 올라가는 연기 기둥들은 수십 킬로미터 떨어진 거리에서도 볼 수 있어서 땅을 가리키는 둘째 손가락처럼 신호를 보내줄 테니까. "희생양들이 여기 있다"고. 도프는 낮에 노동을 하지 않는 시민들은 한 방에 모두 같이 있도록 했고 밤에도 같은 숙소에서 잠을 자라고 명령했다. 불을 하나만 피워야 했다. 난로 연통의 방향을 바꿔서 벽에 기대 자라고 있는 커다란 떡갈나무 가지들 사이로 나가게 만든 게 틀림없었다. 그렇게 하면 검댕이 주위를 뒤덮은 눈을 거무스름하게 만드는 대신 나뭇가지에 남아 있을 수 있었다. 이런 게 소용이 있을까? 이런 것만으로 충분히 방어가 될까? 그럴 수도 있고 아닐 수도 있었지만 공동의 선을 위해 모두가 뭔가를 한다는 게 중요했고 뭔가가 결정되고 진행된다는 인상을 받는 것도 역시 중요했다. 무두질을 하고 신발을 만들던 사람들이 농부들이 준비해놓은 가죽을 모두 이용해서 다양한 치수의 장화를 만들기 시작했다. 안에 털을 대서 바늘로 거칠게 꿰맨 원시적인 장화였다. 개와 고양이의 가죽도 있었다. 노보셀키에서만 사용할 것은 아니었다. 도프는 몇 사람에게 침례교도들이 사는 로브노예에 가서 장화를 식량과 양모로 교환해오라는 임무를 맡겼다. 침례교도들 역시 독일인과 러시아인 모두에게 무시와 박해를 당했다. 그래서 유대인들과 좋은 관계를 유지했다.

사람들이 며칠 뒤 꽤 많은 물품과 도프에게 전하는 편지 한 통을 가지고 돌아왔다. 코소보 게토의 반란을 지휘했고 바이올린 덕에 목숨을 구했던 전설적인 지휘관 게달레가 서명한 편지였다. 이제 멘델을 부관으로 생각하는 도프는 멘델에게 편지를 읽게 했고 함께 상의를 했다. 편지에는 두 가지 중요한 내용이 담겨 있었다. 먼저 게달레는 도프에게 독일군들이 이미 대량학살을 자행한 솔리고르스크 게토에서 독일군들이 자신들의 전문용어로 완곡하게 작성한 "사면" 법령을 공포했다고 알렸다. 그러니까 "Umsiedlungen", 강제이주(그자들은 강제이주라고 칭했다!)가 무기한 중단되었으니 이 지역에 숨어 있는 유대인들과 특히 기능인들은 게토로 돌아오기를 권했다. 도주했었다고 처벌을 받지 않을 것이며 배급카드를 받게 될 것이다. 그래서 겨울을 목전에 두고 있으니 도프가 더 현명하다고 생각하는 쪽으로 행동해주길 바란다는 내용이었다.

두 번째로 게달레가 도프를 사냥 대회에 초청했다. 사냥꾼들을 사냥하게 될 것이다. 한 번밖에 없는 기회였다. 대지주였던 다라가노프 백작이 독일군을 따라 자신의 땅으로 돌아왔다. 그리고 노보셸키에서 걸어서 하루 거리에 있는 체르노보예 호숫가의 자신의 영지에서 독일군을 위한 사냥대회를 열기로 했다. 독일 국방군 고급장교 열두어 명이 참석할 예정이었다. 유격대에 협력하고 있으며, 정찰병으로 선택된 우크라이나인이 가져온 정확한 정보였다. 게달레가 현재 속해 있는 부대는 조직이 잘되어 있고 강력하며 부대원 대부분이 1941년 겨울부터 자발적으로 유격대원이 된 사람들, 그러니까 소비에트 유격대의 정예병들이었다. 게달레는 유대인들이 사냥에 참여하는 게 환영할 만한 일이고 적절하며 어쩌면 무기나 다른 뭔가로 보상받을 수 있는 일이라고 생각했다.

첫 번째 문제에 대해서 도프는 일단 결정을 유보했다. 두 번째 문제는 즉각 선택을 해야만 했다. 유대인들도 싸울 줄 알고 싸우길 원한다는 점을 러시아인들에게 보여주는 건 중요했다. 멘델이 자원을 했다. 그는 군인이었고 총을 쏠 줄 알았다. 도프는 잠시 생각했다. 아니, 멘델이나 레오니드는 훈련을 받은 전사였기 때문에 가면 안 되었다. 게달레가 제안한 작전은 선전의 측면에서 중요했다. 독일군을 놀려먹기 위한 것으로 군사적으로는 별 의미가 없고 위험했다. 유격대의 논리는 냉혹했다. 최고 전사들은 중요한 작전, 견제, 공격과 방어를 위해 남겨두었다. 베르와 바딤, 별 볼 일 없는 두 사람, 풋내기들을 보낼 것이다. 그들이 풋내기이기 때문이다. "내가 잔인하다고 생각하나? 결정을 해야 하는 사람들이 다 그렇듯이 나도 그래."

레오니드와 보초를 서던 안경 낀 청년 베르와 바딤이 용감하게 떠났다. 경솔하고 말이 많고 부주의한 젊은이인 바딤이 신이 나서 장담했다. "훈장에 뒤덮인 배에 구멍을 내버릴 테야!" 그들은 각자 권총 한 자루와 수류탄 두 개만 가지고 떠났다. 이틀 뒤 기진맥진한 바딤이 어깨에 총을 맞은 채 하얗게 질린 얼굴로 혼자 돌아와서 전투 이야기를 했다. 그건 절대 사냥이 아니었다. 대학살이고 혼돈이었다. 서로가 서로를 향해 총을 쐈고 사방에서 총알이 쉭쉭 소리를 내며 날아다녔다. 러시아 유격대가 공격을 시작했다. 그들은 관목들 속에 잠복해 있었다. 단 한 번의 일제사격으로 독일군 장교 넷을 죽였는데 바딤은 그들이 대령인지 장군이지 정확히 알지 못했다. 그리고 우크라이나 민간경찰들이 나타났다. 그들이 유격대를 향해 총을 쏘았다. 공중에도 쏘고 자기들끼리도 쐈다. 그들 중 한 사람이 그가 보는 앞에서 권총 개머리판으로 독일 장교 한 명을 쓰러뜨렸다. 베르는 곧 죽었다. 어느 편인지 모르는 사람에게 총을 맞았는데 어쩌면 우연히 그렇게 됐을 수도 있다. 그는 서 있었고 주위를 둘러보았다. 그런데 그는 시력이 좋지 않았다. 바딤이 모여 있는 독일군들에게 수류탄을 던졌지만 독일군들은 흩어지는 게 아니라 다시 모여서 대열의 간격을 좁혔다. 수류탄 하나는 터지고 하나는 터지지 않았다.

도프는 바딤에게 가서 쉬라고 했다. 하지만 바딤은 쉬지 못했다. 발작적으로 기침을 하며 핏덩이를 토했다. 한밤중에 열이 올랐고 의식을 잃었다. 다음 날 아침 숨을 멈췄다. 왜 죽어야 했을까? 스물두 살이었어요. 멘델이 도프에게 말했다. 비난이 섞여 목소리가 떨리는 걸 막을 수가 없었다. "우리가 나중에 이런 식의 죽음을 부러워하지 않으리라고 누가 말할 수 있겠나." 도프가 대답했다.

갑자기 퍼붓는 눈 속에서 바딤은 오리나무 밑에 묻혔다. 바딤이 개종한 유대인이어서 도프는 무덤에 십자가를 세우게 했다. 그리고 러시아정교회의 기도문을 아는 사람이 아무도 없어서 도프가 직접 카디시를 외웠다. "아무것도 없는 것보다야 낫지." 멘델에게 말했다. "죽은 이를 위해서가 아니라 종교를 믿는 산 사람들을 위해서야." 땅에 쌓인 눈이나 공중에서 회오리치는 눈이나 다 회색으로 보일 정도로 하늘이 시커멨다.

도프는 로브노예로 연락병을 보내서 게달레와 그의 부대를 찾아서 즉시 증원을 요청했다. 하지만 연락병은 아무 대답도 듣지 못했다. 그는 아무도 만나지 못했다. 대신 광장에서 남자건 여자건 손이 결박된 로브노예의 농민들을 보았다. SS 소대가 총을 겨누며 그들을 마차에 태웠다. 우크라이나인인지 리투아니아인인지 민간경찰들도 보였는데 막사에서 삽을 한 아름씩 가져다가 마차에 실었다. 그리고 마차가 마을 남쪽의 계곡으로 떠나고 SS가 농담을 하고 담배를 피우며 그 뒤를 따라가는 것도 보았다. 이게 그가 한 이야기의 전부였다.

노보셀키에서 그리고 점령당한 땅 전역에서 삽의 의미를 모르는 사람은 아무도 없었다. 도프가 멘델에게 베르를 사지로 내몬 게 후회된다고 말했다.

"공격이 잘돼서 승리가 확실했다면 두 젊은이의 목숨을 위태롭게 한 내 결정이 옳았다고 할 수 있었을 거야. 그런데 상당히 결과가 좋지 않았어. 그러니 이제 내 잘못이었다는 걸 인정하네. 베르는 죽긴 했어도 유대인이야. 어느 누구라도 그걸 알아차릴 걸. 베르를 선발한 게 잘못이었어. 그 애 시체는 분명 게슈타포 손에 들어갔을 거야. 우리가 사냥에 참가해서 어쩌면 게달레 부대의 러시아인들을 재평가할 수 있게 되었는지도 모르지만 이제 독일군들의 보복이 우리에게로도 향할 거야. 카를리스의 도주, 로브노예의 삽, 베르. 위협적인 세 가지 신호야. 독일군들이 우리 위치를 찾아내는 건 시간문제야. 그동안 기적적으로 공격받지 않았는데 이제 그 기적이 끝났네.”

　그래서 병영의 나이 많은 사람들도 생각을 해야만 했다. 도프는 그들에게 독일군이 약속한 “사면”에 대해 말해주었다. 그들은 솔리고르스크로 돌아가고 싶어 했다. 떠나겠다고 게토까지 데려다 달라고 부탁했다. 그들은 노보셀키에서 눈과 싸우느니 그리고 분명히 다가오는 죽음과 싸우느니 차라리 나치의 약속에 매달리는 편을 택했다. 그들은 기능공들이었으니 게토에서 일을 할 수 있을 터였다. 솔리고르스크에는 그들의 집이 있었고 집 옆에 묘지도 있었다. 그들은 노예가 되어 적이 주는 부족한 식량으로 근근이 살아가는 쪽을 더 원했다. 누가 그들에게 돌을 던질 수 있겠는가? 3천 년 전의 무시무시한 목소리, 파라오의 전차에 쫓기던 유대인들이 모세에게 쏟아내던 절규가 멘델의 머리에 떠올랐다. “이집트에 묘지가 없어서 우릴 여기까지 데려와 죽이려는 거요? 사막에서 죽는 것보다 차라리 이집트 사람들의 노예로 사는 게 더 낫소이다." 우리들의 신, 세상의 주인은 홍해의 물을 갈 랐고 전차는 다 뒤집혔다. 노보셀키에서 유대인의 눈앞에서 물 을 가를 사람은 누구란 말인가? 메추라기와 만나로 그들의 굶주 림을 달래줄 이는 누구란 말인가? 검은 하늘에서는 만나가 아니 라 무정한 눈만 쏟아졌다.

각자 자기 운명을 선택해야 했다. 도프는 군사적인 임무를 맡지 않았고 게토로 돌아가는 것을 선택한 스물일곱 명의 시민 들을 솔리고르스크로 데려다줄 썰매 세 대를 준비하게 했다. 아 이들은 모두 그 속에 포함되어 있었지만 아담은 남기를 원했다. 노새는 오자리치의 병사들이 가져온 두 마리가 전부였다. 한 마 리가 썰매 두 대를 끌어야 했다. 사람들은 말없이, 작별인사도 주 고받지 않은 채 누더기 옷과 짚과 담요로 몸을 감싸고 몇 주라도 삶을 연장할 수 있다는 초라한 희망에 기대 떠났다. 이렇게 해서 앞이 보이지 않는 눈의 장막 속으로 곧 모습을 감춘 그들은 이 이야기에서도 사라지게 된다.

도프는 벙커 세 개를 파게 했다. 정확히 말하자면 추위에도 아직 얼어붙지 않은 맨땅에 굴을 세 개 파는 것이었다. 독일군이 공격해올 것으로 예상되는 쪽으로, 수도원에서 2백 미터 정도 떨 어진 거리였다. 독일군은 반쯤 파괴되어버린 로브노예에 주둔하 고 있었다. 각각 두 명이 들어갈 수 있게 파놓은 굴은 덤불로 위 장했는데 금방 눈에 뒤덮였다. "우리에게도 삽이 필요해." 도프 가 말했다. 그리고 다른 팀을 보내 로브노예에서 수도원으로 이어지는 제일 큰 길을 가로질러 깊이 2미터의 굴을 파게 했다. 그리고 얇은 판자로 그 위를 덮고 눈이 쌓인 주변 땅과 높이가 비슷하게 덤불을 덮게 만들었다. 하룻밤 동안 눈이 계속 내리고 나니 주변 땅과 높이가 거의 차이가 나지 않았다. 두 남자를 시켜 돌을 얹어 무거운 삽 두 개를 그렇게 준비된 함정 위로 여러 번 끌고 지나가게 해서 최근에 수레가 지나간 것처럼 위장했다. 도프는 모두에게 무기를 나눠주었고 원 상태 그대로인 탑에 기관총을 배치시켰다.

이틀 뒤 인간사냥꾼들이 도착했다. 50여 명이 좀 넘었는데 누군가 방어자들의 병력을 과대평가한 게 분명했다. 무한궤도가 덜컥이는 소리가 들리더니 쉴 새 없이 쏟아지는 눈의 장막을 뚫고 곧 뭔가가 나타났다. 경장갑차가 대열의 선두에 서서 도프가 준비해놓은 길을 따라 앞으로 나오고 있었다. 천천히 전진하다가 함정 근처에 오자 그 가장자리에서 경장갑차가 흔들렸다. 곧 나무판자들이 요란한 소리와 함께 부러지면서 장갑차가 구덩이 속으로 추락했다. 도프가 탑으로 올라갔다. 멘델이 기관총을 쏠 준비를 하고 있었다. 멘델을 막았다. "총알을 아껴. 구덩이에서 나오려고 하는 자가 보이면 그때만 발포를 해." 하지만 아무도 나오지 않았다. 아마 장갑차가 완전히 뒤집힌 모양이었다.

경장갑차 뒤로 다른 중장갑차가 나타났다. 그 뒤로 병사들이 길과 나무 사이에서 부채꼴 대형으로 전진했다. 장갑차가 구덩이를 돌아서 앞으로 나오며 공격을 시작했다. 그와 동시에 멘델도 불같은 전투 욕구에 사로잡혀 짧게 연속으로 기관총을 발사했다. 독일 병사 몇 명이 쓰러지는 게 보였다. 그와 함께 아래쪽에서 격렬한 폭발음이 두 번 들렸다. 대전차로켓 두 발이 수도원 지붕에 명중해서 지붕이 내려앉고 불이 붙었다. 또 다른 포탄으로 건물 벽 여기저기가 무너져 내렸다. 연기와 굉음 속에서 도프가 그의 귀에 대고 고함쳤다. "이제 전부 다 쏴. 남기지 말고. 우린 지금 역사책 서너 줄에 기록될 만한 전투 중이라고." 도프도 이탈리아제 소총을 아래쪽을 향해 쏘아댔다. 한순간 그가 비틀거리는 게 멘델의 눈에 띄었다. 도프가 뒤로 쓰러졌지만 금방 다시 일어났다. 그와 동시에 벙커에서 기관단총 사격 소리가 들렸다. 벙커의 전사들이 도프의 명령에 따라 배후에서 독일군을 공격하는 중이었다. 급습을 당한 독일군이 당황해서 수도원에서 등을 돌렸다. 멘델이 도프와 함께 무너져 내린 벽돌 더미와 불길을 뚫고 계단을 달려 내려갔다. 우왕좌왕하는 사람들이 보이자 멘델이 자기를 따르라고 소리쳤다. 그들은 건물 반대쪽 바깥으로 나가서 나무들 사이로 들어갔다. '안전하다'고 멘델은 그 상황에 어울리지 않는 생각을 했다. 반대쪽에서 전투가 재개되었다. 수류탄 터지는 소리와 확성기 소리가 들렸고 뚫린 벽에서 남자와 여자들이 두 손을 들고 나오는 게 보였다. 인간사냥꾼들이 웃으면서 그들의 몸을 수색하고 질문을 하고 벽을 향해 세우는 것도 보았다. 하지만 노보셸키 수도원 안뜰에서 어떤 일이 일어났었는지는 이야기하지 않으련다. 이 이야기를 하고 있는 것은 참극을 묘사하기 위해서가 아니다.

　　숫자를 세어보았다. 남은 사람은 열한 명이었다. 멘델과 도프, 레오니드, 라인, 파벨, 아담, 그리고 멘델이 이름을 모르는 다른 여자 한 명과 오자리치에서 온 네 사람이었다. 아담은 허벅지 위쪽에 부상을 당해 피를 흘렸는데 워낙 위쪽이어서 지혈을 위해 천으로 묶어줄 수도 없었다. 그는 눈밭에 누워 조용히 숨을 거두었다. 도프는 부상을 당한 게 아니라 그냥 깜짝 놀라서 쓰러졌던 것뿐이었다. 관자놀이 근처에 타박상을 입었는데 튀어 오른 총알이나 폭발할 때 튄 돌에 스쳐서 생긴 상처 같았다. 독일군은 밤까지 꾸물거리며 수도원 잔해를 폭발시켰다. 도망자들의 발자국이 벌써 눈에 덮여 선명하지 않았기 때문에 추격을 하지 않은 채 전사한 자신의 동료들과 함께 기관총을 가지고 떠났다.

제4장
1943년 11월~1944년 1월

무기도 탄약도 얼마 없었고 먹을 건 아예 없었다. 모두 전투 뒤에 찾아와 정신과 육체를 결박해버리는 납덩이같은 수동성에 사로잡혀 망연자실하고 무기력한 상태였다. 전쟁이 영영 끝나지 않을 수도 있었다. 죽음과 사냥과 도주가 끝도 없이 이어지고 눈은 절대 그치지 않고 영원히 날이 밝지 않을지도 몰랐다. 아담의 시신 주위의 눈을 물들인 붉은 자국도 결코 지워지지 않을 것이고 그 누구도 평화로운 시절을, 온화하고 행복한 계절과 노동하는 인간들을 다시 볼 수 없을지도 몰랐다. 멘델이 이름을 몰랐던 여자, 깨끗하고 사랑스러운 얼굴에 농부 아낙같이 튼튼한 몸을 가진 그 여자는 눈 위에 앉아 소리 없이 울었다. 멘델은 그녀의 이름이 시슬이며 아담의 딸이라는 걸 알게 되었다.

　제일 먼저 기운을 차린 사람은 파벨이었다. "Nu, 우린 살았고 독일군은 떠났어. 여기서 밤을 보낼 수는 없어. 지하로 내려가 자고. 지하가 다 파괴되지는 않았을 거야." 도프도 정신을 차렸다. 물론 수도원 지하에는 몇 백 미터에 이르는 통로가 그물처럼 이어져 있었다. 식량도 조금 보관되어 있었고 어쨌든 임시 피난처로 사용할 수 있었다. 지하로 들어가는 뚜껑 문은 두 개였지만 큰 문 위에는 무너져 내린 벽돌이 놀랄 만큼 잔뜩 쌓여 있었다. 부엌 바닥에 난 작은 문 위는 거의 비어 있었다. 모두 사다리를 더듬으며 지하로 내려와서 짚과 장작을 찾아내 불을 피웠다. 단으로 묶인 전나무 가지들도 있었다. 임시방편으로 만든 횃불에 비춰보니 감자와 옥수수를 보관하는 창고는 전혀 손상을 입지 않았다. 탄약 창고도 마찬가지였다.

"여기서 며칠 머물면서 쉬고 기력을 회복하면 되겠어. 그러고 나서 상황을 좀 봅시다." 하지만 도프와 멘델은 그 의견에 반대였다. 도프가 말했다.

"독일군이 로브노예에 주둔해 있네. 그리고 여기서 전사자가 발생했고. 분명 다시 돌아올 거야. 저자들은 끝장을 보거든. 그런데 우리에겐 이제 중화력 무기가 없어. 우린 수도 적고 지쳐 있어. 이런 지하실에서는 살 수 없어. 추워 죽든 연기에 질식해 죽든 죽고 말 걸세."

"게달레와 합류해야 해요." 멘델이 말했다. "게달레는 어디 있습니까?"

"나도 몰라." 도프가 대답했다. "내가 받은 최근 소식에 의하면 게달레는 유격대 생활을 오래 한 노련한 사람들로 조직된 부대에 있다고 했어. 부지휘관이라고 하더군. 노련하기 때문에 흔적을 남기지 않아서 찾기가 쉽지 않을걸."

"그렇지만 로브노예에 정보원들이 있을 거예요. 그들은 독일군의 수도원 공격을 알고 있을 테고요. 누군가를 보내 사태가 어떤지 알아볼 거예요." 그때까지 한마디도 하지 않던 라인이 말했다. 멘델은 희미한 횃불 밑에서 그녀를 돌아보았다. 조그맣고 연약한 그녀가 레오니드 옆의 바닥에 앉아 있었다. 짧게 자른 검은 머리에 어린 여학생처럼 손톱을 다 물어뜯어 놓았다. 나지막하지만 단호한 목소리로 말했다. 멘델은 쉽게 속내를 알 수 없는 여자라고 생각했다. 단순하지도 솔직하지도 않은. 레오니드가 감당하기 힘들 짝이었다. 두 사람은 서로에게서 힘을 끌어내거나 서로를 파괴할 수 있었다. 그리고 시슬을 보다가 갑자기 소리 없는 고독의 무게를 느꼈다. 짝이 없는 남자는 얼마나 가련한지. 옆에 여자가 있으면, 그 여자가 어떤 여자이든 그 남자가 가는 길이 달라질 수 있었다.

파벨은 라인의 의견에 동의했다. 그리고 덧붙였다. "누군가를 보내기로 한다면 곧 보내겠지."

실제로 다음 날 아침 개 짖는 소리가 들렸다. 파벨이 밖으로 올라가서 갈라진 벽 사이로 보니 산림감시원 노인 올레그가 폐허가 된 수도원 주위를 둘러보고 있었다. 그는 믿을 만한 사람이었다. 산림 경비를 위해 돌아다니면서 그 기회를 이용해 벌써 여러 차례 부대들 간에 연락을 맡아주거나 정보를 전해주면서 신뢰해도 좋은 사람이라는 걸 보여주었다. 그렇다. 그는 게달레 부대의 지휘관 울리빈이 보내서 왔다. 게달레 부대는 서쪽으로 70 킬로미터 떨어진 투로프 근처 병영에서 겨울을 나고 있었다. 울리빈은 훈련받은 사람들은 받아주었지만 그렇지 않은 사람들은 아니었다. 그에게로 가는 건 그리 어렵지 않을 것이다.

"도로를 피해서 숲속의 오솔길로 가야 해요. 조금 힘들기는 하겠지만 정찰대를 만날 위험은 없다오."

그들은 산림감시원의 충고를 따랐다. 하지만 행군은 고통스러웠다. 눈이 너무 많이 쌓여 있었고 걷기에는 지나치게 부드러웠다. 선두는 무릎까지 눈에 빠졌다. 때로는 바람에 날려온 눈이 더해져 산더미처럼 쌓인 눈과 만나기도 했는데 그럴 때면 엉덩이까지 빠지기도 했다. 교대로 선두의 위치를 바꿨지만 그렇게 해도 한 시간에 2, 3킬로미터 이상을 걷지 못했다. 지하에서 찾은 식량과 탄약의 무게 때문이기도 했다. 그래서 도프는 자주 행군을 멈춰야만 했다.

눈은 그쳤지만 하늘은 여전히 위협적으로 낮게 드리워져 있었고 어두컴컴해서 방향을 가늠하기도 힘들었다. 저녁 무렵이 되자 동쪽과 서쪽이 똑같이 흐릿한 회색으로 물들었다. 그들은 나무 몸통의 이끼들을 관찰하며 올레그가 일러준 방향으로 걸으려 애썼지만 숲의 나무들은 주로 자작나무여서 그것들의 흰 몸통에는 이끼가 달라붙어 있지 않았다. 뿐만 아니라 나무가 점점 드물어졌다. 얼어붙은 저수지나 호수가 분명한 평평하고 드넓은 지역들과 기복이 있는 빈터가 여러 차례 번갈아가며 나타났다. 그들 중 이 지역을 자세히 아는 사람은 아무도 없었다. 그래서 금방 파벨을 신뢰하게 되었다. 파벨은 강하고 믿음직한 모습을 보여주었다. 그는 도프를 보호했다. 도프는 예전에 무릎 부상을 당해서 그 성치 않은 다리로 긴 행군을 하느라 지쳐 있었고 독일군의 공격으로 충격을 받아 몹시 허약해진 상황이었다. 파벨은 그가 걸을 수 있게 도와주고 부축을 해주었다. 도프의 짐 대부분을 자신이 맡았다. 그와 동시에 도프 대신 결정을 하고 명령을 내리려고 했다. "이쪽으로 가야죠, 맞죠, 도프?"

파벨은 어떻게 그런지는 모르지만 수맥을 알아내는 사람이 물을 느끼듯이 북쪽이 느껴진다고 단언했다. 다른 사람들은 그의 말을 믿지 않았고 심지어 짜증스러워하기까지 했다. 그렇지만 실제로 이따금 나타나는 떡갈나무의 이끼들이 파벨이 예측했던 쪽으로 자라고 있었다. 대략적이기는 했지만 파벨이 선택한 방향이 맞았다. 피곤한 것은 말할 것도 없고 모두 갈증으로 고생했다. 모두들 러시아의 겨울을 너무나 잘 알고 있어서 눈을 먹는게 아무 도움도 안 될뿐더러 위험하다는 걸 잘 알았다. 눈을 먹으면 갈증이 가시기도 전에 입술이 따갑고 혀가 부어오른다. 갈증에는 눈이나 얼음이 아니라 물이 필요하다. 하지만 물을 얻으려면 불이 있어야 하고 불을 피우려면 장작이 필요하다. 농부들이 버리고 간 장작더미를 자주 발견하긴 했지만 파벨이 장작에 손을 대지 못하게 막았다. 아니 정확히 말하자면 멘델과 도프와 자신 사이에 오간 의견 교환을 명령의 형태로 알렸다.

"도프가 낮에는 불을 피우면 안 된다고 했어. 마음을 굳게 먹고 갈증을 참아야 해. 하루 갈증에 시달린다고 죽지는 않으니까. 낮에 연기를 피우면 멀리서도 보이거든. 밤에 불을 피울 거야. 밤에도 불길이 잘 보이지만 눈을 주위에 쌓아서 불을 가리는 거야. 아니면 우리가 불을 에워싸거나. 그러면 몸도 좀 따뜻해질 거고. 그렇지만 내 생각에는 곧 피난처를 찾을 수 있을 것 같아. 이런 지역에서는 이즈바를 틀림없이 찾을 수 있다니까."

직관적으로 알았는지, 투시력이 있었는지, 사기꾼의 속임수였는지 몰라도 파벨의 추측이 맞아떨어졌다. 저녁 무렵 황량한 들판에서 언덕들이 보였다. 눈 속에서 울타리의 뾰족한 끝부분과 오두막의 지붕이 나타났다. 울타리는 역청을 칠해 검은색으로 윤이 났다. 그들은 문 앞의 눈을 치우고 모두 안으로 들어가서 좁은 공간에 모여 앉았다. 실내에는 토기 난로와 아연 양동이 하나 말고는 아무것도 없었다. 뒤쪽 벽에 상당히 많은 장작더미가 눈에 덮인 채 쌓여 있었다. 그들은 난로의 장작불로 감자를 굽고 양동이에 눈을 녹일 수 있었다. 오두막 뒤쪽의 눈 속에 구멍을 파고 그 안에서 불을 피워서 반합에 옥수수를 삶았다. 역겹고 맛도 없는 저녁 식사였지만 그래도 몸을 따뜻하게 해주고 배고픔과 갈증을 달래주었다. 배를 채운 뒤 잠을 자려고 남자들은 바닥에, 두 여자는 난로 위에 짚을 깔아 만든 침상에 누웠다. 도프를 제외하고는 모두 금방 잠이 들었다. 도프는 예전에 부상을 입은 무릎과 골절되었던 뼈의 통증이 도져서 괴로워했다. 선잠을 자다가 신음을 했고 통증을 느끼지 않게 누워보려 계속 몸을 뒤척였다.

멘델도 한밤중에 화들짝 놀라서 잠에서 깼다. 무슨 소리가 들린 건 아니었지만 환한 불빛이 작은 창으로 들어왔다. 불빛은 이즈바 안을 탐색하듯 한쪽 구석에서 다른 쪽 구석으로 옮겨갔다. 멘델이 창문으로 다가갔다. 불빛이 잠시 그를 비추더니 꺼졌다. 환한 불빛에 눈이 부셔 아무것도 보이지 않다가 다시 정상으로 돌아오자 눈에서 반사되는 빛 때문에 훤한 바깥쪽에서 세 사람의 모습이 뚜렷이 나타났다. 하얀색 군복을 입고 스키를 타고 무장을 한 남자들이었다. 그들 중 한 남자는 기관단총을 들고 있었는데 총신에 손전등이 묶여 있었다. 멘델이 보았을 때는 총신과 손전등이 눈˚ 쪽을 향해 있었다. 세 남자가 자기들끼리 수군거렸지만 이즈바 안에서는 아무 소리도 들리지 않았다. 잠시 뒤 불빛이 다시 창문을 비쳤고 권총 소리가 들리더니 한 남자가 러시아어로 소리쳤다.

"너희들은 포위됐다. 움직이지 마라. 손을 머리에 올려라. 손을 올리고 무기 없이 한 사람만 나와라." 그러더니 같은 목소리가 서툰 독일어로 동일한 경고를 반복했다. 도프가 문으로 가려고 움직였지만 파벨이 그보다 먼저 나섰다. 도프가 일어서기도 전에 벌써 문을 열고 밖으로 나가 두 손을 머리에 올렸다.

"너희들은 누구냐? 어디서 와서 어디로 가는 중인가?"

"우리는 군인이오. 유격대원이고 유대인이오. 우리는 이 지역 사람들이 아니고 노보셀키에서 오는 길이오."

"어디로 가느냐고도 물었는데."

파벨이 머뭇거렸다. 멘델이 손을 올리고 밖으로 나와 그의 옆에 섰다.

"동지, 우리는 50명이었으나 열 명만 살아남았소. 전투가 벌어졌는데 우리 병영은 완전히 파괴되었소. 우리는 패했고 지쳐 있지만 아직 싸울 수 있소. 우리를 받아줄 부대를 찾고 있는 중이오. 우리는 우리의 전쟁을 계속하고 싶소. 당신들의 전쟁이기도 하지."

흰옷을 입은 남자가 대답했다.

"당신들이 싸울 능력이 있는지는 나중에 보도록 합시다. 불필요한 입은 받아줄 수 없으니까. 우리 부대에서는 싸울 수 있는 사람만 먹여주고 있소. 이곳은 우리 지역이오. 그리고 당신들은 운이 좋았소. 난로 위에서 자고 있는 여자들을 봤소. 그래서 총을 쏘지 않았던 거요. 대개는 그렇게 하지 않지. 발사를 하면 거의 명중하는 편이오." 남자가 짧게 웃으면서 덧붙였다. "거의!" 멘델은 마음이 놓였다.

동이 터왔다. 두 남자가 스키를 벗고 이즈바에 들어왔다. 세 번째 남자, 말을 했던 남자는 기관단총을 겨눈 채 밖에 있었다. 검은 수염이 짧게 난 그 남자는 키가 크고 아주 젊었다. 세 사람 모두 위장군복 밑에 솜이 두둑이 들어간 옷을 입어서 펭귄 같아 보였는데 그런 외모에 어울리지 않게 동작은 상당히 민첩했다. 두 남자는 권총을 들고 아무도 움직이지 말라고 명령을 하고 나서 재빠르면서도 능숙한 동작으로 사람들의 몸수색을 했다. 미안하다고 농담조로 몇 마디 하고서 두 여자도 수색을 했다. 각자의 이름과 고향을 물었으며 그들이 찾아낸 무기와 탄약들을 한쪽 구석에 쌓아놓은 뒤 다시 밖으로 나가서 그들의 대장에게 짧게 보고했는데 이즈바 안에서는 잘 알아들을 수가 없었다. 검은 수염의 젊은이가 총을 밑으로 내리고 스키를 벗더니 안으로 들어와서 허물없이 바닥에 앉았다.

"우리가 보니 당신들은 위험하지 않소이다. 내 이름은 표트르요. 당신들 대장은 누구요?"

도프가 말했다. "당신이 보다시피 우리는 조직적인 부대가 아니오. 우리는 가족적인 병영에서 살아남은 사람들이라오. 우리 중에는 노인이나 아이들, 잠시 들른 사람들도 있었지요. 나는 그런 사람들 중 제일 나이가 많았소. 당신이 그렇게 부르고 싶다면 그 사람들의 대장이었다고 해도 되겠지요. 난 '화살' 마누일과 반카 삼촌하고 전투를 했소. 작년 2월에 보브루이스크에서 부상을 당했지. 난 공군이었소. 반카 삼촌과 같이 전투할 때 게달레도 있었소. 우린 친구였지. 게달레 아시오?"

표트르가 주머니에서 작은 파이프담배를 꺼내 불을 붙였다. "우리가 보니 당신들은 위험하지 않아요. 그렇지만 위험해질 수도 있지. 대장, 당신은 백발이군요. 유격대원이었다고 했는데 유격대원에게 질문을 하면 안 된다는 거 모르시오?"

도프는 부끄러워 입을 다물었다. 그렇다. 전쟁터에서는 누구나 너무 빨리 늙어버린다. 도프는 고개를 숙인 채 무기력하게 축 늘어진 큰 손만 바라보며 이따금 무릎을 마사지했다.

표트르가 다시 말했다. "……그렇지만 당신들이 전사이든 아니든 우리가 당신들을 그냥 버려두지는 않을 거요. 적어도 당분간은 말이오. 그 후에 무슨 일이 일어날 수도 있는데 그건 우리도 모르고 우리 대장도 모르고 아무도 모르는 일이오. 우리의 시간은 달리는 토끼처럼 재빠르게 지그재그로 흘러갑니다. 다음 날을 계획하고 그 계획을 실행에 옮기는 사람은 훌륭한 사람이지요. 일주일 뒤를 계획하는 사람은 미친 겁니다. 아니면 독일인 첩자거나 말이죠."

그가 다시 몇 분간 조용히 담배를 피우다가 말했다.

"우리 병영은 여기서 그리 멀지 않습니다. 내일 밤이 되기 전에 도착할 수 있어요. 여러분들 무기를 들어요. 하지만 장전을 하면 안 됩니다. 미안하지만 탄약은 우리가 가져갈 거요. 지금은 말이오. 우리가 좀 더 서로를 알게 되면, 그때 일은 두고 봅시다."

스키를 신은 세 남자가 앞에 서고 다른 사람들이 뒤를 따르며 행군을 시작했다. 밀가루 같은 눈이 높이 쌓여 있었다. 세 남자의 스키로 바닥을 단단하게 만드는 건 역부족이었다. 나머지 사람들은 눈에 푹푹 빠져가며 겨우겨우 걸어 나갔고 그러다 보니 행군 속도가 느려졌다. 제일 늦는 사람은 도프였다. 그는 불평을 하지 않았지만 걷는 게 몹시 힘들다는 걸 금방 알 수 있었다. 표트르가 그에게 자신의 스키 폴대를 주었지만 큰 도움은 되지 않았다. 도프는 숨을 헐떡였고 얼굴은 창백해지고 이마에는 땀이 맺혔다. 그리고 자주 걸음을 멈춰야만 했다. 선두에서 걷던 표트르가 이따금 뒤돌아보았고 불안해했다. 그들이 걸어가는 곳은 나무 한 그루 집 한 채 없이 그대로 노출되어 있었다. 얼어붙은 늪과 경사가 심하지 않은 황무지 언덕이 교대로 나타났다. 언덕 위에서 뒤돌아보면 갈라진 틈처럼 깊고 자오선처럼 곧은 그들의 발자국들이 보일 수 있었다. 발자국 끝에 그들이, 개미 열세 마리 가 있었다. 독일군 정찰기라도 지나가는 날에는 살아날 방법이 없었다. 하늘이 잔뜩 흐린 게 천만다행이었지만 이런 상태가 그 리 오래가지는 않을 것이다. 표트르는 사냥개처럼 코를 킁킁거 렸다. 북쪽에서 바람이 살랑살랑 불어왔다. 바람이 한참 불어온 다면 눈이 휘날려 곧 발자국이 지워질 것이다. 하지만 그 전에 하 늘이 먼저 갤지도 몰랐다. 서둘러 병영에 도착해야 했다.

그가 선두에서 이탈해서 다른 사람들이 먼저 가게 내버려두 었다. 도프 곁으로 가서 그에게 말했다.

"당신은 지쳤어요, 삼촌. 기분 나쁘게 하려고 하는 말이 아 니에요. 이리 와요. 내 스키 끝에 올라타고 내 허리를 잡아요. 덜 힘들 테니까." 도프는 아무 말 없이 그 말에 따랐다. 두 사람이 다 시 선두를 차지했다. 그렇게 하니 모두에게 도움이 되었다. 두 사 람의 몸무게에 눌려 눈이 더 단단해져서 걸어가는 사람들이 거 의 눈에 빠지지 않았다. 제일 몸무게가 가벼운 라인은 발에 맞지 않는 큰 군화를 신고 있었는데 설피를 신은 사람처럼 눈에 빠지 지 않았다. 레오니드가 그녀 옆에 딱 달라붙어 있었다. 그들은 밤 까지 걸었고 표트르가 잘 아는 야영지에서 밤을 보냈다. 눈부시 고 이상할 정도로 따뜻한 햇볕을 받으며 예상보다 더 일찍, 오후

중반쯤에 병영이 시야에 들어오는 곳에 도착했다. 물론 병영이 어디에 어떻게 자리 잡고 있는지를 아는 사람의 "시야에" 들어왔다. 표트르가 그들에게 남서쪽의 넓은 숲을 가리켰다. 숲은 마치 가는 붓으로 그린 것처럼 하얀 눈과 파란 겨울 하늘을 갈라놓았다. 그 숲, 나무들 한가운데 어느 쪽엔가 울리빈 부대의 병영이 있었다. 한밤중에 도착하게 되겠지만 직진하지는 않을 것이다. 비싼 대가를 치르고 얻은 교훈이었다. 바람이 불지 않는 맑은 날에 너무나 금방 눈에 띄는 발자국을 절대 남기면 안 되었다. 약간 우회해서 가야 했다. 그러다가 나무들의 보호를 받으며 원래의 길로 다시 갈 수 있을 테니.

늪지 공화국에 살던 시민들은 꿈을 꾸는 것만 같았다. 노보셀키는 임시 대피소이고 지혜를 동원해서 즉석에서 만든 병영이었다. 지금 그들이 가고 있는 병영은 전문적으로 만들어진 병영, 3년의 경험이 쌓인 곳이었다. 멘델과 레오니드는 안정되고 조직적인 힘을 갖춘 울리빈 부대와 무모하고 오만한 모험을 감행하는 떠돌이 베냐민 부대를 비교해볼 수 있었다.

그들은 울창한 숲에서, 자세히 보지 않으면 거의 눈에 띄지 않는 나무로 지은 막사 세 채를 발견했다. 정삼각형으로 배치된 막사는 거의 땅속에 있었다. 삼각형의 한가운데에는 마찬가지로 눈에 잘 띄지 않는 부엌과 우물이 있었다. 복잡하게 뒤얽힌 나뭇가지들 사이로 연기를 내뿜게 연통을 배치하는 게 노보셀키만의 독창적인 발명품은 아니었다. 여기서도 똑같았다. 때가 되면 어떤 발명품들은 다양한 지역에서 서서히 사용되는 법이다. 그리고 문제의 해결책이 딱 하나밖에 없는 상황들이 있었다.

　　노보셀키에서 도프는 레오니드의 직업을 가지고 농담을 했었다. 그에게는 회계원이 필요 없다고. 투로프에서 그들은 회계원 한 사람을 만났다. 좀 더 정확히 말하자면 자신의 직무를 수행 중인 병참장교였다. 그는 NKVD* 대의원인 동시에 정치위원이었다. 그래서 빠르고도 능률적으로 그들의 신상을 처리했다. 성명, 소속되었던 부대, 나이, 직업을 묻고 신분증명 서류를 기록했다(하지만 그들 중 서류를 가진 사람은 거의 없었다). 그러고 나서 그들은 다음 날 아침까지 침대에서 잠을 잘 수 있었다. 그렇다, 침대였다. 막사마다 난로가 있었고 나무판자에 깨끗한 짚을 깔아서 만든 침대가 있었으며, 막사의 바닥이 지표면에서 거의 2미터 아래에 있는데도 공기는 건조하고 따뜻했다. 멘델은 어지러울 정도로 혼란스러운 생각에 빠져 잠이 들었다. 그는 몹시 피곤했고 제자리가 아닌 곳에 와 있는 것처럼 불편했지만 그와 동시에 보호받는 기분을, 아버지가 아니라 아들이 된 기분을, 훨씬 안전하지만 자유롭지는 않은 기분을, 집에 그리고 막사에 있는 기분을 느꼈다. 하지만 곧 고맙게도, 머리를 한 대 맞아 기절하듯 금방 잠이 들어버렸다.

　　다음 날 아침, 병영에서는 피난민들에게 그야말로 따뜻한 목욕을 할 수 있게 해주었다. 여자와 남자가 따로따로 부엌에 비

---

* 내무인민위원회. 소련의 비밀경찰(1934~1946).

치된 통에서 목욕을 할 수 있게 배려했다. 그 뒤 이 잡기가 이어졌다. 좀 더 정확히 말하자면 꼼꼼하게 자기 몸에 이가 있는지 살펴보라는 권유를 받았고 질이 좋지 않고 새것은 아니지만 깨끗한 속옷을 배급받았다. 마지막으로 영양가가 풍부하고 따뜻한 메밀 요리를 알루미늄으로 만든 진짜 접시에 진짜 수저로 모두 같이 배부르게 먹었고 그 뒤 따뜻한 차를 실컷 마셨다. 이상하게도 겨울답지 않은 따스한 바람이 불어와 평화로운 하루를 예고했다. 햇빛이 비치는 곳은 눈이 녹으려 했는데 이 때문에 약간의 불안감이 살아났다. "우리한테는 얼어 있는 게 좋아요." 손님들에게 병영을 안내하던 표트르가 멘델에게 말했다. "해동이 되면 자칫 방심하는 사이 막사에 물이 범람하고 진흙 더미에 깔리고 말거든요." 표트르는 자랑스레 그들에게 전기 시설을 보여주었다. 능력이 탁월한 기계공이 낡은 제분기에서 빼낸 베벨 기어를 독일군 트럭의 변속기에 연결했다. 그리고 눈을 가린 말이 천천히 원을 그리며 돌았고 이 기어 시스템을 통해 직류용 발전기가 작동을 해서 배터리를 충전시켰다. 충전이 잘되면 배터리로 전등을 켜고 송수신 겸용 무전기를 작동시켰다. "가을에 일주일 동안 헝가리 포로 네 명에게 말이 하는 일을 시켰지요."

"그럼 그 포로들을 죽였소?" 멘델이 물었다.

"우린 독일군만 죽여요. 그리고 꼭 죽이는 것도 아니고. 우린 독일군과 달라요. 죽이는 걸 좋아하지 않아요. 그 포로들의 눈을 가리고 강 건너로 데려가서 풀어주면서 가고 싶은 곳으로 가라 했죠. 그들은 약간 어지러워하더라고요."

표트르가 그들에게 병영에서 나가려고 하지 말라고, 아니 막사에서 30미터 이상 멀어지지 말라고 경고했다. "이 주위 숲이 지뢰밭이거든요. 7센티미터 땅속에 지뢰들이 묻혀 있어요. 눈속에 철선으로 지뢰를 두 개씩 연결해놨어요. 우리가 근사하게 해냈죠. 밤마다 천천히 독일 병영의 지뢰를 제거했어요. 지뢰를 가져와서 여기에 설치했지요. 그런 일을 하는 동안 한 명도 죽지 않았어요. 그 이후로 독일군은 우리를 건드리지 않았죠. 그렇지만 우리는 독일군을 건드려요."

표트르는 자신이 이즈바에서 발견해서 죽일 뻔했던 열 명의 무리에게 호감과 호기심을 보였다. 특히 멘델에게 우호적이었다. 그에게 무선통신사인 미하일이 누구의 도움도 받지 않고 혼자 아이디어를 내서 현실화한 작업을 보여주었다. 미하일이 거주하는 막사의 한쪽 구석에 페달을 밟아서 인쇄하는 낡은 인쇄기와 키릴 활자와 라틴 활자 세트가 있었다. 미하일은 식자공이 아니었지만 조판을 했다. 그는 2개 국어로 된 선전문을 두 페이지에 나란히 인쇄했는데 독일군들이 점령한 러시아 도시와 마을에 뿌렸던 것과 비슷했다. 독일어 선전문은 독일군의 선전문을 베낀 것이었다. 사유재산을 되찾게 해주고 교회를 다시 열어주겠다고 약속하며 젊은이들에게는 노동단체에 자진 가입하라고 권하고 유격대원들과 파괴 행위를 하는 자들에게는 중벌을 내리겠다고 협박하는 내용이 담겨 있었다. 옆에 실린 러시아 선전문은 독일어를 번역한 게 아니었다. 오히려 그 내용을 완전히 뒤집었다. 이런 내용이었다.

소비에트 젊은이들이여! 조국에 침략하여 우리 동포들을 학살하는 독일인들을 믿지 마라. 독일인을 위해 일하지 마라. 여러분이 독일로 가면 굶주림과 폭력을 견뎌야 할 것이며 가축처럼 낙인찍힐 것이다. 돌아오면(돌아올 수 있다면!) 사회주의의 심판을 받게 되리라. 히틀러의 하수인들에게 단 한 사람도, 1킬로그램의 곡식도, 정보 하나도 주어선 안 된다! 우리에게로 오라, 유격대에 자원하라!

두 선전문 모두 철자가 여러 군데 틀렸는데 무선통신사의 실수는 아니었다. 활자 세트에 a와 e가 부족해서 그가 꼭 필요하다고 생각하는 곳에만 그 활자를 넣었다. 그는 수백 부를 인쇄해서 바라노비치와 로브노, 민스크까지 뿌리고 붙였다.

수리를 하고 기름칠을 해야 할 소형무기들이 꽤 있었다. 투로프에서 멘델은 곧 자기가 할 일을 찾았다. 근무가 없는 시간이면 표트르는 멘델 곁을 떠나지 않았다.

"열 명 모두 유대인인가?"

"아니, 여섯 명만. 나하고 여자 둘, 조그만 여자와 항상 같이 있는 청년하고, 자네가 스키에 태워 온 그 나이 많은 남자. 그리고 우리 중 제일 튼튼한 파벨 유레비치 이렇게. 다른 네 사람은 낙오병들로 독일군이 우리 병영을 파괴하기 얼마 전에 합류했어."

"독일인들은 왜 유대인을 다 죽이고 싶어 하지?"

"설명하기 어려운데." 멘델이 대답했다. "독일인들이 어떤 생각을 하는지 이해해야 할 거야. 난 절대 이해할 수 없지만. 독일인들은 유대인이 러시아인보다 가치가 없다고 생각하고 러시아인은 영국인보다 가치가 없다고 생각해. 그리고 독일인이 가장 가치 있는 사람이라고 생각하지. 그리고 어떤 인간이 다른 인간보다 훨씬 가치가 있다면 자기 하고 싶은 대로 할 권리가 있다고 생각하는 거야. 다른 인간을 노예로 만들든 죽이든 말이야. 아마 모두 다 그렇게 확신하는 건 아니겠지만 학교에서 그렇게 가르치지. 그리고 그들이 선전하는 게 바로 이거고."

"난 러시아인이 중국인보다 더 가치가 있다고 생각하는데." 표트르가 생각에 잠겨 말했다. "그렇지만 중국이 러시아에게 잘못하지 않는다면 중국인을 다 죽여야겠다는 생각 같은 건 하지 않을걸."

멘델이 말했다. "나는 반대로 어떤 인간이 다른 인간보다 더 가치 있다고 말하는 건 의미가 별로 없다고 생각해. 한 인간은 다른 인간보다 더 강하지만 더 지혜롭지는 않을 수 있어. 혹은 더 많이 교육받았지만 더 겁쟁이일 수도 있고. 마음이 더 너그럽지만 더 어리석을 수도 있는 거고. 그러니까 그 사람의 가치는 그 사람에게서 기대할 수 있는 것에 달려 있는 거야. 어떤 사람은 자기 일에서 아주 뛰어나지만 다른 일을 하라고 시키면 아무 쓸모도 없는 인간이 될 수 있거든."

"정말 형씨 말이 맞아." 표트르가 말했는데 그의 얼굴이 환히 밝아졌다. "난 콤소몰*에서 회계를 담당했었어. 하지만 난 주의가 산만해서 계산을 자주 틀리곤 했지. 그래서 모두들 날 뒤에서 비웃었고 내가 아무짝에도 쓸모없는 인간이라고 흉을 봤어. 그러다가 전쟁이 났지. 난 당장 자원을 했고. 그때부터 내 자신이 훨씬 가치 있는 인간이 된 것 같아. 이상하지. 난 사람을 죽이는 건 좋아하지 않지만 총 쏘는 건 좋아. 그러다 보니 사람을 죽여도 별다른 느낌이 없게 되었어. 처음에는 달랐지. 망설였어. 바보 같은 생각도 했었고. 독일인들의 피부가 우리와는 달리 강철로 덮여 있어서 총알이 거기 맞아 튕겨져 나온다고 생각했지. 이제 그런 생각은 하지 않아. 벌써 독일군을 상당히 죽였거든. 그자들 피부도 우리처럼, 아니 어쩌면 우리보다 더 연약하다는 걸 내 눈으로 확인했어. 그런데 유대인 형씨는 독일인을 몇 명이나 죽였어?"

"몰라." 멘델이 대답했다. "난 포병대에 있었어. 알잖아. 소총을 쏘는 것과는 달라. 포가 배치되고 표적을 겨누고 발포하는 거야. 그러고 나면 아무것도 보이지 않아. 성공적이었을 때는 5킬로미터 혹은 10킬로미터 거리에 포탄이 떨어져 폭발하는 게 보이지. 내 손으로 몇 명이나 죽였는지 누가 알겠나? 천 명일 수도 있고 한 명도 안 죽였을 수도 있겠지. 전화나 무전기 이어폰으

---

* 소련의 공산주의 청년 정치조직.

로 명령을 받아. 왼쪽으로 3도 돌리고, 1도 낮춰서 조준, 명령을 따르면 모든 게 끝나게 돼. 공중에서 폭탄을 투하하는 것과 마찬가지지. 아니면 개미를 죽이려고 개미집에 산酸을 쏟아붓는 것과 같다고나 할까. 개미 십만 마리가 죽어도 자넨 아무 느낌도 없고 그렇게 많은 개미가 죽었다는 걸 알지도 못하는 거야. 하지만 우리 고향 마을에서는 독일군들이 유대인들에게 구덩이를 파게 했어. 그런 다음 구덩이 가장자리에 서서 유대인들을 그 안으로 몰아넣었지. 그리고 모두 총살을 했어. 아이들까지. 유대인을 숨겨준 기독교인들도 몇 명 섞여 있었지. 그렇게 총살당한 사람 중에 내 아내가 있었네. 그날 이후 난 사람을 죽이는 게 나쁜 일이지만 독일군은 죽일 수밖에 없다고 생각하게 됐어. 멀리서든 가까이에서든, 자네 방식으로든 내 방식으로든. 사람을 죽인다는 게 그 자들이 이해하는 유일한 언어고 그자들을 납득시키는 유일한 논리이기 때문이야. 내가 독일인에게 총을 쏜다면 그자는 어쩔 수 없이 나, 이 유대인이 자기보다 더 가치 있다고 인정하게 될 거야. 그건 그의 논리이지 내 논리는 아냐, 알겠지. 그들은 힘밖에 알지 못해. 물론, 죽어가는 사람에게 납득을 시킨다는 게 별 소용은 없겠지만 길게 보면 그의 동료들이 결국 뭔가를 이해하게 될 거야. 독일군들은 스탈린그라드 이후에 뭔가를 이해하기 시작했지. 들어봐, 그래서 유대인 유격대원이 있다는 게, 붉은 군대에 유대인이 있다는 게 중요한 거야. 중요하지만 한편으로는 끔찍하기도 하지. 내가 독일인을 한 명 죽여야만 내가 인간이라는 사실을 다른 독일인들에게 납득시킬 수 있으니까. 하지만 우리에게는 '살인하지 말라'는 계율이 있어."

"……그런데 당신네 유대인들은 이상하지. 이상한 사람들이야. 총을 쏘면서 여러 생각을 한다는 거지. 너무 생각을 많이 하다 보면 똑바로 총을 쏘지 못해. 그런데 당신들은 항상 생각을 너무 많이 하더라고. 아마 그래서 독일인들이 당신들을 죽이는 걸지도 몰라. 보라고. 예를 들어 난 어릴 때부터 콤소몰에서 활동했어. 우리 아버지처럼 스탈린을 위해서라면 목숨이라도 바칠 수 있었지. 그런데 난 우리 어머니처럼 예수를 이 세상의 구원자라고 믿어. 난 보드카를 좋아하고 여자들을 좋아해. 총 쏘는 걸 좋아하고. 파시스트들을 사냥하며 여기 이 들판에서 사는 게 좋아. 그리고 난 이런 문제들을 깊게 생각하지 않아. 나의 어떤 생각이 다른 생각과 일치하지 않아도 대수롭지 않다니까."

멘델은 귀와 두뇌 절반으로 이야기를 들으면서 나머지 절반과 손으로는 분해해놓은 자동 권총의 나사와 용수철의 녹을 닦아내는 중이었다. 서로 속내 이야기를 하는 이런 기회를 이용해서 그와 도프가 중요하게 생각하고 있던 질문을 넌지시 표트르에게 던졌다.

"자네들 부지휘관은 어떻게 됐나? 게달레가 여기 자네들하고 같이 있지 않은 건가? 게달레 스키들러 말이야. 러시아와 폴란드 피가 반반 섞인 유대인이고 코소보에서 싸웠다던데? 키가 크고 매부리코에 입도 크다던가?"

표트르가 즉시 대답을 하지 않았다. 오래전에 까맣게 지워진 기억을 되살려내듯이 위를 올려다보다가 수염을 긁적였다. 그러다가 말했다.

"그래, 그래, 게달레, 맞아. 그렇지만 부지휘관인 적은 한 번도 없었어. 울리빈이 없을 때 가끔 명령을 내리곤 했지. 게달레는 지금 임무 수행 중이야. 돌아올 거야, 맞아. 일주일 후에, 아니면 2주나 3주 뒤일지도 몰라. 어쩌면 부대를 옮겼을 수도 있고. 유격대에서는 확실한 게 하나도 없으니까."

'이 표트르 녀석은 거짓말 솜씨보다는 스키 타는 솜씨가 훨씬 낫군그래.' 멘델은 속으로 생각했다. 그리고 웃으면서 물었다.

"게달레도 생각을 너무 많이 하는 사람인가?"

"그렇게 생각을 많이 하는 건 아니야. 게달레는 정말 아니야. 그게 결점은 아니었어. 그렇지만 게달레도 이상했어. 조금 전에 말했지만 당신네 유대인들은 전부 조금씩, 이런 식으로든 저런 식으로든 이상하다니까. 비난하는 건 아니야. 게달레는 거의 나만큼 총을 잘 쐈지. 누구에게 배웠는지 모르겠어. 그런데 시를 쓰기도 했어. 항상 바이올린을 가지고 다니고."

"가사를 쓰고 바이올린으로 그걸 연주했나 보지?"

"아니야, 시와 바이올린은 별개였어. 밤이면 바이올린 연주를 했지. 8월에 독일군이 루니네츠에서 대대적인 소탕작전을 벌였을 때 그 바이올린을 가지고 있었어. 우리는 포위망을 뚫고 나왔는데 저격병 하나가 게달레에게 총을 쐈어. 총알이 바이올린

을 관통해버렸어. 총알은 그렇게 해서 힘을 잃었고 게달레에게
는 아무런 해도 입히지 않았지. 게달레는 송진과 반창고로 구멍
을 메웠어. 그때부터 항상 바이올린을 가지고 다녔지. 예전보다
더 연주를 잘하게 됐다고들 해. 심지어 죽은 헝가리인에게서 우
리가 찾아낸 청동 훈장을 바이올린에 붙여놓았다고 해. 정말 이
상한 사람이지."

"모두가 다 똑같다면 이 세상이 얼마나 재미없겠나. 우리가
보통 사람들과 다른 사람, 그러니까 난쟁이나 거인, 흑인, 무사마
귀에 뒤덮인 사람을 보게 되면 하느님께 특별히 드리는 축복의
기도가 있어. '축복을 내려주소서, 피조물의 외모를 다양하게 만
드셨던 온 우주의 왕이신 우리의 하느님이시여.' 무사마귀 때문
에 우리가 그 사람을 위해 축복을 빈다면 바이올린을 연주하는
유격대원을 위해서 축복을 비는 것도 당연하지 않겠나."

"형씨 말이 맞아. 그런데 화가 나. 게달레도 그랬다니까. 늘
자기 말만 하려고 했고 울리빈과 의견이 맞지 않았지. 막심과도
마찬가지야. 막심은 병참장교야. 정확히 말하면 서기, 장부 기장
을 하는 사람이지. NKVD에서 파견되었어. 모스크바에서 낙하
산에 태워 이곳으로 보냈어. 규율을 지키기 위해서야. 규율이란
게 무엇보다 중요한 것처럼 말이지. 솔직히 나도 막심하고는 별
로 생각이 맞지 않아."

멘델은 쇠뿔도 단김에 빼버려야겠다고 생각했다.

"간단히 말해 게달레와 지휘관 사이에 무슨 일이 있었는

데?"

"아, 초겨울에 말다툼을 했어. 울리빈과 게달레가 뜻이 맞지 않은 지는 한참 됐지. 아니, 바이올린 때문이 아니야. 더 중요한 이유들이 있었어. 게달레는 숲과 늪지를 돌아다니며 유대인 유격대원들을 규합하고 싶어 했어. 그렇지만 울리빈은 모스크바의 명령은 다르다고 말했지. 유대인 전사들은 러시아 부대에 한 번에 몇 명씩 받아들여야 한다는 거야. 두 사람 관계가 완전히 깨진 건 게달레가 울리빈의 허락도 받지 않고 노보셀키에 편지를 써서 보냈을 때야. 그 편지에 뭐라고 썼는지 난 모르겠어. 둘 중 누가 옳다고도 말할 수 없고. 사실 울리빈이 몹시 화를 냈어. 온 병영에 다 들릴 정도로 고함을 쳤고 탁자를 주먹으로 쳤지."

"뭐라고 고함쳤는데?"

"잘 모르겠어." 표트르가 얼굴이 벌게져서 대답했다.

"뭐라고 고함쳤는데?" 멘델이 고집스레 다시 물었다.

"자기 부대에서 시인들에 관한 얘기는 듣기 싫다고 고함치더군."

"설마 '시인들'이라고는 안 했겠지." 멘델이 말했다.

"맞아. '시인들'이라고는 안 했어." 표트르가 갑자기 입을 다물었다가 물었다.

"궁금한 게 있는데. 유대인들이 예수를 십자가에 못 박았다는 게 사실이야?"

투로프 병영에서 노보셀키 피난민들은 안전했고 물질적인 편의도 누렸지만 왠지 편하지가 않았다. 오자리치의 네 남자는 정규임무를 맡게 되었다. 여자들을 포함해서 나머지 여섯 명에게는 여러 가지 잡다한 일들이 맡겨졌다. 그들이 병영에 도착하고 며칠 뒤 울리빈이 거리를 두고 예의를 갖춰 그들을 맞이했으나 다시 모습을 보이지 않았다.

기온이 서서히 내려갔다. 1월 중순경에는 영하 15도가 되었고 1월 말에는 영하 30도가 되었다. 스키를 타는 소수의 정찰대가 보급품을 확보하거나 교란이나 파괴 작전을 펼치러 병영을 떠났다. 멘델은 이런 단편적인 소식들을 표트르를 통해 들었다.

어느 날 울리빈이 그들 중 독일어를 할 수 있는 사람이 있는지 물었다. 유대인 여섯 명 모두 독일어를 거의 정확하게, 이디시어 발음과 억양으로 할 줄 알았다. 왜 이런 걸 물을까? 무슨 일로? 울리빈이 막심의 입을 통해 알려오기를 그는 독일어 발음이 좋은 남자와 이야기를 하고 싶다고 했다. 여자는 안 된다. 이런 일에 여자는 쓸모가 없었다.

그날 밤 따뜻하게 난방이 된 막사에서 특별식이 배급되었다. 해가 지고 나서 얼마 되지 않아서 병영에 썰매 한 대가 왔다가 상자 하나를 내려놓고 금방 떠났다. 저녁 식사 때 병참장교가 각자에게 이상한 모양의 작은 깡통을 하나씩 나눠주었다. 멘델은 당황해서 깡통을 이리저리 돌려보았다. 깡통은 무거웠지만 상표 같은 것은 없었다. 납땜한 뚜껑은 통의 바깥지름보다 훨씬 작았다. 같이 식사를 하는 다른 사람들을 보니 칼끝으로 둥근 뚜껑 가장자리에 구멍 두 개를 냈다. 하나는 크고 하나는 그보다 더 컸는데 큰 구멍에 물을 조금 붓더니 빵조각으로 막았다. 멘델은 점점 더 호기심이 생겨 그들을 따라 했다. 그러자 깡통이 손을 델 정도로 뜨거워졌다. 그사이 열려 있는 구멍에서 너무나 익숙한 아세틸렌 냄새가 났다. 그는 다른 사람들처럼 성냥을 켜서 구멍에 갖다 댔다. 순식간에 선명하게 깜빡이는 작은 불꽃들이 동화 속의 한 장면처럼 둥글게 식탁을 에워쌌다. 깡통에는 고기와 완두콩이 들어 있었다. 깡통의 바깥과 안쪽 사이에 빈 공간이 있고 그 안에 카바이드가 들어 있어서, 물과 반응해 내용물을 따뜻하게 덥혀주었다.

밖에서는 요란하게 눈보라가 쳤다. 일렁이는 작은 불빛들 속에서 파벨이 사람들의 주의를 끌었다. 그가 일부러 우스꽝스럽게 화가 난 척했다.

"뭐라고? 자네들 나 잊어버렸던 거야? 아니면 모르는 척하는 건가? 아 틀림없어, 아 분명해, ganz bestimmt!* 난 마음만 먹으면 정말 독일인처럼 말할 수 있어. 오스트리아인인 히틀러보다 더 잘할 수 있다고. 함부르크 억양으로도 말할 수 있고 슈투트가르트나 베를린 억양으로도 할 수 있는걸. 지휘관이 원하는 대로 말이야. 아니면 라디오에서처럼 아예 억양 없이도 하지. 난 독일어 억양으로 러시아어도 할 수 있고 러시아어 억양으로 독일어도 할 수 있어. 자네들이 지휘관에게 말해줘. 내가 연극배우

* '아주 확실해!' 독일어.

여서 전 세계를 돌아다녔다고 말이야. 난 라디오 방송국 아나운서도 했어. 라디오에서 코미디 연속극에도 등장했었다고. 그건 그렇고 자네들 청어 대가리 먹는 그 유대인 이야기 아나?"

　　그가 우스꽝스러운 억양으로 러시아어를 다양하게 변형시켜 이야기를 들려주었고 그 이야기가 끝나자, 유대인의 성질이 고스란히 드러나고 비현실적이며 미묘한 자조로 이루어진 무한한 이야기보따리에서 다른 이야기를 끄집어내어 들려주었다. 그러한 자조는 마찬가지로 비현실적이고 미묘한 유대인의 의식儀式과 균형추가 딱 맞았다. 어쩌면 수 세기에 걸쳐 괴짜 같은 아쉬케나지** 유대주의 세계로부터 추출한 가장 세련된 문화의 결실일지도 몰랐다. 유대인 동료들은 당황해서 웃었고 러시아인들은 배를 잡고 천둥치듯 요란하게 웃었다. 그들이 파벨의 튼튼한 등을 소리 나게 툭 치며 계속하라고 격려했지만 사실 파벨에게는 격려 따위는 필요 없었다. 이런 청중들에게 이야기를 해본 게 얼마 만이던가?

　　"……yeshiva bocherim***, 그러니까 율법 학교 학생들인데 군대에 징집된 이야기 모르지? 차르 시대 때 이야기야. 그 당시 랍비 학교는 리투아니아에서부터 우크라이나까지 셀 수 없이 많았지. 랍비가 되려면 적어도 7년은 걸렸어. 학생들은 대부분 가난했다네. 하지만 가난하지 않은 학생들도 안색이 안 좋고 몹시 말랐는데 예시바 학생은 소금으로 간한 빵만 먹고 물만 마시고 학교의 긴 의자에서 잠을 자야 했거든. 그래서 지금도 이런 말

** 독일과 프랑스를 중심으로 중유럽 및 동유럽에 퍼져 살았던 유대인. 유대인은 디아스포라 지역에 따라 크게 세 부분으로 나뉘는데 이베리아 반도의 스페인 및 포르투갈계의 세파르디, 중동 지역의 미즈라히, 나머지가 아쉬케나지이다.
*** 유대교인들을 위한 학교(율법 학교) 학생들이라는 뜻.

이 있다니까. 'Nebech, 불쌍한 녀석 같으니라고, 예시바 학생들
처럼 말랐네그려.' 어쨌든, 한 랍비 학교에 징집 장교들이 들이닥
쳤어. 학생들 모두 보병대에 징집되었지. 한 달이 지났어. 그런데
교관들은 이 학생들이 모두 백발백중 명중시킨다는 걸 알게 되
었어. 모두 명사수가 된 거지. 왜 그랬을까? 이야기가 여기서 끝
이어서 그 이유를 자네들에게 말해줄 수가 없어. 아마 『탈무드』
를 공부하다 보니 시력이 좋아져서 그랬을 수도 있어. 전쟁이 일
어나서 율법 학교 학생들 연대가 전방으로 가서 최전선에 섰지.
참호에서 총을 겨누고 있었는데 바로 그때 적들이 전진을 했어.
지휘관이 '발사!'라고 외쳤지. 그런데 아무도, 아무도 총을 쏘지
않는 거야. 적들이 점점 더 가까이 다가왔어. 지휘관이 다시 고함
을 쳤지. '발사!' 그런데 다시 아무도 명령에 따르지 않았어. 적은
이미 코앞에 와 있고. '발사하라고 했다, 이 후레자식들아! 왜 안
쏘는 거야?' 장교가 고래고래 소리치자……."

　　파벨이 말을 멈췄다. 울리빈이 들어와서 식탁에 앉았다. 그
러자 신나서 소곤거리며 파벨의 이야기를 듣던 사람들 소리가
뚝 끊겼다. 울리빈은 서른 살가량으로 보통 키에 근육질 몸을 가
진 검은 머리의 남자였다. 항상 말끔하게 면도한 계란형 얼굴에
는 감정이 드러나지 않았다.

　　"아, 왜 계속 안 하는 건가? 어떻게 됐는지 들어보자고." 울
리빈이 말했다. 파벨이 아까보다 훨씬 자신 없고 시큰둥하게 말
을 이었다.

"그러자 한 학생이 말했죠. '안 보이세요, 대위님? 저건 판지로 만든 과녁이 아니라 우리하고 똑같은 사람이잖아요. 총을 쏘면 다칠 수 있어요.'"

식탁 주위에 있던 유격대원들은 파벨과 울리빈을 번갈아 보면서 머뭇머뭇 웃는 시늉을 했다. "처음부터 얘기를 듣지 못해서. 총을 쏘지 않으려던 사람들이 누구였지?"

파벨이 이야기를 몹시 어수선하게 처음부터 요약해서 들려주었다. 그러자 울리빈이 차갑게 물었다.

"그럼 자네들이라면 어떻게 했을 텐가?"

잠시 침묵이 이어졌고 곧이어 가라앉은 멘델의 목소리가 들렸다.

"우리는 율법 학교 학생들이 아닙니다."

울리빈은 대답을 하지 않았다. 하지만 잠시 후 파벨에게 물었다.

"독일어 할 줄 아는 사람이 자네인가?"

"그렇습니다."

"내일 나하고 가세. 혹시 자네들 중에 전기 다룰 줄 아는 사람 있나?"

멘델이 한 손을 들었다. "고향에서 라디오를 수리했습니다."

"좋아, 자네도 오게."

다음 날 새벽 4시, 모두가 자고 있을 때 울리빈이 멘델과 파벨을 깨웠다. 그들이 서둘러 간단히 아침을 먹는 동안 원정의 목적을 설명했다. 숲속을 정찰하던 중 유격대원 한 명이 독일군이 투로 프 마을과 지트코비치 역 사이에 전화선을 연결해놓은 것을 보았다. 전신주를 세우지는 않았고 전화선을 나무에 간단히 박아놓았다. 유격대원은 나무에 기어 올라가서 전화선을 잘랐다. 그리고 자신이 한 일을 자랑스러워하며 병영에 돌아왔지만 울리빈은 그에게 멍텅구리라고 호통을 쳤다. 전화선을 자르지 말고 도청을 했어야 한다고 말했다. 투로프의 병영에는 한 번도 사용해본 적 없는 야전전화 장비가 있었다. 전화선을 복구하고 다시 나무에 설치해서 독일군들의 통신을 들을 수 있을까? 그럼요, 멘델이 대답했다. 수화기만 있으면 가능했다. 독일군이 선이 잘린 걸 알고 의심을 하기 전에 당장 떠나야 한다고 울리빈이 말했다.

울리빈과 멘델, 파벨, 그리고 전화선을 찾아내서 잘라버린 소년 페드야, 이렇게 네 사람이 출발했다. 페드야는 아직 열일곱 살도 안 되었다. 그는 바로 이 투로프에서, 병영에서 걸어서 채 한 시간도 걸리지 않는 곳에서 태어났다. 어릴 때부터 새 둥지를 찾으러 오곤 하던 이 숲들을 환히 잘 알았다. 그는 말없이, 어둠 속에서 스라소니처럼 자신 있게 스키를 타고 날아가듯 달리다가 이따금 멈춰서 다른 세 사람을 기다렸다. 울리빈은 상당히 능숙하게 스키를 탔다. 멘델은 스키에 별로 단련이 되지 않은 데다가 헐거운 바인딩 때문에 쉽게 움직이기가 어려워 엉금엉금 기다시피 했다. 생전 처음 스키를 신어보는 파벨은 살을 엘 듯 추운데도 땀을 흘렸고 자꾸 넘어져서 들릴락 말락 하게 욕을 퍼붓곤 했다. 울리빈은 초조했다. 날이 밝기 전에 선을 수리하는 게 안전하기 때문이었다. 페드야가 거의 다 온 것 같다고 해서 천만다행이었다.

한 시간의 행군 끝에 그곳에 도착했다. 멘델이 전화선 몇 미터를 가지고 왔다. 그는 스키를 벗고 파벨의 등을 밟고 올라가서 불과 몇 분 만에 눈 속으로 늘어져 있는 두 선을 다시 연결했다. 하지만 작업을 하려면 장갑을 벗을 수밖에 없었다. 추워서 손가락이 금방 얼어버리는 것 같았다. 하던 일을 중단하고 눈이 묻은 손을 한참 비볐다. 그사이 울리빈은 밝아오는 하늘을 살피면서 추위와 불안감으로 발을 동동 굴렀다. 잠시 후 멘델이 나무 위의 전화선에 수화기의 선 두 개 중 하나를 연결했고 밑으로 내려와서 막대기를 땅에 꽂더니 거기에 다른 선 하나를 연결했다. 울리빈이 그의 손에서 수화기를 낚아채서 귀에 가져다 댔다.

"무슨 소리 들립니까?" 멘델이 조그맣게 물었다.

"아무 소리도 안 들려. 지지직거리는 소리 말고는."

"됐습니다." 멘델이 낮게 말했다. "연결이 됐다는 신호예요."

울리빈이 파벨에게 수화기를 내밀었다. "자네가 독일어를 아니까 듣고 있어. 말소리가 들리면 내게 신호를 해." 그러고 나서 멘델에게 물었다. "우리끼리 여기서 말하면 혹시 저쪽에 들릴까?"

"너무 크게 말하지만 않으면 될 겁니다. 그리고 장갑으로 수화기를 막고 말하면 돼요. 그리고 혹시 필요하면 막대기에서 선을 떼어내면 됩니다. 잠시 그렇게 해도 돼요."

"좋아. 날이 밝을 때까지 기다렸다가 가자고. 내일 밤에 여기 다시 오지. 파벨, 자네 추우면 내가 교대해줄게."

사실 네 사람 모두 돌아가면서 수화기를 귀에 대고 들었다. 추운 사람은 수화기에서 멀리 떨어져서 손뼉을 치고 발을 굴렀다. 7시경에 페드야가 힘차게 고갯짓으로 신호를 하며 파벨에게 수화기를 넘겼다. 울리빈이 그를 옆으로 끌어당겼다.

"무슨 소리 들렸나?"

"'투로프, 투로프'라고 어떤 독일인이 부르는 게 들렸어요. 그렇지만 투로프에서는 아무도 대답을 하지 않고 있어요." 바로 그때 파벨이 장갑 낀 손을 흔들었고 여러 차례 고개를 끄덕였다. 누군가 대답을 하고 있었다. 몇 초 동안 가만히 듣고 있다가 말했다.

"통화가 끝났어요. 제길!"

"뭐라고 하던데?" 울리빈이 물었다.

"별로 중요한 건 없었어요. 그래도 재미있던걸요. 한 독일군이 위경련 때문에 잠을 못 잤다고 투덜거리고는 다른 독일군에게 혹시 약 있냐고 물었어요. 위경련이 일어난 병사 이름은 헤르만이고 다른 병사는 지기였어요. 지기는 약이 없다고 말하고 하품을 했는데 짜증스러워하는 것 같더라고요. 우리에게 좋은 약이 있다고 말할 뻔했어요. 내가 말했으면 들렸을까요?"

"장난하러 여기 온 게 아니야." 울리빈이 말했다. 그러더니 위험하긴 하지만 기회가 아주 좋아서 이곳에 몇 시간 더 있기로 결정했다고 덧붙여 말했다.

실제로 잠시 후 아주 흥미로운 통화를 도청하게 되었다. 이번에는 지기가 투로프 부대의 헤르만에게 전화를 했다. 메드베드카 주둔부대와 통화를 하려고 여러 차례 시도했지만 그쪽에서 아무도 전화를 받지 않는다고 알렸다. 아직도 위경련으로 고생하는 헤르만이 대답하기를 메드베드카의 병사 네 명이 산책을 갔을 수도 있다고 했다. 그러니 지기는 걱정하지 않아도 될 것이다. 하지만 지기는 어떻게 된 건지 분명히 알아야 한다고 고집했다. 그는 주위의 '부대' 이야기를 들었다. 계급이 더 높거나 그냥 나이만 더 많을 수도 있는 헤르만이 그에게 조언을 해주었다. 부하 한 명에게 밧줄과 도끼를 주어 나무꾼으로 변장시켜 투로프에서 메드베드카로 보내 무슨 일이 일어났는지 가까이에서 보고 오게 하라고 말이다.

"메드베드카가 얼마나 멀지?" 울리빈이 페드야에게 물었다.

"여기서 6, 7킬로미터 정도 떨어져 있어요."

"투로프에서 메드베드카까지는?"

"거의 두 배예요."

"메드베드카는 크기가 어느 정도인데?"

"메드베드카는 마을이 아니라 그냥 집단농장이에요. 농부 서른 명 정도가 일했었는데 지금은 아마 버려지고 아무도 없을 거예요."

"둘이 떠나라." 울리빈이 페드야와 멘델에게 말했다. "그리고 나무꾼을 생포해서 내게 데려와. 여기서 아니 조금 떨어진 곳에서 기다리고 있겠다."

멘델과 페드야는 정오경에 다친 데는 한 군데도 없지만 겁에 질린 포로를 데리고 돌아왔다. 전화선으로 두 손을 뒤로 묶었다. 울리빈은 안절부절못했다. 지기가 다시 헤르만에게 전화를 했다. 지기는 초조했다. 나무꾼이 아직 돌아오지 않은 것이다. 헤르만이 눈과 숲을 탓하며 뭐라 투덜거리더니 지기에게 이번에는 농부 복장을 해서 다른 병사를 보내라고 했다. 강을 따라 난 오솔길로 가게 하라고 일렀다. 울리빈은 멘델과 페드야에게 당장 강이 굽이지는 곳으로 가서 농부를 기다리라고 말했다.

이번에는 한참을 기다려야 했다. 해 질 녘이 되어서야 두 사람이 두 번째 포로와 암탉 두 마리를 잡아서 돌아왔다. 두 포로는 독일인이 아니라 우크라이나인 의용군이었다. 그들의 입을 여는 건 어렵지 않았다. 투로프에는 독일군이 일고여덟 명밖에 없었다. 나이가 많은 군인들이어서 마을에서 나가고 싶어 하지도 않고 유격대를 추격할 생각도 별로 없었다. 지트코비치의 상황은 달랐다. 10월에 누군가 소도시에서 멀지 않은 곳에서 선로를 파괴했다. 화물차가 선로를 이탈해서 다리에 피해를 입혔다. 그때부터 훨씬 강력하고 호전적인 수비대가 주둔해서 역과 철로를 지키고 있다. 수비대는 조그만 무기고를 소유한 독일 국방군 소대였고 우크라이나인과 리투아니아인 의용군 20여 명이 조력했다. 식량과 목초를 보관하는 창고와 게슈타포 사무실도 있었다.

병영으로 돌아가기 전에 울리빈이 독일군에게 메시지를 보내기로 했다. 파벨에게 지시를 내리자 그가 "제가 알아서 하게 해주십시오"라고 대답했다. 파벨이 수화기를 잡고 투로프와 지트코비치에 간격을 두고 전화를 했고 마침내 그쪽에서 전화를 받았다. 파벨이 말했다.

"붉은 군대의 전방과 점령지역을 관할하는 제13사단 3연대 대장 하인리히 폰 노이데크 운트 라네나우 백작 대령이다. 주둔 부대 최고위 장교와 통화하고 싶다." 파벨은 자기가 맡은 역할에 열광했다. 이미 깜깜해져버리고 얼음같이 찬 바람이 불어오는 숲속에서 무릎까지 눈에 빠진 채 꼼짝 않고 서서, 눈 덮인 복잡한 나뭇가지들 사이로 선이 사라지는 이상한 수화기를 들고, 호전적인 후두음으로 거드름을 피우는 독일군 고위 장교 흉내를 그럴듯하게 냈다. 목 안쪽에서 목젖을 굴려서 내는 r과 ch 소리가 울려 퍼졌다. 그는 머릿속으로 자기 자신을 칭찬했다. 훌륭해, 파벨 유레비치, 정말, 너 진짜 프로이센 사람보다 더 프로이센 사람 같은데!

놀라고 당황한 어떤 목소리가 그에게 설명을 해달라고 부탁했다. 다비드 고로도크 주둔부대에서 들리는 목소리였다.

"아무 설명 필요 없다." 파벨이 천둥 같은 목소리로 대답했다. "토 달지 마라. 우리는 내일 5백 명의 군사를 이끌고 너희 주둔지를 공격할 예정이다. 네 시간의 여유를 줄 테니 너희들과 너희들을 따라다니는 배신자들 모두 철수하라. 한 놈도 남으면 안 된다. 그곳에서 발견되는 자들은 모두 교수형에 처할 것이다. 이 상." 울리빈의 신호에 따라 멘델이 연결된 선을 끊었다. 그리고 네 사람은 포로 둘을 데리고 병영으로 걷기 시작했다. 말에, 특히 칭찬에 그렇게 인색하고 침울한 울리빈조차도 무미건조하게 일 그러진 미소를 짓지 않을 수 없었다. 눈꼬리까지 올라가는 환한 미소는 아니었지만 추위로 창백해진 그의 입술이 웃음으로 일그 러졌다. 큰 소리로 자신의 생각을 말하듯, 특별히 누구를 지정하 지 않고 말했다. "잘했어. 오늘 밤 게슈타포 사무실에서 의논해 야 할 일이 많을걸. 베를린에 전화해서 붉은 군대로 전향한 백작 이 누군지 확인도 해야 하고."

멘델이 파벨에게 물었다.

"대령 발상은 자네가 한 건가?"

"아니야, 대령은 울리빈 발상이었고 백작은 내가 생각해낸 거야. 내가 만들어낸 이름 멋있지 않았어?"

"굉장히 멋있었어. 이름이 뭐였더라?"

"에이, 내가 그걸 기억하길 바라는 거야? 원한다면 다른 이 름 하나 만들어볼게."

울리빈은 포로들에게 전혀 신경 쓰지 않고 말했다.

"5백 명의 병사를 거느리고 다비드 고로도크는 공격하지 않 는다. 50명과 지트코비치를 공격할 계획이다. 독일군들이 아까 그 말을 믿는다고 생각하지는 않지만 의심이 생겨서 지트코비치에서 다비드 고로도크로 지원군을 보내게 될 테니 우린 별 저항 없이 싸우게 될 거다.”

어느새 밤이 깊었다. 울리빈이 배낭에서 손전등을 꺼내서 기관총 총신에 묶었지만 켜지는 않았다. 스키를 신은 페드야가 선두에 서고 그 뒤로 우크라이나인 두 명이, 파벨과 멘델과 울리빈이 후위에 순서대로 섰다. 그들이 울창한 숲을 가로지르는 동안 나무꾼 복장을 한 우크라이나인이 갑자기 대열에서 나가 왼쪽으로 도주를 했다. 푹푹 빠지는 눈 속을 허둥지둥 겨우겨우 걸어가서, 나무들 뒤로 몸을 숨겨보려 했다. 울리빈이 손전등을 켜더니 도망자를 향해 조그만 원뿔형 불빛을 비추었고 총을 딱 한 발 쏘았다. 우크라이나인이 앞으로 몸을 구부리며 몇 걸음 더 가다가 쓰러져 두 손으로 땅을 짚었다. 짐승처럼 손과 발로 땅을 짚고서, 눈에 깊은 고랑을 만들며 피로 눈을 물들인 채 몇 미터를 더 기어가다가 멈췄다. 다른 사람들이 그에게로 갔다. 그는 정강이뼈에 부상을 당했다. 총알이 다리를 관통해서 뼈가 으스러진 것 같았다.

울리빈이 멘델에게 아무 말 없이 권총을 내밀었다.

“내가 하라고요……?” 멘델이 더듬거렸다.

“어서, 율법 학교 학생.” 울리빈이 말했다. “이놈은 걸을 수가 없어. 독일군에게 발견되면 다 말할걸. 첩자는 변하지 않는 법이다. 영원히 첩자일 뿐.”

멘델은 쓰디쓴 침이 입안에 가득 고이는 것을 느꼈다. 그는

두어 걸음 물러나서 정확하게 표적을 겨냥하고 총을 쏘았다. "가
지." 올리빈이 말했다. "이놈은 여우들이 알아서 처리하겠지." 그
러더니 멘델에게 다시 돌아서서 손전등으로 그를 비추었다. "직
접 총을 쏜 건 처음인가? 신경 쓰지 마. 곧 쉬워질 테니."

제5장
1944년 1월~5월

지트코비치 공격은 실행에 옮겨지지 않았다. 울리빈 소대가 병
영으로 복귀한 그날 저녁, 여러 주 전부터 독일군들의 동향에 관
한 정보와 전선 소식만 알려주던 병영의 무전기가 "대기하라"는
문장을 암호로 여러 차례 전해왔다. 울리빈과 막심이 열띤 논쟁
을 벌였다. 그리고 부대에서 정부와 당을 대표하는 인물로 간주
되는 막심의 의견이 울리빈을 눌렀다. 막심은 주도적으로 새로
운 행동을 하지 말고 기다리라고 말했다. 어쩌면 어떤 특별한 작
전 명령이 하달될지도 몰랐다.

　울리빈은 고립되어 자기 자신 속에 갇혀버렸다. 모습도 거
의 보이지 않았고 그것도 조언이나 질책을 하기 위해서일 뿐이
었다. 요리사에게는 메밀요리가 왜 이렇게 짜냐고 했다. 혹시 소
금이 하늘에서 눈처럼 공짜로 펑펑 쏟아지는 건가? 무선통신사
에게는 그의 메모를 읽을 수가 없다고 했다. 파벨에게는 먹고 떠
들기만 한다고 했다. 그가 보기에 병영이 정리도 안 되고 깨끗하
지도 않다고 모두에게 말했다. 부엌일을 맡은 두 여자를 의심의
눈초리로 보았다. 숫기가 없어서인지 무시해서인지 모르지만 그
녀들에게는 일과 관련된 말이 아니면 한마디도 하지 않았다.

도프는 지위가 자기보다 높아서가 아니라 연장자여서 마지
못해 존중했는데 이런 마음은 너무나 쉽게 짜증과 무례함으로
변해버렸다. 도프는 마지막 행군의 피로를 털어버리지 못했다.
부상을 입은 무릎 통증은 쉴 새 없이 그를 괴롭혔다. 밤이면 편안
히 잠을 잘 수가 없었고 낮이면 움직일 수가 없었다. 노보셸키에
서는 방어를 위해 모인 공동체여서 그가 능률적으로 신체를 움
직이지 못해도 용인이 되었고 그의 경험이 그것을 상쇄시켰다.
주로 젊은이들로 이루어진 투로프 병영에서 도프는 자신이 짐이
된다는 걸 알고 있었고 착각을 하지도 않았다. 부엌일에서고 청
소에서고, 막사를 유지 보수하는 자잘한 일에서고 쓸모 있는 존
재가 되려고 애썼다. 아무도 그가 일을 못 하게 하지는 않았지만
그는 자신이 불필요하다는 걸 알았다. 그는 말이 없어졌다. 슬픔
과 절망감이 얼마나 전염력이 강한지 모두 다 알고 있어서 그에
게 말을 거는 사람은 거의 없었다. 도청 사건으로 상당한 인기를
얻게 된 파벨은 떠들썩하면서 틀에 박힌 친절한 말로 그를 대했
다. 당연히, 추위와 습기는 뼈에 안 좋다. 모스크바에서도 그런데
여기, 이 늪지 한가운데서, 반 지하에다 반 이상이 눈에 뒤덮인
이 막사 안에서는 두말해서 뭣하겠는가. 그렇지만 머지않아 봄
이 올 것이다. 봄이 되면 평화가 찾아올지 누가 알겠는가. 러시아
군이 드네프르 강을 건넌 것 같고 크리보이 로크 쪽에서 전투를
하고 있는 것 같으니까…….

도프는 멘델과 시슬과 있을 때에만 편안했다. 멘델은 그를

격려하려 애썼지만 타고난 사려 깊은 성격 때문에 그의 병이나
쇠약한 상태와 관련된 어떠한 말도 하지 않으려고 했다. 그의 신
경을 딴 데로 돌리게 하려고 애썼고 전쟁 진행 상황에 대한 조언
이나 의견을 구했다. 마치 도프가 무전기에서 전해주는 소식보
다 훨씬 더 많은 전황을 알고 있기라도 하듯 말이다. 시슬의 존재
는 도프를 아주 편안하게 해주기도 했다. 차분하게 말하고 행동
하는 시슬은 그의 곁에 앉아서 날렵하지만 남자처럼 큰 손으로
감자 껍질을 벗기거나 이미 절망적일 정도로 누덕누덕 기운 낡
은 바지나 윗도리를 기웠다. 그들은 한참 동안 아무 말 없이 상호
신뢰에서 탄생한 자연스럽고도 편안한 침묵을 즐겼다. 힘겨운
경험들을 함께 해서 말할 필요를 느끼지 않을 때 탄생하는 그런
침묵을. 멘델 역시 전기를 충분히 공급받지 못하는 전등의 따스
한 불빛 밑에서 일에 열중한 시슬의 얼굴을 가만히 바라보곤 했
다. 그 얼굴과 튼튼하면서도 성숙한 여인의 몸은 대조를 이루었
고 복잡하게 섞인 혈통을 증명해주었다. 시슬은 살결이 희고 금
발이었는데 윤기가 흐르는 금발을 이마 한가운데에서 가르마를
탄 뒤 목덜미 부근에서 틀어 올렸다. 눈썹도 노란색이었다. 눈꼬
리가 올라간 두 눈은 살짝 몽고인 같은 코로 이어졌다. 그러나 눈
동자 색깔은 발트 해 연안 사람들처럼 회색이었다. 입은 크고 선
이 부드러웠으며 광대가 나왔고 턱이 튀어나왔으나 귀족적인 윤
곽이었다. 시슬은 이제 젊은 나이는 아니어서 쾌활함은 아니지
만, 자신감과 침착함을 자신의 주위로 발산해서, 그 넓은 어깨가

방패가 되어 세상의 모든 역경을 막아낼 수 있을 것만 같았다.

시슬은 아버지 이야기는 절대 하지 않았다. 숲속의 사냥이나 영리한 스라소니, 늑대 떼들의 작전, 숲에 잠복해 있다가 공격하는 시베리아 호랑이 이야기를 도프에게 들었다. 도프의 고향은 여기서 3천 킬로미터 떨어진 툰구스카 강 유역의 무토레이인데 그곳에서는 일 년 중 아홉 달이 겨울이었고 땅은 일 년 내내 얼어붙어 있었다. 하지만 도프는 고향 이야기를 하며 향수에 젖었다. 거기서는 사냥을 하지 않으면 남자도 아니었다. 무토레이는 이 세상에 딱 하나밖에 없는 곳이었다. 1908년 그가 열 살 되던 해에 80킬로미터 떨어진 곳에 별이, 아니 운석인지 유성인지 정확히 모를 게 떨어졌다. 전 세계 과학자들이 왔지만 불가사의한 이 사건의 원인을 밝혀내지 못했다. 도프는 그날을 또렷하게 기억하고 있었다. 하늘은 맑았지만 수천 개의 천둥이 한꺼번에 몰아치듯 요란한 폭발음이 들렸다. 숲이 불타서 그 시커먼 연기가 해를 완전히 가려버렸다. 거대한 분화구가 생겼고 반경 60킬로미터 안의 나무들이 모두 불에 타거나 쓰러져버렸다. 여름이었는데 불은 바로 마을 입구에서 겨우 꺼졌다.

멘델과 파벨과 레오니드, 라인과 오자리치의 남자들은 행군과 사격 훈련, 그리고 주위 농장과 마을로 떠나는 식량 보급 원정에 참가하게 되었다. 이런 원정은 대개가 농민들의 저항이나 그들과의 충돌 없이 이루어졌다. 유격대원들에게 공급하는 식량은 예전에 부과되었는데 지금에서야 내는 현물 세금이었다. 농민들은 공유화에 불만이 많은 사람들까지도 이제 어느 쪽이 승자인지 잘 알고 있었다. 게다가 울리빈의 유격대원들은 강제수용소에서 일할 사람을 구하느라 혈안이 되어 농부들을 끌고 가는 독일군으로부터 그들을 지켜주었다.

한번은 원정을 갔던 파벨이 가죽 모자를 비딱하게 눌러쓰고 거드름을 피우며 말을 타고 돌아왔다. 사람들이 타고 다니는 말이 아니라 짐수레를 끄는 늙은 말로 위풍당당했다. 파벨은 숲에서 길을 잃고 굶주림으로 죽어가는 말을 자신이 발견했다고 말했지만 아무도 그의 말을 믿지 않았다. 말은 굶어 죽어갔을 정도로 그렇게 마르지 않았다. 파벨은 이 말에 대한 권리가 완전히 자신에게 있다고 생각했다. 파벨은 말을 좋아했고 말도 그를 좋아했다. 파벨이 부르면 마치 강아지처럼, 육중한 몸으로 숨을 헐떡이며 달려왔다. 파벨은 지금까지 한 번도 말을 타본 적이 없었다. 게다가 말 등이 너무 넓어서 말을 타는 사람은 부자연스럽게 다리를 벌려야만 했다. 하지만 근무가 없는 시간이면 막사 주변에서 승마 연습을 하는 파벨을 심심치 않게 볼 수 있었다. 울리빈은 파벨의 말도 다른 말과 교대로 발전기를 돌려야 한다고 말했다. 파벨은 반대했고 유격대원 여럿이 그의 편을 들었다. 그러자 이상하게 파벨을 편애하던 울리빈은 그냥 내버려두었다.

지휘관은 레오니드에 대해서는 그다지 너그럽지 못했다. 레오니드와 라인과의 관계를 별로 좋은 눈으로 보지 않았다. 뿐만아니라 둘의 관계는 모두의 입에 오르내리는 화제였고 놀림거리였는데 상황에 따라서 호의적이기도 하고 악의에 차 있기도 했다. 레오니드는 떠다니는 나무판자를 발견한 조난자처럼 정신없이 있는 힘을 다해 라인에게 매달려 있었다. 그녀를 자신의 품으로 완전히 감싸버려서 다른 인간과의 접촉을 막고 세상으로부터 그녀를 격리시키고 싶어 하는 것만 같았다. 레오니드는 아무와도, 심지어 멘델과도 이야기를 하지 않았다.

어느 날 울리빈이 멘델을 불러 세웠다. "난 여자들에게 적대감은 전혀 없어. 여자들은 내가 신경 써야 하는 일도 아니고. 하지만 자네 친구가 곤경에 처하고 다른 사람까지 곤경에 처하게 만들까 봐 걱정되네. 평화 시에 남녀가 지속적으로 사귀는 건 좋은 일이야. 하지만 여기서는 다른 문제야. 이곳에는 여자 둘에 남자가 50명이야."

멘델은 9월에 노보셀키에서 도프에게 했던 대답을 되풀이하려 했다. 그러니까 자신은 레오니드의 행동에 책임이 없다고 말이다. 하지만 울리빈은 도프보다 훨씬 단단한 금속으로 만들어진 사람이라고 생각했다. 그래서 무슨 말이라도 해보겠다고 애매하게 대답했지만 자신이 거짓말을 하고 있다는 걸 잘 알았다. 레오니드에게는 아무 말도 꺼낼 수가 없으리라. 라인과의 관계에 대해서 복잡하게 뒤얽힌 모순된 감정을 느끼고 있었고 투로프에 도착한 뒤로 그것을 풀어보려 했으나 별 소용이 없었다.

그는 레오니드를 시기했다. 이 점에 대해서는 의심의 여지가 없었다. 사실 조금 부끄러웠다. 질투심으로 물든 부러움의 감정이었다. 열아홉 살 레오니드에 대한, 성급하면서도 본질적인 그의 사랑에 대한 부러움이었다. 그런 사랑을 보며 6년 전의(60 년 전이나 6백 년 전 아니었나?) 자신의 사랑, 표적을 맞히는 화살처럼 리브케의 품속으로 뛰어들었던 사랑이 떠올라 마음이 아팠다. 리브케! 라인에게서 퍼져 나오는 힘의 장場 안으로 레오니드를 안내한 그의 행운이 부러웠다. 레오니드 같은 청년은 어떤 여자의 덫에도 걸릴 수 있지만 라인은 덫 같지는 않다. 라인은 레오니드에게서 뭘 찾았을까? 멘델은 자문해보았다. 어쩌면 그냥 단순한 조난자일지도 몰랐다. 누군가를 구조해주기 위해 태어난 여자들이 있다. 어쩌면 라인도 그런 여자들 중의 하나일지 모른다. 나도 구원자, 위로하는 사람이잖아, 멘델이 생각했다. 눈 속에서, 진흙 속에서, 무기를 든 채 고통스러워하는 사람들을 위로해주는 건 훌륭한 일이다. 아니 어쩌면 정반대일지도 모른다. 라인은 구조해야 할 조난자를 찾는 게 아니라 굴욕을 당한 남자를 찾고 있는지도 모른다. 그 남자에게 더 굴욕을 주고 발판 위에 올라서듯 그 위에 올라서기 위해, 더 키가 커져 더 멀리 보기 위해서. 그런 종류의 사람들이 있다. 자기도 모르는 사이에 다른 사람을 해치는 사람. 레오니드는 조심해야 해. 그 애를 질투하기도 하지만 걱정도 돼.

　투로프에서 며칠간 휴식의 나날이 이어졌고 그때 멘델과 시슬은 연인이 되었다. 말이 필요 없었다. 에덴동산에서처럼 자연스럽고 당연한 일이었으며 그와 동시에 몹시 성급하고 불편한 일이기도 했다. 화창한 날이어서 남자들이 모두 담요를 털거나 무기에 기름칠을 하러 밖으로 나갔다. 멘델이 시슬을 찾아 부엌으로 가서 그녀에게 말했다. "나하고 같이 갈래요?" 그러자 시슬이 일어서서 "갈게요"라고 말했다. 멘델이 그녀를 데리고 장작을 쌓아두는 헛간으로 갔다. 두 필의 말을 위한 마구간으로도 사용되는 곳이었다. 거기서 건초장으로 이어지는 작은 계단이 벽에 나 있었다. 추웠다. 두 사람은 옷을 반쯤 벗었다. 멘델은 시슬에게서 나는 여자 냄새와 눈부신 그녀의 살결에 깜짝 놀랐다. 시슬은 부드럽고 따뜻하게, 꽃봉오리처럼 몸을 열었다. 멘델은 2년 동안 잠자고 있던 힘과 욕망이 아랫도리로 몰려드는 기분을 느꼈다. 그는 시슬의 몸속으로 깊이 들어갔지만 완전히 빠지지 않고 오히려 주의를 기울이고 조심스럽게 움직였다. 그는 완전히 즐기고 싶었고 무엇 하나 놓치지 않고 모두 마음속에 새겨두고 싶었다. 시슬은 눈을 감은 채 꿈을 꾸듯, 살짝 몸을 떨며 그를 받아들였다. 금방 끝나버렸다. 사람들의 목소리와 가까이 다가오는 발소리가 들려와서 멘델과 시슬은 포옹을 풀고 몸을 흔들어 지푸라기를 떼어낸 뒤 다시 옷을 입었다.

그날 이후로 두 사람이 만날 기회는 그리 많지 않았다. 두 사람 다 조심스레 행동하긴 했지만 비밀을 지키지는 못했다. 유격대원들이 멘델에게 시슬 이야기를 할 때면 "자네 여자"라고 말했는데 멘델은 그게 흐뭇했다. 그는 시슬에게서 평화와 위안을 찾았지만 그녀를 사랑하지 않는 게 분명했다. 마음에 너무 많은

짐을 가지고 있었기에, 스스로가 감정이 마비된 사람 같은 기분
이 들어서, 라인의 존재로 인해 혼란에 빠져서였다. 라인과 마주
하면 멘델은 소중하고 보기 드물지만, 그러면서도 동시에 불안
하고 본질적으로 상대를 불안하게 만드는 인간과 마주 선 것 같
은 인상을 떨칠 수가 없었다. 시슬이 태양 아래 자라는 야자수라
면 라인은 밤에 자라는, 복잡하게 뒤엉킨 담쟁이덩굴 같았다. 레
오니드보다 몇 살 연상인 게 틀림없었지만 게토에서 견뎌낸 곤
궁한 생활로 인해 얼굴에서 젊음이 완전히 사라져버렸다. 지친
얼굴에는 윤기가 흐르지 않았고 나이에 어울리지 않게 주름도
있었다. 눈과 눈 사이가 멀었고 커다란 두 눈 밑에는 회색빛 그늘
이 져 있었다. 코는 작고 곧았는데 얼굴 윤곽이 카메오처럼 작아
서 그녀의 인상은 슬프면서도 단호해 보였다. 그녀는 빠르면서
도 자신 있게 행동했고 때로는 당돌하게 휙 움직이기도 했다.

　　라인은 울리빈에게 자신도 훈련에 참가하게 해달라고 끈질
기게 요구했다. 자신은 유격대원이지 피난민이 아니라면서. 멘
델은 노보셀키에서 무기를 능수능란하게 다루는 그녀를 보고 감
탄한 적이 있었다. 또 눈 속으로 행군할 때에도 그녀는 적어도 레
오니드 못지않게 피로를 잘 견뎌냈다. 타고난 성질이 아니야, 멘
델은 생각했었다. 용기와 힘이 저장되어 있고 그게 매일 새로워
지는 게 분명해. 우리도 모두 라인처럼 해야 할 거야. 이 여자는
원하는 걸 알아. 자신이 뭘 원하는지 항상 알고 있지는 않더라도,
원하는 걸 알 때는 그걸 성취하지. 그는 레오니드가 부러웠고 그

와 동시에 그가 걱정되었다. 그가 보기에 레오니드는 밧줄에 묶여 라인에게 끌려가는 듯했는데 그 밧줄은 너무 팽팽해 보였다. 팽팽한 밧줄은 끊어질 수 있다. 그러면 어떻게 될까?

라인은 별로 말이 없었고 불필요한 말은 절대 하지 않았다. 낮으면서 약간 쉰 목소리로, 상대방의 얼굴을 뚫어지게 보며 함축적이며 과장이 없는 간단한 말을 하는 게 전부였다. 유대인 여자이든 아니든, 멘델이 지금까지 만난 여자들과는 전혀 다른 대화 방식이었다. 수줍어하지도 않았고 거짓으로 겸손한 척하지도 않았으며 연기를 하거나 변덕을 부리지도 않았다. 그렇지만 누군가와 이야기를 할 때면 마치 가까이에서 상대의 반응을 관찰하려는 듯 얼굴을 그 사람에게 가까이 가져갔다. 종종 작고 힘 있는 손, 손톱을 다 물어뜯은 그 손을 앞에 있는 사람의 어깨나 팔에 기대기도 했다. 자신의 행동에 여성성이 얼마나 많이 담겨 있는지 의식하고 있을까? 멘델은 그것을 강렬하게 느꼈다. 그래서 강아지가 주인을 따라다니듯 레오니드가 라인을 쫓아다녀도 놀라지 않았다. 어쩌면 오랫동안 금욕을 해서 그 영향 때문인지도 모르는데 라인을 볼 때면 멘델은 예리코의 매혹적인 여자 라합*과 『탈무드』 전설에 등장하는 다른 매력적인 여자들이 떠올랐다. 그의 스승이었던 랍비의 오래된 책 속에서 그런 여자들에 관한 언급들을 찾아냈다. 금서였지만 멘델은 랍비가 그 책을 어디 숨겼는지 알고 있었다. 그래서 랍비가 무더운 오후에 등받이가 높은 의자에 기대 잠이 들면 13세 소년의 호기심으로 몰래 그 책

* 예리코의 매춘부.

을 여러 차례 읽어보곤 했다. 미갈*을 보는 사람마다 그녀의 매력에 빠져들었다. 옛날 옛적의 치명적인 유격대원으로 적장의 관자놀이에 못을 박았던 야엘도 있었다. 지혜로운 여왕 아비가일은 그녀를 생각하는 사람이면 누구나 그녀에게 매혹되게 만들었다. 하지만 라합이 이 모든 여인들 중 최고였다. 어떤 남자든 그녀의 이름을 입 밖에 내기만 하면 그 즉시 사정을 해버렸다.

　　아니, 라인의 이름은 라합의 이름 같은 힘은 가지고 있지 않았다. 노보셸키에서는 라인의 인생사와 그 이름에 얽힌 이야기를 다 알고 있었는데 그 이름은 러시아 이름도 이디시어나 히브리어에서 나온 이름도 아니었다. 라인의 부모는 둘 다 러시아계 유대인이었고 철학과 학생이었다. 그들은 혁명과 내전의 불길이 뜨겁게 달아올랐을 때 별 생각 없이 라인을 낳았다. 그녀의 아버지는 자원입대를 했고 볼리니아에서 폴란드인과 싸우다가 실종되었다. 어머니는 방직공장에 일자리를 구했다. 그 전에 어머니는 10월 혁명에 가담했는데 유대인이자 여성인 자신이 그 혁명을 통해 자유를 얻을 수 있다고 생각했기 때문이었다. 어머니는 광장의 시위를 조직했고 소비에트 평의회에서 발언을 했다. 그 당시 어머니는 1918년 영국 여인들에게 참정권을 갖게 해준 부드러우면서도 절대 굽힐 줄 모르던 여인 에멀라인 팽크허스트의 추종자이자 숭배자였다. 그래서 몇 달 뒤 딸이 태어났을 때 딸에게 에멀라인이라는 이름을 지어줄 수 있어 행복했다. 그 뒤 유치원부터 시작해서 모든 사람들이 줄여서 라인이라고 부르게 되었

---

* 사울의 딸로서 다비드의 아내가 된다.

다. 그런데 라인의 외할머니인 안나 카민스카야 역시 요리를 하고 자녀들을 돌보고 교회에 가는 여인은 아니었다. 할머니는 팽크허스트가 태어난 해인 1858년에 태어났는데 팽크허스트와 태어난 달과 날짜까지 똑같았다. 외할머니는 집에서 도망쳐 취리히로 가서 경제학 공부를 한 뒤 러시아에 돌아와서 사유재산과 결혼을 포기해야 한다고 설교했고 모든 노동자들이 기독교도이든 유대교도이든 평등해야 하며 남녀가 평등해야 한다고 주장했다. 이 때문에 옴스크로 추방되었는데 여기서 라인의 엄마가 태어났다. 라인이 기억하기로는 체르니고프에서 어머니와 살던 아주 작은 방에는 팽크허스트 사진이 담긴 액자가 있었다. 어머니는 잡지에서 팽크허스트의 사진을 오려 액자에 넣어 난로 뒤쪽 벽에 걸어놓았다. 1914년 긴 치마를 입고 타조 깃털이 꽂힌 모자를 쓴 조그마한 체구의 혁명가가 체포될 때 공중에, 빗물로 반짝이는 런던의 포장도로 위 40센티미터 정도 되는 지점에 들어 올려져 있는 사진이었다. 불룩한 배를 가냘픈 그녀의 등에 댄 영국 경찰에게 붙잡힌 팽크허스트는 당당하고 침착한 모습이었다.

체르니고프에서, 그리고 나중에 교사가 되기 위해 이사한 키예프에서 라인은 시오니스트 모임에 참가하는 동시에 지역 콤소몰에도 가입했다. 그녀는 소비에트 공산주의와 시오니스트들이 설파하는 농업 집산주의가 대립한다고 생각하지 않았다. 하지만 1932년부터 시오니스트 조직들이 점점 활동하기 힘들어져서 결국은 공식적으로 해체되었다. 자신의 땅을 갖고 그 땅에서

자신들의 전통에 따라 조직을 정비하고 살아가길 바라는 유대인
들에게 스탈린은 시베리아 동쪽의 황량한 영토 비로비잔을 주겠
다고 제안했다. 그 땅을 받든지 떠나든지 둘 중 하나였다. 유대인
으로 살고 싶은 사람은 시베리아로 가면 되고 시베리아로 가기
를 거부하는 사람은 러시아인으로 살기를 선택했다는 것을 의미
한다. 세 번째 방법은 없었다. 하지만 러시아가 유대인을 대학에
서 배척하고 유대인을 'zhid'라고 부르며, 유대인 학살자들에게
대항하라고 유대인을 부추기면서 히틀러와 동맹을 맺는다면 러
시아인으로 살고 싶은 유대인이 무엇을 해야만 하며 무엇을 할
수 있단 말인가? 아무 할 일이 없었다. 특히 여자에게는. 라인은
체르니고프에 남았는데 독일군이 와서 유대인을 게토에 격리시
켜버렸다. 게토에서 라인은 키예프의 시오니스트 친구들 몇 명
을 다시 만났다. 그들과 함께, 그리고 이번에는 소비에트 유격대
원들의 도움으로 그녀는 무기를 샀다. 몇 개 되지 않고 적당하지
도 않았지만 그 무기들을 사용하는 법을 배웠다. 라인은 이론을
별로 좋아하지 않았다. 게토에서 배고픔과 추위와 피로로 고생
했지만 그녀는 자신의 수많은 영혼들이 하나로 통합되는 기분이
었다. 여자, 유대인, 시오니스트, 공산주의자가 단 하나의 적을
가진 단 한 명의 라인으로 응축되었다.

2월 말경에 한참 동안 기다렸던 메시지가 무전기로 도착해서 병
영이 술렁였다. 넉 달 전부터 얼어붙은 스트비가 늪지에 자리한

다비드 고로도크에서 독일군이 야간에 비행기에서 물품을 투하할 장소를 준비하고 있었다. 그 투하장이라는 게 실상 기다란 삼각형의 꼭짓점에 모닥불 세 개를 피워 경계를 표시한 눈밭에 불과했다. 그냥 나뭇가지를 쌓아놓았다가 무전기에서 미리 약속한 신호가 전해지면 불을 붙이게 되어 있었다. 투로프에서 그리 멀지 않고 독일군 병영에서 10킬로미터 정도 거리에 이 투하장과 똑같은 장소를 만들라는 임무가 울리빈 부대에 떨어졌다. 울리빈이 장소를 선택해야 했다. 투하를 알리는 신호가 오면 한 조가 가짜 지면에 불을 피워야만 했다. 또 다른 한 조는 독일군들을 교란시켜 진짜 투하장의 불을 끄게 만들어야 했다. 늪지가 고르게 편평하기 때문에 독일군 비행기는 유격대원들이 준비한 투하장의 불 말고는 다른 기준점을 찾지 못할 것이다. 그래서 여기에 낙하산을 투하할 게 분명했다. 식량과 겨울 의복, 그리고 소형무기들이 투하될 것으로 기대했다.

울리빈은 밤에 스키를 탄 대원 둘을 보내서 독일군 투하장의 삼각형 크기와 방위를 측정해 오도록 했다. 잠시 후 그들이 돌아왔다. 모든 게 무전기에서 말한 대로였다. 지면은 벌써 준비가 되어 있었고 서쪽에서 동쪽으로 향한 꼭짓점에 나뭇단 세 짐이 쌓여 있었다. 그 옆으로는 들판의 길이 하나 나 있었는데 제설기로 눈을 치워 이용 가능하게 만들어놓았다. 길에는 오래된 것과 최근에 생긴 말발굽 자국, 수레바퀴와 타이어 자국들이 남아 있었다. 도로와 투하장 사이에는 목재로 지은 작은 막사가 있었고 굴뚝에서 연기가 피어올랐다. 열두어 명 이상은 들어갈 수 없어 보였다. 이번에 투하될 물품을 다비드 고로도크 주둔부대만이 아니라 폴레시아와 프리페트 늪지에 흩어져 있는 독일 주둔군 전체로 보낼 가능성이 있었다. 독일군은 유격대의 존재를 생생하게 느끼고 있어서 공중에서 투하하는 게 가장 빠른 방법일 뿐만 아니라 가장 안전하기도 했다.

　　독일군이 준비한 투하장과 유사한 장소를 찾기는 어렵지 않았다. 비슷하지 않은 곳을 찾는 게 훨씬 어려울 것이다. 울리빈은 병영에서 걸어서 20분 거리에 있는 큰 늪을 선택했다. 이 늪 역시 지나다닐 수 있는 길과 나란히 있었다. 그리고 독일군의 막사와 똑같은 위치에 나무판자로 막사를 짓게 했다. 독일군이 낮에 투하하기는 불가능하겠지만 투하장 사진을 찍도록 정찰대를 보낼 수는 있었다. 그래서 독일군 무전기의 신호를 기다리면서 두 개의 조를 정했다. 독일군을 자극해서 그들 병영의 불을 끄는 임무를 맡은 첫 번째 조는 레오니드와 표트르와 파벨을 포함한 아홉 명으로 구성되었다. 가짜 투하장에서 불을 붙일 두 번째 조는 멘델을 비롯한 여섯 명이 속해 있었다. 다른 사람들은 모두 대기하고 있어야 했다. 작전이 끝나면 유격대 작전사령부에 무전기를 통해 소식을 알려야 했다.

　　날씨는 계속 추웠다. 3월 5일경에도 물기가 없는 가루 같은 미세한 눈이 내렸고 간헐적으로 눈보라가 치기도 했다. 눈이 내리다가 그치면 다시 눈이 내릴 때까지 엷은 안개가 하늘을 뒤덮었다. 독일군은 투하를 위해 하늘이 완전히 맑게 개기를 기다릴 게 분명했다. 그러던 어느 날 아침 요란한 비행기 소리가 들렸다. 높게 나는 건 아니지만 구름 바로 위에 있어서 모습이 보이지 않는 비행기 한 대가 착륙할 땅을 찾듯이 왔다 갔다 했다. 투하를 하기에는 너무 낮게 나는 듯했다. 게다가 투하를 알리는 무전기 신호도 없었다. 울리빈이 중기관총을 설치하라고 명령했다. 기관총을 썰매 위에 설치하고 볼트를 풀고 손으로 하늘을 향해 조준을 했다. 비행기는 여전히 빙빙 돌았지만 소음이 점점 약해졌다. 유격대원들이 막사에서 나와 환하기는 하지만 구름에 가려 있는 하늘을 올려다보았다. 이따금씩 햇무리에 둘러싸인 태양이 언뜻 보였다가 곧 사라졌다.

"멍텅구리들아, 막사로 다 들어가라, 식충이들!" 울리빈이 소리쳤다. "비행기가 구름 밑으로 내려오면 우리에게 발사를 할 거야." 실제로 비행기가 나무 꼭대기 조금 위쪽으로 갑자기 나타났다. 그러더니 바로 그들을 향해 돌진했다. 기관총을 잡고 있던 대원 둘이 비행기를 향해 조준을 했지만 곧 여러 사람이 고함치는 소리가 들렸다. "우리 편이다, 사격하면 안 돼!" 실제로 비행기는 소형전투기로 날개 밑 부분에 소비에트 공군 휘장이 그려져 있었다. 전투기가 막사를 향해 방향을 바꾸었다. 그리고 인사를 하려고 마구 흔드는 손 하나가 보였다. 밑에 있던 대원들이 투하장 방향을 가리켜주려고 양팔을 휘저었다. 비행기가 그쪽으로 진로를 바꾸더니 곧 장막 같은 나무들 뒤로 사라졌다.

"착륙할 수 있을까?"

"바퀴 대신 스키를 장착했으니까 방향만 제대로 잡으면 성공할 거야."

"가자, 따라가 보자." 하지만 울리빈이 막았다. 그와 막심, 그리고 다른 두 명만 스키를 신고 그쪽으로 갔는데 처음에는 지뢰밭을 피하기 위해 조심스레 지그재그로 길을 따라 가다가 그 뒤 크로스컨트리 스키 선수처럼 날렵하게 직선으로 쭉 활주했다.

그들은 한 시간 뒤에 돌아왔는데 그들만이 아니었다. 붉은 군대 중위와 대위가 함께였고 둘 다 젊었다. 면도를 말끔하게 한 얼굴에 미소를 짓고 있었고 솜이 두둑이 들어간 멋진 비행복을 입고 윤이 나는 가죽 군화를 신었다. 모두에게 예의 바르게 인사했지만 곧 지휘본부로 사용하는 작은 방으로 울리빈과 함께 들어갔다. 그들은 몇 시간 동안 이야기를 나누었다. 가끔 울리빈이 빵과 치즈와 포도주를 가져오게 했다.

예상치 못한 두 연락장교의 방문을 놓고 병영에서 한참 동안 이러쿵저러쿵했는데 호의적으로 희망을 가지고 말하는 사람이 있는가 하면 경계심과 약간의 빈정거림을 섞어 말하는 이도 있었다. 위대한 땅에서 뭘 가지고 온 거지? 물론 두말할 필요도 없이 정보지. 새로운 지시. 명령. 그런데 왜 무전기로 예고도 없이 이렇게 갑자기 왔을까? 군대에서야 다 그렇지, 다른 사람이 대답했다. 시찰을 알리고 하면 그건 시찰이 아니야. "위대한 땅의 신사들께서는 잘 살고 있을걸." 세 번째 남자가 말했다. "내가 장담하는데 저 신사들은 지난밤 베개도 있고 이불도 있는 좋은 침대에서 어쩌면 마누라랑 같이 잤을 거야. 알 게 뭐야. 지시 명령 말고 혹시 면도비누도 가져왔을지.” 시대와 장소를 막론하고 유격대원들은 공통점이 상당히 많다. 그들은 중앙 지도부를 존중하지만 또 그들이 없어도 기꺼이 잘 해나갈 수 있다. 면도비누로 말하자면 이 문제는 병영에서 하는 농담 목록 제일 첫 번째에 자리한다. 투로프에서는 수염을 기르는 게 권장사항이 아니었다. 다른 부대에서도 분명 금지되어 있을 것이다. 수염이 덥수룩한 젊은이는 유격대원이라는 티가 너무 금방 나기 때문이었다. 그러나 이런 금지와 위험에도 불구하고 숲속과 늪지에 사는 남자들 중 대부분이 덥수룩하게 수염을 길렀다. 수염은 유격대원의 상징, 숲속 자유, 규제 없는 자유분방한 삶, 규율을 압도하는 독립적인 삶의 상징이 되었다. 약간 의식적인 수준에서 보면 긴 수염은 유격대원의 나이와 비례하는 것으로, 거의 귀족 작위나 계급장 비슷한 대접을 받았다. “모스크바에서는 수염 기르는 걸 좋아하지 않는데 비누와 면도기를 보낼 리가 만무하지. 그럼 뭘로 면도를 한단 말이야? 도끼나 검으로? 비누도 없고 면도기도 없어. 그러니 수염을 그냥 기를 수밖에.”

“누구에게도 해를 입히지 않는 물건들이야.” 두 장교가 가져온 보급품을 분류하러 불려갔다 온 표트르가 알려주었다. “무기도 아니고 탄약도 아니야. 유인물하고 옴 치료 연고뿐이야. 아니, 면도비누는 없어. 빨래비누도 없는걸.” 그는 일방적으로 세탁실에서 바쁘게 빨래를 빠는 두 여자에게 가서 이 소식을 전했다. "아가씨들, 그냥 참아야겠어요. 앞으로도 옛날 우리 할머니들처럼 재와 양잿물로 빨래를 해야 해요. 중요한 건 이를 죽이는 거니까요. 어쨌든 전쟁이 조만간 끝날 테니까."

두 장교는 그날 밤 다시 떠났다. 그들이 벌써 비행복을 입고 인내심을 과시하며 조그만 창으로 밖을 내다보고 있는 동안 올리빈이 도프를 딴 곳으로 데려가서 낮은 목소리로 말하는 게 보였다. 그리고 도프가 얼마 안 되는 자신의 잡동사니 물건들을 배낭에 집어넣는 것도. 도프가 담담하게 모두에게 인사를 했다. 시슬과 짧은 포옹을 나누고 헤어질 때에만 그의 두 눈이 축축하게 젖었다. 그가 다리를 절며 연락장교 둘과 고열에 시달리는 유격대원 한 명과 병영에서 나가 해 질 녘의 어스름한 빛 속으로 사라졌다. 표트르가 말했다.

"걱정하지 않아도 돼. 위대한 땅의 병원으로 데려갈 거야. 여기보다 훨씬 나을걸. 병을 치료해줄 거야." 멘델이 대답을 하지 않고 그의 어깨를 한 손으로 토닥였다.

장교들이 다녀간 뒤로 올리빈은 더욱 말이 없어지고 화를 더 잘 냈다. 사람들과의 접촉을 최소화하고 싶은 듯이 유격대원들 중 키가 크고 말라서 꼭 장대 같은 데다 자신보다 더 말이 없는 자카르를 일종의 부관으로 선발했다. 자카르는 한쪽 편의 명령을 전달하고 다른 편의 이의를 전달하는, 그러니까 양편의 중재자 역할을 했다. 자카르는 쿠반 강 유역에서 양치기로 일하던 코사크인으로 그렇게 젊지 않았고 문맹에 가까웠다. 자카르는 외교 수완을 타고났다. 대립하는 사람들을 진정시키고 욕구불만을 달래주고 규율과 단결심을 유지하는 데 타고난 능력이 있음을 금방 보여주었다. 울리빈이 지휘부의 작은 방에서 다시 술을 마시기 시작했다는 소문이 돌았다. 자카르는 그렇지 않다고 거짓말을 했지만 새 술병과 빈 병이 줄을 이어서 숨기기가 쉽지 않았다.

　　가짜 투하장이 준비되었고 모두 준비를 마쳤다. 하지만 행동 명령은 내려지지 않았다. 거의 아무 활동도 하지 않은 채 3월 한 달이 지나갔다. 그런 상태가 이제 더 이상 지휘할 게 없는 지휘관에게만이 아니라 다른 모두에게도 해롭다는 게 드러났다. 모두 허기를 느끼게 되었다. 레오니드와 다른 대원들이 후방에 있는 독일 라거에서 경험했던 지독한 배고픔이 아니라 향수로 인한 허기, 싱싱한 채소와 갓 구운 빵, 어쩌면 소박할 수도 있지만 그 순간의 변덕에 따라 고른 음식에 대한 맹목적인 갈망이었다. 집에 대한 그리움은 모두에게 고통스러웠지만 유대인들은 가슴이 찢어질 듯 비통했다. 러시아인들에게 집에 대한 향수는 불합리하지 않은, 아니 실현 가능한 희망이었다. 귀향에 대한 간절한 바람이자 유혹이었다. 유대인들에게 그들의 집에 대한 그리움은 희망이 아니라 그때까지 더 화급하고 심각한 고통 밑에 묻어버렸지만 여전히 잠복해 있는 절망이었다. 그들의 집은 이제 없었다. 전쟁 때문에 혹은 대학살로 사라져버렸고 불태워졌고 인간사냥꾼 부대에 의해 피투성이가 되어버렸다. 무덤이 된 집을, 잿더미가 된 집을 더 이상 생각하지 않는 게 좋았다. 왜 아직 살아 있는 것인가? 왜 투쟁하는 것인가? 어떤 집을 위해, 어떤 조국을 위해, 어떤 미래를 위해?

반면 페드야의 집은 너무 가까웠다. 페드야는 3월 30일에 17세가 되었고 생일날 울리빈에게 투로프 마을에 있는 집에 가도 좋다는 허락을 받았다. 그런데 돌아오지 않았다. 사흘이 지난 뒤 울리빈은 자카르를 통해 페드야가 탈영을 했다는 것을 알게 되었다. 유격대원 둘이 페드야를 찾아 부대로 데려오기 위해 마을로 갔다. 어렵지 않게 페드야를 찾았는데 그는 집에 있었다. 페드야는 아무 작전도 실행하지 않는 그 시기에 사흘간 부대를 떠난 게 그렇게 심각한 일일 거라고는 꿈에도 생각하지 않았다. 하지만 굉장히 심각한 일이었다. 페드야는 다른 청년들과 집에서 술에 취했고 취중에 말을 했다고 공개적으로 고백했다. 무슨 말을 했는데? 막사 이야기도 했어? 가짜 투하장도? 페드야는 얼굴이 흙빛이 돼서 잘 모르겠다고 말했다. 기억이 나지 않았다. 아마 말하지 않았을 것이다. 기밀 사항들은 말하지 않았다. 절대 말하지 않았다.

울리빈은 페드야를 장작 창고에 가두게 했다. 자카르에게 식사와 차를 갖다주게 했다. 하지만 새벽에 모두들 자카르가 맨발로 창고로 가는 것을 보았다. 그리고 곧 한 발의 총소리를 들었다. 페드야의 옷과 장화를 재사용하기 위해 몸에서 벗기는 임무는 시슬과 라인에게 떨어졌다. 얼음이 녹아 물이 스며든 땅에 구덩이를 파는 일은 파벨과 레오니드에게 맡겨졌다. 왜 파벨과 레오니드였을까?

며칠 뒤 멘델은 시슬이 불안해하는 걸 알아차렸다. 그녀에게 이유를 물었다. 아니, 페드야 때문은 아니었다. 자카르가 그녀를 한쪽으로 따로 불러서 말했다. "동지, 조심해야 하오. 임신을 하면 큰일이오. 여기는 병원이 아니고 위대한 땅에서 오는 비행기가 매일 오는 것도 아니오. 동지 남자에게 말해요." 자카르는 라인에게도 똑같은 말을 했지만 라인은 어깨만 으쓱하고 말았다. 같은 시기에 게시판에 연필로 깔끔하게 쓰고 울리빈이 서명한 그날의 지시사항이 붙었다. 곧 해빙이 시작될 테니 물이 막사 안으로 흘러들어오는 것을 막으려면 막사 주위에 배수로를 파는 게 시급했다. 중요한 작업이었고 무엇보다 우선적으로 해야 할 일이므로 한 달 전에 투하장 작전을 위해 준비했던 2개 조의 구성에 변화가 생겼다. 레오니드와 멘델은 이제 그 조에 속하지 않았다. 총을 내려놓고 삽과 곡괭이를 들어야 했다. 파벨은 첫 번째 조, 그러니까 독일군의 불을 꺼야 하는 조에 남았다. 멘델과 레오니드와 다른 네 명의 남자들이 배수로 만드는 작업을 시작했다. 눈과 흙이 밤이면 얼었다가 한낮의 따뜻한 시간이면 녹아서 끈적끈적하고 불그레한 진흙으로 변했다. 호기심이 발동하기라도 했는지 몸집 큰 까마귀들이 전나무 가지에 내려앉아 사람들이 하는 일을 주의 깊게 지켜보았는데 까마귀의 수가 점점 많아져서 서로 딱 달라붙어 앉아 있었다. 새들의 무게를 이기지 못하고 나뭇가지가 휘어지자 일시에 날개를 퍼덕이며 날아올랐고 까악 까악 울며 다른 가지에 내려앉았다.

이제 더 이상 명령을 기다리는 사람이 없을 때 명령이 내려졌다. 도청한 독일군 무전기 신호들이 투하가 가까워졌음을 알렸다. 여러 차례 신호를 보내는 것으로 보아 이번 투하가 중요한 게 분명했다. 마침내 4월 12일, 투하가 밤으로 예정되었다는 결정적인 통보가 전해졌다. 2개 조가 즉시 출발했다. 파벨은 만일의 경우에 대비해 레오니드에게 자신의 말을 보살펴달라고 부탁했다. 무슨 이유인지는 모르지만 그는 말에게 Drožd, 그러니까 지빠귀라는 이름을 붙여주었다.

　병영에 남은 사람들은 밤에 일어날 일에 대비했다. 특별히 어떤 명령이 내려진 것은 아니었지만 모두 방심하지 않고 경계를 했는데 특히 무선통신사인 미하일은 남들보다 더했다. 그리고 그가 몇 시간이라도 쉴 수 있게 그와 교대를 한 멘델도 마찬가지였다. 수신 상태는 최악이어서 찌지직거리다가 통신이 중단되기도 했다. 겨우 도청한 몇몇 메시지들은 몹시 흥분된 상태에서 여러 차례 되풀이되었지만 거의 알아들을 수가 없었다. 미하일과 멘델이 독일어를 상당히 잘 알아들을 수 있었는데도 말이다.

　새벽 2시에 서쪽에서 윙윙거리는 엔진 소리가 들려서 모두 벌떡 일어났다. 하늘은 맑았고 달은 뜨지 않았다. 엔진 소리는 점점 커졌고 일정한 박자로 조절이 되었다. 꼭 다양한 현들이 모두 함께 떨리지만 불협화음을 만들어내는 것 같았다. 절대 비행기 한 대가 아니었다. 적어도 두 대, 어쩌면 세 대일지도 몰랐다. 비행기들은 막사의 북쪽으로 날아갔으나 육안으로는 보이지 않았다. 곧이어 엔진 소리가 약해지다가 사라졌다.

한 시간 뒤 두 번째 조의 대원 하나가 헐레벌떡 달려왔다. 모든 게 완벽하게 진행되었다. 정확한 순간에 불을 붙이자 전투기 넉 대가 30개인지 40개인지 그보다 더 많은지 모를 낙하산을 준비해놓은 장소에 투하했다. 나무들 속에 투하해서 몇 개는 나뭇가지에 뒤얽혀 있었다. 당장 지원할 대원들과 썰매 한 대를 보내야 했다. 물자가 아주 많았다. 모두 가고 싶어 했지만 울리빈이 움직이지 못하게 했다. 그가 막심과 자카르와 함께 직접 갔다. 소식을 가져온 연락병조차 원래의 위치로 돌아가게 하지 않았다. 지빠귀는 유격대 말이 된 뒤 처음으로 유용하게 사용되었다. 울리빈은 지빠귀에게 썰매를 연결시켜서, 녹았다가 다시 얼어 단단해지고 밤이 되어 얇은 얼음막이 덮인 눈 위로 출발했다.

그사이 첫 번째 조도 모두 무사히 돌아왔다. 다만 한 대원이 팔에 부상을 당했다. 작전은 대부분 잘 진행되었다고 표트르와 파벨이 이야기했다. 그들은 막사 근처에 잠복해 있었고 비행기 소리를 들었다. 그러자 독일군 세 명이 나뭇단에 뿌릴 휘발유 세 통을 들고 나오는 게 보였다. 세 녀석이 불을 피우기 전에 사살을 하고 그와 동시에 한 대원이 막사 지붕 위로 올라가서 수류탄을 굴뚝 안으로 떨어뜨렸다. 독일군 몇 명이 죽은 게 분명하지만 다른 병사들은 막사를 부수고 밖으로 뛰쳐나와 총을 쏘았다. 유격대원 한 명이 부상을 입었고 독일 병사 하나가 죽었다. 두서너 명이 사이드카에 오르는 데 성공했지만 이자들도 그 자리를 떠나는 동안 사살되었다. 막사 안에서는 소형무기들과 깡통에 든 약간의 식품 이외에 흥미로운 것은 발견하지 못했다. 무전기가 있었지만 수류탄이 폭발할 때 부서져버렸다. 도시에서 투하된 물품을 싣고 가려고 트럭이 올 게 분명해서 길 양옆에 잠복해 있었지만 아침나절까지 아무도 나타나지 않아서 돌아왔다.

　　연락병이 과장을 한 게 분명하긴 했지만 썰매는 짐을 잔뜩 싣고 돌아왔다. 낙하산으로 투하된 상자는 스무 개가 넘지는 않았다. 올리빈은 그 꾸러미를 아무도 만지지 못하게 했다. 자기 방에 모두 차곡차곡 쌓아놓게 한 뒤 자카르의 도움을 받아 본인이 직접 개봉했다. 그리고 자신이 한번 살펴보고 나서야 다른 사람들이 내용물 목록을 작성하게 해주었다. 자선상자처럼 온갖 게 조금씩 다 있었다. 귀하지만 불필요하고 이상하고 우스꽝스러운 물건들이었다. 멘델과 그의 친구들이 한 번도 본 적이 없는 사치스러운 먹거리들이었다. 다가올 부활절을 위해 집에서 만든 초콜릿 씌운 계란, 양이나 딱정벌레, 생쥐 모양의 커다란 초콜릿 같은 것들이었다. 시가와 담배, 캔에 든 브랜디와 코냑도 보였다. 여기 쓰인 포장용기는 혹시나 바닥과 충돌해도 깨지지 않게 독일 기술자들이 고안해낸 것이 아닐까? 조그만 토기 화로들은 보초병들을 위한 게 분명했다. 어떤 상자에는 훈장과 각종 메달, 그와 관련된 증서가 가득 들어 있었다. 신문과 잡지 여러 뭉치, 총통 초상화 한 뭉치, 이 지역의 여러 주둔부대로 갈 개인 편지 한 꾸러미, 그리고 공식 문서도 한 꾸러미 있었는데 울리빈은 이것은 따로 보관하게 했다. 독일 국방군의 기관단총에 쓸 탄약이 두 상자 있었고 다른 두 상자에는 기관총같이 생긴 무기에 쓰는 총알들이 들어 있었는데 아무도 그게 어떤 무기인지 확인하지 못했다. 또 어떤 상자에는 타자기 한 대와 다양한 문방구가 들어 있었다. 다른 상자에는 투로프에서는 아무도 알지 못하고 어떻게 사용하는지도 모르는 도구의 견본품 여섯 개가 있었다. 프라이팬 정도 크기에 긴 손잡이가 달린 납작한 원통형 모양으로 부품들이 분해되어 있었다. "이 물건은 자네가 맡게나, 시계 수리공." 울리빈이 멘델에게 말했다. "연구를 해서 뭐에 쓰는 건지 말해 줘."

그날 밤 울리빈은 작전의 성공을 축하하는 조촐한 자리를 마련하게 해주었다. 그리고 자신은 파벨과 한쪽에 따로 떨어져서 이번에 찾은 서류들을 살펴보았다. 암호로 쓰인 문서도 아니었고 놀랄 만한 내용도 없었다. 그냥 자세한 목록과 여러 장으로 복사한 송장들과 병참장교가 작성한 회계서류들이었다. 울리빈은 곧 피로를 느껴서 파벨에게 개인 편지들을 번역하게 했다. 편지가 훨씬 흥미로웠다. 분명 암호를 이용하고 암시적으로 썼을 텐데 어찌나 순진하게 암호를 사용했던지 파벨 같은 이방인도 어렵지 않게 금방 그 내용을 간파할 수 있었다. 모든 아버지 어머니가 불평하는 나쁜 날씨는 연합군의 폭탄들이 "쉴 새 없이 공격"하는 걸 의미하고 가뭄은 굶주림을 뜻하는 게 분명했다. 편지는 본의 아니게 패배주의적인 선전을 펼쳤다. 울리빈은 파벨에게 편지 몇 구절을 공개적으로 번역해서 읽어주게 했다.

파벨이 러시아어로, 그렇지만 독일어 억양을 자유롭고 과장되게 섞어서 편지를 읽는 바람에 모두가 박장대소했다. 바로 그때 어두운 하늘에서 전날 저녁에 들리던 것과 똑같은 윙윙 소리가 파동 쳤다.

"빨리!" 울리빈이 소리쳤다. "두 번째 조, 스키 신고 달려가서 불을 붙여라. 저자들이 두 번째 투하 선물을 줄 모양이다!" 두 번째 조의 여섯 명이 밖으로 돌진했다. 울리빈이 시계를 보았다. 지금 달려간다면 15분 안에 투하장에 도착해서 비행기들이 어둠 속에서 투하장을 찾는 데 지치기 전에 불을 피울 수 있을 것이다. 정말 비행기들이 잘 찾아냈다. 요란한 엔진 소리가 가까워졌다가 멀어졌다. 갑자기 비행편대가 막사 바로 위를 지나서 다시 멀어져갔다. 울리빈의 시계로 정확히 20분이 지난 뒤 폭발음이 들렸다. 모두 영문을 몰라 밖으로 달려 나갔다. 굉음이 너무 멀리서, 너무 크게 들려서 막사 주위 지뢰밭에서 나는 소리라고는 할 수 없었다. 북동쪽에서 섬광들이 보였다. 섬광이 하나씩 사라지면 6초 뒤에 폭발음이 들렸다. 의심의 여지가 없었다. 가짜 투하장이 폭격을 당한 것이다. 독일군들이 사태를 파악하고 복수를 하고 있었다.

두 번째 조의 네 명만 살아 돌아왔다. 조장이 띄엄띄엄 이야기를 했다. 그들은 기록적일 정도로 빠르게 달려갔는데 바로 그때 비행기들이 그들 머리 위를 오갔다. 첫 번째 나뭇단에 불을 붙이자마자 폭탄이 투하되었다. 2백 킬로그램은 됨직한 큰 폭탄이었다. 1월처럼 얼음이 두꺼웠다면 아마 폭탄이 떨어졌어도 얼음이 깨지지 않았을 것이다. 하지만 해빙이 되어 얼음 바닥이 약해져서 폭탄이 얼음을 뚫고 그 안으로 들어가 밑에서 폭발을 하는 바람에 거대한 얼음판들이 공중으로 튀어나갔다. 대원 두 명이 늪에 빨려 들어가 사라져서 그들이 찾아보았지만 허사였다.

투로프 사람들에게 힘겨운 시기가 시작되었다. 얼음이 녹으면서 겨울보다 훨씬 더 가혹해졌다. 울리빈은 대원들을 보내서 가짜 투하장의 상태가 어떤지 확인하게 했다. 이용이 불가능했다. 어떤 비행기도 착륙할 수 없을 뿐만 아니라 보급품 투하를 요청할 수조차 없었다. 겨울에 꽝꽝 얼어붙었던 얼음은 폭발로 다 갈라져버렸다. 밤이 되면 다시 얼어붙기는 했지만 남자 하나의 몸무게도 지탱하기 어려울 만큼 얇았다. 다른 늪지의 얼음들은 그 위에 쌓인 눈들 때문에 직사광선으로부터 보호를 받아 훨씬 잘 보존되어 있었다. 그렇지만 눈 자체가 해빙과 바람에 시달리는 중이었다. 그래서 눈 표면이 단단하고 울퉁불퉁해져서 보통의 비행기가 아무리 스키를 장착했더라도 그곳에 착륙했다가는 전복되기 십상이었다.

울리빈이 무전기를 끄게 했다. 낙하산 투하 경로를 바꿔놓은 작전이 잠자고 있던 독일공군의 활동력을 깨워놓은 듯했기 때문이다. 겨우 내내 독일군은 움직임이 거의 없었고, 있다 해도 겉으로 보기에는 우연에 의한 것 같았다. 하지만 이제는 주변을 맴도는 독일군 정찰기가 보이지 않아 평온하게 하루를 보내는 날이 드물었다. 그리고 맑은 날이 아주 많았다. 투하되었던 사치스러운 먹거리들은 금방 동이 났고 밀가루와 돼지기름, 통조림들이 점점 바닥을 드러내기 시작했다. 울리빈은 배급제를 시행했고 모두의 사기가 저하되었다. 배고픔과 예전 겨울의 망령이 되살아나고 있었다. 마치 유격전을 시작할 초기의 끔찍한 그 몇 달로 시간이 되돌아간 듯했다. 그 당시는 모든 게, 음식이며 무기, 막사, 작전 계획, 투쟁을 하고 살아남으려는 용기 등이 진취성을 지닌 소수의 사람들의 필사적인 노력으로 만들어진 결과였다. 유격대원들은 다시 마을로 가서 식량을 보급받아야 한다고 주장했다. 그들은 배고픔보다 고생과 위험을 택하는 쪽을 훨씬 원했지만 울리빈은 그렇지 않았다. 아직 눈이 너무 많이 쌓여 있었다. 정찰기들이 막사의 위치를 파악하지 못했다고 생각하기도 힘들었다. 찾고 있는 것만은 분명했다. 막사는 위장이 잘되어 있어서 아직은 수색을 피할 수 있지만 새로운 종적을 남기면 독일군이 틀림없이 알아차릴 것이다.

그럼 어떻게 한단 말인가? 기다리면서 시간이 가기만을 바라야 한다. 이게 유일한 해결책일 수 있지만 최악의 해결책이기도 했다. 눈이 녹기를 기다려야 하는 이유는 맨땅이 드러나면, 진흙창이기는 하겠지만 발자국이 눈에 덜 띄기 때문이다. 정찰대가 다른 곳을 수색하러 가기를 기다려야 한다. 조용히 무전기에서 전해질 소식을 기다려야 한다. 독일군들이 오데사에서 퇴각했다고 하니. 하지만 오데사는 여기서 멀리 떨어져 있었다. 꺼놓은 무전기는 사지가 절단된 사람처럼, 도와달라고 소리를 쳐야 할 순간에 입에 재갈이 채워진 어떤 사람처럼 가슴을 짓눌렀다. 무전기는 배고픔과 결합되어 투로프 막사 사람들은 마치 포위공격을 당하고 있는 기분이었다. 그 남자들에게 결핍이나 극도의 피로, 부자유와 위험은 낯선 게 아니었지만 고립과 격리를 받아들일 준비는 되어 있지 않았다. 숲속에 사는 동물들처럼 넓은 공간과 불안정한 자유에 길들여진 그들은 덫에 걸린, 우리에 갇힌 동물들처럼 허약해져서 고통스러워했다.

울리빈은 계속 술을 마셨다. 이 사실을 모두 다 알고 있었고 자카르를 제외한 모두가 비난했다. 소곤소곤 불만을 얘기했지만 항상 소곤거리기만 한 것은 아니었다. 울리빈은 혼자 술을 마셨지만 명석함을 절대 잃지 않았고 권위적이고 퉁명스러운 태도에도 변함이 없었다. 멘델이 그에게 도프를 그렇게 서둘러 떠나보낸 이유를 설명해달라고 하자 울리빈이 대답했다.

"부상당했거나 아픈 전사는 가능한 한 치료를 받아야 하지. 자네들 친구는 치료를 받았을 거야. 다른 말은 해줄 수가 없네.

전쟁이 끝나면 무슨 소식이라도 들을 수 있을지 모르지. 그렇지만 개인의 운명은 중요하지 않아."

울리빈은 지나치게 머리가 좋고 유격대 경험도 많아서 어쨌든 무슨 일이든 해야 한다는 것을 이해하지 못했다. 종적을 남기는 게 위험했지만 고통은 그보다 더 위험했다. 막사에서 시작되는 발자국이 한 줄로만 남아 있다면 그 발자국들이 분명 독일군을 막사로 이끌 수도 있지만 막사가 숨어 있는 작은 숲에 여러 방향의 발자국이 나 있다면 독일군이 병영의 위치를 금방 파악하지 못할 것이다. 울리빈은 그래서 마지못해 한 조가 아니라 2개 조를 보내 물품을 구해오게 했다. 두 조는 같은 날 밤 다른 방향의 마을을 향해 떠났다.

원정조가 떠나고 나서 얼마 안 되어서, 날이 밝기 시작할 무렵 소음이 들려왔는데 유대인들은 처음 듣는 깜짝 놀랄 소음이었지만 투로프에서 오래 생활한 남자들에게는 마음을 든든하게 해주는 오해의 여지 없는 소리였다. 오토바이 소음 같았다. 희미하게 멀리서 들려오다가 차츰 가까이에서 들렸다. 소리가 커졌고 느릿느릿 돌아가는 레코드판처럼 톤이 낮아지다가 몇 번인가 부르릉거리더니 조용해졌다. 울리빈의 남자들이 모두 일어섰다.
"P-2다! 여기 공터에 착륙했어! 가보자고!"

"원정조를 보낼 필요가 없었을지도 모르겠네." 표트르가 말했다.

"P-2가 뭐지?" 멘델이 물었다.

"P-2는 유격대 비행기야. 목재 비행기지. 나는 속도가 느리지만 어디에든 착륙하고 이륙할 수 있어. 밤에 불빛이 없어도 비행해. 독일군들에게 수류탄을 투하하고 보급품을 가져다주지." 잠시 후 양가죽을 뒤집어서 만든 비행복을 입어 뚱뚱하고 볼품없는 조종사가 막사 안으로 들어왔다. 비행복과 고글을 벗자 작고 통통한 여자가 나타났다. 넓은 얼굴은 차분해 보였고 가정주부 같은 분위기였다. 머리는 앞가르마를 타서 뒤로 넘겨 목덜미에서 짧게 양 갈래로 땋은 머리를 검은 끈으로 묶었다. 그녀를 마중 나갔던 남자 둘이 시장에서 돌아오는 사람처럼 큰 가방 두 개를 가져왔다. 유격대원들이 그녀 주위에 모여들었다. 그녀를 포옹하고 추위로 얼어버린 동글동글한 뺨에 입을 맞췄다. "폴리나! 멋진 폴리나! 잘 왔어, 내 사랑하는 동지, 드디어 다시 만나는군! 뭘 가져왔지?"

스무 살 이상은 안 되어 보이는 여자가 시골 처녀처럼 수줍게, 사랑스럽게 웃으며 남자들을 피했다. "그만해요, 동지들! 여기 무슨 일 없는지 보고 오라는 명령을 받았어요. 여러분들 무전기가 꺼져 있어서요. 하지만 이제 가봐야 해요. 당장 출발해야 하거든요. 내가 마실 보드카 한 모금 정도는 있겠죠? 대장은 어디 있죠?" 그녀가 지휘부의 방에서 울리빈과 단둘이 만났다.

"저 여자, 폴리나 미하일로브나야." 표트르가 기뻐하며 자랑스레 말했다. "여성 연대의 폴리나 젤먼이야. 그 연대 몰라? 모두 여자들로만 구성되어 있는데 P-2 조종하는 게 바로 그 대원들이야. 다들 대단하지만 폴리나는 그중 최고지. 고멜 출신인데 아버지는 랍비였고 할아버지는 구두 수선공이었대. 벌써 7백 번 비행을 했고 우리 병영에도 여섯 달 전에 한 번 왔었어. 며칠 머물렀다가 가서 우리하고 친구가 됐지. 그런데 이번에는 급한 일이 있는 게 분명해. 아쉬운데.”

폴리나가 작별 인사를 하고 허술한 비행기를 몰고 떠났다. 그녀는 약간의 식량과 의약품, 그리고 좋지 않은 소식 몇 개를 가지고 왔다. 독일군 부대들과 장갑차들이 이동 중이었다. 투로프 근방의 여러 마을에 유격대와의 전투를 전문으로 하는 독일군과 우크라이나 군부대가 집결하는 중이었다. 투로프 병영의 방어력으로는 막아낼 수 없는 무기들을 이용해서 집중 소탕작전을 준비 중이었다. 이 지역에 다른 유격부대는 없었다. 몇 가지 이유 때문에 독일군들은 유격대의 능력을 과대평가했다. 아니 어쩌면 프리페트 늪지 전역이나 폴레시아 전역에서 대규모로 펼쳐지는 작전일 수도 있었다. 노보셀키의 노인과 환자들이 목숨을 구하겠다고 선택했던 솔리고르스크 게토는 포위되었고 그 안의 사람들은 모두 총살당했다. 훈련견들을 데리고 숨어 있는 사람들을 색출하는 일을 전문으로 하는 SS 부대가 솔리고르스크 주둔군에 합류했다. 투로프의 남자들 대부분은 그 개를 잘 알았는데 독일군 탱크보다 더 무서워했다. 간단히 말해 그들은 이 병영을 떠나야만 했다.

울리빈이 멘델을 호출해서 낙하산에서 투하된 물품들 속에서 발견한 그 장치가 뭔지 알아냈는지 물어보았다.

"지뢰 탐지기였습니다." 멘델이 대답했다. "아니 정확히 말하면 금속 탐지기였어요. 묻혀 있는 금속제품을 알려주는 장비입니다."

"그러면 독일군들이 이런 장비를 가지고 있으면 우리 지뢰밭을 찾아낼 수 있단 말인가?"

"물론입니다. 찾아낼 수 있습니다. 금방은 아니어도 찾아낼 겁니다."

울리빈이 그를 매섭게 노려보았다. "그렇지만 나는 어쨌든 막사에 지뢰를 설치할 걸세. 독일군들이 자네가 말한 지뢰 탐지기를 가지고 있든 말든. 그자들이 묻힌 지뢰야 찾겠지만 이 안에 숨겨놓을 지뢰는 못 찾을걸. 두고 봐. 그 염병할 새끼들 중 누군가를 공중으로 날려 보내는지 아닌지."

멘델은 깜짝 놀랐다. 지휘관이 술을 마셨다는 것, 그것도 보통 때보다 조금 더 마셨다는 건 한눈에 봐도 알 수 있었지만 그의 목소리 톤에 소름이 끼쳤다.

"무슨 말입니까, 오십 이바노비치? 내게 왜 그런 말을 하는 겁니까? 내가 지뢰 탐지기를 발명하기라도 했다는 겁니까? 내가 독일군에게 그걸 선물이라도 한 것 같습니까?"

"그걸 누가 발명했는지 따위는 중요하지 않아. 중요한 건 우리가 여길 떠날 거라는 사실이지. 여기서 독일군 장갑차를 기다리다가 모두 학살당하고 싶지는 않으니까."

멘델이 당혹스러워하며 밖으로 나갔지만 곧 울리빈이 그를 다시 불렀다.

"그 탐지기는 작동하나?"

"예, 작동합니다."

"디미트리와 블라디미르를 데려가서 어떻게 사용하는 건지 가르쳐주게."

"막사 주위의 지뢰를 파내서 막사 안에 설치할 생각인가요?"

"자네 똑똑하군그래, 바로 맞혔어. 다른 지뢰가 없으니까."

"이건 장난이 아닙니다. 지뢰는 초보자들보다 경험이 많은 사람이 더 두려워해요. 거기다가 오랫동안 땅속에 파묻혀 있어서 훨씬 더 위험합니다."

"자네가 뭐 대단한 인물이라도 되는 줄 아나 보지, 응? 입 닥치고 가서 내가 시키는 대로 해. 지휘관은 나야. 비난은 좋지 않아. 그래 자네 유대인들은 모두 똑같아. 똑같이 다 자기 주장 하나는 뛰어나지. 모두 반은 독일인이야. 로젠펠트, 만델스탐…… 그리고 자네 이름이 뭐지? 다이커, 아닌가? 멘델 나흐마노비치 다이커. 자넨 이름에서부터 독일인이야."

멘델은 자신이 할 수 있는 한 열심히 지뢰 탐지기 사용법을 가르쳐주고 두 청년을 울리빈에게 보내 명령을 받게 했다. 그리고 씁쓸한 마음으로 물러났다. 옛날에 속죄의 날에 유대인들은 염소를 잡았다. 사제가 머리를 두 손으로 누르고 유대민족이 저

지른 죄를 하나씩 모두 나열하고 그 죄를 염소에게 씌웠다. 죄인은 염소, 오로지 염소뿐이었다. 그래서 자기가 짓지도 않은 죄를 다 짊어진 염소는 사막으로 쫓겨났다. 기독교인들도 그렇게 생각한다. 그들에게도 세상의 죄를 모두 짊어지고 갈 양이 있었다. 나는 아니다. 그렇게 생각하지 않는다. 내가 죄를 졌으면 죄의 무게는 내가 견뎌야 한다. 그러나 오로지 그 죄의 무게뿐이다. 난 이미 내가 지은 죄만으로 충분하다. 다른 이가 지은 죄의 무게까지 견딜 이유가 없다. 조원들을 보내 폭격을 당하게 한 건 내가 아니었다. 자고 있는 페드야에게 총을 쏜 이도 내가 아니었다. 우리가 사막으로 가야 한다면 가야겠지만 우리가 짓지도 않은 죄를 머리에 이고 갈 수는 없다. 그리고 디미트리와 블라디미르가 지뢰를 만지다가 죽는다고 나, 시계 수리공 멘델이 거기에 책임을 져야 한단 말인가?

하지만 두 청년은 일을 훌륭히 해냈다. 땅속에 묻힌 지뢰 여덟 개의 뇌관을 제거해서 막사의 여러 지점에 설치했다. 4월 말이 되자 봄이 무르익었다. 사흘 전부터 불어오던 따뜻하고 건조한 바람이 만개한 봄을 예고했었다. 나뭇가지 위의 눈이 녹아 빗물처럼 계속 흘러내렸는데 밤이 되어서야 물방울 떨어지는 속도가 느려졌다. 땅 위의 눈도 금방 녹았다. 축축하게 젖은 땅에서 그리고 오랫동안 얼어붙어서 다 죽어가던 누런 풀의 축 늘어진 줄기들에서 맨 처음 봉우리를 터뜨리는 꽃들이 수줍게 그리고 어울리지 않게 모습을 보였다. 독일군 정찰기들이 점점 더 자주 나타났다. 그들 중 한 대가, 우연이었을 수도 있고 어떤 움직임을 보고 의심을 해서였을지도 모르지만 막사에 짧게 기관총을 발사했다. 희생자나 피해는 없었다. 울리빈은 병영을 떠날 준비를 하라고 명령했다. 이제 쓸모없게 된 썰매들은 불태웠다. 짐마차는 없었고 그것을 준비할 시간도 없었다. 짐을 운반하는 데 말 두 필과 남자들의 어깨밖에 이용할 수 없었다. 이동하는 군인의 대열이 아니라 짐꾼들의 행렬이 될 지경이었다. 대부분의 남자들이 반대했다. 그들은 병영에 남아서 독일군과 대항하고 싶어 했지만 울리빈은 그들이 찍소리도 하지 못하게 했다. 이곳에 남아 있는 건 불가능하다. 게다가 병영을 철수하라는 명령이 무전기를 통해 전달되었다. 무전기에서는 유격대 공격을 준비하는 독일군의 포위망을 뚫고 지나기에 가장 적절한 방향도 알려주었다. 남서쪽으로 향해서 스트비가 강을 거슬러 올라가야 하지만 늪지대를 벗어나서는 안 되었다. 늪지는 해빙이 되고 있고 지협과 협수로와 얕은 물이 흐르는 지역이 복잡하게 뒤얽혀 있어서 다시 우호적인 지역으로 변했다.

　5월 2일 밤에 출발해야만 했다. 그런데 그날 저녁 보초들이 경보를 울렸다. 북쪽에서 사람 목소리와 개 짖는 소리가 들려왔던 것이다. 남자들 대부분이 무기를 들었고 대항할 준비를 해야 하는 건지 철수를 서둘러야 하는 건지를 망설였다. 그러나 울리빈이 끼어들었다.

　"모두 제자리로, 멍텅구리, 어린애만도 못한 것들아! 짐을 가지고 와. 꾸러미를 묶고 상자를 닫아. 전투 하루 이틀 해? 독일 개들은 짖지 않아. 짖으면 어떻게 정찰견이라 하겠어?"

그러더니 보초들에게 말했다.

"잘 지켜보되 발사는 하지 마라. 우리 편일 수 있으니까. 지뢰들 사이로 길을 찾으려고 개를 먼저 보냈을 거야."

정말 개들이 먼저 도착했다. 개는 겨우 두 마리였는데 전투견이 아니라 평범한 잡종견들로 흥분해서 이리저리 날뛰었다. 막사를 향해 미친 듯이 짖어대다가 뒤따라오는 정체불명의 사람들을 향해 짖어댔는데 임무를 완수한 자랑스러움과 새로운 인간들로 인한 불안감을 담고 있는 것 같았다. 꼬리를 흔들고 교대로 혹은 동시에 으르렁거렸다. 앞뒤로 껑충껑충 뛰어올랐다가 앞발을 똑바로 뻗은 채 제자리에서 춤을 추기도 하고 숨이 넘어가게 짖어대다가 발작적으로 숨이 가빠져서 이따금 공기를 들이마시기도 했다. 잠시 후 누더기를 걸친 젊은이들이 모는 암소 두 마리가 보였다. 젊은이들은 개들이 남긴 발자국들 밖으로 소가 벗어나지 않게 하려고 주의했다.

마침내 남녀 30여 명 정도 되는 대부대가 도착했다. 무기를 가진 사람도 있고 아무것도 없는 사람도 있었으며 지친 사람, 넝마를 걸친 사람, 자신감이 넘치는 사람 등 다양했다. 그들 한가운데에 검게 그은 얼굴에 매부리코의 남자가 있었다. 남자는 대구경 자동권총과 바이올린을 어깨에 메고 있었다. 그 무리의 끝 쪽에서 도프가 보였다. 멘델이 속으로 생각했다. '죽은 자들을 살아

나게 해주신 분께 축복이 있기를.'

왁자지껄 난리가 났다. 모두 질문을 했지만 대답을 하는 이는 아무도 없었다. 마침내 올리빈과 키가 큰 그 남자, 게달레의 목소리가 모두를 압도했다. 모두 입을 다물고 명령을 기다렸다. 올리빈과 게달레는 지휘본부의 작은 방으로 들어갔다. 투로프의 남자들 대부분은 초겨울에 두 사람 사이에 벌어졌던 말다툼을 기억하고 있었다. 이제 이렇게 다시 만났으니 무슨 일이 일어날까? 급박한 위기의 상황이니 화해할 수 있을까? 합의점을 찾을 수 있을까?

면담 결과를 기다리는 동안 새로 온 사람들이 이미 텅 비워놓은 막사에 들어가도 되겠느냐고 물었다. 바닥에 앉은 사람도 있었고 누워서 금방 잠이 들어버리는 사람, 담배 혹은 발을 씻을 따뜻한 물을 좀 줄 수 있느냐고 부탁하는 사람도 있었다. 도움이 필요한 사람답게 겸손하게 그러나 당연히 권리가 있는 걸 안다는 사람처럼 당당하게 부탁했다. 그들은 거지도 부랑자도 아니었다. 게달레가 규합한 유대인 부대로 폴레시아와 볼리니아, 벨라루스 유대인 공동체의 생존자들이었다. 비참한 귀족들, 가장 강하고 가장 영리하고 가장 운이 좋은 사람들이었다. 몇몇 사람은 아주 멀리서, 피로 물든 길을 따라오기도 했다. 이불 하나 갖기 위해 유대인을 죽였던 리투아니아 약탈자들의 유대인 대학살에서 도망친 사람들이었다. 아인자츠코만도스*의 화염방사기에서 살아남은 사람, 코브노와 리가의 공동구덩이에서 빠져나온

---

* 독일군의 특수작전특공대로 친위대원과 게슈타포로 이루어졌으며 후방에서 유대인이나 공산주의자들을 색출해서 죽이는 일을 했다.

사람도 있었다. 그들 중에는 루자니 대학살의 생존자도 소수 있었다. 그들은 몇 달 동안 숲에 굴을 파고 늑대처럼 살았고 늑대처럼 무리를 지어 조용히 사냥을 했다. 곡괭이와 도끼 때문에 손에 못이 박힌 블리즈나 출신의 유대인 농부들도 있었다. 슬로님의 제재소와 방직공장에서 일하던 노동자들도 섞여 있었는데 그들은 야만적인 히틀러 군대를 만나기 전에 폴란드 고용주들에 대항해서 파업을 했고 억압과 감옥을 경험했다.

남자든 여자든 모두 다 다르지만 무겁고 용해된 납처럼 뜨거운 사연을 가지고 있었다. 전쟁과 끔찍한 세 번의 겨울이 시간과 여유를 허락했다면 그들 각자 저세상 사람이 된 백여 명이 넘을 지인들을 위해 눈물을 흘렸어야 할 것이다. 그들은 지쳐 있었고 가난하고 더러웠지만 패배하지는 않았다. 상인, 재봉사, 랍비와 성가대 선창자의 자식들이었으며 독일군에게 빼앗은 무기로 무장을 했다. 그들은 계급장도 없는 누더기 군복을 입을 권리를 얻었으며 살해라는 쓰디쓴 음식을 여러 번 맛보았다.

투로프의 러시아인들은 예상치 못한 일과 맞닥뜨렸을 때처럼 불안한 눈으로 그들을 보았다. 러시아인들은 지쳤지만 결연한 이 사람들의 얼굴에서 그들이 예부터 'zhid'라고 불렀던 사람, 집에 온 이방인의 모습을 찾을 수 없었다. 러시아인을 속이기 위해 러시아어로 말하지만 이상한 언어로 생각하고 그리스도를 인정하지 않는 대신 이해할 수 없는 우스꽝스러운 계율을 따르고 부유하지만 비겁하며 교활함만을 과시하는 유대인의 모습을 말이다. 세상이 뒤바뀌었다. 유대인들은 영국인처럼, 미국인처럼, 그리고 3년 전 동맹을 맺었던 히틀러처럼 이제 동맹군이 되었고 무장을 하고 있다. 우리가 배우는 사상들은 단순하고 세상은 복잡하다. 러시아인들은 유대인들을 받아들이고 악수를 하고 그들과 함께 보드카를 마셔야 할 터였다. 누군가가 어색하게 웃어보려 했고 몸에 맞지 않은 헐렁한 군복을 걸친, 헝클어진 머리에 피로와 먼지에 뒤덮인 잿빛 얼굴의 여자들에게 쭈뼛쭈뼛 접근하기도 했다.

　　몰이해의 벽은 다른 모든 벽들과 마찬가지로 양면을 가지고 있다. 이해를 전혀 못 하는 데서 당혹스러움과 불편과 적의가 탄생한다. 하지만 게달레의 유대인들은 그 순간 당혹스러움도 적대감도 느끼지 않았다. 오히려 그들은 즐거웠다. 유격대원으로 매일 새로운 모험을 하면서, 얼어붙은 스텝에서, 눈과 진흙 속에서 그들은 자신들의 아버지와 할아버지가 알지 못하던 새로운 자유를 찾았고 친구들과 적을, 자연을 만났고 행동을 했다. 그들은 평상시의 절제된 생활에서 벗어나서 축복과 저주를 구별할 수도 없을 정도로 술을 마시는 관습이 있는 부림절*에 포도주에 취하듯 이러한 만남에 취했다. 그들은 유쾌했고 우리에서 나온 짐승처럼, 복수를 위해 일어선 노예들처럼 잔인했다. 비싼 대가를 치러야 했지만 그들은 복수를 즐겼다. 전방에서 여러 차례 방해 작전을 펼쳤고 습격하고 충돌했다. 최근에도, 오래전이 아니라 불과 며칠 전에도 행동을 했었다. 최고의 시간이었다. 그들 단

* 이스라엘 민족이 페르시아의 총리 하만이 꾀한 유대인 절멸에서 벗어난 것을 기념하는 축제.

독으로 북쪽으로 80킬로미터 떨어진 류반의 주둔부대를 공격했다. 소탕작전에 투입할 독일군과 우크라이나군이 합류하던 곳이었다. 류반의 마을에는 기능공들의 조그만 게토도 있었다. 독일군들은 류반에서 쫓겨갔다. 그들은 강철로 만들어진 게 아니었고 그들 역시 죽음을 피할 수 없는 인간들이었다. 자신들이 약세에 몰리자 유대인들이 보는 앞에서도 사분오열해서 달아나버렸다. 어떤 독일군은 무기를 버리고 해빙으로 불어난 강물 속으로 뛰어들었다. 기쁨을 주는 광경이었고 무덤 속까지 가져갈 장면이었다. 유대인들은 황홀한 얼굴로 러시아인들에게 이런 이야기들을 들려주었다. 그렇다, 금발에 초록 눈을 가진, 독일 국방군의 병사들이 그들 앞에서 달아나서 물에 뛰어들었고 강물에 떠밀려오는 얼음판에 기어오르려 발버둥 쳤다. 그래서 유대인들이 다시 발사를 했다. 독일군의 시신이 물에 가라앉거나 얼음 판에 실려 하구로 떠내려가는 것을 보았다. 두말할 필요도 없이 승리는 오래가지 않았다. 언제나 승리는 오래가지 않는 법이다. 알다시피 유대인의 기쁨은 공포로 끝이 난다. 그들은 류반의 유대인들 중 전투를 할 수 있어 보이는 사람들을 데리고 숲으로 몸을 숨겼지만 독일군들이 돌아와서 게토에 남아 있던 유대인들을 모두 죽였다. 전쟁은 그런 것이었다. 전쟁은 뒤를 돌아보지 않는 것이고, 손익을 계산하지 않는 것이며, 독일군 천 명과 유대인 한 명, 죽은 유대인 천 명과 죽은 독일군 한 명이 싸우는 것이다. 유대인들은 내일이 없기 때문에, 내일을 신경 쓰지 않아도 되기 때문에,

그리고 개구리들처럼 얼음물에서 버둥거리는 초인들을 보았기 때문에 즐거웠다. 아무도 빼앗아갈 수 없는 선물이었다.

그들은 다른 유용한 정보들도 가져왔다. 소탕작전은 벌써 시작되어서 그들은 자신들의 은신처에서 떠날 수밖에 없었다. 게다가 그 은신처는 굴을 파서 임시로 만든 초라한 것으로 여기 투로프와는 비교도 할 수 없었다. 그러나 대대적인 소탕작전은 아니었다. 탱크도 대포도 없었다. 그들이 독일군 포로를 심문해 본 결과 포위 공격망이 가장 취약한 지점은 울리빈이 생각했던 바로 그곳이었다. 그러니까 남서쪽, 스트비가 강가.

도프는 건강했다. 다리도 거의 절지 않았지만 예전보다 허리는 조금 더 굽었다. 다시 정성스레 빗은 머리는 숱이 훨씬 적었고 백발이 더 성성했다. 시슬이 그에게 뭐라도 좀 먹겠냐고 묻자 그가 웃으면서 대답했다. "환자에게 물어보고 건강한 사람 먹을 걸 주겠지." 하지만 그는 요기보다 우선 이야기를 하고 싶어 했다. 이야기를 들으려고 그의 주위로 유대인이며 러시아인들이 둥그렇게 모였다. 위대한 땅에서 유격대원의 땅으로 되돌아온 사람이 그리 많지 않기 때문이었다.

"저 두 사람 한참 이야기하고 있지? 한 시간은 됐나? 좋은 신호야. 이야기를 많이 하면 할수록 합의점을 찾게 되지. 당연하지, 난 치료를 받았어. 무슨 생각들을 하는 거야? 키예프 병원에서 치료받았지. 병원에 지붕이 없었어. 아니 아직 없었다고 해야겠네. 지금 건물을 짓는 중이니까. 누가 그 건물을 짓고 있는지 알아? 스탈린그라드에서 항복한 독일인 포로들이야.

지붕도 없고 먹을 것도 없고 마취제도 없었지만 여의사들은 있었어. 그 의사들이 즉시 날 수술해주었지. 무릎에서 뭔가를 제거했는데 뼈였어. 그걸 내게 보여주더라고. 지하실에서, 아세틸렌 불빛 밑에서 수술을 했어. 다음 날 병실로 보냈지. 어마어마하게 넓은 병실이어서 한쪽 벽에만 병상이 백 개도 더 됐어. 침대에 산 사람, 죽어가는 사람, 죽은 사람이 누워 있었고. 병원에 있는 건 유쾌한 일은 아니지만 바로 그 병실에서 내게 행운이 찾아왔지 뭔가. 운이 좋으면 수소도 송아지를 낳는 법이니까. 폴리트뷰로* 고위 간부가 병원을 공식 방문한 거야. 우크라이나인이던 간부는 키가 작고 통통하고 대머리에 농부 같은 인상이었어. 훈장이 가슴을 뒤덮었더군. 들것이 정신없이 오가는 와중에 그가 내 앞에서 걸음을 멈췄어. 내가 누구인지, 어디서 왔고 어디를 다쳤는지 묻더라고. 그 사람 뒤에 라디오 방송국 사람들이 서 있었어. 그가 갑자기 우리는 모두, 그러니까 러시아인이나 그루지아인, 야쿠트족, 유대인 할 것 없이 모두 위대한 어머니 러시아의 자손이어서 서로 싸우는 일을 끝내야 한다고 일장 연설을 시작했어."

표트르의 목소리가 들렸다.

"그 사람이 우크라이나인이고 고위 간부라면 그 사람 집 청소나 시작하라고 말해줬어야 해요! 우크라이나인들은 형편없는 인간들이에요. 독일군이 왔을 때 문을 열어주고 빵과 소금을 줬

---

* 소비에트 공산당 중앙 위원회 정치국.

다니까요. 우크라이나 민족주의자가 독일군보다 더 나빠요." 다른 사람들이 표트르의 말을 가로막고 도프에게 어서 이야기를 계속하라고 권했다.

"……그러더니 내게 묻더라고. 완쾌되면 어디로 가고 싶냐고. 내 고향은 너무 멀다고, 내게는 유격대 친구들이 있어서 친구들에게 돌아가고 싶다고 대답했다네. 그래, 내가 완쾌되었다고 진단을 내리자마자 그가 바삐 움직였지. 아마 본보기를 보여주고 싶었는지도 몰라. 그가 게달레와 부대원이 어디 있는지를 추적해서 날 낙하산에 태워 게달레 병영 근처에 내려주었어. 사적인 선물로 받은 대구경 자동권총 네 자루도 함께 말이야. 낙하산을 타고 내려오기가 몹시 두려웠지만 난 진흙탕에 떨어졌고 아무 데도 다치지 않았어."

도프는 위대한 땅에서 회복기를 보내며 보고 들은 이야기가 한 보따리 있었지만 지휘부의 문이 열리고 게달레와 올리빈이 나와서 모두 조용해졌다.

제6장
1944년 5월

울리빈이 먼저 공식적인 어조로 말문을 열었다.

　"내 정보와 여기 이 동지가 가져온 정보가 완벽하게 일치하오. 독일군들은 폴란드 국경에서 오고 있는데 병력은 크지 않소. 정예부대들은 다 전선으로 보냈는데 그 부대들이 돌아올 때는 더 이상 정예부대라고 할 수 없게 되오. 이탈리아와 헝가리가 그들을 버렸소. 슬로바키아와 폴란드는 더 이상 그들을 신뢰하지 않아요. 독일군들은 이 늪지를 포위하려 하고 포위망을 점점 좁혀오고 있소. 포위망이 제일 취약한 지점은 남쪽, 레치차와 우크라이나 국경 쪽이오. 그쪽을 뚫고 지나갈 것이오. 그다음에 각기 다른 길을 가게 될 거요. 두 부대를 통합하면 아무런 이익은 얻지 못하는 대신 너무 눈에 잘 뜨일 위험이 있소. 게다가 게달레 동지의 부대는 모스크바의 인정과 지원을 받았으니……."

　"인정은 많이 지원은 조금 받았소!" 누군가 이디시어로 울리빈의 말을 가로막았다. "조용히 해라, 요제크!" 게달레가 감정을 싣지 않고 말했다. "……그리고 게달레 동지 부대는 자유롭게 행동할 수 있소. 병영의 유대인들은 선택할 수 있소. 우리와 함께 포위망을 뚫고 동쪽으로 가서 전선으로 가는 거요. 아니면……."

"······아니면 나와 같이 가는 거요." 게달레가 말했다. "우리 계획은 다르오. 우리는 서둘러 집에 돌아가지 않을 거요. 포위망을 뚫으면 서쪽으로 가서 포로들을 해방시키고 독일군 후방을 교란하고 정산할 일은 정산할 거요. 우리와 같이 가고 싶은 사람은 이쪽으로 서시오. 각자 노보셀키에서 이곳에 왔을 때 가지고 온 개인 무기를 가져갈 수 있소."

막사는 혼잡했다. 어수선하고 떠들썩하게 선택이 이루어졌다. 멘델과 시슬과 라인과 레오니드는 망설이지 않고 게달레의 편을 택했다. 반면 파벨 주위에서는 뜨거운 논쟁이 벌어졌다. 파벨도 게달레와 같이 가고 싶었지만 자기 말이 걸렸다. 울리빈이 말을 주지 않으면 파벨도 남아야 할 것이다. 게달레는 무슨 말인지 이해를 못해서 설명을 요구했다. 파벨의 굵은 목소리가 왁자지껄한 소음을 눌렀다.

"나는 독일어를 아니까 대장에게 도움이 되겠지만 내 말은 독일어를 모르잖아요. 내 말을 어디다 쓰시겠어요?"

울리빈은 웃지도 않은 채 얼굴을 찡그렸는데 그 이유를 알기 어려웠다. 곧 그가 말했다. "좋네, 자네들이 말과 그 주인을 가져가게." 그러나 표트르도 게달레 편에 서 있는 것을 보자 이번에는 승낙을 하지 않았다.

"너는 거기하고 무슨 상관이지? 무슨 생각을 하는 거야? 그쪽에서 뭘 하겠다고?"

"이 사람들은 다 먼 곳에서 왔잖아요." 표트르가 대답했다.

"전부 다 이 지역을 잘 몰라요. 30분만 걸으면 모두 익사해버릴 걸요."

"헛소리하지 마. 이 사람들이 너한테 안내해달라고 부탁하지도 않았잖아. 이 사람들끼리 잘해낼 거야. 네 일이나 잘해. 페드야 꼴 나고 싶지 않으면."

"저분이 안내해달라고 했어요." 표트르가 도프를 가리켰다. 하지만 즉흥적으로 대답한 게 분명했다. 그러더니 덧붙였다. "……이건 탈영이 아니에요, 대장 동지. 이쪽도 저쪽도 다 부대잖습니까." 이렇게 말을 하기는 했지만 말하면서 벌받는 어린아이 같은 얼굴로 게달레 무리를 떠나 울리빈 편으로 돌아갔다.

시간이 늦어서 벌써 밤이 되었고 출발 시간이 다가왔다. 울리빈은 막사에 숨겨놓은 지뢰의 도화선에 불을 붙이게 했다. 그리고 모두 밖의 공터에 모였다. 조용히 하라는 명령이 내려졌지만 흥분해서 소곤거리는 소리와 오케스트라 단원들이 서곡을 시작하기 전에 악기를 조율할 때처럼 불협화음의 목소리들이 웅성거리는 게 들려왔다. 불협화음이기는 하나 자세히 들어본다면 러시아인들과 유대인들이 각기 다른 음자리표로 되풀이하는 모티프를 식별할 수 있었을 것이다. 즉 표트르가, 대담하고 순수한 그 표트르가 스텐카 라진*처럼 외국 여자의 눈에 정신을 잃었다는 것이다. 시슬의 회색빛 눈인지 라인의 검은 눈인지에 대해서는 의견이 갈렸다. 소문은 자연스러운 힘을 가지고 있다. 상황을 참을 수 없게, 아주 불편하게 만든다. 그리고 늪지 한가운데에서

---

* 1668년에 일어난 러시아 농민 반란의 지도자였으나 아름다운 페르시아 공주에게 빠져 쾌락의 시간을 보냈다. 그러다 곧 공주를 볼가 강에 던져 익사시킨 뒤 다시 전의를 가다듬었다고 한다. 그를 기리기 위한 러시아 민요의 제목이기도 하다.

도, 전쟁 중에도, 녹고 있는 눈 속에서도 무럭무럭 커간다.

그들은 밤새 일렬종대로 걸었지만 독일군들의 흔적은 보이지 않았다. 새벽녘에 폴란드 국경에서 행군을 멈추고 버려진 오두막에서 쉬었다. 정오 무렵 보초를 서던 남자들이 독일군 부대가 큰 도로로 지나가는 것을 보았다. 모두 방어태세를 취했지만 대열은 오두막을 확인하려 하지 않고 그냥 직진했다. 그들은 다시 밤에 행군했다. 그리고 황무지에서 두 부대가 헤어졌다. 울리빈과 그의 대원들은 소비에트 땅으로 돌아가기 위해 오른쪽으로 방향을 바꾸었다. 게달레 부대는 황무지를 통해 레치차 쪽으로 갔다. 게달레가 대원들을 안심시켰다. "제일 위험한 곳은 지났다. 하룻밤만 더 걸으면 벗어나게 될 거다."

하지만 멘델과 그의 친구들은 이전에, 투로프 병영에 있을 때는 굉장히 안전하다고 생각했었다. 거기서는 배고픔도 추위도 경험하지 않았고 각자의 머리 위에 튼튼한 대들보로 지은 지붕과 권위가 있었다. 그건 울리빈 자신이거나 하늘에서 내려온 연락장교들이거나 더 멀리 있는 권력일 수도 있었다. 이 게달리스트(그들은 자신들을 이렇게 불렀다)들은 무모하고 뿌리 없이 떠도는 가난한 사람들이었다. 게달레의 부관인 요제크는 신문지 조각으로 잎담배를 말더니 레오니드에게 성냥을 빌려달라고 했다. 그리고 성냥을 길게 반으로 잘라 반쪽으로 불을 붙이고 나머지 반은 주머니에 다시 넣었다. 암소 두 마리는 전리품이라고 그가 말했다. 며칠 전 류반을 공격하다가 손에 넣게 되었다. '전쟁

중에는 보급품도 생각해야 하기 때문이었다.' 비쩍 마른 암소는
앞으로 걸으려 하지 않았다. 풀포기를 발견하기만 하면 걸음을
멈추고 고집스럽게 풀을 뜯었는데 고삐를 잡아당겨도 말을 듣지
않아서 행군이 늦어지곤 했다. 나무 그늘 때문에 눈이 여기저기
남아 있는 곳에서는 이끼를 찾아 땅을 파헤쳤다. "기회가 오기만
하면 제일 먼저 팔아야겠어." 요제크가 구체적으로 말했다.

　　요제크는 러시아인이 아니라 폴란드 비알리스토크 출신이
었다. 그는 위조 전문가였다. 올리빈 부대와 헤어지고 처음 쉬는
곳에서 그가 멘델에게 자기 이야기를 들려주었다. 처음부터 위
조를 한 건 아니었다. 자신이 어떻게 러시아인들에게 체포됐는
지 몰랐다.

　　"멋진 직업이었지만 쉽지는 않았어. 1928년부터 그 일을 시
작했으니, 어릴 때부터 한 거지. 석판인쇄 견습생으로 시작했고
우표를 위조했어. 그 무렵에는 폴란드 경찰이 다른 데 신경을 쓰
고 있어서 크게 위험하지는 않았지만 돈은 많이 못 벌었지. 1937
년에 서류 위조를 시작했어. 난 특히 여권 위조를 잘했지. 그러다
가 전쟁이 터진 거야. 비알리스토크에 러시아군이 들어왔고
1941년에는 독일군에게 점령되었지. 난 몸을 숨겨야 했지만 잘
살았어. 서류를 만들어달라는 요청이 밀려들었거든. 특히 폴란
드인들은 배급증을, 유대인들은 아리아인 신분증을 부탁했지.

　　전쟁이 끝날 때까지 그렇게 조용히 지냈을 텐데 내 경쟁자
가 날 고발한 거지. 내가 수고비를 너무 조금 받았거든. 3주 동안

감옥에 갇혀 있었어. 물론 내 서류도 위조를 해서 2대에 걸친 기독교인으로 만들어놨어. 그렇지만 그자들이 옷을 벗겨서 내가 유대인이라는 게 발각된 거지. 그래서 날 작센하우젠 라거로 보내서 거기서 돌 깨는 노동을 했어."

요제크가 말을 멈추더니 아까 남겨두었던 성냥으로 다시 담배에 불을 붙였다. 그는 흐릿한 금발에 몸매는 호리호리했고 키는 중간 정도였다. 얼굴은 여우처럼 갸름했고 초록 눈에는 속눈썹이 거의 없었는데 항상 시선을 집중하기 위해서인 듯 눈을 가느스름하게 떴다. 대원들은 빈터에서 쉬고 있었다. 요제크는 이슬에 젖은 축축한 풀밭에 누워서 담배를 피우며 즐겁게 이야기를 들려주었다. 여러 명이 그를 둘러싸고 이야기를 들었다. 벌써 다 아는 이야기였지만 다시 듣는 걸 좋아했다. 잠을 자는 사람들도 있었다. 레오니드는 라인과 멀찌감치 떨어져 있었고 시슬은 한쪽에서 이야기를 듣고 있었다. 그녀는 실과 바늘을 꺼내서 희미한 새벽빛에 양말을 기웠다.

"세상은 요지경이야." 요제크가 다시 입을 열었다. "유대인은 죽지만 위조를 전문으로 하는 유대인은 살아남으니 말이야. 1942년 말에 라거에 공고가 붙었어. 독일군에서 식자공과 석판 인쇄공을 찾는다는 거였지. 내가 나섰지. 그러자 라거 안쪽의 작은 건물로 나를 보내더라고. 나는 꿈을 꾸는 것 같았어. 내 작업장보다 장비가 훨씬 더 잘 갖춰져 있더라고. 거기서 폴란드인, 체코인, 독일인, 그리고 유대인 포로들이 달러와 마르크를 위조했어. 첩보원들의 서류도. 자랑이 아니라, 내가 제일 솜씨가 좋아서 취급하기 어려운 일은 다 내게 맡기더라고. 그렇지만 난 그게 몹시 위험한 일이라는 걸 알았지. 우리들 중 누구도 살아서 나가지 못할 게 분명했어. 그래서 나는 열심히 금을 모았지. 금이 없는 라거가 없었으니까. 그리고 내 이송 명령서를 가짜로 만들었어."

"왜 석방 명령서를 만들지 않았죠?" 멘델이 물었다.

"자네는 라거가 어떤 곳인지 모르는 게 분명하군. 석방되는 유대인은 단 한 명도 보지 못했으니까. 나는 브레스트리토프스크 라거로 이송하라는 명령서를 만들었지. 폴란드인은 폴란드에서 탈출하는 게 제일 좋으니까. 완벽하게 위조를 했지. SS의 서류용지에 n.67703번호를 기록하고 Funktionshäftling, 그러니까 포로 담당 공무원, 요제프 트레이스트먼 이름으로 서명을 하고 도장을 찍었어. 굉장히 위험한 일이었지만 선택의 여지가 없다는 것 자체가 선택을 하게 만들었어. 독일군들이 호위병 둘과 함께 나를 기차에 태웠지. 지역 출신의 늙은 군인들이었어. 금으로 그들을 매수했어. 그 사람들은 얼른 기회를 잡았지. 나는 브레스트에 도착하기 조금 전에 탈출했어. 2주 동안 숨어 지내다가 게달레를 만난 거지."

하루하루가 지나고 서로를 좀 더 자세히 알게 되면서 멘델은 게달레와 울리빈이 절대 마음이 맞지 않는다는 게 점점 더 당연하게 생각되었다. 아주 오래전부터 러시아인과 유대인이 많이 달랐다는 점과는 별도로 이렇게 상이한 두 사람을 만나기도 힘

들 것만 같았다. 두 사람의 성격에서 찾을 수 있는 유일한 공통점
은 용기였다. 용기가 없는 지휘관은 오래 버티지 못하기 때문에
이건 이상한 일은 아니었다. 그렇지만 두 사람의 용기는 성격이
달랐다. 올리빈의 용기는 고집스럽고 이해하기 힘든 용기, 타고
난 것이라기보다 연구와 단련의 결과 같은 용기이자 책임감이었
다. 그의 모든 결정과 명령은 하늘에서 땅으로 내려오듯 권위와
말로 표현하기 힘든 위협이 잔뜩 담겨 있었다. 올리빈은 빈틈없
는 사람이었기에 대부분은 타당한 명령이었지만 그렇지 않을 때
에도 그것은 위압적으로 들려서 감히 거역하기가 어려웠다. 게
달레의 용기는 자연발생적이고 다양했으며 학교가 아니라 구속
을 견디지 못하고 미래를 자세히 탐구하길 싫어하는 그의 기질
에서 발산되었다. 올리빈이 계산을 하는 곳에 게달레는 게임을
하듯 몸을 던졌다. 멘델은 그에게서 값비싼 합금처럼 잘 용해되
어 있는 이질적인 금속들을 발견했다. 그러니까 『탈무드』 연구
자들 같은 논리와 대담한 상상력, 음악가와 어린아이 같은 감수
성, 유랑극단 배우들이 지닌 희극적인 힘, 러시아 땅에서 흡수한
생명력이 잘 섞여 있었다.

　게달레는 키가 크고 마른 체형인데 어깨가 넓었지만 팔다리
가 가늘고 가슴이 빈약했다. 코는 뱃머리처럼 끝이 휘고 날카로
웠으며 검은 머리와 경계를 이룬 이마는 좁았다. 두 뺨은 움푹 들
어갔고 바람과 태양에 단련된 피부에 깊은 주름들이 새겨져 있
었다. 입은 크고 큰 이가 빼곡했다. 행동은 민첩했지만 걸을 때는

일부러 그러는 듯 서커스단의 광대처럼 우스꽝스럽게 걸었다. 그럴 필요가 없을 때에도 크고 우렁찬 목소리로 말했는데 가슴이 마치 공명상자 역할을 하는 것 같았다. 그리고 자주 웃었는데 별로 웃기지 않을 때에도 웃곤 했다.

붉은 군대의 위계질서에 익숙한 멘델과 레오니드는 게달리스트들의 행동방식이 어리둥절하고 놀라웠다. 문제에 대한 결정은 떠들썩한 회의에서 격식을 차리지 않고 내려버렸다. 게달레와 요제크, 혹은 다른 사람의 대담한 계획을 앞뒤 가리지 않고 받아들일 때도 있었다. 어떨 때는 말다툼이 벌어지기도 했지만 금방 진정이 되었다. 부대 안에서는 영원히 지속되는 긴장이나 불화는 없는 듯했다. 구성원들은 시오니스트라고 선언했지만 다양한 경향을 지니고 있었고 유대민족주의나 마르크스적 신념, 종교적 신념, 무정부주의적 평등주의, 당신이 땅을 구원하면 땅이 당신을 구원해줄 테니 땅으로 돌아가라는 톨스토이의 주장과도 접목을 시킬 수 있을 정도로 미묘한 차이가 있었다. 멘델도 시오니스트라고 밝혔다. 며칠 동안 멘델은 자신이 어떤 성향을 가지고 있는지 파악해보려 했지만 결국 포기하고 말았다. 그는 여러 가지 이데올로기를 동시에 추종하기도 했고 아무것도 따르지 않거나 자주 변했다. 물론 그는 이론보다는 행동에 더 재능이 있었다. 그의 목표는 단순했다. 살아남고 독일인들에게 최대한 피해를 입히고 팔레스타인으로 가는 것이었다.

게달레는 경솔하다고 할 정도로 호기심이 많았다. 새로 합류한 사람들에게 이름이나 생년월일 같은 자료는 전혀 물어보지 않았고 공식적으로 그들을 부대에 받아들이지도 않았지만 각 개인사를 알고 싶어 했고 어린아이같이 순진한 관심을 보이며 이야기를 들었다. 그는 모두에게 호감을 느끼고 모든 이들의 장점을 높이 평가하고 약점은 눈감아주는 듯했다. "L'khà yim.*" 그가 파벨의 이야기를 듣고 나더니 말했다. "인생을 위하여. 잘 왔소. 당신 등에 축복이 있기를. 우린 당신 같은 등이 필요해. 당신은 유대 들소야. 희귀 동물이지. 우리에게 소중한 사람이 될 거야. 혹시 그렇게 되고 싶지 않을 수도 있지만 유대인으로 태어난 사람은 유대인으로 살아야 하고 들소로 태어나면 들소로 살아야해. 이곳에 오는 사람에게 축복이 있기를."

포위망을 벗어난 뒤 부대에게 허락된 최초의 편안한 휴식이었다. 버려진 소작농의 건초장에서 밤을 보냈다. 맑은 물을 마실 수 있는 우물을 찾아냈고 공기는 부드럽고 향기로웠다. 모두들 긴장이 풀린 얼굴이었다. 게달레는 이런 상태를 즐기는 중이었다.

레오니드는 2, 3분으로 자기 이야기를 압축해서 말했지만 게달레는 불쾌해하지 않았고 더 이상 알고 싶어 하지 않았다. 그저 이렇게만 말했다.

"너는 너무 젊어. 젊음은 곧 치료될 질병이지. 약도 없지만 말이야. 어쨌든 위험할 수 있어. 젊음이 있는 한은 조심하도록 해."

* '인생을 위하여' 이디시어.

레오니드가 깜짝 놀라 의아한 눈으로 그를 보았다.

"무슨 말씀입니까?"

"내 말을 액면 그대로 받아들이지 말았으면 좋겠군. 다른 이스라엘 자손들처럼 내 피에도 예언자의 피가 흐르거든. 그래서 가끔 예언자 놀이를 해."

라인과 시슬에게는 예언을 포기하고 오페레타 배우같이 과장되게 행동했다. 두 여자를 "나의 귀부인들"이라고 불렀지만 나이가 몇 살인지, 아직 처녀인지, 사귀는 남자는 누구인지를 물었다. 시슬은 겁을 먹고 겨우 대답했으나 라인은 당당하게 말했다. 둘 다 서둘러 이 심문을 끝내고 싶어 하는 걸 노골적으로 드러냈다. 게달레는 더 이상 묻지 않고 멘델에게로 질문을 돌렸다. 그는 멘델의 이야기를 주의 깊게 들었다. "자네는 연기를 하지 않는군. 시계 수리공이었다고. 허세를 부리지도 않고 용맹스러운 척하지도 않았어. 자네도 환영하네. 자네는 신중하니까 우리에게 도움이 될 거야. 평형추 역할을 하게 될 걸세. 여기서 우리들끼리 생활하다 보면 신중함을 조금씩 잊어버리게 돼. 우리가 한 가지만 빼고는 다 기억하지 않아도 되지만."

"한 가지가 뭡니까?" 멘델이 물었다.

게달레가 엄숙하게 둘째 손가락을 코에 가져갔다.

"'너희가 이집트에서 나온 뒤 길에서 아말렉에게 당한 일을 잊지 마라. 그는 너희가 길을 가고 있을 때 뒤에 처진 허약한 사람들, 병자와 지친 사람들을 공격했다. 그는 하느님 두려운 줄을 몰랐다. 그러므로 너희 하느님께서 너희 원수들을 물리쳐주실 터이니 너희는 아말렉의 기억을 지워버려라. 기억하지 마라.*'
자, 이게 우리가 기억해야 할 것일세. 내가 외우고 있었던 건데 이 상황에는 적절하지 않군그래.”

5월 중순경 게달레 부대는 성급한 은방울꽃과 데이지로 온통 새 하얀 고린 강에서 야영을 했다. 남녀 모두 옷을 다 벗거나 거의 벗고 느릿느릿 흐르는 강물에 기분 좋게 몸을 씻었다. 요제크는 무장한 동료 둘과 함께 암소 두 마리와 파벨의 말을 데리고 레치 차로 떠났다. 우크라이나 국경에 있는 레치차에는 시장이 있었 다. 몇 시간 뒤 요제크가 암소 두 마리와 빵, 치즈, 돼지기름, 소 금에 절인 고기, 비누를 교환해가지고 돌아왔다. 나머지는 점령 한 독일의 마르크로 받았다. 지빠귀는 짐을 잔뜩 싣고 땀을 뻘뻘 흘리며 신이 나서 걸어왔다. 전쟁이 끝난 것 같았다. 어쨌든 겨울 은 분명히 끝났다. 조그만 시내에서 요제크는 독일군들의 흔적 을 하나도 발견하지 못했다. 독일군이 있다면 아마 숨을 죽이고 있을 것이다. 그는 농부들에게 설명을 하거나 흥정할 필요가 없 었다. 농부들은 유격대에게(그게 어떤 성향의 부대든) 호기심을 보여서도 인색하게 굴어서도 안 된다는 걸 오래전에 배웠다.

　돌아오는 길에 요제크는 부대원 절반가량이 말없이 강가에 모여 있는 것을 보았다. 게달레는 나무 그루터기에 앉아 물에 발 을 담그고 바이올린을 들고 있었다. 그리고 블리즈나에서 온 남

---

* 구약성서, 「신명기」, 25장 17.

자들 중의 하나로 곰처럼 털북숭이인 이추가 웃통을 벗고 강 한
가운데의 바위 쪽으로 한 걸음 한 걸음 천천히 걸어가고 있었다.
모두 그를 지켜봤는데 그가 움직이지도 말을 하지도 말라고 모
두에게 신호를 보냈다. 바위에 발을 딛자 물속에 완전히 잠수를
했는데 여전히 동작 속도가 매우 느렸다. 잠시 물이 출렁이는 게
보이더니 이추가 양손에 큰 물고기 한 마리를 잡아 들고 올라왔
다. 물고기가 정신없이 퍼덕거렸다. 물고기 머리 뒤쪽을 물자 물
고기는 힘을 잃었다. 두 뼘 정도 되는 물고기의 청동 비늘이 햇빛
아래서 반짝였다.

"잡은 게 뭔가, 이추?" 게달레가 물었다.

"송어라고 생각했는데 잉어네요!" 이추가 강가로 다시 올라
오며 자랑스레 대답했다. "이상하죠, 이렇게 얕은 물에 잉어가
살다니." 그가 납작한 바위 옆에 웅크리고 앉아서 물고기의 배를
가르고 흐르는 물에 씻더니 칼로 등을 따라 자른 뒤 몸통 살을
저며내서 먹기 시작했다.

"왜, 익혀서 먹지 않나?"

"생선은 익히면 비타민이 파괴돼요." 이추가 생선을 씹으며
대답했다.

"그렇지만 훨씬 더 맛있잖아. 그리고 인이 더 많아지고, 인
을 많이 섭취하면 똑똑해져. 자네 블리즈나 사람들은 항상 날걸
로 먹나 보군."

게달레는 멀리서 요제크를 알아보고 손을 흔들어 인사했다.

"잘했어, 요제크, 일주일 만에 해결했군그래." 그러더니 다시 바이올린을 연주했다. 그는 상체에 아무것도 걸치지 않았는데 무아지경에 빠진 얼굴이었다. 연주하는 음악 때문인지 족욕을 하고 있어서인지 알 수 없었다. 하지만 벨라가 그에게 평화를 주지 않았다. 투로프에 게달레 부대와 같이 온 세 여자들 중 벨라가 게달레와 제일 가까워 보였다. 벨라 본인은 당당하고 분명한 게달레의 여자라고 생각하는 반면 게달레 의견은 다르거나 이 문제를 해결하는 데 신경을 쓰지 않는 것 같았다. 벨라는 다른 사람들과 함께 텐트를 조립하는 중이었지만 하던 일을 멈추고는 게달레가 귀머거리라도 되는 양 계속 소리를 질러서 그의 연주를 중단시켰다. 게달레는 화를 내지 않고 잘 들어주며 대답을 하고 연주를 시작했다. 그러면 벨라가 다시 불평을 쏟아내 연주를 중단시켰다.

"바이올린 좀 집어치워. 차라리 여기 와서 좀 돕든지!"

"버드나무에 바이올린 걸어놔, 게달레!" 멀리서 도프가 소리쳤다.

"우린 아직 예루살렘에 도착하려면 멀었어요. 바빌로니아에 계속 있는 것도 아니고." 게달레가 대답했다. 그러고는 다시 연주를 시작했다. 벨라는 금발에 뾰로통한 긴 얼굴을 가진 자그마하고 날씬한 여자였다. 그녀는 마흔 살가량으로 보이는 반면 게달레는 서른 살을 넘었다고 보기는 힘들었다. 벨라는 야단치고 비난하는 일이 잦았고 명령을 내리기도 했는데 아무도 그 명령을 따르는 사람이 없었지만 그녀는 개의치 않았다. 게달레는 빈 정거림을 살짝 담아서 부드럽게 그녀를 대했다.

늦은 오전에 보초들이 한 남자를 발견했다. 남자는 "쏘지 마요!"라고 외쳤다. 보초들이 가까이 다가오게 하고 보니 표트르였다. 게달레는 별로 놀라는 기색도 없이 그를 맞았다.

"훌륭해. 우리에게 잘 왔네. 앉게나. 조금 있다 식사를 할 거야."

"대장 동지." 표트르가 말했다. "저는 권총 한 자루밖에 없습니다. 대구경 자동권총은 울리빈 부대원들에게 줬습니다."

"그걸 가져왔으면 더 좋았겠지만 상관없어."

"들어보세요, 저는 제가 잘한 일이 아니란 거 압니다. 그렇지만 울리빈하고 말다툼을 했어요. 울리빈은 너무 엄격해요. 저한테만 아니라 모두에게 말이죠. 어느 날 밤 심각한 토론이 벌어졌었죠…… 정치 토론이었어요."

"게달리스트들 얘기를 했겠지, 안 그래?"

"어떻게 아셨어요?"

게달레가 대답을 하는 대신 이렇게 물었다.

"자넬 찾으러 사람을 보내지 않을까? 우린 울리빈하고 문제가 생기는 건 원치 않아."

"절 찾으러 사람을 보내지는 않을 겁니다. 절 쫓아낸 게 바로 울리빈이니까요. 대구경 자동권총 내려놓고 당장 꺼지라고 말했는걸요. 대장님네로 가라고 한 게 바로 울리빈이었어요."

"화가 나서 그랬겠지. 취했거나. 그랬다면 아마 나중에 다시 생각해보겠지."

"화가 났지 술에 취하진 않았어요." 표트르가 말했다. "그리고 이제 그 부대는 걸어서 사오일은 걸리는 곳에 가 있는데요. 난 탈영병이 아니에요. 겁이 나서 여기 온 게 아니에요. 여러분과 같이 싸우려고 온 거죠."

그날 밤 정확한 이유도 없이 게달레 병영에서 잔치가 벌어졌다. 늪지와 위험을 벗어난 첫날이기도 하고 만개한 봄의 첫날이기 때문일지도 몰랐다. 갑자기 표트르가 와서 모두 신이 났을 수도 있고 그저 요제크가 지빠귀 등에 수북이 실은 다른 식량들 속에 조그만 폴란드 보드카 한 통도 넣어왔기 때문일 수도 있었다. 두 개의 모래언덕 사이에 모닥불을 피우고 모두 둥글게 빙 둘러앉았다. 도프가 게달레에게 불을 피우는 게 경솔한 일일 수도 있다고 말해서 게달레가 불을 껐다. 그렇기는 해도 타다 남은 장작의 희미한 불빛도 모두의 마음을 똑같이 따뜻하게 해주었다.

제일 먼저 장기 자랑에 나선 사람은 파벨이었다. 아무도 그의 이름을 부르지 않았지만 장작불 옆에 거만하게 서 있었다. 숯을 한 조각 집어 들더니 윗입술 위에 콧수염 두 개를 그리고 젖은 앞머리를 이마 위로 내리고 눈높이로 팔을 뻗어 모두에게 경례를 했다. 그리고 열변을 토하기 시작했다. 처음에는 독일어로 이야기를 시작했는데 차츰 목소리가 격앙되었다. 히틀러를 흉내 낸 그의 연설은 즉흥적인 것으로 내용보다 그 어조가 특히 중요했지만 그가 독일 병사들에게 마지막 한 사람이 남을 때까지 싸우라고 격려하면서 매번 위대한 독일의 영웅들을 후레자식들, 개새끼들, 우리 피와 우리 땅을 수호하는 녀석들, 멍청한 녀석들 같이 여러 가지 이름으로 부르자 모두들 웃음을 터트렸다. 차츰차츰 그의 분노가 고조되다가 숨이 막혀 말을 할 수가 없는 지경이 되어 개처럼 으르렁거렸는데 이 소리는 또 발작적인 기침으로 중단되었다. 갑자기 종기가 터져버리듯 독일어를 중단하고 이디시어로 이야기를 계속해서 모두들 배꼽을 잡고 웃었다. 완전히 섬망에 빠져서 추방당한 자들의 언어로 누군가에게 누구를 학살하라고 헛소리를 하는 히틀러의 말을 들으니 이상했다. 독일인들이 유대인을 학살하라는 건지 반대인지 정확하지 않았다. 모두들 열광적으로 박수를 치고 앙코르를 외쳤다. 그러자 파벨은 매우 위엄 있게, 자신이 즐겨 부르던 노래 대신(그의 설명에 따르면 1937년 바르샤바의 카바레에서 첫선을 보였다고 한다) 〈오 솔레 미오〉라는 노래를 아무도 모르는 언어로 불렀다. 파벨은 그게 이탈리아어라고 주장했다.

그다음은 칼잡이 못텔이 무대로 나왔다. 키가 작은 못텔은 다리가 짧고 팔이 굉장히 길며 원숭이처럼 민첩하게 움직였다. 그가 타다 남은 장작 세 개를 잡은 뒤 네 개, 다섯 개를 잡더니 주위로, 머리 위로, 자신의 다리 사이로 던져 빙빙 돌아가게 했다. 보랏빛 하늘을 배경으로 반짝반짝 빛나는 궤도들이 그려지며 점점 더 복잡하게 뒤얽혔다. 그는 박수갈채를 받자 사방으로 허리

를 숙여 감사 인사를 하고 오랑우탄의 우스꽝스러운 걸음걸이를
흉내 내며 들어갔다. 왜 칼잡이라는 거지? 다른 사람들이 못텔은
그냥 평범한 사람이 아니라고 멘델에게 설명해주었다. 그는 민
스크 출신으로 서른여섯 살이고 칼로 목을 베어 두 사람을 죽였
다. 그가 목 베는 일을 하던 초기에는 존경받을 만큼 일을 잘했
다. 4년 동안 유대인 공동체에서 shokhèt, 즉 의식을 위해 도살
을 하는 사람이었다. 그는 규정된 시험을 통과했고 자격증도 갖
게 되었다. 예리한 칼을 보관하고 있다가 단칼에 동물의 숨통과
식도와 경동맥을 끊어놓는 기술에서 전문가로 간주되었다. 그러
나 그 뒤 나쁜 길로 들어서게 되었다(사람들은 여자 때문이었다
고 수군댔다). 아내와 가정을 버렸고 그 지역 암흑가로 들어갔
다. 이전에 하던 일과 이론적인 지식을 잊지 않기는 했지만 그는
가방을 훔치고 남의 집 담을 넘는 일도 훌륭하게 해냈다. 의식에
쓰던 긴 칼, 끝이 무딘 그 칼을 보관하고 있었다. 그렇지만 자신
의 새로운 진로를 상징하기 위해 칼끝을 사선으로 잘라서 뾰족
하게 만들었다. 그렇게 변형시킨 칼은 다른 용도로도 사용되었
다.

　"여자도! 여자도 나와라!" 보드카에 취한 목쉰 소리로 누군
가 외쳤다. 벨라가 금발을 매만지며 앞으로 나왔지만 파벨이 곰
처럼 뒤뚱거리다가 그녀의 엉덩이를 밀어서 둥글게 앉은 구경꾼
들 속으로 그녀를 다시 보내버렸다. 그녀는 다시 제자리에 앉았
다. 파벨의 무대가 다 끝나지 않았던 것이다. 술에 취한 건지 취

한 척하는 건지 알기 힘들었다. 이번에는 하시드교*의 랍비 흉내를 냈다. 물론 랍비는 술에 취해 있었는데 안식일에 히브리어라고 주장했지만 사실은 사창가에서 쓰는 러시아어로 기도를 올렸다. 랍비는 숨이 넘어갈 듯이, 현기증이 날 정도로 빠르게 기도를 했는데 더러운 돼지가 말뚝 사이로 빠져나가게 해서는 안 되기 때문이었다(파벨이 따로 설명해주었다). 그러니까 신성한 언어들 사이로 이단적인 생각이 삐져나와서는 안 되기 때문이었다. 이번에는 박수가 신통치 않았다.

벨라는 포기하지 않았다. 장작불로 다가가서 우아하게 왼손을 들더니 오른쪽 가슴에 올려 놓고 가곡을 불렀다. "그래요, 난 멀리 떠날 거예요." 그러나 그녀는 그리 멀리 가지 못했다. 몇 소절을 부르고 나자 목소리가 갈라졌고 그녀가 갑자기 흐느껴 울었기 때문이었다. 게달레가 와서 그녀의 손을 잡고 한쪽으로 데려갔다.

여기저기서 도프의 이름을 불렀다. "나와요, 시베리아 삼촌." 표트르가 그에게 말했다. "위대한 땅에서 뭘 봤는지 얘기 좀 해줘요." 파벨이 그의 뒤를 이어서 말했다. 그는 어느새 잔치의 진행자 역할을 맡았다. "자 이제, 우리들 중 제일 지혜롭고 나이가 많고 사랑을 많이 받는 다비드 야보르가 여러분을 즐겁게 해드릴 겁니다. 어서요, 도프, 다들 당신을 보고 싶어 하고 얘길 듣고 싶어 해요." 거의 보름달에 가까운 달이 도프의 하얀 머리를 환히 비췄다. 도프는 마지못해 둥근 원의 한가운데로 갔다. 그가

* 유대교의 일파.

수줍은 듯 웃으며 말했다.

"내가 뭘 할 줄 안다고? 난 노래도 못하고 춤도 못 춰. 키예프에서 본 건 벌써 여러 번 말해줬잖아."

"무정부주의자였던 할아버지 얘기 해줘요."

"고향에서 곰 사냥하던 얘기요."

"독일군 열차에서 도망칠 때 얘기요."

"유성 얘기요." 그렇지만 도프가 몸을 사렸다.

"전부 다 했던 얘기잖아. 한 이야기를 또 하고 또 하는 것처럼 지겨운 게 어디 있나? 차라리 게임을 하지. 아니면 시합도 좋고."

"레슬링요!" 표트르가 말했다. "누가 나하고 붙어볼래요?"

잠시 아무도 움직이지 않았다. 라인과 레오니드가 짧게 의논을 했다. 레오니드는 도전을 받아들이려 했지만 라인이 무슨 이유에서인지 적극적으로 말렸다. 마침내 레오니드가 그녀의 손을 벗어났다. 두 경쟁자가 상의와 장화를 벗고 방어 자세를 취했다. 서로 상대의 어깨를 잡고 다리를 움직여서 상대를 쓰러뜨리려 했다. 여러 차례 주위를 빙빙 돌다가 레오니드가 표트르의 허리에 팔을 두르려 했으나 성공하지 못했다. 부대의 개 두 마리가 불안하게 짖어대고 으르렁거리며 털을 곤추세웠다. 표트르는 레오니드보다 힘이 훨씬 셀 뿐만 아니라 팔이 아주 길어서 도움이 되었다. 혼란스러우면서도 그다지 공평하지 않은 난투가 벌어지다가 레오니드가 쓰러지자 그 당장 표트르가 그 위에 올라가서 레오니드의 어깨를 눌러 땅에 닿게 했다. 표트르가 두 손을 들어 관중들에게 인사를 했다. 곧 도프가 그 앞에 섰다.

"왜 그러세요, 삼촌?" 표트르가 물었다. 그는 도프보다 키가 머리 하나 정도는 더 컸다.

"나하고 시합해보세." 도프가 이렇게 말한 뒤 방어 자세를 취했지만 느릿느릿 움직였고 두 손은 손목에서 축 늘어져 있었는데 휴식을 취할 때면 버릇처럼 취하는 자세였다. 표트르는 당황해하며 기다렸다. "지금 내가 하나 가르쳐주지." 도프가 말하면서 표트르에게 다가갔다. 표트르가 그에게서 눈을 떼지 않으며 뒤로 물러섰다. 달빛만 희미한 밤이어서 도프의 동작이 또렷이 보이지 않았다. 도프가 몸을 살짝 낮추면서 한 손과 무릎을 죽 뻗는 게 보였다. 표트르가 균형을 잃고 비틀거리다가 벌러덩 넘어졌다. 표트르가 다시 일어나서 몸을 흔들어 흙을 털었다. "이런 공격법은 어디서 배운 겁니까?" 표트르가 화가 나서 물었다. "군대에서 가르쳐주던가요?" "아니." 도프가 대답했다. "우리 아버지가 가르쳐주셨지." 게달레는 도프가 이 레슬링 방식을 전 부대원에게 가르쳐야 한다고 말했다. 그러자 도프는 기꺼이 그러겠다고, 특히 여자들에게 가르쳐주겠다고 대답했다. 모두 웃었다. 도프는 자신이 사모예드 레슬링 법을 사용했다고 덧붙였다. 그가 태어난 곳에 사모예드족 가족이 여럿 유배를 왔었다고 한다. "그 사람들을 사모예드라고 부른 건 러시아인들이지. 러시아인들은 그 사람들이 인육을 먹는다고 생각했거든. '사모예드'란

'자기 자신을 먹는다'라는 뜻이야. 그래서 그 사람들은 그렇게 불리는 걸 좋아하지 않았어. 훌륭한 사람들이야. 배울 게 아주 많지. 바람이 불 때 불을 피우는 법이나 땔나무 짐 밑에서 눈보라를 피하는 법이나. 또 개썰매를 모는 법도 배웠지."

"그런 게 우리에게 도움이 되기는 그리 쉽지 않을 거예요." 표트르가 지적했다.

"아니, 뭔가 도움이 될 수 있어." 도프가 말했다. 그는 표트르가 상의와 같이 놓아둔 벨트에서 칼을 꺼냈다. 두 손가락으로 칼끝을 잡고 표적을 겨누는 것처럼 잠시 균형을 맞추더니 8에서 10미터 정도 떨어져 있는 단풍나무 몸통을 향해 던졌다. 칼은 빙빙 돌며 날아가다가 나무에 깊이 박혔다. 다른 사람들도 해보았다. 특히 깜짝 놀라기도 하고 질투심도 느끼던 표트르가 제일 먼저 했다. 하지만 아무도 성공하지 못했다. 나무와의 거리를 반으로 줄여도 마찬가지였다. 그나마 가장 성공한 경우에는 칼 손잡이나 옆면이 몸통에 부딪쳤다가 바닥에 떨어졌다. 게달레와 멘델은 나무 몸통의 중심에 맞추지도 못했다.

"단풍나무 대신에 괴벨스 박사가 서 있지 않는 게 원통한 일이군그래." 공연에도 시합에도 참가하지 않았던 요제크가 말했다. 사람을 죽이려면 아무 칼이나 사용해서는 안 된다고 도프가 설명했다. 가늘지만 무겁고 균형이 잘 맞는 특수 칼이 필요했다. "알았나, 요제크?" 게달레가 말했다. "다음에 시장에 갈 때까지 잘 기억해둬."

벌써 잠이 든 대원들도 몇 명 있었는데 게달레가 바이올린을 들고 노래를 시작했다. 하지만 박수를 받으려고 부르는 노래가 아니었다. 나지막하게 노래를 불렀다. 평상시 대화할 때 그렇게 크게 말하던 그가 말이다. 다른 게달리스트들이 함께 불렀다. 합창하는 목소리들 중 듣기 좋은 목소리와 다소 귀에 거슬리는 목소리도 있었지만 모두 확신과 울분에 차 있었다. 멘델과 그의 동료들은 거의 행진곡에 가까운 빠른 리듬의 노래를, 이런 내용의 가사를 들으며 깜짝 놀랐다.

당신들이 우리를 아는가? 우리는 게토의 양들,

천년 동안 털이 깎이고 모욕을 당한 양들.

우리는 십자가의 그늘에서 시들어가는

재봉사요, 필경사요, 선창자들이지.

이제 우리는 숲속의 오솔길을 익혔다네.

총 쏘는 법을 배웠다네. 정확히 목표물을 맞히지.

　　내가 나를 위하지 않는다면 누가 나를 위할까?

　　그렇게 하지 않으면 어떻게? 지금이 아니면 언제?

우리 형제들은 하늘로 올라갔지.

소비부르와 트레블링카의 굴뚝을 타고,

허공에 무덤을 팠지.

우리 몇 사람만이 살아남아 있다네.

익사한 우리 민족의 명예를 위해,

복수와 증언을 위해,

　　내가 나를 위하지 않는다면 누가 나를 위할까?

　　그렇게 하지 않으면 어떻게? 지금이 아니면 언제?

우리는 다윗의 자손이요, 마사다에서 끝까지 저항하던 사람들.

우리는 모두 주머니에 돌을 가지고 다닌다네.

골리앗의 이마를 산산조각 낼 돌을.

형제들이여, 묘지가 된 유럽을 떠나라.

약속의 땅을 향해 함께 배를 타자.

다른 인간들 속에서 인간으로 살아갈 곳을 향해.

　　내가 나를 위하지 않는다면 누가 나를 위할까?

　　그렇게 하지 않으면 어떻게? 지금이 아니면 언제?

노래가 끝나자 모두 담요를 두르고 잠들었다. 보초들만 야영지 네 귀퉁이에 있는 나무에 올라가 망을 보았다. 아침에 멘델이 게달레에게 물었다.

"어젯밤 부른 노래가 뭡니까? 당신들 군가인가요?"

"그렇게 부르고 싶으면 그렇게 불러도 돼. 그렇지만 군가는 아냐. 그냥 노래지."

"당신이 작곡했습니까?"

"작곡은 내가 했는데 시간이 흐르면서 조금씩 변해. 어디 기록을 해두지 않았으니까. 가사는 내가 쓴 게 아니야. 자, 봐, 여기 적혀 있네."

게달레가 상의 안주머니에서 기름을 입힌 방수 천으로 싸서 끈으로 묶은 작은 꾸러미를 꺼냈다. 그것을 풀어서 구겨진 모눈 종이 한 장을 꺼냈다. 13 Juni, Samstag*라는 날짜가 적혀 있었다. 수첩에서 되는대로 찢은 종이였다. 종이에는 연필로 쓴 이디시 글자들이 빼곡했다. 멘델이 종이를 받아서 찬찬히 본 다음 게달레에게 돌려주었다.

"인쇄체는 겨우 읽겠는데 이탤릭체는 전혀 읽을 수가 없네요. 제가 다 잊어버려서요."

게달레가 말했다.

"난 그 글씨 읽는 법을 늦게, 1942년 코소보 게토에서 배웠어. 한때 우리는 비밀 언어로 그걸 사용했지. 코소보에서 마틴 폰 타쉬가 나하고 같이 있었다네. 목수였지. 끝까지 목수 일을 해서 생활비를 벌었지만 그가 열정을 가진 건 곡을 쓰는 거였어. 가사를 쓰고 작곡을 하고 전부 다 혼자 했지. 갈리시아 전역에서 유명했어. 기타를 가지고 다니면서 결혼식과 마을 축제에서 노래를 했다네. 카바레에서도 가끔 노래했지. 자식을 넷 둔 온순한 남자였지만 게토에서 반란이 일어났을 때 우리와 함께했다네. 우리와 같이 탈출해서 숲으로 갔지. 젊지 않은 나이에 가족도 없이 혼자서 말이야. 가족들은 다 처형당했거든. 지난해 봄 우리는 노보그루도크 쪽에 있었는데 독일군의 끔찍한 소탕작전이 자행되었

---

* 6월 13일 토요일을 뜻하는 독일어.

어. 우리들 중 절반이 싸우다가 죽었고 마틴은 부상을 당한 채 포로가 되고 말았지. 마틴의 몸을 수색하던 독일군이 주머니에서 플루트를 찾아냈어. 플루트라기보다 피리라고 하는 게 맞겠지. 마틴이 딱총나무를 깎아서 만든 볼품없는 장난감이었어. 그런데 그 독일군이 플루트 연주자였던 거야. 마틴에게 유격대는 교수형을 당하고 유대인은 총살을 당한다고 말하더니 마틴은 유대인이자 유격대원이니 어떻게 죽을지 선택할 수 있다고 했지. 그렇지만 그 독일인도 음악을 사랑하는 연주자였기 때문에 그에게 마지막 소원을 말해보라고 했어. 합당한 소원이어야 했지만 말이야.

마틴은 마지막으로 곡을 하나 쓰게 해달라고 했지. 독일군은 그에게 30분의 시간을 줬고 이 종이를 준 뒤 독방에 혼자 남겨뒀어. 시간이 지나자 다시 돌아와서 마틴이 지은 곡을 받고 처형을 했지. 이런 이야기를 들려준 건 어떤 러시아인이었어. 처음에 독일군에게 협력했던 사람이었지. 그러다가 독일군에게 이중첩자라는 의심을 받아서 마틴의 옆방에 갇혀 있었던 거야. 하지만 탈출에 성공해서 우리와 몇 달을 함께 지냈다네. 독일군은 마틴이 작곡한 노래를 자랑스러워했던 것 같아. 진귀한 물건처럼 그걸 사람들에게 보여줬다고 해. 그리고 기회가 되면 제일 먼저 가사를 번역하겠다고 마음먹었나 봐. 하지만 늦었지. 우리는 그자를 감시하고 있다가 미행을 했고 그자가 사는 곳을 알아냈거든. 어느 날 밤 우린 그가 사는 이즈바에 맨발로 잠입했어. 난 공평한 걸 좋아하기 때문에 그에게 마지막 소원이 뭐냐고 물어보고 싶었어. 그렇지만 못텔이 서두르라고 했지. 그래서 내가 침대에서 자는 그자의 목을 졸랐어. 그리고 그자가 가지고 있던 마틴의 플루트하고 노래를 찾아냈지. 그자에게는 행운을 가져다주지 못했지만 우리에게는 부적과 같아. 자, 여기 보게. 이 밑에 자네가 들었던 노래 가사가 있어. 맨 밑에 적힌 말은 이런 뜻이야. '곧 죽음을 맞게 될 나 마틴 폰타쉬 씀. 1943년 6월 13일 토요일.' 마지막 줄은 이디시어가 아니라 히브리어야. 자네도 아는 말이지. '들어라, 이스라엘아, 우리 하느님 여호와는 오직 하나인 여호와시니.'

　　마틴은 다른 곡도 많이 썼는데 흥겨운 노래도 있고 슬픈 것도 있어. 제일 유명한 노래는 아주 오래전, 독일인이 폴란드에 들어오기 전, 유대인 대학살 때 쓴 거지. 그때는 유대인 대학살을 농민들이 도맡았거든. 유대인만이 아니라 거의 모든 폴란드인이 그 노래를 알고 있지만 그게 목수 마틴이 지은 노래라는 걸 아는 사람은 아무도 없어."

　　게달레가 꾸러미를 다시 묶어서 안주머니에 넣었다.

　　"이제 됐네. 매일 이런 생각을 하는 건 아니야. 가끔 하는 게 좋지만 어떤 유격대원이 이런 생각을 마음속에 간직하고 있으면 그 생각들이 독이 되어 그를 해치게 되고 더 이상 유격대원으로 살 수 없게 되지. 난 보드카, 여자, 그리고 대구경 자동권총 이 세 가지밖에 믿지 않아, 잘 기억해두게. 한때는 이성도 신뢰했지만 지금은 아니야.”

며칠 뒤 게달레는 충분히 휴식을 취했으므로 행군을 다시 시작하기로 결정했다.

“……우리 부대는 열려 있는 부대요. 러시아에 남고 싶은 사람은 떠나도 되오. 물론 무기는 가지고 갈 수 없소. 전선의 이동을 기다리거나 가고 싶은 곳으로 가는 것도 자유요.” 아무도 부대를 떠나려 하지 않았다. 그래서 게달레가 표트르에게 물었다.

“자네, 이 지역 지리 잘 알지?”

“물론이죠.” 표트르가 대답했다.

“철로까지 얼마나 가야 하지?”

“12킬로미터 정도요.”

“아주 좋아.” 게달레가 말했다. “다음 목적지까지는 기차를 타고 가자.”

“기차로요? 그렇지만 기차마다 호위병들이 있는데요!” 멘델이 말했다.

“알아, 언제고 시도는 해볼 수 있는 일이니까. 호위병 문제는 궁리해보면 되겠지.” 게달레가 보기에는 파벨의 반대 이유가 더 심각해 보였다.

“그럼 말은요? 전 말을 버리고 가고 싶지 않아요. 우리에게 필요하기도 하고요. 우리 짐의 반을 지빠귀가 운반하니까요.”

게달레가 다시 표트르를 돌아보았다.

"이 철로로 어떤 기차들이 다니지?"

"거의 전부가 화물차예요. 가끔 기차에 승객이 타기도 해요. 암시장에서 일하는 사람들이죠. 독일군 보급 물자를 수송하는 기차면 호위병들이 타요. 그런데 절대 수가 많지는 않아요. 기관차에 두 명, 마지막 객차에 두 명 이렇죠. 군용열차는 이쪽을 통과하지 않고요."

"제일 가까운 역이 어디지?"

"콜키 역요. 남쪽으로 40킬로미터 떨어져 있어요. 작은 역이에요."

"적하장은 있나?"

"몰라요. 기억 안 나요."

도프가 끼어들었다.

"왜 기차를 타고 싶어 하는 건가?"

게달레가 초조하게 대답했다.

"왜 기차를 타면 안 되는 겁니까? 우리는 천 킬로도 더 걸어왔어요. 그런데 철로가 코앞에 있어요. 간단히 말해 나는 사람들이 우리를 기억할 만한 방법으로 폴란드 땅으로 들어가고 싶은 거요."

잠시 생각에 잠겼다가 덧붙였다.

"역에서 기차를 타는 건 너무 위험해. 들판에서 기차를 세워야 해. 그때 말은 기차에 탈 수 없을 거야. 자, 짐은 우리가 가져가자고. 다음 목적지까지 그리 멀지 않으니까. 자네 파벨은 말을 타고 먼저 가서 콜키에서 우릴 기다리게."

파벨이 그 말을 믿지 않았다.

"그러다가 여러분이 안 오면요?"

"우리가 안 가면 자네가 말을 타고 우리한테 오면 되지."

"혹시 적하장이 없으면요?"

게달레가 어깨를 으쓱했다. "혹시, 혹시, 혹시! 앞일을 미리다 예상하는 건 독일군들뿐이야. 그놈들이 전쟁에 패하는 것도 바로 그 이유 때문이고. 적하장이 없으면 우리가 만들면 된다. 그곳에 가보면 방법이 다 있을 거야. 떠나라, 파벨. 자네가 농부라는 걸 명심해. 그리고 마을 사람들 눈에 너무 띄지 않게 조심하고. 이쪽 지역에서는 독일군이 말을 징발해 가니까."

파벨이 말을 타고 떠났다. 그러나 총총걸음을 걷던 지빠귀는 사람들의 시야에서 사라지기도 전에 평상시의 장중한 걸음걸이로 되돌아갔다. 게달레와 대원들은 행군을 시작했고 두 시간이 채 안 되어서 철로에 도착했다. 단선철로였고 태양 광선처럼 곧게 평원을 가로질렀다.

가능성과 희망을 혼동하기는 아주 쉽다. 모두들 기차가 북쪽에서 와서 폴란드 국경으로 곧장 달릴 거라 예상했다. 몇 시간을 기다리고 나자 예상과는 달리 남쪽에서 기차가 보이기 시작했다. 화물열차였고 속도가 느렸다. 게달레는 선로 양옆의 관목 뒤에 무장한 대원들을 잠복시켰다. 그리고 자신은 셔츠 차림으로 무기를 갖지 않은 채 선로 사이에 서서 빨간 천을 흔들었다.

기차가 속도를 늦추다가 멈춰 섰다. 기관실에서 즉시 총을 쏘기 시작했다. 게달레가 번개같이 옆으로 튀어서 개암나무 뒤로 몸을 피했다. 다른 대원들이 대응사격을 했다. 멘델 역시 기관차의 조그만 창문을 명중시키려 애쓰면서, 제대로 전투 훈련이 된 게달리스트들을 보고 감탄했다. 지금까지 본 그들의 태도로 미루어보아 멘델은 그들이 대담할 것이라고 예상했는데 실제로도 그랬다. 하지만 그는 그들이 그렇게 정확하고 경제적으로, 그동안 연마한 완벽한 사격술로 총을 쏠 거라고는 예상하지 못했다. 그들이 부른 노래 가사대로라면 재봉사들, 필경사들과 선창자들이었다. 하지만 그들은 새로운 직업을 금방 훌륭히 배웠다. 미숙하거나 겁에 질린 사람은 바로 구별이 된다. 그들은 큰 방어물, 바위나 아름드리나무를 찾았다. 이런 곳은 그들을 보호해줄 수는 있지만 이동을 할 수도 없고 머리를 내놓지 않고는 총을 쏘기도 힘들다. 하지만 이 부대원들은 무성한 관목 뒤에 납작 엎드려서 나뭇잎들 사이로 총을 쏘았고 이리저리 방향을 바꿔서 적들을 당황하게 만들었다.

열차 호위병들도 객차 철판의 보호를 받으며 정확하게 빗발치듯 총을 쏘아댔다. 적어도 네 명은 되는 듯했고 실탄을 아끼지 않았다. 하지만 맨 마지막 객차는 무방비상태였다. 멘델은 갑자기 뛰쳐나가 객차로 돌진하는 못텔을 보았다. 못텔은 순식간에 마지막 객차 지붕 위로 올라갔다. 지붕 위는 안전했다. 게다가 기관실에서는 그를 보지 못했다. 그의 허리춤에 독일제 수류탄이 매달려 있었다. 작은 곤봉 모양 지연신관 수류탄이었다. 그가 객차와 객차를 지나고 연결 부분은 점프를 해서 기관차 쪽으로 달려갔다. 첫 번째 객차 지붕에 도착해서 수류탄의 뇌관을 제거하고 몇 초 기다리는 게 보였다. 그리고 그 수류탄으로 기관차의 뒤 유리창을 깨고 안으로 수류탄을 던졌다.

수류탄이 터졌고 총격이 멈췄다. 기관차에 있던 호위병은 세 명이었다. 한 명은 아직 살아 있었지만 게달레가 주저 없이 끝장을 내주었다. 기관사와 화부도 죽어버렸다. 안타깝군, 게달레가 말했다. 그들은 독일인도 아니었고 살아 있었으면 도움이 되었을 것이다. 아 물론, 독일인을 위해 일하는 사람이 위험하다는 건 그도 안다. 그의 얼굴이 어린아이처럼 뾰루퉁했다. 못텔의 시도는 훌륭했지만 그의 계획을 망쳐놓았다.

"이제 누가 기차를 운전하지? 자네 수류탄에 조종간이 어떻게 망가져버렸는지 누가 알겠나. 무엇보다 거꾸로 가야 해."

"대장, 당신은 벽창호요. 만족을 모른다니까." 칭찬을 기대했던 못텔이 말했다. "난 대장한테 기차를 선물했는데 나를 비난만 하는군. 다음번에는 대장이 공격을 나가요. 난 담배나 피울 테니."

게달레는 그의 말에 신경 쓰지 않았다. 그리고 멘델에게 기관차로 올라가서 기차를 움직일 수 있는지 보라고 했다. 그사이 다른 대원들은 객차 안을 수색했다. 다들 실망해서 돌아왔다. 시멘트, 석회, 석탄 포대 말고는 귀중한 물건이 하나도 없었다. 게달레는 대원들과 말이 탈 수 있게 지붕이 있는 객차 두 량의 시멘트를 치우게 했다. 그는 아직도 기차로 평원을 여행할 생각을 버리지 않았다. 그는 몹시 흥분해 있었다. 칼로 포대를 다 찢어버리라고 명령했다. 그러다가 잠시 생각을 해보더니 기관차 앞의 선로 사이에 상당수의 포대를 쌓아놓게 했다. "급히 서두르지 않으면 일을 훨씬 더 잘할 수 있을 거야. 이렇게 해놓긴 했어도 비가 조금 내려주고 행운도 좀 따라주면 공격을 훌륭하게 봉쇄할걸." 그러더니 멘델이 있는 기관차로 올라갔다.

"어떤가? 어떤지 말 좀 해줄 수 있나?"

"기관차는 시계가 아닙니다." 멘델이 무미건조하게 대답했다.

"Nu, 어쨌든 둘 다 기계잖아. 그건 내 말에 대한 대답이 아니야. 기관차는 시계가 아니고 시계 수리공은 철도원이 아니지. 소는 돼지가 아니고 나 같은 사람은 대장이 아닌데 대장 일을 하고 있어. 그리고 최선을 다하고 있지. 아니 산적 두목이라고 해야 하나." 이 말을 하고서 게달레가 웃었다. 금세 터져 나오는 그의 웃음이 분위기를 순식간에 밝게 했다. 멘델도 웃었다.

"자 내려가세요. 한번 시도해보죠."

게달레가 내려갔고 멘델이 조종 장치를 움직였다. "조심해요, 이제 증기를 넣을 겁니다." 기관차 화통에서 김이 났고 연결 장치들에서 끼이익 소리가 났다. 기차가 뒤로 몇 미터 이동했다. 모두 탄성을 질렀다. "우아." 하지만 멘델이 말했다.

"아직은 증기기관에 압력이 있지만 오래가지 않을 거예요. 기관사만으로는 안 되고 화부가 필요해요." 전투에서 그렇게 뛰어났던 게달리스트들이지만 평화 시에 선택을 할 때는 우왕좌왕했다. 아무도 화부가 되려 하지 않았다. 복잡한 토론 끝에 여자 조수가 멘델에게 배당되었다. 여자이지만 남자만큼 힘이 센 까만 로켈레였다. 일종의 벌을 서는 게 틀림없었다. 며칠 전 그녀가 무기들을 소제할 때 소총의 스프링을 잃어버렸기 때문이었다. 하얀 로켈레와 구별하려고 까만 로켈레라고 불렀는데 얼굴이 집시처럼 까무잡잡했고 마른 체형에 행동이 민첩했다. 다리가 길고 목도 길었는데 목 위의 자그마한 삼각형 얼굴은 늘 웃고 있는 치켜 올라간 눈 때문에 환히 빛났다. 검은 머리는 하나로 모아 올림머리를 했다. 그녀는 스무 살을 갓 넘겼을 뿐이지만 역시 코소보의 베테랑이었다. 반대로 하얀 로켈레는 수수하고 온순한 여자로 거의 말이 없었다. 말을 할 때에도 목소리가 너무 작아 무슨 말인지 알아듣기가 힘들었다. 이런 이유로 그녀에 대해 아는 사람이 아무도 없었다. 그녀도 누군가에게 뭔가를 알리고 싶어 하지 않는 듯했다. 부대의 행군을 수동적으로 따라왔고 모두에게 복종했으며 절대 이의를 제기하지 않았다. 우크라이나 갈리시아의 외딴 마을 출신이었다.

멘델은 까만 로켈레에게 증기기관에 석탄을 어떻게 공급해야 하는지를 보여주었다. 다른 대원들은 모두 두 개의 빈 객차에 올라탔다. 기차가 움직였는데 기관차에 끌려가는 게 아니라 밀려갔다. 멘델은 기관차에서 길을 볼 수 없기 때문에 증기 스로틀 밸브를 막아놓아 기차가 제일 낮은 속도로 전진하게 했다. 요제크가 기관총을 가지고 이제는 첫째 칸이 된 마지막 칸의 제동수자리에 서 있었다. 그리고 길잡이 역할을 했다. 이따금씩 요제크와 멘델 둘 다 객차 밖으로 몸을 내밀었고 요제크가 멘델에게 길에 아무 장애가 없다고 신호를 했다. 화부는 게임을 하듯 웃었고 아이처럼 신이 나서 석탄을 삽으로 떴다. 까만 로켈레는 순식간에 땀에 흠뻑 젖었다. 이번에는 정말 머리에서 발끝까지 까맣게 돼서 눈과 이가 어둠 속의 등대처럼 반짝였다. 하지만 멘델은 전혀 즐겁지 않았다. 기계라는 동물을 길들이는 데서 느낀 만족감은 금방 사라졌다. 기차 바닥의 피를 보니 마음이 불편했다. 거의 맹목적으로 이루어진 이 행군 때문에 불안했다. 이유를 알 수 없는 광기와 극단적인 무모함이 이 모험을 만들어낸 것 같았다. 그는 게달레가 얼마나 멀리 내다보고 계획을 세웠는지 알지 못했다.

중간쯤 왔을 때 그는 게달레가 장기적인 계획을 세우는 일이 드물다고 확신할 수밖에 없게 되었다. 그는 즉흥적으로 행동하기를 좋아했다. 게달레가 객차 밖으로 몸을 내밀고 그에게 기차를 세우라고 신호했다. 그가 기차를 세웠다. 둘 다 기차에서 내렸다.

"들어보게, 시계공, 우리가 가능한 한 이 기차를 파손해야겠다는 생각이 떠올랐는데. 어떻게 하면 될까?"

"이 상황에서는 정말 어떻게도 할 수 없습니다." 멘델이 대답했다. "우리가 거꾸로가 아니고 곧장 갔다면 객차들의 연결을 풀어서 어떻게든 움직일 수 없게 만들 수도 있었겠지요. 그렇지만 그건 지금과는 상관없는 문제예요. 지금 할 수 있는 일이라고는 무개화차의 가장자리를 아래쪽으로 구부려놓는 것뿐입니다. 그러면 기차가 진동할 때마다 석회와 석탄이 구부러진 경사면을 따라 흘러나갈 겁니다."

"객차하고 기관차는?"

"나중에 생각해보죠." 멘델이 말했다. "대장이 충분히 즐기고 나서 말이죠."

게달레는 이런 도발적인 말을 못 들은 척하고 남자 셋을 보내서 가장자리를 아래쪽으로 구부려놓게 했다. 그리고 기차가 다시 출발했고 양옆으로 석탄과 석회를 신나게 뿌려댔다. 그들은 이른 오후에 콜키 역에 도착했다. 그리고 화차는 거의 비워졌다. 파벨과 말은 적하장에서 기다리고 있었다. 조그만 역에는 역장 말고는 아무도 없었다. 하지만 역장은 요제크가 들고 있는 기관총을 보자 일종의 거수경례를 하고 역 안으로 들어갔다. 멘델이 기차를 세우고 순식간에 파벨과 지빠귀를 태우고 다시 떠났다. 게달레는 신이 났다. 그래서 멘델에게 더 빨리 달리라는 신호를 보냈다. "사르니로! 사르니로!" 요란한 기계음 위로 두 객차에서 지르는 환호성과 노랫소리, 그리고 깜짝 놀란 지빠귀의 울음소리가 멘델에게까지 들렸다.

잠시 뒤 사람이 살지 않는 스텝을 가르며 흐르는 조그만 강가에서 멘델은 스스로 결단을 내려 기차를 세웠다. 잠시 쉬며 로켈레가 얼굴을 좀 닦게 하려는 이유도 있었고 증기기관의 물이 다 떨어져가고 있다는 걸 알리기 위해서이기도 했다. 모두 일에 뛰어들어서 이용할 수 있는 작은 용기들, 그러니까 냄비 몇 개와 기관차에서 찾은 양동이 몇 개를 가지고 강과 기차 사이를 왔다 갔다 했다. 물을 나르는 일은 한참 동안 계속되었다. 멘델은 그 기회를 이용해서 파벨의 말을 들었다. 그는 콜키에서 본 상황을 이야기하는 중이었다.

"말도 나도 위험하지 않았어요. 아무도 우리에게 신경을 안 썼고 말 한마디 걸지 않더라고요. 그렇지만 나를 진짜 농부로 생각하는 사람은 아무도 없는 것 같았어요. 독일군은 못 봤어요. 있기는 있을 거예요. 읍사무소 앞에 독일군 선전 포스터들이 붙어 있었거든요. 그래도 길에서는 안 보였어요. 사람들은 이제 말하는 걸 두려워하지 않았어요. 아니 예전보다 거리낌이 없어졌다고 할까. 선술집에 들어갔더니 라디오를 틀어놨더라고요. 모스크바 방송국 아나운서 목소리였어요. 러시아군이 크리미아를 재탈환했다는 소식을 전하더군요. 매일 독일 도시들이 폭격을 당하고 있고 이탈리아에서는 연합군이 로마 문턱에 도착했대요. 아, 마을의 거리를 산책하고 화분의 꽃이 만발한 발코니며 상점 간판이며 커튼 달린 창문을 보니 어찌나 기분이 좋던지! 이것 좀 봐요, 내가 가져온 거예요. 벽에서 떼어왔어요. 길모퉁이마다 붙어 있었어요.”

파벨이 질이 좋지 않은 누런 종이에 러시아어와 폴란드어가 크게 인쇄된 포스터를 여러 사람에게 보여주었다. 이렇게 적혀 있었다. ‘독일군을 위해 일하지 마라. 독일군에게 정보를 주지 마라. 독일군에게 식량을 제공하는 자는 처형당한다. 이 포스터를 읽는 사람이여, 우리는 당신을 감시하고 있다. 이 포스터를 벽에서 찢으면 총살한다.’

“그런데 이걸 찢어왔어?” 못텔이 물었다.

“찢지 않았어, 떼어왔지. 이건 다르다고. 난 조심스럽게 떼어냈어. 내가 이걸 가져가서 다른 사람에게 보여주려고 한다는 걸 누구나 알아차렸을걸. 실제로 난 총살 안 당했잖아. 봤어? 붉은 별 연대 서명이 있어. 이쪽 지역은 그들이 지휘한 거지.”

“우리도 한번 해보자.” 게달레가 충동적으로 그의 말을 가로막았다. “사르니에 우리 식으로 들어가는 거야. 우리를 기억할 수 있게. 사르니 아는 사람 누가 있나?”

폴란드 군대에서 병역을 마친 요제크가 알았다. 인구가 2만 명가량의 그리 크지 않은 도시였다. 공장이 몇 개 있고 방적공장과 철도차량을 수리하는 정비소가 하나 있었다. 역은? 요제크는 전쟁이 발발하기 바로 전에 잠시 역을 수비했었기 때문에 너무나 잘 알았다. 사르니는 국경을 넘기 전에 있는 폴란드의 마지막 도시였다. 러시아군은 전쟁이 발발하고 나서 곧 전투도 없이 도시에 들어왔다. 루블린과 바르샤바로 가는 선로가 사르니 역을 지나기 때문에, 그리고 차량 정비소가 있어서 역은 아주 중요했다. 큰 차고와 기관차를 정비소로 끌고 가는 데 사용하는 전차대가 있었다. 게달레의 얼굴이 환하게 밝아지더니 멘델에게 말했다. "자네 기관차가 영광스러운 죽음을 맞겠는걸." 멘델은 자기까지도 그런 종말을 맞지는 않길 바란다고 말했다.

게달레는 한밤중에 조차장 입구에서 기차를 세웠다. 그리고 모두 객차에서 내리게 했다. 깜깜한 어둠 때문에 겁에 질린 말이 흥분을 했다. 내려가지 않으려고 했고 앞다리를 들어 올리고 서서 버텨보려 했다. 발작적으로 울어대며 객차 안쪽의 벽을 발로 찼다. 대원들이 말을 끌고 밀었다. 마침내 뛰어내리려고 결심했지만 착지를 제대로 하지 못해 앞다리가 부러졌다. 파벨은 아무 말 없이 자리를 떴다. 그래서 게달레가 말의 목에 총을 쏘아서 숨을 끊어놓았다. 사르니 역도 사람 하나 보이지 않았다. 총소리에도 아무 반응이 없었다. 게달레가 멘델에게 객차를 옆쪽의 선로로 밀라고 말했다. 그리고 요제크와 파벨에게 조심해서 앞으로 가서 전철기轉轍機를 전차대 방향으로 바꿔놓으라고 했다. 그들이 임무를 완수하고 돌아왔다. 그리고 전차대의 선로가 도착 선로와 비교해서 비스듬한 위치에 놓였다고 보고했다. 훌륭해, 게달레가 말했다. 기관차를 그쪽으로 보내서 전차대와 충돌해 그 안에서 산산조각 나버리면 정비소는 적어도 한 달가량은 봉쇄되게 될 것이다.

"그렇게 생각하지 않나, 시계공? 저 기관차에 정이 들었나

보지, 응? 나도 조금 그래, 그렇지만 이런 식으로 더 갈 자신이 없어. 그래도 저 기관차를 독일군에게 선물하고 싶지는 않거든. 내가 숲에서 배운 거 한 가지 말해주지. 적이 자네가 할 수 없을 것이라고 생각한 일을 하면 작전에서 성공한다는 거야. 자, 객차를 밀고 엔진에 시동을 걸고 뛰어내려."

멘델은 그 말대로 했다. 기관사가 없는 기관차가 어둠 속으로 사라졌고 화통에서 번지는 불꽃 때문에 겨우 그것을 분간할 수 있었다. 모두 숨을 죽이고 기다렸다. 몇 분 뒤 철판이 떨어져 나가는 요란한 소리, 천둥 같은 굉음과 날카롭게 쉬익 하는 소리가 들리더니 차츰 사라져갔다. 비상 사이렌이 울렸다. 흥분한 목소리들이 들렸다. 게달리스트들은 조용히 들판으로 도망쳤다. 칠흑 같은 어둠 속에서 손으로 더듬으며 선로와 케이블에 발이 걸려 넘어져가며 걸어가는 동안 상황에 어울리지 않게 기적의 은총을 찬양하는 말들이 멘델의 머릿속에서 맴돌았다. "우리를 위해 이곳에 기적을 만드신 당신, 우리들의 하느님, 세상의 왕이시여 축복을 받으소서."

게달레 부대는 이렇게 사람들이 사는 세상으로 자신들이 입장했음을 알렸다.

제7장
1944년 6월~7월

"파벨, 자네에겐 미안하네. 그렇지만 우린 몇 주 동안 커튼 쳐진 창문과 꽃 핀 발코니에서 떨어져 있는 게 좋을 거야. 특히 철로에서." 피신을 위해 울창한 숲으로 부대를 인솔하면서 게달레가 말했다. 그렇지만 야영을 한 지 사흘 뒤 게달레는 거의 민간인같이 변장을 했다. 그리고 무기를 내려놓고 자기가 올 때까지 개인행동을 절대 하지 말라고 말한 뒤 혼자 떠났다. 남은 사람들은 추측을 하기 시작했는데 아무 쓸모 없는 것에서부터 제법 그럴듯한 추측까지 다양했다. 그러던 중에 도프가 그만하라고 권했다.

"게달레는 게임을 좋아하지만 훌륭한 승부사이기도 해. 아무 말도 하지 않고 떠났다면 그 사람 나름의 이유가 있다는 뜻이지. 이제 바빠질 걸세. 지금 밭에 가면 언제든 일자리를 구할 수 있으니까."

권태와 불안감 속에서, 그리고 야영지에서 일상적으로 해야 하는 일들을 하면서 며칠이 흘렀다. 그런 일들은 따분하지만 시간을 죽이는 데 도움을 주었다. 게달레는 6월 10일에 아주 평온한 얼굴로 돌아왔는데 마치 평화의 시기에 멋진 산책이라도 갔다 온 사람 같았다. 그는 먹을 것을 좀 달라고 한 뒤 30분가량 누워서 잠을 잤다. 일어나서 기지개를 켜더니 한쪽에 약간 떨어져서 바이올린을 연주했다. 하지만 이야기가 하고 싶어 입이 근질근질한 게 분명했다. 누군가 입을 열 구실을 만들어주기만을 기다리고 있었다. 특별한 권한을 부여받지도 않았는데 자신이 식량 보급 책임자라고 생각하는 벨라가 구실을 만들어주었다. 벨라가 말을 할 때는 꼭 부리로 쪼는 것 같았다. 어린 참새가 쪼듯이, 날카롭기는 해도 아프지는 않았다.

"무슨 생각이 나서인지, 아니면 무슨 일 때문인지는 몰라도 말 한마디 없이 나가버리다니. 바보들을 버리듯 우릴 여기 버려두고 말이야. 게다가 식량도 바닥이 나고 있는데."

게달레가 바이올린을 다시 내려놓았다. 그리고 주머니에서 지폐 뭉치를 꺼냈다. "여기 있네, 여성 동지. 아직 굶어 죽을 정도는 아니야. 자, 다들 불러와봐. 회의를 해야 해. 회의를 한 지가 너무 오래됐어. 그리고 좋은 소식을 들은 지도 너무 오래됐고. 이제 좋은 소식이 있어."

모두 게달레 주위에 모였다. 게달레가 이렇게 말했다.

"연설은 기대하지 마시오. 연설은 내 취향이 아니니까. 질문도 하지 마시오. 적어도 지금은. 내가 할 수 있는 말은 여러분에게 다 해주겠소. 별로 많지는 않지만 중요하오. 이제 우린 고아가 아니오. 더 이상 떠돌이 개가 아니오. 몇 사람하고 이야기를 나눠봤더니 우리가 누군지, 어디서 왔는지 알고 있었소. 기관차 사건이 내가 생각했던 것보다 훨씬 더 도움이 되었소. 지금 돈을 가지

고 있는데 앞으로 더 갖게 될 거요. 어쩌면 무기와 정규군 군복
도. 우리가 혼자가 아니라는 것을 알게 되었소. 울리빈의 부대처
럼 붉은 군대에서 조직한 부대들 가운데에 농민들이 자발적으로
만든 부대와 우크라이나와 타타르의 반체제 인물들로 이루어진
부대, 도적들 부대들이 있고 우리 같은 유대인 부대들도 있었소.
또 다른 게달레와 또 다른 게달리스트들이 말이오. 그에 관해서
는 많이 이야기하지는 않았소. 러시아인들은 분리주의자들을 좋
아하지 않아서 말이오. 그렇지만 유대인 부대들이 있소. 무장이
잘되어 있기도 하고 그렇지 않기도 하고, 규모가 크기도 하고 작
기도 하고, 이동을 하기도 하고 한곳에 정착해 있기도 하오. 유대
인 대장이 지휘하는 부대까지 있다고 하오.

    우리의 목표를 제시했고 그들도 동의했소. 우리는 계속 우
리 길을 갈 것이오. 이게 그들에게도 좋소. 우리는 전선을 기다려
서는 안 되오. 우리는 전위부대이기 때문에 전선을 앞질러야 하
오. 그들은 우리가 지금까지 항상 해왔던 게릴라전, 파괴 작전,
교란 작전을 계속하길 기대하고 있지만 그 이상의 것도 기대하
고 있소. 폴란드 내륙으로 전진해서 전쟁 포로와 유대인 포로들
이 수용되어 있는 라거를 공격하는 것이오. 만일 아직도 있다면
말이오. 우리가 낙오병들을 규합하고 이 나라의 첩자와 협력자
들을 깨끗이 청소해버리는 거요. 우리는 서쪽으로 이동해야 하
오. 러시아인들은 우리를 서유럽에 러시아인으로 소개하고 싶어
하오. 반면 우리는 유대인으로 소개하고 싶소. 우리가 대화를 나

누던 중 서로 의견 일치를 보지 못한 게 두 가지 있소. 우리에게는 자유가 있소. 국경을 여러 개 넘고 우리의 정의를 실현할 수 있소."

"국경을 다 넘을 건가요?" 라인이 물었다.

게달레가 대답했다. "질문하지 말라고 했을 텐데."

태양 아래에서 혹은 비를 맞으면서 볼리니아의 밭과 쓸쓸한 숲을 가로지르며 몇 날 며칠을 계속 걸었다. 그들은 되도록 사람의 통행이 많은 길에서 멀리 떨어져서 걸었지만 어떨 때는 마을을 지나야만 하는 경우도 있었다. 이런 마을들 중 한 마을의 광장에서 파벨이 떼어온 것과는 다른 포스터를 보았다. 그들과 밀접한 관계가 있는 포스터였다. 포스터 내용은 이랬다.

위험한 도적, 유대인 게달레 스키들러를 살해하는 자에게 포상금으로 소금 2킬로그램을 준다.
유대인 게달레 스키들러 체포에 유용한 정보를 본부에 제공하는 자에게 포상금으로 소금 1킬로그램을 준다.
유대인 게달레 스키들러를 생포해서 데려오는 자에게 포상금으로 소금 5킬로그램을 준다.

게달레가 신이 나서 허벅지를 맞부딪쳤다. 포스터의 사진이 그의 얼굴이 아니었기 때문이었다. 그 사진의 주인공은 이 지역에서 너무나 유명한 독일군 협력자 우크라이나인이었다. 게달레는 그 포스터에서 눈을 뗄 수 없었다. "기발한 생각이 났어. 이 생각을 내가 직접 실행에 옮기고 싶은데. 그러니까 저 사진 속의 게달레를 우리 손으로 체포하면 얼마나 멋지겠어." 대원들이 그런 생각일랑 집어치우고 다시 행군을 계속하자고 여러 차례 강하게 요구했다.

6월 중순경에 장대비가 쏟아지기 시작했다. 강물이 불어나서 걸어서 강을 건너기가 불가능했다. 습지도 점점 깊어져갔다. 그들은 풍차를 발견하고 그곳을 수색했다. 아무도 사용하지 않는 텅 빈 풍차였다. 그렇다, 텅 비어 있었다. 밀가루는 한 자루도, 한 줌도 없지만 발효한 밀가루의 시큼한 냄새가 곰팡이 냄새와 비에 흠뻑 젖은 나무에서 피어나는 버섯 냄새와 뒤섞여 풍차 구석구석에 배어 있었다. 그렇지만 지붕에서는 빗물이 새지 않아서 방아를 찧는 곳은 거의 물기가 없었다. 벽에 튼튼한 선반들이 설치되어 있었는데 밀가루 자루를 올려놓는 곳인 듯했다. 게달리스트들은 밤을 보내기 위해 자리를 잡았다. 일부는 바닥에 일부는 선반에 누웠다. 촛불에 드러난 방앗간은 그림 같았는데, 반은 극장 같고 반은 무대 뒤 같았다. 편하지는 않았지만 모두가 누워도 될 만큼의 공간이 있었다. 나무 지붕에 떨어지는 빗소리가 경쾌하고 아늑했다.

블리즈나의 생존자 가운데 한 명인 이시도르는 초 하나와 양철 조각을 손에 넣었다. 그는 부대에서 제일 어렸는데 아직 열일곱 살도 되지 않았다. 게달레 부대에 들어오기 전에 거의 4년 동안 아버지, 어머니, 여동생과 함께 마구간 바닥에 만든 지하실에서 숨어 지냈다. 마구간 주인인 농부는 이시도르의 아버지로부터 집안의 돈과 값어치 나가는 물건을 모두 강탈하고는 폴란드 경찰에 고발했다. 이시도르는 운이 좋았던지 독일군이 들이닥쳤을 때 밖에 나가 있었다. 가족들 중 한 사람은 이따금 숲속의 맑은 공기를 마시러 밖에 나가곤 했었다. 그는 숲에서 돌아오다가 몸을 숨겼다. 그리고 숨어 있는 곳에서 SS를 보았다. 그들도 이시도르보다 겨우 몇 살 더 많아 보이는 어린 청년들이었다. 그들이 아버지와 어머니, 그리고 여동생을 몽둥이로 때려서 죽이는 광경을 본 것이다. 그들의 얼굴은 잔인하지 않았다. 뿐만 아니라 그 일을 즐기고 있는 듯했다. 백짓장처럼 하얗게 질린 얼굴로 그들 뒤에 서 있는 농부와 그의 아내를 이시도르는 보았다. 그때부터 이시도르는 제정신이 아니었다. 그는 팔과 다리가 길고 등이 약간 구부정했는데 늘 넋이 나간 분위기였다. 항상 허리춤에 칼을 차고 다녔다. 그리고 그 농부를 죽이러 고향으로 돌아가겠다고 헛소리를 하곤 했다.

“뭐 하는 거야, 이시도르? 부활절 청소?” 못텔이 그의 위쪽 선반에서 물었다. 이시도르는 대답을 하지 않고 계속 바닥을 긁었다. 하얀 먼지가 조금 모아지면 그것을 입에 가져가서 우물거리다가 뱉었다.

“먹지 마, 배탈 난다.” 못텔이 말했다. “밀가루보다 나무 부스러기를 더 많이 먹을걸." 이시도르는 종종 문제를 일으켰기 때문에 그에게서 눈을 떼면 안 되었다. 그래도 이시도르는 조금이라도 도움이 되려고 애썼으므로 모두가 그를 좋아했다. 그는 배고픔에 대한 강박관념이 있어서 뭐든 손에 들어오면 입으로 가져갔다.

"자, 이거 먹어." 검은 로켈레가 숲에서 딴 구스베리를 한 줌 주면서 말했다. "조금 있으면 요제크가 돌아올 거야. 뭐라도 구해 오겠지."

사실 요제크가 돌아오긴 했는데 구한 식량이 양도 얼마 되지 않고 종류도 별로 많지 않았다. 이 지역 농민들은 러시아인에게도, 유대인에게도, 유격대에도 호의적이지 않았다. 그들이 요제크와 거래를 받아들인 이유는 오로지 그가 폴란드어를 사용하기 때문이었다. 그렇지만 그에게 겨우 계란과 빵만 주면서 과도한 액수를 요구했다. "오늘 내일은 이 정도면 충분해. 그다음은 두고 보자고." 게달레가 말했다. "어떤 작전을 써야 할지 생각해 봐야지."

바람이 불어서 그들은 꼭 배를 탄 기분이었다. 구조물이, 대충 깎아 만든 거대한 나무 들보들이 끼익끼익 소리를 내며 진동을 하고 앞뒤로 움직였다. 날개 살도 다 부러져버리고 언제부터 멈췄는지 모를 풍차의 네 날개는 바람이 불 때마다 돌아갔다가 곧 요란한 소리와 함께 멈췄다. 풍차 날개의 불필요한 노고가 전해져 굴대와 톱니바퀴들이 갑자기 흔들리고 덜커덕거리며 예리한 소리를 만들어냈다. 건물 전체가 마치 몸에 묶인 쇠사슬을 풀려고 사투를 벌이는 거인 노예처럼 몸부림치는 것 같았다. 잠을 잘 수 있는 사람은 파벨밖에 없었다. 그는 반듯하게 누워 입을 벌리고 코를 골며 잤다.

"에잇, 여기 벌레들이 우글거려요." 가느다란 막대기로 바닥마루의 연결 부분을 쑤시던 이시도르가 갑자기 말했다.

"그냥 놔둬." 벨라가 놀라서 말했다. "네 빵 먹고 잠이나 자."

이시도르가 바보같이 웃으며 벨라를 돌아보았다. "그럼요, 그냥 놔둬야죠. 난 벌레는 안 먹어요. 벌레는 카셰르köscher*가 아니니까요."

"바보, 벌레는 더러워서 안 먹는 거야. 카셰르가 아니라서 안 먹는 게 아니라." 벨라가 가위로 손톱을 자르면서 말했다. 그 가위는 부대에 딱 하나밖에 없는 가위였다. 벨라는 그게 자신의 개인 물품이니 사용하고 싶은 사람은 자신에게 빌려달라고 요청하고 반드시 돌려줘야 한다고 주장했다. 손톱을 하나 깎을 때마다 손등을 주의 깊게, 흐뭇한 눈으로 바라보았다. 화가가 붓질을 한 번 할 때마다 그것을 바라보듯이.

하얀 로켈레가 기어 들어가는 목소리로 끼어들었다. "벌레는 더러워서 trayf**예요. 돼지도 더러워서 trayf죠. 카슈루트***를 어떻게 믿지 않을 수 있어요? 유대인이 아니라면 그럴 수 있죠."

"내 생각에는 그건 다 옛날 얘기야. 돼지는 더럽겠지. 하지

---

  * 유대교의 음식 계율에 적합한 음식.
  ** 카셰르가 아닌 음식.
 *** 히브리어로 '적합'을 의미. 유대인의 식사 계율을 가리킨다.

만 토끼와 말은 깨끗해. 그렇지만 토끼와 말도 카셰르가 아냐. 왜 그렇지?" 요제크가 말했다.

"다 알 수는 없는 거예요." 하얀 로켈레가 짜증스러워하며 대답했다. "아마, 모세 시대에는 더러웠을 거예요. 아니면 병에 걸렸었거나."

"그러니까. 당신이 입으로 한 말 그대로야. 옛날 얘기라고. 모세가 지금 여기, 이 풍차에 우리하고 같이 있다면 잠시도 주저하지 않고 계율을 바꿔야겠다고 생각했을걸. 모세가 황금송아지 때문에 화가 났던 그때처럼 십계명 석판을 박살 내버렸을걸*. 그리고 새 계율을 만들었을 거야. 특히 지금 우리가 가지고 있는 식량을 봤다면 말이야."

"카셰르-슈모셰르." 못텔이 하품을 하며, 왜곡된 형태로 자꾸 반복되어 화제에 오르는 대상의 의미를 축소시키는 이디시어의 독특한 방식에 의지했다. "카셰르-슈모셰르, 나한테 토끼가 있으면 잡아먹어 버렸을 텐데. 아니, 내일 당장 덫을 몇 개 놔야겠어. 어릴 때부터 내가 덫 놓는 데 선수였지. 다시 만들어봐야겠는걸."

표트르는 입을 헤벌리고 이야기를 들었다. 그가 옆에 앉아 있는 레오니드에게 물었다. "너희들은 왜 토끼를 먹을 수 없는데?"

"몰라. 먹을 필요가 없다는 건 아는데 왜 그런지 이유는 말해줄 수가 없네. 금지된 동물이야. 토라에 적혀 있어."

---

* 이집트를 탈출한 이스라엘 백성이 광야에서 황금송아지를 만들어 우상처럼 숭배하자 모세가 분노하여 십계명 석판을 깨뜨린다.

도프가 끼어들었다. "발이 두 갈래로 갈라지지 않아서 금지된 거야."

이시도르가 말했다. "그러면 여기 내 벌레들이 발이 두 갈래로 갈라졌으면 먹을 수 있나요?"

게달레는 뜨악해하는 표트르의 얼굴을 보았다.

"신경 쓰지 말게, 러시아인. 자네가 우리하고 지내려면 이런 일에 익숙해져야 해. 유대인들은 모두 미치광이지만 우린 다른 유대인들보다 더해. 그래서 지금까지 행운이 있었던 거야. 우리의 행운은 meshuggener**의 행운이야. 그건 그렇고 지금 생각해보니 우리 부대 군가는 있는데 깃발이 없잖아. 꾸미느라 시간 낭비하지 말고 하나 만드는 게 어때, 벨라. 여러 색이 다 들어간 깃발이어야 해. 그리고 한가운데에 낫이나 망치, 머리 두 개 달린 독수리, 다윗의 별*** 같은 것 말고 방울 모자를 쓰고 잠자리채를 든 meshuggener를 넣는 거지."

그러더니 다시 표트르에게 말했다. "그리고 자네가 우리에게 온 건 자네도 약간 미쳐서일 거야. 달리 설명이 되지 않아. 러시아인들은 미쳤거나 따분하지. 자네는 미친 혈통인 게 분명해. 우리 계율이 약간 복잡하긴 해도 자네도 잘 지내게 될 거야. 걱정하지 말게. 우리는 빨치산 생활을 방해하지 않을 정도로만 그걸 준수하니까. 그렇지만 그걸 놓고 토론하는 걸 즐기지. 우리는 순수한 것과 불순한 것, 남자와 여자, 유대인과 이교도를 구분하는 데 뛰어나지. 그리고 평화의 율법과 전쟁의 율법도 구분해. 가령

  ** '미친 사람' 이디시어.
  *** '다윗 왕의 방패'라는 뜻을 가진 히브리어 Magen David에서 비롯되었으며, 유대인 그리고 유대교를 상징하는 표지로, 이스라엘 국기에 들어 있다.

이런 거야. 평화의 율법은 이웃의 여자를 탐해서는 안 된다고 하고……."

검은 로켈레 옆에 누워 있던 표트르가 약간 그녀에게서 떨어졌는데 무의식적인 행동일 수도 있었다.

"아냐, 사실, 걱정하지 않아도 돼. 여기서는 모든 남자가 모든 여자를 탐하니까."

"대장, 한 번도 진지하게 말하는 법이 없군요." 라인이 끼어들었다. 그녀는 게달레와 달리 늘 진지한 말만 했다. 약간 쉰 것 같은 그녀의 목소리는 알토 음역에 속했는데 힘이 있지는 않지만 다른 목소리를 압도하는 장점이 있었다. "이웃의 여자 문제에 대해서 우리도 할 말이 좀 있어요."

"우리라니, 누구?" 게달레가 물었다.

"우리 여자들요. 무엇보다 왜 여자는 한 남자, 그게 이웃이든 아니든, 남자의 소유가 되는데 남자는 여자의 소유가 되지 않는 거죠? 이게 옳은 것 같아요? 우리 여자들이 보기에는 부당하고 받아들일 수가 없어요. 더 이상 받아들이지 않을 거예요. 지금 여자들은 남자들과 똑같이 추방당하고 남자들과 똑같이 교수형에 처해지고 남자들보다 총을 더 잘 쏴요. 이것만으로도 모세의 율법이 반동적이라는 걸 충분히 알 수 있죠."

파벨이 잠에서 깨서 낄낄거리며 뭐라고 조그맣게 표트르에게 말했다. 레오니드는 아무 말도 하지 않았지만 걱정스러운 얼굴로 라인을 슬쩍 보았다. 돌풍이 불었고 우박과 뒤섞인 비가 억

수같이 벽을 때렸다. 풍차가 끼익끼익거리면서 천천히 돌아갔다. 토사로 매몰된 강바닥에 꽂힌 거대한 축 위에서 돌아가는 회전목마 같았다. 이시도르가 하얀 로켈레를 꼭 껴안았다. 그러자 그녀가 뻣뻣한 머리카락을 쓰다듬어주면서 이시도르를 진정시켰다.

"계속해, 계속 말해봐, 라인." 게달레가 말했다. "바람 좀 분다고 겁내지 않겠지. 당신 율법이 뭔지 말해봐. 너무 엄격하지 않으면 복종하도록 해보지 뭐."

"내가 겁나는 건 바람이 아니라 당신들이에요. 냉소적이고 원초적인 당신들요. 우리 율법은 간단해요. 결혼할 때까지 남자와 여자는 서로를 원할 수 있고 원할 때 섹스를 할 수 있다는 거죠. 결혼할 때까지 사랑은 자유로워야 해요. 그리고 사실 이미 자유로워요, 항상 자유로웠고요. 사랑을 구속할 율법은 어디에도 없어요. 성경에서도 다르게 말하지 않아요. 우리 조상들은 우리와 다르지 않았어요. 우리처럼, 그러니까 지금처럼 섹스를 했죠."

"그 당시에는 지금보다 더했지." 파벨이 말했다. "성경이 성교로 시작하는 게 우연이 아니라니까."

"……하지만 결혼하고 나면 문제는 달라져요." 라인이 파벨의 말에 신경 쓰지 않고 계속 말했다. "우린 결혼을 신뢰해요. 계약이니까요. 계약은 지켜야 해요. 아내는 남편에게 속하게 되죠. 그러나 남편 역시 아내에게 속해요."

"그러니까 우린 결혼 안 하는 게 좋겠어." 게달레가 말했다. "그렇지, 벨라?"

"입 다물고 잘 들어." 벨라가 대답했다. "당신이 추잡한 놈인 거 다들 아니까. 난 한 번도 당신한테 결혼하자고 안 했어. 대장으로서는 잘할 수 있겠지만 남편으로서는 어떨지 말하지 않는 게 좋겠어."

"아주 좋아." 게달레가 말했다. "봤지, 당신하고 나는 이렇게 항상 생각이 같다니까. 생각할 시간을 갖자고. 우선 전쟁이 끝나야지." 그러더니 라인 옆에 어두운 얼굴로 웅크리고 앉아 있는 레오니드에게 말했다.

"자네, 모스크바 청년, 자네 여자 논리 어떻게 생각하나?"

"아무 생각 없어요. 날 그냥 내버려둬요."

"······그리고 난 누구의 여자도 아니에요." 라인이 덧붙였다.

"이게 다 무슨 얘기야!" 구석에 있던 요제크가 슬로님에서 온 남자를 보고 말했다. "예를 들어 우리 조상 야곱은 네 명의 여인을 아내로 뒀는데 네 여자들끼리 사이가 좋았다고."

못텔이 끼어들었다.

"그렇지만 이웃의 여자들은 아니었잖아. 야곱은 실수로, 아니 외삼촌 라반의 속임수로 첫 번째 아내를 얻었고 다른 두 아내는 노예였어. 진짜 아내는 한 사람뿐이었다고. 그는 완전히 정당했다니까."

"훌륭해, 못텔!" 게달레가 말했다. "자네가 이렇게 유식한 줄 몰랐어. 도살을 시작하기 전에 예시바*에서 공부했나?"

"난 여러 가지를 공부했어요." 못텔이 자랑스레 대답했다. "『탈무드』도 공부했는걸요. 여자들에 대해서『탈무드』에서 뭐라고 했는지 알아요? 자기 아내가 아닌 여자에게는 말을 해서는 안 된다, 손으로도, 발로도, 눈으로도 어떤 신호도 보내선 안 된다고 해요. 무슨 옷을 입었는지도 볼 필요가 없다고 해요. 실오라기 하나 안 걸쳤어도 마찬가지고. 여자의 노래를 듣는 건 나체의 그녀를 바라보는 것과 같대요. 약혼자와 포옹하는 것도 큰 죄예요. 계율에서 말했듯이 여자는 불결해졌기 때문에 목욕 의식으로 정화해야 하는 거지."

"그런 얘기가 전부『탈무드』에 있다고요?" 지금까지 아무 말도 하지 않던 멘델이 물었다.

"『탈무드』에도 있고 다른 데도 있고." 못텔이 말했다.

"『탈무드』가 뭔데요?" 표트르가 물었다. "여러분들 복음서예요?"

"『탈무드』는 인간이 먹을 수 있는 모든 게 든 수프 같은 거라네." 도프가 말했다. "그렇지만 껍질을 벗기지 않은 밀도 있고 씨가 있는 과일도 있고 뼈가 있는 고기도 들어 있지. 아주 맛있는 건 아니지만 영양가가 있지. 오류와 모순투성이지만 바로 이 때문에 사고하는 법을 가르쳐줘.『탈무드』를 읽은 사람은 모두……."

파벨이 그의 말을 가로막았다. "『탈무드』가 뭔지 내가 예를

---

* 랍비 양성을 위한 율법학교.

들어서 설명해줄게. 잘 들어보게. 굴뚝 청소부 두 사람이 굴뚝에
내려갔어. 한 사람은 검댕을 얼굴에 묻히고 나왔고 다른 사람은
깨끗하게 나왔어. 자네에게 물어볼게. 두 사람 중 누가 얼굴을 씻
으러 갈까?"

　함정이 있다는 것을 알아차린 표트르가 도움을 청하듯 주위
를 둘러보았다. 그러다가 용기를 내서 대답했다. "더러워진 사람
이 씻으러 가겠지."

　"틀렸어." 파벨이 말했다. "더러워진 사람은 깨끗한 사람의
얼굴을 보고 자기 얼굴도 깨끗하다고 생각해. 반대로 깨끗한 사
람은 검댕 칠을 한 다른 사람의 얼굴을 보고 자기 얼굴도 더러울
거라고 생각해서 씻으러 가지. 이해했어?"

　"알았어, 그래. 그럴듯한데."

　"아 잠깐만. 아직 예를 다 든 게 아니야. 이제 두 번째 질문을
해볼게. 이 두 굴뚝 청소부가 다시 똑같은 굴뚝을 청소하러 갔어.
그리고 이번에도 역시 한 사람은 더럽고 한 사람은 깨끗했지. 누
가 씻으러 갔을까?"

　"이해했다고 했잖아. 깨끗한 굴뚝 청소부가 갔지."

　"틀렸어." 파벨이 가차 없이 말했다. "처음 굴뚝에 들어갔다
나와서 세수를 해보다가 깨끗한 청소부는 세숫대야의 물이 더러
워지지 않은 걸 알게 됐지. 반면 검댕을 묻힌 청소부는 깨끗한 청
소부가 세수를 하러 간 이유를 알게 된 거야. 그래서 이번에는 더
러운 청소부가 세수를 하러 가게 되지."

표트르는 호기심과 놀라움이 반반 섞인 얼굴로 입을 다물지 못하고 이야기를 들었다.

"그럼 세 번째 질문. 두 청소부가 세 번째로 굴뚝에 내려갔어. 둘 중 누가 씻으러 갔을까?"

"지금부터는 더러워진 남자가 씻으러 가겠지."

"또 틀렸어. 두 청소부가 같은 굴뚝에 들어갔는데 한 사람은 깨끗하고 한 사람은 검댕을 묻히고 나온 거 본 적 있나? 이거야, 『탈무드』는 이런 식이야."

표트르가 잠시 어리둥절해 있다가 물에서 나온 강아지마냥 몸을 털더니 부끄러운 듯이 웃었다. 그리고 말했다. "비 맞은 병아리 같은 기분이 드네. 막사에 갓 들어온 신병 같기도 하고. 좋아, 자네들 『탈무드』가 뭔지 알았어. 하지만 또다시 날 시험하면 여기를 떠나서 울리빈에게 돌아갈 테야. 이건 내 취향이 아니야. 난 공격하러 가는 게 좋아."

"화내지 말게, 러시아 동지." 게달레가 말했다. "파벨은 나쁜 의도가 있었던 게 아니야. 놀릴 생각은 더더욱 아니었고."

라인이 끼어들었다. "파벨은 유대인이라는 게 어떤 느낌인지를 경험하게 해보고 싶었을 뿐이에요. 이런 식으로 만들어진 머리를 갖는다는 게, 전혀 다른 식으로 만들어진 머리를 가진 사람 속에 있는 게 어떤 느낌인지 말이에요. 자, 이제 당신이 유대인인데 당신을 비웃는 이교도들 가운데 혼자라고 생각해봐요."

"……자네 이름을 바꾸는 게 좋겠어." 게달레가 말했다. "이름이 너무 기독교적이라서. 표트르포미치 대신에 예레미아나 하박국, 아니면 별로 눈에 띄지 않는 다른 이름으로 불러야겠어. 그리고 이디시어를 배우고 러시아어는 잊어버려. 혹시 할례를 받게 할지도 몰라. 안 그랬다간 조만간 우리가 학살을 계획할 수도 있어." 이렇게 말하더니 감칠맛 나게 하품을 하고는 촛불을 끄고 모두에게 잘 자라고 인사한 뒤 벨라와 자기 자리로 갔다. 다시 두세 개의 촛불이 더 꺼졌다. 어둠 속에서 졸음이 섞인 누군가의 쉰 목소리가 들렸다. 루카니에서 온 남자 중 한 사람의 목소리인지도 몰랐다.

"……우리 고향 마을에 멧돼지로 만든 소시지를 먹던 유대인이 있었지. 랍비가 나무랐지만 그는 그 멧돼지는 되새김질을 했기 때문에 카셰르라고 말했어. '바보 같은 소리 하지 말게. 멧돼지는 되새김질을 하지 않아.' 랍비가 말했지. '보통은 그렇죠. 하지만 이 멧돼지는 했다니까요. 특별하게 되새김질을 했어요. 소처럼 되새김질을 한 거죠.' 유대인이 말했어. 멧돼지가 눈앞에 없었기 때문에 랍비는 뭐라 할 말이 없었지."

"내 고향에는 열네 번 세례를 받은 유대인이 있었는데." 다른 사람이 말했다.

"왜? 한 번이면 충분한 거 아냐?"

"당연히 충분하지. 그런데 그 사람은 그 의식을 좋아했어."

누군가 헛기침을 하다가 가래를 뱉는 소리가 들렸다. 그러더니 세 번째 목소리가 들렸다.

"우리 마을에는 늘 취해 있는 유대인이 있었어."

"아, 그게 뭐 이상한가?" 다른 사람이 대꾸했다.

"안 이상하지. 이상해서 그런 말을 한 게 아니야. 그렇지만 오늘 밤에는 다들 이상한 이야기를 하니까 이상하지 않은 이야기를 하는 게 이상하잖아."

"우리 고향에는……." 이시도르가 말했다. 여자의 목소리가 그의 말을 가로막았다. "이제 그만해. 자자. 늦었어." 그래도 이시도르가 계속 말했다.

"우리 고향에는 악마를 본 여자가 있었어요. 이름은 안두스카스였는데 유니콘처럼 생겼어요. 음악을 연주했죠."

"어떤 악기를 연주했는데."

"뿔."

"뿔이 이마에 달렸는데 어떻게 연주를 해?"

"몰라요." 이시도르가 말했다. "물어보지 않았어."

굵은 목소리가 위쪽에서 하품을 했다. "이제 조용히 좀 해. 잘 시간이야. 우린 너무 많이 걸었어. 쉬어야 한다고. 하느님도 6일간 세상을 만들고 7일째에는 쉬셨잖아."

게달레가 대답했다. "쉬셨지. '세상이 잘 돌아가기를 바라자'라고 했고."

어둠 속에서 다시 하얀 로켈레의 가느다란 목소리가 들렸다. 그녀는 잠자기 전 기도문을 중얼거렸다. "나의 영을 주의 손에 부탁하나이다." 그리고 축복을 빌었다. "자비로우신 분이시여, 우리를 억누르는 굴레를 벗겨주시고 우리의 땅으로 당당히 갈 수 있게 인도해주소서." 그러고 나서 조용해졌다.

밤의 폭우는 부드러운 이슬비로 변해 계속 내렸다. 바람도 차츰 잦아들었다. 낡은 풍차의 날개에서 이제 삐걱삐걱 소리는 나지 않았지만 수백만 마리의 나무좀이 풍차를 갉아 먹듯 조그맣게 달그락거리는 소리가 들렸다. 딱딱한 나무 바닥에 누운 멘델은 잠을 이룰 수가 없었다. 잠든 동료들의 숨소리와 잠꼬대를 배경으로 다른 어지러운 소리들, 가볍고 빠른 발소리들이 다락방에서 들려왔다. 아마도 쥐나 족제비들일지도 몰랐다. 공기는 따뜻했고 밤의 정취와 꽃가루들의 시큼하고 달콤한 냄새가 가득 담겨 있었다. 멘델은 욕망이 몰려드는 것을 느꼈다. 사춘기 소년의 것처럼 형체가 없고 부드럽고 따뜻하고 깨끗한 욕망이었다. 그는 스스로에게 이 욕망을 묘사해보려 애썼지만 성공하지 못했다. 침대에 대한, 침대에 누운 여자의 몸에 대한 욕망, 다른 여자의 몸속에서 다 용해되어버리고 싶은, 그녀와 살과 살을 맞대고 있고 싶은 욕망, 길에서, 무기에서, 두려움과 참극의 기억에서 멀어져 이 세상에 단 두 육체로만 있고 싶은 욕망이었다.

　그의 옆에서 시슬이 조용히 숨을 쉬고 있었다. 멘델은 어둠 속에서 한 손을 뻗었다. 그러자 거친 담요에 감싸인 그녀의 엉덩이가 느껴졌다. 그가 엉덩이를 누르며 자기 쪽으로 그녀를 끌어 당기려 했지만 잠에 취해 돌처럼 굳어버린 시슬이 저항했다. 얼핏 잠이 들면서 흐릿한 막 위로 현재 사람들의 얼굴과 이름이, 옛 사람들의 얼굴과 이름이 연이어 나타났다. 슬픔에 잠긴 검은 눈의 리브케의 모습이 보였으나 멘델은 곧 쫓아버렸다. 그녀를 원하지 않았다. 그녀를 생각할 수 없었다. 리브케, 스트렐카, 구덩이. 리브케 제발 사라져줘. 당신이 온 곳으로 돌아가. 날 그냥 살게 해줘. 멘델은 집요하게 잠을 청해보았다. 그러다가 이렇게 억지로 잠을 청하려는 노력이 그를 괴롭혀 오히려 잠을 이루지 못하고 있는 걸 깨달았다. 낯선 얼굴과 이름이 마음의 문 앞에서 문을 두드린다는 사실을 무시할 정도로 그렇게 그의 마음이 혼란스럽지는 않았다. 얼굴 없는 이름. 사악한 힘을 가진 매춘부, 라합의 이름이다. 그렇다. 그 기괴한 소문은 사실이었다. 멘델이 그 이름을 입 밖에 내기만 해도, 아니 머릿속으로 생각만 해도 그의 몸은 팽팽하게 긴장이 되었다. 그리고 이름 없는 얼굴. 젊지만 지친, 볼이 홀쭉한 얼굴, 크고 아득한 검은 눈. 멘델은 화들짝 놀랐다. 그 얼굴은 이름이 없지 않았다. 이름이 있었다. 그 이름은 라인이었다.

그는 몇 시간 전의 그녀를 다시 그려보았다. 확신에 차서, 게으름을 피우거나 의심을 품지 않고, 거의 우스꽝스러울 정도로 심각하게 팽팽한 줄처럼 떨리며 토론을 하던 모습이었다. 그가 담요를 옆으로 치우고 신발을 벗었다. 잠든 사람들에게 발이 걸려 비틀거려가며 손으로 더듬어 라인을 찾았다. 다락방으로 이어지는 계단 밑에서 그녀를 쉽게 찾아냈다. 어둠 속에서 그녀의 머리에 손이 닿았다. 그러자 그의 피가 끓어올랐다. 라인 옆에 레오니드가 자고 있었다. 두 사람은 같은 담요를 덮고 있었다. 레오니드와 시슬의 모습이 잠시 멘델의 의식을 차지했다가 더 작아지고 투명해지더니 어둠 속으로 사라졌다. 리브케의 무시무시한 얼굴이 사라졌듯이.

멘델이 라인의 어깨를 건드렸다가 이마를 만졌다. 라인의 손, 작지만 힘 있는 그녀의 손이 담요에서 나와 멘델의 팔을 찾았고 팔을 탐색하며 위로 올라왔다. 열린 셔츠 사이로 손이 들어왔다가 제대로 면도를 하지 않은 뺨을 스쳤다. 손가락이 이마의 상처를 찾더니 그 상처가 머리카락들 속으로 사라지는 곳까지 조심스럽고도 섬세하게 더듬어나갔다. 다른 손이 뒤따라 와서 멘델의 목을 누르더니 아래로 머리를 끌어당겼다. 멘델은 라인이 레오니드를 깨우지 않고 담요에서 나올 수 있게 도와주었다. 두 사람은 함께 다락방으로 올라갔다. 두 사람의 무게 때문에 좁은 계단이 삐거덕거렸지만 그 소리는 나직한 비바람 소리에 뒤섞여버렸다.

다락방은 어수선했다. 멘델은 손에 닿는 게 호퍼*라는 것을 알았다. 윤활유가 묻은 톱니바퀴에도 손이 닿았다. 그가 몸서리를 치며 손을 떼고 바짓가랑이에 손을 닦았다. 그가 발로 비어 있는 공간을 찾아냈다. 순순히 그를 따라온 라인을 그곳으로 끌어당겼다. 그들은 바닥에 누웠다. 멘델이 라인의 군복을 벗겼다. 그 속에서 군살이 하나 없이 마른, 거의 남자 같은 몸이 나타났다.

---

* 석탄, 모래, 자갈 따위를 저장하는 큰 통. 필요에 따라 밑에 달린 깔때기 모양의 출구를 열어 내용물을 내보내는 장치가 되어 있다.

배는 납작했고 근육질의 팔과 다리는 날씬했다. 네모난 무릎은 단단했으며 상처 많은 어린아이들 무릎처럼 까칠했다. 멘델이 무릎 아래, 아킬레스건 양쪽의 오목하게 들어간 곳을 손으로 탐욕스레 더듬다가 엉덩이를 따라 위로 올라갔다. 가슴은 작기도 했지만 탄력이 없어서 텅 빈 작은 자루처럼 서글펐다. 그 밑에서 갈비뼈가 만져졌다. 멘델이 옷을 벗었다. 라인이 곧 전투를 하듯 그의 몸을 잡았다. 남성적인 몸에 짓눌린 라인이 집요하며 탄력 있는 적인 그를 흥분시키고 그에게 도전하기 위해 몸을 비틀었다. 그것은 언어였다. 욕망이라는 붉은 안개 속에 빠져 있었지만 멘델은 그 뜻을 이해했다. 당신을 원하지만 당신에게 저항할 거야. 당신을 원하기 때문에 저항하는 거야. 힘없는 나는 당신 밑에 누워 있지만 당신 게 아니야. 나는 그 누구의 여자도 아니야. 저항을 하면서 당신을 내게 묶어놓을 거야. 멘델은 그녀가 옷을 벗었어도 무장을 하고 있는 기분이었다. 노보셀키의 숙소에서 슬쩍 보았던 그 첫날처럼. 예리코의 라합처럼 누구의 여자도 아니며 모두의 여자다. 마지막에 그녀에게서 떨어져 나오는 순간 멘델은 그걸 감지했고 가슴이 찢어지는 듯했다. 그러한 노력이 너무나 마음 아파서 멘델은 고요하고 어두운 풍차 안에서 크게 흐느껴 울었다.

　욕망이 충족되어 평온한 육체, 회복기 환자처럼 개운한 육체 속으로 뜨거운 열기가 서서히 흩어져가는 동안 멘델은 귀를 기울였다. 사방이 완전히 고요한 것만은 아니었다. 숨죽인 다른 목소리들, 누구의 것인지 분간하기 어려운 목소리들이 들려왔다. 그는 벌써 평화롭게 잠든 라인 옆에서 잠에 빠져 들어갔다.

잠시 뒤 막 동이 틀 무렵 멘델은 잠이 깼다. 다른 사람들은 아직도 자는 중이었다. 멘델은 잠이 깼다. 그리고 벨라 곁에 누워 있는 게달레, 검은 로켈레 곁의 파벨, 이시도르 옆의 하얀 로켈레를 보았다. 창백하고 날카로운 라인의 얼굴이 구부린 자신의 팔 위에 놓여 있었다. 왜 그랬지? 라인에게서 뭘 찾고 있는 거지? 사랑과 쾌락이다. 아니, 이것만이 아냐. 난 그녀에게서 다른 여자를 찾고 있어. 이건 끔찍하고 부당한 일이야. 시슬에게서 다른 여자를 찾았지만 찾지 못했어. 이제 더 이상 없어서 찾을 수 없는 그 여자를 찾고 있어. 그리고 이제 난 이 여자에게 묶여 있어. 이 여자에게 묶였고 담쟁이넝쿨에 묶였어. 영원히, 아니 영원히는 아닐지도, 모르겠어. 영원한 건 아무것도 없으니까. 그런데 그녀는 내게 묶여 있지 않다. 그녀는 자신이 묶지 묶이지 않아. 그걸 알아차렸어야지, 멘델, 넌 이제 어린아이가 아니야, 아직 시간이 있을 때 풀도록 해. 지금은 서로를 구속할 때가 아니야. 풀어야 해. 그렇지 않으면 앞으로 나쁘게 풀릴걸. 레오니드처럼 나쁘게. 멘델은 주위를 둘러보았다. 레오니드는 보이지 않았다. 이상한 점은 전혀 없었다. 아마 밖에 나갔을지도 모른다. 멘델은 계속 라인에게서 자유로워지라고 자기 자신에게 따뜻하게 충고하고 명령하고 요구했다. 그런데 만약 누군가 그렇게 말했다면 멘델, 온화한 시계 수리공인 그는 주먹으로 그의 코뼈를 부러뜨려버리고 말았으리라는 것도 너무나 잘 알고 있었다. 30분 뒤 모두 기상을 했는데 레오니드는 여전히 보이지 않았다. 그의 배낭과 무기도 사라졌다.

게달레가 폴란드어로 투덜거리며 악마에게 레오니드를 처리하라고 부탁했다. 그러더니 이디시어로 계속 말했다. "Nu, 우린 붉은 군대가 아니야. 난 올리빈도 아니고. 레오니드는 유격대원으로서도 크게 가치가 없어. 배신할 녀석은 아니지만 독일군에게 잡힌다면 문제가 달라지지. 문제를 일으키지 않기를 바라자고. 혼자서는 그리 멀리 못 갈 거야. 사흘 뒤면 찾게 될 테니 두고 봐."

"그래도 자동권총은 놓고 갔을 수도 있어요." 요제크가 말했다.

"맞아. 그게 큰 문제야. 만일 가져갔다면 그걸 사용하기 위해서일 테니까."

멘델은 자신이 찾으러 가겠다고 나섰고 도프는 개들을 데리고 같이 찾아보는 게 좋겠다고 말했다. 그러자 게달레는 최선을 다해서 찾아보지만 시간을 너무 허비하지는 말라고 말했다. 도프는 개 한 마리를 데리고 와서 지난밤 레오니드가 덮었던 담요의 냄새를 맡게 했다. 그리고 개를 데리고 밖으로 갔다. 개가 마지못해 땅에 코를 대고 킁킁대다가 고개를 들고 공기를 들이마셨다. 그러다가 두세 바퀴 빙빙 돌았다. 마침내 꼬리와 귀를 축

늘어뜨리더니 도프와 멘델 쪽으로 주둥이를 돌렸다. 꼭 이렇게
말하는 것 같았다. "나한테 뭘 원하는 거요?"

"갑시다." 게달레가 말했다. "출발 준비를 해요. 레오니드를
찾으러 가자고 말도 꺼내지 마시오. 그놈이 우리를 찾으려면 어
떻게 찾아와야 하는지 알 테니까." 멘델은 생각했다. '독일군에
게 총을 쏘러 갔어. 하지만 어쩌면 내게 총을 쏘고 싶었는지 모르
지.'

   그들은 다시 행군을 시작했다. 하늘은 눈부시게 맑고 땅은
비에 젖어 있었다. 겉에서만 봐서는 아무도 살지 않는 것 같은 마
을 몇 개를 지났다. 요제크가 이끄는 대열은 숲속의 관목들 사이
로, 잡초가 무성한 들판으로 천천히 움직였다. 땅은 편평했는데
서쪽으로 가면서 둥그스름한 언덕들이 배경으로 윤곽을 드러냈
다. 멘델은 말없이 걸었다. 자신이 멘델이라는 게 불만스러웠다.
단 하룻밤 만에 그는 두 번 배신을 했다. 아니 시슬까지 계산하면
세 번일지도 모른다. 하지만 시슬은 계산에 넣지 않았다. 지금 시
슬은 저기에서, 대열보다 조금 앞에서 언제나처럼 평온한 걸음
으로 표트르의 뒤를 따라 걷고 있었다. 죽은 사람들은 계산조차
할 필요가 없었다. 그들은 죽은 자들의 세계에 있고 절대 그 세계
에서 나와서는 안 된다. 그들을 나오게 내버려두면 안 된다. 티푸
스가 번졌을 때처럼 방벽을 보강하고 그들의 치료소 안에 격리
시켜야 한다. 산 사람들은 자신을 방어할 권리가 있다. 하지만 레
오니드는 달랐다. 레오니드는 죽은 사람이 아니었으니까…… 그

런데 넌 그가 죽었는지 살았는지 알고 있나? 그의 형이었던 네가 그를 죽였든 죽이지 않았든, 그에 대해 사람들이 네게 물었을 때 카인처럼 무례하게 대답하지 않았던가? 어쩌면 너는 레오니드 가 가지고 있던 단 하나를 빼앗았는지도 몰라. 예인선의 밧줄을 끊어버렸어. 그는 지금 물에 빠지고 있어. 아니 벌써 빠져 익사했 는지도 모르지. 아니, 넌 그보다 더 나쁜 짓을 했어. 밧줄을 빼앗 아서 그의 자리를 네가 차지한 거야. 이제 그녀가 너 자신을 예인 하게 만들었어. 그녀, 손톱을 물어뜯는 고집불통 어린 여자가. 너 나 알아서 잘해, 나흐만의 아들 멘델!

행군을 시작하고 사흘째 되던 날 아침 그들은 협곡의 가장 자리에 도착했다. 협곡의 한쪽 면은 깎아지른 듯이 가팔랐고 점 토와 석회가 섞인 거친 흙벽이었는데 비에 젖어 미끄러웠다. 반 대쪽 면 역시 가파르기는 마찬가지였다. 협곡의 바닥에, 30여 미 터 아래쪽에서 두 절벽 사이에 난 좁은 틈으로 진흙탕 물이 요란 하게 콸콸 흘러갔다.

"자네가 위조달러 만드는 데는 뛰어날지 몰라도 길 안내자 로는 영 별로야." 게달레가 말했다. "이리로는 지나갈 수 없어. 길을 잘못 들었어."

요제크가 그럴듯한 변명을 잔뜩 늘어놓았다. 길이 너무 많 았다. 그가 여기서 생활한 게 벌써 여러 해 전인데 그 길을 다 기 억해야 한다고 주장할 수는 없는 일이었다. 비 때문이었다. 비가 오지 않았다면 협곡을 내려갔다가 충분히 반대편으로 올라갈 수 있었다. 이 점을 그는 확신했다. 그리고 비가 오지 않으면 급류는 아무도 겁내지 않을 개울물 정도로 변했다. 어쨌든 되돌아갈 필요는 없었다. 협곡 가장자리를 따라 북쪽으로 계속 갈 수 있었다. 그러면 곧 길이 나타날 것이다.

그들은 산딸기에 뒤덮여 잘 보이지 않는 오솔길을 따라 다시 행군을 시작했다. 급류가 북쪽이 아니라 거의 동쪽에 가까운 북동쪽을 향해 흐르는 게 곧 한눈에 드러났다. 요제크의 인기가 약간 사그라들었다. 서쪽으로 가기 위해 동쪽으로 걷는다는 말은 아무도 들어본 적이 없었다. 게달레가 크리스토퍼 콜럼버스가 정말 그렇게 했다고, 아니 간단히 말해 반대로 했다고 말했다. 피곤해 죽을 지경인 벨라는 바보 같은 소리 좀 그만하라고 말했다. 요제크는 그리 멀지 않은 곳에 틀림없이 길이 있을 거라고 우겼다. 실제로 정오 무렵 협곡 가장자리를 따라 또렷하게 나 있는 오솔길을 발견했다. 30분 정도 그 길을 따라 걸었다. 그리고 요제크의 말이 맞는다는 걸 알게 되었다. 협곡이 왼쪽으로, 그러니까 서쪽으로 급하게 꺾였다. 점점 더 사람들이 다닌 흔적이 많은 오솔길이 비스듬히 협곡 바닥 쪽으로 기울어졌다. 며칠 전 비가 내렸는데도 소 발자국들이 눈에 띄었다. 어쩌면 오솔길이 얕은 개울이나 다리, 혹은 물을 마실 수 있는 곳으로 이어질 수도 있었다. 아래로 내려가자 오솔길은 바로 굽이진 협곡 끝의 급류에 닿았다. 굽이진 곳을 지나 협곡은 편평한 하천으로 넓게 펼쳐졌다. 급류는 여러 갈래로 나뉘어서 조약돌 사이로 천천히 흘러갔다.

별로 넓지 않은 평지에 다 쓰러져가는 돌로 지은 막사들이 나타났다. 막사 입구에 남자 여섯 명이 있었다. 그들 중 하나는 레오니드였다. 다른 사람들 중 네 명은 무기를 들었고 다 찢어지고 빛바랜 낡은 폴란드 군복을 입고 있었다. 여섯 번째 남자는 그들에게서 약간 떨어져 있었다. 무장을 하지 않은 채 웃통을 벗고 일광욕을 하는 중이었다.

무장한 남자 하나가 게달리스트들에게로 왔다. 어깨에 멘 기관총을 머리 위로 들어 올려 벗었다. 총을 게달리스트들에게 겨누는 게 아니라 부주의하게 총신을 잡아 덜렁거리게 들었다. 그가 폴란드어로 말했다. "서라." 폴란드에서 나고 자라 러시아어보다 폴란드어를 훨씬 더 잘하는 게달레가 걸음을 멈추고 대열에게 정지하라는 신호를 보냈다. 그리고 러시아어로 요제크에게 말했다. "판Pan이 원하는 게 뭔지 들어봐."

'판', 그러니까 신사 분은 이 말을 알아들었다(게다가 게달레는 그가 알아들을 수 있게 최선을 다했다). 그리고 분노해서 차갑게 말했다.

"당신들이 떠나길 원한다. 여기는 우리 땅이다. 당신들은 이미 충분히 문제를 일으켰다."

말다툼을 하게 될 것을 직감한 게달레가 황홀한 표정을 지었고 이게 폴란드인을 더욱 분노하게 만들었다. 게달레가 요제크에게 말했다. "신사 분에게 전하라. 우리가 성가시게 했다면 그건 우리 잘못이 아니었다고. 아니 적어도 신사 분에게 개인적으로 피해를 입힐 의도는 전혀 없었다고. 사르니 기관차 사건을 이야기하고 싶은지 물어봐라. 만약 그렇다면 우리는 이제 그런 일은 하지 않을 거라고 말해라. 우리는 기꺼이 떠나려 하니 이분의 격려는 필요 없다고 전하라. 그리고…….”

이 신사가 러시아어를 아주 잘 알아듣는다는 게 밝혀졌다. 요제크의 통역을 기다리지 않고 거칠게 게달레의 말을 가로막았기 때문이다.

“물론 기관차 사건을 이야기하겠소. 거기도 우리, 인민무장군의 땅이오. 그러니 거기서 독일군에게 보복을 가하는 건 우리가 해야 할 일이었소. 하지만 난 당신네 대원 이야기도 하겠소.” 그러더니 경멸하듯 둘째 손가락으로 레오니드를 가리켰다. “이 무모한 멍텅구리, 붉은 별을 단 무분별한 인간이 혼자 영웅이 되려고 아무 생각도 없이…….”

이번에는 게달레가 갑자기 통역 놀이를 집어치우고 유창한 폴란드어로 끼어들었다.

“뭐라고요? 무슨 짓을 했습니까? 어디서 체포한 거요?”

“우리가 체포한 게 아니오.” 폴란드인이 화를 냈다. “우리가 구해준 거지. 그리고 어디 가서 이런 말 하고 다니지 마시오. 빌어먹을, 우리 NSZ, 인민무장군이 독일군의 총탄에서 유대인을 구해준 건 이게 처음 있는 일이오. 게다가 러시아인이고 공산주의자를. 그런데 이 사람 약간 정신이 돈 게 틀림없소. 백주대낮에 무장을 하고 주위를 둘러보지도 않고 독일군 검문소로 직진했소……."

"어떤 검문소 말입니까?"

"지엘론카 발전소에 있는 검문소요. 엄청난 혼란을 초래할 뻔했소. 지엘론카 전력은 우리에게도 필요하다는 건 두말할 필요도 없소. 시설 파괴를 하려거든 더 멀리 가시오. 악마가 당신들을 안내하겠지. 그리고 정치 상황을 잘 파악하시오. 특히 이런 명텅구리는 절대 보내면 안 되오."

"우리가 보낸 게 아니오. 독단으로 한 행동이오." 게달레가 말했다. "우리가 심문을 하고 벌을 줄 거요."

"저자도 그렇게 말했소. 독단적으로 한 일이라고. 심문은 우리가 벌써 했소. 우리를 바보, 아니 어린애 취급 하지 마시오. 우린 1939년부터 두 개의 전선에서 싸우는 중이고 확실한 전술을 배웠소. 그런데 당신들은 나치 전술을 모방했군그래. 독일 국회의사당 방화 사건과 아주 똑같아. 정신이 약간 이상한 놈을 하나 데려다가 위험한 작전에 투입하는 거지. 그러고 나면 당신들하고는 아무 상관 없는 곳이 순식간에 보복을 당하고 만다고."

폴란드인이 숨을 들이쉬기 위해 말을 멈췄다. 그는 키가 크고 야위었는데 젊은 사람은 아니었다. 회색 콧수염이 분노로 떨렸다. 게달레가 레오니드 쪽을 흘깃 보았다. 그는 밧줄에 묶인 두 손을 허벅지에 올려놓은 채 막사 앞에 앉아 있었다. 열 발짝 정도밖에 떨어지지 않은 거리여서 말소리가 다 들릴 텐데도 그는 전혀 듣고 있지 않는 것 같았다. 폴란드인이 요제크를 유심히 보았다.

"그런데 당신 유대인 같은데. 우리가 이상한 일들을 수없이 경험했지만 제일 이상한 건 이거요. 유대인들이 폴란드에서 어슬렁거리며 폴란드인에게 무기를 빼앗아서 유격대 흉내를 낸다는 거지, 개새끼들!"

게달레가 돌연 행동에 들어갔다. 왼손으로 폴란드 사내의 손에서 기관총을 낚아챈 뒤 오른손으로는 그의 귀에 주먹을 한 방 날렸다. 사내가 비틀거리다가 불안하게 몇 발짝 움직였지만 쓰러지지는 않았다. 다른 폴란드 사내들이 위협적인 분위기로 다가왔지만 대장이 뭐라고 하자 그들은 몇 발짝 뒤로 물러섰다. 그러나 여전히 총은 겨누고 있었다.

"나도 유대인이오, Panie Kondotierze.*" 게달레가 차분한 목소리로 말했다. "우리가 가진 무기는 훔친 게 아니오. 그리고 우리는 이 무기 사용법을 잘 익혔소. 당신들이 5년 전부터 전투를 하고 있다지만 우리는 3천 년 전부터 싸우고 있소. 당신들 전선은 두 개지만 우리 전선은 셀 수도 없소. 이성적으로 생각해보시오, 지휘관 신사 분. 우리는 같은 적을 상대로 싸우고 있소. 우리 힘을 낭비하지 맙시다." 그러더니 공손하게 웃으며 덧붙였다. "모욕적인 언동도." 아마 이 '지휘관'은 결연한 분위기의 게달리스트 20여 명이 자신을 에워싸는 걸 보지 않았다면 고분고분 게달레의 말을 받아들이지 않았을 것이다. 그는 천둥과 콜레라라는 말을 뒤섞어 이상한 저주를 투덜투덜 퍼붓더니 무뚝뚝하게

---

* '지휘관 신사 분' 폴란드어.

말했다. "우린 당신들이 누군지 하나도 알고 싶지 않소. 당신들과 무슨 일을 도모하고 싶지도 않고. 당신네 부하나 데려가시오. 유대인이라고 밝힌 사내도 한 명 있는데 그자도 데려가시오. 그자를 어떻게 해야 할지 모르겠으니까."

그의 손짓에 부하들이 레오니드의 팔을 잡아 일으켜서 게달레 쪽으로 밀었다. 게달레는 곧 레오니드의 손에 묶인 밧줄을 잘랐다. 레오니드는 한마디도 하지 않았고 땅에서 눈도 들지 않았다. 그리고 오솔길에 서 있는 게달리스트들 대열로 들어갔다. 폴란드인이 말한 다른 사내는 바로 약간 떨어져서 웃통을 벗고 일광욕을 하던 그 남자였다. 그가 자발적으로 앞으로 나왔다. 키는 게달레와 거의 비슷했고 눈에 띄는 매부리코에 근사한 검은 콧수염을 기르고 있었지만 스무 살 이상은 되어 보이지 않았다. 근육질의 날렵한 몸은 한 다리가 없어서 의족을 하지 않았더라면 아마 훌륭한 운동선수 모델이 되고도 남을 법했다. 그가 바닥에서 보따리를 집어 들었다. 주인이 바뀌어서 기쁜 사람 같았다. 떠날 시간이 되었다. 게달레가 폴란드인에게 기관총을 돌려주며 말했다.

"지휘관님. 우리는 한 가지 점에서는 의견이 일치한다고 생각합니다. 그러니까 우리도 당신들과 도모하고 싶은 일이 하나도 없다는 거요. 어느 길로 가야 하는지나 말해주시오."

폴란드인이 말했다. "코벨과 루코프, 철길은 피하시오. 우리 지역에서 독일군들을 도발하지 마시오. 그러면 지옥으로 곧장 가길."

"굉장한 사내였어!" 행군을 다시 시작했을 때 게달레가 멘델에게 말했는데 분노도 경멸도 담기지 않았다. "인디언 영화에나 나올 법한 환상적인 인물이었다니까! 내 생각엔 시대를 잘못 타고난 것 같아."

"그래도 따귀를 날렸잖아요!"

"어쩔 수 없어서 그랬지. 그게 뭐 대수야? 어쨌든 난 그 사람에게 감탄했어. 폭포나 이상한 동물을 보고 감탄할 때 같은 거지. 멍텅구리에다가 어쩌면 위험할 수도 있는 인물인데 어쨌든 우리에게 좋은 구경거리를 줬지."

한편 게달레는 새로운 인물이 부대에 들어오면, 도의상의 배려나 실용적인 측면을 다 떠나서 그 사람이 누구든 사랑하는 것 같았다. 그는 계속 장애인 청년, 아리에의 주위를 맴돌았는데, 그의 냄새를 맡고 그를 구석구석 관찰하고 싶기라도 한 듯했다. 아리에는 다리가 불편한데도 아무 어려움 없이 대열을 따라왔다. 뿐만 아니라 날렵하고 경쾌하게 걸었다. 돌팔매로 메추라기를 잡아서 하얀 로켈레에게 경의 표시로 선물하기도 해서 금방 인기를 얻었다. 그는 이디시어를 말하지도 알아듣지도 못했고 러시아어도 아주 이상하게 말했다. 아리에는 그루지야인이었고 그 사실을 매우 자랑스러워했다. 그의 모국어는 그루지야어이고 러시아어는 학교에서 배웠다. 하지만 그가 역시 자랑스러워하는 그의 이름은 순수한 히브리어였다. 아리에는 '사자'라는 뜻이었다.

게달리스트들 중에서 지금까지 그루지야 출신 유대인을 만
나본 사람은 거의 없었다. 요제크가 농담 반 진담 반으로 아리에
에게 정말 유대인인지 의심을 해봐야 한다고 말했다. 이디시어
를 말하지 못하는 사람은 유대인이 아니었다. 이건 거의 자명한
이치였다. 그가 속담까지 인용했다. 'Redest keyn jiddisch,
bist nit kejn jid.'*

"자네가 유대인이라면 히브리어로 말해봐. 히브리어로 우리
에게 축복을 내려보라고."

젊은이가 도전을 받아들여서 원순음으로 무게 있게 발음하
는 아슈케나지식이 아니라 당김음으로 가볍게 발음하는 세파르
디**식으로 포도주 축성을 했다. 모두들 웃었다.

"저런, 자넨 기독교인처럼 히브리어를 하네."

"아니에요." 기분이 상한 아리에가 점잖게 대답했다. "우리
는 아버지 아브라함처럼 말하는걸요. 잘못 발음하는 건 당신들
이죠."

아리에는 놀랄 만큼 빠르게 부대에 적응했다. 그는 튼튼했
고 자발적으로 뭐든 해서 어떤 일이든 기꺼이 맡았다. 몇 가지 되
지는 않지만 부대가 지키고 있는 유격대 규율도 받아들였다. 모
두들 그에 대해 궁금해하는 반면 그는 부대의 최종 목적지에 대
해 별 호기심을 보이지 않았다. "여러분이 독일인들을 죽이러 가
면 저도 여러분하고 갈래요. 이스라엘로 가면 저도 갈래요." 그

---

　*　'이디시어로 말하지 않으면 유대인이 아니다.'
　**　이베리아 반도의 스페인 및 포르투갈계 유대인.

는 똑똑하고 명랑했으며 자존심이 세고 다혈질이었다. 그는 여러 가지를 자랑스러워했다. 그루지야인이라는 것을 자랑스러워했다(그는 자신이 마케도니아의 알렉산드로스 대왕 후손이라고 분명히 말했지만 어떤 식으로도 증명할 방법이 없었다). 러시아인은 아니지만 동시에 스탈린과 같은 나라 사람이라는 걸 자랑스러워했으며 자신의 성인 하잔슈빌리도 자랑스럽게 여겼다.

"맞아! 스탈린하고 비슷하기까지 한데." 못텔이 웃었다. "콧수염만이 아니라 이름도 비슷해."

"스탈린은 위대한 분이에요. 그러니 그분을 조롱해서는 안 돼요. 이름이 비슷했으면 좋았을 텐데 그렇지는 않아요. 그분은 주가슈빌리, 그러니까 주가의 아들이라는 뜻이고 제 성은 그냥 하잔슈빌리, 시나고그의 선창자 하잔의 아들이라는 뜻이죠."

그는 자신이 장애가 된 문제에서는 몹시 예민했다. 그에 대해 말하기 싫어했는데 다리가 그렇게 되어 목숨을 구했을 가능성이 많았다.

"징병위원회에서 불합격 판정을 내렸어요. 우리 고향에서는 군복무를 하는 게 명예로운 일이었기 때문에 전 놀림거리가 됐죠. 그렇지만 1942년 모두 소집이 되었을 때 저도 데려갔죠. 그리고 민스크의 후방으로 배치되어 군대 제빵실에서 빵을 굽게 되었어요. 그러다가 독일군 포로가 됐었지만 민간 노동자로 분류되었죠. 이게 제 행운이었어요. 내가 유대인이라는 걸 그자들이 알아차리지 못했으니까요……."

"전부 그 콧수염 덕인 것 같은데, 내 생각에는." 요제크가 말했다. "우리 중에 저렇게 콧수염 기를 생각을 한 사람이 거의 없었다는 게 안타까운데."

"콧수염과 키 때문이었죠. 그리고 제가 농부이고 특히 접붙이기 전문가라고 했어요."

"정말 영리했구나!"

"무슨요. 정말 그게 제 직업이었어요. 저하고 아버지는 항상 포도나무 접붙이기를 했는걸요. 그래서 대규모 농장으로 보내져 생전 처음 보는 나무들을 접붙이게 되었죠. 우리는 거의 자유로웠어요. 4월에 탈출했죠. 유격대에 들어가고 싶었는데 지난번 그 사람들을 우연히 만난 거예요. 그 사람들과 지내기가 정말 불편했어요. 저보고 '유대인'이라고 부르면서 노새처럼 온갖 짐을 나르게 하더라니까요."

게달레는 즉흥적으로 결정을 잘 내렸지만 레오니드 문제는 그 자리에서 결정할 사항이 아니라고 생각했다. 그는 요제크와 도프, 그리고 멘델을 따로 불렀다. 평상시의 게달레가 아니었다. 말을 하다가 옆길로 새지도 않았고 자신이 할 말을 생각했다가 나직하게 말했다.

"난 처벌을 좋아하지 않소. 주는 것도 받는 것도. 그건 엄격히 말하면 프러시아 사람들에게 맞는 방식이오. 우리 같은 사람에게는 별 소용이 없어요. 하지만 레오니드는 심각한 과오를 저

질렀소. 무기를 가지고 명령도 허락도 받지 않고 떠나버렸소. 그
리고 모두를 위험에 빠뜨렸을지도 모를 행동을 했소. NSZ 부대
대부분이 멀리 있기에 망정이지 안 그랬다면 우린 끔찍한 대가
를 치렀을 거요. 레오니드는 바보 같은 짓을 했고 우리 모두를 바
보로 만들었소. 바보에 침입자에 풋내기에 일을 망치는 놈들로
비치게 했단 말이오. 이미 이쪽 지역에서는 우리에게 별로 호의
적이지 않았소. 이번 사건으로 그게 더 심해질 것 같소. 그런데
우리가 갈 길은 멀기만 하오. 지역 주민들의 지지가 필요한 상황
이오. 적어도 중립적인 침묵이라도 지켜줘야 하오. 레오니드가
이런 걸 알아야 하오. 그에게 우리가 알려줘야만 하오."

　요제크가 발언을 하려고 한 손을 들었다. "다른 대원이었다
면 저는 매질을 조금 한 뒤 러시아인들처럼 자아비판을 시키는
게 최선의 해결책이라고 생각했을 겁니다. 그렇지만 레오니드는
이상한 사람입니다. 그가 어떤 일을 하면 왜 그 일을 했는지 이해
하기가 힘들어요. 대장님 말씀이 맞습니다. 그에게 꼭 상황을 이
해시켜야 합니다. 그렇지만 제 생각에는, 적어도 지금으로서는
레오니드가 아무것도 이해하지 못할 것 같습니다. 우리가 이곳
으로 데려오고 난 이후로 한마디도 하지 않았습니다. 한마디도
요. 제 얼굴도 한 번 안 쳐다봤습니다. 식사를 가져다줄 때마다
먹는 척하다가 제가 나오면 금방 다 쏟아버립니다. 제 눈으로 똑
똑히 봤습니다. 지금이 평화 시라면 레오니드에게 필요한 게 뭔
지 저는 잘 압니다."

"의사?" 게달레가 물었다.

"네. 정신과 의사요."

"두 사람은 오래전부터 레오니드를 알고 지냈으니," 게달레가 멘델과 도프를 향해 말했다. "두 사람 생각은 어떻소?"

도프가 먼저 말을 꺼내서 멘델은 안도했다. "노보셸키에서 레오니드 때문에 여러 번 짜증이 났었네. 제시간에 일터에 나오지 않았거든. 그를 시험해보고, 다른 사람들의 눈에 훌륭한 대원으로 보일 기회를 주기 위해 선로 파괴 작전에 보냈지. 그럴 필요가 있어 보여서. 그는 그럭저럭 해냈고 용기 있게 행동할 때도, 경솔하게 행동할 때도 있었어. 신경이 예민해 보여. 내 생각에는 똑똑한 청년인데 성격이 좋지 않은 것 같네. 하지만 노보셸키에서의 행동으로 한 사람을 평가할 수 있다고 생각하지는 않아. 뿐만 아니라 여기서의 행동으로도."

"레오니드를 평하는 일에 관심이 있는 게 아니오." 게달레가 말했다. "그를 어떻게 해야 할지를 알고 싶을 뿐이오. 자네 생각은 어떤가, 시계공?"

멘델은 초조했다. 레오니드가 자살 공격을 한 진짜 이유를 게달레가 알고 있는 걸까? 아니면 넘겨짚는 걸까? 만약 게달레가 알고 있는데, 그 이야기를 하지 않는 건 유치하고 정직하지 못한 행동이다. 모르고 있다면, 짐작하지 못한다면 멘델이 그의 호기심과 다른 사람들의 수다에 먹이를 던져주지 않는 게 좋을 것이다. 간단히 말해 이건 그의 문제다, 안 그런가? 그와 라인의 문제, 사적인 일이다. 레오니드의 상황을 더 난처하게 만들고 싶지 않았다. 레오니드가 여자와의 문제 때문에 이탈했다고 얘기하는 건 레오니드의 상황을 악화시키는 꼴이다. 너의 상황도 난처해지게 돼. 물론 그렇지. 내 상황도 난처해지지. 그는 속으로 자신이 거짓말쟁이며 벌레만도 못한 인간이라고 생각하며 애매하게 말했다.

"제가 레오니드와 함께 지낸 지 일 년이 됐습니다. 우리는 작년 7월 브랸스크 숲에서 만났습니다. 저도 도프의 의견에 동의합니다. 훌륭한 청년인데 성격이 까다롭습니다. 자기 이야기를 제게 해주었는데 힘들게 살아온 인생이더군요. 우리보다 훨씬 어린 나이부터 고통스러운 일들을 많이 경험했습니다. 제 생각에는 처벌은 잔인할 것 같습니다. 게다가 불필요하기도 하고요. 지금 레오니드는 스스로 벌을 받고 있습니다. 그래서 요제크의 의견에도 동의합니다. 치료해줄 사람이 필요해요."

게달레가 벌떡 일어나더니 서성거리기 시작했다. "당신들 정말 훌륭한 조언자들이군요. 치료해야 하지만 치료할 수 없다. 벌을 줘야 하지만 줘서는 안 된다. 정확히 말하자면 당신들 충고는 지금 그대로 놔두라는 거잖아요. 이 사건이 저절로 해결되게. 욥을 위로하는 사람들 같구려. 좋아요. 지금은 이렇게 놔두도록 합시다. 라인이 뭔가 구체적인 단서를 제공해줄 수 있는지 한번 봐야겠소. 당신들보다야 레오니드를 더 잘 알 테니. 아니면 적어도 다른 면에서라도 바라볼 수 있겠지."

　　그러니까 게달레는 모르고 있구나, 멘델은 이렇게 생각하며 안도했다. 그와 동시에 안도감을 느끼는 자신이 부끄러웠다. 하지만 게달레와 라인의 면담에서 어떤 이야기가 오갔는지 멘델은 전혀 알지 못했다. 면담이 이루어진 건지 아니면 (이게 더 가능성이 많은데) 라인이 중요한 이야기를 전혀 하지 않은 것인지 알지 못했다. 게달레의 우울한 상태는 그리 오래 지속되지 않았다. 며칠 사이에 평상시의 그로 돌아왔다. 하지만 7월 초에 부대가 비스툴라 강에서 멀지 않은 안노폴 근처에서 야영을 할 때 사르니에서처럼 다시 사라졌다. 며칠 뒤 새 벨벳 재킷에 농부 밀짚모자를 쓰고 벨라에게 줄 조그만 인공향수 한 병과 다른 네 여자에게 줄 선물까지 가지고 나타났다. 그렇지만 이런 물건들을 사러 도시에 갔다 온 건 아니었다. 게달레가 도시에서 돌아오고 난 뒤 여러 변화가 있었다. 더욱 신중해졌다. 봄에 그랬던 것처럼 다시 야간에 행군했고 밤이면 부대는 사람들의 눈에 띄지 않으려 애쓰면서 야영을 했다. 그 지역에 길이 여러 갈래로 촘촘하게 나 있는 데다가 여기저기 마을과 농가가 흩어져 있어서 사람들의 눈을 피하기가 점점 어려워졌다. 게달레는 조급해 보였다. 점점 더 긴 행군을 요구해서 한밤에 20킬로미터 이상을 걷기도 했다. 그는 정확히 한 방향, 오파투프와 키엘체 쪽을 목표로 했다. 대원들에게 절대 무리에서 멀어지지 말고 혹시라도 우연히 농부들을 만나도 말을 걸지 말라고 당부했다. 그 지역 사람들과는 폴란드어를 할 줄 아는 사람만 대화할 수 있었는데, 그나마도 최대한 줄여야 했다.

　행군 중일 때도 이동 중일 때도 레오니드는 모두에게 점점 더 고통스러운 존재가 되어갔는데 멘델에게는 특히 더 그랬다. 멘델은 자신이 레오니드를 두려워하고 있다는 걸 스스로에게 인정해야만 했다. 그와 가까이하는 걸 피해서 한 줄로 행군할 때 레오니드가 뒤쪽에 있으면 그는 맨 앞에서 걸었고, 그가 앞쪽에 있으면 반대로 했다. 하지만 멘델과 달리 레오니드는 의식적으로든 아니든 그의 곁에 있으려고 했다. 비록 말 한마디 걸지 않았지만. 슬픔과 애원이 가득 담긴 그 검은 눈으로 그저 멘델을 바라보기만 할 뿐이었다. 자신의 존재만으로 그를 괴롭히고, 잊지 않게 하고, 괴롭히는 것으로 복수를 하고 싶어 하는 사람 같았다. 아니 혹시 그를 감시라도 하는 걸까? 아마 그럴지도 모른다. 레오니드의 몇몇 행동들을 보면 그가 의심에 사로잡혀 있다는 생각을 하지 않을 수 없었다. 갑자기 고개를 휙 돌리고 뒤를 돌아보곤 했다. 낮에 행군을 멈추고 대개는 버려진 농가에서 쉬게 될 때 레오니드는 문에서 제일 가까운 곳을 골라서 누웠다. 그리고 잠도 거의 자지 않았다. 화들짝 놀라며 잠에서 깨서 불안한 듯 주위를 둘러보기도 하고 문밖이나 창문 밖을 몰래 내다보기도 했다.

　구름이 잔뜩 낀 흐린 날 아침 모두 피곤에 지칠 정도로 야간 행군을 하고 난 뒤, 멘델은 숲에서 땔나무를 줍고 있었다. 그리고 아무도 명령하지 않았는데도 레오니드가 옆에서 나무를 줍고 있는 것을 보았다. 그는 수척했고 긴장하고 있었다. 눈은 반짝였다.

그가 공범자 같은 분위기로 멘델에게 말을 걸었다. "아저씨도 알고 있죠, 그렇죠?"

"뭘 알아?"

"우리 모두를 팔아넘긴 거요. 이제는 더 이상 착각에 빠져 있을 수 없어요. 우리는 팔렸어요. 그자가 우리를 팔아넘겼어요."

"그자가 누군데?" 멘델이 깜짝 놀라서 물었다.

레오니드가 목소리를 낮추었다. "그 사람, 게달레요. 그런데 그 사람도 달리 어쩔 방법이 없었어요. 협박을 당했거든요. 게달레는 그 사람들의 수중에 든 꼭두각시예요." 그러더니 가운데 손가락을 입술에 가져가며 조용히 하라는 신호를 하고는 다시 땔나무를 줍기 시작했다. 멘델은 그 이야기를 아무에게도 하지 않았으나 며칠 뒤 도프가 그에게 말했다.

"자네 친구 이상한 생각을 하고 있던데. 게달레가 NKVD인지 다른 무슨 비밀경찰인지를 위해 일한다고 하더라고. 그 사람들에게 협박을 당해서 우리 모두가 그 사람들 손에 인질로 잡혀 있다네."

"그런 비슷한 얘기를 내게도 했어요." 멘델이 말했다. "우리가 어떻게 해야죠?"

"어찌할 방법이 없어." 도프가 말했다.

멘델은 예전에 레오니드를 먼지 낀 시계와 비교했던 기억이 났다. 지금 레오니드는 수리해달라고 부탁받은 다른 시계들을 연상시켰다. 어딘가에 세게 부딪쳤는지도 모를 시계들이었다. 그런 시계들은 태엽의 스프링이 얽혀서 어떨 때는 늦게 가고 어떨 때는 미친 듯이 빠르게 가다가 결국에는 수리할 수 없게 모두 고장이 나버리고 말았다.

바람이 잘 부는 눈부신 여름이었다. 게달리스트들은 기아의 땅으로 들어섰다는 것을 알아차렸다. 마을 사람들과의 접촉을 피하라는 게달레의 지시가 반어적인 게 아니었다면 불필요한 것으로 드러났다. 그 들녘에는 사람이 거의 없었다. 그나마 남자는 아예 보이지 않았고 여자들만 몇몇 눈에 띄었다. 황폐한 농가 앞에는 노인과 아이들뿐이었다. 게달리스트들이 두려워할 사람들은 아니었다. 아니 오히려 그 사람들이 두려움에 입을 닫아버렸다. 불과 몇 달 전 폴란드 국내군*이 이 지역의 독일 주둔부대에 공격을 시작했다. 또 루블린 남쪽에서는 소비에트 낙하산부대가 전선에 탄약과 보급품을 실어 나르는 독일군의 보급로를 차단했다. 또 다른 폴란드 부대는 다리와 육교를 폭파시켜버렸다. 그리고 독일군이 1942년 농민들을 강제로 이주시키고 천년제국 식민지를 건설한 마을을 공격했다. 독일군의 보복이 전 지역으로 확산되었고 보복은 한없이 잔인했다. 숲속으로 도주한 부대들을 잡을 수 없었기 때문에 주민들에게 보복을 했다. 독일군은 후방 부대에서 증원군을 지원받았다. 밤이면 폴란드 마을을 포위하고 불을 지르거나 일할 수 있는 연령의 남녀를 모두 끌고 가버렸다.

* 제2차 세계대전 당시 독일에 점령된 폴란드 국내에서 이루어진 저항운동 조직.

길 떠날 준비를 하라고 30분의 시간을 준 뒤 트럭에 태워서 싣고 가버렸다. 어떤 마을에서는 어린아이들에게까지 관심을 기울였다. '아리안'의 외모와 비슷한 아이들은 독일로 끌고 갔고 다른 아이들은 총살했다. 평생 가난했던 마을들은 이제 연기에 뒤덮인 돌 더미와 폐허로 변해버렸다. 그러나 들판은 아무런 피해를 입지 않아서 잘 익은 호밀이 부질없이 수확할 사람을 기다리고 있었다.

　그 생각을 해낸 사람은 못텔이었다. 그가 즈보르즈 마을에서 1킬로미터가량 떨어진 외딴집에 물을 얻으러 갔다. 그리고 외양간에서 지푸라기를 깔고 홀로 누워 있는 할머니를 발견했다. 외양간에는 가축이 한 마리도 없었다. 할머니는 거동이 불편했다. 한쪽 다리를 다쳤는데 돌봐주는 사람이 아무도 없었다. 할머니는 못텔에게 우물에 가서 원하는 만큼 물을 가져가라고 했다. 그리고 자신에게도 한 모금 갖다 달라고 부탁했다. 혹시 먹을 것도 있으면 좀 달라고 했다. 뭐라도 좋았다. 할머니는 사흘 전부터 아무것도 먹지 못했다. 가끔 마을 사람 중 누군가 할머니를 기억하고는 빵이라도 한 조각 갖다주었다. 그런데 집 앞 밭에는 대가족을 먹이고도 남을 호밀이 자라고 있었다. 하지만 호밀을 수확할 사람이 아무도 없으니 비가 한 번 내리기만 해도 호밀은 다 썩어버릴 게 뻔했다.

　못텔이 게달레에게 보고를 하자 게달레가 즉석에서 결정했다. "이 사람들을 도와줘야 해. 이것도 우리의 전쟁이야. 우리가 적이 아니라 친구라는 걸 이 사람들에게 이해시킬 좋은 기회지.”

요제크가 얼굴을 찡그렸다. “이쪽 지역에선 우리를 좋아하지 않아요. 독일군이 그들의 집을 불태우기 전에 이 사람들이 우리 유대인들의 집을 불태웠죠. 유대인들을 좋아하지 않는다니까요. 러시아인도 좋아하지 않는데 우리들 대다수는 유대인이고 러시아인이잖아요. 이 사람들은 20년 동안 러시아 농민들에게 어떤 일이 일어났는지 알고 있어요. 그래서 토지 공유화를 두려워하죠. 그들을 도와주더라도 조심해야 해요.”

하지만 다른 사람들은 모두 주저 없이 찬성했다. 그들은 파괴하는 데 지쳤고 전쟁이 인간에게 강요한 부정적이고 어리석은 행위들을 하는 데 지쳐 있었다. 그중 제일 신이 난 사람은 농사 경험이 있는 표트르와 아리에였다. 못텔은 ‘자신의’ 할머니 집 지붕이 내려앉아 버렸다고 알려주었다. 그러자 표트르가 말했다.

“내가 수리해줄게요. 이엉을 얹는 데 선수거든요. 고향 마을에서 하던 일이지요. 그렇게 해주고 돈을 받았어요. 뭐 지금은 ‘당신’ 할머니 지붕을 수리하는 데 오히려 마을 사람에게 받았던 루블을 주고 싶네요. 물론 돈이 있다면 말이죠. 지금 내가 돈이 없으니까.”

할머니가 승낙을 해서 표트르는 시슬의 도움을 받아 지붕 얹는 일을 시작했다. 며칠 뒤 수염을 길게 기른 노인이 주위를 맴도는 게 보였다. 노인은 다른 볼일 때문에 그곳에 온 척했다. 울타리 말뚝들을 똑바로 세우고 이미 바닥이 드러날 정도로 다 말라붙어 버린 수로의 둑을 확인하는 척했다. 하지만 멀리서 지붕 없는 두 사람을 지켜보았다. 어느 날 그가 표트르에게 자기소개를 하고 폴란드어로 서너 가지를 물었다. 표트르는 못 알아듣는 척하고 게달레를 찾아갔다.

"나는 마을 읍장 부르미스트르츠입니다." 노인이 차림새는 걸인처럼 누추했지만 점잖고 당당하게 말했다. "당신들은 누구십니까? 어디로 가는 길이죠? 원하는 게 뭡니까?"

게달레는 무기를 지니지 않고 셔츠 차림에 너덜너덜 낡고 빛바랜 일반 바지를 입고 시장에서 산 밀짚모자를 쓰고 노인을 만나러 왔다. 게달레는 이디시어 억양이 전혀 섞이지 않은 폴란드어로 말했다. 그래서 누구라도 그의 정확한 출신을 확실히 알기가 힘들었다. 처음에는 조심했다.

"우리는 난민들입니다. 남자도 여자도 있습니다. 여러 나라에서 왔습니다. 당신들에게 피해를 주고 싶지 않습니다. 그저 지나는 길입니다. 아주 먼 곳으로 갈 겁니다. 아무도 방해하고 싶지 않아요. 그렇지만 마찬가지로 방해를 받고 싶지도 않습니다. 우리는 지쳤지만 팔다리는 튼튼하답니다. 혹시 여러분들에게 뭔가 도움이 될 수도 있을지 모르겠습니다."

"가령?" 읍장이 못 미더운 듯이 물었다.

"가령 호밀이 못 쓰게 되기 전에 수확을 할 수 있습니다."

"그 대가로 뭘 원합니까?"

"수확의 일부분입니다. 그것도 노인장이 보시기에 적당하다고 생각되는 만큼요. 그리고 물과 잠잘 수 있는 집, 우리 이야기를 되도록 다른 곳에 하지 않는 겁니다."

"전부 몇 명입니까?"

"40여 명입니다. 다섯 명은 여잡니다."

"당신이 대장인가요?"

"그렇습니다."

"우리는 당신네보다 수가 적어요. 아이들까지 다 해도 30명도 채 안 됩니다. 돈은 평생 만져본 적이 없습니다. 가축은 이제 한 마리도 없고요. 그리고 젊은 여자들도 없습니다."

"젊은 여자들이 없다니 애석한데요." 게달레가 웃었다. "그렇지만 그런 건 중요하지 않습니다. 방금 말씀드렸듯이 물, 그리고 우리에 대해 침묵해주시는 걸로 충분합니다. 가능하다면 며칠 잘 수 있는 집만 있으면 됩니다. 우리는 전쟁과 행군에 지쳤어요. 평화로운 노동을 그리워하고 있습니다."

"우리도 전쟁에 지쳤다오." 읍장이 말했다. 그러더니 곧 되물었다. "그런데 낫질은 할 줄 아오?"

"해보지 않았지만 잘할 수 있을 겁니다."

"오파투프에 방앗간이 있소." 읍장이 말했다. "아마 사용할 수 있을 거요. 낫도 있어요. 그건 남겨두고 갔다오. 내일 아침부터 수확할 수 있소이다."

블리즈나와 루자니 출신 남자들 모두에다가 아리에와 도프, 라인과 검은 로켈레가 호밀 수확을 하러 갔다. 표트르도 지붕을 다 고치고 나자 합류했다. 아리에가 가장 경험이 많았다. 다른 사람들에게 밀단 세우는 법과 낫을 처음에는 망치로 두드리고 그다음에는 숫돌에 갈아 예리하게 만드는 법을 가르쳐주었다. 표트르도 역시 능숙하게 일을 하고 아무리 피곤해도 끄떡없다는 걸 보여주었다. 라인은 모두를 놀라게 했다. 그렇게 연약한데 새벽부터 밤까지 갈증을 견디고, 순식간에 몰려드는 파리와 모기떼에 아랑곳하지 않고 밀을 베었다. 그런 일을 하는 게 처음이 아니었다. 오래전에 키예프에서, 젊은 시오니스트들이 팔레스타인 이주를 준비하던 집단농장에서 해본 경험이 있었다. 시오니스트들과 공산주의자들이 아직 터무니없을 정도로 대립각을 세우지 않던 먼 옛날의 일이었다. 도프도 세월과 부상의 무게가 크긴 했지만 훌륭하게 일을 해냈다. 그에게도 완전히 새로운 경험은 아니었다. 그는 볼로그다로 추방되었을 때 해바라기를 수확했었다. 그곳은 여름 한나절이 열여덟 시간 동안 지속되어서 그 시간 내내 일을 해야 했다.

멘델과 레오니드, 요제크와 이시도르를 포함한 나머지 사람들은 마을을 돌며 읍장이 말한 여러 가지 일을 했다. 닭장을 고치고 지붕을 수리하고 밭을 갈았다. 초기의 불신이 사라지자 그들은 수확할 감자가 있다는 것도 알게 되었다. 밤이면 별이 뜬 여름 하늘 밑에, 아직도 태양의 열기가 남아 있는 농가 앞마당에 유랑하는 유대인들과 절망에 빠진 폴란드 농민들이 둥글게 둘러앉았다. 그들 사이를 우정으로 연결시켜준 건 바로 그 감자였다.

제8장
1944년 7월~8월

냄비에 감자를 삶고 모닥불에도 감자를 구우면서 읍장은 주위를 둘러보았다. 그리고 붉은 모닥불에 비친 이방인들의 얼굴을 자세히 살폈다. 그의 곁에는 무표정한 얼굴의 그의 아내가 앉아 있었다. 그녀는 얼굴이 넓적하고 광대가 튀어나왔다. 그녀는 게달리스트들을 보지 않고 남편을 보았다. 남편 때문에 걱정인 듯, 그를 지켜주는 동시에 혹시라도 무분별한 말을 하지 못하게 막으려는 것 같았다.

"자네들 유대인이군." 노인이 갑자기 차분하게 말했다. 아내가 재빨리 그에게 귓속말을 하자 그가 대답했다.

"안심해요, 세베리나, 당신은 내가 입도 뻥긋하지 못하게 하는군그래."

"이 친구는 러시아인입니다." 게달레가 표트르를 가리키며 말했다. "다른 사람들은 유대인과 러시아인, 폴란드인입니다. 그런데 어떻게 우리가 유대인인 걸 아셨죠?"

"눈을 보고 알았네." 읍장이 말했다. "우리 마을에도 유대인들이 살았지. 그 사람들 눈이 자네들 눈 같았어."

"저희들 눈이 어떤데요?" 멘델이 물었다.

"불안하지. 쫓기는 짐승의 눈처럼."

"우리는 이제 쫓기는 짐승이 아니에요." 라인이 말했다. "우리들 중 대다수는 전투를 하다가 죽었어요. 우리 적은 당신들의 적과 같아요. 당신들의 집을 파괴한 그 사람들요."

읍장이 자기 몫의 감자를 먹으며 잠시 아무 말도 하지 않았다. 그러다가 입을 열었다.

"아가씨, 여기 상황은 그렇게 간단하지 않아. 예를 들어 이 마을에서 유대인들과 폴란드인이 같이 산 게 몇 백 년이 되었는지 나도 모르지만 서로 절대 호감을 갖지 않았지. 폴란드인들은 밭에서 고된 노동을 했고 유대인들은 장인이거나 상인이었어. 지주를 대신해서 소작료를 거두기도 했지. 그리고 교회에서 신부님은 예수님을 팔고 십자가에 매단 게 바로 유대인들이라고 말씀하셨어. 우리는 한 번도 그들의 피를 뿌리지 않았지만 1939년 독일군이 왔을 때, 그리고 제일 먼저 독일군이 유대인들의 옷을 벗기고 그들을 조롱하고 때리고 게토에 가뒀을 때, 솔직히 말하면……."

여기서 다시 세베리나가 끼어들어 남편의 귀에 대고 뭐라고 소곤거렸다. 하지만 읍장은 어깨를 으쓱하더니 계속 말했다.

"……솔직히 말하자면 우린 기분이 좋았지. 그리고 나도 기분이 좋았어. 독일군들도 호감이 가지 않았지만 우리는 그들이 정의를 실현하기 위해서, 그러니까 간단히 말해 유대인들의 돈을 빼앗아 우리에게 주기 위해 왔다고 생각했던 거야."

"그러니까 즈보르즈 유대인들이 굉장히 부자였나 봅니다." 게달레가 물었다.

"모두들 그렇다고 하더군. 유대인들은 옷차림이 허름했는데 사람들 말로는 그들이 구두쇠라서 그렇다는 거야. 그리고 사람들이 다른 말도 하더라고. 유대인들이 볼셰비키라서 러시아에서처럼 땅을 공유화하고 싶어 한다고. 그리고 사제들을 다 죽일 거라고."

"말도 안 돼요!" 라인이 끼어들었다. "부자에다 인색한데 볼셰비키라는 게 말이 되나요?"

"하지만 말이 됐다네. 어떤 폴란드인은 유대인은 다 부자라고 말하고 다른 폴란드인은 유대인은 다 공산주의자라고 말하는 거야. 그러면 또 다른 폴란드인이 어떤 유대인은 부자고, 또 어떤 유대인은 공산주의자라고 하지. 보다시피 쉽지 않은 문제잖아. 하지만 그 후에 일이 훨씬 더 복잡해졌지. 독일인들이 우크라이나인들에게 유대인 학살을 도우라고 권총을 준 후에 말이야. 그런데 우크라이나인들이 우리에게 총을 쏘고는 우리 가축들을 끌고 가버렸어. 그러다가 러시아 유격대원들이 폴란드 유격대원들을 무장해제시키고 그들을 데려가버렸지. 자네 유대인들에 대한 생각이 바뀐 건 오파투프의 유대인들에게 독일군이 하는 짓을 내 눈으로 직접 보고 나서라네."

"어떤 짓을 했습니까?" 멘델이 물었다.

"게토에서 유대인들을 다 끌어내서 극장 안에 전부 가둬버렸다네. 아이들과 노인들, 죽어가는 사람들도 있었어. 5백 석 객석의 극장에 2천 명을 집어넣은 거야. 먹을 것도 마실 것도 주지 않은 채 7일 동안 그 안에 가둬뒀어. 동정심을 느껴서 창문으로 뭐라도 주려고 했던 우리 폴란드인에게도 독일군이 총을 쐈어. 그래, 유대인들이 마지막으로 가지고 있던 돈을 받고 물을 가져다준 다른 폴란드인들도 총살을 당했지. 7일이 지나서 문을 열고 나오라고 명령했지. 살아서 나온 사람은 겨우 백 명밖에 안 됐다네. 그들은 광장에서 총살당했어. 그런데 우리에게 유대인들을 모두, 광장에 있는 유대인과 극장 안에 있는 유대인을 모두 묻으라고 명령을 하더군. 맞아, 그런 식으로 죽은 어린아이들을 보면서 유대인들도 우리와 같은 사람이라는 걸 이해하기 시작했어. 그리고 독일인들은 결국 우리에게도 유대인에게 한 짓을 하게 될 거라는 사실도. 하지만 솔직히 말하자면 아직 다른 사람들도 다 이걸 알아차린 건 아니었어. 그리고 내가 자네들에게 이런 이야기를 하는 건 우리가 실수를 했을 때 자신의 실수를 인정하는 게 제일 좋기 때문이야. 그리고 자네들이 우리 밀을 수확해주고 감자를 캐주어서이기도 하고."

"읍장님." 게달레가 말했다. "지금 저희에게 들려주신 일들은 새로운 게 아닙니다. 저희가 읍장님께 새로운 사실들을 말씀드리겠습니다. 어쩌면 당신들이 보기에 우리가 이상해 보일지도 모르겠습니다. 살아 있는 유대인은 이상한 유대인이라는 걸 아셔야 합니다. 읍장님이 오파투프에서 본 일이 독일군이 발을 디

딘 도처에서 벌어졌다는 걸 아셔야 합니다. 폴란드, 러시아, 프랑스, 그리스에서 말입니다. 그리고 독일군들이 무기로 혹은 굶겨서 폴란드인 다섯 명을 죽인다면 유대인은 한 명도 살려두지 않는다는 것도 아셔야 합니다."

"자네가 한 말도 새로울 게 없군그래. 우리는 라디오도 없지만 그래도 소식을 듣는다네. 독일인들이 저질렀던 일, 그리고 이곳과 다른 여러 곳에서 계속 저지를 일을 다 알고 있어."

"전부 다 아시는 건 아닙니다. 읍장님이 믿기 어려우실 정도로 끔찍한 일들도 많습니다. 하지만 여기서 별로 멀지 않은 곳에서 일어나는 일이죠. 유대인들 중 우리의 길을 선택했던 사람들만이 목숨을 구했습니다."

"그것도 금방 눈치챘다네. 자네들은 무장하고 있지."

"그것도 눈을 보고 아셨나요?" 게달레가 웃으면서 물었다.

"아닐세, 눈이 아니야. 자네들 상의의 왼쪽 어깨 부분에 권총을 멘 자국이 반들반들하게 났더군. 제발, 자네들 하느님께, 우리 하느님과 모든 성인들께 비나니, 여기서 독일군을 공격하지 말아주게. 앞으로 더 가도록 해. 자네들이 가고 싶은 곳으로 가라고. 그렇지만 이곳을 파괴하면 안 돼. 만일 그렇게 하면 자네들이 우리를 도와준 게 다 허사가 될 거야. 숲에 숨어서 러시아군이 들어오길 기다리는 게 어떤가? 러시아군은 그리 멀리 있지 않아. 어쩌면 벌써 루블린 앞에 와 있는지도 모르지. 바람이 그쪽에서 불어올 때면 대포 소리가 들리거든."

"우리 문제도 그렇게 간단하지 않습니다." 게달레가 말했다. "우리는 유대인이고 러시아인이고 유격대원입니다. 러시아인으로서 우리는 전선이 지나가길 기다렸다가 그때 좀 쉬고 우리들의 집으로 돌아가고 싶어요. 하지만 우리들의 집은 이제 어디에도 없습니다. 가족도 없어요. 그리고 돌아간다 해도 아무도 우릴 반겨주지 않을 겁니다. 통나무 장작에서 쐐기를 빼내면 곧 나무가 원 상태로 돌아가는 것과 같은 이치랄까요. 유격대원의 입장에서 우리 전쟁은 군인들의 전쟁과 다릅니다. 읍장님도 아시겠죠. 우리는 앞에서 전투하는 게 아니라 적의 등 뒤에서 싸웁니다. 유대인의 입장에서 우리 앞에는 길고 긴 길이 놓여 있습니다. 읍장님, 고향 마을에서 천여 킬로 떨어진 곳에 혼자 계신다면, 고향 마을과 밭과 가족을 다시 찾을 수 없다면 어떻게 하시겠습니까?"

"나는 늙은이라네. 아마 대들보에 목을 매서 죽을 걸세. 그렇지만 내가 조금만 더 젊다면 미국으로 가겠네. 내 동생처럼 말이야. 그 애는 나보다 훨씬 용기가 있고 더 멀리 내다볼 줄 알았지."

"말씀 잘하셨습니다. 유대인들 중에도 미국에 친척이 있어서 그곳으로 가길 원하는 사람이 있어요. 그렇지만 우리 부대에는 미국에 친척이 있는 사람이 아무도 없습니다. 우리들의 미국은 그렇게 멀지 않아요. 우리는 전쟁이 끝날 때까지 싸울 겁니다. 전쟁은 끔찍하지만 나치를 죽이는 일은 이 지구상에서 오늘 할 수 있는 가장 정의로운 일이라고 생각하니까요. 전쟁이 끝나면 팔레스타인으로 갈 겁니다. 거기서 우리가 잃어버린 집을 짓고 다른 사람들처럼 다시 살아보려고요. 그래서 우리는 이곳에 머물지 않고 서쪽으로 계속 가려고 해요. 독일군들의 등 뒤에 있으려고, 우리들의 미국으로 가는 길을 찾으려고 말입니다."

감자를 다 먹고 나자 게달리스트들과 농부들은 자러 갔다. 안마당에는 게달레와 멘델, 라인과 읍장 부부만 남았다. 읍장이 골똘히 생각에 잠겨 타고 남은 장작을 뚫어지게 보았다.

"팔레스타인에 가서는 무슨 일들을 할 생각인가?"

"땅을 경작하려고 해요." 라인이 말했다. "팔레스타인 땅은 우리의 땅이 될 거예요."

"농부가 되러 간다고?" 읍장이 물었다. "여기를 떠나 멀리 가는 건 좋은 일인데 농부가 된다는 건 좋지 않아. 농부로 사는 건 힘들거든."

"우린 다른 민족들처럼 살기 위해 가는 거예요." 라인이 멘델의 팔에 한 손을 올려놓으며 말했다. "저희는 할 일이 있으면 무슨 일이든 다 할 겁니다."

"……지주들을 위해 소작료를 거두는 일은 빼고요." 게달레가 말했다. 바람이 멎었다. 안마당 가장자리에서 반딧불이들이 반짝반짝 춤추는 게 보였다. 노인이 한 말이 사실이라는 것을 한밤의 정적 속에서 확인할 수 있었다. 멀리서, 정확히 어디서인지는 모르지만, 아니 어쩌면 여러 곳에서일 수도 있는데 희망과 위협을 잔뜩 담은 전선의 굉음이 아득하게 들려왔다. 읍장이 힘들게 자리에서 일어났다. 그리고 이제 잠자리에 들 시간이라고 말했다. "자네들을 만나서 기쁘네. 자네들이 우리를 위해 수확을 해줘서 기쁘네. 친구하고 얘기하듯 자네들하고 얘기를 나눠서 기쁘네. 그런데 자네들이 떠나주어도 기쁠 걸세."

1944년 게달레 부대가 행군하고 있던 주거지가 밀집한 지역에서보다 차라리 폴레시아의 늪과 숲에서 바깥세상과 연락하고 소식을 받는 게 훨씬 쉬웠다. 밤에 이동하고 주거지를 피하는 게 엄격한 규칙이었다. 그러나 이런 분명한 예방 조치에도 어쩔 수 없이 지나는 길마다, 특히 다리를 건널 때마다 위험과 문제가 발생했다. 그 지역에는 독일인들이 우글거렸다. 점점 더 변절을 잘해 신뢰할 수 없는 대독 협력자들뿐만 아니라, 군대와 경찰에 속한 진짜 독일인들이 모든 도시와 마을마다 붐볐고 거리와 철도를 따라 정신없이 오갔다. 러시아인들이 루블린을 공격했고 산도미에서 근처의 비스툴라를 지나서 강 왼쪽에 강력한 교두보를 구축했다. 독일군은 반격을 준비 중이었다.

식량 보급에 필요한 농부들과의 접촉이 최소한으로 줄어들었다. 게달레는 그 문제에 관해 말하고 싶어 하지 않았다. 뿐만 아니라 공포에 싸여 우왕좌왕하는 농민들도 유격대와 말을 섞길 원치 않았다. 이런 상황에서 역설적으로 정보의 주요 출처는 신문이었다. 이따금 시골 농가에서 신문을 발견할 때도 있었고 그

보다는 자주 쌓여 있는 오물로 더러워진 신문 조각이 손에 들어
오기도 했으며 가끔은 요제크가 무모하게 가판대에서 구입해 오
기도 했다. 신문을 통해 그들은 연합군이 노르망디에 상륙해서
파리로 진군하고 있다는 것을 알게 되었다. 7월 20일에는 히틀
러 암살 기도가 있었지만 실패했다. 바르샤바에서는 무장봉기가
일어났다(『펠키셔 베오바우터』*는 사건을 축소했고 '배신자들,
불온 세력과 무법자들'이라고 언급했다). 다른 소식도 알게 되었
는데 신문을 통해서는 아니었다. 독일군 말고도 후방에는 정체
가 모호한 사람들이 떼를 지어 다녔다. 게달리스트들처럼 그 사
람들도 대낮의 밝은 빛을 좋아하지 않았다. 그들은 독일군 조력
부대에 속해 있다가 분위기를 감지하고 탈영한 폴란드인, 우크
라이나인, 리투아니아인, 타타르인들이었다. 이제 그들도 지하
로 숨어들어 암거래를 하거나 강도질을 했다. 그리고 다양하게
구성된 폴란드 유격대의 대원들로 그들의 부대와 연락이 끊겨서
농가에 피신한 사람들도 있었다. 게다가 전문적인 밀수업자들,
거리 강도, 혹은 언급한 다양한 직종으로 위장해서 몸을 숨긴 독
일군과 러시아군 첩자들도 있었다. 이런 사람들로부터 게달레는
이전에 들었던 소문과 즈보르즈 읍장에게 그가 말했던 소문을
확인했다. 그러니까 독일군이 초기에 트레블링카, 소비부르, 벨
제크, 마이다네크, 헬름노에 만들었던 강제수용소들을 철거하고
이 모든 수용소를 합친 규모와 맞먹으면서, 다른 수용소들의 경
험을 모두 이용할 수 있는 단 하나의 수용소, 상슐레지엔의 아우

---

* 나치당 기관지.

슈비츠 수용소로 대체했다는 것이었다. 여기서 독일군은 폴란드인과 러시아인, 그리고 전 유럽의 포로들, 그러나 무엇보다 유대인들을 살해하고 소각했다. 그리고 지금은 기차에 실어온 헝가리 유대인들을 몰살하는 중이었다. 마지막으로 우크라이나 탈영병으로부터 걱정스러운 소식을 듣게 되었다. 후방에서 낙하산으로 투하되었거나 독일 라거에서 탈출한 사람들로 구성된 러시아 유격부대들이 다 같은 식으로 행동하지는 않는다고 했다. 유대인 강제수용소를 해방시키고 그 안에 있던 생존자들을 구해주고 보호해주고 그들 부대에 들어올 기회를 준 지휘관들도 있었다. 반면 숲에서 우연히 만나는 유대인 유격대들을 강제로 해산시키려 한 지휘관들도 있었다. 그래서 전투가 벌어졌고 유격대원들이 숨졌다. 거의 정규군에 가까운 폴란드 유격대에게 무장해제를 당하거나 총살당한 유대인들도 있었다.

"우리를 순교자로 만들 모양이군그래. 누가 알겠나, 나중에 게토에 기념비라도 세워줄지. 어쨌든 우리를 동맹군으로는 받아들이지 않는다는 거지." 도프가 말했다.

"우린 우리 길을 갑시다." 게달레가 말했다. "할 일을 한 번에 하나씩, 일이 있을 때마다 결정하도록 합시다."

결정의 순간이 금방 찾아왔다. 멘델과 도프와 라인 모두 폴란드 국경을 지나려던 게달레의 계획에 큰 변화가 생긴 것을 직감했다. 아니 좀 더 정확히 말하면 그의 즉흥적인 성격이 크게 변했다. 게달레는 점점 러시아가 멀게 느껴졌다. 물리적으로만이 아니었다. 그는 더 거리낌 없이 자신을 보이고 더 독립적이고 더 위협을 받는 동시에 더 자유로워진 기분이었다. 한마디로 더 많은 책임감을 느꼈다. 8월 20일경에 그는 다시 한번 홀로 부대를 떠났다. 그러나 이번에는 선물도 가져오지 않았고 다른 물건들도 사오지 않았다. 그는 대개 어수선한 회의에서 결정을 내리곤 했는데 이번에는 도프와 멘델과 라인을 따로 불렀다. 그들은 이렇게 긴장한 게달레를 본 적이 없었다. 그가 거두절미하고 말했다.

"여기서 20킬로미터 떨어진 곳에, 크미엘니크 근처에 라거가 하나 있어. 그렇게 큰 수용소는 아니야. 포로가 120명밖에 안 된다고 하고 카포*를 제외하고는 다 유대인이야. 모두 수용소에서 조금 떨어진 공장에서 일한다고 해. 공군에서 사용하는 정밀 장비를 생산하는 공장이야."

"그런 걸 어떻게 알았나요?" 멘델이 물었다.

"그냥 알게 됐어. 지금 전선이 가까워져서 공장은 독일로 이전할 거야. 포로들이 일련의 비밀들을 알고 있어서 다 살해할 거고. 수용소에서 학살할지 다른 곳으로 갈지 포로들은 모른대. 포로들이 외부에 메시지를 보냈어. 외부의 지원을 받을 수만 있다면 반란을 시도해보고 싶다고 해. 독일군 수비병도 많지 않다고 하고. 열 명에서 열두 명 정도?"

"포로들은 무기가 있나요?"

"그런 말은 없었어. 그러니까 없다는 얘기지."

---

* 수용소에서 동료 수감자를 감독하며 다른 수감자들보다 좀 더 나은 처우를 받는 사람.

"가보도록 하지." 도프가 말했다. "우리가 할 수 있는 일이 별로 없겠지만 가보도록 하자고."

"그래요, 하지만 모두 다 가는 건 아니야." 게달레가 말했다. "너무 금방 눈에 뜨일 수 있어. 우리가 갈라지는 건 처음인데 여기서는 갈라질 필요가 있어. 여섯이 가자고. 우리는 기습 공격을 해야 해. 이걸 못 하면 서른 명이 간다 해도 절대 잘해낼 수 없어."

"우리가 답장을 보내야 하나요?" 라인이 물었다.

"보낼 수 없어. 그 사람들에게도 너무 위험할걸. 그곳으로 우리가 가야 해. 당장 떠나야 해."

"우리 네 명하고 또 누구요?" 라인이 다시 물었다. 다른 사람들과 완전히 차단된다는 게 불안한 듯했다. 게달레가 망설였다.

"도프는 안 돼. 나머지 부대와 여기 있어야 해. 우리 부대에는 계급이 없지만 사실 도프는 부지휘관이나 마찬가지야. 우리 중에 제일 경험이 많고."

도프는 아무 감정도 드러내지 않았고 말도 하지 않았다. 표정도 바뀌지 않았지만 멘델은 게달레가 그를 배제한 이유가 그게 아니며 도프 자신도 그걸 눈치채고 슬퍼한다는 걸 알았다.

"표트르, 못텔, 그리고 아리에, 이렇게 셋을 데려갑시다." 멘델이 제안했다.

"아리에는 안 돼. 다리가 불편하고 군대 경험이 없어서." 게달레가 말했다.

"그렇지만 칼을 잘 쓰잖아요!"

"못텔이 훨씬 뛰어나지. 아리에는 아직 어려. 아리에는 데려가고 싶지 않아. 레오니드를 데려가려고 해."

멘델과 라인이 깜짝 놀라서 동시에 말했다.

"하지만 레오니드는…… 레오니드는 상태가 좋지 않아요. 싸울 상태가 아니에요."

"레오니드는 싸워야 해. 빵과 숨 쉴 공기가 필요하듯 전투가 필요해. 그리고 우리에게는 레오니드가 필요하지. 독일군 포로였잖아. 라거의 내부 구조를 잘 알아. 낙하산병이었고 훈련을 받았어. 파괴 작전 경험도 있고 코만도* 활동도 했지. 그리고 용기가 있어. 최근에 그걸 증명했잖아."

"이상한 방법으로 증명했죠." 라인이 말했다.

"레오니드는 행동대에 들어와서 분명한 명령을 따를 필요가 있어." 게달레가 그답지 않게 단호하게 말했다. "내 말을 믿으시오. 코소보에 레오니드 같은 사람들이 많았소. 난 내가 한 말에 책임을 지오."

그렇게 말하고 일어났다. 토론이 끝났다는 뜻이었다. 도프와 라인이 자리를 떴다. 게달레가 남아 있는 멘델에게 말했다. "자네도 가서 준비하게, 시계공. 난 이런 작전에 경험이 많아. 절망적인 전투에는 절망적인 사람들이 필요한 법이야."

"절망적인 전투는 하지 말아야 하지요." 멘델이 말했다. 하

---

  * 제2차 세계대전 중 독일 포로수용소 내의 작업반.

지만 게달레의 명령대로 준비를 하러 가려 했다. 게달레가 그의 어깨에 한 손을 올리고 살짝 토닥이며 말했다. "아, 멘델, 자네가 지혜롭다는 건 잘 알고 있네. 나도 그렇지만 지금 이 상황에 내 지혜는 맞지 않아. 아마 백 년 전쯤이었다면 가치가 있었겠지. 다시 백 년이 흐른 뒤에나. 그렇지만 여기서는 작년에 내린 눈처럼 아무 소용이 없어."

그들은 한밤중에 떠났다. 여섯 명 모두 행군에 능숙한 사람들이었다. 게다가 짐도 없었고 무기 자체도 별로 무겁지 않았다. 아니면 그저 그렇게 느꼈을 뿐인지도 몰랐다. 그런데도 크미엘니크 근처에 도착하는 데 대여섯 시간이 걸렸다. 그 지역 지리에 밝은 사람이 없어서이기도 하고 도로와 주거지도 피해야 했기 때문이었다. 어슴푸레한 새벽빛에 드러난 마을은 쓸쓸하고 시커먼 연기와 석탄 먼지로 거무죽죽해 보였으며 지평선의 야트막한 언덕들과 산더미같이 쌓인 석탄과 슬래그, 굴뚝과 허름한 작업장들이 마을을 에워쌌다. 라거를 찾는 데 다시 시간을 허비했다. 게달레는 개략적인 지침만 받았을 뿐이었다. 라거가, 아니 정확히 말하면 가시철조망들이 마을 여기저기에 흩어져 있는 듯했다. "거대한 감옥 같아요." 라인이 자기 뒤에서 걷는 멘델에게 중얼거렸다. 마침 두 사람 사이에 레오니드가 없는 틈을 이용한 것이었다. 우연인지 의도적이었는지 라거에 접근하는 이 행군 내내 레오니드는 멘델과 라인 사이에 계속 끼어서 걸었다. 그렇기는 해도 두 사람에게 말 한마디 건네지 않았다. 레오니드는 긴장한 결연한 얼굴로 빠르게 걸었다.

그들은 라거보다 먼저 공장을 찾아냈다. 아니 그들에게 길
을 가르쳐준 게 바로 그 공장이었다. 낡은 용광로와 타르 증류기
들, 폐품 더미들 위의 비스듬한 차양과 검게 그은 주물 공장들 사
이에 있는 공장이 선명하게 눈에 띄었다. 그 건물만 크게 새로 지
어 깨끗해서였다. 입구의 철책문 앞에 자리한 보초소가 멀리서
보였다. 라거까지의 거리가 그리 멀지 않을 게 분명했다. 실제로
3킬로미터 정도 떨어진 지점의 오목하게 들어간 부분에 자리 잡
고 있는 라거를 발견했다. 그들이 지금까지 보았던 것과는 다른
철조망이 건물을 에워쌌다. 이중 철조망으로 그 사이로 넓은 통
로가 있었다. 수용소 건물은 보호색으로 칠을 했다. 건물은 네 동
이었는데 그리 크지 않았고 마당의 사면에 하나씩 서 있었다. 그
마당 한가운데서 검은 연기 기둥이 솟아올랐다. 철조망 밖에는
목재 감시탑 두 개와 하얀색의 작은 집이 한 채 있었다.

"가까이 가보세." 게달레가 말했다. 원형극장 같은 라거 주
위의 언덕은 나무가 울창한 숲이어서 들킬 위험 없이 접근할 수
있었다. 그들은 조심스럽게 아래로 내려갔다. 녹슨 가시철조망
을 발견하고는 한참 동안 그 철조망을 따라갔다. 그리고 판자로
지은 초소를 발견했다. 문이 열려 있었고 안에는 아무도 없었다.
"담배꽁초들뿐인데." 동태를 살피러 안에 들어갔다 온 못텔이
말했다. 가시철조망을 자르기는 어렵지 않았다. 여섯 명이 다시
아래로 내려가다가 돌처럼 굳어서 우뚝 그 자리에 서버렸다. 바

람의 방향이 바뀌어서 연기가 그들 쪽으로 왔다. 그 순간 모두 그 냄새가 무슨 냄새인지 알아차렸다. 시체를 태우는 냄새였다. "다 끝났어. 너무 늦었어." 게달레가 말했다. 그들이 있는 곳에서 라거를 자세히 볼 수 있었다. 연기 기둥이 장작더미에서 올라왔고 그 주변으로 10여 명 정도 되어 보이는 많지 않은 사람들이 바쁘게 움직였다.

멘델의 손에서 쥐고 있던 기관총이 떨어졌다. 그 자신도 관목들 사이에 털썩 주저앉았다. 언제부터 느끼고 있는지 기억도 나지 않는 피로가 강물처럼 밀려들어 그를 압도하는 것 같았다. 수천 년 묵은 피로였고 구역질인 동시에 분노와 공포였다. 공포 때문에 숨어 있고 짓눌려 있던 분노였다. 열기와 저항의지를 끌어올릴 활활 타는 불이 없어 꽁꽁 얼어붙은 무기력한 분노. 그는 저항하고 싶지 않았고 연기로, 저 연기로 사라지고 싶었다. 수치심과 충격. 무기를 들고 선 채로 자기들끼리 대화를 나눌 수 있는 동료들을 보고 충격을 받았다. 하지만 그들의 목소리는 아주 멀리서, 구역질 때문에 귀가 멍멍해서 둔탁하게 들려왔다.

"서둘렀군그래, 개새끼들." 게달레가 말했다. "다 철수해버렸어. 흔적을 남기지 않으려는 거야."

표트르가 말했다. "다 철수한 건 아닐걸요. 아마 소각 작업을 감시하려고 누군가 남아 있을 거예요. 우리는 그놈을 죽여야 해요." '표트르가 최고야.' 차분한 그의 목소리를 들으며 멘델이 생각했다. '진짜 군인은 표트르뿐이야. 표트르가 되고 싶어. 훌륭해, 표트르.' 라인의 시선을 느끼며 일어났다.

"여섯 명 정도 남아 있을 거예요." 행군을 떠난 뒤로 처음 레오니드가 입을 열었다.

"왜 여섯이지?" 게달레가 물었다.

"감시탑이 두 개잖아요. 한 탑에 세 명이 교대로 보초를 서니까요. 독일군들은 그렇게 해요." 하지만 그들 중 특히 시력이 좋은 못텔과 라인이 그렇지 않을 수 있다고 말했다. 그 거리에서 감시탑 꼭대기의 조그만 발코니가 잘 보였는데 라거를 겨냥한 기관총이 한 대도 없었다. 기관총 없이 무엇하러 보초를 서고 있겠는가?

"저 집에 있을 거야. 소각 작업 감시하는 데 하나면 충분하지." 못텔이 말했다.

"물론 철수한 수용소를 감시하려고 많은 인원이 남아 있지는 않을 거야. 오늘 밤 우리가 공격을 한다면 그게 몇 명이든 중요하지 않아." 게달레가 말했다. "오늘 밤에도 이 일을 계속할지 보자고. 내 생각에는 그렇지 않을 거야. 뒤에 결정하도록 하지."

멘델이 말했다. "우리가 어떤 식으로 공격을 하든 저놈들은 지금 소각 작업을 하는 저 사람들을 제일 먼저 죽일 거예요. 저 사람들이 입을 열면 안 되니까요."

"저 사람들이 죽는 건 중요하지 않아요." 라인이 말했다.

"왜지?" 멘델이 물었다. "저들도 우리와 똑같은 사람이야."

"이제 우리와 똑같은 사람들이 아니에요. 저 사람들은 서로의 눈도 똑바로 볼 수 없어요. 저 사람들 차라리 죽는 게 나아요."
저 불쌍한 사람들의 운명을 결정하는 건 그녀가 아니라고 게달
레가 라인에게 말했다. 표트르가 의미 없는 논쟁은 그만두라고
모두에게 말했다. 그들은 가지고 온 약간의 음식을 겨우겨우 목
구멍으로 넘기고 자리를 잡고 밤이 되기를 기다렸다. 장작불은
해 질 녘이 돼서 꺼졌지만 포로들은 집으로 옮겨가지 않았다.

누워서 다시 몇 시간을 보냈다. 잠을 자지도 쉬지도 못한 채
가만히 있어야 하는 불안한 시간이었다. 멘델은 표트르가 "갑시
다"라고 말했을 때 이상한 안도감을 느꼈다. 이제 기다림이 끝났
다는 것과 명령을 표트르가 했다는 데서 느끼는 이중의 안도감
이었다. 전시여서 사방이 깜깜했는데도 집과 라거는 탐조등들
때문에 눈부시게 환했다. 레오니드는 자신이 1943년 1월에 탈출
한 스몰렌스크 수용소에서도 밤에 불을 환히 켜두었다고 말했
다. 독일군들은 공중폭격보다 습격을 더 두려워했다. 집과 수용
소를 감시하는 보초는 한 명뿐이었다. 그는 집과 수용소 주위를
팔자를 그리며 규칙적인 간격을 두고 돌았는데 어떨 때는 이쪽
방향으로, 또 몇 번은 반대 방향으로 돌았다. "가요." 표트르가
못텔에게 말했다.

못텔이 조용히 내려가서 집 모퉁이 뒤의 그늘에 몸을 숨겼
다. 나머지 다섯 명도 30여 미터 거리까지 가까이 다가갔다. 보
초는 조는 것 같았다. 거의 못텔 바로 앞으로 천천히 걸어가다가
신발 끈을 묶기 위해서인 듯 등을 구부렸다. 그리고 다시 반대 방

향으로 순찰을 돌았다. 그가 라거 주위를 돌아 집 뒤로 사라졌는데 다시 나타나지 않았다. 보초 대신 못텔이 보였는데 숨어 있던 모퉁이에서 나온 그가 다른 대원들에게 앞으로 나오라는 신호를 보냈다. 모두 어떻게 할지 물어보는 표정으로 게달레를 보았다. 게달레가 표트르를 보자 그가 내려가라고 고개를 끄덕였다. 표트르가 앞장서서 나갔다. 그는 손에 이탈리아제 수류탄을 들었다. 효과보다는 소음이 더 큰 공격용 수류탄의 하나였는데 지금 게달리스트들은 다른 성능 좋은 수류탄이 없었다. 표트르가 집에 다가갔다. 1층의 창문은 세 개였는데 다 쇠창살이 달려 있었다. 표트르가 첫 번째 창문으로 다가가서 게달레와 라인에게 다른 두 개의 창문으로 접근하라고 신호를 보냈다. 멘델과 레오니드는 출입문 앞의 산울타리 뒤에 배치시켰다. 그리고 기관총 개머리판을 창살 사이로 집어넣어 유리를 깨고 안에 수류탄을 던진 뒤 몸을 수그렸다. 라인과 게달레도 다른 창문에서 똑같이 했다. 폭발은 두 번 일었다. 무슨 이유인지 게달레가 던진 수류탄이 터지지 않았다. 게달레가 두 번째 수류탄을 던졌고 그와 라인, 표트르, 못텔이 집을 에워싼 산울타리 뒤로 달려가서 몸을 숨겼다. 키가 아주 작은 도금양桃金孃 산울타리여서 모두 거의 납작 엎드려 있어야만 했다.

잠시 아무 일도 일어나지 않았다. 그러다가 요란하게 발사되는 자동화기 소리가 들렸다. 누군가 집 안의 복도를 따라 움직였고, 문밖에서 마구잡이로 총을 난사했다. 멘델이 바닥에 납작하게 엎드렸다. 그의 머리 위 허공으로 총알이 휙휙 날아가는 소리가 들렸다. 곁눈질로 슬쩍 보니 레오니드가 벌떡 일어나고 있었다. "엎드려!" 그에게 말하며 그를 잡아보려고 했다. 하지만 레오니드가 빠져나가 버렸다. 레오니드는 울타리를 뛰어넘어 대응사격을 했다. 그리고 머리를 숙이고 문 쪽으로 돌진했다. 집에서 한 발의 총알이 날아왔고 레오니드가 문 앞에 비스듬히 쓰러졌다.

문에서 다시 두세 차례 짧게 일제사격이 가해졌다. 멘델은 일어서지 않은 채로 산울타리를 따라 이동했다. 총알들이 좁은 부채꼴 모양으로 산울타리를 뚫는 것을 보아 독일군이 복도 끝에서 총을 쏘고 있는 게 분명했다. 멘델이 지금 있는 위치는 사정거리 밖이었다. 하지만 독일군 역시 멘델이 쏘는 총의 사정거리에 들어오지 않았다. 멘델에게는 아직 수류탄이 두 개 남아 있었다. 그가 수류탄의 안전핀을 뽑아 문 쪽을 향해 자기 머리 위로 던졌다. 수류탄은 레오니드를 조금 넘어가서 폭발했다. 독일군이 두 손을 올리고 나왔다. SS의 Scharführer, 그러니까 분대장이었다. 부상은 당하지 않은 것 같았다. 그가 일그러진 입술로 이를 드러낸 채 주위를 둘러보았다. "움직이지 마라." 멘델이 독일어로 그에게 외쳤다. "두 손 머리 위로. 네 목숨은 나한테 달려 있다." 이런 말을 하는 사이 라인이 산울타리를 넘어오는 게 보였다. 자그마한 체구에 너무 큰 군복을 입어 우스꽝스러웠다. 서두르지도 않고 초조해하지도 않고 침착하게 걸어서 독일군의 등 뒤로 갔다. 권총집을 열어서 소총을 꺼내 자기 주머니에 넣고 멘델에게 갔다.

게달레와 표트르도 일어섰다. 게달레가 표트르와 짧게 몇 마디 나누더니 독일군에게 물었다.

"여기 모두 몇 명 있나?"

"다섯 명이다. 안에 네 명, 밖에 보초 한 명."

"안에 있던 세 명은 어떻게 됐나?"

"한 명은 확실히 죽었다. 나머지는 모른다."

"가보지." 게달레가 표트르와 멘델에게 말했다. 그들은 라인과 못텔에게 독일군 감시를 맡기고 창문으로 안을 들여다보려고 집으로 갔다. "잠깐만." 표트르가 말했다. 그러더니 윗옷을 벗어서 소매를 묶어 남자 머리만 한 크기의 보따리를 만들었다. 그것을 기관총 총열에 끼우고 창살 앞에 겨누며 크게 외쳤다. "거기 누구 있나?" 아무도 대답하지 않았고 인기척도 없었다. "좋아." 표트르가 말했다. 그는 다시 윗옷을 입고 집 안으로 들어갔다. 집 안에서 표트르의 발소리가 들리더니 총성이 한 번 들렸다. 표트르가 다시 나왔다.

"두 사람은 이미 죽었고 한 사람은 거의 죽어가고 있었습니다."

레오니드는 가슴에 총탄을 맞았다. 즉사한 게 분명했다. 못텔이 죽인 보초병은 목이 잘린 채 홍건한 핏속에 누워 있었다. 못텔이 그 유명한 칼을 보여주었다. "소리 없이 죽이고 싶으면 이렇게 해야 돼." 멘델에게 전문가처럼 진지하게 말했다. "여기 이 턱밑을 즉시 베어야 하지." 그제야 그들은 누군가 그 전투를 지켜보고 있었다는 걸 깨달았다. 열 명쯤 되는 사람들이 요란한 폭발음과 총성을 듣고 라거의 막사에서 나왔다. 지금 그들은 가시철조망 뒤에 서서 말없이 그 광경을 지켜보았다. 탐조등 불빛이 회색과 하늘색 줄무늬의 넝마 옷을 입은 초췌한 사람들을 비췄다. 얼굴은 수염을 제대로 깎지 않은 데다 연기에 뒤덮여 시커멨다. "저 사람들을 풀어주고 독일군을 죽이고 떠나야 해요." 표트르가 말했다. 게달레가 알았다고 고개를 끄덕였다. 못텔이 철조망으로 가려 했지만 멘델이 그를 제지했다. "잠깐만. 전기가 흐를 수도 있어요." 멘델이 다가갔고 기둥과 철선 사이에 절연체가 없는 것을 발견했다. 그는 더 확실히 하고 싶었다. 주위를 둘러보다가 바닥에서 부러진 콘크리트 보강용 쇠막대기를 하나 찾아냈다. 나뭇조각을 이용해서 그 끝을 철조망 사이로 밀어 넣어보았다. 아무 일도 일어나지 않았다. 못텔과 표트르가 권총의 개머리판으로 철조망을 내려쳐서 사람이 드나들 만한 틈을 만들었다. 열 명의 포로는 망설이며 선뜻 나오지 않았다.

"나와요." 게달레가 말했다. "저자만 빼고 우리가 다 죽였소."

"당신들은 누굽니까?" 그들 중 키가 크고 구부정한 남자가 물었다.

"유대인 유격대원들이오." 게달레가 대답했다. 그리고 장작더미를 가리키며 덧붙였다. "우리가 한발 늦었소. 그러는 당신들은?"

"당신이 본 대로요." 키 큰 포로가 대답했다. "우리는 120명이었고 독일공군을 위해 일했습니다. 우리 열 사람을 한쪽에 따로 놔두고 다른 사람들을 모두 죽였소. 저 일을 시키려고 살려둔 거였지요. 나는 골드너라고 합니다. 엔지니어였죠. 베를린에서 왔소." 다른 포로들이 다가왔지만 골드너 뒤에 서서 아무 말도 하지 않았다.

"저 사람에 대해 얘기해줄 수 있습니까?" 게달레가 손을 들고 있는 독일군을 가리키며 물었다.

"당장 죽여주십시오. 어떻게 죽이든 상관없습니다. 입도 떼지 못하게 해주십시오. 저자가 대장이었습니다. 명령을 내린 것도 저자입니다. 감시탑에서 총도 저자가 쐈어요. 그걸 즐겼죠. 당장 죽여주십시오."

"당신이 직접 죽이고 싶습니까?" 게달레가 물었다. "아닙니다." 골드너가 대답했다.

게달레는 결정을 내리지 못하는 것 같았다. 잠시 후 독일인에게 다가갔다. 라인과 못텔이 총을 겨누고 있어서 그는 계속 두 손을 올린 상태였다. 게달레가 재빨리 그의 주머니와 옷을 더듬어 수색했다. "손은 내려도 된다. 인식표 내놔라."

독일인이 군번줄을 풀려고 했으나 고리를 열지 못했다. 표트르가 와서 그의 목에서 줄을 확 잡아당겨 빼내서 게달레에게

주자 게달레가 주머니에 넣었다. 게달레가 말했다.

"우리는 유대인이다. 내가 왜 이런 이야기를 너한테 하는지 모르지만 그렇다고 변하는 건 별로 없다. 그러나 네가 알아주길 바란다. 내게는 노래를 만들던 친구가 있었다. 너희들이 그 친구를 잡아갔지. 그리고 죽기 전에 30분을 주어서 마지막 노래를 만들 수 있게 했다. 너는 아니지, 그렇지? 너희들은 노래 가사를 쓰지 않아."

독일인이 아니라고 고개를 저었다.

"독일인과 이야기해보기는 이번이 처음이다." 게달레가 말했다. "우리가 널 풀어주면 뭘 하고 싶은가?"

독일인이 허리를 꼿꼿이 세웠다. "쓸데없는 소리 그만하라. 빨리 깨끗이 죽여라." 게달레가 한발 물러나서 권총을 들었다가 내리더니 못텔에게 말했다. "군복은 쓸모가 있을 수 있어. 자네가 알아서 하게." 못텔이 독일인을 집 안으로 밀고 들어갔고 신속하고 깨끗이 처리했다.

"가자." 게달레가 말했다. 하지만 라인이 물었다. "이름 안 남기고 가요?" 모두 당황해서 그녀를 보았다. 라인이 고집을 부렸다. "우리가 했다는 걸 알려야 해요. 안 그러면 의미가 없는 거죠."

표트르는 반대했다. "바보 같은 짓이고 괜히 위험을 초래할 수도 있어." 게달레와 멘델은 망설였다. "우리들 중 누구 이름을?" 멘델이 물었다. "우리 여섯 다? 아니면 전 부대원? 아니면 저 사람들……." 하지만 못텔이 결단을 내렸다. 장작더미가 있던 쪽으로 달려가서 숯을 하나 집어 들고 하얀 집의 석회 벽에 히브리어 다섯 글자를 대문자로 썼다. VNTNV.

"뭐라고 썼어요?" 표트르가 물었다.

"'V'natnu', '그러니 그들이 되돌려줄 것이다'. 봤지, 오른쪽으로 읽어도 왼쪽으로 읽어도 똑같아. 모두가 줄 수 있고 모두가 되돌려 받을 수 있다는 뜻이야."

"그자들이 이 뜻을 이해할까요?" 다시 표트르가 물었다.

"필요한 만큼만 이해하겠지." 못텔이 대답했다.

"우리하고 같이 갑시다." 게달레가 골드너에게 말했다. 그렇게 확신에 찬 목소리는 아니었다.

"우리들 각자 알아서 선택할 겁니다." 골드너가 말했다. "하지만 저는 같이 가지 않겠습니다. 우리는 당신들과 달라요. 우리는 다른 사람들과 잘 지내지 못할 겁니다."

열 명이 잠시 이야기를 나눈 뒤 한 사람만 제외하고는 모두 골드너의 의견을 따르기로 했다고 게달레에게 말했다. 그들은 숲에 혹은 파괴되어 폐허가 된 마을 어딘가에 숨어서 러시아인들이 오기를 기다리기로 했다. 게달리스트들을 따라가겠다고 나선 사람은 부다페스트에서 온 젊은이였다. 그는 여섯 사람과 같이 떠났다. 여섯 사람은 새로 손에 넣은 무기들이 무겁기는 했지만 빠르게 행군했는데 이 젊은이는 30분 정도 걷고 나자 돌 위에 털썩 주저앉았다. 그는 나머지 아홉 명에게로 돌아가고 싶다고 했다.

멘델은 오래전부터 꿈을 꾸지 않았다. 그는 마지막으로 꿈을 꾼 게 언제인지 기억도 나지 않았다. 어쩌면 전쟁이 일어나기 전이 었는지도 모른다. 긴장과 행군으로 지쳐서였는지 모르는데 그날 밤 이상한 꿈을 꾸었다. 그는 스트렐카에, 시계를 수리하는 자신 의 작업장에 있었다. 그가 직접 자기 집 창고에 만든 조그만 작업 장이었다. 원래 좁았지만 꿈에서는 훨씬 더 좁아서 멘델이 팔꿈 치를 옆으로 벌리고 일을 하기도 힘들 지경이었다. 그렇지만 그 는 일을 하고 있었다. 앞에 수리해야 할 시계 수십 개가 있었다. 모두 부서지고 바늘이 움직이지 않는 시계들이었다. 그는 한쪽 눈에 외알 안경을 끼고 손에 작은 스크루드라이버를 들고 시계 하나를 수리 중이었다. 두 남자가 그를 찾아와서 자신들을 따라 오라고 명령했다. 리브케는 그가 가는 걸 찬성하지 않았다. 그녀 는 불같이 화를 냈고 두려워하기도 했다. 그래도 그는 두 남자를 따라갔다. 두 남자는 그를 데리고 계단을 내려갔다. 아니 수직갱 도였을 수도 있다. 그리고 긴 터널을 지났다. 천장은 검은색으로 칠해졌고 벽에는 수많은 시계가 걸려 있었다. 이 시계들은 멈춰 있지 않았다. 똑딱거리는 소리가 들렸지만 시곗바늘이 가리키는 시각은 제각기 달랐다. 그리고 어떤 시계는 거꾸로 가기도 했다. 멘델은 그런 시계에 대해 막연한 죄책감을 느꼈다. 터널을 따라 서 양복을 입고 넥타이를 맨, 거만한 분위기의 남자가 그를 향해

왔다. 그가 멘델에게 누구냐고 물었다. 멘델은 뭐라고 대답해야 할지 알 수 없었다. 자신의 이름도 고향도 아무것도 생각나지 않았다.

도프가 그를 깨웠다. 그의 옆에서 잠든 라인도 깨웠다. 누가 메어가도 모르게 깊은 잠을 자고 나면 그렇듯이 멘델은 자기가 있는 곳이 어딘지 분간이 안 되었다. 그러다가 전날 밤 부대가 폭격을 맞은 유리공장 지하로 피신했던 기억이 떠올랐다. 천장은 꿈에서처럼 검은색이었다. 벨라와 시슬이 죽을 끓여서 배급하는 중이었다. 게달레는 벌써 일어나서 도프에게 작전이 어떻게 진행되었는지 이야기하는 중이었다.

"……결론적으로 말해, 표트르하고 못텔이 제일 훌륭했어요. 아, 라인도 당연히. 여기 군복이 있어요. 계급장하고 전부 다. 다림질까지 잘되어 있다니까요."

"우리가 이걸 쓸 일이 있을 것 같은가?" 도프가 물었다.

"아니요. 그건 너무 위험한 게임이에요. 팔 거예요. 요제크가 다 알아서 하겠죠."

요제크는 파벨과 표트르, 그리고 하얀 로켈레 옆에서 죽을 먹었다. "……하지만 토요일이었잖아." 파벨이 말했다. "금요일 저녁 해가 졌으니 이미 토요일인 거야. 토요일에 사람을 죽이면 죄가 아닐까?"

로켈레가 안절부절못했다. "살인은 언제 해도 죄예요."

"SS를 죽인 건데도?" 파벨이 도발적으로 물었다.

"그래도요. 어쩌면 아닐 수도 있네요. SS는 필리스티아 사람하고 같으니까요. 삼손이 그들을 죽였죠. 삼손은 필리스티아인들을 죽여서 영웅이 됐어요."

"토요일에 죽이지 않았을지도 몰라." 요제크가 말했다.

"어쨌든 난 그건 몰라요. 당신들은 왜 날 괴롭히는 거죠? 내 남편이 있었다면 대답해줬을 텐데. 내 남편은 랍비였어요. 그런데 당신들은 전부 이렇게 무식하고 믿음도 없다니."

"남편은 어떻게 됐수?" 표트르가 물었다.

"학살당했어요. 우리 마을에서 제일 먼저 죽임을 당했어요. 강제로 토라에 침을 뱉게 한 뒤 죽여버렸어요."

"혹시 남편을 죽인 자가 SS 아니었을까?"

"물론이죠. 모자에 해골이 있었어요."

"자, 봤죠." 표트르가 결론을 내렸다. "못텔이 먼저 독일군을 죽였다면 아마 당신 남편은 아직 살아 있을 거요." 로켈레는 대답 없이 자리를 떴다. 표트르가 왜 그러냐고 묻듯이 파벨을 보았다. 파벨이 두 팔을 살짝 들었다가 그냥 내렸다.

"그런데 그 애 얘기는 아무도 안 하는군." 멘델이 라인에게 말했다.

"누구요?"

"레오니드 말이야. 아무도 그 애 생각은 안 해. 게달레조차. 어쨌든 레오니드를 작전에 보내고 싶어 했던 사람은 게달레잖아. 저 사람들을 보라고. 어젯밤에 아무 일도 없었다는 얼굴이잖아."

죽 배급이 끝났다. 지하실 한쪽 구석에서 이시도르가 벨라의 가위를 가지고 원하는 사람의 머리와 수염을 잘라주는 중이었다. 기다리는 줄이 길어서 손님들은 쌓아놓은 벽돌 위에 앉아 있었다. 그 줄의 맨 마지막은 게달레였다. 지루함을 달래려고 그가 바이올린을 꺼냈다. 그리고 밖에서 들리지 않게 하려고 한 손으로 가볍게 현을 튕겨 연주했다. 모두 다 아는 재미있는 노래였다. 눈먼 사람을 달리게 하고 귀먹은 사람을 보게 해주고 다리를 저는 사람을 듣게 기적을 행하는 랍비를 노래했는데, 마지막 절에서 랍비는 옷을 다 입고 물에 들어갔다가 물에 흠뻑 젖어 나오는 기적을 보여준다. 이시도르는 계속 머리를 자르면서 웃었고 노래를 따라 흥얼거렸다. 이시도르에게 라인처럼 머리를 짧게 잘라달라고 부탁해서 지금 머리를 자르고 있는 검은 로켈레도 조그맣게 노래를 불렀다.

"게달레는 얼굴이 여러 개예요." 라인이 말했다. "그래서 그를 이해하기 어려워요. 한 사람의 게달레만 있는 게 아니니까요. 저 사람은 다 등 뒤로 던져버려요. 오늘의 게달레가 어제의 게달레를 등 뒤로 던지는 거죠."

"레오니드도 등 뒤로 던져버렸어." 멘델이 말했다. "그런데 대체 무슨 이유로 어떻게 해서든 레오니드를 작전에 데려가려 했던 걸까? 아리에가 아니라? 어제부터 내 스스로에게 묻고 있는 문제야."

"좋은 의도로 그랬을 거예요. 레오니드에게 기회를 주고 싶었을 거예요. 전투를 하는 게 레오니드에게 좋을 거라고 생각했겠죠. 그 자신을 되찾는 데 도움이 될 거라고요. 아니면 그를 시험해보고 싶었는지도 모르죠."

"내 생각은 달라." 멘델이 말했다. "게달레는 자신이 원하는 게 뭔지 몰라서 다른 것을 원하고 있다고 생각해. 그의 의식 밑바닥에는 레오니드에게서 자유로워지고 싶은 마음이 있었다고. 우리가 떠나기 전에 내게 거의 비슷한 말을 했어."

"뭐라고 했는데요?"

"절망적인 모험에는 절망적인 남자가 필요하다고."

라인이 아무 말 없이 손톱을 물어뜯었다. 그러다가 물었다. "게달레는 레오니드가 왜 절망하고 있는지 알았을까요?"

멘델도 한참 동안 말이 없었다. 잠시 후 입을 열었다. "알고 있는지 모르겠어. 아마 알고 있겠지, 짐작했을 거야. 게달레는 낌새로 사실을 알아차려. 그러니 증거나 질문이 필요 없지." 그는 돌무더기에 앉아 있었는데 발꿈치로 단단한 흙바닥에 이런저런 모양을 만들었다. 그러고는 다시 말했다. "레오니드를 죽인 건 독일군이 아니야. 게달레도 아니고."

"그럼 누구예요?"

"우리 두 사람."

라인이 말했다. "우리도 가서 노래 불러요."

게달레 주위에 서너 명이 모여 있었다. 바이올린 연주에 맞춰 흥겨운 다른 노래, 결혼식이나 선술집에서 부르는 노래들을 불렀다. 표트르는 박자를 맞추고 딱딱한 이디시어 발음을 흉내 내보려 했다. 그러다가 아이처럼 웃었다.

"난 노래 부르기 싫어." 멘델이 말했다. "아무것도 하기 싫어. 멘델이 어떤 사람인지도 모르겠어. 내가 원하는 게 뭔지, 어디 있는지도 몰라. 아마 내가 누군지조차 모를 수도 있어. 지난밤 꿈에서 어떤 사람이 내게 누구냐고 물었는데 난 대답을 할 수 없었어."

"꿈을 너무 심각하게 생각할 필요 없어요." 라인이 무미건조하게 말했다. 그때 외부에서 지하실로 이어지는 원뿔 모양의 폐허 입구에서 고린 강에서 물고기를 잡았던 이추가 보초를 서다가 달려 내려왔다.

"미쳤어요? 술 취했어요? 위에서도 다 들린다고요. 정말 경찰을 부르고 싶은 거예요?"

게달레가 잘못을 하다 들킨 학생처럼 사과했다. 그리고 바이올린을 내려놓았다. "모두들 이리 모여요." 그가 말했다. "결정해야 할 문제가 두세 가지 있소. 6월에 내가 여러분에게 우리는 이제 고아도 떠돌이 개도 아니라고 말했었지요. 그건 여전히 사실이오. 하지만 주인을 바꾸고 있는 중이오. 아니 여러분이 좋다면 아버지를 바꾸고 있는 중이라고 해야겠군. 우리는 거대한 가족의 일원이 되고 있소. 노르웨이에서 그리스에 걸쳐 독일군과 싸우는 군대의 일원이 되는 거요. 이 가족들 내에 약간의 의견 충돌이 있소. 히틀러가 처형되었을 때 어떻게 해야 할지, 국경을 어디로 정할지, 땅은 누구의 것이 되고 공장은 누구 차지일지를 놓고 많은 토론을 벌이는 거요. 가족 중에 이오시프 비사리오노비치가 있소, 그렇지, 아리에의 사촌이오. 어쩌면 장남인지도 모르고. 그런데 이 사람은 폴란드를 색칠할 색을 고르는 문제에서 처칠과 의견이 일치하지 않소. 스탈린은 빨간색을 원하고 처칠은 다른 색을 생각하고 있소. 폴란드 사람들은 또 다른 색을 마음에 두었고. 사실 폴란드인들끼리도 대여섯 가지 색으로 나뉘었다고 하오. 폴란드인들이 모두 우리가 만났던 그 NSZ의 꼭두각시 같지는 않거든. 폴란드인들은 독일군과 투쟁한 훌륭한 유격대원들이오. 그렇지만 러시아를 불신하고 우리도 불신하지.

우리는 수도 적고 약하오. 러시아인들은 우리가 국경을 지난 뒤부터 어떤 일을 했는지에 별 관심이 없소. 우리 갈 길로 가게 내버려두는 거지. 하지만 바로 이 길에 대해 이야기할 필요가 있는 거요.”

“난 스탈린의 사촌이 아니에요.” 아리에가 기분이 상해서 말했다. “우린 그냥 같은 나라 사람일 뿐이에요. 내가 갈 길은 하나밖에 없어요. 마지막 한 놈까지 독일군에게 총을 쏘고 ‘이스라엘의 땅’으로 가서 나무를 심는 거요.”

“이 문제에 대해서는 우리 모두 같은 생각이라고 믿소.” 게달레가 말했다. “당신은 아닌가요, 도프? 좋아요, 미안해요, 그건 나중에 이야기합시다. 지금 내가 여러분에게 말하고 싶은 것은 우리가 지원이 필요하다는 점이오. 하다못해 우리 길을 가르쳐 줄 나침반이나 화살표 하나라도 말이오. 이 숲에 우리만 있는 게 아니오. 모두가 존경하는 남자들이 있소. 우리처럼 게토에서 투쟁했던 사람들이오. 바르샤바, 빌나, 코브노의 닌트 포르트에서 말이오. 그리고 트레블링카와 소비부르에서 나치에 저항할 힘을 가졌던 사람들이 있소. 그들은 이제 고립되어 있지 않소. ZOB, 그러니까 유대인 투쟁조직에 합류한 거요. 티투스*가 성전을 파괴한 뒤 세상을 향해 이렇게 칭할 수 있는 조직은 이게 처음이오. 그 사람들은 존경받지만 부자도 아니고 수도 많지 않소. 존경받는다는 게 강하다는 뜻은 아니오. 그들은 요새도 비행기도 대포도 없소. 약간의 무기와 약간의 자금밖에 없지. 하지만 얼마 되지 않는 그 물자로 우리를 도와줬고 앞으로도 도와줄 거요. 우리는 독립을 유지하는 게 가치가 있기 때문에 계속 독립적으로 행동할 거요. 하지만 그들이 우리에게 내리는 지시도 고려할 거요. 제일 중요한 건 이 문제요. 우리가 가는 길이 이탈리아를 지나게 되오. 전선이 우리 곁을 지나가고 우리가 그때까지 살아남아 있으면, 그리고 아직 부대를 이루고 있으면 우리는 이탈리아로 가보도록 할 거요. 이탈리아는 도약판 같은 곳이기 때문이오. 하지만 분명 쉬운 길은 아닐 거요."

"히틀러가 죽으면 어느 길이나 다 가기 쉬울 텐데요." 요제크가 말했다.

---

* 로마 황제(재위 79~81). 서기 70년 유대인과의 전쟁을 지휘해서 예루살렘을 함락시켰다.

"지금보다야 훨씬 쉽겠지만 그렇게 쉬운 것도 아닐 거야. 영국인들은 우리가 팔레스타인에서 아랍인들을 적대시하는 걸 원치 않아서 가능한 한 우리를 방해할 거야. 러시아는 반대로 우리를 도울 텐데 팔레스타인에 영국인들이 있어서지. 스탈린은 대영제국을 질투하기 때문에 어떻게 해서든 그들을 허약하게 만들려고 해. 벌써 이탈리아에서 '이스라엘의 땅'으로 가는 배가 비밀리에 출항하고 있다네. 무사히 가는 배도 있고 그렇지 못한 배도 있어. 독일군이 아니라 영국군이 배를 못 가게 막는 거지."

"누군가 우리 배도 막으려고 하지 않을까요?" 라인이 물었다.

"문제는 이거야." 게달레가 말했다. "전쟁이 언제 어떻게 끝날지 아무도 말할 수 없지만 무기는 계속 요긴할 수 있다는 거지. 온 세상에 평화가 찾아와도 우리 부대와, 우리와 비슷한 다른 부대들은 계속 싸워야 할 가능성도 있어. 우리의 랍비들이 말하듯이 하느님이 그를 위해 많은 민족들 중 우리를 선택하신 거지. 내가 여러분에게 하려던 말이 바로 이거였소. 물어보고 싶은 말 있나요, 도프? 내 말 끝났으니 말해봐요."

도프는 짧게 말했다. "전쟁 중에 전선을 지나는 건 불가능하네. 특히 혼자 몸으로는. 가능했다면 난 벌써 그렇게 했을 거야. 미안하네, 동지들, 나는 마흔여섯 살이야. 내가 자네들에게 쓸모 있을 때까지는 자네들과 함께하겠네. 그렇지만 러시아군이 오면 그들을 따라가려고 해. 난 시베리아에서 태어났으니 시베리아로 돌아가고 싶네. 그곳은 전쟁에 휩쓸리지 않았어. 우리 집은 아직 그대로 있을 거야. 일할 힘이 아직 남아 있는지는 모르겠지만 이제 더 이상 전투는 하지 못할 것 같네. 시베리아인들은 나를 '유대인'이라고 부르지 않고 '스탈린 만세'를 외치라고 강요하지도 않아."

"원하는 대로 하세요, 도프." 게달레가 말했다. "히틀러는 아직 살아 있으니 어떤 결정을 내리는 건 너무 일러요. 그리고 당신은 우리에게 아직 도움이 되는 양반이고요. 뭔가, 표트르?"

게달레가 라거에서 코만도를 구하는 작전을 맡겼었고 현명하고 용기 있게 그 작전을 수행했던 표트르가 질문을 받은 학생처럼 벌떡 일어났다. 모두 웃자 그가 다시 앉아서 말했다.

"여러분이 가고자 하는 '이스라엘의 땅'에 저도 데려갈 건지만 알고 싶습니다."

"당연히 데려가지." 못텔이 말했다. "내가 추천서 써줄게. 이름도 안 바꿔도 되고 할례도 안 해도 돼. 풍차에서 그날 밤 게달레가 농담했던 거야."

파벨의 목소리가 들렸다. "내 말 잘 들어야 해, 러시아인. 이름은 중요하지 않지만 할례는 해. 이 기회를 이용해. 이건 하느님과의 약속의 문제가 아니라 약간 사과나무 같은 거야. 적절한 순간에 가지를 쳐주면 가지가 곧게 잘 자라고 사과도 많이 열리게 돼." 검은 로켈레가 신경질적으로 한참 웃었다. 벨라가 얼굴이 빨개져서 일어나더니 이런 대화나 듣자고 그 많은 길을 행군하고 위험을 겪은 게 아니라고 분명하게 말했다. 깜짝 놀란 표트르가 어쩔 줄 몰라 하며 주위를 둘러보았다.

라인이 언제나처럼 진지하게 말했다.

"물론 당신을 놀리는 거죠. 못텔의 추천서 같은 건 없어도 돼요. 그런데 얘기 좀 해봐요. 왜 거기 가고 싶은 거죠?"

"아," 표트르가 점점 더 쩔쩔매며 말을 시작했다. "이유는 많은데……." 러시아인들이 계산을 시작할 때처럼 한 손을 들고 새끼손가락을 폈다. "제일 먼저……."

"제일 먼저?" 도프가 용기를 주려고 물었다.

"제일 먼저 내가 신자거든요." 표트르가 이야기 주제를 찾은 사람처럼 안도하며 말했다.

"'Got, schenk mir an oysred!'" 못텔이 이디시어로 말했다. 모두 박장대소했다. 그러자 표트르가 화가 나서 사람들을 둘러보았다.

"뭐라고 한 거죠?" 못텔에게 물었다.

"비유적 표현이야. '하느님, 제게 좋은 핑계 하나만 주세요'라는 뜻이지. 자네가 그리스도를 믿어서 우리와 함께 있고 싶다고 우리에게 말하려고 애쓰지 마. 자네는 유격대원이고 공산주의자잖아. 그리스도를 그렇게 믿는 사람 같지 않아. 게다가 우리도 그리스도를 믿지 않아. 우리는 전부 신도 믿지 않는걸."

신자 표트르가 불같이 화를 내며 러시아어로 욕을 하더니 계속 말했다. "당신들은 정말 일을 복잡하게 만드는 데 일가견이

있다니까. 좋아, 설명할 수는 없지만 정말 그렇다니까. 난 그리스
도를 믿기 때문에 당신들하고 있고 싶은 거야. 그렇게 꼬치꼬치
따지기 좋아하는 당신들은 전부 다 가서 목매달아 죽어야 해."
그가 모욕을 당한 듯한 얼굴로 일어서더니, 꼭 떠나버릴 사람처
럼 단호하게 출구 쪽으로 걸어갔다. 하지만 조금 있다가 되돌아
왔다.

　"……이 바보들 부대에 있고 싶은 이유가 열 가지 더 있어.
세상을 보고 싶어서야. 울리빈과 다퉜기 때문이야. 내가 탈영병
이어서 그래. 그놈들에게 잡히면 끝이 안 좋으니까. 당신들 엄마
하고 내가 붙어먹었으니까, 그리고 또……." 그 순간 도프가 표
트르를 한 대 때리기라도 할 듯 그쪽으로 달려가는 게 보였다. 하
지만 도프는 그를 껴안았고 두 사람은 다정하게 서로의 등을 주
먹으로 여러 번 쳤다.

제9장
1944년 9월~1945년 1월

전선은 움직이지 않았고 여름은 막바지로 가고 있었다. 5년 전부터 전쟁과 독일군의 무자비한 점령으로 피폐해진 폴란드 땅은 태초의 카오스 상태로 돌아간 것 같았다. 바르샤바는 파괴되었다. 이번에는 게토만이 아니라 전 도시가 폐허가 되었고 그와 함께 독립적이고 평화로운 폴란드를 만들 싹도 사라졌다. 폴란드인들이 1943년 봄 게토의 반란을 독일군이 진압하게 내버려두었듯이 이제 러시아인들은 런던에 망명한 폴란드 정부가 준비한 바르샤바 봉기를 독일군이 진압하게 내버려두었다. 이제 1943년처럼 지금도 독일군이 성급한 사람들을 벌주게 내버려두었다. 그래서 독일군이 벌을 주었다. 이미 최전선에서 패배를 거듭하던 독일은 반대로 후방의 전선에서는, 유격대와 힘없는 주민들을 상대로 한 일상의 전투에서는 승승장구했다.

먹을 것도 잠잘 곳도 없고, 독일군의 보복 공격과 일제 검거로 공포에 사로잡힌 피난민들이 바르샤바에서 전국으로 흩어졌다. 독일군은 보복에만 굶주린 게 아니라 노동력을 확보하는 데도 혈안이 되었다. 농민과 시민, 남자와 여자, 노인과 어린아이들을 도처에서 닥치는 대로 체포했다. 그 사람들은 급히 작업에 투입되어 삽과 곡괭이를 가지고, 농사를 지어야 할 땅에 대전차용 참호를 팠다. 나치의 파괴 본능에 충실한 독일 공병 부대들은 진군하는 붉은 군대에게 도움이 될 만한 것들은 다 제거하거나 파괴하고, 선로, 전깃줄, 기차와 전차 장비, 목재, 철, 공장의 원료들을 통째로 가져가버렸다. 국내군의 유격대원들, 독일군이 기습 공격을 가한 1939년부터 독일군과 싸워온 노병들, 고통받는 처참한 조국에 대한 사랑 때문에 혹은 수용소로 끌려가지 않으려고 숲을 선택한 사람들과 죽어가는 바르샤바에서 최후에 탈출한 사람들까지 필사적으로 강인하게 투쟁을 계속했다.

게달레 부대는 행군과 조심스러운 견제 공격을 번갈아가며 조금씩 조금씩 전진했다. 게달레는 자금과 탄약은 아주 쉽게 확보했지만 돈으로 식량을 구입하는 일이 점점 더 어려워졌다. 거의 버려지다시피 한 들판에는 식량이 될 만한 게 아무것도 없었다. 농민들이 가지고 있던 얼마 안 되는 식량마저 주기적으로 독일군이 징발해가고, 독일군보다는 덜 두려운 진짜 유격대와 유격대라고 선언하는 도적 떼들이 약탈을 해가서 바닥을 드러냈다.

10월 초에 정찰을 나갔던 슬로님 출신 대원 둘이 두넬 역의 대피선에 화물차가 한 대 정차해 있는데 식량을 운송하는 기차일 가능성이 높다는 소식을 가져왔다. 기차가 아주 길어서 뒤쪽 객차는 마을 이름을 딴 터널에 그대로 있었다. '청색 제복'을 입은 폴란드 경찰만 기차를 지키고 있었다. 게달레는 철로에서 1킬로미터 떨어진 곳에 부대를 야영하게 하고 밤이 되자 멘델과 못텔, 아리에와 함께 역으로 갔다. 청색 제복은 두 명뿐이었는데 한 명은 멀리 기차 앞쪽에 있었고 다른 한 명은 뒤쪽을 지켰다. 하지만 뒤쪽의 경찰은 터널 안이 아니라 앞에 서 있어서 터널 안에 있는 객차들을 볼 수 없었다. 게달레가 나머지 세 사람에게 조용히 기다리라고 말하고 어둠 속으로 사라졌다. 몇 분 뒤 그가 돌아왔다.

"아니야, 못텔. 이번에는 자네가 나설 필요 없어. 약간의 돈으로 충분하니까. 자, 도프에게 달려가서 튼튼한 대원 네 사람을 데리고 오게."

못텔이 달려갔다가 20분 뒤 파벨과 다른 세 명의 대원과 함께 돌아왔다. 모두 여덟 명이었고 거기에 기차 뒤의 경찰까지 아홉이었다. 경찰은 마지막 객차를 기차에서 떼어내는 일을 도와주었다. 그는 객차에 화물이 실리는 것을 봤었다. 객차에는 감자와 사료용 순무가 실려 있었는데 이것들은 크라쿠프의 독일군 사령부로 갈 예정이었다. 객차를 떼어내고 아홉 명이 모두 어깨를 객차에 대고 밀어보았지만 꿈쩍도 하지 않았다. 동시에 힘을 낼 수 있게 게달레가 작은 목소리로 박자를 맞추며 다시 시도해보았지만 마찬가지였다. "잠깐만 기다려요." 청색 제복이 소곤거리더니 자리를 떴다.

"무슨 요술을 부렸나요?" 멘델이 감탄하며 물었다.

"아냐." 게달레가 말했다. "돈을 좀 주고 집에 가져갈 감자도 준다고 약속했어. 그리고 우리와 같이 가자고 제안했지. 이 근처에 산대.”

폴란드인은 금방 돌아오지 않았다. 게달레를 포함한 여덟 명은 깜빡깜빡하는 플랫폼의 푸르스름한 전등불 빛에서 초조하게 그가 돌아오는지 지켜보고 있었다. 역 앞쪽에 밭이 얼핏 보였다. 밭에 뒹구는 이상하게 생긴 둥근 물체들이 눈에 띄었다. 호기심이 생긴 못텔이 가서 보고 왔다. 흥미로울 것도 위험할 것도 없는 호박들이었다. 폴란드인이 연장을 하나 들고 조용히 왔다. 그는 그것을 ‘슬리퍼’라고 불렀다. 끝에 쐐기 모양의 강철을 박은 긴 지렛대였다. 지렛대를 아래로 낮추면 강철이 몇 밀리미터 위로 올라왔다. “객차를 미는 데 쓰는 거요.” 그가 설명했다. “화물 조차장에 없는 게 없어요. 전부 다 객차를 움직이게 하는 데 필요한 거죠. 움직이기만 하면 그다음에는 계속 앞으로 가니까요.” 그가 소음이 나지 않게 하려고 슬리퍼에 천을 둘둘 말더니 그것을 바퀴에 밀어 넣고 지렛대를 아래로 낮추었다. 객차가 거의 알아보기 힘들 정도로 조금 움직였다가 정지했다.

“좋소.” 게달레가 조그맣게 말했다. “터널 길이는 얼마나 됩니까?”

“6백 미터요. 터널을 조금 지나면 철로가 분기됩니다. 숲을 지나 지금은 가동하지 않는 주물공장으로 가는 지선이 거기서 갈라져 나가죠. 객차를 그 지선으로 보내는 게 좋을 거요. 그러면 눈에 띄지 않게 짐을 내릴 수 있을 테니까. 갈까요?”

하지만 게달레는 다른 생각이 떠올랐다. 그는 대원 네 명을 보내 호박 열두어 개를 주워오게 했다. 그리고 전력 공급선을 받치고 있는 철탑에 하나씩 갖다 놓게 했다.

"뭐에 쓰게요?" 멘델이 물었다.

"아무 데도." 게달레가 대답했다. "독일군들이 뭐에 쓰이는지 고민하게 하는 데 쓰이겠군. 우리가 2분 정도 시간을 허비한다면 그자들은 꼼꼼하니까 아마 훨씬 더 시간을 허비할걸."

폴란드 경찰이 모두 준비하고 있으라고 말했다. 그리고 다시 슬리퍼로 객차를 움직였다. "됐어요, 이제 밀어요." 객차가 다시 움직이더니 소리 없이 천천히 앞으로 나갔다. "이제 다 잘될 겁니다." 폴란드인이 말했다. "지선은 내리막길이거든요." 게달레가 아리에를 먼저 보내서 부대원들에게 객차가 도착하는 중이라는 걸 알렸다. 그들이 지선으로 와서 짐을 내릴 준비를 하게 만들려는 것이었다.

"10톤이나 되는걸!" 못텔이 말했다. "어떻게 전부 다 내린단 말이오?"

게달레는 천하태평이었다. "누군가 우릴 도와줄 거야. 우리는 일부만 가져가고 나머지는 농부들에게 줄 거니까."

터널에서 나오자 짙은 안개가 그들을 맞았고 여명이 그 안개 사이로 스며들었다. 눈앞의 안개 속에서 사람의 형체가 나타났다. 여섯인가 열두 명인가, 아니 그보다 훨씬 많았다. 전초부대라고 하기에는 너무 많았다. 힘 있는 목소리가 폴란드어로 외쳤

다. "Stoj!"* 군복을 입은 무장병 열두어 명이 철로를 가로막았
다. 급습당한 틈을 이용해서 폴란드 경찰이 열차에서 뛰쳐나가
안개 속으로 사라졌다. 게달레와 다른 대원들이 열차를 세워보
려 최선을 다했지만 객차는 멘델이 기관실로 기어 올라가 손으
로 제어장치를 작동하기 전까지 10여 미터를 더 앞으로 달려 나
갔다. 아까 그 목소리가 다시 "Stoj!"라고 외치며 기관총을 잠시
난사하며 그 명령을 더 위협적으로 만들었다. "Rece do gory!**
두 손 들어!" 게달레가 명령을 따랐다. 그러자 다른 대원들도 그
를 따라 했다. 그들은 겨우 권총과 칼밖에 지니고 있지 않았다.
자동화기는 부대에 놓고 왔다. 그래서 저항은 꿈도 꿀 수 없었다.

　　날씬하고 반듯한 이목구비에 진지한 표정의 젊은이가 앞으
로 나왔다. 철테 안경을 쓰고 있었다. "대장이 누구요?"

　　"나요." 게달레가 대답했다.

　　"당신들은 누구요? 저 객차는 어디로 가져가는 거요?"

　　"우리는 유대인 유격대요. 러시아인도 몇 명 있고 폴란드인
도 있소. 멀리서 오는 길이오. 객차는 우리가 독일군들에게서 탈
취했소."

　　"당신들이 유격대원이면 그 증기를 보여줘야 할 거요. 어쨌
든 이쪽은 우리 구역이오."

　　"그러는 당신들은 누구요?"

　　"우리는 폴란드 국내군, 아르먀 크라요바요. 같이 갑시다.
달아나면 쏠 거요."

---

　*　'서라!' 폴란드어.
　**　'손 들어!' 폴란드어.

　"중위, 우린 같이 갈 거고 달아나지 않을 거요. 그렇지만 조금 있으면 독일군이 이곳으로 올 거요. 감자가 잔뜩 실린 객차를 그자들에게 넘겨주는 게 안타까운데."

　"독일군들은 이쪽으로 오지 않소, 아니 당장은 오지 않소. 우리를 두려워하니까. 우리가 고립되어 있으면 공격할 거요. 객차는 우리가 숲으로 가져갈 거요. 감자는 어떻게 하고 싶소?"

　"일부는 우리가 갖고 일부는 농민들에게 나눠주려고 했소."

　"일단은 우리가 보관하겠소. 자, 계속 앞으로 걸으시오." 중위 에데크가 말했다. 하지만 부하들 여섯 명에게 객차를 움직여 달리게 하는 일을 도와주게 했다. 행군하는 동안 에데크와 게달레는 나란히 걸었는데 에데크가 게달레에게 물었다. "당신들은 전부 몇 명이오?"

　"보지 않았소. 우리 여덟이 전부요."

　"거짓말 마시오." 에데크가 말했다. "며칠 전 행군하는 당신들을 지켜봤소. 그때 보니 수가 아주 많았소. 거짓말할 필요 없소. 당신들이 우리를 성가시게 하지 않으면 우리는 당신들을 공격하지 않을 거요. 우리 대열에도 유대인이 있소."

　"서른여덟 명이오." 게달레가 말했다. "서른 명 남짓은 무장이 되어 있고 전투를 할 수 있소. 다섯 명은 여자요."

　"여자는 못 싸웁니까?"

　"한 명은 싸울 줄 압니다. 남자 한 명은, 아니 두 명은 전투를 못 하고."

"무슨 이유로?"

"한 사람은 너무 어리고 민첩하지가 못하오. 다른 남자는 너무 늙었고 부상을 입었고."

게달레가 계속 거짓말을 하려고 작정했어도 별 소용이 없었을 것이다. 말없이 객차를 끌고 행군이 계속되었다. 안개가 더욱 짙어졌다. 나머지 게달리스트들은 게달레를 보고 의심 없이 그에게로 왔다가 에데크의 전초부대와 마주쳤다. 숨으려는 시도조차 할 틈이 없었다. 폴란드 유격대가(백여 명이었다) 그들을 포위했고 무기와 짐을 들고 행군하게 했다. 게달레가 도프에게 자초지종을 설명했다.

한 시간쯤 걷고 나자 울창한 숲이 나타났다. 에데크는 서라고 명령했다. 그들의 병영이 그리 멀지 않았다. 그가 연락병을 보냈다. 곧 객차에서 짐을 내릴 준비를 했다. 유대인과 폴란드인이 열심히 일을 했다. 객차에서부터 병영까지 한 사람이 감자 자루 하나씩을 갖다 놓고 돌아오곤 했다. 텅 빈 객차는 버려진 주물공장까지 밀었고 감자 자루들은 병영의 창고에 쌓았다. 게달리스트들은 에데크 파견대의 본부로 사용되는 반 지하의 막사들 중의 한 곳에 갇혔다. 폴란드 유격대원들은 무장이 잘되어 있었고 능률적이었으며 차갑고 공정했다. 유대인들에게 먹을 것을 주었지만 유대인들은 이렇게 이동을 하고 난 뒤라 잠을 더 자고 싶어했다. 폴란드 유격대가 모두 무장을 하고 이른 아침에 나갔다. 막사에는 보초 몇 명만 남아 있었다. 그래서 게달리스트들은 평화롭게 시간을 보냈다. 여자들은 군용침대에 남자들은 깨끗한 짚 위에 누워 있었다. 하지만 그들은 무기를 '임시로' 넘겨주어야 했다. 그들의 무기 목록이 작성되었고 무기는 다른 막사에 보관되어 있었다.

에데크와 그의 부하들이 저녁 무렵에 돌아왔고 식사가 배급되었다. 곡물 죽과 캔 맥주, 영어로 적힌 상표가 붙은 통조림 고기였다.

"당신들은 부자군요." 도프가 감탄하며 말했다.

"낙하산에서 투하된 물건이오." 에데크가 말했다. "미군들이 투하하지만 영국에서 보내는 거요. 런던에 있는 우리 정부에서 보내는 거죠. 미군들은 시간이 별로 없어서 급히 되는대로 투하한다오. 이탈리아 브린디시에서 오니까 최대 항속 거리를 비행하는 거요. 여기 도착해서 투하하고 다시 떠나지요. 그래서 투하 물품의 반이 독일군 손에 들어가요. 그러나 우리로서는 충분하오. 이제 우리 수가 적어졌기 때문이오."

"사망자가 많습니까?" 멘델이 물었다.

"사망하고 탈영하고 지쳐서 집으로 돌아간 사람들도 있소."

"왜 집으로 돌아갑니까? 독일군들에게 수용소로 끌려가는 걸 두려워하지 않나요?"

"두려워하지요. 그래도 돌아가오. 이제 그 사람들은 자신이 왜, 누굴 위해 싸우는지 확신이 없기 때문이오."

"당신은 누굴 위해 싸우는 거요?" 게달레가 물었다.

"폴란드를 위해, 폴란드의 자유를 위해 싸우고 있소. 하지만 전쟁은 절망적이오. 이런 식으로 전투하는 게 힘들어요."

"그래도 폴란드는 자유를 되찾을 겁니다. 독일군은 떠날 거요. 벌써 패배를 했고 모든 전선에서 후퇴하고 있어요."

에데크가 안경 너머로 자신과 대화하는 세 사람, 도프와 멘델과 게달레를 보았다. 그는 세 사람보다 훨씬 젊었으나 다른 사람들이 알지 못하는 어떤 중압감에 짓눌려 있는 듯했다.

"당신들은 어디로 가는 중입니까?" 마침내 그가 물었다.

"멀리 갑니다." 게달레가 대답했다. "우리는 전쟁이 끝날 때까지 독일군과 싸우고 싶소. 전쟁이 끝나고도 그럴지도 모르지요. 그러고 나면 떠나려고 하오. 우리는 팔레스타인으로 가고 싶소. 유럽에는 우리 자리가 없어요. 유대인들과의 전쟁에서 히틀러가 이겼소. 그의 제자들도 훌륭하게 일을 했고. 히틀러의 복음을 모든 이가 배웠소. 러시아인, 리투아니아인, 우크라이나인, 크로아티아인, 슬로바키아인 모두가 말이오." 게달레가 잠시 망설이다가 덧붙였다. "당신들, 폴란드인들도 배웠지요. 아니 어쩌면 이미 전부터 알고 있었는지도 모르지요. 중위, 말해주시오. 우리는 당신들의 손님이오, 아니면 포로요?"

"시간을 주시오." 에데크가 말했다. "곧 대답해줄 수 있을 것 같소. 그건 그렇고 하고 싶은 말이 있는데, 호박 아이디어 기발했어요."

"그건 어떻게 알았소?"

"이 주위 도처에 우리 편들이 있소. 철도원 중에도 있는데 철도원들 얘기가 여기 주둔한 독일군들이 지금까지도 호박을 건 드려볼 생각도 못 한답디다. 선로를 막아놓고 크라쿠프에 있는 불발탄 제거 전문팀을 불렀다고 하오. 당신들이 탈취한 객차보 다 호박을 더 중요하게 생각한 모양이오."

그가 러키스트라이크 두 갑을 뜯더니 깜짝 놀라 어리둥절해 하는 게달리스트들에게 돌렸다.

"몇몇 폴란드인이 여러분에게 부당하게 대했다고 해도 폴란 드인을 부당하다고 생각하면 안 됩니다. 우리 모두가 다 여러분 의 적은 아니니까요."

"모두는 아니지만 대부분이지요." 게달레가 말했다.

에데크가 한숨을 쉬었다. "폴란드는 슬픈 국가입니다. 지금 까지 너무나 강력한 이웃들의 압제에 끊임없이 시달려온 불행한 나라죠. 불행한데 증오하지 않기란 쉽지 않습니다. 우리는 수백 년간 이어진 노예 같은 우리의 상황을, 분열을 증오했습니다. 우 리는 러시아인, 독일인, 체코인, 리투아니아인, 우크라이나인을 증오했어요. 당신들도 증오했어요. 우리 땅에 흩어져 살면서 우 리처럼 되기를, 우리와 동화되기를 원치 않았으니까요. 우리는 당신들을 이해하지 못했습니다. 당신들이 바르샤바에서 봉기했 을 때 비로소 이해하기 시작했죠. 당신들이 우리에게 길을 알려 주었습니다. 절망적일 때도 싸울 수 있다는 걸 우리에게 가르쳐 주었어요."

"그렇지만 이미 늦었습니다." 게달레가 말했다. "우리는 모두 다 죽었으니까요."

"늦었지요. 하지만 당신들은 우리보다 훨씬 부자입니다. 당신들은 어디로 가야 할지 알아요. 목적과 희망이 있는 거죠."

"당신들도 희망을 가질 수 있는 것 아닌가요?" 도프가 말했다. "전쟁이 끝날 테니 우리는 노예도 없고 불의도 없는 새로운 세상을 건설할 수 있어요."

에데크가 말했다. "전쟁은 절대 끝나지 않을 겁니다. 이 전쟁에서 다른 전쟁이 시작될 거고 전쟁은 영원히 계속될 겁니다. 미국인들과 러시아인들은 절대 친구가 될 수 없어요. 지금 연합군이 우리를 돕고는 있지만 폴란드는 친구가 없습니다. 러시아인들은 우리가 존재하지 않기를, 아예 창조되지 않았기를 바랄걸요. 1939년 독일군이 침공했을 때 그들은 우리의 교수, 작가와 성직자들을 그 당장에 추방하고 학살했습니다. 그런데 러시아인들은 그들의 국경에서 전진해오면서 똑같은 짓을 했어요. 게다가 러시아에 피신한 폴란드 공산주의자들을 게슈타포의 손에 넘겨주었어요. 그들은 폴란드가 혼을 갖고 있는 걸 원치 않아요. 독일인도 러시아인도 마찬가지죠. 그들이 동맹을 맺었을 때도 원치 않았고 적이 된 지금도 똑같습니다. 러시아인들은 바르샤바 봉기가 실패하고 독일군이 봉기한 사람들을 전멸시키자 내심 좋아했지요. 우리가 죽어가는 동안 그들은 다른 쪽 강가에 서서 기다리고 있는 겁니다.

도프가 끼어들었다. "중위, 나는 러시아인이오. 유대인이지만 러시아인이지. 우리들 대부분은 러시아에서 태어났소. 저기 있는 저 키 큰 젊은이는 러시아기독교인인데 우리를 따라왔소. 이 사람(그러더니 멘델을 가리켰다), 그리고 죽어간 많은 사람들이 붉은 군대 군인이었소. 나 역시 마찬가지고. 우리가 길을 떠나기 전에는 유대인이 아니라 러시아인으로 전투를 했소. 러시아인을 위해서가 아니라 러시아인으로서 싸운 거요. 러시아인들은 유럽을 해방시키고 있다오. 그들은 피로써 그 값을 치르고 있소. 수백만의 러시아인이 죽었소. 당신이 한 말이 내가 보기에는 맞지 않는 것 같소. 지치고 부상당한 늙은이인 나도 키예프에서 치료를 받았소. 그 뒤 러시아인이 내 동지들에게 데려다주었지."

"러시아인들은 우리 땅에서 나치를 쫓아낼 겁니다." 에데크가 말했다. "하지만 그러고 나서 떠나지 않을걸요. 열망과 현실을 뒤섞으면 안 됩니다. 스탈린의 러시아는 차르의 러시아와 같아요. 그들은 러시아인의 폴란드를 원해요. 폴란드인의 폴란드를 원하는 게 아니죠. 이 때문에 우리 전쟁은 절망적인 겁니다. 우리는 우리 자신과 민중을 나치로부터 지켜야 하지만 뒤를 돌아보기도 해야 해요. 진군하는 러시아군은 아르먀 크라요바에 대해 알고 싶어 하지 않으니까요. 우리를 발견하면 되는대로 자신들의 부대에 편입을 시킬 겁니다. 우리가 거부하면 무장해제를 시키고 시베리아로 추방할 테고요."

"당신들은 왜 거부하는 거요?" 도프가 물었다.

"우린 폴란드인이니까요. 아직 우리가 존재한다는 걸 세상에 보여주고 싶으니까요. 필요하다면 죽음으로 증명할 수 있습니다."

멘델이 도프를 보았다. 도프도 멘델과 눈길을 나누었다. 노보셸키에서 전투 중에 도프가 멘델에게 '우린 지금 역사책 서너 줄에 기록될 만한 전투 중이라고.' 하고 외쳤던 그 말이 그 순간 두 사람 모두에게 떠올랐다. 멘델이 에데크에게 그 이야기를 들려주자 에데크가 대답했다. "서로 적이 되는 건 바보 같은 일이에요."

다시 며칠이 흘렀고 그사이 에데크는 자신의 상관들과 연락을 시도해서 행동 지침을 하달받으려 했으나 성공하지 못했다. 폴란드인들은 현대적이고 성능 좋은 무전기를 가지고 있었지만 거의 사용하지 않았다. 바르샤바가 붕괴된 뒤 아르먀 크라요바는 위기에 처했는데 자원의 측면보다는 사기 저하가 심각했다. 연락망이 차례로 끊겨버렸고 지휘관들 대부분이 전사했거나 러시아군이 꼼짝하지 못하게 만들어버렸다. 마침내 연락병이 돌아왔다. 그러자 에데크가 창백한 얼굴에 미소를 지으며 게달레에게 말했다. "다 잘됐습니다. 여러분은 포로가 아니라 손님이오. 곧 우리와 같이 싸울 수 있소. 아직도 그걸 원한다면 말이죠."

에데크는 의대생이었고 스물세 살이었다. 1939년 크라쿠프에서

1학년에 등록을 하자마자 독일군들이 교수들을 전원 소집했다. 몇몇 교수들은 이미 속임수가 숨어 있다는 낌새를 감지하고 참석하지 않았다. 다른 교수들은 그 자리에서 작센하우젠으로 끌려갔다. "그래서 우리들, 그러니까 교수들과 학생들은 모두 지하 대학을 조직하기 시작했습니다. 폴란드 문화가 사라지는 걸 원치 않았으니까요. 그 무렵 같은 식으로 지하 정부와 교회와 군대를 만들게 되었습니다. 폴란드 전체가 지하에서 살았지요. 나는 공부를 하면서 동시에 지하 인쇄소에서 일도 했어요. 하지만 공부를 하기 위해서도 지하에 숨어야만 했습니다. 히틀러와 힘러가 폴란드인은 초등학교 교육 4년만 받으면 충분하고 500까지만 셀 줄 알고 자기 이름만 쓸 줄 알면 충분하다는 결정을 내렸기 때문이죠. 읽고 쓸 줄 아는 건 불필요하다고, 아니 해롭다고 말이에요. 그래서 나와 친구들은 현미경 같은 건 구경도 못 한 채, 시체 해부를 해보지도, 병실에 드나들어 보지도 못하고 해부학과 생리학을 책으로만 배웠습니다. 하지만 나는 8월에 바르샤바에 있었기 때문에 부상자와 병자와 사망자들을 목격했습니다. 군의관으로 퇴직하는 의사보다 더 많은 사망자를 봤을 겁니다."

"나쁘지 않았군요." 게달레가 말했다. "이론보다 실습을 통해 더 많이 배울 수 있게 되었을 테니까요. 걷고 말하기도 실제로 해보면서 배우잖아요, 안 그래요? 평화가 찾아오면 당신은 훌륭한 의사가 될 겁니다, 틀림없어요." 모든 인간에게 무분별한 호감을 표시하는 게달레였지만 에데크에게는 열 배는 더 호감을 갖는 것 같았다. 멘델이 그 이유를 묻자 게달레는 모르겠다고 대답했다. 그러나 잠시 생각을 해보았다.

"아마 신선해서 그런가 봐. 주머니에 펜이 있고 넥타이를 맨 사람을 만난 지가 한참 됐거든."

"에데크는 넥타이 안 맸는데요!"

"정신에 매고 있어. 그건 실제 맨 것하고 똑같은 거야."

대기하며 보내는 긴긴 밤에 비까지 내리면 이야기를 나누며 담배를 피웠다. 가끔 게달레가 바이올린을 연주하기도 했다. 하지만 폴란드의 병영에서는 술은 마시지 않았다. 에데크는 인간적이고 합리적인 지휘관이었지만 몇 가지 면에서는 엄격했다. 그리고 여러 가지 사소한 문제에 대해 강박관념에 사로잡혀 있었다. 몇 달 전 술에 취한 그의 부하 때문에 싸움이 벌어지고 난 뒤 에데크는 금주령을 내렸다. 청교도같이 엄격하게 이 금주령을 고집했다. 게달레와 그의 부대원들에게도 금주를 요구했는데 그들이 나쁜 본보기를 보일 수도 있어서였다. 게달레는 마지못해 받아들였다. 에테크는 개를 무서워했다. 게달리스트들이 기르는 불쌍한 개 두 마리에 대해서는 알고 싶어 하지도 않았다. 그 개들은 투로프의 지뢰밭에서 부대를 무사히 안내했고 부대원 하나하나를 다 알고 있었다. 개들이 밤에 짖어서 병영의 위치가 발각될 수도 있다는 구실을 찾아냈다. 그래서 게달레가 항의하는데도 근처 마을에 개들을 팔아버렸다.

에데크는 과묵해서 꼬치꼬치 캐묻지는 않았지만 그 역시 게달리스트들에 대해 호기심을 가졌는데 특히 게달레와 그의 과거를 궁금해했다.

"아, 내가 유명한 바이올리니스트가 됐을지 누가 알겠소!" 게달레가 웃으면서 말했다. "아버지가 바이올린 배우길 원하셨어요. 바이올린은 자리를 별로 차지하지 않아서 무슨 일이 일어나도 어디에든 항상 가지고 다닐 수 있다고 말씀하셨지. 그리고 재능은 바이올린보다도 자리가 더 필요 없고 관세도 내지 않는다고도 했고. 세계 일주를 하며 연주회를 하고 돈을 벌면 되는 거죠. 어쩌면 야사 하이페츠*처럼 미국인이 될 수도 있고 말이오. 난 연주는 좋아했지만 공부는 싫어했소. 겨울에는 바이올린 레슨을 빼먹고 스케이트를 타러 가곤 했지. 아버지는 소상인이었는데 1923년에 파산을 하셨소. 그래서 술을 마시기 시작했고 내가 겨우 열두 살 때 돌아가셨지. 우리는 빈털터리였다오. 어머니는 나를 상점에 취직시켰소. 그래서 신발가게 점원이 됐지만 연주는 계속했지. 그래서 하루 종일 손님들 발에 신발을 신겨보고 나면 나를 위로하려고 연주를 했던 거요. 시도 좀 썼소. 슬픈 시였는데 그렇다고 아름다운 시는 아니었소. 발이 예쁜 여자 손님들에게 시를 바쳤는데 그러다 보니 시가 하나도 남아 있지 않네.

연주가 항상 내 친구가 되어주었소. 생각하는 대신 연주를 했지. 아니 솔직히 말해 생각하는 건 내 취향이 아니라오. 진지하게 생각하고 전제에서 결과를 이끌어내는 것 말이오. 연주는 내가 생각하는 방식이라오. 그리고 전혀 다른 일을 하고 있는 지금

---

* 소련 출신의 미국 바이올린 연주자. 1917년 미국으로 건너가 카네기홀에서 데뷔, 뉴욕을 중심으로 구미 각국에서 활발한 연주 활동을 하여 세계적으로 명성을 떨쳤다.

도 그러니까, 좋은 생각들은 바이올린을 연주할 때 떠오른다오."

"가령 호박 아이디어 같은 거요?" 에데크가 물었다.

"아니, 아니오." 게달레가 겸손하게 대답했다. "호박 아이디어는 호박을 보면서 떠올렸소."

"그럼 이런 전혀 다른 일을 할 생각은 어떻게 떠올랐나요?"

"하늘에서 내려왔소이다. 어느 수녀 때문이지요." 말을 하면서 게달레가 바이올린을 들었다. 연주를 하지는 않고 활로 현을 어루만져서 나지막한 음들을 산만하게 만들어냈다. "수녀요, 그래요. 비알리스토크에 독일군이 도착했을 때 어머니는 수녀원에 들어갈 수 있게 되었소. 난 처음부터 어딘가에 갇혀 지낸다는 게 내키지 않았지. 그때 어떤 여자와 사귀었는데 우리는 매일 밤 다른 곳에서 잤소. 솔직히 말해 그 당시 내 나이가 벌써 스물네 살이었는데도 계속 잠에 취해 있듯이, 동물처럼 그렇게 살았던 거요. 위험하다거나 내가 할 일이 있다거나 그런 생각은 하지도 않았소.

그러다가 독일군이 유대인을 게토에 가두었소. 수녀원에서 나도 받아줄 수 있다는 연락을 어머니에게 받고 그곳으로 갔소. 어머니는 러시아인이었는데 강인한 여인이었소. 명령을 할 줄 아셨지. 나는 어머니가 내게 명령하면 좋았다오. 아니, 변장은 안 했소. 수녀들이 지하에 내 거처를 마련해주었소. 수녀들은 내게 세례를 주려고 하지 않았소. 자비심으로 어떤 목적 없이, 자신들의 위험을 무릅쓰며 날 받아준 거요. 내게 먹을 것을 갖다줬고 난 수녀원에서 잘 지냈소. 나는 전사가 아니라 신발을 팔고 바이올린을 연주하는 스물네 살 먹은 착한 어린이였소. 지하실에서 전쟁이 끝날 때를 기다리려고 했소. 전쟁은 다른 사람의 일, 독일인과 러시아인들의 일이었으니까. 전쟁은 태풍 같은 거였소. 태풍이 올 때 현명한 사람은 피신할 곳을 찾지 않겠소.

내게 식사를 가져다주는 수녀는 젊고 쾌활했소. 수녀로서 쾌활하달 수 있었죠. 1943년 3월 어느 날, 그녀가 빵과 함께 메모를 가져다주었소. 게토에서 온 메모였는데 이디시어로 쓰여 있었고 내 친구 이름이 적혀 있었다오. '우리에게 와라. 네 자리는 여기야.' 게토에서 독일군들이 어린이와 병자들을 트레블링카로 데려가기 시작했다고 적혀 있었소. 트레블링카로 가면 곧 모두 학살을 당한다고. 그러니 저항을 준비할 필요가 있다고도 했소. 내가 편지를 읽는 동안 수녀가 아주 심각한 얼굴로 나를 보았소. 그리고 나는 편지 내용을 그녀가 알고 있다는 걸 알았소. 그러더니 내게 답장을 할 거냐고 물었소. 나는 생각을 해보겠다고 말했지. 다음 날 수녀에게 그 편지를 어떻게 받았냐고 물었소. 게토에 세례를 받은 유대인이 몇 명 있어서 수녀들은 허락을 받아 그 사람들에게 의약품을 가져다준다고 대답했소. 난 떠날 준비가 됐다고 그녀에게 말했소. 그러자 밤까지 기다리라고 했지. 날이 밝기 전에 내게 와서 자기를 따라오라고 했소. 나를 창고로 안내했는데 수녀는 손에 손전등을 들고 있었소. 그 손전등을 내게 건네며 들고 있게 하더니 말했소. '돌아서요, Panie.*' 그녀가 옷을 부

---

* '……씨' 폴란드어.

스럭거리는 소리가 들려서 나는 불경한 생각을 하게 됐지. 하지만 곧 그녀가 다시 돌아서도 된다고 허락을 하고는 내게 권총 두 자루를 내밀었다오. 게토에 들어갈 수 있게 연결을 해주었고 행운을 빌어주었소. 게토에서 무기를 가진 젊은이는 몇 명 되지 않았지만 결연했소. 권총의 구조를 백과사전을 보고 배웠고 총 쏘는 법은 현장에서 배웠소. 우리는 8일 동안 함께 싸웠소. 우리는 2백 명이었는데 거의 다 죽었소. 나하고 다섯 명이 코소보까지 갔고 그 게토에서 봉기한 사람들과 다시 만났소."

에데크와 게달레 근처에 모여 있던 사람들의 수가 점점 늘어났다. 폴란드인들뿐만 아니라 유대인들 중에서도 몇 명은 자신들이 모르고 있던 게달레의 이야기를 열심히 들었다. 게달레의 이야기가 끝나자 에데크가 꼬고 있던 다리를 풀고 의자에 똑바로 앉더니 머리를 매만지고 무릎의 구겨진 바지를 반듯하게 폈다. 그리고 오만하게 물었다.

"여러분의 정치적 입장은 어떤 거요?"

게달레가 바이올린으로 웃음소리와 비슷한 음을 만들어냈다. "줄무늬에, 얼룩무늬에, 점박이에, 라반의 양 떼들 같아!" 그가 방을 둘러보았다. 희미한 아세틸렌 램프의 불빛 아래에서 식탁에 둘러앉은, 넓은 얼굴과 금발 머리의 폴란드인들 사이사이에서 보이는 코카서스인 같은 콧수염을 기른 아리에, 백발을 단정하게 빗은 도프, 영리한 눈의 요제크, 연약하면서도 긴장감이 있는 라인, 주름진 피곤한 얼굴의 멘델, 주술사와 검투사를 반반 섞은 것 같은 파벨, 야생적인 얼굴을 가진 루자니와 블리즈나 출신의 남자들, 이시도르와 잠들어버린 두 로켈레를 중위에게 가리켰다. "봐요, 우리는 종합선물세트요."

그러더니 바이올린을 다시 들고 계속 연주했다.

"농담은 이쯤 하겠소, 중위. 나는 당신의 질문을 이해하오. 그런데 어떻게 대답해야 할지 당황스럽군요. 우리는 정통파도 아니고 규칙이 있는 것도 아니고 서약에 묶여 있지도 않소. 우리들 중 숙고를 하고 사상을 명확히 하는 데 많은 시간을 보내본 사람은 아무도 없소. 우리들은 각자 좋지 않은, 다양한 과거를 가지고 있소. 우리들 중 러시아에서 태어난 사람은 어머니 젖과 함께 공산주의를 빨아들였소. 그래요, 그들의 어머니 아버지는 그들을 볼셰비키로 만들었소. 10월 혁명이 유대인들에게 자유를 주었고 완전한 권리를 가진 시민으로 만들어주었으니까. 그들은 그들 식으로 공산주의자로 남아 있지만 스탈린이 히틀러와 조약을 맺은 뒤로는 스탈린을 더 이상 사랑하지 않소. 게다가 스탈린은 우리를 별로 좋아하지 않았소.

나하고, 폴란드에서 태어난 다른 사람들로 말하자면 우리 사상은 다양하오. 그러나 우리들 사이에, 그리고 러시아 유대인들과의 공통점이 뭔가 있소. 우리들 모두가 자기 나라에서 이방인이라는 걸 느꼈다는 거요. 조금 더 많거나 적게, 조금 더 일찍 혹은 늦게 깨닫긴 했지만 말이오. 우리는 모두 다른 나라를 원했소. 침입자라는 기분을 느끼지 않고 이방인으로 낙인찍히지 않고 다른 민족들처럼 살 수 있는 나라 말이오. 그렇지만 우리들 중 아무도 밭에 울타리를 치고 '이 땅은 내 땅이다'라고 말할 생각을 해보지 않았다오. 우리는 지주가 되길 원하지 않소. 불모의 팔레스타인 땅을 비옥하게 만들고 사막에 오렌지와 올리브를 심어 열매를 얻고 싶소. 우리는 스탈린의 콜호즈를 만들고 싶지 않소. 모두가 자유롭고 평등하며 압박과 폭력이 없는 공동체를 원하오. 낮에 힘들게 일하고 밤이면 바이올린을 연주할 수 있는 공동체. 돈은 없지만 각자 자신의 능력에 따라 일하고 필요한 만큼만 돈을 받는 그런 곳 말이오. 꿈같지만 꿈이 아니오. 우리보다 훨씬 선견지명이 있고 용감한 우리의 형제들이 벌써 실현한 세상이라오. 유럽이 라거가 되기 전에 팔레스타인으로 이민을 갔던 형제들이오.

이런 의미에서 중위님은 우리를 사회주의자라고 불러도 되지만 우리는 우리의 정치적 이상 때문에 유격대원이 된 건 아니라오. 우리는 독일군들에게서 살아남기 위해, 복수하기 위해, 길을 찾기 위해 싸우고 있소. 그러나 무엇보다 인간의 존엄을 찾기 위해 싸우고 있지요. 이런 소중한 단어를 사용하는 걸 용서하시오. 마지막으로 내가 하고 싶은 말은 이것이오. 우리들 대다수는 한 번도 자유를 맛보지 못했소. 그리고 여기서, 숲에서, 늪지에서, 그리고 위험 속에서 전투와 형제애를 통해 자유를 이해하는 법을 배웠소."

"당신도 그런 사람 중의 하나고요, 맞죠?"

"나도 그런 사람들 중의 하나요. 나는 여한이 없소. 내 눈으로 직접 죽음을 목격한 동지들에 대해서도 마찬가지요. 내가 이 일을 하지 않았다면 아마 아직도 난 어린아이로 살고 있을 거요. 지금은 스물일곱 살의 어린아이겠지. 그리고 전쟁이 끝나고 내가 살아남아 있다면 다시 시를 쓰고 신발을 팔 거요."

"아니면 유명한 바이올리니스트가 됐을지도 모르죠."

"힘들어요. 어린아이는 바이올리니스트가 되지 못하오. 아니 만일 된다 해도 어린아이 바이올리니스트로 살겠지."

스물세 살의 에데크가 스물일곱 살의 게달레를 진지한 표정으로 보았다. "유격대원이 된 지금은 어린아이 같은 면이 조금도 남아 있지 않다고 확신하나요?"

게달레가 바이올린을 내려놓았다. "늘 그런 건 아니오. 내가 원할 때만 그런 확신이 들어요. 여기서는 확신하오."

"명령은 누구에게 받습니까?" 에데크가 다시 물었다.

"우린 독립된 부대지만 유대인 투쟁조직의 지시를 따르고 있소. 언제 어디서고 연락을 유지할 수 있는데 조직의 지시는 이렇소. 독일군의 통신선을 파괴하라, 참극의 책임자인 나치를 살해하라, 서쪽으로 이동하라. 그리고 러시아인들과의 접촉을 피하라는 지시도 받소. 러시아인들이 지금까지는 우리를 도와줬지만 미래에 우리에게 어떤 입장을 취할지 분명하지 않아서요."

에데크가 말했다. "우리도 그렇게 하는 게 좋소."

전쟁은 딴 세상 이야기 같았다. 몇 주 동안 쉬지 않고 비가 내렸다. 그래서 폴란드인들의 병영은 진흙에 포위되고 말았다. 전선에서도 전투가 중단된 것 같았다. 포성은 들리지 않았다. 비행기 소리는 어쩌다 들렸는데 적군의 비행기인지 아군의 것인지 모를 이상하면서도 비현실적으로 보이는 비행기들, 구름 위의 비밀 항로로 접근하지 못한 비행기들 소리였다. 보급품이 투하되지 않아서 식량도 서서히 바닥을 드러내기 시작했다.

11월 초에 비가 그쳤다. 얼마 뒤 에데크는 무전기로 연락을 받았다. 사령부에서 보내는 긴급한 도움 요청이었다. 북동쪽으로 80킬로미터 떨어진 성십자가 산에서 아르먀 크라요바와 같은 유격부대가 독일 국방군에게 포위되어 있는데 상황이 절망적이었다. 당장 부대를 구하러 달려가야 했다. 에데크는 자신의 부대원 70명에게 출발 준비를 시켰다. 그리고 게달레가 비록 일 년 전이지만 까마득히 멀게만 느껴지는 그때, 도프에게 치명적인 사냥대회에 참가하라고 권했듯이 지금 에데크는 게달레와 그의 부대원들에게 원정에 참가해달라고 했다. 게달레는 즉시 승낙했지만 기꺼이 그렇게 하지는 못했다. 자신의 부대원들과 자신이 야전에서 독일군과 싸워달라는 부탁을 받은 건 이번이 처음이었다. 류반에서 4월에 싸웠던 부대처럼 고립된 주둔군이 아니라 많은 경험과 조직을 갖춘 독일 보병과 포병을 상대해야 했다. 그런데 류반에서도 유대인 사망자가 10여 명이었다. 한편으로는 이번에는 그들끼리만 싸우는 게 아니었다. 에데크의 폴란드 유격대원들은 의지가 굳고 노련했으며 무기도 좋았다. 그리고 독일군에 대한 유대인의 증오심을 무색하게 할 정도로 독일군을 증오해서 사기가 하늘을 찌를 듯했다.

게달레는 부대원 스무 명을 선발했다. 그렇게 해서 연합부대가 행군을 시작했다. 들판은 비에 젖어 있었다. 에데크는 서둘렀다. 그는 유격대의 모든 규정을 어기고 직선으로 가는 길을 택했다. 해 질 무렵부터 새벽까지, 그리고 새벽이 지나서도 선로의 침목 위로 세 명씩 줄을 서서 행군했다. 대열의 측면에서 방어를 하는 정찰대도 후위를 방어하는 병사도 없었다. 에데크 본인과 멘델이 포함된 여섯 명만이 선봉에 섰다. 멘델은 무모한 행군에 깜짝 놀랐지만 그 지역을 잘 아는 에데크가 안심시켰다. 농부들은 그들을 고발하지 않을 것이다. 그들은 유격대에게 호의적이었다. 호의적이지 않은 사람이더라도 유격대의 보복을 두려워했다.

11월 16일에 키엘체가 보이는 곳에 도착했다. 키엘체에는 독일군 병영이 하나 있었는데 우크라이나 의용군들이 득실거렸다. 에데크는 귀중한 시간을 낭비하긴 했지만 도시를 우회할 수밖에 없었다. 도시를 지나자 곧 기복이 심한 땅이 나타났다. 울창한 숲에 덮여 어둑한 언덕들이었다. 바람에 실려 언덕을 감싸며 느릿느릿 떠가던 안개가 전나무들 꼭대기에서 흩어져갔다. 에데크가 받은 정보에 따르면 전투가 벌어진 장소가 가까이에 있는 게 틀림없었다. 고르노와 비엘레니 사이의 골짜기였다. 하지만 전투의 흔적은 전혀 보이지 않았다. 에데크는 동이 틀 때까지 모두 몇 시간 쉬라고 명령했다.

동틀 무렵이 되자 안개가 더 짙어졌다. 이따금 단발적인 총성과 일제사격 소리가 들려오다가 조용해졌다. 그러고 나서 확성기 목소리가 들렸다. 희미했고 멀리서 들려왔다. 아마도 포위망 밖에서 들려오는 소리일지도 몰랐다. 단어들이 변덕스러운 바람에 따라 단편적으로 들려와서 무슨 말인지 잘 알아들을 수가 없었다. 폴란드어였다. 독일군들이 폴란드인들에게 항복을 재촉했다. 그러다가 다시 사격 소리가 약하게 들려오더니 곧 사라졌다. 에데크가 전진하라고 명령했다.

언덕을 절반 정도 올라가서 그들은 관목과 나무들 뒤에 몸을 낮추고 독일군이 있을 것이라고 추정되는 방향으로 공격을 시작했다. 무모한 공격이었다. 안개가 너무 짙어서 엄밀히 말하면 숨어서 공격할 필요도 없었다. 그렇지만 20미터 앞도 겨우 볼 수 있을 정도로 짙게 그들을 감싼 안개 때문에 위험에 대한 공포가 더욱 심해졌다. 사방에서 공격을 받을 수 있었다. 독일군들이 격렬한 반응을 보였지만 반격은 아주 짧았고 별로 조직적이지도 못했다. 중기관총을 한 번 쏘고 곧이어 다시 쏘았는데 두 번 다 에데크의 대열 왼쪽에서 총탄이 날아왔다. 멘델은 자기 앞의 나무들의 껍질이 산산조각 나는 것을 보고 몸을 숨기고 총탄이 날아오는 것 같은 방향으로 대구경 자동권총을 발사했다. 에데크가 좀 더 길게 일제사격을 하라고 명령했다. 아마도 독일군에게 지금 도착한 지원부대가 포위당한 부대보다 훨씬 강력하다는 인상을 주고 싶었던 것 같았지만 총알 낭비였다. 몇 분 뒤 처음에 포를 쏘던 대포가 폭발하는 소리가 들렸다. 이 소리 역시 멀리서, 왼쪽에서 들려왔고 몇 초 뒤 수류탄이 날아와서 터졌다. 수류탄은 유격대원들의 앞뒤로, 여기저기 떨어졌다. 대원들과 아주 가까웠다. 그중 하나가 멘델과 그리 멀리 않은 곳에 떨어졌지만 축축한 흙에 박혀서 폭발하지 않았다. 다른 수류탄 하나가 오른쪽에 떨어져서 짙은 안개 사이로 확 번지는 화염이 멘델의 눈에 들어왔다. 그는 달렸다. 그리고 현장에서 에데크의 부관인 마리안을 찾았다. 수류탄에 작은 나무 한 그루가 두 동강 나버렸다. 그리고 수류탄에 뒤엎어진 땅바닥에 폴란드 대원 둘이 숨을 거둔 채 누워 있었다. "위에서 쏜 게 아니야." 마리안이 말했다. "저놈들은 고르노로 가는 도로에 있어. 수가 많지 않은 게 분명해."

폭격이 갑자기 중단됐다. 총성도 더 이상 들리지 않았다. 10시경에 부르릉거리는 트럭 엔진 소리가 약하게 들렸다.

"떠난다!" 마리안이 말했다.

"아마 우리가 굉장히 강력하다고 생각하는 것 같은데." 멘델이 대답했다.

"난 그런 것 같지 않아. 어쨌든 안개는 저놈들도 좋아하지 않으니까."

독일군 트럭 소리가 점점 들릴락 말락 하더니 완전히 사라졌다. 에데크가 조용히 전진하라고 명령했다. 대원들이 나무와 나무 사이로 언덕을 올라갔지만 어떤 저항에도 부딪히지 않았고 인적도 없었다. 조금 더 위로 올라가자 나무가 점점 줄어들다 완전히 사라졌다. 안개도 걷혔다. 그러자 전쟁터가 보였다. 언덕 위는 히스들만 자라는 황량한 땅으로 오솔길 몇 개의 흔적이 남아 있었고 흙길 하나만 거대한 건물, 오래된 요새 같아 보이는 건물로 이어졌다. 땅에는 시신이 늘비했는데 몇몇 시신은 벌써 차디찼고 뻣뻣하게 경직되어 있었다. 대부분이 팔다리가 잘렸거나 처참한 상처들로 갈가리 찢겨져 있었다. 아르먀 크라요바의 폴란드 대원들만은 아니었다. 최후의 순간까지 한데 모여 방어를 한 게 분명한 한 무리의 유격대원들은 러시아인들이었다. 병영 가장자리에 있는 다른 시신들은 독일 국방군 병사들이었다.

"다 죽었소. 누구에게 항복하라고 한 건지 이해를 못 하겠군 그래." 게달레가 말했다. 그는 마치 교회 안에 들어오기라도 한 듯, 자기도 모르는 사이에 조그맣게 말하고 있었다.

"나도 모르겠소." 에데크가 대답했다. "어쩌면 우리가 도착했을 때 들은 총성은 마지막까지 남아 있던 자들이 쏜 거였는지도 모르겠소."

멘델이 말했다. "처음에 안개 때문에 앞이 보이지 않았지. 그러니까 그놈들이 죽은 사람들에게 항복을 요구한 거요."

"아마 그럴 거야." 마리안이 말했다. "확성기 내용은 레코드에 녹음되어 있으니까. 독일군들은 이전에도 그렇게 했네."

바닥을 자세히 살피면서 시신을 하나하나 확인했다. 혹시 누군가 살아 있을지도 몰랐다. 생존자는 한 명도 없었다. 목이나 관자놀이에 총상이 남아 있는 시신들도 있었다. 요새 안에도 러시아인과 폴란드인 시신밖에 없었는데 대부분이 포탄에 맞아 파괴된 작은 탑에 바리케이드를 치고 모여 있던 사람들이었다. 그들은 뼈만 앙상할 정도로 마른 시신 몇 구를 발견했다. 왜 이렇게 말랐을까?

"그러니까 소문이 사실이었어." 마리안이 말했다.

"무슨 소문?" 멘델이 물었다.

"성십자가 산에 감옥이 있다는 소문. 그리고 독일군들이 포로들을 굶겨 죽인다는 소문이 있었지." 실제로 그들은 요새의 지하에 복도와 나무 문이 다 떨어져나간 작은 방을 여러 개 발견했다. 지하 벽에 숯으로 아무렇게나 쓴 단어들이 멘델의 눈에 들어왔다. 에데크를 불러 해석해달라고 했다.

"폴란드 시인이 쓴 세 줄짜리 시라오." 에데크가 말했다. "이런 내용이지."

마리아여, 폴란드에서 아기를 낳지 말아요.
당신의 아들이 태어나자마자 십자가에
못 박히는 걸 보고 싶지 않다면.

"이 시인은 언제 이 시를 쓴 거요?" 게달레가 물었다.

"모르오. 그렇지만 우리 조국에는 어떤 세기에라도 잘 맞았을 시요."

멘델은 아무 말도 하지 않았다. 무한하고 혼란스러운 생각들이 밀려드는 기분이었다. 우리만이 아니었어. 고통의 바다는 끝이 없고 바닥도 없어서 아무도 그 깊이를 측량할 수 없어. 여기 그들이 있다. 폴란드인들, 광신적인 가톨릭교도들, 우리 조상에게 칼을 들이댔고 혁명을 진압하러 침공했던 사람들이. 그리고 에데크도 폴란드인이다. 그런데 지금 폴란드인들은 우리처럼, 우리와 함께 죽어가고 있다. 그들은 대가를 치렀어, 이제 기쁜가? 아니, 난 기쁘지 않다. 빚은 줄어들지 않고 더 늘어났다. 아무도 그 빚을 갚을 수 없을 것이다. 난 더 이상 사람들이 죽지 않길 원해. 독일인들도? 몰라. 그건 나중에, 모든 일이 다 끝난 뒤에 생각해볼래. 어쩌면 독일인을 죽이는 건 외과의사가 수술을 하는 것과 마찬가지일지도 몰라. 팔을 자르는 건 끔찍하지만 꼭 필요하다면 해야지. 내가 믿지 않는 하느님, 전쟁을 끝내주세요. 하느님이 계시다면 전쟁을 끝내주세요. 빨리, 어디에서나. 히틀러는 이미 패배했다. 그러니 이 전사자들은 아무에게도 쓸모가 없다.

멘델의 옆에, 멘델처럼 피로 물들고 비에 젖은 히스들 속에 서 있던 에데크가 창백한 얼굴로 그를 바라보고 있었다.

"기도하고 있나, 유대인?" 그가 물었다. 하지만 에데크 입에서 나온 '유대인'이라는 말에는 악의가 담겨 있지 않았다. 왜 그렇지? 각자가 누군가의 유대인이기 때문에, 폴란드인은 독일인과 러시아인의 유대인이기 때문이다. 에데크는 싸우는 법을 배운 온화한 남자이기 때문이다. 그는 나처럼 선택을 했으니 내 형제다. 그는 폴란드인이고 많이 배웠고 나는 시골 출신 러시아인이고 유대인 시계공이지만 말이다.

멘델은 에데크의 질문에 대답하지 않았다. 그러자 에데크가 계속 말했다.

"기도를 해야 할 거요. 나도 해야지요. 그런데 난 이제 할 수가 없소. 나에게도 다른 사람에게도 기도가 필요하지 않은 것 같아서. 아마 당신은 살고 나는 죽을지 모르지. 그러면 당신이 성십자가 산에서 본 일을 이야기해요. 이해하려고 애써봐요. 이야기하고 다른 사람을 이해시키려고 애써요. 우리와 같이 죽은 이 사람들은 러시아인들이지만 우리의 손에서 권총을 빼앗아간 사람들도 러시아인이오. 아직도 메시아를 기다리는 당신이 이야기해요. 아마 당신들을 위해서는 메시아가 올 거요. 우리 폴란드인을 위해 왔었으나 아무 소용이 없었지."

멘델이 스스로에게 제기한 의문의 답을 에데크가 주고 있는 기분이 들었다. 뇌 속 깊이 숨겨둔, 생각이 탄생하는 비밀의 침대에 있던 그 의문을 읽기라도 한 듯이. 하지만 그리 이상한 일은 아니지, 멘델은 생각했다. 시간을 정확히 알리는 좋은 시계 두 개가 있다면, 상표가 다르더라도 항상 똑같은 시간을 가리키니까. 그저 시작 시간을 똑같이 맞춰놓기만 하면 된다.

에데크와 게달레는 인원 점검을 했다. 폴란드 대원은 네 명이, 유대인은 위조 전문가 요제크가 보이지 않았다. 그는 위조 전문가로 생을 마감하지 않았다. 골짜기 끝에서 복부가 파열되어 사망한 그를 찾아냈다. 한참 동안 도움을 청했을 텐데 아무도 그 소리를 듣지 못했다. 전사자들을 묻어줘야 할까? "모두 묻거나 아무도 묻지 말아야 하오." 에데크가 말했다. "그런데 모두 묻을 수는 없소. 신분증과 인식표를 가지고 있으면 그것만 꺼냅시다." 어린 청년들의 몸에는 신분증이 없었는데 에데크와 마리안은 그들이 폴란드 농민부대 소속이라는 걸 알아냈다. 모두들 고개를 푹 숙인 채 말없이, 패잔병 부대처럼 병영으로 돌아갔다. 이제 급히 걷지 않았다. 한밤중에 대열을 맞추지 않고 들판과 숲을 지났다. 소브코우 숲에서 그들은 길을 잃었다는 것을 알아차렸다. 부대가 가지고 있던 유일한 나침반이 사망한 폴란드인인 즈비니예브의 주머니에 들어 있었다. 아무도 그걸 챙길 생각을 하지 못했던 것이다. 에데크는 어쩔 수 없이 새벽까지 기다렸다가 어떤 마을이든 마을로 이어지는 길을 따라가기로 했다. 거기서 농부들에게 길을 물어볼 작정이었다. 하지만 안개 낀 새벽 아리에가 물푸레나무 뿌리 사이에서 추워서 몸이 꽁꽁 언 새 한 마리를 찾아냈다. 그러자 아리에가 이 새가 길을 가르쳐줄 거라고 말했다. 새를 셔츠 안에 집어넣어 가슴에 품고 몸을 녹여주며 침을 묻혀 부드럽게 만든 빵 부스러기를 내밀었다. 새가 다시 기운을 차리자 날아가게 해주었다. 새는 안개 속에서 망설이지 않고 정확하게 한쪽 방향으로 사라졌다. "저쪽이 남쪽인가?" 마리안이 물었다. "아니요." 아리에가 대답했다. "저 새는 찌르레기예요. 찌르레기들은 겨울이 오면 서쪽으로 날아가죠." "나도 찌르레기였으면 좋겠네." 못텔이 말했다. 헤매지 않고 병영에 도착했고 아리에는 유명해졌다.

　　무기력하고 긴장된 몇 주가 이어졌다. 추위가 시작되어 진흙땅이 꽝꽝 얼어붙었다. 크고 작은 도로마다 전선으로 향하거나 후방으로 돌아오는 독일군 차량들이 넘쳐났다. 기계화 포병부대들, 눈이 오길 기다리며 벌써 하얗게 위장한 '타이거' 탱크들, 트럭에 탄 독일군 부대가 지나갔고 우크라이나 의용군들이 수레를 타고 혹은 걸어서 갔다. 마을마다 헌병대와 게슈타포 사무실이 있었다. 그래서 유격부대 간의 연락이 점점 어려워졌다. 독일군 정찰대가 젊은이들은 모두 데려가 대전차용 참호나 일반 참호를 파게 하고 방벽을 쌓는 일에 투입했다. 연락병들과 남녀 모두 밤에만 이동했다. 에데크 부대가 세상과 연락하는 유일한 수단은 라디오였다. 하지만 라디오는 침묵을 지키거나 불안하고 상반되는 소식만을 전했다.

　　〈라디오 런던〉의 뉴스는 승리를 알리면서도 모순적이었다. 독일군과 일본군이 패배했다고 알렸지만 동시에 독일군의 아르덴* 공격을 시인했다. 아르덴이 어디지? 프랑스로 물밀듯이 들어간 독일군과 처음부터 다시 시작해야 하는 거야? 〈라디오 독일〉도 승리를 알렸다. 총통은 무적이며 진정한 전쟁은 이제 막 다시 시작되었으며 위대한 독일은 새롭고 비밀스럽고 완벽한 무기를 소유하고 있어 그 누구도 막을 수 없다고 했다.

---

　*　벨기에 남동부와 룩셈부르크, 프랑스 북동부 일부에 걸친 지역.

크리스마스가 지났고 1945년 새해 첫날이 지났다. 폴란드인들의 병영에 불확실성과 낙담이라는, 유격대원에게 가장 무서운 두 개의 적이 점점 커져갔다. 두 가지 모두 유격대원들의 가장 무서운 적이었다. 에데크는 버려진 기분이었다. 어떤 명령도 정보도 받지 못하는 상황이어서 주위에 누가 있는지도 몰랐다. 그의 부대원 몇 명이 사라졌다. 무기를 가지고 혹은 빈손으로 조용히 떠나버렸다. 병영 내부에서도 규율이 느슨해졌다. 말다툼이 생기고 종종 몸싸움으로 번지기도 했다. 아직까지 폴란드인과 유대인 사이에 마찰은 없었지만 투덜거리는 말과 삐딱한 시선들이 마찰과 충돌이 머지않았음을 느끼게 해주었다. 에데크의 명령에도 불구하고 보드카가 다시 등장했다. 처음에는 몰래 숨어서 마셨지만 곧 대낮에 마시기도 했다. 이까지 퍼졌는데 이건 최악의 신호였다. 이를 없애기가 쉽지 않았다. 이를 잡을 가루나 약이 없었는데 에데크는 어떻게 그걸 마련해야 할지 알 수가 없었다. 낙천적이고 우직하며 폴란드 군대에서 한때 준위로 복무했던 마리안이 공개적으로 이 잡는 방법을 보여주었다. 막사 안에서 양철판에 장작불을 피웠다. 그리고 불길과 어느 정도 거리를 두고 옷을 불 쪽으로 잡아당기면 옷감은 상하지 않고 이들만 죽게 된다는 걸 보여주었다. 하지만 악순환일 뿐이었다. 이는 사기 저하에서 태어나서 또 다른 사기 저하의 원인이 되었다.

라인은 멘델과 헤어졌다. 모든 이별이 다 그렇듯이 슬픈 일이었지만 아무도 놀라지 않았다. 한참 전부터, 그러니까 크미엘

니크 라거 공격 때부터 그런 분위기가 감지되었다. 멘델은 고통
스러웠지만 절망의 화살을 맞은 고통이 아니라, 잿빛의 무기력
한 고통이었다. 라인은 육체 이외에는 결코 그의 것이 아니었고
멘델도 그녀의 것이 아니었다. 그들은 종종 쾌락으로 분노로 서
로를 충족시켜주었지만 대화는 거의 하지 않았다. 게다가 그들
대화의 대부분은 서로를 이해하지 못하고 의견이 일치하지 않아
중단되었다. 라인은 의심이 전혀 없었고 멘델의 의심을 참지 못
했다. 멘델의 의심이 얼핏 드러나면(두 사람의 육체가 서로의 몸
속에서 녹아나는 그 피곤하고 진실한 순간에 드러나곤 했다) 라
인은 몸이 굳었다. 멘델은 라인이 두려웠다. 그리고 막연하게 자
신이 부끄러웠다. 수치심과 두려움을 만들어내는 여자를 사랑하
기는 어렵다. 멘델은 라인이 옳다고 어렴풋이, 혼란스럽게 생각
했다. 아니, 그녀가 옳은 게 아니라 그녀는 이성적이고 이성의 편
에 있었다. 유격대원은, 전사는 유대인이든 러시아인이든 폴란
드인이든 멘델이 아니라 라인과 같아야 한다. 의심해서는 안 된
다. 의심은 권총의 가늠쇠에 다시 나타나 겁에 질렸을 때보다 더
나쁘게 총알의 방향을 바꿔놓는다. 봐, 라인은 레오니드를 죽였
는데 전혀 죄책감을 갖지 않아. 나를 죽일 수도 있어. 내가 혹시
레오니드처럼 연약하다면, 내 피부가 두껍지 않다면, 갑옷을 갖
고 있지 않다면 말이야. 라인은 맑고 투명하고 깊은 울림을 가진
게 아니라 불명료하고 집요해. 나를 구타하지만 그 주먹에 힘이
없어. 큰 상처를 입히지 않고 살짝 멍이 들 뿐이야. 하지만 라인

은 그의 욕망을 일깨웠다. 그래서 멘델은 라인이 마리안의 여자가 되었다는 걸 알자 상처를 입었다. 상처를 입은 동시에 모욕을 느꼈는데 심술궂게도 그런 사실에 만족해했으며 위선적이게도 분개했다. 그러니까 아무 남자하고나, 폴란드인하고도 자는 여자, schikse*였던 것이다. 부끄러운 줄 알아, 멘델. 이러려고 유격대원이 된 게 아니잖아. 폴란드인도 너와 똑같이 가치 있는 인간이야. 아니 라인이 마리안을 택했다면 너보다 훨씬 더 가치 있는 거지. 리브케라면 그렇게 하지 않았겠지. 맞아, 리브케는 절대 그러지 않았을 거야. 그렇지만 리브케는 여기 없는걸. 리브케는 스트렐카의 1미터 땅속에, 1미터 석회 속에 묻혀 있다. 리브케는 이 세상 사람이 아니다. 그녀는 질서의 세계에, 정확한 시간에 정확한 일들을 하는 세계에 속한 여자였다. 그 당시에는 남자와 여자가 한집에 살았으므로 그녀는 음식을 만들고 집안 청소를 했다. 나를 위해 계산을 했고 용기가 필요할 때는 내게 용기를 주었다. 전쟁이 터져서 내가 전선으로 떠나는 날에도 내게 용기를 주었다. 그녀는 잘 씻지 않았다. 스트렐카의 현대적인 아가씨들은 그녀보다 훨씬 더 자주 씻었다. 그녀는 계율에 정해진 대로 한 달에 한 번 씻었다. 그러나 우리는 한 몸이었다. 그녀는 bale busteh, 그러니까 집안의 여왕이었다. 그녀가 명령을 했는데 나는 그걸 알아차리지 못했다.

멘델은 병영에서 되는대로 잠시 만났다가 헤어지는 다른 연인들을 무기력한 눈으로 바라보았다. 시슬과 아리에가 있었다.

---

* '비유대적인 유대인 여자' 이디시어.

좋다, 그들에게 잘된 일이다, 행복하고 자손도 많이 낳기를. 아리에가 시슬을 구타하지 않아야 할 텐데. 그루지아 남자들은 아내를 때린다. 그런데 아리에는 유대인보다는 그루지아 남자에 가깝다. 그는 뼈가 튼튼하다. 뼈만이 아니다. 예쁜 아이들을, 훌륭한 chalutzim*을, 이스라엘의 땅에 가게 되면 훌륭한 개척자를 낳을 것이다.

검은 로켈레와 표트르가 사귀었다. 이 두 사람도 좋다. 관계가 무르익은 지 제법 되었다. 표트르는 폴란드인들 속에서 유대인들보다 더 외톨이였다. 여자는 고독을 치료해주는 훌륭한 치료제다. 아니 여자의 반쪽만 표트르가 차지했는지 모른다. 상황이 분명하지 않고 게다가 자세히 알고 싶지 않지만 검은 로켈레가 무선통신사인 미에테크에게도 끌리는 눈치였다. 에데크는 안타깝다. 다른 누구보다 에데크에게 여자가, 아니 간단히 말하자면 그의 고통을 함께 나눌 동지가 필요할 텐데. 하지만 에데크는 혼자 있으려 했고 자신의 굴을 파고 세상과 담을 쌓았다.

벨라와 게달레. 이 커플에 대해서는 아무 할 말이 없다. 아주 오래된 연인이었고 이유는 알 수 없지만 믿기지 않을 정도로 흔들림이 없는 커플이었다. 말이나 행동이 그렇게 자유분방하고 예측할 수 없는 게달레가 배가 부두에 묶여 있듯 단단한 닻줄로 벨라에게 묶여 있었다. 벨라는 아름답지 않았고 게달레보다 훨씬 나이 들어 보였다. 전투를 하지 않았고 부대의 일상적인 일에도 게으르게, 마지못해 참가했으며 다른 사람들(특히 다른 여자

---

* '이스라엘로 간 개척자' 이디시어.

들)을 옳건 그르건 비난했다. 여기와는 전혀 어울리지 않는, 예전에 그녀가 누리던 부르주아 생활의 잔재를 그대로 지니고 있었는데 사실 그녀의 과거에 대해 아는 사람은 아무도 없었다. 어쭙잖고 물리적으로도 거추장스러운 유물이었고 모두가 포기했으나 벨라는 포기할 생각이 없는 습관들이었다. 게달레는 거의 습관적으로 뜬구름 잡는 계획을 세우거나 구상을 하거나 그저 상상력을 동원한 유쾌한 이야기들을 하곤 했는데 그럴 때마다 벨라가 따분하고도 너무 뻔한 말로 그를 땅으로 끌어내렸다. 그러면 게달레는 일부러 화가 난 척하며 그녀에게 말했는데 두 사람 모두 즉석에서 연기를 하는 것 같았다. "벨라, 왜 내 날개를 꺾는 거지?" 8개월 동안 같이 지내며 여러 가지 일을 함께 겪었지만 멘델은 여전히 게달레를 벨라에게 묶어놓는 게 뭔지 자문해보았다. 뿐만 아니라 게달레는 이런 면을 제외하고도 이해하기 힘든 사람이었고 그의 행동도 예측이 어려웠다. 아마 게달레는 스스로를 제어할 능력이 없다는 걸 알고 있어서 제어장치를 밖에서 찾아야 했는지도 모른다. 평화 시에 누리던 장점과 기쁨, 안정감, 상식, 검소함, 편리함이 벨라에게서 구체화되어 자신의 곁에 있다고 생각하는지도 모른다. 보잘것없고 빛바랜 기쁨이었지만 모두가 알게 모르게 그 기쁨을 그리워했고 참극과 행군이 끝나면 다시 찾으리라는 희망을 품었다.

　　게달레는 불안해했지만 폴란드인들에게서 시작되어 정도의 차이는 있어도 게달리스트들까지 끌어들이고 있는 낙담의 물결에 굴복하지 않았다. 그를 보고 있으면 멘델은 아리에가 찾아냈던 찌르레기가 생각났다. 그 새처럼 게달레는 초조하게 다시 날기만을 기다렸다. 게달레는 병영을 돌아다녔고 무선통신사를 괴롭혔으며 에데크와 도프, 라인, 그리고 멘델과도 토론을 했다. 여전히 바이올린을 연주했으나 예전처럼 넋을 잃고 몰두하지는 않았다. 어떨 때는 따분하게 어떨 때는 격분해서 연주하기도 했다.

하얀 로켈레는 불안해하지도 낙담하지도 않았다. 그녀는 이제 혼자가 아니었다. 부대가 폴란드 병영에 은신을 하게 된 뒤로 그녀와 이시도르는 거의 한시도 떨어져 있지 않았다. 처음에는 아무도 놀라지 않았다. 이시도르는 자주 상태가 좋지 않거나 멍청한 일을 하기도 해서 하얀 로켈레가 약간 엄마 역할을 해주는 게 자연스러워 보였다. 처음에는 시슬이 이시도르를 돌봤다. 그래서 시슬과 로켈레 사이에 알게 모르게 경쟁심이 생겼었는데 지금 시슬은 다른 남자에게 빠져 있었다. 하얀 로켈레 본인도 그녀를 필요로 하는 누군가가 필요해 보였다. 그녀는 이시도르를 지켜보았고 옷 입는 일이나 씻는 일에 신경을 써주었으며 필요하면 엄마처럼 엄하게 야단을 치기도 했다.

12월 초부터 시작해서 지금까지 두 사람이나 두 사람을 이어주는 관계에 뭐라 정의하기 힘들지만 분명한 변화가 있다는 걸 모두 다 눈치챘다. 이시도르는 예전보다 말수가 적어졌고 말을 하면 더 정확하게 했다. 불가능한 복수를 하겠다고 헛소리를 하지도 않았고 허리춤에 칼도 차고 다니지 않았다. 대신 에데크와 게달레에게 자기도 사격 훈련에 참가하게 해달라고 부탁했다. 그의 시선은 훨씬 주의 깊어졌고 자신이 어딘가에 도움이 되려고 애썼다. 걸음걸이도 빠르고 자신 있었다. 심지어 어깨도 약간 넓어진 듯했다. 그는 사람들에게 질문을 했다. 자주 한 것은 아니었으나 바보 같거나 유치하지가 않았다. 로켈레로 말하자면 훨씬 성숙해지고 아름다워진 것 같았다. 좀 더 정확히 말하자면 예전에는 그녀의 나이를 전혀 짐작할 수 없었다면 지금은 제 나이를 찾았다. 이제껏 수줍음과 남편을 잃은 슬픔에 억눌려 있던 스물여섯이라는 나이를 하루하루 되찾는 그녀를 바라보는 게 놀랍고도 즐거웠다. 이제 그녀는 땅만 바라보지 않았다. 그래서 사람들은 그녀의 눈이 아름답다는 것을 알게 되었다. 갈색의 크고 따뜻한 눈이었다. 물론 세련되지는 않았지만(다섯 여자 모두 마찬가지였다) 이제는 두루뭉술한 보따리 같지는 않았다. 램프의 불 아래서 몇 달 동안 신경 쓰지 않고 입던 군복을 자신의 몸에 맞게 수선하는 로켈레를 볼 수 있었다. 이제 하얀 로켈레도 머리와 다리와 가슴과 몸이 있었다. 병영 막사들 사이를 함께 걷는 두 사람을 만나기도 했는데 그럴 때 이시도르는 로켈레 뒤가 아니라 옆에서 걸었다. 로켈레보다 훨씬 키가 큰 이시도르는 마치 그녀를 보호하기라도 하려는 듯 보일락 말락 하게 머리를 그녀 쪽으로 기울였다.

어느 날 밤 이시도르가 세탁실에 있을 때 하얀 로켈레가 멘델을 따로 불렀다. 그에게 비밀 이야기를 하고 싶어 했다.

"무슨 일이에요, 로켈레. 내가 뭐 해줄 일 있어요?" 멘델이 물었다.

"우리 결혼식 올려주세요." 하얀 로켈레가 얼굴을 붉히면서 말했다.

너무 놀라 멘델의 입이 딱 벌어졌으나 곧 다물고 물었다.

"무슨 생각을 하는 거요? 난 랍비가 아니오. 시장도 아니고. 서류도 없소. 게다가 두 사람은 벌써 결혼한 거나 같을 텐데. 그리고 이시도르는 이제 겨우 열일곱 살이야. 결혼할 나이라고 생각해요?"

하얀 로켈레가 말했다. "정상이 아니라는 건 잘 알아요. 어려움이 있다는 것도 알고요. 그렇지만 나이가 무슨 상관이죠. 『탈무드』에서 남자는 열세 살만 되면 결혼할 수 있다고 했어요. 게다가 내가 과부라는 건 다 아는 사실이고요."

멘델은 할 말을 찾지 못했다. "당찮은 일이오, narischkeit*! 내일이면 사라지게 될 변덕이오. 게다가 왜 하필 나요? 다른 건 차치하고 난 신앙심이 깊은 유대인도 아닌데. 말도 안 돼요. 나에게 하늘을 날게 해달라거나 마법을 걸어달라고 부탁하는 것과 같아요."

"당신이 정직한 사람이어서, 내가 죄를 지으며 살기 때문에 찾아왔어요."

"당신이 죄를 지으며 살든 말든 내가 어떻게 해줄 수가 없어요. 그건 당신 둘의 문제지. 그리고 내 생각에는 당신들이 지은

---

* '당찮은 일' 이디시어.

건 죄가 아니오. 죄는 다른 거지. 독일인들이 하는 짓이 죄요. 그
리고 내가 정직한 사람인지는 두고 볼 일이고."

로켈레는 물러서지 않았다. "배를 탔거나 외딴섬에 있는 경
우와 같아요. 거기 랍비가 없어도 어떤 식으로든 결혼식은 할 수
있어요. 정직한 사람이면 더 좋지만 어떤 사람이든 있기만 하면
되는 거죠. 아니 그 사람은 '해줘야만' 해요. 그게 mitzva**예
요."

멘델이 수백 년간 꺼내보지 않던 기억을 끌어올렸다.

"결혼이 성립하려면 Ketuba***, 계약서가 필요해요. 당신은
이시도르에게 지참금을 가져간다고 약속하고 이시도르는 당신
을 부양한다는 보증을 해야 해요. 이시도르, 그 애가 당신을 부양
한다. 이걸 진심으로 받아들 수 있어요?"

"Ketuba는 형식이지만 결혼은 진지한 거예요. 나하고 이시
도르는 서로를 사랑해요."

"내일까지 생각해보게 해줘요. 이런 일이 힘드는 것도 돈이
드는 것도 아니지만 꼭 사기를 치는 기분이 드니까. 당신이 나에
게 '멘델 씨, 나를 좀 속여줘요'라고 말하는 것 같거든. 내 말 알
겠어요? 내가 당신 부탁을 들어주면 나는 죄를 짓는 게 돼요. 전
쟁이 끝날 때까지 기다릴 수 없어요? 랍비를 찾아서 정식으로 결
혼식을 올릴 수 있을 텐데. 그리고 난 결혼식에서 무슨 말을 하는
지도 몰라요. 히브리어로 해야 할 텐데, 그렇죠? 난 히브리어는
다 잊어버렸어요. 내가 실수하면 당신은 결혼했다고 생각하는데

  ** '계명, 계율' 이디시어.
  *** '결혼 계약서' 이디시어.

계속 미혼으로 남아 있을 수도 있어요.”

“그때 할 말은 내가 적어줄게요. 히브리어가 중요하지는 않아요. 어떤 언어든 다 괜찮아요. 하느님은 다 알아들으시니까.”

“난 하느님을 안 믿어요.” 멘델이 말했다.

“상관없어요. 나하고 이시도르만 믿으면 되니까.”

“그건 그렇고 왜 이리 서두르는지 이해가 안 되네.”

하얀 로켈레가 말했다. “임신했거든요.”

다음 날 멘델은 게달레에게 이 이야기를 보고했다. 게달레가 웃음을 터뜨리리라는 예상과 달리 아주 진지하게 당연히 멘델이 그 부탁을 받아들여야 한다고 말했다.

“자네에게 말해야겠는데 이번 일은 나하고도 상관이 있어. 이시도르는 아직 한 번도 여자하고 자본 적이 없어. 한참 전에, 내가 그 애를 조금 놀렸을 때 나한테 말했어. 풍차에 있던 날이었지. 난 그 애가 괴로워하는 걸 보았지. 자신은 한 번도 용기 있게 행동해본 적이 없다고 하더라고. 겨우 열세 살 때 마구간 밑에 숨어서 살아야 했잖아. 거기서 4년간이나 살았던 거야. 그 뒤 자네도 아는 일이 벌어졌고. ‘저 애를 도와줘야 해.’ 난 이렇게 생각했지. 한편으로는 내 mitzva 같았고 또 다른 한편으로는 호기심이 생겨 실험을 한번 해보고 싶었다네. 그래서 로켈레에게 그 이야기를 했지. 그녀 역시 혼자였으니까. 그래서 그녀에게 이시도르를 보살펴주도록 했어. 그래, 로켈레가 보살폈지. 그렇지만 일이 이렇게 빨리, 이런 식으로 잘 풀릴 줄은 꿈에도 몰랐는걸.”

"이게 잘된 일이라고 확신해요?" 멘델이 물었다.

"몰라. 그런데 그렇게 생각하고 싶어. 두 사람 다 nebech*이지만 좋은 신호 같아. 아니 두 사람이 바로 nebech여서 그런 거야."

멘델은 조금 부끄러웠지만 최선을 다해서 이시도르와 하얀 로켈레의 결혼식 주례를 보았다.

---

* '불행한 사람' 이디시어.

제10장
1945년 1월~2월

좋은 신호였다. 게달리스트들과 초대를 부탁했던 몇몇 폴란드인들은 음식은 초라했지만 흥겹게 결혼식 피로연을 즐겼다. 물론 게달레가 바이올린을 연주했다. 아무리 소박한 결혼식이라도 바이올린 연주가 빠질 수는 없는 법이니까. 그는 방대하고 다양한 곡을 연주할 수 있었는데 베토벤의 〈크로이처 소나타〉를 비롯해 경망스럽고 짧은 노래들까지 거침없이 선보였다. 이미 밤이 깊었을 때 게달레는 〈바보 청년〉을 연주하며 노래했고 다른 사람들이 조그맣게 노래를 따라 불렀다. 물론 게달레가 이시도르를 그렇게 부른다는 의도는 아니었다. 그리고 혹시 그런 의도였다 해도 대개 결혼식에서 즐겨 하듯이, 악의 없고 짓궂은 장난이었지 나쁜 뜻은 없었다. 여러 가지 생각들이 모아져서, 그리고 무엇보다 이 노래를 부르지 않으면 결혼식 피로연이라 할 수 없을 정도로 널리 알려진 인기 있는 곡이어서 생각이 났을 것이다. 노래 가사가 바보 같기는 했어도 이상하게 부드러운 느낌이 스며들어 있었다. 침대 옆에는 커다란 마욜리카 난로가 있고 연기에 그을린 대들보가 지붕을 받치고 있는, 따뜻한 통나무집에서 기이하고도 불안한 꿈을 꾸는 것 같다고나 할까. 그 따뜻한 집 지붕 위의 하늘은 온통 시커멓고 눈이 펑펑 내리고 있으며 그 하늘에서 은빛의 큰 물고기와 하얀 베일을 쓴 신부와 고개를 숙인 어린 숫양이 혜엄을 치고 있다고 상상해보라.

노래에 등장하는 바보 청년은 'narische bucher', 즉 우유부단한 남자다. 걱정이 많은 바보여서 밤새도록 어떤 여자를 선택할지 생각하고 또 한다. 한 여자를 선택하면 다른 여자들이 자존심 상해할 걸 알고 있다. 어떻게 선택할지 말을 하지 않는다. 그리고 청년은 'meydl'*에게 터무니없으면서도 감동적인 문제들을 낸다(밤새도록?). 땅이 없는 왕은 어떤 왕이지? 모래를 쓸어가지 않는 물은 어떤 물? 쥐보다 더 빠른 것은, 집보다 더 높은 것은? 그리고 마지막으로 불꽃 없이 타오를 수 있는 것은? 눈물 없이 울 수 있는 것은 무엇일까? 이유 없이 이런 수수께끼를 낸 게 아니었다. 자신의 사랑을 밝히기 위한 우회적인 방법이었고 영리한 아가씨는 그걸 이해했다.

"바보 청년이여," 아가씨가 듣기 좋은 목소리로 대답한다. "땅이 없는 왕은 카드의 왕이며 모래를 쓸어가지 않는 물은 눈물이에요. 쥐보다 빠른 건 고양이이고 집보다 높은 건 굴뚝이죠. 사랑은 불꽃 없이 타오를 수 있고 마음은 눈물 없이 울 수 있죠." 이런 미묘한 말장난의 끝은 좋지 않다. 청년이 자신이 이 여자를 진심으로 좋아하는지 여전히 고민하고 있는 사이 갑자기 다른 남자가 나타나 여자를 데려가 버린다.

폴란드인과 유대인 모두의 휴일이었다. 휴전이었고 긴장과

---

* '아가씨' 이디시어.

기다림에서 놓여나 잠시 위안을 얻는 시간이었다. 준엄한 에데
크까지도 손가락으로 박자에 맞춰 반합을 두드렸다. 폴란드인들
은 이디시어를 이해하지는 못했지만 거의 의미 없는 이런 후렴
구를 같이 따라 했다.

>   툼발라-툼발라-툼발라라이카
>   툼발라-툼발라-툼발라라이카
>   툼발라라이카, 발랄라이카[*]를 연주해.
>   툼발라이카, 우리가 행복해질까.

다른 사람들은 발로 바닥을 구르고 손으로 식탁을 두드렸
다. 신랑 신부와 가까이에 있는 사람들은 두 사람의 옆구리를 친
근하게 쿡쿡 찌르며 야한 질문을 던지기도 했다. 이시도르와 로
켈레의 얼굴은 땀에 젖어 반짝였고 흥분으로 빨갛게 달아올랐
다. 두 사람은 쑥스러워하며 주위를 둘러보았다.

처음에는 몇 사람이, 그러다가 모두 다 같이 중독성이 있는
노래의 리듬에 빠져들어 춤을 추기 시작했다. 손을 잡고 둥글게
원을 그렸고 해맑게 웃으면서 고개를 옆으로 위로 돌리며 박자
에 맞춰 발을 움직였다. 우리가 행복해질까!, 기쁨이 널리 퍼지
길! 백발의 도프도, 수줍음 많은 신랑 신부도, 지나치게 진지한
라인도, 동작이 서투른 슬로님의 방직공들도, 칼잡이 못텔도 모
두 함께였다. 기쁨이 널리 퍼지길! 순식간에 긴 걸상들과 막사의

---

* 러시아 민속 악기.

벽 사이가 춤과 축제의 장소로 변해버렸다.

갑자기 땅이 흔들려서 모두 동작을 멈췄다. 지진이 아니었다. 중기관총 포격이었다. 곧이어 요란한 소리로 하늘을 뒤덮는 전투기 편대 소리가 들렸다. 굉음이 이어졌다. 모두 달려가 무기를 들었지만 게달레도 에데크도 어떤 명령을 내려야 할지 판단이 서지 않았다. 곧 마리안의 고함 소리가 들렸다. "나가지 마시오! 막사 안에 있어라!" 굵은 통나무로 된 막사의 벽이 사실 어느 정도 보호해줄 수 있었다. 폭발음이 점점 잦아졌고 더 귀를 먹먹하게 했다. 멘델이 귀를 기울였다. 포병의 경험으로 포격은 동쪽에서 시작되었고 포탄은 서쪽에서, 자르노비에크에서 터지고 있는 것을 알 수 있었다. 포탄들이 포효하며 그들의 머리 위로 날아가는 중이었다. 그러니까 러시아군의 공격이었다. 의심의 여지가 없었다. 대규모 공격, 어쩌면 치명적인 공격일 수도 있었다. "전선이다! 전선이 이동하고 있다!" 바로 그때 밖에서 보초를 서던 폴란드인 보그단이 막사 안으로 들어왔다. 그가 수염이 다 헝클어지고 진흙 범벅에 누더기가 된 긴 코트를 걸친 남자 하나를 안으로 밀었다. "이자가 누군지 좀 보십시오!" 그가 에데크와 마리안에게 말했다. 하지만 두 사람은 정신없이 의논 중이었고 다른 폴란드인들이 그 주위를 에워싸서 보초의 말을 듣지 못했다. 보그단이 다시 말했다. 그러다가 화가 나서 다시 보초를 서러 가려고 돌아섰다. 하지만 에데크가 그를 다시 불렀다. "아니다, 자네도 여기 있어라. 우린 결정을 내려야 한다." 그가 돌아서서 게달리스트들에게 말했다. "당신들이 여기 이 사람 잘 봐요. 유대인이 틀림없는 것 같으니까. 무기는 없어요."

　남자는 폭격 소리와 흥분한 사람 소리, 눈부신 카바이드 불빛 때문에 당황하고 어리둥절해하며 주위를 둘러보았다. 못텔이 물었다. "당신 누구요? 어디 출신이오?" 이디시어를 듣자 그가 깜짝 놀라 몸을 떨었다. 대답을 하지 않고 이번에는 그가 물었다. "유대인들? 여기가 유대인들 부대요?" 그는 덫에 걸린 짐승 같았다. 눈으로 출입문을 찾았으나 멘델이 그를 제지하는 시늉을 했다. 그가 움찔하며 방어 자세를 취했다. "보내주시오! 나한테 원하는 게 뭐요?" 막사에서는 이제 소리를 질러야만 말소리가 들렸다. 그런 상황에서도 멘델은 결국 슈물레크라는 이름의 이 남자가 검문소 옆으로 달려가다가 보초에게 잡혔다는 걸 알아냈다. 어두워서 보초가 그를 독일인으로 착각한 것이었다. 동시에 그는 지금 폴란드인들이 붉은 군대를 이 자리에서 그냥 기다리고 있어야 할지 피해야 할지를 토론하고 있다는 것도 알게 되었다.

　슈물레크는 유대인들이 폴란드인들의 포로가 아니고 폴란드인들도 유대인들의 포로가 아니며 아무도 그를 잡아두지도 해치지도 않으리라는 것을 알게 되자 입이 터져 술술 말했다. 곧 모두 그의 이야기를 들었다. 그는 폭발을 기적적으로 피했고 폭발로 튀어 올랐다가 쏟아져 내린 흙에 깔려 있었다. 그의 말을 확인시키기라도 하듯 귀청을 찢는 폭발 소리가 바로 옆에서 들렸다.

막사 문이 떨어져나가더니 바깥쪽의 강한 바람에 빨려가 버렸다. 비행기에서 투하하는 건지 포에서 쏘는 건지 알 수가 없었다. 모두 우왕좌왕 밖으로, 차가운 공기 속으로 뛰쳐나왔다. 화염으로 대낮같이 밝았다. 슈물레크가 흙더미에서 살아 나온 사람으로서의 확신을 가지고 자신을 따라오라고 소리쳤다. 근처에 안전한 대피소가 있었다. 그가 우연히 벨라의 팔을 잡자 그녀를 끌고 갔다. 멘델과 다른 사람들도 그를 따랐다. 열두 명이 더 될 듯했다. 다른 사람들은 숲으로 흩어졌다.

슈물레크가 허리를 숙이고 나무와 나무 사이로 달렸다. 다른 사람들은 앞이 보이지 않는 사람들처럼 손을 잡고 한 줄로 그의 뒤를 따랐다. 불에 타는 나무들도 있었다. 멘델이 슈물레크에게 가서 그의 귀에 대고 소리쳤다. "우릴 어디로 데려가는 거요?" 그렇지만 슈물레크는 계속 달렸다. 그들을 통나무로 만든 반 지하 벙커로 안내했다. 옆에 우물이 하나 있었다. 슈물레크가 우물을 뛰어넘어 아래로 내려가다가 밖에서 머리만 보일 정도가 되었을 때 말했다. "어서 와요, 이쪽으로 갑시다." 폭발로 타오르는 불길에서 반사되는 불그레한 빛이 주위를 희미하게 비추는 가운데 멘델과 다른 사람들도 그를 따라 내려갔다. 우물 안쪽 벽에는 다 녹슬었지만 굵은 쇠못들이 박혀 있었다. 2, 3미터 내려가자 구멍이 하나 나타나서 다들 손으로 더듬으며 안으로 들어갔다. 약간 경사가 진 굴이었다. 조금 더 가자 점토를 파서 만든 구덩이가 나타났다. 버팀목들을 박아 둥근 천장을 지탱하게 만들었다. 여기서 슈물레크가 횃불을 들고 숨을 헐떡이며 그들을 기다렸다. "나는 여기 살아요." 그가 멘델에게 말했다.

멘델이 주위를 둘러보았다. 도프와 벨라, 못텔과 라인, 표트르가 보였고 게달레는 없었다. 대신 루자니와 블리즈나에서 도망 온 남자들 예닐곱 명과 멘델이 잘 모르는 폴란드인 네 명이 서 있었다. 지하에서는 폭발음이 한층 작게 들렸다. 공기는 축축했고 흙냄새가 났다. 벽에는 오목하게 파인 부분들이 있었는데 뭔지 금방 알 수 없는 물건들이 그곳에서 눈에 띄었다. 둘둘 말아놓은 담요, 항아리, 냄비 같은 것들이었다. 긴 의자도 하나 놓여 있었다. 흙바닥에는 나뭇잎들이 달린 자잘한 나뭇가지와 짚이 깔려 있었다. "다들 앉으시죠." 슈물레크가 말했다. "언제부터 여기서 지내셨소?" 도프가 물었다. "3년 전부터요." 슈물레크가 대답했다.

라인이 끼어들었다. "혼자요?"

"혼자입니다. 처음에는 조카가 있었죠. 사내아이였어요. 먹을 것을 구하러 나갔다가 돌아오지 않았어요. 하지만 여섯 달 전만 해도 열두 명이 함께 지냈습니다. 작년에는 마흔 명, 2년 전에는 백 명도 넘었어요."

"이 안에서 전부 다 살았단 말이에요?" 라인이 믿기지 않는다는 듯, 경악하며 물었다.

"저 아래를 좀 봐요." 슈물레크가 횃불을 들며 말했다. "터널이 계속 이어지고 갈라져요. 다른 굴들이 또 있는 거죠. 출입구도 두 개가 더 있는데 번개를 맞은 떡갈나무 두 그루 속에 뚫려 있어요. 힘겹게 살았지만 어쨌든 살았지요. 우리가 계속 이 땅속에서만 지냈다면 아무도 우리를 찾아내지 못했을 겁니다. 그리고 티푸스에 걸린 사람들만 죽었겠죠. 그렇지만 어쨌든 우리도 식량을 구하러 밖에 나가야만 했습니다. 그러면 우리에게 총을 쏘았죠."

"독일군들이요?"

"전부 다요. 독일군, 헝가리아군, 우크라이나군 모두. 가끔은 폴란드군도 쏘았어요. 그렇지만 우리는 모두 폴란드인이었습니다. 모두 이 주위 게토에서 도망친 사람들이었죠. 예측을 할 수가 없었습니다. 어떨 때는 그냥 지나가게 내버려두었다가 어떨 때는 토끼를 잡듯 우리에게 총을 쏘았으니까요. 식량을 줄 때도 있었죠. 최근에 온 사람들은 유격대가 아니라 산적 떼들이었어요. 칼만 들고 있었죠. 불시에 들이닥쳤어요. 남아 있던 사람들의 목을 베고 우리가 가지고 있던 물건을 전부 다 빼앗아갔죠."

"당신은 어떻게 살아남았습니까?" 멘델이 물었다.

"우연히요." 슈물레크가 말했다. "전쟁이 나기 전에 난 말 장수였어요. 말을 팔러 이 지역 마을이란 마을은 다 돌아다녔죠. 그래서 숲속 길을 손바닥처럼 잘 알아요. 몇 번인가 유격대원들을 길 안내한 적이 있어요. 9월에는 독일 라거에서 탈출한 러시아 군인들 몇 명을 안내했지요. 그 사람들이 성십자가 산에 가고 싶어 해서 숲 바깥쪽까지 데려다줬답니다. 그런데 바로 그때 산적들이 들이닥쳐서 사람들을 다 학살한 겁니다. 그때는 내 조카도 마침 밖에 나가 있었어요.”

“그 러시아 군인들을 우리가 찾아냈습니다.” 멘델이 말했다. “독일군에게 포위돼서 모두 몰살당했습니다. 하지만 이제 전쟁이 끝나가고 있어요.”

“전쟁이 끝나든 말든 전 신경 쓰지 않습니다. 전쟁이 끝나면 폴란드의 유대인들도 끝장일 테니까요. 지금 제게는 중요한 게 아무것도 없어요. 총을 들 용기를 가진 당신들이 이제 제게 중요합니다. 나는 그런 용기를 가져본 적이 없으니까요.”

“전혀 그렇지 않습니다.” 멘델이 말했다. “당신은 다른 식으로 도움을 주잖아요. 전투는 노인들이 할 일이 아닙니다.”

“내가 몇 살이나 되어 보이나요?”

“쉰 살?” 마음속으로는 예순 살은 됐을 거라 생각하면서 도프가 알아맞혀 보았다.

“서른여섯 살이랍니다.” 슈물레크가 말했다.

밖에서는 전투가 계속되었다. 슈물레크의 굴에서는 둔한 굉음밖에 들리지 않았다. 이따금 땅을 뒤흔들 정도로 강한 폭발음에 그 소리가 중단되었다. 귀보다는 온몸으로 그 소리가 감지되었다. 그렇기는 해도 한밤중이 되자 모두 잠들었다. 그 시간이 결정적인 시간이라는 것을 잘 알고 있기는 했지만 말이다. 불안과 기다림에 모두 녹초가 되어버린 것이다.

멘델은 오전 늦게 잠에서 깼다. 그리고 고요한 정적 때문에 잠에서 깼다는 걸 알아차렸다. 땅은 이제 흔들리지 않았다. 잠든 사람들의 무거운 숨소리 이외에는 아무 소리도 들리지 않았다. 주위는 깜깜했다. 손으로 옆을 더듬어보았다. 왼쪽에서 벨라의 야윈 몸이 만져졌고 오른쪽에는 거친 옷과 폴란드인의 탄약벨트가 손에 닿았다. 잠시 휴전인지도 몰랐다. 러시아군이 후퇴를 하고 이제 그들의 대피소는 중간지대에 있는지도 몰랐다. 주위가 고요해서 한층 작은 소리도 잘 듣게 된 그의 귀에 믿을 수 없는, 어린 시절에 들었으나 몇 년 전부터 들어보지 못한 소리가 들렸다. 종소리였다. 정말 종소리였다. 연속적으로 울리는 희미하고 가느다란 종소리가 그들이 묻혀 있는 흙 속으로 스며들어왔다. 즐겁게 돌아가는 오르골 소리 같았다. 전쟁이 끝났다는 뜻이었다.

　　동료들을 깨우려다가 참았다. 조금 뒤에 하자, 아직 시간이 있었다. 지금은 그가 해야 할 일이 있었다. 뭘? 정산을, 그의 정산을 해야 했다. 그는 폭풍우 치는 바다에서 겨우 빠져나와 낯선 사막 땅에 혼자 상륙한 기분이었다. 준비가, 각오가 안 되어 있고, 텅 비어 있었다. 그는 차분했고 힘이 다 빠져나간 기분이었다. 태엽이 다 풀려 아무 소리도 나지 않는 시계 같았다. 차분했지만 행복하지는 않았다. 차분하면서 불행했다. 기억들이 넘쳐흘렀다. 레오니드, 우즈베크인, 베냐민의 부대, 강과 숲과 늪지와 수도원 전투, 올리빈, 도프의 귀환. 염소 떼를 몰던 발루에츠의 소녀, 라인, 시슬. 여자 복 없는 멘델. 눈을 감자, 뱀의 똬리처럼 머리를 땋아 올린 무표정하고 날카로운 얼굴의 리브케가 다시 보였다. 리브케는 우리와 같이 지하에 있어. 내 주위의 다른 여자들을 곡물 껍질처럼 바람에 날려 보내는 게 바로 리브케야. 아직도 Balebusteh*야. 죽은 사람은 힘이 없다고 누가 말했던가?

기억이 넘쳐나는 동시에 망각이 자리를 잔뜩 차지하고 있다. 그의 기억들은 가장 최근의 기억조차도 희미하게 빛바랬고 윤곽이 흐릿하다. 그는 힘들게 그것들을 차곡차곡 쌓아놓았다. 마치 누군가 칠판에 그림을 그렸다가 반쯤 지우고 낡은 그림 위에 새로운 그림을 그린 것 같았다. 아마 백 년을 산 사람, 혹은 9백 년을 산 족장들은 자신들의 삶을 그렇게 기억할지도 모른다. 기억은 양동이 같은 것일 수도 있다. 담을 수 있는 양보다 더 많은 양의 과일을 넣으려 하면 과일이 으깨지고 만다.

그사이 어디서인지는 모르나 종이 계속 울렸다. 어떤 마을에서 농부들이 축하를 하는 중인 게 분명하다. 그들에게는 나치의 악몽이 끝났다. 최악의 상황은 지나갔다. 나도 축하를 하며 내 종을 울려야 해, 멘델이 잠이 달아나는 게 싫어 거기 매달리며 생각했다. 우리의 전쟁도 끝이 났어. 죽고 죽이는 시간은 끝났어. 그렇지만 나는 행복하지 않아. 여기서 잠을 깨고 싶지 않아. 우리 전쟁은 끝났고 우리는 지하 굴에 갇혀 있어. 우리는 밖으로 나가서 다시 걷기 시작해야 해. 여긴 집이 없고 자기 자신을 포함해 모든 것을 잃어버린 슈물레크의 집이야. 내 집은 어디지? 그 어디에도 없어. 내가 메고 다니는 배낭에, 추락한 하인켈 전투기에,

* '집안의 여왕' 이디시어.

노보셸키에, 투로프 병영과 에데크의 병영에, 바다 너머에, 젖과 꿀이 흐르는 동화의 나라에 있지. 사람들은 집에 들어가 자신의 옷과 기억들을 걸어놔. 네 기억을 걸 곳은 어디지, 나흐만의 아들 멘델?

하나씩 모두 잠에서 깼다. 다들 어찌 된 일이지 물었지만 아무도 대답해줄 수 없었다. 전선이 지나갔다. 이건 틀림없었다. 이제 어떻게 하지? 슈물레크가 권한 대로 더 기다려야 해? 나가서 러시아군을 만나야 해? 나가서 음식을 구해야 해? 누가 나가서 정찰을 하고 오면 어때?

도프가 자신이 나가서 상황을 살피고 오겠다고 나섰다. 그는 제대로 된 신분증이 있었고 러시아어를 말하며 러시아 군복을 입었다. 러시아 신분증을 가지고 있으니 결국 표트르보다 훨씬 더 공인된 러시아인이었다. 그가 터널로 가다가 금방 돌아왔다. 기다려야 했다. 누군가 우물에 두레박을 내리고 있었다. 물이 가득 담긴 두레박이 다시 올라갔다. 도프는 나갈 수 있었다. 밖으로 나간 도프는 자신이 한 분대의 군인들 속에 있는 걸 발견했다. 옷통을 벗은 군인들은 두레박으로 퍼 올린 물로 유쾌하게 몸을 씻는 중이었다. 땅에는 눈이 한 뼘 정도 쌓여 있었는데 지난밤 폭발로 사방으로 흩어지고 반쯤 녹아 있었다. 우물에서 좀 더 떨어진 곳에서 군인들이 모닥불을 피우고 젖은 옷을 말리는 중이었다. 그들은 무심하면서 따뜻하게 도프를 맞았다.

"아니, 삼촌! 어디서 튀어나온 거요? 어느 연대 소속인가요?"

"하마터면 우리가 두레박으로 끌어 올릴 뻔했는걸!"

"어디서 나왔는지 내가 말해주지. 술에 취해서 저 우물에 빠졌던 거야."

"아니면 그놈들이 집어 던졌거나. 말해봐요, 삼촌. 독일군 놈들이 우물에 집어 던졌죠? 아니면 대피하러 내려갔던 건가요?"

"이 나라에는 이상한 일 천지라니까." 몽골 병사가 생각에 잠겨서 말했다. "어제는 전투 중에 토끼를 봤어. 그런데 달아나지 않고 뭐에 홀린 듯 제자리에 서 있더라니까. 그 전날은 어떤 통에서 예쁜 아가씨를 발견했지 뭐야."

"통에서 뭐 하고 있었는데?"

"아무것도. 거기 숨어 있었어."

"그래서 넌 어떻게 했는데?"

"아무것도 안 했어. '좋은 아침이오, panienka*, 방해해서 미안해요.'라고 했지. 그리고 뚜껑을 다시 덮었어."

"넌 거짓말쟁이거나 바보거나 둘 중 하나야, 아파나시. 토끼는 구워 먹어야 하고 아가씨와는 자야 하는 거야."

"간단히 말해서, 그냥 이 나라가 이상하다고 말하고 싶었던 것뿐이야. 어제는 토끼, 그저께는 아가씨, 지금은 우물에서 튀어나온 백발의 군인. 이리 와요, 군인 아저씨. 유령이 아니면 보드카 한 잔 하시고 유령이면 온 곳으로 돌아가요."

---

* '아가씨' 폴란드어.

하사가 도프에게 다가가서 몸을 만져보고 말했다.

"하나도 안 젖었네요!"

"우물 벽에 출구가 있다오." 도프가 말했다. "이제 설명해주리다."

하사가 말했다. "나하고 같이 사령부로 갑시다. 거기 가서 설명해요."

30분 뒤 도프와 하사는 팔에 NKVD 완장을 찬 중위와 함께 돌아왔다. 중위를 보자 군인들이 잡담을 중단하고 다시 몸을 씻었다. 중위가 도프에게 우물로 내려가서 숨어 있는 사람들을 모두 나오게 하라고 말했다. 눈보다 더 새하얀 빛이 하늘에서 내리쬐고, 깜짝 놀란 러시아 군인들이 소리 없이 지켜보는 가운데 한 명 한 명 밖으로 나왔다. 중위가 병사 둘에게 옷을 입고 무기를 들고 이 사람들을 호위해서 반대 방향으로 가라고 명령했다. 그들은 어젯밤 슈물레크의 안내로 지나왔던 길을 따라 걸었다. 중위는 그들을 폴란드 병영으로 데려갔다. 병영에 에데크와 마리안을 비롯해서 그의 부하들이 거의 다 있었다. 슈물레크를 따라오지 않은 게달레와 게달리스트들도 보였다. 폴란드인이든 유대인이든 모두 무장을 하고 있지 않았다. 그들이 갇힌 막사를 러시아인 보초 둘이 감시했다.

하루 종일 아무 일도 일어나지 않았다. 정오 무렵에 병사 둘이 와서 빵과 소시지를 모두에게 나눠주었다. 저녁에는 수수와 고기로 만든 따뜻한 죽이 가득 든 통이 도착했다. 포로들은 백 명이 넘었다. 막사는 너무 좁았다. 그들이 보초에게 항의하자 하사가 와서 그들을 두 그룹으로 나누어 한 막사에 한 그룹씩 가두었다. 이 때문에 감시를 두 배로 강화해야 했다. 하사도 병사들도 적대적이지 않았다. 호기심을 보이는 병사도 있었고 무관심한 병사, 사과를 하는 듯한 분위기의 병사도 있었다.

폴라드인들은 불안했고 무기를 다 넘겨주었다는 사실에 굴욕을 느꼈다.

"용기를 내요, 에데크." 게달레가 말했다. "최악의 상황은 다 지나갔어요. 아무리 나빠도 이 사람들이 우리에게 독일군같이 하지는 않을 거요. 당신도 봤잖소. 이 사람들하고 의논을 해봐요." 에데크는 대답하지 않았다.

아침에 커피 대용품 한 통이 도착했다. 잠시 후 중위가 서기를 대동하고 나타났다. 그는 기분이 좋아 보이지 않았는데 서둘러 일을 처리하려 했다. 학생들이 쓰는 공책에 각자의 개인 정보를 쓰게 했고 모두에게 손바닥과 등을 보이라고 하고서는 자세히 검사를 했다. 이 일이 끝나자 격리되어 있던 사람들을 세 그룹으로 나누었다.

첫 번째 그룹은 대부분 폴란드인들이었다.

"여러분은 군인이다. 계속 군인으로 복무한다. 군복과 무기를 받고 붉은 군대에 편입된다." 잠시 웅성거리며 서로 의견을 말하다가 몇 명이 항의하기도 했다. 그러자 보초들이 기관단총을 겨누었다. 항의는 곧 사라졌다.

"여러분은 다른 방식으로 유용할 것이다." 중위가 두 번째 그룹을 돌아보며 말했다. 이 그룹은 몇 명 안 되었는데 에데크와 학생과 사무원 출신 병사 여섯 명이었다.

"나는 이 부대의 대장이오." 눈처럼 창백해진 에데크가 말했다.

"부대는 더 이상 없다. 대장도 없다." 중위가 말했다. "아르먀 크라요바는 해체되었다."

"누가 해체했다는 거요? 당신들이 해체했군!"

"아니, 아니. 스스로 해체했다. 존재 이유가 없으니까. 폴란드는 우리가 해방시키는 중이다. 여러분은 라디오도 못 들었나? 아니, 우리 라디오 방송 말고 〈라디오 런던〉 말이다. 여러분 사령관이 사흘 전 메시지를 방송했다. 여러분에게 인사하고 감사하다고 말하고 여러분의 전쟁은 끝났다고 했다."

"우리를 어디로 보낼 거요?" 에데크가 다시 물었다.

"나도 모른다. 내가 관여할 바가 아니다. 나는 이 지역 사령부로 여러분을 보내라는 명령만 받았을 뿐이다. 거기 가면 원하는 정보를 얻을 수 있을 것이다."

세 번째 그룹은 게달리스트들 그룹으로 슈물레크도 포함되었다. 다시 말해 유대인 전원과 표트르가 속했다. 멘델은 처음에는 몰랐는지 그제야 표트르가 낡은 유격대원복을 벗었다는 걸 알아차렸다. 투로프 병영에서부터 입던 군복이었다. 그는 게달레만큼 키가 크고 호리호리했다. 그래서 게달레가 사르니 공격후에 입었던 민간인 옷을 입고 있었다.

"여러분에게 내릴 명령은 지금으로서는 없다." 중위가 말했다. "여러분은 민간인도 군인도 아니고 전쟁 포로도 아니다. 여자와 남자이고 신분증을 가지고 있지 않다."

"중위 동지. 우리는 유격대원이오." 게달레가 말했다.

"유격대원은 유격부대의 일원인 사람들이다. 유대인 유격대가 있다는 소리는 아무도 들어본 적이 없다. 지금 처음 듣는 소리다. 여러분들은 어떤 범주에도 포함되지 않는다. 당장은 여기 있어라. 내가 지시를 내려달라고 할 것이다. 여러분은 우리 병사들과 같은 대우를 받을 것이다. 나중 일은 두고 보자."

석 달도 더 전의 원래 상태로 돌아간 게달레 부대는 나날이 무기력과 의심을 경험하게 되었다. 1월 말경 막사 창문으로 펑펑 쏟아지는 눈 속에서 떠나가는 두 번째 폴란드인 그룹을 보았다. 중위가 임시로 문을 빗장으로 잠가서 그들은 유리창 너머로 에데크에게 인사하는 것으로 만족해야 했다. 에데크는 트럭에 올라 그들 쪽으로 손을 흔들었다. 트럭이 덜컹거리며 떠나자 시슬이 울음을 터뜨렸다.

다른 사람들과 달리 도프와 멘델, 아리에와 표트르는 붉은 군대 소속이었다. 그래서 자신들의 입장을 확실히 하는 데 별 문제가 없을 것이다. 표트르는 이 점에 대해 의심하지 않았다.

"저들이 구별을 하지 않았어. 나로서는 이게 좋아. 지금

NKVD는 폴란드인들에게만 관심이 있는 게 분명하다니까. 스탈린은 폴란드 유격대원들이 길을 막길 원치 않는다고.”

“저 사람들은 널 유대인으로 생각했어!” 게달레가 재미있어 하며 말했다. “이 문제에 있어서 넌 그럴 만해.”

“모르겠어요. 중위가 내게 두어 가지 질문을 했어요. 내가 러시아어로 대답하자 만족스러워했죠.”

“흠.” 게달레가 말했다. “내 생각에는 네 문제는 아직 끝난 게 아닌 것 같은데.”

“나는 끝났어요.” 표트르가 대답했다. “난 여러분들하고 여기 남을 거예요.”

도프도 의심을 하지 않았는데 표트르와는 정반대 입장에서였다. 그의 결심에는 변화가 없었다. 아니 최근의 모험들 때문에 더욱 강화되었다. 그는 전투를 하고 떠돌아다니는 데 지쳤고 불확실성과 불안정한 삶에 지쳤다. 집을 가지고 있는 그는 집에 돌아가고 싶었다. 멀고 먼 그의 집은 전쟁의 손길이 닿지 않았다. 시간적 공간적 거리 때문에 동화 속 나라 같은 고장에, 호랑이와 곰의 고장에 그의 집이 있었다. 그 고장 사람들은 도프처럼 고집이 세고 단순했다. 도프가 아무리 묘사해도 만족하지 못하는 그 고장의 겨울 하늘은 자줏빛과 초록빛이었다. 그 하늘에 펼쳐진 오로라가 가볍게 떨렸다. 그가 어릴 때 거기서 무시무시한 유성이 튕겨져 나왔다. 유형 생활을 하는 정치범들과 무정부주의자와 사모예드 족 4천 명이 주민인 무토레이는 이 세상에 단 하나밖에 없었다.

도프는 조용히 슬프지만 절망하지 않고 떠났다. 그는 러시아 감독관과 면담을 했고 군대에서의 자신의 위치와 과거 행적을 말한 뒤 그들이 요구하는 대로 그가 투로프를 떠나게 된 경위와 키예프 병원에서 받은 치료, 유격부대가 있는 곳으로 다시 돌아오게 된 상황들을 수려한 글씨로 기록한 보고서를 작성하고 기다렸다. 2주 뒤 그는 모두와 헤어져 품위 있게 무대에서 나갔다.

멘델과 아리에는 이런 면에서 아무런 문제도 만들지 않았고 러시아군도 그들에게 어떤 문제도 제기하지 않았다. 전선은 빠르게 서쪽으로 멀어져갔다. NKVD 중위가 차츰 눈에 띄지 않았고 막사 주변의 감시도 점차 느슨해지다가 완전히 사라져버렸다. 게달레 부대는 모두 2월 초에 볼브롬 시 근교의 버려진 학교로 옮겨가게 되었다. 러시아 주둔부대는 늙은 대위와 병사 몇 명이 전부였는데, 군대 창고에서 보급품을 가져다주러 올 때를 제외하고는 그들에게 신경을 쓰지 않았다. 감자, 순무, 보리, 고기, 소금 같은 것을 가져왔다. 빵은 주둔부대가 접수한 오븐에서 이미 구워진 채로 도착했지만 다른 요리들은 즉석에서 만들어야 했다. 그런데 학교에는 아무런 도구가 없었고 러시아인들도 제공해주지 않았다. 게달레가 정식으로 요청을 했고 대위가 약속했지만 감감무소식이었다. "시내로 가서 구해보자." 게달레가 말했다.

일은 예상보다 훨씬 쉬웠다. 시내는 황량하고 음산했다. 폭격을 맞고 여러 차례, 그러나 항상 급하게 약탈을 당한 게 분명했다. 파괴된 집들과 지하실, 다락방과 반공호에는 없는 게 없었다. 그릇만이 아니라 의자, 누비이불, 매트리스, 온갖 종류의 가구가 있었다. 중앙 광장에서 자연스레 열리게 된 시장에 또 다른 가구들이 매일 나왔다. 반은 부서진 가구 더미들은 장작으로 팔렸다. 물량이 많아 가격이 쌌다. 학교는 얼마 지나지 않아 그다지 아늑하지는 않지만 살 만한 피난처가 되었다. 그러나 조리용 화덕이 없었고 근처에 건물이나 이웃도 없었다. 죽은 밖에서, 운동장의 멀리뛰기를 하던 모래사장에 불을 피워서 요리해야 했다. 대신 게달리스트들은 하얀 로켈레와 이시도르를 위해 한 교실에 큼직한 부부 침대를 만들었는데, 침대 네 귀퉁이에 기둥을 세우고 군용담요를 수선해서 거기에 캐노피로 달았다.

러시아 대위는 우울하고 피곤해 보이는 남자였다. 게달레와 멘델이 가끔 그와 이야기를 나누러 갔다. 러시아 당국이 그들을 어떻게 처리할지 정보라도 좀 얻어보기 위해서였다. 대위는 친절하고 주의가 산만했으며 애매모호하게 말했다. 그는 아무것도 몰랐다. 아무도 알 수가 없는 일이었다. 전쟁은 끝나지 않았다. 전쟁이 끝날 때까지 기다려야 했다. 그는 전쟁에서 두 아들을 잃었고 레닌그라드의 아내에게서는 이제 아무 소식도 없었다. 게달레들은 지금 먹을 게 있고 따뜻하게 지낼 수 있다. 모두가 그런 것처럼 그들은 기다려야 할 것이다. 그도 기다렸다. 어쩌면 전쟁이 그리 빨리 끝나지 않을지도 몰랐다. 아무도 알 수 없는 일이었다. 계속될지 누가 알겠는가? 일본과 미국과 계속 전쟁을 할지. 떠나게 허락을 해달라고? 그는 허락을 해줄 수 없었다. 그건 다른 행정적인 문제였다. 게다가 가면 어디로 간단 말인가? 어느 곳으로? 사방에 폴란드 반란군 부대와 독일인 부대, 산적 떼들이 우글거린다. 거리마다 소비에트인들이 검문소를 세워놓았다. 도시에서 나가려는 시도를 하지 않는 게 좋았다. 그리 멀리 갈 수도 없을 거고 검문소에서 보면 즉시 발포하라고 명령할 테니. 그 자신도 직무상 꼭 필요한 경우가 아니면 이동을 피했다. 소비에트 군인들이 자기들끼리 총을 겨누는 일이 벌써 일어났다.

하지만 게달레는 격리 생활을 잘 참지 못했다. 그는, 그리고 그만이 아니었는데 이런 식의 생활에서 공허감과 굴욕감과 우스꽝스러움을 느꼈다. 남자와 여자가 교대로 식사와 청소를 맡았다. 그러고 나면 산더미 같은 자유시간이 남았다. 이상하게도 도시 근교에서 비를 피할 지붕이 있고 둘러앉아 음식을 먹을 수 있는 식탁이 있는데도 말로 표현할 수 없게 불편했다. 그들은 숲과 자유로이 걸을 수 있는 길이 그리웠다. 그들은 자신들이 아무 쓸모 없는 이방인 같았다. 이제 전시도 아니었고 평화의 시기도 아니었다. 대위의 권고에도 불구하고 그들은 몇몇씩 무리를 지어 자주 외출하곤 했다.

볼브롬에서는 전쟁이 끝났지만 그리 멀지 않은 곳에서는 여전히 격렬한 전투가 계속되었다. 도시를 가로질러, 그리고 실레지아 전선으로 곧장 가는 소비에트 부대들이 도시를 빙 둘러싼 비포장도로로 낮이고 밤이고 쉴 새 없이 지나갔다. 낮에는 현대 적인 군대라기보다는 온갖 인종들이 떼를 지어 이주하는 것 같 았다. 거구의 바이킹들과 땅딸막한 라플란드인들, 검게 그은 코 카서스인들과 창백한 시베리아인들이 걸어서, 말을 타고, 트럭 이나 트랙터를 타고, 소가 끄는 큰 수레를 타고 이동했다. 심지어 낙타를 탄 사람도 있었다. 군인과 민간인들, 상상 가능한 온갖 형 태로 옷을 입은 여자들, 암소와 양, 말과 노새가 이동했다. 밤이 되면 부대들은 그들 발길이 닿는 곳에서 행군을 멈추고 텐트를 치고 가축을 잡아 즉석에서 고기를 구웠다. 즉흥적으로 이루어 지는 이런 야영에는 몸에 맞지도 않는 큰 군복을 입은 아이들이 우글거렸다. 허리춤에 권총이나 칼을 찬 아이들도 있었는데 모 두 커다란 가죽 모자를 썼다. 그 모자에는 커다란 붉은 별이 핀으 로 꽂혀 있었다. 저 애들은 누굴까? 어디서 왔을까? 멘델과 동료 들이 아이들을 붙잡고 물어보았다. 아이들은 러시아어, 우크라 이나어, 폴란드어로 말했고 어떤 아이들은 이디시어를 쓰기도 했다. 말을 하지 않으려는 아이들도 있었다. 아이들은 무뚝뚝하 고 난폭했다. 전쟁고아들이었다. 붉은 군대는 잿더미로 변한 지 역으로 진군하면서 도시의 벽돌 더미 속에서, 들판이나 숲에서 굶주림에 지쳐 떠도는 수많은 아이들을 찾아냈다. 소비에트 군 인들은 그 아이들을 수용할 후방으로 보낼 시간도, 좀 더 먼 곳으 로 보낼 교통수단도 가지고 있지 않았다. 그래서 그 아이들을 데리고 다녔다. 아이들은 모두의 자식이었고 그 애들 역시 군인이었으며 약탈물을 찾아다니기도 했다. 아이들은 모닥불 가를 맴돌았다. 그러면 몇몇 병사들이 빵과 죽과 고기를 주기도 했고 어떤 병사들은 짜증을 내며 쫓아버리기도 했다.

어두운 시간에 도시를 가로질러 가는 부대들은 놀랄 만큼 다양했다. 1941년과 1942년 대전투에서 부대가 포위되고 완패를 당했던 굴욕적인 기억을 아직도 간직하고 있는 멘델은 자기 눈을 믿기 어려웠다. 지금 이 부대는 독일의 등을 부러뜨려버린 부대였다. 자신의 부대와는 전혀 다른, 알아보기 힘든 부대였다. 강력하고 조직적이며 현대적인 무기들이 거의 아무 소리도 내지 않고 어두운 밤에 큰 도로를 조용히 달렸다. 고무바퀴 궤도로 달리는 거대한 전차들이나 본 적도 상상해본 적도 없는 자주포, 형체를 숨기려고 덮개로 가린 전설적인 투폴레프 전투기들이었다. 포병부대와 장갑차부대에 섞여서 보병부대들도 노래를 부르며 밀집행군을 했다. 전투가가 아니라 낮게 가라앉은 우울한 노래들이었다. 그들의 노래는 독일군들의 노래처럼 전투에 대한 갈증이 아니라 4년간의 참극으로 쌓인 슬픔을 표현했다.

멘델, 포병이었던 멘델은 충격 속에서 그 광경을 지켜보았다. 그 모든 일이 있었는데, 죄책감을 느끼며 멘델을 숲으로 가게 했던 그 비참한 패배를 겪었는데도, 다른 때에 모욕과 부당함을 겪었으면서도, 올리빈이 있었는데도, 그가 아직도 입고 있는 낡고 빛바랜 군복의 군대는 바로 저 군대였다. 유대인이지만, 다른 나라를 향해 행군하지만 그는 아직도 'krasnoarmeetz'*였다. 노래를 부르며 지나가는 저 군인들, 평화 시에는 온화하며 전투 시 불굴의 용사이며 표트르와 같은 저 군인들이 그의 동지였다. 자부심, 가책, 경의, 감사와 같이, 마음속에서 서로 충돌하는 여러 감정들 때문에 가슴이 부풀어 오르는 것을 느꼈다. 그런데 어느 날 지하실에서 신음 소리가 들려왔다. 그는 표트르와 같이 지하실로 내려갔다가 웃통을 벗은 채 배를 바닥에 대고 누워 있는 무장친위대 대원 10여 명을 발견했다. 몇 명은 팔꿈치에 의지해서 몸을 밀었는데 모두 등 한가운데의 상처 때문에 피범벅이 되어 있었다. "시베리아인들이 저렇게 하지." 표트르가 말했다. "적들을 만나면 죽이지 않고 척추를 절단해버리는 거야." 그들은 다시 거리로 나갔다. 표트르가 덧붙였다. "난 독일군은 되고 싶지 않아. 앞으로 몇 달 후에 정말 베를린 사람이 되고 싶지 않아."

어느 날 아침 일어나 보니 학교 정면에 타르로 만₪자가 그려져 있고 그 밑에 이런 말이 적혀 있었다. 'NSZ-볼셰비키 유대인들 다 죽어버려라.' 얼마 뒤 2층 창에서 보니 거리에서 서너 명의 젊은 남자들이 자기들끼리 이야기를 하다가 위를 올려다보는 게 보였다. 같은 날 저녁 그들이 식탁에 앉아 식사를 하고 있을 때 창문 유리가 산산조각 나서 날아갔다. 그리고 식탁 다리 사이로 불붙은 도화선이 묶인 병 하나가 떨어졌다. 제일 민첩한 사람은 표트르였다. 그가 번개처럼 아직 깨지지 않은 병을 집어 거리로 다시 던졌다. 펑 하는 소리가 나더니 도로에 불구덩이가 생겼

* '붉은 군대 군인' 러시아어.

고 한참 동안 불길이 타올랐다. 연기에 싸인 불꽃이 창문까지 닿았다. 게달레가 말했다.

　"무기를 구해서 떠나야 해."

무기를 구하는 일은 예상보다 훨씬 쉬웠다. 슈물레크와 파벨이 다양한 경로로 무기를 준비했다. 자기 굴에 무기가 있다고 슈물레크가 말했다. 많지는 않지만 흙 속에 묻어서 잘 보관해두었다. 게달레에게 동행할 사람 한 명을 붙여달라고 부탁했다. 해 질 녘에 떠났다가 권총 여러 자루와 수류탄, 탄약과 기관단총을 가지고 새벽에 돌아왔다. 요제크가 죽고 나서 파벨이 그 뒤를 이어 보급품을 담당하는 일을 맡았다. 그런 그가 시장에서 무기를 사는 일이 버터나 담배를 사는 것보다 더 쉽다고 보고했다. 모두가 백주 대낮에 무기를 팔았다. 러시아인들이 직접, 지나가는 군인이나 부대를 따라다니는 민간인들 모두 창고나 전쟁터에서 찾아낸 독일군의 소형무기들을 팔았다. 러시아군이 서둘러 조직했던 폴란드 부대의 군인들도 자유롭게 다른 무기들을 시장에 내놓았다. 폴란드인들 중 대다수는 군대에 들어가자마자 무기를 가지고 탈영을 해서 게릴라전을 준비 중인 유격대로 갔다. 다른 사람들도 시장에서 무기를 팔거나 물물교환을 했다. 불과 며칠 사이에 게달리스트들은 칼 몇 자루와 서로 어울리지 않는 소형화기 열두 개를 갖게 되었다. 많지는 않지만 폴란드 우익 테러리스트들의 접근은 충분히 막을 수 있었다.

2월 말에 러시아 대위가 게달레를 불러 한 시간 넘게 그와 이야기를 나누었다.

"담배하고 마실 걸 주더라고." 게달레가 동료들에게 말했다. "보기보다 그렇게 주의가 산만하지는 않았어. 내 생각에는 누군 가에게 들은 것 같아. 화염병 사건을 알고 있었어. 힘든 시기여서 우리 때문에 걱정이라고 말하더군. 자기들은 우리의 안전을 보 장할 수 없으니 우리 스스로 우리를 지켜야 한다고 말이야. 다른 말로 하면 우리가 무기를 가지고 있다는 걸 눈치챘는데 우리가 무장하고 있는 게 안심이 된다는 뜻이지. 당연한 일이지. 대위는 NSZ에게도 우리처럼 호의를 보여야만 하니까. 여긴 위험한 장 소라고도 했어. 지난번에도 이 이야기는 했었는데 그때는 도시 에서 나가는 게 위험하다고 했거든. 그런데 오늘은 왜 여기 계속 머물고 있는지 물어보더라고. '계속 앞으로 갈 수 있소. 이제 전 선은 멀리 있소. 더 앞으로 가서 연합군을 만나면⋯⋯.' 우리는 이탈리아에 가고 싶고 거기서 팔레스타인으로 갈 방법을 찾으려 고 한다고 말했어. 좋은 생각이라고 하더군. 영국은 팔레스타인 에서 떠나야 한다고 했어, 이집트와 인도에서도 마찬가지고. 대 영제국은 얼마 남지 않았다고 했지. 그리고 우리가 팔레스타인 으로 가서 우리의 국가를 건설해야 한다고도 했어. 대위는 유대 인 친구가 많다고, 심지어 자기가 헤르츨* 책까지 읽었다고 하더 라고. 그런데 이건 거짓말 같았어. 아니면 제대로 읽지 않았거나. 왜냐하면 그가 결국 헤르츨도 러시아인이라고 했는데 헤르츨은

* 헝가리 태생의 오스트리아의 유대인 저널리스트. 근대 시오니즘 운동의 창시자.

헝가리인이거든. 그렇지만 난 반박하지 않았어. 간단히 말하면 대위는 세상사에 밝은 사람이야. 우리가 팔레스타인에 가서 영국인들을 괴롭히는 게 러시아인들에게 도움이 되거든. 우리는 이제 떠날 때가 됐어. 하지만 공식적으로 허락하는 건 아니었어. 이 문제에 대해서는 대위가 태도를 바꾸더라고."

"허락 없이 떠날 수 있어요." 라인이 어깨를 으쓱했다. "언제 우리가 허락받은 적 있어요?"

벨라의 콧소리가 들렸다. "NSZ 놈들은 파시스트에 겁쟁이들이야. 그렇지만 우리가 그놈들하고 러시아인들하고 의견이 일치하는 지점이 하나 있지. 그들은 우리가 떠나길 원하고 우린 떠나고 싶다는 거야."

파벨은 이른 아침 학교에서 나가 밤늦게나 돼서야 돌아오는 버릇이 있었다. 며칠 사이에 볼브롬의 분위기가 변했다. 이제 독일로 직진하던 부대들의 행렬보다 반대 행렬, 전선에서 돌아오는 군인들의 행렬이 더 많아졌다. 휴가병들도 있었지만 대부분은 부상을 입었거나 불구가 되어서 임시로 목발에 의지해서 걷기도 하고 길 양옆의 늘어선 잡석 더미에 앉아 있기도 했는데 사춘기 소년처럼 수염이 나지 않은 얼굴들은 창백하기만 했다. 파벨은 그렇게 정찰을 나갔다가 빈손으로 돌아오지는 않았다. 암시장에서 이제 뭐든 구할 수 있었다. 그는 커피와 가루분유, 비누와 면도날, 푸딩 가루, 비타민 같은, 게달리스트들이 6년 만에 보거나 아예 한 번도 본 적이 없는 귀한 물건들을 가져왔다. 어느 날은 마르고 키가 큰, 엷은 갈색 머리 남자를 데려왔는데 남자는 러시아어도, 폴란드어도, 독일어도 하지 못했다. 이디시어 몇 마디만 겨우 알았다. 파벨은 그 남자를 무너져버린 볼브롬 시나고그에서 만났는데 아침 기도를 하고 있었다고 한다. 그는 시카고 출신 유대인 병사로 노르망디에서 독일군에게 포로로 잡혔는데 붉은 군대가 풀어주었다. 그들은 함께 축하를 해주었지만 미국인은 말을 잘 못했고 술은 그보다 더 못했다. 보드카를 한 잔 돌리고 나자 그가 식탁 아래로 쓰러졌고 다음 날 정오까지 잠을 잤다. 그리고 온다 간다 말도 없이 떠나버렸다. 길에는 석방이 된 전 세계 모든 인종의 포로들이 돌아다녔고 창녀들도 떼를 지어 다녔다.

2월 25일에 파벨이 실크 스타킹 다섯 켤레를 가지고 돌아왔다. 여자들이 흥분해서 왁자지껄 떠들어댔다. 여자들은 서둘러 스타킹을 신어보았다. 하지만 시슬과 검은 로켈레만 대충 치수가 맞았다. 하얀 로켈레와 라인과 벨라에게는 너무 컸다. 파벨이 떠드는 여자들이 입을 다물게 했다.

"괜찮아요, 별 문제 아니야. 내일 바꿔오거나 다른 걸로 사올게요. 그건 그렇고 여러분에게 할 말이 있는데, 트럭을 찾았어요!"

"샀어요?" 이시도르가 물었다.

아니, 산 건 아니었다. 역 뒤쪽에 러시아인들이 부서진 물건과 해체할 물건을 쌓아두는 야적장을 만들었는데 여기 없는 게 없었다. 트럭도 있었다. 파벨은 이런 쪽을 잘 모르니 내일 당장 그와 함께 누군가 그곳에 가봐야 했다. 트럭을 잘 아는 사람이 누구였지? 운전할 줄 아는 사람은? 부대는 천 킬로미터가 넘는 거리를 걸어서 왔다. 혹시 이제는 트럭을 타고 여행할 때가 된 것 아닐까?

"돈을 내야 할지도 몰라." 못텔이 말했다.

"내 생각엔 아닌 것 같은데." 파벨이 말했다. "야적장에 울타리를 치지 않았어. 주위에는 개울밖에 없어. 보초는 한 명뿐이야. 중요한 건 빨리 서두르는 거야. 벌써 오고 가는 사람들이 아주 많아. 오늘 아침만 해도 오토바이를 가져가는 청년 둘을 봤거든. 내일 아침에 누가 나하고 가볼래?"

다들 가고 싶어 했는데 기분전환을 위해서이기도 했다. 라인과 아리에는 자신들이 트랙터를 몰 줄 안다고 말했다. 표트르와 멘델은 군대에서 면허를 땄다. 게다가 멘델은 자기 마을에서 트랙터와 트럭을 수리한 적이 있었다. 게달레는 자신의 권위를 이상하게 악용해서 대장이니까 자기가 가야 한다고 말했다. 하지만 아무것도 내세울 게 없는 이시도르가 제일 집요했다. 그는 어떻게 해서라도 파벨과 같이 가고 싶어 했다. 그는 기계류를, 모든 기계류를 공평하게, 어린아이같이 좋아했다. 그리고 이번 기회에 트럭 운전을 배우고 싶다고 했다.

멘델이 갔다. 그리고 파벨의 말이 과장이 아니라는 걸 알게 되었다. 고물 야적장에 정말 없는 게 없었는데 다 부서진 것만은 아니었다. 연합군으로부터 온갖 군수물자를 공급받는 러시아군은 사소한 물건에 지나치게 신경을 쓰지 않았다. 장비나 차량이 약간만 짜증 나게 해도 갖다 버리고 새것을 사용했다. 파손된 다른 물건들도 트럭에 실려, 혹은 기차로 매일 전투지에서 도착했다. 아무도 그 물건들을 검사하거나 확인하지 않고 야적장에 던져버려 거기서 녹이 슬었다. 호기심이나 경험이 많은 사람들이 음산한 금속의 무덤들 사이를 돌아다녔고 아이들은 떼를 지어 숨바꼭질을 했다.

다양한 상표에 보관 상태도 다양한 온갖 트럭들이 있었다. 한 줄로 늘어선 이탈리아 트럭들이 멘델의 관심을 끌었다. 3톤 트럭 '란치아 3로'였는데 다 새 트럭 같았다. 아마 독일군 창고에서 온 것인지도 몰랐다. 파벨이 담배와 껌을 주면서 보초의 주의를 다른 곳으로 돌리려 애쓰는 사이 멘델은 더 가까이에서 트럭을 검사했다. 트럭의 계기판에 아직 열쇠가 꽂혀 있어서 금방이라도 출발할 수 있어 보였다. 멘델이 시동을 걸어보았으나 트럭은 꿈쩍하지 않았다. 곧 알게 되었다. 트럭에는 배터리가 없었고 아예 배터리가 장착되지도 않았다. 단자들이 기름에 뒤덮여 있었다. 파벨이 돌아오자 멘델이 말했다.

"다시 보초에게 돌아가서 좀 더 붙잡고 있어. 방전되지 않은 배터리가 있는지 돌아다니면서 찾아보려고."

"무슨 얘길 하지?"

"알아서 해. 배우 할 때 얘길 하든지."

파벨이 기억과 상상력을 총동원해서, 보초의 의심을 사지 않고 그를 붙들고 있는 사이 멘델은 체계적으로 다른 자동차들을 검사하기 시작했다. 란치아와 같은 크기에, 상대적으로 상태가 좋은 러시아제 트럭에서 원하던 것을 찾아냈다. 러시아제 트럭은 이곳에 온 지 얼마 되지 않은 게 분명했다. 보닛을 열고 칼끝으로 배터리의 전극을 건드렸다. 탁 소리가 나며 파란 불꽃이 일었다. 배터리가 충전되어 있었다. 그는 파벨과 학교로 돌아갔다. 시간은 느릿느릿 흘렀다. 밤이 절대 오지 않을 것만 같았다.

밤이 되자 그들은 무기를 가지고 다시 야적장으로 갔다. 보초는 그림자도 보이지 않았다. 아마 근처에서 잠을 자거나 마음 놓고 막사로 돌아갔는지도 모른다. 하지만 시커먼 자동차들과 고물들 사이로 은밀히 돌아다니는 사람들이 있었다. 흰개미들처럼, 쓸모가 있어 보이거나 팔 수 있을 만한 것들을 모두 해체하고 분해했다. 카시트, 케이블, 타이어, 보조 엔진 등. 연료통에서 연료를 빼가는 사람도 있었다. 파벨은 파이프를 이용해서 연료를 빼냈다. 그리고 란치아 3로의 연료통에 나프타를 따라 넣었다. 그리고 멘델이 충전된 배터리를 분해하고 파벨의 도움을 얻어 배터리를 트럭으로 끌고 왔다. 그것을 장착하고 연결했다. 운전석에 올라가서 멘델이 열쇠를 돌렸다. 손으로 더듬어 전조등 버튼을 찾았다. 그리고 전조등을 켰다. '……불빛이야.' 그가 생각했다. 그는 전조등을 끄고 시동을 걸었다. 금방 부드럽고 거침없이 시동이 걸렸고 가속장치도 말을 잘 들었다.

"다 됐네!" 파벨이 조그맣게 말했다.

"어디 보자고." 멘델이 대답했다. "이런 트럭을 여러 번 수리 해봤지만 운전은 한 번도 안 해봤어."

"운전면허 있다고 하지 않았어?"

"있기야 있지." 멘델이 이를 악물며 말했다. "그때는 누구에게나 다 면허증을 줬어. 독일군이 보로디노와 칼루가에 있었으니까. 6시간 30분만 교육받으면 끝이었다니까. 그런데 나는 자동차하고 트랙터만 운전했었어. 밤 운전은 또 다른 문제고. 이제 제발 조용히 좀 해봐."

"한마디만 할게." 파벨이 말했다. "문으로 나가면 안 돼. 거기 보초소가 있어. 혹시 누가 있을지 몰라. 이제 입 다물게."

멘델이 이마를 찡그리고 수술을 하는 외과의사처럼 집중해서 클러치 페달을 밟고 기어를 넣고 발을 들었다. 트럭이 갑작스럽게 흔들거리며 출발했다. 다시 전조등을 켜고 엔진을 공회전시킨 뒤 천천히 비어 있는 통로를 따라 야적장 끝으로 향했다.

"나한테 기어 변속은 기대하지 마. 내일 해볼게, 오늘은 그냥 이렇게 가자."

트럭이 개울까지 갔다가 앞으로 기울어지더니 다시 하늘을 향해 당당하게 일어섰다. "나왔다." 파벨이 비를 머금은 바람을 들이마시며 말했다. 그는 1분 정도는 숨을 쉬지 않았다는 걸 알아차렸다. 그들의 등 뒤에서 사람 소리가 들렸다. "Stoj! Halt!"*
파벨이 유리창 밖으로 몸을 내밀고, 겁을 주려는 것보다는 재미

* '서라!' 폴란드어와 영어.

로 하늘을 향해 잠깐 연속으로 총을 쏘았다. 거리로 나가자 멘델은 있는 용기를 모두 끌어모아 2단 기어를 넣어보았다. 엔진의 굉음이 살짝 작아졌고 속도는 조금 빨라졌다. 아무도 그들을 추격하지 않았다. 몇 분 후 학교에 도착했다.

게달레도 무장을 하고 길에서 그들을 기다렸다. 그가 웃으면서 멘델을 포옹하고 기적을 축복했다. 멘델의 이마에는 추운 날씨에도 땀이 송골송골 맺혀 있었다. 그가 대답했다. "다른 축복이 더 낫겠어요. 위험을 잘 피하라고요. 시간 낭비 말고 당장 떠나죠."

자다가 갑자기 일어난 게달리스트들이 짐과 무기를 가지고 트럭의 짐칸에 탔다. 멘델이 다시 시동을 걸었다. "자비에르치에로!" 운전석 옆자리에 앉은 게달레가 그에게 소리쳤다. 러시아군이 교차점에 세워둔 방향 표지판을 따라 멘델은 도시를 빠져나가서 울퉁불퉁하고 웅덩이투성이인 샛길로 들어갔다. 약간의 마찰음을 내며 기어를 고속으로 넣는 법을 차츰차츰 배워서 적절한 속도를 유지하게 되었다. 점차 트럭이 더 심하게 흔들렸지만 아무도 불평하지 않았다. 비탈길을 올라갔다가 내리막길로 접어들었다. 제동장치가 말을 잘 들어서 멘델은 안심이 되었다. 하지만 긴장을 해서 운전을 하다 보니 몹시 피곤했다.

"더 못 버틸 것 같아. 누가 나 대신 운전할 사람?"

"조금만 참아봐." 엔진과 덜컹대는 차체에서 나는 시끄러운 소음 때문에 게달레가 고함을 쳤다. "지금은 주거지에서 벗어날 생각만 해.”

내리막길 중간쯤에 검문소가 있었다. 길 양쪽에 드럼통 하나씩을 놓고 그 위에 거칠게 다듬은 통나무를 얹어 만든 검문소였다.

“어떻게 하죠?”

“서지 마! 속도를 더 내!”

통나무가 지푸라기처럼 날아갔고 기관총 소리가 들려왔다. 짐칸에서 누군가 몇 번 대응 사격을 했다. 트럭은 한밤중에도 계속 제 갈 길로 달렸다. 게달레가 웃으면서 외쳤다.

“그렇게 하지 않으면 어떻게? 지금이 아니면 언제?”

제11장
1945년 2월~7월

운전석은 괜찮았지만 짐칸에 끼어 앉은 남자와 여자들은 처음 쐬는 자유의 공기와 함께 얼음같이 차가운 한밤의 바람을 들이 마셔야 했다. 그들은 추위와 불편한 자리 때문에 온몸이 굳어버린 데다가 트럭이 어찌나 덜컹거리는지 몸이 쑤셨다. 누군가 항의했지만 게달레는 들은 척도 하지 않았다.

"연료가 얼마나 있지?" 그가 멘델에게 물었다.

"말하기 어렵습니다. 아마 앞으로 3, 40킬로미터 정도 더 갈 수 있을걸요. 그 이상은 못 갑니다."

동이 틀 무렵 갓길에서 잠시 쉬었다. 길 양쪽으로 믿기 어려울 정도로 다양하고 많은 양의 고물들이 쌓여 있었다. 전쟁이 생산해낸 유일한 부였다. 찌그러지고 뒤집힌 트럭과 장갑차, 반궤도 트럭, 보트와 강을 건널 때 사용하는 평저보트들도 보였다. 독일제로 요리장비가 설치된 수레도 하나 있었다. 고장 난 데가 하나도 없었다. 값진 물건이었지만 아쉽게도 트럭에는 더 이상 실을 수가 없었다.

"나프타를 찾아봐야 돼." 게달레가 말했다. "안 그러면 소풍이 금방 끝나. 흩어져서 연료통 뚜껑을 열고 확인하도록." 제일 운이 좋은 사람은 이시도르였다. 그가 똑바로 서 있는 장갑차 한 대를 찾아냈는데 바퀴는 없었지만 연료통은 거의 꽉 차 있었다.

"같은 종류일까?" 못텔이 물었다.

"시험해보는 수밖에." 멘델이 말했다. "그런데 전시에는 자동차 엔진들이 어떤 연료에나 적응하긴 하죠."

"꼭 우리 같네." 검은 로켈레가 고양이처럼 기지개를 켜며 한숨을 쉬었다.

게달레는 빨리 길에서 트럭을 치우려고 안달이었다. 날이 밝으면 금방 눈에 띌 게 분명했다. 그는 트럭 절도와 검문소 무단 통과가 보고되었을지도 모른다고 생각했다. 그가 초조하게 서성였다. "빨리 연료를 빼내!" 하지만 일이 그리 간단하지 않았다. 그들은 고무관이 없었다. 누군가 장갑차를 뒤집어보자고 제안했다. 하지만 이시도르가 말했다. "내가 해볼게요." 그를 제지하기도 전에 휘발유 통을 들더니, 그가 가지고 있던 루거 권총을 꺼내서 연료통 밑 부분에 쏘았다. 누런 나프타가 솟구쳐 나왔다.

"폭발하지 않을까?" 파벨이 과거의 기억이 떠올라 겁이 나서 물었다.

"폭발 안 해요."

하늘이 훤해졌다. 남쪽에서 대포 소리가 까마득히 멀리서 들리는 천둥소리같이 들려왔다. 서쪽으로 가는 길은 비어 있었다. 독일군은 레그니차에서 후퇴했다(하지만 포위당한 브레슬라우에서는 여전히 저항하고 있었다). 반면 체코슬로바키아 국경에서는 전투가 아직 계속되었다. 그들은 낮에는 트럭을 숨겨놓고 밤에만 달려서 며칠 동안 계속 여행을 했다. 멘델은 밤새 운전을 하다 보면 지쳐서 교대를 하자고 했지만 표트르도 아리에도 라인도 별 흥미를 보이지 않았다. 대신 이시도르는 간절히 바랐다. 그는 로켈레보다 트럭을 더 사랑했다. 자유시간이 되면 트럭의 진흙과 먼지를 닦아내고 보닛을 들여다볼 기회가 있으면 한 번도 놓치지 않았다. 멘델에게 두 시간 운전 교육을 받았는데 믿기지 않을 정도로 금방 운전을 배웠다. 그 뒤로는 운전대를 놓게 할 방법이 없었다. 그는 뛰어난 운전사여서 멘델을 비롯한 모두가 만족했다.

그 지역을 아는 사람이 아무도 없었다. 갈림길이 나타날 때마다 이시도르가 속도를 늦추며 게달레에게 물었다. "어디로 갈까요?" 게달레는 슈물레크와 상의한 뒤 본능에 따라 결정했다. 그들은 우연히 폴란드와 실레지아 경계에 있는 라비차라는 작은 도시에 도착했다. 트럭을 숲에 숨겨놓고 서너 명씩 무리를 지어 도시로 들어갔다. 그들이 행군 중에 만난 지역 중 전쟁으로 파괴되지 않은 곳은 여기가 처음이었다. 아직 일상으로 돌아가지는 않았지만 그래도 몇몇 상점들은 문을 열었고 역 가판대에서는 신문을 팔았다. 이 도시에 하나뿐인 영화관에서 상영하는 애정 영화를 광고하는 총천연색 포스터들도 보였다. 제일 큰 길에서는 모피코트를 입고 하이힐을 신은 귀부인이 고양이 같은 개의 목줄을 잡고 걸었다. 게달리스트들은 자신들이 지저분하고 촌스럽고 어리바리하다고 생각했지만 워낙 피난민이 많아서 그들에게 아무도 신경을 쓰지 않았다. 게달레가 벨라와 하얀 로켈레와 이시도르에게 카페에 가서 커피를 마시자고 초대했다. 하지만 그들은 가시방석에 앉아 있는 것 같았다. 슈물레크는 시내에 오고 싶어 하지 않았다. 그는 다른 대원 셋과 함께 남아서 트럭과 무기를 지키겠다고 자청했다.

한참 전부터 필요하다고 느꼈거나 사고 싶던 여러 가지 소소한 물건들을 샀다. 스타킹, 칫솔, 속옷, 냄비 같은 것들이었지만 놀라웠다. 파벨은 폴란드어를 거의 읽을 줄 모르는데도 노점에서 삽화가 든 『레미제라블』 중고 책을 발견했다. 그 책은 벨라가 빌려달라고 해서 그녀에게 양보해야만 했다. 하지만 표트르는 핑계를 대서 벨라에게 책을 돌려받았다. 표트르도 그 책을 오래 가지고 있을 수 없었다. 그는 폴란드어를 전혀 알아듣지 못할 뿐만 아니라 글자도 읽지 못했다. 책은 그 뒤 이 사람 저 사람이 돌려 보았고 결국 모두의 소유로 생각하게 되었다.

그들은 모두 영화관에 가고 싶어 했다. 게달레가 아마 그들 중 제일이었을 테지만 그는 폴란드 신문에서 미군이 레마겐에서 라인 강을 건넜고 쾰른을 차지했다는 기사를 읽었다. "미군이 있는 데로 가야 해. 미군과 함께하면 훨씬 안전할 거야. 다시 떠날 시간이야." 그들은 아쉬운 마음으로 도시에서의 매력적인 일상과 작별을 했다. 세계 각지에서 온 피난민들은 라비치에서 큰 어려움 없이 살 수 있었다. 영국군과 미군, 오스트리아군, 뉴질랜드

군, 전쟁 포로였던 사람들이 거리를 활보했다. 그리고 독일인들의 공장에서 일했던(자의든 타의든) 프랑스인, 유고슬라비아인, 이탈리아인들도 보였다. 시민들은 모두에게 친절하고 따뜻했는데 다양한 배경을 가진 사람들이 뒤섞인 게달레 부대의 유대인들에게도 마찬가지였다.

저녁 늦게 글로가우로 다시 출발했다. 들판 사이로 난 좁은 길에서 담요를 뒤집어쓰고 이제 그들의 집이 된 짐칸에서 몇 시간 휴식을 했다. 동이 트기 조금 전에 다시 떠났다. 굽잇길을 돌아서자마자 트럭의 전조등 불빛에, 그들 쪽으로 꼼짝 않고 서 있는 다른 트럭이 보였다. 이시도르는 급정거를 할 수밖에 없었다. "방향 돌려, 들판으로 가!" 게달레가 소리쳤지만 이미 너무 늦었다. 무장한 한 소대의 러시아 군인들이 트럭을 에워싸서 그들은 내려야만 했다. 트럭이 진흙탕에 빠져서 꼼짝하지 못했기 때문에 러시아 군인들의 분위기가 험악했다. 트럭의 타이어가 너무 닳아서 눈길에 미끄러져버렸던 것이다. 그들의 소대장은 미친 듯이 화가 나 있었다. 운전병에서 욕설을 퍼붓는 중이었는데 게달리스트들이 수중에 들어오자 분노가 그들에게로 향했다. 그가 물었다. "어디로 가는 길인가?"

"글로가우로 갑니다." 게달레가 대답했다.

"글로가우는 무슨. 자, 다 내려, 우리를 도와라. 무슨 말인지 모르나? 움직여라, 기생충들아, 게으른 놈들, 빌어먹을 외국인들!"

게달레가 이디시어로 재빠르게 말했다.

"무기를 담요 밑에 숨겨라. 아무 말 말고 명령에 따라." 그리고 파벨과 멘델을 보고 말했다. "자네 둘이 러시아어로 말해. 폴란드 사람들은 입 다물고 있어."

두 트럭의 전조등 불빛이 교차하는 속에서 일대 혼란이 벌어졌다. 러시아 군인에 게달리스트들을 합하니 50여 명이 되었는데 이 사람들이 실제로 진흙탕에 빠진 트럭 주위에 설 자리도 없었다. 하지만 소대장은 욕설과 저주를 퍼부으면 따로 떨어져 있는 사람들을 전부 이 혼란 속으로 다시 밀어 넣었다. 부질없는 시도였다. 장화를 신은 지원군들이 진흙에서 미끄러졌다. 어쨌든 트럭은 지나치게 육중해서 사람들의 손으로는 다시 움직일 수가 없을 것 같았다.

멘델이 게달레에게 물었다.

"견인을 해서 끌어내 주겠다고 해볼까요? 우리 타이어는 새 거니까."

"해봐. 혹시 기분이 좋아져서 우릴 그냥 보내줄지도 모르지."

"소대장 동지." 멘델이 말했다. "혹시 튼튼한 밧줄이나 쇠줄이 있으면 우리가 견인을 한번 해보겠습니다."

러시안 군인이 마치 동물이 말을 하기라도 한 듯 놀란 얼굴로 멘델을 보았다. 멘델은 자신의 제안을 한 번 더 말해야 했다. 그러자 소대장이 곧 왜 진작 그런 생각을 하지 못했냐고 자기 부하들에게 다시 욕설을 퍼부었다. 밧줄은, 아니 쇠줄은 있었다. 튼튼하기는 했지만 약간 짧았다. 견인은 성공했다. 여명 속에서 게달레의 트럭이 러시아군의 트럭과 마주 보고 천천히 후진하며 견인을 했다. 길이 너무 좁아서 란치아 3로가 방향을 바꾸려면 길가의 밭으로 나갈 수도 있는데 그건 십중팔구 진흙탕에 빠진다는 것을 의미했다. 차창 밖으로 몸을 반쯤 내밀고 운전을 할 수밖에 없었던 이시도르는 칭찬을 받을 정도로 훌륭하게 견인을 하는 중이었다. 하지만 소대장은 고마워하기는커녕 계속 욕을 하고 고함을 쳤다. "더 빨리, 더 빨리!"

마침내 1미터 정도 지나자 좁은 길이 지방도로로 이어졌다. 트럭이 정지했고 멘델이 쇠줄을 풀려고 트럭에서 내렸다. 운전석 옆자리에 앉은 게달레가 그에게 말했다.

"저 사람들에게 인사하고 목적지까지 잘 가길 바란다고 해. 가능한 한 공손하게 말해, 우리 수색할 생각 안 나게."

"만약 생각이 나면?"

"내버려둬야지 어쩌겠어. 러시아군하고 전투하고 싶지는 않아. 어떻게 되는지, 어떤 거짓말을 해야 할지 두고 보자고."

상황은 금방 나빠졌다. 거짓말을 할 기회도 없었다. 소대장은 땅에 내리자마자 아무 말도 하지 않고 부하들에게 다시 게달레의 트럭을 포위하라는 신호를 했다. 게달레 부대원들을 다 내리게 하고 짐칸을 수색해서 담요 밑에 숨겨두었던 무기들을 금방 찾아냈다. 그러나 게달리스트들이 몸에 지니고 있던 권총과 총은 발견하지 못했다. 항의를 해도 애원을 해도 소용이 없었다. 소대장은 이유를 불문하고 대원들을 두 트럭에 나눠 태우고 삼엄하게 감시를 했다. 그리고 자신의 부하에게 3로의 운전대를 잡게 하고 출발 신호를 보냈다.

"우리를 어디로 데려가는 겁니까?" 파벨이 용기를 내서 물었다.

"글로가우로 가려고 한 것 아니었나?" 소대장이 대답했다. "좋다, 우리가 거기까지 데려다주겠다. 만족하겠지." 그는 글로가우까지 가는 동안 한 번도 입을 열지 않고 질문에 대답도 하지 않았다.

시커먼 성채가 높이 서 있는 글로가우는 게달레 부대원들이 처음으로 만난 독일의 도시였다. 광업의 중심지였다(지금도 그렇다). 석탄 가루 때문에 시커먼 도시는 음산해 보였는데 도시를 12개의 수직갱도가 에워쌌다. 갱도들은 독일군에 의해 조그만 라거로 변형되었다. 러시아군은 불과 몇 주 전에 글로가우를 차지했다. 도시 외관과 용도는 변하지 않았지만 석탄 갱도에서는 나치 라거의 노예 노동자들 대신에 이제는 불과 몇 시간 전 전선에서 광산으로 이송된 독일군 전쟁 포로들이 일을 했다. 러시아인들은 유랑하는 사람들이나 수상한 사람들을 이 소형 라거에 마구잡이로 수용했다.

게달리스트들에게는 상세하게 따지지 않았다. 모든 게 5분

만에 끝났다. 몸수색을 하지도 심문을 하지도 않았다. 3로는 어
디론가 사라졌다. 코소보와 류반과 노보셀키의 전사들은 난생처
음으로 가시철조망 안에 수용되는 치욕을 경험했다. 그들에게
배당된 라거에는 이미 50여 명의 포로가 억류되어 있었다. 폴란
드, 독일, 프랑스, 네덜란드, 그리고 러시아인들이 그로스 로젠에
서 해방시킨 그리스계 유대인들이었다. 막사 안은 따뜻했고 러
시아인들이 규칙적이지는 않지만 항상 풍부한 양의 식사를 제공
했다. 전선은 멀리 있었고 낮이 하루가 다르게 길어졌다. 하지만
수용소 경험을 가진 포로들은 그들의 고립 상태에서 벗어나지
못했다. 거의 말을 하지 않았고 하더라도 조그맣게 했다. 바닥만
바라볼 뿐 눈을 드는 일도 드물었다. 게달리스트들은 그들과 소
통을 해보려 노력했으나 소용이 없었다. 기본적인 욕구가 충족
되자 그들에게는 더 이상의 바람도 없고 관심, 호기심도 사라져
버린 것 같았다. 질문을 하지 않았고 질문에 대답도 하지 않았다.
여자들도 있었다. 아직도 줄무늬 수의에 나막신을 신었다. 그들
의 머리는 이제 겨우 자라기 시작했다. 둘째 날 밤에 멘델은 변소
에 가려고 막사에서 나왔다. 변소 문턱을 넘자마자 사람 몸과 부
딪쳤는데 그 몸이 무기력하게 흔들리는 게 느껴졌다. 아직 온기
가 있었다. 천장 대들보에 목을 매어 흔들리는 것이었다. 소리 없
는 강박관념 때문인 듯 이런 일은 그 뒤 여러 차례 되풀이되었다.
　슈물레크는 게달리스트와 분리되어 예전 포로들과 합류되
었다. 한편 처음에는 시슬이, 그 뒤에는 부대의 다른 여자들이,

그리고 마침내 모든 게달리스트들이 차츰차츰 라거에서 저항했던 한 여자에게 빠져들고 말았다. 그녀의 이름은 프랑신이었고 파리에서 왔지만 길고 긴 여정을 통해서였다. 그녀는 처음에 아우슈비츠로 끌려갔었고 그곳에서 브로츠와프 근처의 작은 라거로 옮겨가게 되었다. 그리고 독일군이 이 지역의 모든 라거에서 철수하면서 포로들에게 새로운 포로 생활을 위한 무의미한 행군을 강요했을 때 그녀는 탈출에 성공했다. 프랑신은 의사였지만 라거에서는 독일어를 잘 몰라서 의사로서 일할 수 없었다. 그렇지만 자신이 본 것을 이야기할 수 있을 정도로 충분히 배운 게 많았다. 그녀는 운이 좋았다. 살아 있는 유대인은 모두 운이 좋은 사람이었다. 하지만 그녀는 다른 행운도 있었다. 아직도 머리가 길다. 의사여서 머리를 깎이지 않았다. 독일인들은 정확한 규칙이 있었다.

프랑신은 자신이 유대인이라고 말했지만 게달리스트들이 지금까지 만난 어느 유대인과도 비슷하지 않았다. 아니 유대인이 아닌데 유대인이라고 밝혀봤자 좋을 게 하나도 없으니 그녀가 거짓말을 할 리가 없다고 생각하지 않는다면 정말 유대인이라고 믿기지 않을 정도였다. 그녀는 이디시어를 하지 않았고 알아듣지도 못했다. 그녀가 파리에 살 때에는 이디시어가 뭔지도 몰랐다고 했다. 그리고 막연하게 그에 관한 이야기를 들었을 때는 변종 히브리어의 일종이라고 생각했다. 그녀는 37세였다. 결혼은 한 번도 한 적이 없고 이 남자, 저 남자와 살았다. 소아과 의사였고 자신의 일을 좋아했다. 파리 시내 한복판에 자신의 개인 병원이 있었다. 그녀는 기회가 되면 멋진 휴가를 즐겼는데 지중해 크루즈 여행과 이탈리아, 스페인 등을 여행했고 돌로미티에서 스키와 스케이트를 즐기기도 했다. 물론 아우슈비츠에도 있기는 했지만 그녀는 다른 이야기, 수용소에 가기 전 이야기를 더 좋아했다. 프랑신은 키가 크고 날씬했으며 붉은 기가 도는 갈색 머리에 단호하면서도 피폐한 얼굴이었다.

　　그녀와 게달레 부대와의 만남은 서로를 경악하게 하고도 남았다. 그렇다. 라거에서 그녀는 동유럽 여자 유대인들을 구별하는 법을 배웠다. 하지만 부대의 다섯 여자들 같지는 않았다. 그녀는 여자 친구들을 좋아하지 않았는데 특히 동유럽 여자 유대인들은 이상했다. 프랑스에 있는 기독교도인 친구들보다 백배나 더 멀게 느껴졌다. 프랑신은 그녀들의 수동적인 태도, 무지, 원시적인 행동방식, 가스실을 묵묵히 받아들이는 체념적인 자세에 짜증과 연민을 동시에 느꼈다.

　　가스실? 새로운 단어였다. 프랑신에게 설명을 들어야만 했다. 그녀는 그 말을 묻는 유대인 전사들이 무슨 재판관이라도 되는 양, 얼굴을 보지도 않은 채 간단히 설명했다. 그렇다, 가스실, 어떻게 그걸 모를 수 있단 말인가? 수천, 수백만 명이었다. 그녀는 그 수가 얼마나 되는지 알지 못하지만 라거의 여자들이 매일매일 그 안에서 사라졌다. 아우슈비츠에서는 죽음이 정상이었고 산다는 게 예외적인 일이었다. 그녀는 예외였다. 그러니까 바로 살아 있는 유대인은 모두 행운아였다. 그녀는? 그녀는 어떻게 살아남았는지?

"몰라요." 그녀가 말했다. 프랑신도 슈물레크와 에데크처럼 죽음에 대해 말할 때는 목소리를 낮췄다. "몰라요. 의무실에서 프랑스 여의사를 만났어요. 그녀가 날 도와줬죠, 먹을 걸 줬고요. 얼마 동안 간호사로 일할 수 있게 해줬어요. 하지만 이것만으로는 충분히 설명이 안 돼요. 많은 여자들이 나보다 훨씬 더 잘 먹었지만 그래도 죽었고 바닥에 가라앉아 버렸으니까요. 난 저항했어요. 왜 그랬는지는 몰라요, 아마 그들보다 삶을 더 사랑했기 때문일 수도 있고 삶이 의미가 있다고 믿어서였는지도 모르겠군요. 이곳이 아니라 강제수용소에서 그걸 믿는 게 훨씬 쉬웠어요. 그곳에서는 아무도 자살하지 않아요. 시간이 없어요. 다른 걸 생각해야 하거든요. 빵, 가스실을. 여기서는 시간이 있으니 사람들이 자살을 해요. 수치심 때문이기도 하고요."

"어떤 수치심요?" 라인이 물었다. "수치심은 뭔가 잘못했을 때 느끼는데 그 사람들은 잘못한 게 없어요."

"죽지 못한 수치심이지요." 프랑신이 말했다. "나도 수치심을 느껴요. 바보 같지만 나도 그래요. 설명하기가 어렵군요. 다른 사람들이 나 대신 죽은 것 같은 기분이랄까요. 내게 어울리지 않는 특권 때문에, 내가 죽은 사람들에게 횡포를 가해 공짜로 살아 있는 기분요. 살아 있다는 게 잘못은 아니지만 우리는 마치 죄인이 된 기분이랍니다."

게달레는 프랑신 곁에 붙어살았다. 벨라가 질투를 했지만 게달레는 벨라의 질투를 신경 쓰지 않았다.

"아 그래." 벨라가 말했다. "저 사람은 항상 저렇다니까. 자연스러워. 외국 여자들에게 관심이 많고 항상 새로 만난 여자들 꽁무니를 따라다녀."

게달레와 다른 사람들이 묻자 프랑신은 성마르게 술술 대답했다. 그녀는 간호사로 일했다, 그렇다. 환자에 대한 연민이 있기는 했지만 가끔 환자를 때리기도 했다. 환자를 아프게 하려는 게 아니라 자신을 방어하기 위해서였다. 뭐라 설명해야 할지 모르겠는데 그들의 요구로부터, 그들의 하소연으로부터 자신을 방어하기 위해서였다. 그녀도 가스실의 존재를 알았고 더 오래 강제수용소에 있었던 여자들도 알았다. 그러나 새로 오는 여자들에게는 말하지 않았다. 말해봐야 아무 도움이 안 되었을 테니까. 도망가지 그랬냐고? 미친 짓이다. 어디로 도망간단 말인가? 그리고 그녀 같은 경우 독일어도 제대로 못하고 폴란드어는 한마디도 못 하는데?

"우리하고 같이 가요." 시슬이 그녀에게 말했다. "이제 다 끝났어요. 우리 의사로 일할 수 있을 거예요."

"몇 달 뒤 아기도 태어나요. 제 아기요." 이시도르가 덧붙였다.

"난 여러분들과 달라요." 프랑신이 대답했다. "난 프랑스로 돌아갈 거예요. 내 조국이죠." 벨라가 손에 들고 있는 소설책을

보고 '빅토르 위고'라는 이름을 읽었다. 그 책을 빼앗아 들고 기
뻐서 탄성을 질렀다. "오, 프랑스 책이네요!" 그렇지만 곧 이해할
수 없는 폴란드 제목을 보더니 벨라에게 되돌려주었다. 벨라는
계속 차가운 태도를 보이며 다시 책을 읽었다. 며칠 동안 파벨은
애교를 부리는 곰처럼 프랑신에게 구애를 하느라 정신이 없었
다. 하지만 그녀는 파벨이 카바레에서 귀동냥으로 익힌 프랑스
어를 듣고 웃었다. 그러자 파벨은 신통찮은 결과에 뒤로 물러섰
다. 아니 이를 갈며 허세를 섞어 투덜거리기는 했다. "내 타입이
아니야. 그걸 알려줬어. 너무 고상하시고 너무 섬세하셔서 말이
야. 약간 meshuggeneh*랄까. 고난을 많이 겪은 탓일 거야. 오
로지 먹을 것만 생각하잖아. 내가 봤다니까. 빵 부스러기를 다 모
아서 주머니에 넣더라고. 그리고 너무 자주 씻어."

　　글로가우 수용소에서 시간은 이상하게 흘러갔다. 하루하루
가 공허하고 변함이 없었으며 따분하고 길기만 했다. 그러나 기
억 속에서는 평이하고 짧은 나날들이 되어 서로 뒤섞여버렸다.
몇 주가 흘렀다. 러시아인들은 포로들에게 신경을 쓰지 않았고
자주 취해 있기도 했다. 그러나 외출은 허락하지 않았다. 라거에
는 사람들이 계속 드나들었다. 온갖 국적에, 온갖 상황의 포로들
이 도착했고 그런가 하면 이해할 수 없는 기준 덕에 석방이 되는
포로들도 있었다. 그리스인들이 떠났고 그 후 프랑스인들이 떠
났는데 프랑신은 그들과 같이 갔다. 폴란드인과 독일인들만 남
아 있었다. 수용소 소장은 친절했다. 하지만 어깨를 으쓱했다. 그

* '미친 사람' 이디시어.

는 아는 게 하나도 없다고 했다. 그가 결정하는 게 아니고 그는 사령부로부터 받은 명령을 집행하기만 한다고. 친절했지만 단호했다. 물론 전쟁에서 승리했지만 아직도 전투 중이었다. 그것도 멀지 않은 곳에서. 그러니까 브로츠와프 주변에서, 서쪽 수데티 산맥에서도 말이다. 명령은 엄격해서 누구고 군대의 통행을 가로막으면 안 되었다.

“며칠만 참아보시오. 내가 허락할 수 없는 일은 부탁하지 말아요. 그리고 탈출 시도는 하지 마시오. 이건 내 정중한 부탁이오.”

친절하고 단호하면서 호기심이 많았다. 게달레를 그의 사무실로 부르더니 다른 대원들도 모두 한 명씩 불렀다. 그는 왼손이 없었다. 은장 훈장과 청동 훈장이 가슴에 달려 있었다. 마흔 살가량으로 보였는데 마른 체형에 대머리였고 피부색이 검었다. 눈썹은 숱이 많고 검었다. 차분한 목소리로 교양 있게 말했는데 상당히 지성적인 사람 같았다.

“내가 볼 때는 스미르노프 대위를 스미르노프라고 부를 날이 그리 많이 남지 않았어.” 게달레가 면담에서 돌아와서 단언했다.

“무슨 말이에요?” 아직 호출을 받지 않은 못텔이 물었다.

“내 말은 내가 개명을 하게 만들었다는 뜻이야. 그 사람은 유대인인데 그게 사람들에게 알려지는 걸 꺼리는 거야. 자네들도 차례가 돼서 가면 보라고. 그래도 조심해야 해.”

"무슨 말을 해야 해요? 해서는 안 될 말은요?" 라인이 물었다.

"되도록 말을 많이 하지 마. 우리는 유대인이야, 이건 명백한 사실이라고. 우리가 무장을 했던 것도 부정할 수 없어. 물어보면 우린 유격대원이라고 시인을 해. 그렇지만 산적 취급 받는 게 훨씬 더 나아. 우리가 독일군과 싸웠던 점은 강조해야 해. 언제 어디서인지도 말해. 에데크 부대하고, 유대인 전투 조직 얘기는 하지 마. 가능하면 트럭 얘기도 입에 올리지 말고. 우리가 좀 큰 일을 저질렀잖아. 최악의 경우 고장 난 걸 발견해서 우리가 수리했다고 해. 나머지는 애매모호하게 말하는 게 좋아. 우리가 어디로 가는지, 어디서 왔는지 뭐 그런 거. 붉은 군대에 있었던 사람은 그것도 혼자만 알고 있어. 표트르, 자넨 그럴듯한 이야길 준비해 가. 그런데 내 생각엔 비밀경찰은 아니고 개인적으로 호기심이 많은 사람인가 봐. 우리에게 관심이 많아."

4월 말에 멘델 차례가 되었다. 벌써 자작나무의 새싹들이 피어나고 쉬지 않고 내리던 비에 막사 지붕에 쌓인 갈탄의 갈색 먼지가 씻겨 내려가고 있었다. 전쟁터에서는 승전보가 전해졌다. 브라티슬라바와 비엔나가 함락되었고 제1 우크라이나 전선군이 이미 베를린 근교에서 싸우는 중이었다. 서부전선에서도 독일군은 임종을 앞둔 상태와 같았다. 미군은 뉘른베르크에 도착했고 프랑스군은 슈투트가르트와 베르히테스가덴에 들어갔으며 영국군은 엘베 강에 있었다. 이탈리아에서는 연합군이 포 강에 도착했고 제노바, 밀라노, 토리노에서는 이탈리아 유격대원들이 해방군이 오기 전에 이미 나치들을 쫓아버렸다.

깔끔하게 다려진 군복을 입은 스미르노프 대위는 세련되어 보였다. 러시아어를 억양 없이 말했다. 그는 멘델에게 아일랜드 위스키와 쿠바 시가를 권하며 거의 두 시간가량 붙잡아두었다. 멘델이 준비한 동화, 게다가 별로 그럴듯하지 않은 그 이야기는 불필요하게 되어버렸다. 스미르노프는 멘델에 대해 꽤 많이 알고 있었다. 아버지 이름을 넣은 그의 이름과 성뿐만이 아니었다. 그가 언제 어디서 낙오병이 되었는지도 알고 있었고 노보셀키와 투로프에서의 행적도 알고 있었다. 대신 그는 베냐민 부대와의 만남에 관해 이것저것 물었다. 누가 그에 관한 정보를 주었을까? 울리빈 본인일까? 폴리나 겔만? 비행기를 타고 왔던 두 연락장교? 멘델은 확인할 수 없었다.

"그러니까 자네들을 원하지 않았던 게 그 베냐민이었던 거지? 이유가 뭐였나?"

멘델은 모호한 입장을 취했다.

"모릅니다. 말씀드릴 수 없습니다. 유격대 대장이 저희들을 믿지 못했던 것 같습니다. 그 숲에는 온갖 사람들이 다 떠도니까요. 아니면 저희가 자신의 부대에 들어오기에 적합하지 않다고 생각했을 수도 있습니다. 저희는 그 지역을 잘 몰라서……."

"멘델 나흐마노비치, 아니 멘델 벤 나흐만," 시미르노프가 그의 히브리식 이름을 강조하면서 말했다. "나한테는 말해도 돼.

난 심문관이 아니라는 걸 확인시켜주고 싶군그래. 내가 여러 소식을 모으고 질문을 하고 있긴 해도 말일세. 들어보게, 난 자네 이야기가 사라져버리지 않게 글을 쓰고 싶네. 자네들 모두의 이야기, 자네와 같은 선택을 했던 붉은 군대 유대인 병사들의 이야기를 쓰고 싶어. 러시아인들이 말이나 행동을 통해 유대인이라는 걸 깨닫게 해주었을 때도, 결정을 내려야 했을 때도, 러시아인이자 유대인이 될 수는 없었을 때도 러시아인이자 유대인으로 남아 있었던 그 사람들 이야기 말일세. 글을 쓸 수 있을지 모르겠고 쓴다고 해도 출판할 수 있을지도 모르겠네. 시대는 좋은 쪽으로든, 나쁜 쪽으로든 변하는 거니까."

멘델은 깜짝 놀라고 당황해서, 존경하는 마음과 의심 사이를 오가느라 아무 말도 하지 못했다. 오래된 습관 때문에 멘델은 친절을 베풀고 질문을 하는 사람을 불신했다. 스미르노프가 다시 입을 열었다.

"내 말을 믿지 못하는군. 자네를 탓할 수는 없지. 나 역시 자네가 알고 있는 걸 안다네. 나 역시 사람들을 별로 신뢰하지 않아. 그리고 종종 신뢰하려는 유혹에 저항하려 애쓰기도 해. 생각해보게나. 자네에게 한 가지 하고 싶은 말이 있어. 난 자네와 자네 동료들에게 감탄하고 있네. 약간 부럽기도 하고."

"우리를 부러워한다고요? 우리는 부러움을 살 만한 사람들이 아닙니다. 우린 쉽지 않은 길을 지나왔습니다. 왜 우리를 부러워하십니까?"

"자네들의 선택이 강요된 게 아니었기 때문일세. 자네들이 스스로의 운명을 만들었기 때문이야."

"대위 동지." 멘델이 말했다. "전쟁은 아직 끝나지 않았습니다. 이 전쟁이 또 다른 전쟁을 낳지나 않을지 아직 모릅니다. 저희 이야기를 쓰기에는 조금 이를 수도 있지 않을까요."

"알아." 스미르노프가 말했다. "유격전이 어떤 건지 알고 있네. 유격대원은 이야기해서는 안 될 일을 할 수도 있고 보았을 수도 있고 말했을 수도 있다는 것도 말일세. 그렇지만 자네들이 늪에서 숲에서 배운 것들도 절대 사라져버리면 안 된다는 사실도 알고 있어. 책으로 살아남게 하는 것으로도 부족하지."

스미르노프는 한 마디씩 끊어서 마지막 말을 하고는 멘델의 눈을 뚫어지게 보았다,

"무슨 뜻입니까?" 멘델이 물었다.

"난 자네들이 어디로 가는지 알아. 자네들의 전쟁이 끝나지 않았다는 것도. 몇 년 후, 그게 언제일지는 말할 수 없지만 전쟁이 다시 시작될 거야. 러시아에서는 아니지만 러시아의 도움을 받아서. 자네 같은 사람들이 필요하겠지. 예를 들면 자네는 쿠르스크 전선에서, 노보셀키에서, 혹은 다른 곳에서라도 배웠던 걸 다른 이들에게 알려줄 수 있지 않나. 생각해보게, 포병. 이 문제도 생각해봐."

멘델은 독수리의 발톱에 채어 높은 하늘로 끌려가는 기분이었다.

"대위 동지." 그가 말했다. "이 전쟁은 아직 끝나지도 않았는데 동지께서는 벌써 다른 전쟁을 말씀하시는군요. 저희는 지쳐 있습니다. 너무 많은 일을 겪었고 많이 참았습니다. 우리들 대부분은 죽었고요."

"자네 말이 틀렸다고는 할 수 없네. 그리고 자네가 시계 수리공 일을 다시 하고 싶다고 해도 자네가 틀렸다고 할 수 없을 거야. 그렇지만 생각해보게나."

대위가 멘델과 자기 잔에 위스키를 따르고 잔을 들며 'L'chaim!'이라고 말했다. 멘델이 고개를 휙 들었다. 그것은 '건강을 위하여!'와 같은 히브리어 표현이다. 그러니까 술을 마실 때 하는 말이다. 그러나 훨씬 더 폭넓게 사용하는데 문자 그대로 하면 '인생을 위하여!'이기 때문이다. 러시아인들은 이 말을 잘 모른다. 그리고 대개 발음이 정확하지 않다. 그런데 스미르노프는 딱딱한 유기음으로 ch를 정확하게 발음했다.

그 뒤에도 스미르노프는 게달리스트들을 한 명씩 불렀다. 어떤 사람은 여러 차례 부르기도 했다. 모두에게 아주 친절했지만 그의 성품과 정체를 놓고 의견이 분분했다. 개종한 유대인이라거나 위장한 유대인이라거나 혹은 기독교도인 척하는 유대인이거나 유대인인 척하는 기독교인이라는 것이다. 역사학자일 수도 있고 참견쟁이일 수도 있었다. 대부분은 그를 모호한 사람이라는 결론을 내린 반면 NKVD의 첩자인데 다만 평범한 첩자들보다 조금 더 유능할 뿐이라고 주저 없이 말하는 사람도 몇 명 있었다. 그러나 대부분의 게달리스트들은, 여기에 멘델과 게달레도 포함되었는데, 그를 신뢰했고 부대의 전투와 개인사들을 이야기했다. 속담에서 말하듯이, 'Ilbergekumene tsores iz gut tsu dertseyln', 그러니까 지난 고난을 이야기하는 게 좋기 때문이었다. 속담은 전 세계 어느 언어로 해도 같은 뜻을 지니겠지만 이디시어로 하면 특히 더 어울렸다.

유럽 전선에서 제2차 세계대전이 끝나서 모두 흥분에 빠져 있던 잊히지 않을 시기인, 1945년 5월 초에 글로가우에 흩어진 작은 라거들을 관리하던 러시아 지휘부가 마술이라도 부린 듯 자취를 감춰버렸다. 스미르노프 대위를 포함해서 러시아 군인들이 한밤중에 인사도 없이, 아무 말도 없이 모두 떠나버렸다. 이동을 한 건지 해산을 한 건지 아니면 그저 승리에 취한 붉은 군대의 집단적인 광기에 흡수되어버린 건지 아무도 몰랐다. 보초도 없고 문은 활짝 열려 있고 창고는 약탈을 당했다. 그런데 게달리스트들은 자신들의 막사 문 앞에 몹시 서둘러서 휘갈겨 쓴 이런 메모가 못으로 박혀 있는 것을 발견했다.

우리는 떠나오. 주방 굴뚝 뒤를 파보시오. 여러분을 위한 선물이 있소. 우리는 이제 필요 없소. 행운을 비오.

스미르노프

　굴뚝 뒤에서 수류탄 몇 개와 권총 세 자루, 독일제 기관총, 약간의 탄약과 작센 주와 바이에른 주의 군사지도, 그리고 지폐 8백 달러 한 뭉치를 발견했다. 게달레 부대는 다시 행군을 시작했다. 이제 밤에 다니지 않았고 남의 눈에 띄지 않는 오솔길이나 황량하고 한적한 들판을 고르지 않고 한때 번영해서 오만했으나 이제는 황폐해진 독일의 거리로 당당히 걸었다. 그들의 양편으로 스쳐 가는 얼굴들은 무표정했는데 새로운 무력감이 짙게 새겨져 있었다. 그런 표정은 새로운 자양분을 해묵은 증오에서 끌어올렸다. "첫 번째 규칙, 절대 흩어지지 마라." 게달레가 말했다. 그들은 대개 걸어서 다녔고 기회가 되면 소비에트 군용차량에 부탁을 했는데 그것도 그들을 다 태워줄 만한 크기의 차량일 경우에만이었다. 하얀 로켈레는 이미 임신 7개월째에 접어들었다. 게달레는 그녀에게만 가끔 말이 끄는 수레를 타고 가게 허락해주었다. 그리고 그럴 때면 대원들이 모두 호위를 했다.

　무심한 봄 들판을 배경으로 뻗은 그 길을 가득 메운 사람들은 고통으로 어쩔 줄 모르는 사람들과 축제 기분에 들뜬 사람으로 나뉘었다. 독일 시민들은 앞도 보이지 않을 정도로 피로에 찌들어 걷거나 수레를 타고 폐허가 된 도시로 돌아왔다. 암시장에 물건을 공급하는 농민들은 다른 수레를 타고 도시로 몰려들었다. 이와는 대조적으로 소비에트 군인들은 자전거나 오토바이, 군용차량, 징발한 자동차를 타고 양방향으로 미친 듯이 달리며 노래를 하고 경적을 울리고 허공에 공포를 쏘았다. 게달리스트들은 그랜드피아노 두 대를 실은 닷지* 트럭에 거의 치일 뻔했다. 군복을 입은 장교 둘이 열정적으로 엄숙하게 차이콥스키의 〈1812년 서곡〉를 합주했다. 운전사가 트럭을 지그재그로 몰아 다른 차량들은 급히 방향을 틀어야 했다. 또 운전사는 앞에 가는 행인들에게 아랑곳하지 않고 있는 힘껏 경적을 울렸다. 온갖 국적의 포로들이 무리를 지어서 혹은 홀로 이동했다. 남자와 여자, 누더기 민간인복을 걸친 시민, 등에 KG라는 글자가 있는 카키색 군복을 입은 연합군들도 보였다. 모두 집으로 돌아가거나 어디든 정착할 곳을 찾아 떠나는 길이었다.

5월 말경에 부대는 드레스덴에서 그리 멀지 않은 노이하우스 마을 성문 앞에서 야영을 했다. 독일 땅에 들어와 행군을 한 뒤로 그들은 거의 파괴되고 텅 비다시피 하고 굶주림에 시달리는 대도시 시내에서는 식량을 구할 수 없다는 걸 알아차렸다. 파벨과 검은 로켈레, 그리고 다른 두 남자가 식량 보급 임무를 맡아서 농가의 문을 두세 번 두드렸다. 아무 대답이 없었다. "들어가 볼까?" 파벨이 제안했다. 얼마 전에 밝은 색으로 새로 페인트칠을 한 덧창들이 창문에 달려 있었다. 덧창은 쉽게 열렸다. 하지만 뒤에 유리창이 없었다. 철근콘크리트 벽이었다. 창문 대신에 작은 구멍이 나 있었다. 농가가 아니라 위장 벙커였다가 지금은 버려져 텅 비어 있었다.

반면 마을은 사람들로 붐볐다. 성벽이 마을을 감쌌는데 굶주린 얼굴에 엉큼해 보이는 노인들과 여자들이 식량이나 잡동사

---

* 1913년 닷지 형제가 만들기 시작하여 1928년 크라이슬러에 인수된 자동차 브랜드.

니가 실린 작은 수레를 끌며 성문으로 드나들었다. 성문 양옆에 굳은 얼굴에 민간인복을 입은 남자 둘이 경비를 했는데 겉으로 보기에는 무기를 가지지는 않은 것 같았다. "무슨 일이오?" 네 사람이 외국인이라는 걸 알아보고 경비원이 물었다.

"먹을 걸 좀 사려고요." 파벨이 뛰어난 독일어로 대답했다. 경비원 중 하나가 들어가라고 고갯짓을 했다.

마을은 피해를 입지 않았다. 자갈을 깐 좁은 길들이 건물들 사이로 뻗어 있었다. 길 양옆 건물들의 정면은 그림 같았는데 알록달록한 벽면에 검게 칠한 대들보들이 가로질러져 있었다. 마을은 평온했지만 사람들은 불안해 보였다. 거리는 사방으로 걸어가는 사람들로 북적였는데 사람들은 겉으로 보면 목적도 목표도 없이 걷는 듯했다. 나이 든 사람들과 아이들, 장애인들이었다. 건강한 남자는 보이지 않았다. 창문으로 보이는 여러 얼굴들에도 공포와 불신이 서려 있었다.

"게토 같아요." 코소보 게토에 있어본 로켈레가 조그맣게 말했다.

"맞아." 파벨이 대답했다. "드레스덴에서 피난 온 사람들이 틀림없어. 이제 이 사람들이 경험할 차례가 된 거지." 그들은 이디시어로 대화를 나눴는데 남자 장화를 신은 거구의 여자가 같이 가는 노인을 보고 들으라는 듯이 말하는 걸로 보아 목소리가 너무 컸는지도 몰랐다. "또 여기 나타났네. 지난번보다 더 무례한 인간들이군그래." 그러더니 직접 네 명의 유대인에게 돌아서서 덧붙였다.

"여긴 당신네가 있을 곳이 아니오."

"그럼 우리가 있을 곳은 어디인가요?" 파벨이 성의 있게 물었다.

"가시철조망 안이지." 여자가 대답했다.

파벨이 물불을 가리지 않고 여자의 외투 깃을 움켜잡았다가 곧 놔주었다. 곁눈질로 보니 그들 주위에 사람들이 모이고 있었기 때문이다. 바로 그 순간 그의 머리 위에서 메마른 총성이 들렸다. 그리고 옆에 있던 로켈레가 비틀거리더니 땅에 고꾸라졌다. 그들 주위에 있던 사람들이 순식간에 사라졌고 창가에도 아무도 없었다. 파벨이 로켈레 옆에 무릎을 꿇었다. 아직 숨을 쉬고 있었지만 팔다리에 힘이 하나도 없이 축 늘어져 있었다. 피는 흘리지 않았다. 상처도 보이지 않았다. "기절했어. 빨리 데리고 가자." 그가 다른 두 사람에게 말했다.

야영지에서 시슬과 멘델이 로켈레를 자세히 살폈다. 상처가 있었다. 거의 보이지 않는 곳에, 숱이 많은 검은 머리 밑에 숨겨져 있었다. 왼쪽 광대뼈 바로 위에 구멍이 있었다. 벌어진 상처가 아니라 총알이 두개골에 박혀 있었다. 눈은 감겨 있었다. 시슬이 눈꺼풀을 들어 올리자 흰자위만 보였고 홍채는 위로 올라가 안와 뒤쪽에 숨어버렸다. 로켈레의 호흡이 점점 힘이 없고 불규칙적으로 변했다. 이제 맥박이 뛰지 않았다. 그녀가 숨을 거두기 전까지 아무도 입을 열 엄두를 내지 못했다. 그 연약한 숨이 끊어질까 두려워서. 로켈레는 저녁에 숨을 거두었다. 게달레가 말했다. "가자, 무기를 들고."

그들은 모두 함께 한밤에 떠났다. 벨라와 시슬만 야영지에 남아 구덩이를 팠다. 하얀 로켈레는 검은 로켈레의 시신을 지키며 망자의 기도를 올렸다. 무기는 많지 않았지만 폭풍이 배를 떠밀듯 분노가 그들을 몰아붙였다. 게토에서도, 트레블링카에서도 살아남았던 여자가 평화 시에 갑자기 이유도 없이 독일인의 손에 살해당했다. 무기를 들지 않았던 여자, 부지런하고 쾌활하고 낙천적이던 여자, 모두를 받아주고 불평 한마디 않던 여자, 절망으로 무기력해지지 않던 유일한 여자, 멘델의 화부이고 표트르의 여자인 그녀가. 가장 분노한 사람은 표트르였고 또 가장 명석한 사람도 그였다.

"시청으로." 그가 짧게 말했다. "이 일을 벌인 자들이 거기 있을 거야." 그들이 빠른 걸음으로 조용히 성문 앞에 도착했다. 경비원은 없었다. 그들은 사람이 없는 길로 달려갔다. 그사이 멘델의 머리에 까마득히 먼 옛날의 어떤 사람들의 모습, 빛바래고 지금 여기에 어울리지 않는 모습들, 등을 떠미는 대신 그의 발목을 잡는 모습들이 떠올랐다. 여동생 디나가 세겜 지방 사람에게 강간을 당하자 그들에게 피로 복수를 하던 시므온과 레위였다. 그 복수가 정당했던가? 정단한 복수란 게 존재하는가? 존재하지 않는다. 그러나 너는 인간이다. 복수가 네 피 속에서 고함친다. 그래서 넌 달리고 있고 파괴하고 살인한다. 그들처럼, 독일인들처럼.

그들이 시청을 포위했다. 표트르 말이 맞았다. 노이하우스에는 전기가 아직 들어오지 않았다. 거리는 깜깜했고 대부분의 창문들도 마찬가지였다. 하지만 시청의 2층 창문들에서는 희미하게 불빛이 비쳤다. 표트르는 스미르노프에게 선물받은 자동권총을 게달레에게 부탁해서 가져왔다. 그들이 숨어 있는 어둠 속에서 딱 두 발을 발사해서 시청 입구를 지키고 있던 남자 둘을 사살했다. "빨리, 이쪽으로!" 그가 외쳤다. 그는 문으로 달려가서 미친 듯이 문을 부숴보려고 했다. 처음에는 총의 개머리판으로, 그다음에는 어깨로 밀었다. 문은 육중해서 꿈쩍도 하지 않았다. 벌써 안에서 흥분한 목소리들이 들렸다. 아리에와 멘델은 건물 정면에서 멀찌감치 떨어져 나왔다. 그리고 각자 동시에 불빛이 비치는 창문을 향해 수류탄을 하나씩 던졌다. 거리로 유리 파편이 비 오듯 쏟아졌다. 길고 긴 3초가 흘렀다. 잠시 후 두 번의 폭발음이 들렸다. 2층의 창문이 모두 떨어져 나가고 나무와 서류 조각들이 밖으로 쏟아져 나왔다. 그사이 못텔이 문을 여는 표트르를 도와주려 했지만 소용이 없었다. "기다려!" 표트르에게 소리를 질렀다. 그가 순식간에 1층 창문으로 기어 올라가 엉덩이로 유리를 깨고 안으로 뛰어내렸다. 몇 초 후 못텔이 쏘는 총 소리가 세 번, 네 번 들렸다. 잠시 후 잠겨 있던 문이 안에서 열렸다. "자네들은 여기 밖에 있어. 아무도 달아나지 못하게 해!" 표트르가 루자니 출신 남자 넷에게 명령했다. 그와 다른 사람들은 계단에 비스듬히 쓰러져 있는 늙은 남자를 뛰어넘어 계단을 달려 올라갔다. 회의실에서 네 명의 남자가 두 손을 올리고 있었다. 다른 두 사람은 숨을 거두었고 일곱 번째 남자는 구석에서 신음을 하며 약하게 몸부림쳤다. "시장이 누구냐?" 게달레가 소리를 질렀지만 표트르는 벌써 방아쇠를 당겨 일제사격을 가해 모두 쓰러뜨려버렸다.

아무도 끼어들지 않았고 아무도 도망가지 않았다. 접근을 시도하는 사람조차 감시를 하던 네 남자의 눈에 띄지 않았다. 시청 지하실에서 게달리스트들은 빵과 햄과 돼지기름을 찾아내서 그것들을 잔뜩 가지고 무사히 돌아왔다. 하지만 게달레가 말했다.

"여기서 떠나야 해. 로켈레를 묻어주고 텐트를 거두고 당장 떠나자. 미군이 30킬로미터 거리에 있다는군."

그들은 너무 쉽게 복수에 뛰어들었다는 자책감과 모든 게 끝났다는 안도감을 안고 한밤중에 서둘러 떠났다. 하얀 로켈레는 뒤처지지 않으려고 남자들의 도움을 교대로 받으며 용기 있게 행군했다. 멘델은 라인과 게달레 사이에 끼어 대열의 선두에 서게 되었다.

"몇 명인지 세어봤어요?" 라인이 물었다.

"열 명." 게달레가 대답했다. "문 앞에서 둘, 못텔이 계단을 올라가면서 죽인 사람 한 명, 회의실에서 일곱 명."

"10 대 1이네." 멘델이 말했다. "우리도 그들처럼 했군요. 독일인 한 명 죽었다고 인질 열 명을 죽이던.”

“당신 계산이 틀렸어요.” 라인이 말했다. “노이하우스의 열 명을 로켈레와 계산하면 안 돼요. 아우슈비츠에서 죽은 수백만 명과 계산해야죠. 프랑스 여자가 했던 말 잊지 말아요.”

멘델이 말했다. “피를 피로 갚아서는 안 돼. 피는 정의로 갚아야지. 검은 로켈레에게 총을 쏜 놈은 짐승이었어. 그런데 난 짐승이 되고 싶지 않아. 독일인들이 가스로 죽였다고 우리도 독일인들을 모두 가스로 죽여야 하는 건가? 독일인이 10 대 1로 죽인다고 우리도 그들처럼 하면 우리도 똑같은 사람이 되는 거야. 평화는 절대 오지 않아.”

게달레가 끼어들었다. “자네 말이 맞네, 멘델. 그렇지만 지금 내 기분이 좋은 건 어떻게 설명해야 하지?”

멘델이 자기 마음속을 들여다보고 시인했다. “그래요, 나도 훨씬 좋네. 그렇지만 이게 모든 걸 증명하는 건 아니에요. 노이하우스에는 드레스덴에서 온 피난민들이 있어요. 스미르노프에게 들었어요. 드레스덴에서 단 하룻밤에 독일인 만 4천 명이 죽었다고 해요. 그 날 밤 드레스덴에 번진 화염이 가로등 기둥을 녹일 정도였다는군요.”

“드레스덴에 폭격을 가한 건 우리가 아니에요.” 라인이 말했다.

“이제 됐어.” 멘델이 말했다. “이번이 마지막 전투였어. 어서 걸어서 미군에게 가자고.”

"미군들 얼굴이 어떻게 생겼나 보러 가자고." 게달레가 말했다. 멘델이 걱정하는 문제에 별 관심을 보이지 않는 듯했다. "전쟁은 끝났어. 이해하기 힘들지만 서서히 이해하게 되겠지. 어쨌든 끝났어. 내일의 태양이 뜰 거고 이제 총을 쏘지 않아도 되고 숨지 않아도 돼. 봄이잖아. 먹을 것도 있고. 모든 길이 열려 있고. 그가 평화롭게 태어날 세상의 한 자리를 찾으러 가자고."

"그가 누구예요?" 라인이 물었다.

"아기. 우리 아기. 순진한 두 사람의 아기."

그들은 복잡한 마음으로 중간지대로 들어갔다. 자신이 없었고 쭈뼛거렸으며 방금 몸을 씻어 백지 같은 느낌, 어린아이로 돌아간 기분이었다. 길들여지지 않은 어른 아이, 고난과 고립과 야영과 전투 속에서 나이를 먹은 어른 아이, 서구와 평화의 문 앞에 어울리지 않는 어른 아이 같았다. 수십 번 꿰맨 그들의 장화 바닥 밑에 적의 땅, 절멸자의 땅인 Germania—Deutschland—Dajčland—Niemcy*가 있다. 전쟁의 손이 닿지 않은 깔끔한 전원이다. 하지만 조심해, 겉모습뿐이야. 진짜 독일은 도시의 독일, 글로가우와 노이하우스에서 언뜻 보았던 그 독일, 이야기로 들을 때 공포를 느꼈던 드레스덴, 베를린, 함부르크의 독일이다. 그것이 진짜 독일이다. 피에 취해 있었기에 그 대가를 갚아야 하는 그 독일. 치명상을 입고 드러누운, 이미 썩어가는 그 몸. 알몸. 그들은 보복을 했다는 야만적인 기쁨과 함께 새로운 불편함을 느

---

  * '독일'을 뜻하는 이탈리아어, 독일어, 이디시어, 폴란드어.

껴다. 그들은 자신들이 금지되어 있는데 알몸을 보인 사람처럼 조심성 없고 수치심이 없다는 생각이 들었다.

길 양옆으로 집들이 보였는데 덧창이 다 닫혀 있어서 마치 생명력 없는 눈이나, 아무것도 보고 싶어 하지 않는 눈 같았다. 어떤 집에는 아직도 짚을 이어 덮은 지붕이 그대로였다. 어떤 집은 지붕이 아예 날아가 버렸거나 불에 타버리고 없었다. 종탑은 무너졌고 운동장에는 어느새 잡초가 무성했다. 시내에는 돌무더기들이 쌓여 있었는데 이런 안내문이 보였다. '시신이니 밟지 마시오.' 문을 연 몇 개 안 되는 가게 앞에는 사람들이 길게 줄을 섰다. 시민들은 과거의 상징물들, 천년은 사용할 줄 알았을 독수리 문양과 만卍자를 지우느라 바빴다. 발코니에서 이상한 빨간 깃발들이 휘날렸다. 몹시 급하게 뜯어냈는지 검은색 만자의 흔적이 아직도 그 깃발에 남아 있었다. 그러나 그들이 앞으로 걸어 나갈수록 빨간 깃발들은 점점 보기 힘들어졌고 결국에는 사라져버렸다. 게달레가 멘델에게 말했다. "자네의 적이 쓰러지면 기뻐하지 말게. 오히려 그가 일어날 수 있게 도와줘야 해."

두 군대의 휴전선이 아직 확고하지 않았다. 행군을 시작하고 이틀째 되는 날 아침에 그들은 초록색과 갈색이 어우러진 평온한 지방에 도착했다. 구릉이 많고 여기저기 농장과 저택이 흩어져 있었다. 밭에서는 농부들이 벌써 일을 했다. "미군 봤냐고요?" 농부들이 무심하게 어깨를 으쓱했다. 그러더니 막연하게 서쪽을 가리켰다. "러시아 군인들 봤냐고요?" 러시아 군인은 없다. 여기에는 러시아인이 없었다.

그들은 자신들도 알아차리지 못한 사이에 미군들과 섞여 있었다. 누더기를 걸친 게달리스트들의 행렬에 별 관심을 보이지 않고 흘깃 보고 마는 정찰대를 만나기는 이번이 처음이었다. 독일에는 난민들밖에 없었다. 그들은 자신들보다 더 상태가 안 좋은 난민들도 보았다. 샤이벤베르크에서 딱 한 번 순찰차가 그들을 막아서더니 호위를 해서 사령부로 데려갔다. 사령부는 압수한 저택의 1층에 마련된 조그만 사무소였고 사람들로 북적였다. 거의 독일인들로 폭격을 맞은 도시에서 피난을 왔거나 붉은 군대를 피해 달아난 사람들이었다. 게달리스트의 남자들은 짐을 (그리고 짐에 숨겨둔 무기를) 못텔이 지키게 맡겨놓고 차분하게 줄을 섰다.

"자네가 우리를 대신해서 말해." 게달레가 파벨에게 말했다. 파벨은 겁을 집어먹었다.

"난 영어는 몰라요. 아는 척한 거지. 고작 몇 마디 흉내 낸 것뿐이라니까. 배우나 앵무새들처럼 말이죠."

"상관없어. 자네에게 독일어로 물어볼 거야. 자네는 서툰 독일어로 대답해야 돼. 우리는 이탈리아인이고 이탈리아로 간다고 말해."

"안 믿을걸요. 우리 생긴 게 이탈리아인이 아니잖아요."

"그래도 해봐. 잘되면 좋고 안 되면 다시 생각해보지 뭐. 위험할 거 별로 없어. 이제 히틀러도 없잖아."

책상 앞에 앉은 미국인은 셔츠를 입지 않았는데 땀에 뒤범벅이 되어 있었고 이런 일이 지겨운 듯했다. 그가 파벨에게 놀랄 만큼 유창한 독일어로 물었다. 그래서 파벨은 이탈리아에서 온 사람이 독일어를 하는 것처럼 흉내 내느라 진땀을 뺐다. 다행히 미국인은 파벨이 말한 내용에, 말하는 방식에, 부대에, 그 구성에, 그 의도에, 그 과거와 미래에 전혀 관심이 없어 보였다. 잠시 후 파벨에게 말했다. "간결하게 말해주시겠소?" 다시 1분 후에 파벨의 말을 가로막더니 파벨과 동료들 모두 저택 밖에서 기다리라고 했다. 파벨이 밖으로 나갔고 모두 다시 배낭을 짊어지고 '아무 소득 없이' 샤이벤베르크를 떠났다. 게달레가 말했다.

"미국인들이 다 저렇게 건성은 아니겠지. 러시아군하고 미군이 어떻게 의견 일치가 되는지 모르겠군그래. 어쨌든 아직 소비에트 군복과 배지를 몸에 지니고 있거나 짐 속에 둔 사람은 버리는 게 좋겠어. 저들이 우릴 되돌려 보내면 우리도 별로 유쾌하지 않을 테니까."

이제 그들은 더 이상 조급하지 않았다. 다음 구간까지 거리를 짧게 해서 항상 새롭고, 목가적이면서도 비극적인 분위기에서 자주 휴식을 취하며 서쪽으로 향했다. 자동차를 탔거나 걸어서 독일 심장부를 향해 행군하는 미군 부대들이 자주 그들을 추월했다. 혹은 어깨에 기관총을 느슨하게 멘 흑인과 백인 미군들의 호위를 받으며 걸어가는 독일 전쟁 포로들의 끝없는 대열과 마주치기도 했다. 켐니츠 역에서는 50량의 객차로 된 화물기차가 측선에 서 있었는데 휴전선 쪽으로 갈 예정인 기차였다. 제지 공장의 설비와 원료, 방금 인쇄한 지도들을 묶은 거대한 두루마리들, 사무가구들이 실려 있었다. 소비에트 군복을 입은 군인 한 명이 기차를 지키고 있었는데 금발 머리의 아주 어린 청년으로 제지공장 설비들 사이에 끼어 있는 소파에 누워 있었다. 표트르가 그 청년에게 러시아어로 인사를 하고 대화를 시작했다. 청년의 설명으로는 제지공장 설비가 러시아로 가는데 어딘지는 자기도 모른다고 했다. 러시아 공장들이 다 폐허가 되어버려서 미군이 러시아군에 주는 선물이었다. 군인은 표트르에게 아무것도 묻지 않았다. 거기서 조금 더 가자 폭격을 맞은 공장이 있었는데 기계 조립 공장이었던 모양이다. 한 팀의 전쟁 포로들이 삽으로 돌무더기를 떠냈고 미군 장교와 기술자가 그들을 감독했다. 그들은 인부가 아니라 고고학자처럼 일했다. 미국인들은 모든 금속 부품에 관심을 보이고 삽 끝으로, 종종 맨손으로 그것들을 주의 깊게 살피고 라벨을 붙여 분류하고 조심스럽게 따로 쌓아놓았다.

　　로켈레는 절대 불평을 하지 않았지만 피곤해했다. 모두가 그녀의 상태를 걱정했다. 그녀는 겨우겨우 걸었다. 하루가 다르게 발목이 부어올라서 장화를 포기하고, 못텔이 구해다 준 구두의 윗부분을 대충 잘라 신었다. 결국 슬리퍼를 신고 걷게까지 되었다. 짧은 거리는 들것에 실려 가기도 했다. 그렇기는 해도 이제 해결책을 찾을 필요가 있었다. 6월 중순경 그들은 베를린–뮌

헨-브렌네르 철도 노선에 있는 플라우엔에 도착했다. 게달레는 파벨과 못텔을 보내 상황을 파악하게 했다. 역은 혼란 그 자체였다. 기차들은 한계라고 할 만한 합리적인 수준을 모두 뛰어넘어 승객과 화물을 잔뜩 실은 채 불규칙적으로 오갔는데 그 시간도 예측이 불가능했다. 그들은 역 대합실에서 임시로 거주했다. 대합실은 겉보기에 공동숙소 같았다. 금고의 돈으로는 게달레가 원하듯이 부대원 모두가 브렌네르 고개까지 갈 기차표를 살 수가 없었다. 게다가 로켈레의 산부인과 진료를 위해 돈을 써야만 했다. 그녀는 병원에 입원했다가 병원의 청결과 질서에 감탄하며 퇴원했다. 그녀는 건강했고 태아 상태도 좋았다. 다만 조금 피로가 쌓여 있었다. 걸어도 되긴 하지만 너무 많이 걸으면 안 되었다. 그사이 대원들 대부분은 시내를 돌아다녔다. 관광도 할 겸 몇 푼이라도 마련할 거리를 찾기 위해서였다. "두꺼운 옷을 팔자고. 그래, 우린 남쪽으로 갈 거고 여름도 다가오니까." 게달레가 말했다. "취사도구들은 적당한 가격을 줄 때에만 팔아. 무기는 아무리 돈을 많이 줘도 안 되고."

　　게달리스트들 중 도시 생활 경험이 있는 사람은 아무도 없었다. 레오니드만 대도시에 살아봤었기 때문에 많은 대원들이 그를 그리워했다. 플라우엔에서는 모두들 상반된 도시 모습에 당황하고 깜짝 놀랐다. 아직도 돌무더기가 쌓여 있는 거리 한가운데로 우유 장수가 아침마다 같은 시각에 정확하게 작은 수레를 끌고 확성기를 들고 돌아다녔다. 커피와 고기 값은 눈이 튀어

나오게 비싼 반면 은식기는 헐값이었다. 못텔이 몇 마르크 주지 않고 필름이 들어 있는 멋진 사진기를 하나 샀다. 대원들은 무리를 지어서 어떤 사람은 서기도 하고 앞줄의 사람은 쪼그려 앉은 채로, 모두 무기를 잘 보이게 들고 포즈를 취했다. 아무도 사진에서 빠지고 싶어 하지 않아서 행인에게 무너진 집을 배경으로 찍어달라고 부탁했다. 기차는 제대로 운행이 되지 않았다. 그러나 도시에 하나뿐인 라이제뷔로, 즉 여행사무소는 잘 운영되었다. 전화선이 복구되어서 역보다 돌아가는 사정을 훨씬 더 잘 알고 있었다. 그렇기는 해도 게달레는 절대 역에서 멀리 가지 않았다. 철도 노동자 중의 한 사람과 어울리는 그의 모습이 자주 눈에 띄었다. 게달레는 그에게 인심이 좋았다. 선술집에서 맥주를 사주기도 했다. 어느 날은 두 사람이 역 옆의 작은 공원에 함께 있는 게 보였다. 게달레는 바이올린을 연주했고 독일인은 플루트를 연주했는데 둘 다 진지했고 연주에 깊이 빠져 있었다. 게달레는 이유는 설명하지 않은 채 모두에게 자리를 비우지 말라고 부탁했다. 혹시라도 당장 떠나게 될 경우 모두가 이용할 수 있는 시간은 불과 몇 분밖에 없을 수도 있었다.

그렇지만 게으르고 정확히 알 수 없는 뭔가를 기다리는 역의 분위기 속에서 다시 몇 주를 더 보내야 했다. 날씨는 더웠다. 역의 한 곳에서 적십자사가 매일 누구에게든 원하는 사람에게 죽을 나눠주었다. 온갖 인종과 국적의 난민과 유랑자들이 죽을 받으러 삼삼오오 왔다 가곤 했다. 플라우엔 시민들 중 몇 명이 역에 거주하는 게달리스트들과 조심스레 관계를 맺었다. 그들은 호기심이 많았지만 질문을 하지는 않았다. 대화는 언어적 충돌로 인해 제대로 이루어지지 않았다. 이디시어를 사용하는 사람은 독일어를 잘 알아들었고 반대의 경우도 마찬가지였다. 그리고 게달리스트들 거의 모두가 꽤 정확하게, 이디시어 억양이 상당이 두드러지기는 하지만 독일어를 말할 수 있었다. 하지만 역사적으로 자매인 두 언어는 말하는 사람 입장에서는 한 언어가 다른 언어의 캐리커처처럼 보였다. 마치 우리 인간이 보기에 원숭이가 우리의 캐리커처처럼 보이듯이 말이다(물론 우리도 원숭이의 눈에 그렇게 보일 수 있다). 아마도 이런 사실은 아슈케나지 유대인이 고지독일어를 타락시킨 장본인들이라 생각하며 독일인들이 유대인들에게 가지고 있는 해묵은 원한과 무관하지 않을 것이다. 그러나 더 뿌리 깊은 다른 요인들이 개입해서 상호 간의 이해를 방해했다. 이 이방인 유대인들은 독일인들이 충실하게 덫을 놓아서 학살당하게 만들었던 그 지역 중산층 유대인들과는 너무나 달라서 독일인들의 눈에는 수상쩍었다. 이들은 너무 민첩하고 지나치게 에너지가 넘쳤다. 더러운 데다 누더기를 걸쳤고 거칠며 예측 불가능하고 원시적이고 '러시아인들'이었다. 유대인들에게는 이렇게 수줍음을 많이 타고 폐쇄적인 노인들, 동물원 창살 앞에 서 있듯 역 출입문에 모습을 보이는 금발머리 어린아이 같고 친절한 독일 노인들과 그들이 피해왔고 열정적으로 복수를 했던 인간사냥꾼들을 구별하기가 불가능하지

만 꼭 필요한 일이었다. 그들이 아니야. 아니다. 하지만 이 노인
들이 그들의 아버지이고 선생이고 자식이고 그들의 어제이고 내
일이다. 엉킨 실타래를 어떻게 풀지? 풀리지 않아. 가능한 한 빨
리 떠나야 한다. 이 땅은 위험해. 깨끗하게 정돈되고 질서를 사랑
하는 이 땅은 위험해. 한여름에 불어오는 부드러우면서도 상쾌
한 이 바람은 위험해. 떠나자. 떠나자. 우리가 엘스터 강가의 플
라우엔 대합실에서 잠이나 자려고 폴레시아 그 구석에서 여기까
지 온 건 아니야. 단체사진과 적십자사의 죽으로 무료한 기다림
의 시간을 달래려고 온 것도 아니라고. 그런데 7월 20일 한밤중
에 모두가 암묵적으로 바라던 소원을 이뤄줄 신호가 갑자기 왔
다. 게달레가 대원들이 자고 있는 대합실 통로로 달려 들어왔다.
  "당장 다 일어나서 짐을 싸라. 조용히 나를 따르라. 15분 뒤
에 출발이다." 곧이어 소동이 벌어졌고 그 와중에 서로에게 급히
어찌 된 일인지 묻기도 하고 설명을 하기도 했다. 모두들 게달레
를 따라 그리 멀지 않은 전철기로 갔다. 플루트 연주자이자 철도
노동자인 게달레 친구가 기적을 만들어냈다. 거의 새것이나 다
름없는 객차가, 그들을 이탈리아로 데려다줄 객차가 거기 서 있
었다. 그렇다, 구입한 것이다. 불과 몇 달러에, 물론 합법적으로
는 아니다. 파손되어서 얼마 전에 수리한 객차로 아직 시운전을
해봐야 한다. 간단히 말해 접수한 것이다. 접수한 것? 그렇다, 그
렇게 말한다. 아니 게토에서, 라거에서, 나치의 전 유럽에서 그렇
게 말했었다. 불법으로 마련한 것을 접수한 것이라고 불렀다. 기

차가 잠시 후 도착할 것이다. 종이 벌써 울리고 있었다.

　　모두 순식간에 준비를 마쳤다. 하지만 파벨이 점호에 빠졌다. 게달레가 폴란드어로 욕설을(이디시어에는 욕이 없어서) 퍼부었다. 그리고 달려가서 파벨을 찾아오라고 부대원을 보냈다. 그리 멀지 않은 곳에서 독일인 창녀와 함께 있는 그를 찾아냈다. 그는 바지 단추도 채 잠그지 못하고 역으로 끌려왔다. 그도 러시아어로 욕을 했다. 하지만 반대는 하지 않았다. 모두 소리 없이 객차로 올라갔다.

　　"누가 기차에 연결하나요?" 멘델이 물었다.

　　"저 친구, 루드비히. 나한테 약속했어. 필요하면 우리도 도와줄 수 있고."

　　"어떻게 저 사람하고 친구가 됐어요?"

　　"바이올린으로. 옛날에 리라로 호랑이를 길들이던 사람처럼 했지. 그래도 루드비히는 호랑이는 아니야. 친절하고 재능이 넘치지. 저 친구와 연주하는 게 좋았어. 그래서 몇 푼 받지도 않고 이 일을 도와주었지."

　　"그래도 어쨌든 독일인이잖아요." 파벨이 투덜거렸다.

　　"그래, 그게 무슨 상관이야? 전쟁에는 안 나갔어. 계속 철도원 일을 했지. 플루트를 연주하고. 1933년에 히틀러에게 투표하지 않았다. 자네 그거 알아, 자네가 독일에서 순수 혈통인 독일인 아버지와 어머니에게서 태어났고 학교에서 혈통과 조국에 대한 bubkes*를 시시콜콜 모두 배웠다면 어떻게 했겠나?"

---

　*　'사소한 것, 가치 없는 것' 이디시어.

여자들은 객차 한쪽 구석에 하얀 로켈레를 위해 짚과 담요로 자리를 만들었다. 벨라가 게달레를 돌아보며 말했다.

"……그런데 사실대로 말해봐, 당신 기차라면 죽고 못 살지. 내 생각에 비알리스토크의 수녀가 중간에 끼지 않았으면 바이올리니스트가 아니라 철도원이 됐을 거야."

게달레가 행복하게 웃으면서 사실이라고 인정했다. 그는 기차뿐만 아니라 모든 차량들을 좋아했다. "하지만 이번 게임은 소득이 있었어. 우린 완전히 우리 객차로, 주인으로 이탈리아에 가는 거야. 국가 원수들이나 이런 여행을 할 수 있지!"

"Nu." 이시도르가 골똘히 생각하다가 말했다. "대장님은 아직 충분히 젊어요. 이제 전쟁이 끝났으니 유격대원은 더 이상 쓸모가 없잖아요. 철도원이 돼보는 게 어때요? 나도 거기 이스라엘의 땅에 가면 그러고 싶어요."

그때 요란한 기차 바퀴 소리가 들렸다. 선로에 전조등 불빛이 보였다. 그러자 긴 화물기차가 역으로 들어왔다. 끼이익 소리를 내며 기차가 정차했고 30분가량 가만히 서 있었다. 그런 다음 천천히 다시 움직였다. 마지막 객차 완충기에 웅크리고 있던 한 남자가 인사의 표시로 손전등을 흔들었다. 그, 루드비히였다. 기차가 사람이 걷는 속도로 느리게 후진하다가 덜커덩했다. 그리고 날카로운 연결기 소음이 들렸다. 기차가 알프스를 향해 게달리스트들이 탄 특별칸을 끌고서 천천히 출발했다.

제12장
1945년 7월~8월

그들은 걸어가는 게 아니라 기차에 연결된 객차를 타고 가는 그
런 여행은 한 번도 해본 적이 없었다. 추위를 견딜 필요도 없고
총탄에 노출되지도 않고 배를 곯지도 않고 뿔뿔이 흩어지지도
않는 여행이었다. 정상적이지는 않았다. 아직은 아니었다. 언제
까지 갈 수 있을지 누가 알겠는가. 하지만 객차 옆면에 뮌헨-인
스부르크-브렌네르-베로나로의 여정을 알리는 표지판이 붙어
있었다. 루드비히가 모두 다 준비를 해놓았던 것이다. "되도록
객차 밖으로 나가지 말 것." 게달레가 말했다. "되도록 눈에 띄지
않게 해서 검문을 해봐야겠다는 생각이 누군가의 머리에 떠오르
지 않게 하자고."

하지만 검문은 없었다. 그 노선에서, 그리고 대부분의 유럽
철도 노선에서 아직은 할 일이 아주 많았다. 선로를 수리해야 하
고 선로 위의 파편 더미들을 치우고 신호기를 다시 세워야 했다.
기차는 느릿느릿, 그것도 거의 밤에만 운행을 했다. 낮에는 우선
권이 있는 다른 기차들에게 선로를 비워주기 위해 측선에서 한
없이 기다리며 태양에 달구어졌다. 승객용 기차들은 몇 대 되지
않았다. 화물열차가 승객 수송을 맡았는데 사람들이 마치 물건

처럼 객차 안에 꽉꽉 채워져 있었다. 수십만의 이탈리아인들, 남녀들, 군인과 일반인들, 파멸한 제3제국의 공장과 들판에서 일했던 노동자와 노예 같은 인부들이었다. 이런 사람들에 섞인 다른 승객들이 있었는데 말이 거의 없고 수도 적었으며 사람들의 관심을 피하고 싶어 했다. 이들은 연합군의 재판을 피하기 위해 연합군에 점령된 독일을 떠나는 독일인들로 전직 SS와 게슈타포, 당원들이었다. 역설적이게도 그들에게나 이동 중인 유대인들에게나 이탈리아는 저항이 제일 적은 장소이자 남미나 시리아, 이집트처럼 그들을 받아줄 나라로 가기에 제일 적합한 출발점이었다. 솔직하게 신분을 드러냈거나 변장을 한 사람, 신분증을 가지고 있거나 아무것도 없는 사람들로 구성된 이 다양한 물결이 남쪽을, 브렌네르 고개를 향해 가고 있었다. 브렌네르는 깔때기의 좁은 목이 되었다. 브렌네르를 통해야 이탈리아로, 기후가 온화하고 불법이 판치는 것으로 악명 높으며 열려 있는 나라로, 친근한 마피아의 나라로, 금기를 무시하고 모든 이방인을 형제로 받아들이는 무정부주의적 관용의 나라로 갈 수 있었다. 이 나라가 지닌 양면성은 노르웨이와 우크라이나까지, 폐쇄된 동유럽의 게토에까지 그 명성을 떨쳤다.

역에서 기차가 쉬는 동안에는 객차의 문을 닫아두었지만 기차가 움직이기 시작하면 문을 열었다. 그리고 들판에서도 자주 정차했는데 그때도 마찬가지였다. 멘델은 바닥에 앉아 다리를 밖으로 내놓고 덜렁덜렁 흔들며 장엄하게 펼쳐지는 풍경을 바라보았다. 비옥한 밭과 호수와 숲과 농장과 오버팔츠와 바이에른의 계곡들을. 그도 그의 동료들 중 그 누구도 이렇게 풍요롭고 문명화된 땅에 살아본 적이 없었다. 셀 수도 없이 많은 그들의 발자국이 찍혀 있기라도 하듯이, 그들이 걸어온 끝도 없는 길이 그들 뒤로 펼쳐졌다. 마치 꿈속을 헤매듯이 늪지와 여울과 매복이 숨어 있는 숲을 가로지르고 쌓인 눈과 강물을 건너고 죽이고 죽임을 당하며 걸었다. 그는 자신이 몹시 지쳤고 이방인 같다는 생각이 들었다. 이제 혼자다. 여자도 없고 목적도 없고 고향도 없다. 친구도 없고? 아니, 그렇다고는 할 수 없다. 동료들은 남아 있었고 앞으로도 남아 있을 것이다. 동료들이 그의 공허한 마음을 가득 채워주었다. 기차가 그를 어디로 데려갈지는 중요하지 않았다. 그는 자신의 일을 했고 의무를 다했다. 쉽지 않았고 항상 하고 싶었던 것만은 아니지만 그래도 했다. 문을 닫았고 끝났다. 전쟁은 끝났다. 평화 시에 포병은 무슨 일을 할까? 무슨 일을 할 수 있을까? 시계 수리공? 누가 알겠는가. 어쩌면 절대 할 수 없을지도 모른다. 총을 쏘느라 손가락이 굳고 무뎌졌다. 눈은 가늠쇠를 통해 멀리 보는 데 익숙해져 있다. 약속의 땅에서 아무도 그를 부르지 않았다. 어쩌면 거기서도 걷고 싸워야 할지도 모른다. 좋아, 그게 내 운명이라면 받아들여야지. 그렇지만 마음이 따뜻해지지는 않아. 우크라이나 의용군을 살해했을 때처럼 운명을 받아들이는 게 의무라면 그렇게 해야지. 의무는 재산이 아니야. 미래도 마찬가지지. 하지만 여기 이 사람들은 재산이야. 나는 이 사람들

때문에 부자야. 그들은 내 곁에 남아 있어. 모두. 성품이 거칠고
결점도 있어서 나를 모욕했고 나도 이 사람들을 모욕했어. 여자
들도 마찬가지야. 어리석게 나를 떠난 시슬도 나를 모욕했지. 자
신이 뭘 원하는지 알고 있는 라인도 그래. 라인은 모든 남자를 원
해. 그래서 나를 떠났지. 따분하고 게으른 벨라도, 열매처럼 점점
커지는 배를 창피해하지 않는 하얀 로켈레도 마찬가지야.

　그는 옆과 뒤를 돌아보았다. 어린아이처럼 순진하며 전투에
서는 무시무시하고 선량한 러시아인들이 다 그렇듯 미치광이인
표트르가 있다. 표트르를 위해 목숨을 던질 수 있나? 그럼, 주저
없이 던질 수 있어. 적절하게 거래를 할 줄 아는 사람처럼 망설이
지 않고. 나보다는 그가 이 지구상에 있는 게 나으니까. 회전목마
를 탄 어린아이처럼 즐겁게, 신뢰를 하며 우리와 함께 이탈리아
로 가고 있어. 옛날 기사들처럼 우리와 함께 우리를 위해 싸우는
편을 택했어. 표트르가 관대한 성품이어서 그렇지. 우리가 믿지
않는 예수님을 믿어서 그래. 하지만 러시아정교회 사제가 그에
게 예수를 십자가에 단 게 우리라고 말한 게 틀림없어.

　게달레가 있다. 게달레라는 이름 참 이상해. 성경의 게달레*
는 별로 중요하지 않은 인물이야. 칼데아**의 느부갓네살이 그를
유대 총독으로, 추방당한 뒤 얼마 남지 않은 유대인들의 총독으
로 임명했어. 그러니까 지금 같아, 꼭 히틀러가 임명한 고위 관리
같아. 어쨌든 그는 협력자였어. 우리 같은 유격대원 중의 한 사람
인 이스마엘에게 살해당했지. 만약 우리가 옳다면 이스마엘도

---

　* 구약성서, 「열왕기」에 등장하는 '게달리아'를 가리킴.
　** 바빌로니아 남부를 가리키는 고대의 지명. 구약성서에서는 바빌로니아와 동의어로
　　사용된다.

옳고 그가 게달레를 살해한 것도 잘한 일이야…… 무슨 어리석은 생각이지! 인간은 자신의 이름에 책임이 없다. 내 이름의 뜻은 위로하는 사람인데 난 아무도, 심지어 나 자신도 위로하지 않는다. 어쨌든 게달레는 이름을 바꾸는 게 좋겠다. 예를 들면 플루트나 기타를 발명한 유발은 어떨까. 아니면 최초로 세상을 돌아다니고 천막을 쳤던 그의 동생 야발이나 구리와 철로 도구 만드는 법을 사람들에게 알려준 둘째 동생 두발가인이라는 이름은? 모두 라멕의 아들들이었다. 라멕은 이해하기 어려운 복수를 하는데 그가 어떤 이유로 모욕을 느껴 복수를 하는지 아무도 알지 못했다. 류반에서의 라멕, 크미엘니크에서의 라멕, 노이하우스에서의 라멕. 아마 라멕도 게달레처럼 유쾌한 보복을 하는 사람이었을지도 모른다. 라멕은 복수를 마치고 밤이 되면 천막 아래에서 자식들과 플루트를 연주했다. 나는 게달레를 이해할 수 없어. 그의 행동도 그의 결정도 이해할 수 없을 테지만 그래도 게달레는 내 형제야.

그럼 라인은? 라인은 어떻게 말해야 할까? 나의 여동생이 아니다. 그보다 훨씬 더 중요한 존재이기도 하고 그보다 훨씬 못한 존재이기도 하다. 어머니이자 아내, 딸, 친구, 적, 경쟁자, 스승이다. 그녀는 내 육신의 일부였다. 천년 전, 풍차 안으로 바람이 불어오던 그날 밤, 아직 전쟁 중이었고 세상은 젊었고 우리들 모두 손에 검을 든 천사였을 때 그녀의 몸속에 들어갔다. 그녀는 명랑하지 않지만 신중하다. 나는 명랑하지도 신중하지도 않다. 나

이가 천 살이고 온 세상을 몸에 지고 다닌다. 그녀는 여기 내 옆
에 있다. 나를 바라보지 않고 독일의 풍경을 뚫어지게 바라본다.
그녀는 항상 자신이 해야만 하는 일을 정확히 알고 있다. 천년 전
늪지에서 나 역시 내가 해야만 하는 일이 뭔지 알고 있었다. 지금
그녀는 아직도 그걸 알고 있지만 나는 이제 알지 못한다. 그녀는
나를 보지 않지만 나는 그녀를 본다. 그녀를 보며 기쁨을 느낀다.
혼란스러움과 가슴이 찢어지는 고통을 느낀다. 나는 내 이웃의
여자를 원한다. 라인, 에멀라인, 예리코의 성스러운 죄인 라합.
라인은 누구의 여자인가? 모든 남자들의 여자라는 말은 그 어떤
남자의 여자도 아니라는 말과 같다. 그녀는 구속을 하지 구속당
하지 않는다. 누구의 여자인지는 중요하지 않다. 하지만 기억 속
에서 그녀의 몸이 다시 나타날 때, 옷 속의 그 몸을 짐작할 때 가
슴이 찢어지는 것 같다. 다시 시작하고 싶다. 그런데 할 수 없다
는 걸 잘 알고 있다. 바로 이 때문에 가슴이 찢어진다. 그렇지만
어쨌든, 라인이 없어도, 시슬이 없어도 가슴이 찢어지는 기분이
다. 리브케가 없어도? 아니, 멘델, 그건 몰라, 그렇다고 말할 수는
없어. 리브케가 없으면 넌 다른 남자야. 어떤 생각을 하는 사람인
지 누가 알겠어, 그 사람은 멘델이 아니야. 리브케가 없다면, 리
브케의 그림자가 없다면 나는 미래를 향한 준비를 할 수 있을 텐
데. 살아갈 준비, 씨앗처럼 자랄 준비를 할 수 있을 텐데. 어떤 땅
에나, 이스라엘의 땅에도 뿌리를 내리는 씨앗들이 있다. 라인은
그런 씨앗이다. 다른 사람들도 모두 그렇다. 그들은 물에서 나와

서, 개들처럼 몸을 흔들어 물을 털어내고 기억을 말린다. 그들에
겐 상처가 없다. 집어치워, 어떻게 그런 말을 할 수 있지? 그 사
람들도 상처가 있지만 말을 하지 않을 뿐이야. 어쩌면 지금 이 순
간 그들도 너와 같은 생각을 할지도 몰라.

　　기차가 인스부르크를 지났다. 그리고 브렌네르 고개와 이탈
리아 국경을 향해 힘들게 올라가는 중이다. 게달레는 객차 구석
에서 나무 벽에 등을 기대고 앉아서 바이올린을 나지막하게, 별
주의를 기울이지 않고 자기 식대로 연주하고 있다. 집시풍의 멜
로디를 연주했다. 아니 히브리풍이거나 러시아풍일지도 모른다.
이질적인 민족들이 종종 음악에서 만나서 음악을 교환하고 음악
을 통해 불신이 아니라 서로를 이해하는 법을 배운다. 수백 번은
들었던 수수하고 고급스럽지 않은 멜로디로 통속적인 향수를 불
러일으킨다. 바로 그 순간 갑자기 리듬이 경쾌해졌고 그렇게 빨
라지다 보니 멜로디도 전혀 달라졌다. 활발하고 신선하고 고상
하고 희망에 넘쳤다. 춤을 출 수 있는 즐거운 리듬으로, 고개를
까딱이고 손뼉을 치며 함께 음악을 즐기라고 권하는 듯하다. 그
래서 뻣뻣한 수염이 덥수룩하고 태양에 검게 그을었으며 힘든
노동과 전쟁에 단련된 대원들 대부분이, 기억을 오래 마음에 담
아두지 않는 거친 그들이 그렇게 떠들썩한 소음을 즐겼다. 위험
은 다 지나갔다. 전쟁, 길, 피와 얼음은 다 지나갔고 베를린의 악
마는 죽었으며 전 세계가 마치 대홍수가 끝난 뒤처럼 텅 비고 공
허해서 다시 생명을 창조하고 다시 사람들이 살게 해야 한다. 기

차가 올라가는 중이다. 고개를 향해 활기차게 올라간다. 상승, aliyah, 유배지에서, 밑바닥에서 벗어나 빛을 향해 올라가는 여정을 그렇게 부른다. 바이올린의 리듬도 상승해서 점점 빨라진다. 뜨거워지고 격렬해진다. 게달리스트 두 사람이 객차 가운데로 튀어나간다. 곧 넷이 되고 열 명이 되어 짝을 이뤄, 한 덩어리로 어깨와 어깨를 맞대고 장화 뒤꿈치로 바닥을 소리 나게 치면서 춤을 춘다. 게달레도 일어나서 연주를 하며 춤을 춘다. 빙그르르 돌다가 무릎을 높이 든다.

갑자기 날카롭게 뭔가 쫙 갈라지는 소리가 들리더니 바이올린이 멈췄다. 게달레가 현을 공중에 든 채 서 있다. 바이올린이 부서졌다. "Fidl kaput!"* 파벨이 킬킬거렸다. 다른 사람들도 웃었지만 게달레는 웃지 않았다. 그는 낡은 바이올린을 물끄러미 보았다. 루니네츠에서 그의 목숨을 구해주었고 어쩌면 그가 모르는 사이에도 그가 절망과 권태에 빠지지 않고 그 위에 떠 있게 해서 여러 차례 그를 구해주었을 바이올린을. 자기 대신 총알을 맞아 전투에서 상처를 입은 바이올린에 그는 헝가리인의 청동 훈장을 장식해주었다. "별거 아니에요. 수리하면 돼요." 하얀 로켈레가 말했다. 하지만 그렇지 않았다. 아마 햇빛과 악천후 때문에 나무가 썩었을지도 모른다. 아니면 게달레가 떠들썩하게 연주하며 너무 무리를 가했을 수도 있었다. 어쨌든 부서진 바이올린은 고칠 수 없을 것 같았다. 줄 받침대가 안으로 들어가 살짝 볼록한 바이올린 몸체를 뚫고 나가 몸체가 망가져버렸다. 바이

* '바이올린이 망가졌네!' 이디시어.

올린 줄들은 보기 흉하게 늘어져 있었다. 손쓸 방법이 없었다. 게 달레가 객차 문 밖으로 팔을 뻗더니 손을 폈다. 바이올린이 구슬 픈 소리를 내며 철로의 자갈 위로 떨어졌다.

　　1945년 7월 25일 정오에 기차는 브렌네르에 도착했다. 지금 까지는 역에 정차할 때마다 게달레가 잊지 않고 문을 닫게 했지 만 지금 그는 다 잊어버린 듯했다. 하지만 문을 닫아두는 건 중요 했다. 그 역은 국경에 있어서 검문을 할 게 거의 확실했다. 기차 가 정차하기 전 라인이 준비를 했다. 그녀는 열어놓은 문 옆에 앉 아 있던 대원들을 일어나게 하고 문을 닫았다. 그리고 안에서 짧 은 쇠줄로 묶은 뒤 모두에게 조용히 있으라고 부탁했다. 처음에 는 플랫폼이 소란스럽더니 곧 바깥도 조용해졌다. 그렇게 시간 이 흐르기 시작했고 불안감이 점점 커졌다. 뜨거운 햇빛 아래 가 만히 서 있는 데다가 문까지 닫아둔 객차 안의 온도가 올라갔다. 몇 평방미터밖에 되지 않는 공간에 빼곡하게 들어앉은 서른다섯 명의 게달리스트들은 또다시 자신들이 덫에 걸린 기분이었다. 수군거리는 소리가 들렸다.

　　"벌써 이탈리아에 도착한 건가? 국경 검문소 통과했어?"

　　"혹시 객차를 분리했는지도 몰라."

　　"무슨 말이야. 그랬으면 소리가 들렸을 텐데."

　　"문을 열고 내려가서 어찌 된 건지 보자고."

　　"모두 내려서 걸어가지."

　　하지만 라인이 조용히 하라고 명령했다. 아무도 없던 플랫

폼에서 발소리와 목소리들이 들렸기 때문이었다. 파벨이 문에
난 가느다란 틈으로 내다보았다.

"군인들이다! 영국군 같은데."

목소리가 가까워졌다. 네 명 혹은 다섯 명이었다. 그들이 객
차 바로 앞에서 걸음을 멈추고 말을 했다. 파벨이 귀를 기울였다.

"······그런데 영어로 말하지 않아." 그가 조그맣게 말했다.
잠시 후 누군가 손으로 문을 두 번 두드렸다. 그러더니 이해할 수
없는 질문을 했다. 하지만 라인이 알아들었다. 그녀가 대원들 사
이를 뚫고 문가로 가서 대답했다. 히브리어로 대답했다. 시나고
그에서 사용해서 모두에게 익숙한 의례적이고 박제된 히브리어
가 아니라 팔레스타인에서 늘 사용하는 히브리어, 살아 있는 유
려한 언어였다. 그들 중 그 히브리어를 알아듣고 말할 줄 아는 사
람은 라인밖에 없었다. 그녀는 하늘이 다시 닫히기 전, 대홍수가
나기 전 키예프의 시오니스트들에게 그 말을 배웠다. 라인이 문
을 열었다.

플랫폼에 깨끗하게 다려진 카키색 군복을 입은 젊은이 네
명이 서 있었다. 통이 넓고 길이가 짧은 우스꽝스러운 바지에 굽
이 낮은 신발, 무릎까지 닿는 양모 양말을 신은 젊은이들이었다.
머리에는 영국군 배지가 달린 검은 베레모를 썼지만 반팔 셔츠
의 가슴에 육각 별, 그러니까 다윗의 방패가 붙어 있었다. 영국계
유대인? 영국군의 포로가 된 유대인? 유대인으로 변장한 영국
인? 게달리스트들에게 가슴에 달린 별은 노예 상태의 상징이었

다. 강제수용소에서 나치가 유대인들에게 붙였던 낙인이었다.
객차 안의 유대인들은 당황한 얼굴로, 플랫폼의 유대인들은 차
분하게 잠시 말없이 마주 보았다. 곧 그들 중 한 사람, 체격이 좋
고 금발에 뺨이 발그레하고 쾌활한 젊은이가 히브리어로 물었
다. "히브리어 하시는 분 있습니까?"

"나밖에 없어요." 라인이 대답했다. "다른 사람들은 이디시
어, 러시아어, 폴란드어를 사용해요."

"그럼 이디시어로 합시다." 젊은이가 말했다. 하지만 고군분
투하며, 더듬더듬 이디시어로 말을 했다. 다른 세 동료는 알아듣
는다고 고개를 끄덕였지만 말을 하지는 않았다. "우리를 무서워
하지 마십시오. 우리는 유대인 여단 군인들입니다. 이스라엘의
땅에서 왔지만 영국군에 속해 있습니다. 우리는 영국군, 미군, 폴
란드군, 모로코군, 인도군들과 전투를 하며 이탈리아로 진군했
습니다. 여러분은 어디에서 왔습니까?"

질문은 쉽지 않았다. 다들 조금 어수선하게 대답했다. 그들
은 폴레시아, 비알리스토크, 코소보, 게토, 늪지, 코카서스, 붉은
군대에서 왔다. 질문을 한 젊은이, 동료들이 하임이라고 부른 그
청년은 출렁이는 물을 가라앉히려는 듯이 손을 움직였다. "아가
씨, 당신이 말해봐요." 그가 말했다. 라인은 대답을 하기 전에 게
달레와 멘델과 조그맣게 상의했다. 다 말해야 하나? 사실대로 말
해야 하나? 이 군인들 이상하다. 유대인이라면서 영국 군복을 입
었다. 누구의 명령을 따르나? 런던 아니면 텔아비브? 믿어도 될

까? 게달레는 망설이는 듯했다. 아니 솔직히 말하면 관심이 없어 보였다. "네가 대충 알아서 말해. 일반적인 얘기를 해." 게달레가 말했다. 그러자 멘델이 말했다. "저 사람들이 무슨 권리로 우리에게 질문하지? 기다렸다가 대답을 해. 먼저 저 사람들에게 물어봐. 그다음에 어떤 노선을 따라야 할지 보자고."

하임이 가만히 지켜보았다. 그러더니 미소를 지었고 드러내놓고 크게 웃었다.

"'현명한 사람은 하나를 들으면 열을 안다.' 아까 여러분에게 말했잖습니까. 우리가 입은 군복은 영국 군복이지만 이제 전쟁이 끝났습니다. 우리는 독립적으로 행동합니다. 여러분의 길을 가로막으려고 여기 있는 게 아니라 오히려 정반대 이유 때문입니다. 우리와 우리 동료들은 지금 독일과 헝가리, 폴란드를 돌아다니고 있습니다. 라거에서 살아 나와서 숨어 있는 유대인들, 환자와 아이들을 찾아다니고 있습니다."

"그 유대인들에게 뭘 해주는데요?"

"도와주고 보살펴주고 집합시켜서 여기, 이탈리아까지 데리고 옵니다. 우리 팀은 2주 전 크라쿠프에 갔었습니다. 내일은 마우트하우젠과 구센에 갈 거고 모레는 비엔나에 갈 예정입니다."

"영국인들은 당신들이 이런 일 하는 걸 압니까?"

하임이 어깨를 으쓱했다.

"영국인들 중에도 현명한 사람들이 있어서 우리가 하는 일을 이해하고 내버려둡니다. 아무것도 눈치채지 못하는 바보들도 있죠. 뿐만 아니라 그런 사람들은 간섭하기를 좋아하기까지 한답니다. 우리가 하는 일을 방해하는 사람들이죠. 그렇지만 우리가 하룻강아지는 아니니까요. 그들에게 대응하는 법이 있습니다. 여러분은 어디로 가고 싶습니까?"

"이스라엘의 땅요. 하지만 우린 지쳤고 돈도 없어요. 저 여자는 곧 아기를 낳아야 하고요." 라인이 말했다.

"무기를 가지고 있습니까?"

불시에 질문을 당한 라인은 아니라고 말했지만 어물쩍 대답해서 하임은 다시 한번 웃지 않을 수 없었다.

"Nu, 우리가 하룻강아지가 아니라고 말했을 텐데요. 생각해 보십시오. 우리가 3개월 전부터 이런 일을 해오고 있는데 피난민과 라거 생존자, 유격대와 피난민을 구별하지 못하겠어요? 여러분들 얼굴에 쓰여 있습니다. 당신들이 누구라고. 왜 그걸 부끄러워합니까?"

못텔이 끼어들었다.

"아무도 부끄러워하지 않소. 하지만 무기는 우리가 가지고 있을 거요."

"분명히 말씀드리지만 우리가 그걸 빼앗으려는 게 아닙니다. 말씀드렸듯이 우리는 지금 이곳에 잠깐 들른 겁니다. 하지만 여러분은 이성적으로 생각하셔야 합니다. 고개 바로 밑에 우리 여단 사령부가 있습니다. 사령부에서 여러분에게 관심을 가질지 어떨지 잘 모르지만 여러분이 직접 사령부로 가서 그들에게 무기를 맡기는 게 제일 현명한 일일 겁니다. 조금 더 아래로 내려가면 볼차노에 영국군 사령부가 있습니다. 틀림없이 여러분을 검문할 겁니다. 영국군에게 무기를 압수당하는 것보다는 우리에게 넘겨주는 게 더 나을 겁니다, 안 그런가요?"

파벨이 말했다. "당신이 당신 경험이 있듯이 우리도 우리 경험이 있소. 우리 경험상 무기는 언제나 필요하오. 전시든 평화 시든, 러시아에서든 폴란드나 독일에서든, 이탈리아에서도 그렇소. 두 달 전 전쟁이 끝났는데도 독일인들이 우리 여자 동지를 죽였소. 그래서 우리가 복수를 해줬소. 무기가 없었다면 어떻게 그런 일을 했겠소? 그리고 폴란드에서는 러시아군이 점령을 했는데도 폴란드 파시스트들이 우리에게 수류탄을 던졌소."

하임이 말했다.

"우리 서로 적대시하지 맙시다. 우리는 적이 아닙니다. 객차에서 내려서 풀밭에 가서 좀 앉지요. 기관차를 떼어냈으니 적어도 두 시간가량은 기차가 움직이지 않을 겁니다. 여러분도 보다시피, 중요하게 나눌 이야기가 있습니다." 모두 객차에서 내려서 강풍이 휩쓸고 간 하늘 아래에, 송진 냄새가 향긋한 야외의 풀밭에 둥글게 둘러앉았다. "우리 지방에서는 이렇게 다 같이 앉는 걸 kum-sitz, 와서-앉아라고 부릅니다." 하임이 이렇게 운을 떼더니 계속 말했다.

"이건 사자와 여우의 문제입니다. 여러분은 끔찍한 세상에서 왔습니다. 우리는 그곳을 잘 모릅니다. 우리 아버지들의 이야기나 우리가 임무를 수행하는 중에 만난 사람들에게 이야기로 들었을 뿐이지요. 그래도 여러분들 각자가 기적적으로 살아남으셨다는 건 알아요. 지옥을 떠났다는 것도요. 여러분과 우리는 같은 적과 싸웠지만 방식이 서로 달랐습니다. 여러분은 단독으로 싸워야 했지요. 방어하고 무기를 마련하고 연합하고 전략을 짜고 등등 모든 것을 다 직접 계획해야 했고요. 우리는 훨씬 운이 좋았습니다. 우리는 큰 군대에 들어가서 그 군대의 일원으로 편성되었지요. 우리 옆이 아니라 앞에 적이 있었습니다. 무기를 손에 넣으려고 싸우지 않았고 그저 지급받았고 사용법을 교육받았습니다. 우리는 힘겨운 전투를 했지만 후방이 있고 식당과 의무실이 준비되어 있었습니다. 그리고 이 나라에서는 우리를 해방군으로 맞아줬고요. 이 나라에서는 무기가 더 이상 필요 없을 겁니다."

"왜 필요 없을 거라는 거요?" 못텔이 물었다. "이 나라와 다른 나라의 차이는 뭔가요? 우리는 어디서나 그랬듯이 여기서도 이방인이오. 뿐만 아니라 러시아나 폴란드보다 여기서 더 낯선 사람들이오. 이방인은 적이오."

"이탈리아는 이상한 나라입니다." 하임이 말했다. "이탈리아인들을 이해하려면 시간이 많이 필요합니다. 브린디시에서 알프스까지 이탈리아 전역을 거슬러 올라온 우리도 아직 그 사람들을 잘 이해하지 못합니다. 그러나 한 가지 분명한 것은 이탈리아에서 이방인은 적이 아니라는 겁니다. 이탈리아인들은 이방인보다는 본인 스스로를 더 적으로 생각한다고 말할 수 있을 겁니다. 이상하지만 그렇습니다. 아마 이탈리아가 법을 좋아하지 않아서 이렇게 되었다고 할 수도 있을 겁니다. 그래서 무솔리니의 정치와 프로파간다를 비롯한 그의 법이 이방인을 처벌했기 때문에 이탈리아인들은 이방인을 도왔습니다. 이탈리아인들은 법을 좋아하지 않아요. 아니 법에 불복하는 걸 좋아합니다. 이게 그들의 게임입니다. 러시아인들의 게임이 체스이듯 말이죠. 그들은 남을 속이는 걸 좋아합니다. 속으면 기분 나빠 하지만 뭐 그리 많이 신경 쓰지는 않아요. 누군가에게 속으면 이렇게 생각하죠. '이거 봐라, 훌륭한데, 나보다 영리해.' 그리고 복수는 준비하지 않아요. 기껏해야 다시 한번 대결해보는 정도죠. 꼭 체스 게임같이 말입니다."

"그럼 우리도 속이겠네요." 라인이 말했다.

"그럴 수 있죠. 그렇지만 여러분이 조심해야 할 건 그거 한 가지뿐입니다. 그래서 이 나라에선 무기가 필요 없다고 했던 거고요. 그런데 이쯤에서 제일 이상한 것 한 가지를 말씀드려야겠습니다. 이탈리아인들은 어떤 외국인들에게나 우호적이었지만 그 누구에게보다 유대인 여단인 우리에게 우호적이었다는 겁니다."

"그거야 당신들이 유대인인 줄 몰라서겠죠." 멘델이 말했다.

"분명 알아차렸습니다. 게다가 우리는 그 사실을 숨기지도 않았고요. 이탈리아인들은 우리가 유대인이 '아니라서가 아니라' 유대인 '이라서' 도와주었습니다. 이탈리아인들은 이탈리아에 살던 유대인도 도와주었습니다. 독일군이 이탈리아를 점령했을 때 유대인을 잡으려고 온갖 짓을 다 했지만 여기 사는 유대인 5분의 1만 잡아서 학살했습니다. 다른 유대인들은 가톨릭교인들의 집에 피신했어요. 이탈리아 유대인들만이 아니라 다른 나라 유대인들까지 이탈리아에 피신을 했습니다."

"이탈리아인들이 훌륭한 가톨릭교인들이어서 그랬을 겁니다." 멘델이 다시 자기 의견을 말했다.

"그럴 수도 있죠." 하임이 이마를 긁적이며 말했다. "하지만 꼭 그런 건 아닙니다. 이탈리아인들이 가톨릭교인이긴 하지만 그것도 이상해요. 미사에 참석하지만 불손한 말을 합니다. 성모 마리아와 성인들에게 은총을 기원하지만 내가 보기에는 하느님을 별로 믿지 않아요. 십계명을 외우고 있지만 최대 두세 가지 정도밖에 지키지 않아요. 나는 이 사람들이 도움을 필요로 하는 사람들을 도와주리라고 생각합니다. 선량한 사람들이고 고통을 많이 겪어서 고통받는 사람은 도움을 받아야 한다는 걸 잘 알기 때문입니다."

"폴란드인들도 고통을 많이 겪었어요. 그렇지만……."

"뭐라 말해야 좋을지 모르겠습니다. 좋은 이유 나쁜 이유를 열 가지는 생각해낼 수 있을 겁니다. 그러나 한 가지만은 여러분이 꼭 알아둬야 해요. 이탈리아 유대인들도 가톨릭교인들처럼 이상하다는 겁니다. 그들은 이디시어를 사용하지 않아요, 아니,

이디시어가 뭔지도 모른다고 할까요. 오로지 이탈리아어만 합니다. 아니 로마의 이탈리아인은 로마 방언을 사용하고 베네치아의 이탈리아인은 베네치아 방언을 쓰고, 뭐 그런 식이지요. 옷도 다른 사람들하고 똑같이 입고 얼굴도 특별히 구별이 안 됩니다……."

"그러면 거리를 지날 때 기독교인과 어떻게 구별이 됩니까?"

"바로 이게 중요합니다. 구별이 안 됩니다. 독특한 나라 아닙니까? 사실 유대인들이 그렇게 많지 않습니다. 가톨릭교도들은 그들에게 신경을 쓰지 않고 유대인들도 자신들이 유대인이라는 걸 별로 중요하게 생각하지 않습니다. 이탈리아에서는 대학살이 한 번도 일어난 적이 없어요. 로마가톨릭교회가 신도들에게 유대인들을 경멸하라고 자극하고 유대인들이 모두 고리대금업자라고 비난을 했을 때조차 말입니다. 무솔리니가 인종법을 시행했을 때도, 이탈리아 북부가 독일군에게 점령당했을 때도 마찬가지였습니다. 이탈리아에서는 대학살이 무엇인지 아무도 모릅니다. 그 단어가 무슨 뜻인지조차 몰라요. 오아시스 같은 나라죠. 이탈리아인들이 다 파시스트가 되어 무솔리니에게 열광했을 때 이탈리아 유대인들도 파스시트가 됐습니다. 독일군이 왔을 때 스위스로 피신한 유대인도 있고 유격대원이 된 유대인도 일부 있지만 대부분은 도시나 시골에 숨어 지냈지요. 그랬어도 발각되거나 밀고를 당한 사람은 별로 없었습니다. 독일군들이

협조하는 사람들에게 많은 돈을 약속했는데도 말입니다. 자, 이 게 지금 여러분들이 가려고 하는 나라입니다. 선량한 사람들이 사는 나라죠. 전쟁을 별로 좋아하지 않지만, 대신 속이기를 좋아 하는 사람들이지요. 여러분을 팔레스타인으로 보내려면 우리는 영국인들을 좀 속여야 하기 때문에 이탈리아는 아주 이상적인 장소랍니다. 정말 이상적인 위치에 있는 항구라고 할 수 있습니 다. 일부러 우리를 위해 만들어진 것처럼."

브렌네르 풀밭에 웅크리고 앉아 있거나 누워 있는 게달리스 트들은 누구를 위해서인지, 무슨 이유에서인지도 모르면서 무기 를 넘겨야 한다고 생각하니 조금 불쾌했다. 하지만 팔레스타인 에서 왔으나 연합군 군복을 입었으며 확신에 차서 이야기를 하 는 듯이 보이는 이 네 명의 군인들 앞에서 그들은 이의를 제기하 기가 쉽지 않았다. 잠시 아무도 입을 열지 않았다. 그러다가 자기 들끼리 조그맣게 의논을 시작했다. 하임과 다른 세 명의 동료는 초조한 내색을 하지 않았다. 몇 발짝 멀어지더니 풀밭을 산책했 다. 몇 분 뒤 그들이 돌아와서 하임이 물었다. "여러분들 대장은 누굽니까?"

게달레가 손을 들었다.

"내가 대장이라고 할 수 있소. 잘했든 못했든 백러시아에서 여기까지 이 부대를 이끈 사람이오. 그렇지만 우리는 계급이 없 고 있어본 적도 없소. 지휘를 해야 할 필요를 거의 느끼지 않았었 소. 내가 제안을 하고, 어떨 때는 다른 사람이 제안을 하면 토론을 거쳐서 의견을 수렴했소. 하지만 대부분의 경우 토론을 하지 않고도 서로의 의견에 동의하곤 했소이다. 우리는 18개월 동안 그렇게 살면서 전투를 했소. 우리는 2천 킬로미터를 행군했소. 아이디어와 해결책이 내 머리에 떠올랐었기 때문에 내가 그들의 대장이었소. 하지만 이제 전쟁이 끝났고 평화로운 나라로 들어가고 있는 마당에 대장이 무슨 필요가 있겠소?"

하임이 동료들에게로 돌아서서 히브리어로 몇 마디 했다. 동료들은 업신여기거나 짜증스러워하는 기색 없이 오히려 인내심과 존경심을 보이며 대답했다. 하임이 말했다.

"이해합니다. 아니 적어도 이해한다고 생각합니다. 여러분들도 이탈리아인들보다 더 이상한 새들입니다. 하지만 우리는 모두 다른 사람을 이상하다고 생각하지요. 이건 자연스러운 일이에요. 그런데 전쟁으로 큰 혼란이 생겼습니다. 좋습니다. 대장 문제에 관해서는 여러분들 원하는 대로 하십시오. 한 명을 선출해도 되고, 이분으로 다시 정해도 되고(그러면서 게달레를 가리켰는데, 게달레가 몸을 피했다) 그냥 없어도 상관없습니다. 하지만 무기는 다른 문제입니다. 우리는 여러분을 잘 이해하지만 영국군과 미군들은 전혀 이해하지 못할 겁니다. 그들은 유격대원들이라면 진저리를 칩니다. 전투가 계속될 때는 유격대원들이 유용했었죠. 하지만 지금은 유격대원들 이야기를 듣고 싶어 하지 않습니다. 전쟁이 끝나기도 전인 지난겨울 이탈리아 유격대원들이 당장 물러나주길 원했죠. 그리고 지금은 유격대원들이

원한다면 훈장이든 표창이든 다 주지만 무기는 절대 허락하지
않습니다. 만일 무기를 가지고 있다가 발각되거나 집에 무기가
있으면 교도소에 보냅니다. 이런 상황이니 외국인 유격대원들,
특히 러시아에서 온 유격대원들은 말할 필요도 없겠지요. 그래
서 여러분이 이성적으로 생각해서 우리에게 무기를 넘겨야 합니
다. 우리는 그 무기를 어떻게 할지 잘 알고 있습니다. 결론적으로
말하자면 여러분이 숨길 수 있는 무기는 가지고 있고 나머지는
우리에게 넘기는 게 어떻겠습니까. 괜찮겠습니까?”

　　게달레가 잠시 머뭇거렸다. 그러다가 어깨를 으쓱하더니 퉁
명스레 말했다.

　　“동지들, 이제 우린 법과 질서의 세상으로 되돌아가고 있
소.” 그가 객차로 올라가서 스미르노프에게 선물받은 자동권총
과 다른 무기 몇 개를 가지고 돌아왔다. 네 명의 군인들은 까다롭
게 굴지 않았고 다른 것을 더 물어보지도 않았다. 조금 떨어진 곳
에 주차해놓은 지프차에 무기를 모두 실었다.

　　“좋습니다. 이제 우리는 어떻게 되는 겁니까?” 그들이 돌아
오자 게달레가 물었다.

　　“간단합니다.” 하임이 말했다. “이제 무장해제되었으니, 아
니 거의 그렇게 되었으니까 더 이상 수상한 사람들이 아닙니다.
여러분은 DP가 됐습니다.”

　　“뭐가 됐다고요?” 라인이 의심스러운 얼굴로 물었다. “DP
가 뭐죠?”

"DP는 'displaced person', 난민, 유랑인, 나라 없는 사람이라는 뜻입니다."

"우린 DP가 아니에요." 라인이 말했다. "조국이 있었어요. 이제 그게 없다고 해도 그건 우리 잘못이 아니란 거죠. 그리고 다른 조국을 건설할 거예요. 뒤가 아니라 우리 앞예요. 우리는 여기까지 오면서 떠도는 사람들을 수없이 만났지만 그 사람들은 우리와 달랐어요. 우린 DP가 아니라 유격대원이에요. 이름만이 아닌. 우리들의 미래는 우리 손으로 만들 거고요."

"진정해요, 아가씨." 하임이 말했다. "지금은 용어의 정의에 신경 쓸 때가 아닙니다. 단어에 너무 중요한 의미를 부여할 필요 없어요. 지금 여기에 연합군이 있습니다. 여러분이 헌병대에서 곧 만나게 될 겁니다. 그 사람들은 나치 같지는 않지만 짜증 나는 사람들이죠. 여러분을 어디에, 언제까지 가둬둘지 아무도 몰라요. 먹을 것과 마실 것은 주겠지만 감옥에 갇혀 있게 되는 거죠. 아마 일본과의 전쟁이 끝날 때까지일 겁니다. 그사이 미국과 러시아 사이에 또 다른 전쟁이 벌어질 가능성도 있고요. 그 사람들은 여러분에게 여러 가지 질문은 하지 않을 거요. 그들은 유격대원은 공산주의자라고 생각해요. 여러분이 동쪽에서 왔으니 한 번 더 공산주의자라는 게 확인되는 겁니다. 내 말 아시겠습니까? 간단히 말해 전우 관계는 끝난 겁니다. 지금 당장 감옥에 수용되고 싶은가요?"

게달리스트들이 여기저기서 정신없이 투덜거리며 답을 했

다. 그중에서 하임은 몇 마디를 알아들었다.

"숨는다고요? 그런 생각은 하지도 마십시오. 이탈리아는 여러분들 나라와는 다릅니다. 특히 북부 이탈리아는요. 닭장처럼 사람들이 많이 모여 살아요. 숲도 없고 늪지도 없습니다. 게다가 여러분에게는 낯선 땅이고요. 농부들은 여러분들 말을 못 알아들어서 산적으로 오인할걸요. 그리고 결국 산적이 되고 말 겁니다. 유연해지세요, 받아들이세요."

"어디로, 어떻게, 누구에게 가야 하는 거요?" 게달레가 물었다.

"사람들 눈에 띄지 말고 밀라노로 가보십시오. 밀라노에 도착하면 이 주소로 찾아가세요."

그가 쪽지에 몇 자 적더니 게달레에게 건넸다. 그리고 덧붙였다.

"혹시 우리가 다시 만나면 제가 여러분에게 훌륭한 조언을 해줬다고 분명히 말씀하실 겁니다. 이제 객차에 오르세요. 기관차를 다시 연결하고 있군요."

밀라노 중앙역에 도착해 객차에서 내렸을 때 그들은 전쟁이 다시 터졌나 보다고 생각했다. 강철과 유리로 된 둥그스름한 역 지붕은 총탄에 구멍이 여기저기 뚫려 있었다. 사방에, 그러니까 선로 사이와 벤치에, 광장으로 이어지는 넓은 계단에, 지금은 작동하지 않는 에스컬레이터에 사람들이 진을 치고 있었다. 광장에도 마찬가지였다. 누더기를 걸친 채 고국으로 돌아오는 이탈리아인들과 어딘지 모를 곳으로 가기 위해 기다리는 역시 누더기를 걸친 외국인들이 있었다. 세련된 군복을 입은 흰 피부와 검은 피부의 연합군들과 잘 차려입고 휴가를 가려고 트렁크와 배낭을 멘 이탈리아 중산층들도 있었다. 돌로 지은 보기 흉한 역 건물 앞쪽의 광장에는 전차 몇 대가 지나다녔고 가끔 자동차도 보였다. 전시에 밭으로 변했다가 약탈당하고 버려진 화단들도 있었다. 이제 그 화단에는 잡초만 무성했다. 텐트들도 보였는데 그 앞에서 초라한 외모의 여인들이 급히 피운 불로 음식을 만들었다. 어떤 여자들은 양철통이나 냄비, 물을 받을 만한 아무 그릇이나 들고 작은 수도꼭지 주위에 모여 있었다. 주위에는 폭격을 맞아 무너진 건물들뿐이었다.

　　배우로 유럽 순회공연을 하던 시절에 배워서 이탈리아어를 몇 마디라도 아는 사람은 파벨뿐이었다. 그가 행인에게 주소를 보여주자 행인은 경계하는 얼굴로 그를 보더니 화를 내며 대답했다. "이제 없소!" 이제 없다는 게 무슨 뜻인지? 주소가 잘못되었나? 건물이 붕괴됐나? 서로 알아듣지 못해 대화가 몹시 힘들었고 자꾸 막혔다. "파쇼, 파시즘, 파시스트, 없소. 끝났소." 행인이 열심히 반복해서 말해주었다. 파벨은 드디어 그 주소에 중요한 파시스트 사령부가 있었지만 이제 없다는 걸 알아듣게 되었다. 어쨌든 밀라노인은 최대한 정확하게 그곳에 가는 길을 알려주었다. 3킬로미터는 걸어가야 했다. 3킬로미터가 대체 뭐가 문제지? 웃음이 나올 거리였다. 그들은 겁을 먹은 채, 주위에 호기심을 느끼며 다시 걷기 시작했다. 길고 긴 여정에서 지금처럼 이렇게 이방인이라는 기분을 느껴보기는 처음이었다.

이른 오후였다. 다들 되는대로 줄을 지어 걸어가면서 선두에서 걷는 파벨을 시야에서 놓치지 않으려고 주의했다. 그러나 주위를 둘러보려고 그를 잡아 세우기도 했다. 검게 그은 폐허들과 피해를 전혀 입지 않고 당당하게 서 있는 건물들이 번갈아 나타났다. 문을 연 상점이 많았다. 이해할 수 없는 간판 밑의 진열대에는 눈길을 끄는 상품들이 수북했다. 초라한 사람들은 역 주변에만 있었다. 시내 도로에서 만난 행인들은 모두 근사하게 차려입었는데 그들이 길을 물으면 질문을 잘 알아듣고 자신의 말을 잘 이해시키려고 애쓰면서 친절하게 대답해주었다. 우니오네가? 아직 2킬로미터 더 직진해야 한다. 1킬로미터 더. 두오모, 두오모, 이해 안 되나? 두오모 광장 말이다. 그리고 다시 앞으로. 폭격을 맞은 흔적이 여기저기 있는 거대한 두오모 앞에서 지저분하고 겁에 질린 그늘진 얼굴에 빛바랜 보따리를 잔뜩 든 그들이 걸음을 멈추었다. 표트르가 남몰래 러시아식으로 손가락 세 개를 붙여서 성호를 그었다.

우니오네가에서 그들은 아주 친숙한 분위기를 다시 만났다. 난민지원 사무소에는 폴란드와 러시아, 체코, 헝가리 피난민들이 북적였다. 모두 이디시어로 말했다. 모두 하나부터 열까지 다 필요했다. 극도로 혼란스럽고 복잡했다. 복도에서 지내는 남자와 여자와 아이들이 있었다. 아예 합판이나 담요를 걸어서 피난처를 만들어놓은 가족들도 있었다. 다양한 연령대의 여자들이 땀에 젖어 숨을 헐떡이며 피로를 잊은 채 복도를 오가거나 창구에 앉아 바삐 일했다. 그녀들 모두 이디시어를 몰랐고 독일어를 아는 사람은 몇 명 되지 않았다. 급조된 통역들이 목이 쉬게 소리를 지르면서 질서와 규율을 지키게 하려고 애썼다. 실내는 덥고 습했으며 간이 화장실 냄새와 음식 냄새가 섞여 있었다. 화살표 하나와 이디시어로 적힌 표지판이 새로 온 사람들이 가야 할 창구를 알려주었다. 그들은 줄을 섰고 참을성 있게 기다렸다.

줄이 천천히 앞으로 움직였다. 멘델은 모호하면서도 모순되는 생각들을 하고 있었다. 그 역시 이렇게 이방인의 기분을 느껴보긴 처음이었다. 자신은 이탈리아의 러시아인, 두오모 앞의 유대인, 대도시에 온 시골 수계 수리공, 평화 시의 유격대원이었다. 언어와 정신이 이방인이었고 지금까지 살아온 거친 삶에서 멀어진 외국인이었다. 그렇지만 그 이전에는 한 번도, 또 그들이 지나온 수많은 장소에서도 지금 여기서 호흡하는 공기를 호흡해본 적이 없었다. 이방인이지만 받아들여졌다. 난민지원 사무소의 친절한 부인들에게만은 아니었다. 너그럽지는 않지만 받아들여졌다. 브렌네르를 지나고 그 뒤로 그들이 말을 걸었던 이탈리아인들의 얼굴에 불신과 교활함이 번개처럼 스쳐 지나가기는 했으나 그가 유대인이라는 것을 알게 되었을 때 러시아인이나 폴란드인과 그를 갈라놓았던 어두운 그림자는 보이지 않았다. 이 나

라 사람들은 모두 표트르 같았다. 어쩌면 표트르만큼 용기가 없
거나 더 예민할지도 모른다. 아니면 표트르와 같은데 나이만 더
많을 수도 있었다. 그들이 수없이 보았던 노인들처럼 예민할지
도 모른다.

　멘델과 파벨이 나란히 창구로 갔다. 미용실에서 방금 손질
한 밤색 머리에 깨끗하게 다린 하얀 블라우스를 입은 서른 줄의
부인이 창구에 앉아 있었다. 자그맣고 사랑스럽고 교양 있는 여
자였다. 향수 냄새가 났다. 혹 느껴지는 그녀의 향수 냄새와 땀에
젖은 파벨의 몸에서 나는 역한 냄새가 동시에 느껴져서 몹시 불
편했다. 부인은 독일어를 잘 알아들었고 말도 상당히 잘했다. 서
로 의사소통을 하는 데에 큰 어려움이 없었지만 파벨은 이탈리
아어로 말하겠다고 우겼다. 그래서 일처리가 쉬워지기는커녕 훨
씬 복잡해졌다. 다시 한번 이름, 나이, 출생지, 국적을 물었다. 서
너 명이 동시에 대답을 해서 약간 혼란이 생겼다. 부인은 이들이
일행이라는 것을 알게 되었다. 그래서 짜증스러운 내색을 하지
않고 파벨에게 그가 대표로 대답해달라고 부탁했다. 그들에게
Sie*에 해당하는 lei라는 말을 사용했는데 이것도 아주 기분이
좋았고 당황스럽기도 했다. 지금까지 이런 대접을 받아본 적이
한 번도 없었다. 여기는 진짜 지원업무를 하는 곳이었다. 그들을
제거해버리거나 철조망 안에 가두는 게 아니라 지원을 해주고
도움을 주려고 애썼다.

　부인은 적고 또 적었다. 서른다섯 명의 이름이 많아서 목록

* '당신'이라는 뜻의 독일어. 이탈리아어의 lei도 '당신'이라는 뜻의 존칭어로 사용된다.

이 길어져만 갔다. 자음이 많은 이국적인 이름과 성 때문에 필기를 멈추고 철자를 확인하고 다시 물어보고 철자를 다시 불러달라고 했다. 자, 끝났다. 부인이 창구에서 몸을 내밀고 그들을 보았다. 이상한 그룹이었다. 보통의 난민들과는 달랐다. 여러 날 전부터 이 사무실 앞에 줄을 섰던 망가진 사람들과는 달랐다. 더럽고 지쳐 있었지만 꼿꼿했다. 눈빛이 달랐고 말하는 게 달랐고 태도가 달랐다.

"계속 함께 다니신 건가요?" 그녀가 파벨에게 독일어로 물었다.

파벨은 근사하게 보일 수 있는 기회를 놓치지 않았다. 여러 해 전 그가 여행하면서 조금씩 들었던 이탈리아어의 파편들을 모두 불러 모았다. 무대에서, 기차에서, 호텔과 사창가에서 귀동냥한 말들이었다. 그가 가슴을 폈다.

"그룹, 우아한 부인, 그룹. 계속 함께. 러시아, 폴란드. 걷다. 숲, 강, 눈. 죽은 독일군, 많이. 우리 유격대, 전부. 빌어먹을. DP 아니다. 우리 전쟁, 유격대원. 모두 군인, 제기랄. 여자들도."

우아한 부인은 당황했다. 게달리스트들에게 한쪽에서 기다려달라고 부탁한 뒤 전화를 걸었다. 흥분한 말투로 한참 통화를 했는데 말소리가 들리지 않게 하려고 한 손으로 입을 가렸다. 마침내 파벨에게 조금만 참아달라고 말했다. 그들도 복도에 되도록 편안하게 자리를 잡아서 하룻밤 더 여기서 묵어야 했다. 하지만 내일은 그들을 위한 좋은 거주지를 찾을 수 있을 것이다. 씻는

것은? 쉽지 않았다. 목욕탕도 샤워기도 없었다. 건물은 얼마 전
에 수리했다. 그러나 물과 세면대, 비누는 있다. 그리고 수건도
서너 장 있을 것이다. 이 많은 사람들에게는 너무 적다, 물론이
다, 하지만 어쩌겠는가, 그 부인의 잘못도 그 동료들의 잘못도 아
니었다. 모두 개인적인 기부도 하면서 최선을 다했다. 그녀의 말
과 표정에서 멘델은 존경심, 동정, 연대감과 놀라움을 읽었다.

    "우리를 어디로 보내실 겁니까?" 멘델이 유창한 독일어로
물었다.

    부인이 환하게 미소를 지으면서 뭔가를 암시하듯 복잡하게
손을 움직였는데 멘델은 그 뜻을 이해하지 못했다.

    "여러분을 난민수용소로 보내지 않고 좀 더 여러분에게 맞
는 곳으로 보낼 겁니다."

    정말 다음 날 그들을 실으러 트럭 두 대가 왔다. 부인이 그들
을 안심시켰다. 그리 멀지 않은 곳에, 밀라노 근교에 있는 농장으
로 갈 건데 아무리 많이 걸려도 30분이면 도착한다고 했다. 도시
에서보다 훨씬 잘 지낼 수 있을 것이다. 훨씬 넓은 곳에서 훨씬
편안하게…… 그래야 저 여자도 훨씬 편안하겠지. 멘델은 생각
했다. 그녀에게 독일어를 어디서 배웠냐고 물었다. 독일어를 할
줄 아는 이탈리아인들이 많은지? 얼마 되지 않는다고 부인이 말
했다. 하지만 그녀는 독일어 교사였다. 그렇다, 히틀러가 와서 그
녀가 스위스로 피신하기 전까지 학교에서 독일어를 가르쳤다.
스위스는 밀라노에서 40킬로미터 정도 떨어져 있다. 남편과 어

린 아들과 스위스에 억류되어 있었다. 나쁘지 않았다. 밀라노에 돌아온 지 불과 몇 주 되지 않았다. 그녀는 게달리스트들이 집시들의 보따리 같은 짐을 들고 트럭에 오르는 광경을 지켜보았다. 그들에게 다시 연락하겠다고 말하고 인사를 한 뒤 사무실로 들어갔다.

농장은 전쟁이 끝날 무렵에 피해를 입었는데 지금은 대충 수리가 되었다. 50여 명의 폴란드와 헝가리 피난민들이 거주하고 있었지만 방들이 굉장히 넓어서 최소 2, 3백 명은 수용할 수 있었다. 간이침대와 이층침대가 준비되어 있었다. 그들은 주위를 둘러보았다. 보초도 철조망도 보이지 않기는 이번이 처음이었다. 집은 아니었지만 거의 집에 가까웠다. 들어오고 싶으면 들어오고 나가고 싶으면 나갈 수 있었다. 정확한 시간에 음식이 지급되었고 물과 태양, 풀밭과 침대가 있다. 거의 호텔에 온 것 같다. 뭘 더 바라겠는가? 하지만 사람들은 항상 점점 더 뭔가를 원하게 된다. 기대했던 멋진 일은 절대 일어나지 않고 예상했던 나쁜 일도 일어나지 않아, 멘델은 노보셀키의 늪지에서 안개에 싸여 부지런히 일하던 나날과 아무 생각 없이 전투에 취해 있던 기억을 떠올리며 생각했다.

두 번째 창구에서 두 번째 등록을 했다. 마르고 성미가 급한 청년이 서류 작성을 별로 하지 않은 채 그들을 등록했다. 청년은 이디시어를 유창하게 했지만 텔아비브에서 온 것은 아니었다.

그런데 그가 벨라와 하얀 로켈레 앞에서 걸음을 멈췄다. 이 여자들은 안 된다, 밀라노로 돌아가야 한다. 농장 일에 맞지 않는다. 특히 이 여자, 우니오네가에서 대체 일을 어떻게 하는 거지? 미친 거 아냐? 무슨 생각을 하길래 임산부를 우리에게 보낸 거지? 라인과 게달레와 파벨이 끼어들었다. 그리고 특히 이시도르가 누구보다 크게 소리를 질렀다. 우리는 헤어질 수 없다. 우리는 난민이 아니다. 우리는 부대다. 하나다. 로켈레가 밀라노로 간다면 우리도 다 갈 거다. 젊은이의 표정이 이상하게 변했지만 계속 우기지는 않았다.

대신 다음 날 고집스레 말했다. 해야 할 일, 급한 일이 아주 많았다. 게달리스트들은 이곳이 이상한 농장이라는 걸 알아차렸다. 농사일은 별로 중요하지 않았고 대신 화물들을 이동해야 했다. 식량과 의료품 상자들이었는데 어떤 상자들은 너무 무거워서 거기 붙어 있는 영어로 인쇄된 설명문이 믿기지 않을 정도였다. 이 상자들을 트럭에 싣는 일을 모두 도와야 한다고 젊은이가 말했다. 루자니 출신 남자 서너 명이 투덜거렸다. 기껏 짐꾼이나 하려고 벨라루스에서 이탈리아까지 전투를 하며 길을 뚫고 온 건 아니라고. 그리고 한 사람은 이를 악물며 '카포'라고 중얼거렸다. 농장 관리 책임자 청년 즈비는 모욕을 받아들이지 않고 어깨를 으쓱하며 말했다. "여러분을 싣고 갈 배가 올 때까지 이 일을 하는 게 여러분에게도 도움이 될 겁니다." 그러더니 자신도 헝가리 청년 둘의 도움을 받아 부지런히 상자를 실었다. 그래서 모두 항의를 멈추고 일을 시작했다.

　농장에서는 사람들도 이동을 많이 했다. 온갖 연령대의 난민들이 왔다가 떠나곤 해서 안면을 익히기도 힘들었다. 그렇지만 게달리스트들은 곧 몇몇 구성원은 계속 거주한다는 것을 알아차렸다. 그들은 눈에 띄지 않으려 했지만 기본적인 몇 가지 역할은 수행해야만 했다. 멘델의 관심을 끈 건 특히 두 사람이었다. 둘 다 삼십 대였는데 체격이 좋고 행동이 민첩했다. 말은 별로 하지 않았다. 그리고 자기들끼리 러시아어로 말했다. 종종 한 무리의 젊은이가 낫과 쇠스랑, 갈퀴를 들고 안마당에서 나가서 강 쪽으로 사라졌다. 그들은 밤이 돼서야 돌아왔다. 강 옆의 숲에서는 이따금 총소리가 들렸다.

　"저 둘은 뭐 하는 사람이오?" 멘델이 즈비에게 물었다.

　"교관이오. 붉은 군대 출신이지. 아주 훌륭한 청년들이오. 당신들 중에도 혹시……."

　"나중에 다시 얘기합시다." 멘델은 그 화제에 끌려가지 않고 대답했다. "우리는 방금 여기 왔소. 숨 좀 돌리게 해줘요. 그리고 우리가 아직도 배울 게 많이 있다고 생각하지는 않소."

　"Nu, 내가 하려던 말은 그게 아닌데, 아니 정반대요. 내 말은 당신들도 가르칠 수 있다는 거였소." 즈비가 한 마디씩 또박또박 말했다. 글로가우 수용소에서 스미르노프가 그에게 했던 제안이 멘델의 머리에 떠올랐다. 그는 피곤해서 그 제안을 받아들이지 않았다. 아니, 후회하지는 않았다. 분명 아니다. 나와 다른 사람 모두 우리의 역할을 했다. 어쨌든 지금은 아니다. 우린 아직 이 나라에서 공기를 호흡하는 법도 배우지 못했다.

이틀 뒤 밀라노에서 농장으로 편지가 한 통 도착했다. 독일 어로 쓰여 있었고 수신인은 파벨 유레비치 레빈스키 씨였으며 아델레 S.라는 서명이 있었다. 우니오네가의 우아한 부인에게서 나던 것과 똑같은 향수 냄새가 났다. 편지에는 일요일 오후 5시 에 몬포르테가에 있는 부인의 집으로 차를 마시러 오라는 초대 가 담겨 있었다. 파벨만 초대한 건 아니었다. 부인은 막연하게 "당신과 당신 친구 몇 명"이라고 말했다. 간단히 말해 너무 많으 면 안 돼서, 부대원이 다 갈 수는 없었다. 아주 합리적이었다. 다 들 몹시 흥분했다. 차를 마시러 가고 싶은 사람들과 뭘 준대도 가 고 싶지 않은 사람들, 그리고 분명한 의견이 없거나 관심이 없는 사람들, 이렇게 세 파로 나뉘었다. 파벨 본인과 벨라, 게달레, 라 인, 그리고 다른 여러 대원들이 각기 다른 이유로 가고 싶어 했 다. 파벨은 자신이 통역이어서 절대 빠질 수 없으며 편지 봉투에 자기 이름이 적혀 있기 때문에 꼭 가야 했다. 벨라와 게달레는 호 기심 때문이었다. 라인은 이데올로기적인 이유, 즉 시오니스트 교육을 받은 사람은 부대에 자기밖에 없기 때문이었다. 다른 사 람들은 뭔가 맛있는 걸 먹게 되리라는 기대 때문이었다. 표트르 와 아리에는 수줍어서, 또 독일어를 못 알아들어서 가고 싶어 하 지 않았다. 하얀 로켈레는 며칠 전부터 산통이 시작되어서 갈 수 없었다. 이시도르는 로켈레와 떨어져 있을 수 없어서, 못텔은 그

부인의 'goyische'*한 태도가 불편하고 자신이 거실에 있는 모습을 상상할 수 없어서 가고 싶지 않다고 했다.

파벨과 벨라와 라인과 게달레, 그리고 멘델이 갔다. 사실 멘델은 확실한 의견이 없었는데 다른 네 사람이 가야 한다고 우겼다. 이탈리아 사람들이 어떻게 사는지 볼 수 있는 유일한 기회였고 또 이 기회를 이용해서 기분전환도 하고 즐길 수도 있었다. 그렇지만 무엇보다 그가 원하든 그렇지 않든 부대의 중요한 인물, 부대를 가장 잘 대표할 사람이고 모든 전투에 참가했던 사람 아닌가. 게다가 붉은 군대 군인이기도 하지 않았나? 당연히 이탈리아인들은 이런 것을 중요하게 생각할 것이다. 최소한 관심은 갖지 않겠는가.

그들은 가지고 있는 옷 중 제일 좋은 옷을 입었다. 노보셀키에서부터 입고 있는 그 볼품없는 군복 말고는 다른 옷이 하나도 없던 라인은 지금 입은 그대로 초대 모임에 가겠다고 했다.

"다른 옷을 입으면 꼭 변장을 한 기분일 거야. 거짓말하는 것처럼 말이야. 나를 초대하고 싶다면 있는 그대로의 나를 받아들여야 해."

그렇지만 모두 조금만 옷차림에 신경을 쓰라고 설득하느라 애를 썼다. 특히 벨라와 즈비가 열심이었다. 즈비는 농장 창고에서 하얀 실크 블라우스와 아이보리 주름치마, 가죽 벨트, 나일론 스타킹, 그리고 밑창이 코르크로 된 샌들 한 켤레를 꺼내왔다. 라인은 결국 설득당해서 옷을 가지고 탈의실로 들어갔다. 몇 분 뒤

---

* '이교도의, 비유대인의' 이디시어.

번데기를 뚫고 나비가 나오듯, 난생처음 보는 라인이 탈의실에서 나타났다. 딴 여자가 된 것 같았다. 다들 알고 있는 라인보다 훨씬 자그마하고 거의 어린아이같이 어렸다. 몇 년 만에 처음 입어보는 치마와 굽 높은 샌들 때문에 몹시 쭈뼛거렸다. 그러나 사이가 먼 갈색 눈은 여전히 단호했고 짧으면서 날카롭고 곧은 코도 변함이 없었다. 햇볕과 바람에도 검게 그을지 않은 몹시 창백한 뺨도. 나일론 스타킹은 근육질의 발목과 다리를 우아하게 만들어주었다. 벨라는 정말 맨살이 아니라는 걸 확인하듯 손을 살짝 갖다 댔다.

　　S. 부인의 응접실에는 초대 손님이 굉장히 많았는데 모두 이탈리아인들이었다. 우아하게 차려입은 사람도 있었고 낡은 옷을 입은 사람, 아직도 연합군 군복을 입고 온 사람도 있었다. 독일어를 알아듣는 사람은 두세 명뿐이었고 이디시어를 아는 사람은 아무도 없어서 대화는 곧 뒤얽혀버렸다. 부대원 다섯 명은 공격에 방어라도 하듯 똘똘 뭉쳐 있었지만 그것도 불과 몇 분뿐이었다. 금방 서로 떨어져서 어느새 호기심 많은 사람들 한가운데 홀로 서 있었다. 사람들은 듣기 좋은 억양의 이해할 수 없는 말로 질문을 퍼부었다. 파벨과 부인이 분주히 통역을 했으나 성과는 신통치 않았다. 통역이 너무 질문에 못 미쳤다. 멘델은 두 사람의 어깨 사이로 대여섯 명의 세련된 부인들에게 둘러싸여 있는 라인을 발견했다. "동물원의 동물 같아요." 라인이 이디시어로 그에게 소곤거렸다.

"포악한 동물들이지." 멘델이 대답했다. "우리가 한 짓을 이 사람들이 다 알면 무서워서 벌벌 떨걸."

집주인은 초조했다. 이 다섯 명은 그녀의 손님이었다. 그녀가 우연히 찾아낸 보물이었고 새로운 발굴이었다. 그래서 그녀가 독점권을 가져야 했다. 그들이 한 말은 모두 그녀의 것이어서 사라져버리면 안 되었다. 그래서 밀집한 초대 손님들 속에서 그 말들에 귀를 기울이려 몹시 애를 썼고 자기가 듣지 못한 말은 다시 한번 말해달라고 부탁했다. 그러나 다른 이유 때문에 초조하기도 했다. 그녀는 고상하고 매우 교양 있는 부인이었다. 그런데 이 다섯 사람의 이야기들 중 가끔 그녀의 귀에 상처를 내는 말들이 있었다. 특히 파벨과 게달레는 주저 없이 그런 말을 했다. 물론 세상에는 그런 일들이 있고 실제 일어나기도 했다. 전쟁은 장난이 아니니까. 게다가 이 불쌍한 사람들이 치른 전쟁은 더더욱 장난이 아니었으니까. 그렇지만 응접실에서는, 그만해야 한다, 특히 그녀의 응접실에서는…… 그래, 용기 있는 행동, 독일군에게 가한 복수, 파괴 작전, 눈 속의 행군, 다 좋다. 그러나 머릿니 이야기를 꼭 해야 하나, 발싸개라든가, 변소에서 목매달아 죽은 사람 이야기도…… 그녀는 이 사람들을 초대한 걸 거의 후회할 지경에 이르렀다. 특히 파벨 때문에, 불행히도 그가 알고 있는 몇 마디 이탈리아어 때문이었다. 대체 무슨 이유 때문인지 알 수 없으나 그는 욕설과 별로 깨끗하지 못한 말들을 특히 좋아하는 듯했다. 의심의 여지가 별로 없었다. 그녀의 친구들이 오늘 일을 두

고 미친 듯이 웃을 것이고 밀라노 사람 반은 알 정도로 떠들고
다닐 게 뻔했다. 30분 후 부인은 소파 한 구석의 벨라 옆으로 몸
을 피했다. 벨라는 다른 사람들보다 덜 거칠어 보였고 말수도 적
었다. 초콜릿을 먹으며 벽에 걸린 그림들에 감탄했다. 부인은 자
꾸 괘종시계를 보았다. 남편의 귀가가 늦어지고 있었다. 남편이
빨리 좀 와주면 좋겠는데! 남편이 오면 그녀가 파티를 통제할 수
있게, 그러니까 외국인이든 이탈리아인이든 초대한 사람들이 모
두 그녀의 뜻을 따르고 옆길로 새지 않게 도와줄 수 있을 것이다.

S. 씨는 6시가 되기 조금 전에 도착해서 모두에게 늦어서 미
안하다고 사과했다. 기차는 루가노에서 정각에 출발했는데 국경
에서 예의 그 검문 때문에 시간을 빼앗겼다. 아내에게 키스를 하
고 그녀에게도 미안하다고 했다. 그는 꽤 뚱뚱했고 대머리여서
금발 머리가 목 주위에만 둥글게 남아 있었다. 그는 상냥하고 붙
임성이 좋았고 떠들썩했다. 그도 독일어를 했지만 문법에 맞지
않는 비공식 독일어였다. 여행을 하면서 독일어를 배웠다고 했
다. 그는 사업을 했고 외국에 자주 갔다. 그는 멘델과 대면하자
곧 오래전부터 아는 사이처럼, 그리고 자신을 굉장히 대단하게
생각하면서 대화하는 상대를 배려하지 않는 사람들이 종종 그렇
듯이 자기 이야기를 늘어놓았다. 기차 여행이 얼마나 불편한지,
사업상 거래를 다시 시작하기가 얼마나 어려운지 등등…… 멘델
은 우여곡절을 겪었던 그들의 길고 긴 여행과 소금과 토끼를 교
환했던 우즈베크인과의 거래가 생각났으나 아무 말도 하지 않았

다. 마침내 S. 씨가 말을 멈췄다. "아, 그런데 갈증이 나시겠군요. 갑시다, 나하고 갑시다!"

그가 멘델의 손목을 잡고 다과 테이블까지 끌고 갔다. 멘델은 깜짝 놀라 그가 하는 대로 내버려두었다. 그는 너무 배가 부른 꿈을 꿀 때처럼 비현실적인 기분이 강하게 들었다. 그는 S.가 술잔을 입에 가져가는 순간을 이용해서 그에게 용기를 내서 물었다. 초대 모임에 왔을 때부터 머리에 맴돌던 의문들이었다. 이 사람들은 다 누구인가? 그와 그의 아내는 정말 유대인인가? 이 집은 부부의 집인가? 밀라노에도 독일군이 오지 않았나? 부부뿐만 아니라 지금 주위에 보이는 이 멋진 물건들은 다 어떻게 무사할 수 있었나? 이탈리아의 유대인들은 모두 그들처럼 부자인가? 아니면 이탈리아인들이 다 부자인가? 다 이렇게 멋진 집을 가지고 있는가?

멘델이 바보 같은 질문을 했다는 듯이, 아니 상황에 어울리지 않는 질문이라도 된다는 듯이 주인이 이상한 표정으로 멘델을 보았다. 그러더니 별로 영리하지 않은 아이들에게 설명을 하듯 차분하게 대답했다. 아 당연하다, 그들은 유대인이었다. S.라는 성을 쓰는 사람들은 모두 유대인이다. 손님들은 아니다, 전부 유대인은 아니다. 그러나 그게 뭐 그리 중요한 문제인가? 이 사람들은 다 친구다. 이게 전부다. 아주 멀리서 온 사람들을 만나고 싶어 하는 좋은 사람들이다. 집은 당연히 그들의 집이다, 왜 아니겠는가? 그는 전쟁이 나기 전에, 그리고 나치들이 오기 전인 전쟁 초기에 돈을 잘 벌었다. 그런데 나치가 오고 나서 그들의 집을 징발했고 파시스트 고위 간부가 사용했다. 하지만 그가 스위스에서 돌아오자마자 영향력을 행사해서 그 간부를 쫓아냈다. 가톨릭교도든 유대인이든 모두가 다 이런 집을 가지고 있는 건 물론 아니다. 모두는 아니지만 많은 사람들이 가지고 있다. 밀라노는 부유한 도시니까. 부유하고 관대한 도시여서 많은 유대인들이 숨거나 위조된 신분증으로 도시에 남아 있었다. 유대인을 만난 이웃이나 친구들은 그들을 모르는 척했지만 몰래 먹을 것을 가져다주었다.

가볍고 젊은 목소리의 키 큰 남자 때문에 대화가 중단되었다. 남자는 독일어를 말하지도 알아듣지도 못했지만 멘델에게 극도의 친근감을 드러냈다. S. 씨에게 멘델을 소개해달라고 부탁했다. S. 씨는 멘델의 이름을 잘못 발음하며 소개를 했고 멘델에게도 소개해주었다. "이분은 롱고 변호사입니다." 변호사는 집주인보다 훨씬 신중하고 분별이 있는 사람이었다. 멘델이 간추려서 들려주고 집주인이 한 문장씩 통역해주는 이야기를 정중하고 조용히 들었다. 이야기를 다 듣고 나자 변호사가 말했다.

"당신 친구 분들이 몹시 지쳤을 것 같습니다. 휴식이 필요해요. 친구 분들에게 바라체에 있는 제 별장에 와서 좀 쉬지 않을지 물어봐주세요. 별장에 방이 있습니다. 혹시 바다를 한 번도 구경 못 했을지도 모르잖아요!"

불시에 받은 초대였다. 멘델은 머뭇거리며 핑계를 대고 시

간을 벌었다. 그리고 동료들에게 다가가서 그들과 상의해보려
했다. 그는 싫었다. 초대를 받아들이고 싶지 않았다. 그는 자신이
그들과는 거리가 멀고 이질적이라고 생각했고 스스로가 불쾌감
을 주는 거친 사람이라고 느꼈다. 자기 몸에 아직도 슈물레크의
굴에서 나던 무덤 냄새가 배어 있는 기분이었다. 그렇지만 다른
사람들이 좋다고 하면 그도 좋다고 할 생각이었다. 벨라와 라인,
그리고 게달레는 거절로 기울었다. 애매한 핑계를 대긴 했지만
사실 그들은 두려웠고 그들에게 맡겨진 역할과 거리가 있다고
생각했다. 파벨은 반대로 가고 싶어 했지만 혼자서는 싫었다. 그
래서 대다수의 의견을 따라서 모두 함께 변호사에게 감사하지만
초대는 받아들일 수 없다고 거절했다. 그들은 자신들의 투박한
말이 S. 부인의 상냥한 이탈리아어로 통역되어서 기분이 좋았다.

　안주인이 다섯 명이 모두 한자리에 모인 기회를 이용해서
다른 친구 한 사람을 그들에게 소개했다. 키가 크고 깡말랐지만
활력이 넘쳐 보이는 청년이었다. 군복 같은 셔츠와 바지를 입었
는데 계급장이나 배지는 없었다. "이 젊은이는 프란체스코예요.
여러분들 동지죠!" 부인이 의미심장한 미소를 지었다. 반면 프란
체스코는 진지한 표정 그대로였다. "프란체스코도 유격대원이었
어요." 부인이 계속 말했다. "알프스의 발텔리나에서요. 그러니
까 여러분이 본 그 산에서죠. 용감한 청년인데 안타깝게도 공산
주의자예요."

　부인의 통역으로 대화는 어색하게 그리고 왜곡되어 진행되

었다. 하지만 멘델이 붉은 군대 군인이었다는 사실을 알게 되자 프란체스코가 그에게 다가와 포옹을 했다. "독일이 러시아를 공격했을 때 난 독일이 패배하리라는 데 한 치의 의심도 없었습니다. 말해줘요, 아델레. 우리도 전투를 했었지만 소련이 저항하지 않았다면 전 유럽은 끝장나고 말았을 거라고 말해줘요." 부인이 최선을 다해 통역했고 자기 의견을 덧붙였다. "훌륭한 청년이에요. 그런데 고집이 세고 이상한 사상을 가지고 있어요. 자기 마음대로 할 수 있다면 두 번 생각해볼 필요도 없이 프롤레타리아 독재정권을 만들어서 토지는 농민에게, 공장은 노동자에게 주었을 걸요. 그걸로 끝인 거죠. 우리는 친구니까 기껏해야 우리에게 시 평의회에 작은 자리 하나는 만들어줄지 모르죠."

프란체스코는 대화의 내용을 부분적으로 알아들었는데 더 깊이 알려고 하지 않았다. 계속 진지한 얼굴로 자신이 속한 당이 레지스탕스의 척추이자 이탈리아 민중의 진정한 대변자였다고 부인에게 통역해달라고 했다. 그리고 멘델과 그 친구들은 왜 조국을 떠났는지 물어봤다. 멘델은 혼란스러웠다. 그는 전쟁 기간 동안 이탈리아에서 어떤 일이 벌어졌는지 정확하게 알지 못했다. 부인이 그렇게 거리낌 없이 자기 친구가 공산주의자라고 말해서 깜짝 놀랐다. 혹시 부인이 농담을 한 걸까? 그런데 공산주의를 자신이 두려워한다고 넌지시 비쳤을 때도 농담이었나? 만일 그렇다면 그러한 두려움이 옳은 것인가? 하지만 지금은 프란체스코의 질문에 대답을 해야 했다. 러시아나 폴란드에 유대인

으로 사는 것은 스위스나 밀라노의 몬포르테가에서 유대인으로
사는 것과 다르다는 사실을 어떻게 설명한단 말인가? 그들의 사
연을 다 이야기해야만 설명될 문제였다. 멘델은 자신과 동료들
은 스탈린에게 아무런 적대감이 없다고, 아니 히틀러를 무찔러
준 스탈린에게 감사하며 팔레스타인에서 집을 갖고 싶은 소망밖
에 없다고만 말했다. 부인이 통역을 했다. 멘델은 자기가 한 이야
기보다 통역이 훨씬 길다는 인상을 받았다. 프란체스코는 별로
납득이 되지 않는다는 표정으로 다른 곳으로 갔다. 멘델이 보기
에 이탈리아인들의 표정도 선명하지가 않았다. 그들의 표정, 찡
그린 얼굴을 보고는 속내를 읽을 수가 없었다. 아니 잘못 읽을까
봐 두려웠다. 프란체스코. 유격대원. 전우. 당신은 얼마나 싸웠
지, 프란체스코? 드네프르 강에서 베냐민의 무전기로 무솔리니
가 감옥에 갇혔다는 소식을 들은 뒤로, 이탈리아가 항복했다는
소식을 도프가 알게 된 뒤로 16개월, 18개월이다. 얼마나 행군을
해봤지, 프란체스코? 전우를 몇 명이나 잃었지? 당신 집은 어디
지? 아마 밀라노나 내가 발음하지 못하는 이름의 어떤 산 위에
있겠지. 어쨌든 당신은 집이 있고 그 집을 지키려고 싸웠겠지. 당
신의 사상을 위해서만이 아니라. 집과 발밑의 땅과 머리 위의 하
늘이 당신 거고 언제나 변함없어. 어머니와 아버지, 애인이나 아
내. 당신에게는 삶을 사랑하게 해주는 무엇인가가, 누군가가 있
지. 내가 당신네 말을 할 수만 있었다면 설명을 해보려고 했을 텐
데.

등 뒤에서 아델레 부인과 라인이 이야기를 나누고 있었다.

"……하지만 그 사람들이 지금 우리에게 더 많은 도움을 주고 있어요. 무기는 그들에게서 와요. 체코슬로바키아를 통해. 파업을 결정한 건 이탈리아 공산당이에요. 영국군들이 난민선의 출발을 막으려고 할 때 부두 노동자들이 파업에 들어가게 돼요. 그러면 영국군은 배를 출항시킬 수밖에 없어요……."

멘델은 혼란스러웠다. 그는 아름다운 물건들과 친절한 사람들로 붐비는 응접실에 있지만 그와 동시에 거대하고 잔인한 체스 게임의 폰이 된 기분이다. 아마 오래전부터 그랬을지도 모른다. 오래전부터, 그가 낙오되었을 때부터, 레오니드를 만났을 때부터 하나의 폰에 불과했을지도. 자신이 결정을 내린다고 생각했지만 사실은 누군가 이미 정해놓은 운명을 따른 것이다. 누가? 스탈린, 루스벨트, 아니면 군대의 하느님일지도. 그가 게달레를 돌아보았다.

"갑시다, 게달레. 여기서 떠나요. 여긴 우리가 있을 곳이 아니오."

"뭐라고?" 게달레가 깜짝 놀라서 물었다. 자기가 잘못 들은 게 아닌지 걱정하는 모양이었다. 아니면 딴생각을 좇고 있든지. 바로 그때 벨라가 앉아 있는 구석에서 전화벨이 울렸다. 부인이 전화를 받으러 갔다. 잠시 후 수화기를 내려놓고 멘델에게 말했다.

"즈비가 농장에서 전화했어요. 당신 동료, 로켈레라는 여자분이 안 좋대요. 시내 병원으로 데려왔다고 해요. 여기서 별로 멀지 않아요.”

　그들 다섯 명 모두 롱고 변호사의 차에 끼어 타고 산부인과에 도착했다. 깨끗하고 질서 있는 개인병원이었지만 유리창 대부분은 유리 대신 나무판자를 댔다. 종이 띠를 십자로 이어 붙여 놓은 창문도 있었다. 로켈레는 다른 세 여자와 함께 병실에 누워 있었다. 창백했지만 차분했다. 그녀는 조그맣게 신음을 했다. 진정제를 놓은 게 틀림없었다. 복도에, 병실 문 앞에 초조하게 얼굴을 찡그린 이시도르가 앉아 있었다. 그와 함께 맨손으로 물고기를 잡았던 이추와 블리즈나 출신의 남자 세 명도 보였다. 부대에서 제일 거친 남자들이었다. 이시도르가 초조하게 서성였다. 허리춤에 권총을 차고 있었다. 두 명의 동료는 바닥에 앉아 있었는데 술에 취한 것 같았다. 다른 두 사람은 창가에 서서 이야기를 나누는 중이었다. 멘델은 그들의 낡은 가죽 장화가 불룩하게 나온 게 칼 손잡이 때문이라는 걸 알아차렸다. 창턱에는 붉은 포도주 한 병과 둥근 빵 두 개가 놓여 있었다.

　“어때?” 벨라가 이시도르에게 조그맣게 물었다. 이시도르가 목소리를 낮추지도 않고 대답했다.

　“안 좋아요. 아픈가 봐요. 조금 전에 비명을 질렀어요. 지금은 주사를 맞았어요.” 복도 끝에서 수녀 둘이 이쪽을 슬쩍 훔쳐보다가 자기들끼리 몇 마디 나누더니 곧 사라져버렸다.

　“이제 다른 데로 가지. 로켈레는 믿을 만한 사람들이 보살피고 있어." 멘델이 말했다. "여기서 다들 뭐 하고 있는 거지?"

"난 한 발짝도 안 움직일 거예요." 이시도르가 말했다. 다른 네 사람은 아무 말도 하지 않았다. 그저 멘델과 나머지 사람들 쪽으로 돌아보기만 했는데 눈에 적의가 이글거렸다.

"이렇게 해봤자 아무 소용 없어요. 성가시게만 할 뿐이죠." 라인이 말했다.

"난 한 발짝도 안 움직일 거예요." 이시도르가 다시 말했다. "난 여기 있을 거예요. 믿을 수가 없어요."

다섯 명이 다른 곳으로 옮겼다. "어떻게 하지?" 게달레가 물었다.

"여기 다 있기에는 너무 사람이 많아요." 멘델이 말했다. "내가 여기서 일이 어떻게 되는지 지켜볼게요. 사람들을 진정시켜보고. 여러분은 내려가서 농장으로 돌아가요. 변호사가 밑에서 기다리고 있어요. 혹시 일이 잘못되면 전화할게요."

"나도 남을게요." 뜻밖에도 라인이 말했다. "여자가 있는 게 도움이 될 거예요." 게달레와 벨라와 파벨이 떠났다. 라인과 멘델이 대기실 소파에 앉았다. 반쯤 열린 문으로 복도에 진을 친 다섯 남자를 감시했다.

"이시도르도 술에 취했을까요?" 라인이 물었다.

"모르겠어." 멘델이 대답했다. "겁이 나서 센 척하는 거야."

"분만 때문에? 로켈레 때문에?"

"그렇지. 하지만 이 때문만은 아닐 수도 있어. 이시도르는 아직 애야. 그래서 자신이 중요한 사람이라고 느낄 필요가 있어. 게달레가 트럭을 운전하게 해준 게 잘못이었어."

보통 때와 달리 여성스러운 옷을 입어서인지 라인은 내면적으로도 변화가 있는 것 같았다. 그녀가 조그맣게 대답했다.

"언제였죠? 2월이었죠, 맞죠? 눈도 내렸어요."

"3월 초였어. 우리가 볼브롬을 벗어날 때였으니까. 그래, 3월 1일이 틀림없어."

"순서대로 기억하기가 힘들어요, 그렇죠? 당신은 안 그래요?"

멘델이 대답 대신 고개를 끄덕였다. 간호사가 와서 그들에게 이탈리아어로 뭐라고 말했다. 라인과 멘델은 무슨 말인지 이해할 수가 없었다. 간호사가 어깨를 으쓱하더니 사라졌다. 라인이 로켈레의 병실에 들어갔다가 금방 나왔다. "잠들었어요." 그녀가 말했다. "통증은 가라앉은 것 같은데 맥박이 빨랐어요."

"혹시 여자들이 아기를 낳을 때 다 저런 거 아냐?"

"몰라요." 라인이 대답했다. 잠시 아무 말도 하지 않다가 다시 말했다. "뭔가 잘못한 것 같아요. 열일곱 살짜리 남자가 아버지가 되는 게 옳다고 생각해요?"

"누구든 아버지가 되는 게 절대 옳지 않은 것 같아." 멘델이 말했다.

"무슨 소리예요, 멘델. 그런 생각 지워버려요. 오늘 밤은 아기가 태어날 거잖아요."

"당신은 우리 생각이 아기에게 영향을 줄 거라고 생각하나? 우리 생각 때문에 다르게 태어날 수 있다고?"

"누가 알겠어요?" 라인이 말했다. "아기가 태어나는 건 미묘한 문제니까요! 언제 임신이 되었을까요?"

멘델이 속으로 계산해보았다.

"우리가 투넬 근처에서 에데크와 함께 있었을 때. 11월에. 폴란드 아기일까? 아니면 로켈레처럼 우크라이나 아기? 아니면 이탈리아?"

"Narische bucher, vos darfst du fregen?" 라인이 웃으며 전에 불렀던 노래를 인용했다. "바보 청년, 어떻게 그걸 물어볼 수 있죠?" 이상하다. 멘델은 라인이 자신을 그렇게 불러도 하나도 기분이 나쁘지 않았다. 이 새로운 라인은 이제 라합이 아니라 노래에 나오는 다정하고 영리한 'meydl'이었다.

"어떻게 그걸 물어볼 수 있죠?" 라인이 멘델의 팔뚝에 자기 손을 얹으며 다시 말했다. "아기는 그냥 아기예요. 나중에서야 뭔가 되는 거죠. 왜 당신이 신경 써요? 사실 당신 자식도 아닌데."

"맞아. 우리 자식도 아닌데 뭐."

"우리도 태어났잖아요." 라인이 불쑥 말했다. 멘델이 의아한 눈으로 그녀를 보았다. 라인은 자신의 생각을 정확하게 말해보려 애썼다.

"태어나고, 쫓겨났죠. 러시아가 우리를 수태했고 우리에게

양분을 주었고 자궁 같은 그 어둠 속에서 자라게 했어요. 그리고 산고를 겪었고 진통을 하고 우리를 세상에 던졌죠. 그래서 우리가 갓 태어난 아기처럼 알몸으로 새롭게 지금 여기 있는 거예요. 당신은 그렇게 생각하지 않아요?"

"Narische bucher, vos darfst du fregen?" 멘델이 반박했다. 그러면서 자신의 입술에 다정한 웃음이 번지고 눈앞이 뿌예지는 것을 느꼈다.

복도로 사람들이 계속 오가서 발소리, 수군대는 소리들이 들렸다. 멘델이 일어나서 열린 문 틈으로 안을 들여다보았다. 하얀 로켈레가 무겁게 숨을 내쉬며 간격을 두고 신음을 했다. 갑자기 몸을 뒤틀며 두세 번 크게 비명을 질렀다. 호전적인 블리즈나의 네 남자가 잠에 취한 채 벌떡 일어났다. 이시도르가 침대 옆에 무릎을 꿇고 앉았다. 그러더니 성큼성큼 복도로 걸어 나왔다. 1분 뒤 그가 수녀와 당직 의사를 병실로 끌고 왔다. 세 사람 각기 다른 이유로 겁을 집어먹은 얼굴이었다. 이시도르가 이디시어로 말했다.

"이 여자는 죽으면 안 돼요, 의사 선생, 내 말 알겠어요? 내 아내란 말입니다. 우리는 러시아에서 여기까지 왔어요. 전투를 하고 행군을 했어요. 아기는 내 자식이에요. 태어나야만 해요. 죽으면 안 된다고요, 내 말 알아들었어요? 여자든 아기든 죽으면 끝장인 줄 알아요. 우리는 유격대원이오. 자, 의사 선생, 해야 할 일을 하시오. 조심해서 해야 하오."

라인이 이시도르를 진정시키고 안심시키려고 다가갔지만 허리춤에 찔러 넣은 권총 손잡이를 손에 쥔 이시도르가 그녀를 팔로 쳐서 밀어냈다. 의사는 이디시어를 몰랐지만 겁에 질린 어린 청년의 손에 들린 권총이 뭘 의미하는지는 알았다. 그가 재빨리 수녀에게 뭐라고 지시하더니 복도 한 귀퉁이에 있는 전화기로 가려고 한 발을 떼어놓았다. 하지만 이시도르가 그의 길을 막았다. 그러자 그와 수녀가 조금 떨어져 있는 바퀴 달린 침대를 끌고 와서, 계속 비명을 지르는 하얀 로켈레를 옮기고 분만실로 향했다. 이시도르가 동료들에게 눈짓을 하고 그 뒤를 따랐다. 멘델과 라인도 이시도르를 따랐다.

이시도르는 분만실 문을 강제로 열지는 못했다. 일곱 명이 문 앞에 앉았다. 몇 시간이 흘렀다. 멘델이 여러 차례 이시도르를 진정시키고 권총을 넘겨받아 보려 했다. 같은 고향 출신인 네 남자가 뒤에 보이지만 않았어도 그의 손에서 권총을 빼앗아보려 시도했을 것이다. 멘델은 어떻게 해볼 도리가 없었다. 이시도르는 멘델의 말을 한마디도 듣지 않고 그의 앞에 서 있었다. 처음에는 오만했지만 차츰 분만실에서 들리는 별것 아닌 소리에도 긴장했다.

멘델은 라인 옆에 앉아서 치마 밑으로 드러난 라인의 무릎을 보았다. 지금까지 그녀의 무릎을 한 번도 본 적이 없었다. 매일 바뀌는 어두운 잠자리에서 욕망으로 떨리는 그의 손가락으로 느껴보았거나 그녀가 입고 있던 광택 없는 바지를 통해서만 보

앉을 뿐이다. 넘어가면 안 돼. 라인에게 넘어가지 마. 다시 시작
하지 마. 현명하게 굴어. 버텨야 해. 넌 라인 옆에서 한평생 살 수
없어. 라인은 한평생 같이 살 여자가 아니야. 넌 아직 서른 살도
안 됐어. 서른 살이면 인생을 다시 시작할 수 있어. 책처럼 네 인
생은 이제 1권이 끝났을 뿐이야. 어디서부터 다시 시작하지? 여
기서, 오늘부터, 젖빛 유리창 너머로 태양이 솟고 있는 밀라노의
새벽에서부터. 오늘 아침부터. 여기는 다시 삶을 시작하기에 좋
은 곳이야. 아마 나도 저 두 nebech처럼 했어야 했는지도 몰라.
저 둘이 옳았어. 저 둘은 네가 라인에게 하듯이 하지 않고 눈을
감고 서로에게 자신을 맡겼어. 남자의 씨가 흩어져버리지 않았
고 여자는 그걸 품었어.

　한 수녀가 작은 손수레를 밀며 지나갔다. 피곤해서 졸고 있
던 라인이 깜짝 놀라 잠이 깨며 말했다.

　"밤을 새워본 지가 한참 됐잖아요."

　"함께 밤을 새워본 지 한참 됐지." 멘델이 대답했다. 그래,
라인 옆에서 평생을 살 수는 없겠지만 라인을 떠날 수 없어. 떠나
고 싶지 않아. 리브케와 헤어졌듯이 우리가 헤어지더라도 영원
히 마음에 품고 살 거야.

　도시가 잠에서 깨어나는 게 느껴졌다. 전차에서 나는 날카
로운 금속성 소음과 상점 셔터를 올리는 소리가 들려왔다. 분만
실에서 간호사가 나왔고 곧이어 의사가 나왔다가 잠시 뒤 다시
들어갔다. 이제 이시도르가 난폭하게가 아니라 애원을 하며 물

었다. 언어가 달라도 다 이해할 수 있는 질문들이었다. 의사가 안심하라고 손짓을 하며 자기 시계를 가리켰다. 두 시간 뒤, 한 시간 뒤. 비명 소리가 여러 차례 들리더니 윙윙거리는 기계음이 들렸고 곧 조용해졌다. 마침내 한낮에 간호사가 조그맣게 둘둘 뭉친 꾸러미를 들고 밝은 얼굴로 분만실에서 나왔다. "아들이에요, 아들." 그녀가 웃었다. 아무도 알아듣지 못했다. 수녀가 주위를 둘러보더니 털북숭이 이추에게 다가가서 그의 수염을 잡아당겼다. "이 사람 같은 아들이라고요!"

모두 벌떡 일어났다. 멘델과 라인이 이시도르를 얼싸안았다. 밤을 새워서 충혈된 이시도르의 눈이 눈물로 반짝였다. 의사도 나와서 이시도르의 어깨를 툭툭 쳤다. 그리고 복도로 걸어갔다. 그러다 신문을 접어 들고 걸어오던 동료와 마주쳐서 걸음을 멈추고 이야기를 나누었다. 두 사람 주위로 다른 의사들, 수녀와 간호사 들이 모여들었다. 멘델도 가까이 가보았다. 그리고 단 한 장짜리 신문에 아주 크게 적힌 머리기사를 보았지만 그 뜻은 알 수가 없었다. 그 신문은 1945년 8월 7일 자였다. 히로시마에 최초의 원자폭탄이 투하되었다는 뉴스가 실려 있었다.

1981년 1월 11일~12월 20일. 토리노

이 소설은 아주 오래전 내 친구가 들려준 이야기에서 탄생했다. 친구는 1945년 여름, 이 소설 마지막 장에 등장하는 밀라노 난민 지원 사무소에서 자원봉사를 했다. 그 시기에 줄을 잇던 귀향자와 난민 행렬에 섞여서 내가 묘사하고자 했던 유격부대원들이 실제로 이탈리아에 도착했다. 몇 년 동안 겪은 처참한 고통으로 인해 냉혹해졌지만 결코 비굴하지 않은 남자와 여자 들이었다. 그들은 나치즘이 뿌리째 뽑아 없애려 했던 문화(이탈리아에는 거의 알려지지 않은)를 간직한 생존자들이었고 지칠 대로 지쳐 있었지만 인간의 존엄성을 잃지 않은 사람들이었다.

　　나는 이 부대원들이 겪은 실제 이야기를 그대로 쓰기보다는 그들의 여정을 그럴듯하게, 상상력을 이용해 재구성해볼 생각이었다. 사건이 일어난 시간과 장소가 꼭 실제와 일치하지는 않아도 내가 묘사한 사건들은 대부분이 실제로 일어났던 일이다. 유대인 유격부대원들은 정말 독일군에 대항해 싸웠다. 거의 언제나 절망적인 상황에서 전투를 했는데 때로는 소비에트나 폴란드 정규군에 소속되기도 하고 때로는 유대인들로만 구성된 부대에서 싸웠다. 베냐민 부대처럼 한곳에서 싸우지 않고 떠도는 부대들도 있었는데 이런 부대들은 유대인 전사들을 받아주기도 하고 거부하기도 했다(때로는 무장해제시키거나 죽이기도 했다). 총 1만 명에서 1만 5천 명에 이르는 유대인들이 오래 살아남았던 것도 사실이다. 어떤 이들은 전쟁이 끝날 때까지, 내가 내 마음대로 노보셀키에 만든 수도원 같은 요새화된 병영에 숨어 지내기도 했고 슈물레크처럼 지하묘지에서(거의 믿기지 않을 수도 있는데) 살기도 했다. 철로를 파괴하거나 낙하산 투하물의 투하지를 변경하는 등의 "교란 작전"은 동유럽 유격전을 배경으로 한 문학에 다양하게 기록되어 있다.

반면 등장인물들은 여자 조종사 폴리나를 제외하고는 모두 가상의 인물이다. 특히 작곡도 하고 노래도 하는 마틴 폰타쉬는 상상에서 탄생한 인물이다. 그러나 유명하거나 그렇지 않거나 수많은 유대인 가수와 시인 들이 도시와 외딴 마을에서 마틴처럼 학살을 당했다. 비단 1939~1945년의 일만은 아니었고 나치에 의해서만도 아니었다. 그러니까 이 책 제목과 함께 '게달리스트'들이 부른 노래도 창작이다. 유명한 랍비들의 금언을 모은 책, 『선조들의 금언』*Prikei Avot*에서 발견한 몇 마디 말에서 힌트를 얻었다. 이 책은 2세기경에 편집되었고 『탈무드』에 수록되었다. 이 책에 "그(랍비 힐렐)가 이렇게도 말했다. '내가 나를 위하지 않는다면 누가 나를 위할까? 그렇게 하지 않으면 어떻게? 지금이 아니면 언제?'"라는 구절이 나온다(제1장, 13). 물론 이 금언에 대한 등장인물의 해석은 전통적인 것과는 거리가 있다.

내가 어렴풋이 알던 시대와 배경과 언어를 재구성해야만 했기에 많은 자료의 도움을 받았다. 여러 저서들을 참조할 수 있어서 내게 소중한 도움이 되었다. 주요 저서는 다음과 같다.

R. Ainsztein, *Jewish resistance in nazi occupied Eastern Europe*, P. Elek, London 1974.

J. A. Armstrong, *Soviet Partisans in World War II*, The University of Wisconsin Press, Madison 1964.

A. Artuso, *Solo in un deserto di ghiaccio*, Tipografia Bogliani, Torino 1980.

H. J. Ayalti, *Yiddish Proverbs*, Schocken Books, New York 1963.

A. Eliav, *Tra il martello e la falce*, Barulli, Roma 1970.

M. Elkins, *Forged in Fury*, Ballantine Books, New York 1971.

M. Kaganovič, *Di milchamà fun di Jiddische Partisaner in Mizrach-Europe* [La guerra dei partigiani ebrei in Europa Orientale], Union Central Israelita Polaca, Buenos Aires 1956.

J. Kamenetsky, *Hitler's Occupation of Ukraine*, The Marquette University Press, Milwaukee 1956.

K. S. Karol, *La Polonia da Pilsudski a Gomulka*, Laterza,

Bari 1959.

S. A. Kovpak, *Les Partisans Soviétiques*, La Jeune Parque, Paris 1945.

S. Landmann, *Jüdische Witze*, DTV, München 1963.

B. Litvinoff, *La lunga strada per Gerusalemme*, il Saggiatore, Milano 1968.

S. Minerbi, *Raffaele Cantoni*, Carucci, Roma 1978.

O. Pinkus, *A Choice of Masks*, Prentice-Hall, Englewood Cliffs (N.J.) 1969.

A. Sereni, *I clandestini del mare*, Mursia, Milano 1973.

L. Sorrentino, *Isba e Steppa*, Mondadori, Milano 1947.

G. Vaccarino, *Storia della Resistenza in Europa 1938-1945*, vol. I, Feltrinelli, Milano 1981.

저자들에게 다시 한번 감사드리며 자신의 의견을 피력하며 나를 격려해준 모든 분들에게도 감사한다. 그분들의 소중한 조언이 이 책의 방향을 잡아주었다. 특히 이 소설의 핵심이 된 이야기를 내게 들려준 에밀리오 비타 핀치에게 감사한다. 그의 이야기가 없었다면 이 책은 결코 쓰이지 않았을 것이다. 따뜻하게 나를 지켜봐주고 귀중한 자료를 마음대로 이용하게 해준 조르조 바카리노에게도 진심으로 감사한다.

1982년에 발표된 『지금이 아니면 언제?』는 프리모 레비의 마지막 소설이자 진정한 의미의 첫 소설이라고 할 수 있다. 레비는 아우슈비츠 수용소에서 겪은 일을 담담하고 차분하게 그린 『이것이 인간인가』 이후에도 자신의 체험을 바탕으로 증언자로서 많은 글을 썼다. 수용소에 있을 때부터 꼭 살아남아 자신이 목격하고 참아낸 일들을 다른 사람들에게 들려주어야 한다는 강렬한 의지가 있었고, 이 때문에 수용소에서 돌아오자마자 글쓰기에 전념했다. 레비의 글들은 개인의 체험을 뛰어넘어 현대를 살아가는 우리에게 '인간성'에 대해 생각할 수 있는 기회를 만들어주었다.

　『이것이 인간인가』를 쓸 때에는 해야 할 이야기가 이미 머릿속에 다 들어 있었기에 그저 그것을 종이에 옮겨놓기만 하면 되었고 문체나 구성에 대해 생각할 겨를도 없었다고 한다. 레비에게 이러한 글쓰기 과정은 과거에서 해방될 수 있는 상처 치유의 과정이기도 했다. 그와 동시에 레비는 증언의 성격을 띠지 않는 글들도 발표하는데 이러한 글들을 레비 자신은 '진짜' 글이라고 칭한다. 『지금이 아니면 언제?』는 바로 이런 진짜 글에 속하는, 레비가 처음으로 '소설'이라고 밝힌 작품이다.

『지금이 아니면 언제?』를 쓰기 이전에 레비는 화학자로서 근무하던 직장에서 퇴직을 하고 전업 작가로『멍키스패너』라는 소설을 발표했다. 그러나 이 소설은 자전적 성격이 강하고 일인칭 화자를 작가 레비로 볼 수 있기 때문에 대개『지금이 아니면 언제?』를 레비의 진정한 첫 소설로 간주한다.『지금이 아니면 언제?』는 출간되자마자 불과 8개월 만에 11만 부가 판매되고 그해 캄피엘로 상과 비아레조 상을 수상할 정도로 큰 호응을 얻었다.

『지금이 아니면 언제?』는 1943년부터 1945년까지 나치와 대항해 싸우는 러시아와 폴란드계 유대인들의 유격전과 러시아에서 동유럽을 거쳐 밀라노까지 이르는 그들의 긴 여행을 그린다. 그러니까 소설의 형식을 취하고 있기는 하나 레비의 다른 작품들처럼 나치와 전쟁이 가한 거대한 폭력에 희생당하는 유대인들을 다루고 있는 것이다. 그래서 수용소와 제2차 세계대전, 유대인 같은 소재들로 보면『이것이 인간인가』와『휴전』,『지금이 아니면 언제?』가 레비 작품에서 한 축을 형성한다고 할 수도 있을 것이다. 또한 레비가 수용소에서 폴란드와 러시아를 거쳐 힘겹게 토리노로 돌아오는 귀향의 과정을 그린『휴전』의 여정과『지금이 아니면 언제?』의 유격대원들이 온갖 모험을 하며 밀라노에 도착하는 여정이 흡사하기도 하다. 그러므로『지금이 아니면 언제?』가 허구이기는 해도 자전적인 성격 역시 곳곳에 숨어 있다고 할 수 있다. 그러나 이 소설의 자전적인 경향은 한 개인에게만 국한된 게 아니라 유대인이라는 집단의 경험이라고 할 수 있다.

사실 레비와 홀로코스트, 라거, 유대인 문화는 떼려야 뗄 수가 없는 것들이다. 레비는 자신이 아우슈비츠 경험이 없었다면 작가가 되지 않았을 것이며 혹여 되었다 해도 실패한 작가로 끝나고 말았을 것이라고 여러 인터뷰에서 밝힌 바 있다. 그는 1938년 인종법이 발효되기 전까지 토리노에 사는 평범한 중산층 청년으로 자신이 유대인이라는 사실을 크게 인식하지 않으며 이탈리아인으로 살았다. 대학에서 화학을 전공했으므로 강제수용소로 끌려가지 않았다면 그는 작가의 길에 들어서지 않았을지도 모른다. 그렇기는 해도 레비의 친구들은 레비가 이미 젊은 시절부터 모르는 게 없을 정도로 박학다식했고 자신이 아는 지식을 재미있게 구성해서 들려주었다고 말한다. 실제로 레비는 작품을 글로 옮기기 전 먼저 사람들에게 이야기로 들려주곤 했다. 또 『주기율표』의 마지막에 실린 「탄소」를 젊은 시절부터 쓰고 싶었다고 하니 작가의 길에 들어선 게 결코 우연은 아니었던 것 같다.

레비는 친구인 에밀리오 비타 핀치가 1945년 밀라노 난민 지원 사무실에서 봉사활동을 할 때 들은 러시아 출신 유대인 유격대원들의 실화를 바탕으로 『지금이 아니면 언제?』를 썼다. 그러니까 레비는 자신의 기억이 아니라 다른 이의 이야기와 상상력을 결합해서 이 소설을 탄생시켰다. 이러한 과정에서 동유럽에 사는 아슈케나지 유대인의 문화와 그들이 사용하는 이디시어를 생생하게 되살리기 위해 여러 문헌들을 참조하기도 했다. 게 달리스트들이 부르는 노래의 한 소절이자 이 소설의 제목이기도 한 '지금이 아니면 언제?'도 『선조들의 금언』에 나오는 구절에서 힌트를 얻었다고 한다.

아슈케나지 유대인들은 이탈리아의 유대인들과 여러 가지 면에서 다르다. 아슈케나지들은 유대인 공동체에서 랍비들에게 교육을 받으며 『탈무드』와 토라를 읽고 이디시어를 사용한다. 이디시어를 사용하지 않으면 유대인이 아니라고 생각할 정도다. 반면 이탈리아 유대인들은 대부분 레비처럼 그저 유대인으로 태어났을 뿐, 자신이 유대인이라는 걸 거의 의식하지 않으며 이탈리아어를 사용하고 가톨릭 문화 속에서 살아간다. 그들은 이디시어가 뭔지도 모른다. 이것은 이방인을 적으로 삼지 않고 유대인에게 우호적인 이탈리아인들의 성질에서 비롯되었다고 할 수 있다. 이 때문에 이탈리아는 이 소설에서 유대인들에게 미래를 계획할 수 있게 해주는 새로운 출발점으로 그려진다.

레비의 작품 중 가장 긴 분량의 소설답게 수많은 등장인물들이 등장하며 다양한 사건들이 쉴 새 없이 긴박하게 펼쳐진다. 이 소설에 등장하는 유대인들은 저항 없이 수용소로 끌려가 죽음을 맞는 순종적인 이미지의 유대인들과는 달리 적극적이며 활달하고 에너지가 넘친다. 레비는 작가의 말에서 그들을 "몇 년 동안 겪은 처참한 고통으로 인해 냉혹해졌지만 결코 비굴하지 않은 남자와 여자 들"이며 "나치즘이 뿌리째 뽑아 없애려 했던 문화를 간직한 생존자들이었고 지칠 대로 지쳐 있었지만 인간의 존엄성을 잃지 않은 사람들"이라고 표현한다. 그리고 유대인이 무기력하고 수동적이어서 순한 양처럼 학살을 당했다는 근거 없는 비난을 반박할 뿐만 아니라 무기를 들고 나치를 패배로 이끈 전투에서 큰 몫을 해낸 유대인들이 받은 상처를 치유하고 싶었다고 말하기도 한다.

　이 소설에 등장하는 유대인들은 게토나 수용소에서 탈출하거나 나치를 피해, 숲속에서 투쟁하는 유격대에 합류한다. 유격대는 러시아인들과 폴란드인들이 주축을 이루는데 시간이 지나면서 돌아갈 집이 있는 러시아인, 폴란드인과 나치에 의해 집과 가족을 모두 잃어 돌아갈 곳이 없는 유대인들 간에 눈에 보이지 않는 거리가 생긴다.

　　집에 대한 그리움은 모두에게 고통스러웠지만 유대인들은 가슴이 찢어질 듯 비통했다. 러시아인들에게 집에 대한 향수는 불합리하지 않은, 아니 실현 가능한 희망이었다. 귀향에 대한 간절한 바람이자 유혹이었다. 유대인들에게 그들의 집에 대한 그리움은 희망이 아니라 그때까지 더 화급하고 심각한 고통 밑에 묻어버렸지만 여전히 잠복해 있는 절망이었다. 그들의 집은 이제 없었다. 전쟁 때문에 혹은 대학살로 사라져버렸고 불태워졌고 인간사냥꾼 부대에 의해 피투성이가 되어버렸

다. 무덤이 된 집을, 잿더미가 된 집을 더 이상 생각하지 않는
게 좋았다. 왜 아직 살아 있는 것인가? 왜 투쟁하는 것인가?
어떤 집을 위해, 어떤 조국을 위해, 어떤 미래를 위해?
(193~194쪽)

'집'은 물리적인 형태만을 가리키는 게 아니라 가족을 상징
하며, 한 개인의 삶이 총체적으로 담겨 있는 곳으로, 집을 잃는다
는 것은 정체성을 잃는 것과 마찬가지이다. 그렇기에 팔레스타
인에서는 다른 사람들이 가진 것과 똑같은 집을 가질 수 있고,
'자신들의 옷과 기억'을 걸어놓을 수 있으리라는 희망은 이들을
지탱해주는 힘이 된다. 이 소설의 주인공이라고도 할 수 있는 멘
델도 마찬가지이다. 작가의 분신에 가까운 멘델은 명석하고 공
감력이 뛰어나며 온화하면서도 단호하다. '위로하는 사람'이라
는 뜻의 이름처럼 유격대에서는 없어서는 안 될 기둥과도 같은
역할을 한다.

러시아 시골마을에서 시계를 수리하다가 포병으로 붉은 군
대에서 싸웠던 멘델이 모스크바 출신의 낙하산병 레오니드를 만
나는 것으로 소설은 시작된다. 음울하고 반항적이며 고집스러운
레오니드는 본능적으로 고통스러운 파멸을 감지하는 비이성적
인 인물이다. 멘델과 레오니드는 우여곡절 끝에 게달레가 지휘
하는 유대인 유격부대에 합류하며 다양한 특징을 지닌 부대원들
과 모험을 한다. 게달레는 충동과 이성에 따라 삶을 살아가는 용

기 있는 인물이다. 그는 지혜롭고 민첩하며 행동과 사고 모두 유연하지만 제멋대로이고 변덕스럽게 행동하기도 하는 인물로 그려지는데 이는 작가인 레비가 꿈꾸던 이상형이라고 한다.

멘델은 나치에게 잔인하게 학살당한 아내에 대한 아픈 기억에서 헤어나지 못한 채 서른도 안 된 나이에 천년의 세월을 살아온 듯 지쳐 있다. 그는 매 순간 자신과 자신의 민족이 겪고 있는 여러 사건들에서 의미를 찾아내기 위해 대답 없는 질문을 스스로에게 끊임없이 던진다.

> 영원하신 분, 하느님은 왜 자신의 백성을 구하지 않고 폴레시아의 회색 구름 뒤에 숨어 계시는 걸까? "여러 민족 중 당신이 우리를 선택하셨다." 왜 하필 우리지? 왜 불경한 자들이 번창하는 거지? 무방비 상태의 사람들이 왜 학살을 당하는 거지? 굶주림과 공동무덤이 된 구덩이들, 티푸스, 공포에 떠는 아이들이 빼곡한 은신처에서 화염방사기를 사용하는 SS는 뭐란 말인가?(123쪽)

사실 멘델은 레비처럼 하느님을 믿지 않는 무신론자인데 어릴 적 랍비에게 받은 교육이 알게 모르게 체화되어 있는 것이었다. 그리고 『탈무드』와 성서의 내용을 고스란히 간직하고 있어서 부조리한 상황에서 그것들이 더 많은 의문을 만들어낸다. 그래서 전쟁의 참상을 마주하고는 "내가 믿지 않는 하느님, 전쟁을

끝내주세요. 하느님이 계시다면 전쟁을 끝내주세요. 빨리"라고
도전적으로 기도하기도 한다. 전쟁으로 인한 멘델의 고통과 분
노, 피로감과 수치심은 동료들과 같이 폴란드 라거에 수용된 유
대인들을 구하러 갔을 때 극에 달한다. 그들의 구출 작전은 한발
늦어 이미 수인들이 학살당하고 나치는 그들의 시체를 소각하는
중이었다.

> 멘델의 손에서 쥐고 있던 기관총이 떨어졌다. 그 자신도 관목
> 들 사이에 털썩 주저앉았다. 언제부터 느끼고 있는지 기억도
> 나지 않는 피로가 강물처럼 밀려들어 그를 압도하는 것 같았
> 다. 수천 년 묵은 피로였고 구역질인 동시에 분노와 공포였다.
> 공포 때문에 숨어 있고 짓눌려 있던 분노였다. 열기와 저항의
> 지를 끌어올릴 활활 타는 불이 없어 꽁꽁 얼어붙은 무기력한
> 분노. 그는 저항하고 싶지 않았고 연기로, 저 연기로 사라지고
> 싶었다. 수치심과 충격.(327쪽)

이러한 수치심은 유격대원들이 글로가우의 수용소에 머물
때 만난 아우슈비츠 생존자의 이야기에서 다시 등장한다. 라거
에서 살아남은 생존자들은 다른 사람들이 자기 자신 때문에 죽
은 것 같은 수치심, 자신이 누릴 권리가 없는 특권 때문에 죽은
사람들을 대신 살아남은 것 같은 기분, 죽은 이들에게 폭력을 가
해 공짜로 살아남은 기분을 느끼며 죄인이 된 심정이라고 말한

다. 이것은 아마도 레비 자신의 고백일지도 모른다.

이 소설에서는 레비 작품에서 보기 드물게 여성인물들이 등장해서 중요 역할을 하며 대원들 간의 사랑과 갈등도 생생하게 묘사된다. 유격대에는 다섯 명의 여자가 있는데 그중 라인은 죽은 아내의 그림자에 눌려 미래를 꿈꾸지 못하는 멘델에게 다시 살아갈 수 있을지도 모른다는 희망을 안겨주는 여자다. 라인은 자신이 원하는 게 뭔지 알고 그걸 성취할 줄 아는 강한 여자다. 라인은 멘델에게 "어머니이자 아내, 딸, 친구, 적, 경쟁자, 스승"이지만 멘델은 그녀와의 관계에서 막연한 수치심과 두려움을 느끼곤 한다. 라인과 멘델의 관계로 인해 레오니드가 비극적인 죽음을 맞지만 두 사람의 사랑은 이루어지지 않는다.

그러나 밀라노의 한 병원에서 분만을 하는 하얀 로켈레를 라인과 함께 지켜보던 멘델은 동이 터오는 새벽에 새로운 희망을 본다. 라인과 한평생을 같이하지 못하더라도 그녀 곁에서 그녀를 사랑하며 다시 삶을 시작할 수 있을 것 같은 희망이다. 비록 새 생명이 태어난 그날 히로시마에 원자폭탄이 떨어지는 것으로 소설이 끝나지만, 그래서 레비는 다양한 형태의 폭력이 여전히 인간성을 파괴할지도 모른다고 일깨우기는 하지만 그래도 멘델과 그 일행의 앞에 놓인 길고 긴 길이 암울하지만은 않으리라는 기대를 갖게 한다.

『지금이 아니면 언제?』는 시간순으로 사건들이 전개되는 단순한 서사구조의 소설이기는 하지만 다양한 인물들의 인생사와 여행, 도주, 사랑, 죽음, 열정, 두려움 같은 여러 요소들이 혼합된 흥미진진한 소설이기도 하다. 또한 전쟁과 홀로코스트를 배경으로 해서 자칫 무겁고 비극적일 수도 있을 이야기이지만 레비 특유의 유머가 살아 있기도 하다. 거기에다 정확한 단어들을 이용해서 짧고 간결하며 지나치게 감상에 빠지지 않고 따뜻하게 게달리스트들의 역경을 묘사한 레비의 문장들은 읽으면서도 감탄을 하지 않을 수 없었다. 레비는 곁가지가 없는 간단명료한 표현들을 통해 독자들에게 상상할 수 있는 여백을 남겨주고, 그 속에서 독자들 스스로 숨겨진 의미와 메시지를 추측해볼 기회를 마련해주는 듯하다.

『지금이 아니면 언제?』는 이미 국내에 영역본으로 번역이 되어 많은 독자들에게 사랑을 받았지만 아쉽게도 절판이 되었다. 나 역시 번역을 시작하기 전 그 책을 읽었다. 매끄러운 번역이 작품을 한층 살려놓은 것 같아서 마음의 부담이 컸다. 그러나 이탈리아어판을 읽고 번역하며 놀라지 않을 수가 없었다. 기존의 번역서는 『지금이 아니면 언제?』의 기본 줄거리와 등장인물만 같은 전혀 다른 작품이었다. 등장인물들의 성격도 다르고 장면마다 원문에 없는 부연설명들이 지나칠 정도로 많은 반면 생략된 부분들도 있었다. 심지어 레비는 이념의 문제를 거의 다루지 않고 어려운 단어들도 사용하지 않는데, 그 번역서에서는 등장인물 간의 대화에서 마르크스주의를 길게 설명하기도 했다.

레비가 평생 진실한 글을 쓰고자 했고 윤색하거나 장식하는 글쓰기를 단호하게 거부했다는 점을 생각해보면, 그리고 이 소설을 쓸 때에도 관련 자료들을 꼼꼼하게 확인했다는 것을 고려한다면 그 번역서를 읽은 독자들이 진짜 레비의 작품을 읽었다고 할 수 있을지 의문이 생기지 않을 수 없다.

『지금이 아니면 언제?』는 2007년 『이것이 인간인가』와 『주기율표』를 번역하고 꼭 10년 만에 번역하게 된 레비의 작품이다. 그동안 잊고 있던 레비의 작품을 번역하며 다시 한번 '지금'의 나를 되돌아볼 수 있는 시간을 갖게 되었다. 레비가 현재의 우리에게 전하고자 했던 메시지가 독자들에게도 고스란히 전달되길 진심으로 바라며, 레비의 작품을 소개할 소중한 기회를 마련해주신 돌베개 출판사에 다시 한번 감사드린다.

이현경